KB120471

소설 예수

⑤

하느님이 떠난 성전

나남
nanam

나남창작선 157

소설 예수 ⑤ 하느님이 떠난 성전

2022년 7월 25일 발행
2022년 7월 25일 1쇄

지은이 尹錫鐵
발행자 趙相浩
발행처 (주) 나남
주소 10881 경기도 파주시 회동길 193
전화 (031) 955-4601 (代)
FAX (031) 955-4555
등록 제 1-71호 (1979.5.12)
홈페이지 http://www.nanam.net
전자우편 post@nanam.net

ISBN 978-89-300-0657-6
ISBN 978-89-300-0652-1 (전7권)

책값은 뒤표지에 있습니다.

나남창작선 157

윤석철 대하장편

소설 예수

5

하느님이 떠난 성전

나남
nanam

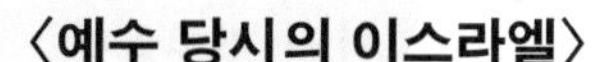

〈예수 당시의 이스라엘〉

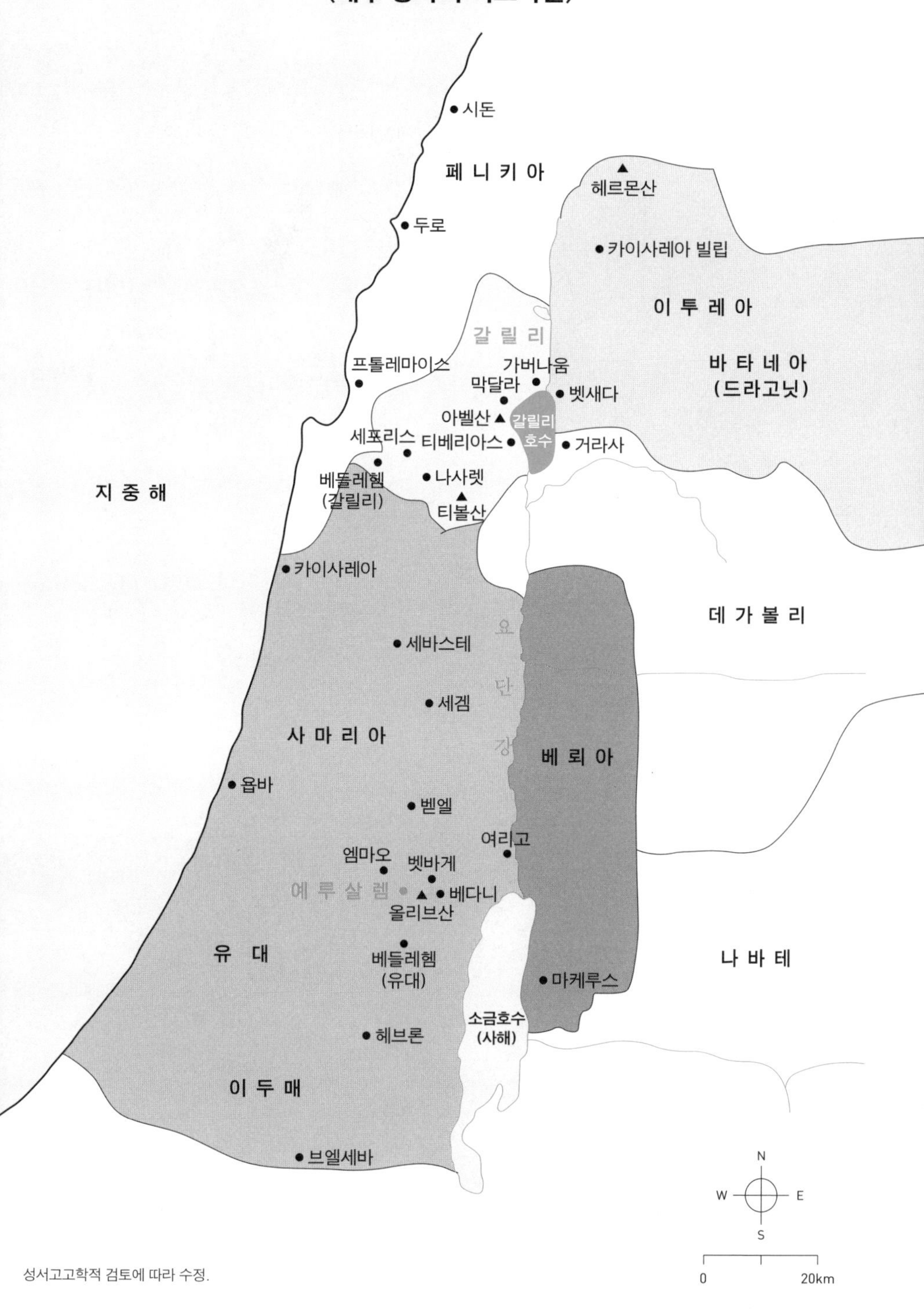

성서고고학적 검토에 따라 수정.

〈예수 당시의 예루살렘〉

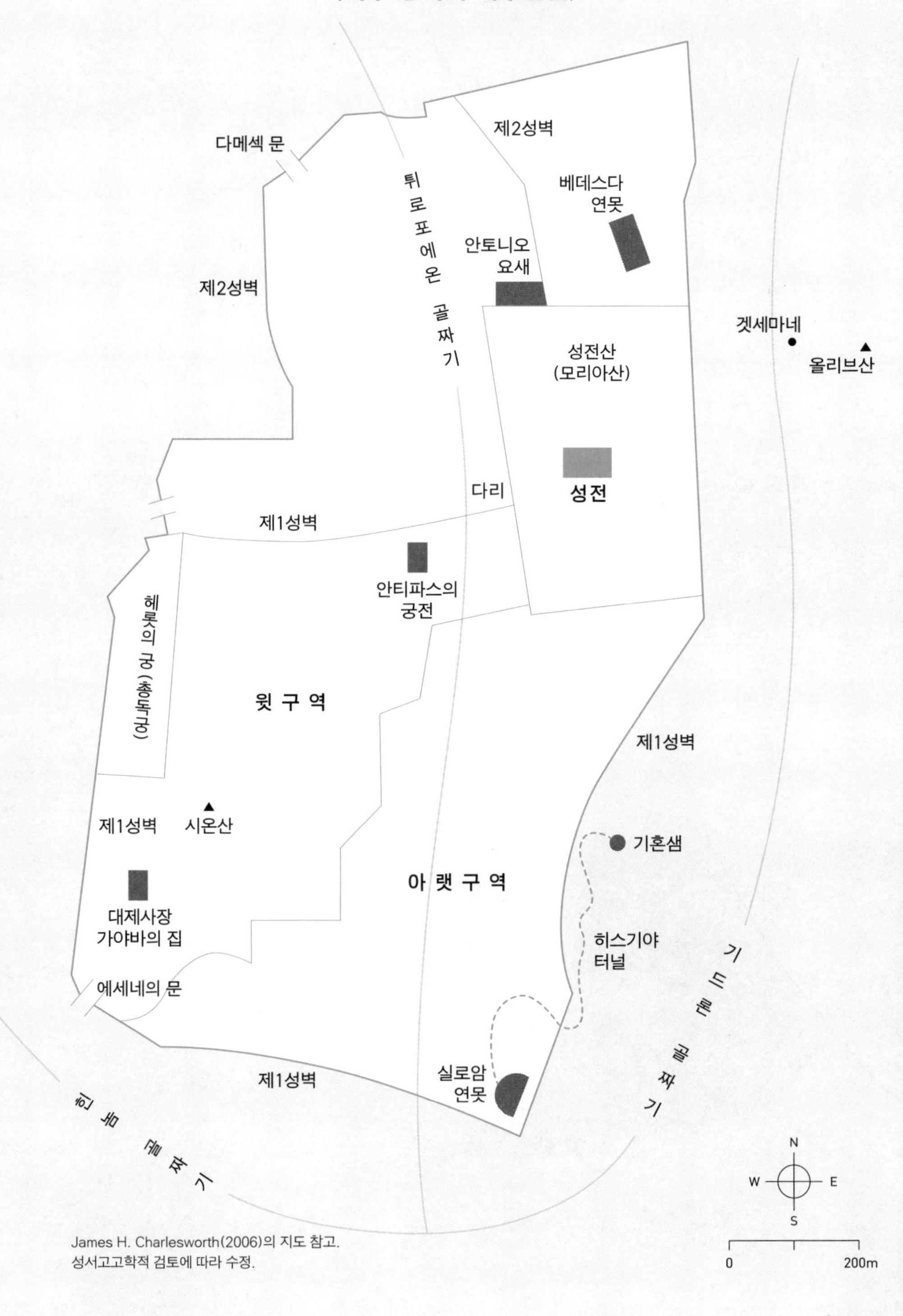

James H. Charlesworth(2006)의 지도 참고.
성서고고학적 검토에 따라 수정.

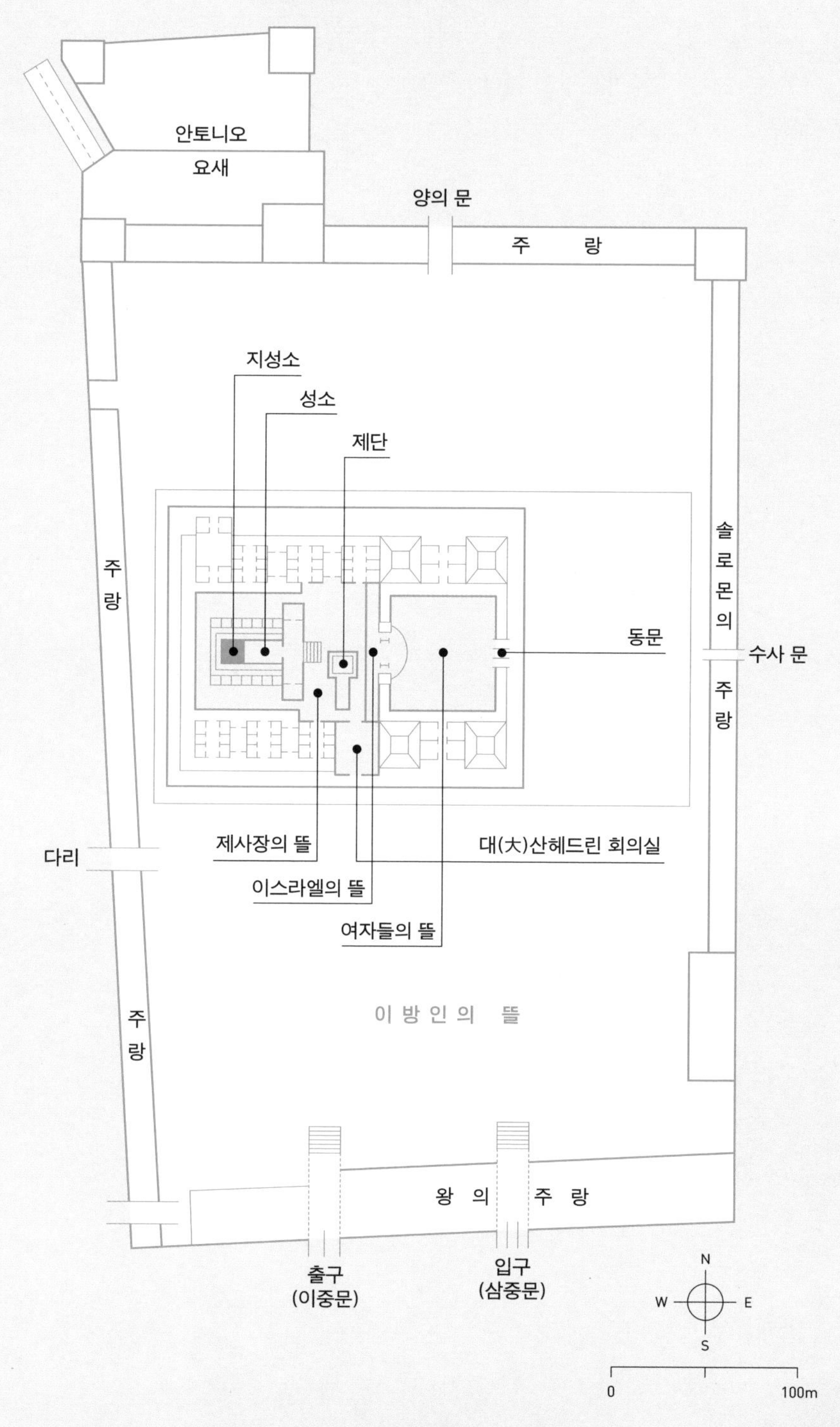
〈예루살렘 성전 내부구조〉
안토니오
요새
양의 문
주 랑
지성소
성소
제단
주
랑
솔
로
몬
의
동문
수사 문
주
랑
다리
제사장의 뜰
대(大)산헤드린 회의실
이스라엘의 뜰
여자들의 뜰
이 방 인 의 뜰
주
랑
왕 의 주 랑
출구
(이중문)
입구
(삼중문)
N
W
E
S
0
100m

소설 예수 5권
하느님이 떠난 성전

차 례

소설 예수 6권
땅으로 내려온 하늘

소설 예수 전 7권

등장인물 소개

예수	하느님의 뜻을 깨닫고 하느님을 가슴에 품고 산 사람.
히스기야	예수의 어릴 적 친구. 의적단 '하얀리본' 두목.
바라바	의적단 '하얀리본' 부두목. 바리새파 학생의 아들.
요한	세례자. 예수에게 세례를 베풀고 광야 수행으로 이끌어준 선생.
요셉	예수의 아버지.
마리아	예수의 어머니.
야고보	예수 바로 아래 동생.
다른 동생들	유다, 시몬, 요셉, 마리아, 요한나.
시몬	갈릴리 베들레헴에 사는 요셉의 삼촌. 예수에게 할례를 베풂.
예수	주인공 '나사렛 예수'와 같은 이름의 나사렛 마을 촌장 겸 회당장.
마리아 (막달라)	막달라 출신의 여자 제자.
시몬	갈릴리 호수 어부. 벳새다 출신. 예수에게서 '게바'라는 새 이름을 받음. '게바'는 헬라어로 베드로.
안드레	갈릴리 호수 어부. 벳새다 출신. 시몬의 동생.
요한	갈릴리 호수 어부. 세베대의 아들. 야고보의 동생.
야고보	갈릴리 호수 어부. 세베대의 아들. 요한의 형.
빌립	벳새다 출신. 스승이었던 세례자 요한이 처형된 후 예수를 따름.
유다	예수의 제자.
시몬	예수의 제자. '작은 시몬'으로 불림.
레위	가버나움 세리 출신. 알패오의 아들. 헬라식으로 '마태'라고도 불림.
야고보	레위의 동생. 알패오의 아들. '작은 야고보'라고 불림.

도마	쌍둥이라는 별명을 가진 제자.
므나헴	예수의 제자.
삭개오	여리고의 세리장.
글로바	엠마오 출신 예수의 제자.
빌라도	현 로마총독(5대 총독). 유대, 사마리아, 이두매 관할.
아레니우스	로마 원로원 의원의 조카. 빌라도를 따라 예루살렘에 옴.
클라우디아	빌라도의 아내.
헤롯	예수 탄생 후 사망한 유대의 왕.
안티파스	갈릴리와 베뢰아를 다스리는 분봉왕. 헤롯왕과 네 번째 부인의 아들. '헤롯 안티파스'라고 불림.
알렉산더	분봉왕 안티파스의 최측근 신하. 로마에서 유학함.
헤로디아	안티파스의 현 아내. 헤롯왕의 다른 아들 '로마의 헤롯'과 이혼한 후 딸 살로메를 데리고 안티파스와 재혼함.
가야바	예루살렘 성전의 현 대제사장. 전임 대제사장 안나스의 사위.
마티아스	가야바의 아들. 성전 제사장.
야손	성전 제사장. 성전 정보조직 책임자.
가말리엘 (랍비)	랍비 힐렐의 손자. 바리새파 선생. 예루살렘 대산헤드린 의장.
시몬 (랍비)	랍비 힐렐의 아들. 바리새파 선생. 가말리엘의 아버지.
요하난 (랍비)	자카이의 아들. 바리새파 큰 스승. 훗날 랍비 유대교의 지도자.
니고데모	예루살렘 대산헤드린 의원.
요셉	아리마대 사람. 예루살렘 대산헤드린 의원.
요셉 (구레네)	구레네 사람으로 예루살렘 아랫구역 주민. 구레네 사람 시몬의 형.

울타리 밖으로

예수는 일렁이는 등잔불을 말없이 바라보았다. 방 안을 가득 채웠던 향냄새를 등잔불이 조금씩 태우고 있다. 제자들은 향에 취했는지 방금 전에 치른 의식에 압도됐는지 아무도 입을 열지 않았다. 마리아가 머리에 부어준 기름이 방울로 맺혀 있다가 어깨에 떨어졌다.

'해산解産의 진통이 시작됐다!'

예수는 문득 어머니가 동생들을 낳을 때 일을 떠올렸다.

동생들이 태어날 때마다 어머니는 죽음보다 더한 고통을 겪었다. 마당 한쪽에 쭈그리고 앉아 고개를 무릎에 처박은 어린 예수, 방 안을 들락거리는 아버지나 동네 나이 먹은 여자 어른들을 붙잡고 그 아이는 어머니가 죽는 것은 아닌지 묻고 또 물었다. 어머니의 비명 소리가 점점 높아지고 커지고 숨넘어가듯 잦아지면 무엇을 안다고 멍석에 무릎을 꿇었다. 그리고 하느님께 빌었다.

'엄마! 죽으면 … 죽으면 안 돼요! 하느님! 엄마 살려주세요!'

장례를 상징하는 의식을 치른 후 왜 갑자기 새로운 생명이 태어날 때 겪는 진통이 생각났을까? 새 생명을 부르는 손짓이 죽음인가? 죽음은 그냥 세상을 훌쩍 떠나는 것이 아니고, 생명을 남기는 일이라고 믿고 싶었던가?

혼란스러웠던 마음이 기름 부음을 받은 후 차츰 진정되는 것을 예수는 느꼈다. 고갯마루에 올라서서 걸어갈 길과 걸어온 길을 모두 한눈으로 볼 수 있게 되었다. 눈이 밝아지니 보였다. 부스스 몸을 일으킨 죽음이 멀지 않은 곳에서 기다리며 서 있는 것을. 지금까지 고난과 죽음이 뒤따라온다고 믿었는데 이제부터는 앞에서 기다리는 죽음의 모습을 똑바로 바라보며 걸어야 한다.

기름을 붓기 전에 마리아가 묻지 않았던가?

"이 일을 받으시겠습니까?"

예수는 흔들리는 자기를 곧추세우는 다짐으로 의식을 치렀다. 그러면서도 곁눈으로 힐끔힐끔 하느님의 눈치를 살피고 또 살폈지만 그분은 여전히 말이 없었다. 하기야 무슨 말을 할 것인가? 이제까지 그분은 사람을 억지로 끌고 걸은 적이 한 번도 없었는데 …. 하느님이 인도했다는 역사적 사건들은, 그분의 뜻이 그러리라 믿고 싶었던 사람들의 바람 아니었겠는가? 그분은 사람들의 걸음을 그저 지켜보았고.

제자들의 굳은 얼굴이 불빛에 어른거렸다. 선생의 머리에 기름 부은 일이 무슨 의미인지 깨닫자 처음 예수를 만났던 그때 그 장소로 돌아가 자꾸 맴돌고 있을 것이다.

가끔 등잔불이 지지직거리며 흔들렸다. 그럴 때마다 옆 사람의 숨소리가 가파른 언덕 올라가듯 헐떡거렸다. 기분 좋았던 향내는 조금씩 불길한 냄새로 바뀌었다. 예수도, 그리고 제자들도 죽음의 냄새를 맡기 시작했다.

더 늦기 전에 제자들을 확 흔들어 깨우기로 예수는 마음먹었다. 주르르 미끄러질 때 미끄러지더라도 지금은 깨워야 한다. 앞으로 눈을 뜨고 세상을 걸어가는 것은 온전히 그들의 몫이 아닌가?

"'나'를 부인하고 자기 멍에를 지고 나를 따르시오!"

뜬금없고 알쏭달쏭한 말에 제자들은 그저 멍한 눈으로 예수를 쳐다봤다. 그때까지 방바닥에 의미 없는 형상을 손가락으로 끄적거리던 요한이 고개를 들고 물었다.

"선생님! 나를 부인하라니 무슨 말씀인지요?"

다른 제자들도 궁금하다는 듯 예수를 바라보았다.

"'나'를 먼저 깨달으시오. 그리고 그 '나'에서 벗어나시오!"

"멍에를 지어야 선생님을 따를 수 있다는 말씀인지요?"

멍에를 진다는 말이 더욱 중요하게 들렸던 모양이다.

"들으시오! 나를 부인하면 멍에를 지게 된다오!"

"자기 자신을 부인해야 한다는 말씀이 …. "

나다나엘이 아무래도 모르겠다는 듯 말끝을 흐렸다. 무슨 말이든 즉각 반응하지 않고 몇 번씩 곰곰이 생각하는 나다나엘이 모른다면, 다른 제자들이야 왜 갑자기 선생이 그 얘기를 꺼냈는지 깨닫지 못할 것이다.

예수는 아득함을 느꼈다. 그들에 맞추어 몸을 낮추자니 시간이 얼마 남지 않았고, 그냥 나눠주면 무엇이 무엇인지 모른 채 마냥 손에 들고 있을 것이 분명했다. 그들이 생각하는 자기 존재가 그들 자신과 얼마나 멀리 떨어졌는지 어떻게 지금 당장 깨우쳐줄 수 있단 말인가, 아직 그들의 때를 만나지 못했는데?

눈을 뜨고 스스로 자리에서 일어나 멀리멀리 바라보고, 자기가 서 있는 땅도 내려다보지 않으면 그들로서는 아무런 방법이 없을 일이다.

"들으세요! 그대들은 각자 그대 자신을 누구라고 생각했습니까? 우리의 생각이 아니라 나의 생각을 해 본 적이 있는지요? 내가 누구인지 깨닫는 일이 가장 중요한 일입니다. 그렇게 깨달은 내가 너가 되고 우리가 되어야 하기 때문입니다."

"선생님! 나와 우리, 그게 그거 아닙니까?"

"아니지요!"

사람들은 나를 제대로 보지 못하고 살았다. 태어나고 죽는 것이 나라는 것을 깨닫지 못했다. 나의 눈으로 본 세상이 아니라 우리의 눈으로 본 세상을 받아들이며 살았다. 가족, 가문, 마을, 지방, 같은 직업을 가진 사람들, 같은 파당, 유대인, 이스라엘 사람이라는 우리의 눈으로 세상을 보았다. 아예 개인이라는 말 자체가 없는 삶이었다. 누가 나라고 말한다면 그것은 언제나 우리였다.

"나를 부인하라는 말은 내가 속한 공동체 우리를 부인하라는 말!"

제자들 중 아무도 아직은 그 말을 깨닫지 못했다. 왜 갑자기 나를 부인하라고 말하더니 또 나를 찾는 일이 중요하다고 말하는지 도무지 종잡을 수 없었다. 지금은 그렇게 한가로운 생각을 하고 있을 때가 아닌데 …. 죽음을 눈앞에 둔 사람이라면 그것을 피할 방법을 찾든지, 그 일 이후에 어떻게 무엇을 하라고 당부의 말을 남기는 일이 더 급하지 않겠는가?

그래서 때로 제자들에게 예수는 같이 길을 걷다가 훌쩍 다른 길로 넘어간 사람처럼 보였다. 이쪽 길의 끝에 무엇이 있는지 저쪽에서 다 살펴본 사람 같았다. 왜 그럴까? 왜 그에게 시간은 제 1시 다음에 제 2시, 그다음에 제 3시 차곡차곡 오지 않고 뭉치고 엉겨 붙어 한 덩어리가 됐을까?

예수에게 시간은 매듭을 짓는 일이다. 흘러내리는 물처럼 골짜기와 들판을 모두 거치지만, 때로는 산모퉁이를 휘돌고 폭포가 되어 아래로 쏟아지는 매듭이 있다. 한 매듭 안에 있으면 그에게는 모두 같은 시간 안에 있는 일이다.

기름 부음을 받은 이후, 예수는 이미 다른 매듭의 시간 안에 들어가 있는 셈이다. 실제로 고난을 받고 죽음을 맞이할 때에 이르지는 않았지만 이미 겪기 시작했다. 그가 겪는 일은, 그리고 겪을 일은 우리 속에 들어 있던 '예수'가 걸어 나와 나를 찾았기 때문이라고 생각했다. 오래전에 어떤 사건을 공통으로 경험한 '우리', 과거부터 지켜 내려온 '우리'의 가치에서 걸어 나오면 벗어날 수 없는 멍에를 지게 된다고 말한 셈이다.

'깨닫지 못하면 영영 가망이 없고, 깨닫는다고 해도 한동안 잘못된 길을 걷겠지.'

그러나 비록 그들에게 멍에를 지우는 일이 될 수밖에 없더라도 깨워 놓지도 않은 채 그대로 놔두고 떠날 수는 없다. 언젠가 때가 되면 제자들이나 사람들이 그동안 보지 못하고 살았던 '나'에 눈뜨는 날이 오리라고 예수는 믿었다. 끝까지 사람을 믿기 때문이다. 그때는 예수가 결정할 수 있는 일이 아니다. 앞당길 수도 없다. 오로지 사람들에게 달린 일이다.

예수는 제자들을 둘러보았다. 그리고 착 가라앉은 목소리로 말했다. 예수가 하려는 말을 가슴에 품으면 그들이 어떤 고난을 겪으며 살게 될지 잘 알기 때문에 무척 안타까웠다.

"자유를 얻고 자기 삶을, 그리고 자유의 책임을 짊어지라는 말입니다. 따지고 보면 내가 겪는 모든 일은 자유를 얻은 대가입니다. 그대들도 언젠가 강제로 갇혔던 울타리 밖으로 걸어 나오고 진정한 '나'를 찾는 날, 하느님 나라에 들어 있음을 알 것이오."

그때 예수의 가슴속으로 또 한 줄기 슬픔이 스며들었다.

'하느님 나라를 이루기가 이처럼 어려운 일인가?'

예수가 깨달았으니 이뤄지기 시작한 하느님 나라지만, 끊임없이 도전받고 탄압받고 중단되거나 엉뚱한 허상에 끌려갈 나라다. 사람이 어느 때에 온전히 '나'로 설 수 있을 것인가? 제자들 때에 단번에 이뤄질 일이 아니라는 것을 예수는 안다. 다만 그들을 통해 전해지기만 바랄 수밖에 …. 언젠가 때가 되면 그런 날이 올 것을 믿었다.

밤은 점점 깊어졌다. 밖에는 니산월 12일 푸른 달빛이 사락사락 눈 내리듯 쏟아지고 있었다.

햇빛 따뜻한 봄날 아침. 부드러운 바람이 살랑살랑 호수를 쓰다듬으며 건너왔다. 안개는 건너편 골짜기를 느릿느릿 걸어 올라가고 햇빛에 비친 잔물결이 은비늘처럼 찰랑찰랑 떼 지어 호수를 몰려다닌다.

예수는 얕은 물가를 따라 걸었다. 저만치 앞서 걷던 아버지는 가끔 멈춰 서서 뒤를 돌아본다. 아들과 눈길을 마주칠 때마다 아버지는 빙그레 웃으며 다시 걸음을 뗀다. 서로 말하지 않아도 어디로 가는지 아버지도 알고, 예수도 알고, 한동안 그렇게 걸었다.

뒤를 돌아보니 으레 따라오겠거니 생각했던 사람들이 모두 사라졌다. 아무도 없다. 그가 맨발로 걸어온 길을 물결이 씻어내고 있었다. 떼 지어 날던 호수 갈매기가 갑자기 후루룩 급하게 나무에 내려앉고 큰 비바람 몰아칠 때처럼 하늘이 우렁우렁 험상궂게 변했다. 갈릴리 호수가 꼿꼿하게 일어섰다. 건너편 산보다 더 높았다. 무섭게 출렁거리더니 그를 덮으며 쏟아졌다. 물속에 내동댕이쳐지면서 올려다본 하늘, 한 번도 경험한 적 없는 캄캄한 어둠이었다. 깊은 물속 끝 모를 바닥으로 천천히 가라앉는다. 그런데 오히려 마음이 편안했다.

갑자기 다급한 소리가 들렸다. 예수는 호수를 꿈속에 놔두고 돌아왔다. 다시 큰 소리가 들렸다.

"어머! 어머! 누구세요? 누구얏!"

여인숙의 막내 마리아의 목소리였다. 후닥닥 후다닥 사람이 급하게 달리는 소리도 들렸다. 한방에 누워 잠들었던 제자들이 튕기듯 벌떡 일어나 좇아 나가고 이 방 저 방 나눠 잠자리에 들었던 제자들도 모두 우당탕 뛰어나갔다. 예수도 일어나 벽에 기대어 앉았다. 문밖으로 뛰어나가며 시몬 게바가 다급하게 외쳤다.

"선생님! 선생님은 나오지 말고 계세요. 도마, 도마! 선생님을…."

유다와 작은 시몬은 방구석에 밀어 놓았던 보따리에서 무엇을 챙겨 들고 좇아 나섰다. 그들 손에 들린 것이 무엇인지 알아챈 예수가 막 문

밖으로 나가려는 그들을 불러 세웠다.

"유다! 시몬!"

"잠시 계십시오, 선생님! 제가 이놈들을 그냥!"

그들은 뒤도 안 돌아보고 뛰쳐나갔다. 그러기로 미리 정해두었던 것처럼 도마와 나다나엘 두 사람이 나란히 예수 앞을 가리고 서서 문 밖을 노려본다. 예수에게 접근하는 사람은 누구라도 거꾸러트릴 기세다. 안방에서 잠을 자던 막달라 마리아와 요안나 두 여제자가 서둘러 방으로 들어왔다. 그녀들은 문 바로 안쪽에 자리를 잡고 서더니 연신 밖을 내다본다. 예수를 보호하는 임무에 그들도 나서야 할 사람이라는 듯….

"마리아! 뒤로 물러나요! 놈들이 들이닥치면…."

"괜찮아요, 도마!"

그녀의 목소리는 의외로 침착했다. 깊은 정적이 흘렀다. 벽 오목한 등잔자리에 넣어 놓은 등잔불도 조용히 일렁였다. 가끔 픽 소리와 함께 불꽃이 갑자기 커졌다가 작아졌다. 방 안에 있는 사람 모두 어떤 한 숨결에 자기 숨을 모은 듯 그저 조용히 기다렸다. 한참 후, 밖을 기웃 내다보던 마리아가 한 걸음 옆으로 비켜서며 입을 열었다.

"선생님! 어떤 사람을 잡아끌고 오나 봅니다."

곧 마당이 소란스러워졌다. 여러 사람의 발자국 소리가 어지럽게 들렸다. 금방 무슨 일이 벌어질 듯 팽팽한 긴장이 감돌았다.

"이놈! 들어가자!"

유다의 거친 목소리가 들렸다. 한 사내의 등을 떠밀며 제자들이 우르르 들어왔다. 방 안은 흐릿한 등잔불 하나로는 감당할 수 없을 만큼

선 사람들 앉은 사람들로 꽉 찼다. 여러 사람이 내뿜는 거친 숨소리 때문에 방 안 공기는 터질 듯 팽팽했다. 붙잡혀 들어온 사내는 머리에서 허리까지 시커먼 그물을 뒤집어쓰고 있었다. 가쁜 숨을 쉬느라 어깨가 오르내리고, 가슴도 불룩불룩 했다.

"무릎 꿇어!"

짧고 단호하게 유다가 명령했다. 사내는 주저 없이 무릎을 꿇었다. 저항하지 않고 시키는 대로 순순히 무릎을 꿇는 것으로 보아 어느 집 하인이 분명했다. 유다가 그물을 벗겼다. 사내의 얼굴이 드러났다.

"선생님! 작은 시몬이 뒤쫓아 가면서 냅다 채찍을 휘둘러 후려치고, 유다가 그물을 던져 사로잡았습니다. 두 사람, 정말 번개처럼 빠른 솜씨였습니다. 하마터면 이놈마저 놓칠 뻔했습니다."

요한이 신이 나서 설명했다. 사내의 왼쪽 뺨과 콧등 그리고 오른쪽 뺨에 이르기까지 길게 상처가 보였다. 상처에서 피가 흘렀다. 검붉은 피는 너울거리는 등잔 불빛을 받아 반짝였다. 지켜보던 마리아가 무슨 생각인지 서둘러 방 밖으로 나갔다.

예수 앞에 꿇어앉은 그는 의외로 담담했다. 비록 무릎을 꿇었지만 태도는 의젓했다. 험악하게 둘러싼 제자들이 조금도 두렵지 않다는 듯, 그리고 얼굴에 피가 흐르는데도 별것 아니라는 표정이었다. 신분은 하인처럼 보였지만 태도를 보아 그가 섬기는 주인이 범상치 않은 사람임에 분명했다.

그는 예수를 똑바로 바라보며 조용하면서도 나직한 목소리로 입을 열었다.

"예수 선생님! 저는…."

그는 예수를 선생님이라고 불렀다. 적개심도 두려움도 그의 눈에 담겨 있지 않았다.

"잠깐! 기다리세요. 피가 흐르니, 먼저 ⋯ ."

그렇게 말하면서 예수가 그에게 가까이 다가가려고 하자 나다나엘과 도마가 동시에 예수를 가로막고 나선다.

"선생님! 안 됩니다."

"바돌로메 나다나엘! 유다 다대오 도마! 물러서시오!"

어린 자식들을 경계하거나 엄하게 나무라면서 이름을 부르는 부모처럼 예수의 목소리에는 서늘한 위엄이 서려 있다. 예수는 어느 제자든 그런 식으로 이름을 부른 적이 없었다. 나다나엘과 도마 두 사람뿐만 아니라 다른 제자들 모두 멈칫했다. 그들은 예수가 무엇을 하려는지 이미 깨달았다. 이미 유다는 거무스레한 그물을 이리 접고 저리 접어 옷소매 속에 밀어 넣어 감추고, 감아든 채찍을 흔들거리던 작은 시몬도 슬그머니 손을 뒤로 숨겼다.

그 짧은 순간, 묘하게 흥분하고 들떠 있던 제자들은 누가 갑자기 찬물이라도 확 끼얹은 듯 정신을 차렸다. 그들은 예수의 제자다. 힘으로 누구를 제압하려는 사람들이 아니다. 내 마음을 먼저 열고 상대 마음에 잇대려는 사람들이다. 그들은 자기들이 예수의 제자라는 사실을 다시 깨달았다. 순간 제자들은 건널 수 없을 만큼 깊은 골짜기 저쪽에서 이쪽에 서 있는 선생을 마주 바라보는 사람이 됐다.

사내 앞에 다가가서 허리를 굽혀 상처를 바라보더니 예수는 아예 그 자리에 주저앉았다. 두 손으로 사내의 얼굴을 받쳐 들고 찬찬히 상처를 살폈다. 예수는 얼굴을 꿈틀거리며 당혹스러워 하는 사내의 어깨를 가볍게 두드리며 진정시켰다.

"이런, 피가 많이 흐르네요. 아플 텐데…."

그때 조그만 보퉁이를 든 마리아가 부리나케 안으로 들어왔다. 그녀에게 자리를 내주고 예수는 옆으로 비켜 앉았다. 마리아는 보퉁이를 풀어 하얗고 깨끗한 천 조각을 꺼내 사내의 얼굴에 흐르는 피를 자근자근 눌러 닦아주었다. 그리고 조그만 병을 열더니 새로 꺼낸 천에 흠뻑 기름을 따라 상처에 꼼꼼히 발랐다. 사내는 눈을 감고 마리아가 돌보는 대로 얼굴을 맡겼다. 낯모르는 남자 얼굴을 손으로 만지며 약을 발라 주는 그녀가 조금도 이상하게 보이지 않았다. 예수를 따라다니면서 그런 일이라면 늘 그녀가 도맡았기 때문이다.

얼굴에 기름을 발라주면서 답답한 오라비를 타이르는 누이동생처럼 마리아가 나지막한 목소리로 그를 나무란다.

"왜 또 찾아왔어요? 내가 여러 번 말했잖아요! 절대로 안 돌아간다고…."

제자들은 모두 깜짝 놀랐다. 그리고 마리아와 사내의 얼굴을 번갈아 쳐다본다.

"선생님! 저는…."

그 사내가 더 말을 잇기 전에 마리아가 먼저 입을 열었다.

"갈릴리 알렉산더의 하인입니다."

그 말에 갑자기 제자들이 소란스러워졌다.

"이런 나쁜 놈! 이놈이 그 알렉산더 놈의 부하구나!"

"그런 놈이니 도둑처럼 집안을 기웃거렸지! 달아난 놈도 꼭 잡았어야 하는데. 아, 아깝다!"

제자들이 뭐라고 거친 말을 하든 조금도 위세에 눌리지 않고 그는 하려던 말을 이었다.

"알렉산더 공의 명령을 전하려고 마리아를 찾아왔습니다. 공이 말씀하시길, '마리아! 갈릴리로 돌아가시오! 예루살렘은 그대가 있을 곳이 아니오. 해가 뜨면 바로 떠나시오! 어떤 경우라도 이달 14일이 시작되기 전에 예루살렘을 떠나시오! 마지막 명령이오!'"

말을 마친 그는 마리아의 얼굴을 눈으로 더듬었다. 간절히 설득하는 표정이었다.

"흐음!"

예수는 무슨 말인지 다 안다는 듯 아무 말도 없이 연신 고개를 끄덕이고, 므나헴은 씁쓸한 표정을 지으며 고개를 가로저었다. 제자들 눈이 일제히 마리아에게 쏠렸다. 세베대의 아들 야고보가 신음하듯 말을 내뱉었다.

"아니! 마리아, 그럼 이게?"

야고보의 말에 대답을 하지 않고 마리아는 들고 들어온 보퉁이에서 조그만 주머니를 꺼내 들었다. 천천히 주머니 끈을 열어 왼손바닥에 무엇을 쏟았다. 돈이다. 하얀 은전 몇 개가 등잔 불빛 아래 드러났다. 마리아는 엄지와 검지로 은전을 집어 들었다. 알렉산더의 하인 눈앞에 보여 주더니 마치 심부름 시키는 어린아이에게 이르듯 또박또박 말했다.

"여기 이 은전 두 닢은 그날 알렉산더 그 사람이 내 손에 쥐여 준 돈이에요. 그 돈을 그대로 돌려주는 거고요."

그러더니 그의 손에 은전 두 닢을 쥐여 주었다.

"그리고, 이 은전 네 닢은 내가 그에게 얹어 주는 돈이에요. 여섯 닢 모두 그에게 전하세요. 그리고 내 말도 똑똑하게 전하세요. 한 마디도 빼놓지 말고 … ."

그녀는 깊게 숨을 들이쉬고 내쉬었다. 가슴속에 여러 가지 생각이 떠오르고 흘러가고 가라앉고 있다는 것을 모두 알 수 있었다. 차마 하기 어려운 말이지만 오래 가슴에 맺혀 있던 매듭을 푸는 사람 같았다.

"전하세요! '일곱 귀신 들렸다고 소문난 여자는 부끄럽지 않더니 마리아가 지금은 그대 알렉산더에게 수치를 안겨 주는 여자가 되었나요? 나는 처음부터 그대에게는 수치를 모르는 여자였지요. 그대는 내 수치를 지켜주지 못했지요'. "

마리아의 말을 듣고 있던 야고보가 한 발 앞으로 나서며 거칠게 말했다.

"선생님! 이자를 끌고 나가 나무에 매달겠습니다."

목소리는 이상하게 떨렸고 이글거리는 눈빛이 섬뜩했다. 분해서 몸마저 부들부들 떨었다.

"그러겠습니다. 나무에 매달겠습니다."

시몬 게바도 나섰다. 예수가 그들에게 엄한 목소리로 말했다.

"바요나 시몬! 그리고 보아니게 야고보! 그이를 놓아 보내시오!"

"선생님!"

"어서!"

예수는 바요나 시몬, 즉 요나의 아들 시몬이라는 정식 이름으로 시몬 게바를 불렀다. 세베대의 아들 야고보는 그에게 붙여주었던 이름 보아니게, 우뢰의 아들이라는 이름으로 불렀다. 그렇게 그들의 이름을 부르는 예수의 목소리에는 역시 거역할 수 없는 위엄이 서려 있었다.

제자들은 예수의 엄한 꾸짖음에 불만스러운 마음을 숨기려는 듯 고개를 숙였다. 그리고 할 수 없이 알렉산더의 하인을 놓아주었다.

"아!"

예수에게 깊게 허리 숙여 인사하고 떠나는 사내를 바라보는 제자들 가슴속으로 성큼 한 발 들이미는 어떤 생각이 있었다. 혼을 내주지 않고 그냥 돌려보냈다는 아쉬움이 아니었다. 그건 두려움이었다.

"14일이 시작되기 전…."

13일 해가 떨어지고 14일이 시작되면, 예루살렘에서 몸을 빼 달아날 수 없게 된다는 뜻이 아니겠는가? 선생에게 닥칠 일이라면 결국 그들에게도 닥치는 일이 아니겠는가? 그건 마리아에게 전하는 경고일 뿐만 아니라 예수의 제자들도 들으라는 공개적 경고다. 살고 싶으면 모두 예수를 떠나라는…. 이미 12일이 시작된 밤이니 앞으로 이틀이 채 안 남았다는 말이다.

그날 초저녁에 마리아가 예수의 머리 위에 기름 부었던 광경을 떠올렸다. 언젠가 일어나리라고 선생이 여러 번 경고했던 일이 드디어 눈앞까지 다가왔음을 알게 됐다. 그건 다음 달, 다음 해에 일어날 일이 아니다. 이제 하루이틀 안에 피할 수 없는 무서운 일이 되어 그들을 덮칠 것이다. 아무리 눈치 없는 제자들이지만 왜 갈릴리의 알렉산더가 위험을 무릅쓰고 하인을 보내서 마리아를 돌려보내려고 하는지 알 수 있었다.

자리를 정리하고, 등잔불을 끄고 다시 자리에 누웠지만 제자들은 그 밤 내내 제각기 다른 생각에 빠져 잠을 이루지 못했다. 일생에 한

번 겪기도 어려운 여러 가지 일이 한꺼번에 일어나고 있음을 알았다. 잔잔하게 흐르던 요단강 물이 산모퉁이를 돌더니 쭈쭈 급한 소리를 내며, 하얀 거품을 일으키며 빠르게 흐르기 시작했음을 알았다.

'나'를 벗어나는 일, 찾는 일, 그리고 자유를 얻는 일, 예수의 가르침에 더 이상 매달리고 생각할 겨를이 없게 됐다. 휩쓸려 떠내려가지 않으려면 무언가 붙잡고 버티다가 기회를 보아 강가로 나와야 한다는 생각만 들었다.

그 밤 내내, 마리아는 좀처럼 잠을 이룰 수 없어 몸을 뒤척였다. 요안나도 마찬가지로 잠을 잘 수 없는 듯, 가끔 숨죽여 한숨을 쉬는 소리가 들렸다.

'결국, 일이 여기까지 … .'

마리아는 무서운 일이 일어나기 시작했다고 이미 알고 있었다. 그래서 선생의 머리에 기름을 부으며 의식을 치렀다. 그런데 그 예감이 사실이 되기 시작했다. 갈릴리의 알렉산더가 다시 하인을 보냈다는 일이야말로 이제 피할 수 없는 단계에 들어갔다는 신호였다.

'명예가 더럽혀질까 봐 나를 선생님에게서 떼어 놓으려는 속셈이겠지 … .'

알렉산더는 원래 그런 사람이었다. 세상 모든 일을 명예와 수치羞恥, 오직 두 가지 잣대를 들이대고 재는 사람이다. 마리아는 이미 오래전부터 그를 꿰뚫어 보고 있었다.

비 내리던 막달라 밤거리가 생각났다. 일곱이나 되는 귀신에 들렸다고 사람들이 대놓고 손가락질하던 무렵이었다. 가슴이 터질듯 답답하고 괴로워 정신없이 뛰어나가 빗속을 헤매다가 생선공장 골목에서 우연히 알렉산더와 그의 부하들을 다시 만났다. 빚으로 종살이한 지 7년째 접어들던 해에 그를 떠났으니 이미 햇수가 꽤 많이 흘러 오래됐지만 서로 금방 알아볼 수 있었다. 그는 아무 느낌도 없는 차가운 눈으로 그녀를 한참 훑어보았다. 그리고 큰 적선이라도 하는 듯 은전 두 닢을 그녀의 손에 쥐여 주고 등을 돌렸다. 그래도 되는 사람처럼, 그래야 되는 사람처럼. 등을 돌리는 그의 표정은 무섭도록 단호했고 어깨는 무엇으로도 되돌릴 수 없을 만큼 단단하게 굳어 있었다.

마리아는 결코 복수를 생각하는 여자가 아니다. 누군가의 마음에 칼을 꽂아 피를 흘리게 하는 여자가 아니다. 그렇게 해도 아무 의미 없다는 것을 누구보다 잘 아는 여자다. 그러나 집요하게 그녀를 갈릴리로 돌려보내려는 알렉산더에게 이제까지 가슴속에 품고 있었던 말을 해 주고 싶었다. 엉겁결에 받아 든 은전 두 닢도 언제든 기회가 되면 돌려주고 싶어서 늘 지니고 있었다.

이제 수치스러운 사람은 마리아가 아니다. 그녀가 보낸 여섯 닢의 은전을 받아 드는 순간 알렉산더는 갈릴리, 유대, 온 이스라엘에서 가장 큰 모욕을 당한 사람이 될 것이다. 고작 은전 두 닢짜리 사람이었으나, 마리아는 후하게 여섯 닢으로 그의 가치를 매겼다고 소문이 날 사람이다.

'그러나 그 일이 무슨 의미가 있으랴! 선생님의 가르침대로라면 알렉산더 그 사람을 문 밖에 세워 두고 쾅 문을 닫아도 되는 하느님 나라가 아니라는데 ….'

그녀는 하얀리본 두목이라는 사람이 예수를 찾아올 때까지 한숨도 못 자고 밤을 새웠다. 문을 열 수도 닫을 수도 없어서 문고리를 잡고 끊임없이 달그락거렸다.

✣

알렉산더는 새벽녘에 눈을 떴다. 언제나 그랬듯 여기가 어딘지 천장도 올려다보고 손으로 침대도 만져보면서 그대로 누워 정신을 모으고 가늠해 본다. 요즈음은 꿈속에서 늘 어딘가를 헤맨다. 때로는 다리가 후들거릴 만큼 아득히 높은 절벽 끝에 서서 그 아래를 내려다보기도 하고, 때로는 사람들이 사해死海라고도 부르는 소금 호숫가 버석거리는 소금 덩어리 위를 맨발로 걷기도 하고, 동굴은 동굴인데 나가는 길을 찾지 못해 아무리 걸어도 다시 그 자리로 돌아오는 굴속에서 기진맥진 걸음을 옮긴다.

"휴우!"

습관처럼 길게 한숨을 쉬었다. 나이를 먹어 그런지 한번 눈을 뜨면 좀처럼 다시 잠들 수 없다. 멀뚱한 눈으로 천장을 올려다본다.

잠자리에 들기 전 하인에게서 들었던 보고가 떠올랐다. 마리아가 그럴 수 있다니, 무척 수치스러웠다. 검은 들개에게 다리를 물린 것보다 더 수치스럽다.

"저기 … 주인님, 드릴 말씀이 있습니다. 제가 전해들은 얘기입니다. 낮에 성전 뜰에서 예수 무리에 끼어 앉아 있던 사람에게서 … ."

"말해 봐!"

"그 마리아, 막달라 마리아가 마음속으로 사모하는 사람이 붙잡혔답니다.”

“뭐야? 누가 붙잡혀? 어디에?”

뜻밖이었다. 그녀가 누구를 사모했다는 말도 그렇고, 붙잡혔다는 말도 그렇고. 그가 한 번에 여러 질문을 던지자 하인은 우물쭈물하다 조심스럽게 말을 뗐다.

“예, 말씀드리겠습니다. 마음속으로 사모하는 연인이 지금 성전 경비대에 체포되어 있어 마리아가 무척 심란하답니다. 그러니 주인님께서 아무리 명령을 내리셔도, 당분간은 여기 예루살렘에 머물러 있을 것 같습니다. 일이 어찌 처리될지 지켜보면서 ….”

“뭐? 성전 경비대에 체포됐어? 왜?”

“하얀리본이라는 도적떼의 두목이라고 합니다.”

알렉산더는 입을 다물었다. 혼란한 마음을 보이기 싫어서 말없이 손짓으로 하인을 내보냈다. 손에 잡히는 것을 아무것이라도 집어 들어 하인의 뒤통수에 냅다 던지고 싶었다. 마리아가 예수의 여자가 됐더라는 말보다 더 수치스러운 소식이었다.

‘야! 너, 마리아! 너는 도대체 ….’

만일 그녀가 눈앞에 있으면 막 소리를 지르고 떠밀고 뺨을 후려치고 싶었다. 그건 말이 안 되는 얘기였다. 그런데 마리아의 얼굴이 언뜻 떠올랐다. 그녀의 눈도 보였다. 그녀는 눈을 똑바로 뜨고, 단 한 번도 깜박이지 않고 알렉산더의 눈을 마주 바라보고 서 있었다. 증오나 원망이나 후회, 어떤 색깔도 띠지 않은 그저 깊고 서늘한 눈이었다. 풍덩 빠지고 싶을 만큼 깊은 눈이었다. 그녀의 눈은 늘 그랬다.

마리아는 이미 알렉산더 심장에 깊게 박힌 가시가 됐다. 예수를 따라다닌다는 보고를 처음 받은 날부터. 기억을 일깨우고, 감각을 일깨우고, 눈감고 살았던 일을 자꾸 되살려내는 가시였다. 그녀는 요구하는 것 없이 모든 것을 요구하는 여자가 됐다. 잊을 수 없는 것을 잊으라고 말하는 여자, 잊을 만하면 잊지 말고 눈뜨라고 깨우는 여자, 알렉산더가 단단히 지키려는 세상을 스르르 녹이려는 여자였다.

'혹시 세포리스 그 젊은이?'

생각이 그에 미치자 그제야 모든 일이 확연히 눈에 보였다. 불이 붙은 것처럼 활활 타는 눈을 가졌던 젊은이, 알렉산더가 휘두른 채찍을 거머잡고 당차게 버티던 젊은이, 넘어진 친구를 보호하기 위해 그와 당당히 맞섰던 젊은이의 모습이 떠올랐다. 그들은 나사렛에서 왔다고 했다. 물은 목마른 사람끼리 나눠 먹어야 한다고 외치던 사람, 그가 바로 마리아가 사모하는 히스기야가 틀림없었다.

'그러면 이미 그때부터 첫눈에 그를 사모하게 됐는가? 말없이 몇 년 동안 나를 따르면서도 그 젊은이를 그리워했는가? 그래서 굳이 종살이 기간이 끝나자마자 나를 떠나 막달라로 돌아갔고, 언젠가 예수를 찾아올 히스기야를 기다렸는가?'

예수 품에 그녀가 안겨 있는 광경을 상상하는 것보다 더 분했다.

갈릴리의 조그만 시골 마을, 어디에 붙어 있는지 아무도 알지 못했던 나사렛에서 왔다는 두 사람이, 이제 알렉산더의 앞에 나란히 모습을 드러냈다. 세포리스 저수조에서 그랬던 것처럼 두 사람은 어깨를 나란히 한 채 버티고 서 있다. 알렉산더 앞에 나란히 섰던 그들이 세상과 예루살렘 성전 앞에 나란히 섰다. 알 수 없는 운명이 한 발짝씩 천천히 다가오고 있음을 알렉산더는 느꼈다. 히스기야가 예수 같고, 예수가 히스기야 같아 보였다.

이제 알렉산더에게는 예수뿐만 아니라 히스기야도 반드시 제거해야 할 사람이 됐다. 그저 도적떼 두목이 아니라 마리아의 마음을 사로잡은 사람이기에 더욱 그렇다.

결코 엮이고 싶지 않은 일, 수치스러울 수밖에 없는 일에 이미 깊이 빠져들었음을 그는 깨달았다, 마리아와 연결된 채. 사람들은 예수와 히스기야, 그리고 마리아의 이름과 연결해서 그를 함께 입에 올릴 것이다. 마리아가 그를 시궁창으로 끌고 들어간 셈이었다.

알렉산더는 방금 나간 하인을 다시 불러들였다. 불같이 치밀어 오르는 화를 누르고 차가운 목소리로 명령했다.

"이 밤 안으로 끝내! 내 귀에 더 이상 마리아 이름이 들리지 않도록! 그리고 날 밝으면 사람들 눈에 띄지 않도록 므나헴을 불러들여!"

"알겠습니다."

일을 제대로 처리하지 못한 하인도 괘씸했고, 눈을 똑바로 뜬 채 마주 섰던 나사렛 젊은이들도 같잖고, 마리아는 하는 짓이 생각할수록 분했다. 만일 갈릴리로 내려가지 않고 예루살렘에서 계속 버틴다면 인정사정 볼 것 없이 그녀마저 싸잡아 끝내야 한다고 마음먹었다.

"이번에 또 실수하면 자네도 용서하지 않겠어! 나가 봐!"

침상에 누워 마리아가 사모하는 사람이라는 말을 거푸 생각하고 또 생각했다. 곧 날이 밝으면 그녀에 관한 일을 처리하러 나간 하인이 들어와 결과를 보고하겠지만, 더 이상 드러누워 있지 못할 만큼 마음이 불편했다. 이리 누워도 저리 누워도 편치 않았다. 옆구리도 결리고 허리도 아팠다. 일어나 앉아 멍하니 벽을 바라보다가 침실 옆문을 열고

발코니에 나가 섰다.

분봉왕 안티파스가 예루살렘에 올 때만 사용하는 옛 하스몬 왕궁은 새벽 달빛 아래 조용히 잠들어 있다. 사람들이 잠들면 건물도 곧 잠이 든다. 건물만 깨어 밤새 부스럭거리고 두런거리면 그렇게 무섭고 두려울 수가 없다. '건물이 들려주는 얘기를 다 알아듣는 사람은 철학자가 되지 않으면 미친 사람이 된다'는 말이 떠올랐다.

눈을 들어 건너편 성전산을 바라본다. 하얀 옷을 입은 여인처럼 예루살렘 성전이 다소곳이 앉아 있다. 여인은 언제나 부름을 기다린다. 앉은 자리를 빙 둘러 촛불을 켜 놓고 주인이 돌아오기를 기다리는 여인, 텅 빈 공허와 부질없음이 쓸쓸하고 외롭다. 알렉산더의 눈에는 그렇게 보였다.

성전과 궁전 사이 남북으로 길게 뻗은 튀로포에온 골짜기가 보인다. 낮에는 수많은 사람들이 북적이지만 지금은 그곳도 어둠 속에 조용하다. 푸르스름한 달빛 아래 어렴풋이 드러난 거리와 골목은 오래전 말라 죽은 고목처럼 생명이 떠난 아픈 자리를 앙상하게 드러낸다. 삶이란 그러려니 그냥 넘어가려는데 소금 냄새 같은 회한이 훅 가슴을 파고든다. 아리아리하게 아픈 그 자리에 마리아 그녀가 서 있다.

"흠! 흠!"

문득 이상한 예감이 알렉산더를 휘감았다. 예감은 새벽 공기처럼 싸하게, 때로는 가슴 서늘하게 밀려들었다.

'이제는 마리아가 내 앞길을 막아서는 사람이 되려 하는구나! 그렇게 되기 전에 정리해야 돼!'

그대로 놔두면, 그가 걸려 넘어지든 마리아가 거꾸러지든 피할 수 없는 운명이 되어 마주하는 날이 오리라는 생각이 든다. 그녀는 더 이상 다소곳 순종하는 여자가 아니고, 잔잔하게 밀려들어 그를 덮고 넘어가는 물결이 되리라. 천하의 갈릴리 알렉산더가 막달라 여자의 물결에 휩쓸릴 수는 없다고 고개를 흔든다.

그 순간, 건너편 성전이 일어서는 것이 눈에 들어왔다. 더 이상 성전산 위에 앉아 때를 기다릴 수는 없다는 듯, 이제 날개를 달고 하늘로 날아오를 때가 됐다는 듯, 하얀 옷을 걸친 두 팔을 너울너울 퍼덕인다. 불빛에 비친 성전에 마리아의 얼굴이 보이는 것은 웬일일까?

마리아는 더 이상 알렉산더를 기다리는 여자가 아니다. 그녀는 자꾸 손가락으로 그의 발밑을 가리킨다. 마치 발밑이 무너지고 있다고 말하는 것처럼. 그녀의 뒤에 세포리스 저수조에서 만났던 두 젊은이가 어깨를 나란히 하고 서 있고. 생각만 해도 그런 일은 있을 수 없는 수치다. 그는 다시 한번 마음을 모질게 다졌다.

'그래 봐야 이제는 끝이야! 이 알렉산더에게 마주 서다니 ….'

올리브산 너머 동쪽 하늘이 점점 밝아왔다. 오늘은 분봉왕을 수행해서 지금은 총독궁으로 쓰이는 옛 헤롯 왕궁으로 빌라도 총독을 찾아가는 날이다. 알렉산더는 총독과 분봉왕의 회담이 유대와 갈릴리, 크게 보아 이스라엘의 역사에서 앞으로 몇십 년간 큰 영향을 미칠 일이 되리라 생각했다. 그 둘이 서로 각자의 능력과 한계를 명확하게 인정하고 할 수 있는 범위 안에서 협력한다면 이스라엘에 몰려오는 사막 모래바람을 걷어낼 수 있으리라 믿었다.

갈릴리에서 몰려온 예수와 그 무리를 적절하게 제거하는 일이 분봉왕과 총독이 첫 번째 손잡고 처리해야 할 가장 중요한 일이 되리라. 첫 회담에서 그동안 쌓였던 모든 일을 다 풀어낼 수는 없겠지만 적어도 분봉왕은 총독이 아쉬워하는 것을 줄 수는 있다. 손에 쥔 것을 적절하게 풀어놓으면 총독을 끌어들일 수 있을 것이다. 아레니우스가 그러했던 것처럼 로마사람들은 갈릴리 호수에서 나오는 물고기와 생선가 공품이라면 체면 불구하고 손을 벌렸다.

총독과 회담을 구상하고 있을 때, 하인이 조용히 방 안으로 들어왔다. 마리아 일 때문에 지난밤 단단히 혼이 났던 사람이다.

"그래, 제대로 처리했나? 마리아를 쫓아 보냈나?"

"그게 … ."

그의 얼굴에 깊게 패인 상처가 눈에 들어왔다.

"얼굴은 왜 그래? 그자들과 싸움이 벌어졌나?"

"밤길에 발을 헛디뎌서 조금 다쳤습니다만, 괜찮습니다."

"사람이 못나 가지고 … . 그래, 어찌됐어?"

"마리아가 워낙 말을 안 들어서 … ."

그는 자꾸 알렉산더의 눈길을 피했다.

"그럼 처치하라고 했잖아?"

"거기에 예수 제자들이 많이 몰려 있어서 그렇게 하기는 좀 적당하지 않았습니다."

"내가 보니 자네가 옛정을 생각해서 좀 물렁물렁한 것 같아! 이제는 그런 일 생각할 때가 아니야. 일이 잘못되면 내가 큰 수치를 당하게 생겼어! 이 알렉산더가 그깟 여종 때문에 사람들 입줄에 오르내려야 하겠어?"

사실 그 하인은 알렉산더에게는 분신이나 마찬가지다. 입으로 말하지 않아도 그의 마음을 알아차리는 사람이다. 알렉산더를 섬기기 시작한 지 30년도 넘었다. 이미 수염이며 머리가 모두 하얗게 셌다.

"그래서 말씀입니다만…. 제가 그동안 별도로 수소문을 했습니다. 마리아의 아비와 가족들이 어디로 갔는지."

그가 말머리를 돌렸다. 마리아를 처치하지 않고도 다룰 수 있는 방법을 찾았다는 말처럼 들렸다. 그러나 웬일인지 그 말을 하면서 몇 번씩이나 숨을 들이쉬고 내쉬고, 머뭇거렸다.

"그랬어? 그래 찾았나?"

"예! 마리아가 열다섯 살에 주인님 아버님 댁에 종으로 들어온 다음 해에 아비가 가족을 데리고 유대 남쪽으로 흘러갔습니다."

"그래, 지금 어디 살아?"

"가족이 뿔뿔이 흩어져 떠도는 중에 어미도, 오라비들도 다 죽었다고 합니다. 그런데 그 아비는 살아 있습니다. 지금 소금호수 부근에 있는 조그만 마을에 사는데, 나이도 들고, 눈도 멀고, 동네 거지로 지냅니다. 몇 달째 사람을 풀어 샅샅이 훑어 겨우 알아냈습니다. 때맞추어 잘된 것 같습니다."

알렉산더는 잠시 무언가 생각하는 듯하다가 아주 쌀쌀한 어조로 명령을 내렸다.

"내가 그런 일까지 이래라저래라 할 수는 없으니 자네가 잘 알아서 처리해!"

하인은 깊이 허리를 숙이고 물러났다. 알렉산더의 방에서 나와 하인들 묵는 방으로 걸어가면서 그는 부르르 몸을 떨었다. 알렉산더의 말이 무슨 뜻인지 알기 때문이다. 그의 입에서 마리아를 처리하라는 말이 거푸 나오는 것을 들으니 주인은 참으로 무섭고 냉정한 사람이다. 젊은 날에 알렉산더를 모시고 마리아와 함께 아랫갈릴리 윗갈릴리를 돌아다녔던 일이 눈앞에 떠오른다. 주인의 여자였기 때문에 감히 넘볼 수 없었던 마리아의 모습도 떠오른다.

서쪽 하늘에 달이 홀로 밝다. 눈으로 보면 거의 만월에 가깝다. 그는 길게 한숨을 쉰다. 가슴이 저릿저릿하고 뻐근하다. 마치 마리아 그녀에게 말하듯 달을 올려다보며 그는 마음속에 묻어두었던 말을 조심스럽게 내뱉는다.

'이게 다 그대의 목숨을 구하기 위한 짓이오, 마리아!'

✠

그 밤, 유대 달력으로 니산월 12일, 지중해 동쪽 끝 카이사레아는 달빛 아래 너무 조용했다. 큰 바다를 넘어 밀려온 파도도 카이사레아 항구의 부두에 이르면 넘실대다가 힘을 풀고 방파제를 부드럽게 어루만지며 스러진다. 헤롯왕은 카이사레아를 건축하면서 파도가 직접 부두를 때리지 못하도록 방파제를 세웠다. 물속에서 단단하게 응고되는 석회석을 발라 보강한 부두와 방파제는 늘 겨울만 되면 바다를 뒤집듯 몰아치는 거친 파도에도 끄떡없었다.

총독의 명령을 받아 예루살렘으로 올라가던 천부장 마르쿠스가 갑자기 되돌아와 여기저기 한바탕 소란을 떨며 수색하다가 떠난 후, 항구는 다시 평온을 찾았다. 낮에는 지중해 뜨거운 햇빛 아래 찰랑찰랑

파도가 빛났고, 밤이면 달빛 아래 고요히 잠들었다. 총독궁에서 흘러나온 불빛은 잔잔하게 밀려드는 파도 위를 부드럽게 타고 넘고, 가끔 갈매기가 무엇에 놀란 듯 끼룩끼룩 날아오르는 일이 전부였다.

사람들이 모두 깊은 잠에 빠지고, 총독궁을 지키던 경비들이 크게 하품을 하며 밀려드는 졸음을 참고 있을 무렵, 선수船首가 바다로 향하도록 하고 부두에 정박한 세금선 옆으로 조그만 배 한 척이 접근했다. 잔잔한 파도를 타고 조용히 다가온 배에서 사내 다섯 명이 몸을 일으켰다. 그리고 갈고리 달린 줄을 갑판 위로 던져 올린 후, 한동안 기척을 살피다가 차례로 줄을 타고 배에 올랐다. 큰 바다를 왕래하는 로마군 세금선이라 갑판까지는 꽤 높건만, 거뜬하게 줄을 걸고 오르는 것으로 보아 그런 일에 익숙한 사람들로 보였다.

그때 부두를 따라 어떤 사람이 수레를 끌고 배 쪽으로 걸어왔다. 부두에 들어오는 길목은 로마군 경비병들이 밤낮으로 지키고 있는데 어떻게 들어왔는지 알 수 없는 일이다. 삐걱삐걱 바퀴 소리를 내며 수레가 접근하자 세금선 갑판에서 배를 지키던 경비병들이 우르르 부두 쪽 갑판으로 몰렸다.

"누구얏! 왜 여기에 왔어? 무슨 일이야?"

수레를 끌고 온 자는 하얗게 이를 드러내며 웃는다. 그리고 손을 위아래로 흔들어가며 무어라 말하는데 로마군 병사들이 알아들을 수 없는 말이다. 그는 수레에 실린 자루 두 개를 어깨에 둘러메더니 갑판으로 오르는 다리에 발을 얹었다.

"무슨 일이야? 여기 올라오면 안 돼! 멈춰라!"

그 순간 반대편 갑판에 올라온 사내들이 팔을 크게 뒤로 젖혔다가 날카로운 쇠꼬챙이를 날렸다. 두 번씩 날릴 필요도 없이 첫 꼬챙이가 정확하게 경비병들 등에 박혔다. 경비병들은 비명도 지르지 못하고 한순간에 푹 고꾸라졌다. 유대인들은 보통 비수를 사용하는 데 반해 그들이 날린 쇠꼬챙이는 제대로 다듬지 않아서 무척 투박스럽게 생겼지만 날카롭기는 그만이었다. 게다가 앞부분에 무게중심을 두어 조금도 흔들거리지 않고 똑바로 날아가 박혔다. 쓰러진 경비병 하나에 사내들 두 명씩 달라붙어 마주 들고 흔들흔들 하다가 차례로 어두운 밤바다에 던졌다.

수레를 끌고 온 사내는 몇 번씩 다리를 오르내리며 싣고 온 자루를 갑판으로 옮겼고, 갑판에 있던 사내들은 자루 속에서 작은 자루들을 꺼내 갑판과 선실로 내려가는 곳 여기저기에 부지런히 던져 놓았다. 수레를 끌고 온 사내가 부두에서 배로 올라오는 다리를 밀어내 물에 빠뜨리고 고개를 끄덕이자 그들은 모두 반대편에 매여 있던 줄을 타고 조그만 배로 내려갔다. 그들이 로마군 부두를 벗어나 방파제 밖 민간 부두 쪽에 채 이르기 전에 세금선에서 '펑!' 소리와 함께 불길이 치솟았다. 너울거리는 불빛에 놀라 카이사레아 도시가 곧 깨어났다.

사내들이 여기저기 던져 놓은 유황 자루에 불이 붙어 불길은 맹렬했고, 배는 금방 한쪽으로 비스듬히 기울더니 얼마 지나지 않아 물속으로 빠져들었다. 뒤늦게 병영에서 쏟아져 나온 로마군은 물속으로 사라져가는 배를 그저 바라보고 있을 수밖에 없었다. 로마로 보내려고 모아 놓았던 공물이 고스란히 배와 함께 불타며 가라앉았다.

"이거 큰일 났네! 세금선이 가라앉았으니 … ."

총독과 천부장의 부재중에 카이사레아 책임자로 임명받은 보병대장이 혼잣말로 중얼거리며 몸을 떨었다. 총독이 얼마나 펄펄 뛰고 고래고래 소리 지르며 정강이를 발로 걷어찰지 훤히 보였다.

"아마 책임을 물어 나를 처형할지도 몰라… ."

빌라도라면 능히 그럴 사람이다. 보병대장은 정신이 아득하고 어찌할 바를 몰라 그저 멍하니 서서 혼잣말을 중얼거린다. 그때 그의 부장이 나서서 사태를 수습하기 시작했다.

"대장님! 이러고 계실 때가 아닙니다. 비상 발령을 하십시오."

"비상? 그래, 어서!"

곧 비상나팔 소리가 울리고, 북소리도 울린다. 밤하늘에 불화살이 올라간다. 하나, 둘, 셋, 넷. 카이사레아 주둔 로마군 전체에 내리는 비상명령이다. 모든 도로와 다리를 봉쇄하고, 부두로 들어오고 나가는 길도 즉시 폐쇄한다.

"이 넓은 도시를 남은 병력 5~600명으로 어찌 다 봉쇄하나!"

"대장님! 그래도 하는 데까지는 해 봐야 합니다. 안 그러시면 나중에 총독 각하의 엄중한 문책이 뒤따를 것입니다."

"어차피 문책은… 아마 내가 처형될지도 모를 일인데."

"그건 그때 가서 처리하시고요. 지금은 모든 조치를 다하셔야 합니다. 병력이야 총독 각하의 명령으로 빠져나간 것 아닙니까? 하여튼 각하께 보고부터 올리겠습니다, 봉화로. 승인해 주십시오."

아무나 봉화를 올릴 수 있는 것이 아니고, 직급이 높든 낮든 남아있는 최고책임자가 승인해야 한다. 카이사레아에서 예루살렘까지 어림잡아 봉화대가 10곳도 넘고, 그곳에는 몇 명씩 로마군 경비대가 상시 주둔한다. 카이사레아에서 올린 봉화 신호가 예루살렘까지 도달하는 데 한 시간도 채 안 걸린다.

"그래! 일단 보고는 드리게. 큰 화재라고."

"예! 그리고 문서를 작성해서 비둘기를 띄우겠습니다. 그 보고서는 대장님께서 직접 읽어 보시고 인印을 치셔야 합니다."

"그러세! 해뜨기 전에 비둘기가 도착할 수 있도록 준비하게."

그는 좀 정신이 돌아왔는지 다른 장교를 돌아보며 명령을 내렸다.

"내가 보기에 분명 어떤 놈들이 숨어 들어와 불을 놓은 게 분명하다. 그러지 않고서야 배에 오르는 다리가 사라졌을 리가 없지 않느냐? 외곽으로 빠지는 모든 도로에서 한 놈도 새나가지 못하도록 철저하게 경비하도록. 누구라도 외곽으로 나가려는 자는 모두 잡아들여라! 반항하고 달아나는 놈들은 그 자리에서 목을 베도 좋다!"

바로 그때, 수로水路로 세운 다리 밑에 있는 경비초소에 불이 났다는 보고가 들어왔다.

"뭐야? 수문은?"

"불이 나서 수로 위를 못 올라가는 모양입니다."

"이런 죽일 놈들!"

심상치 않은 일이 또 벌어졌다. 수로는 평지와 바닷가를 가로질러 놓은 다리를 타고 물이 흘러오도록 만든 고가도로다. 카이사레아로 들어오는 길목에서 손바닥을 쫙 편 것처럼 작은 수로 몇 가닥이 갈라져 나간다. 어떤 수로는 총독궁으로 뻗어 있고, 어떤 수로는 부두로 뻗고, 민간인들이 거주하는 구역, 로마군 병영으로 뻗는 수로가 그곳에서 갈라져 나간다. 수로마다 물 흐름을 조절하는 문이 있어서 이쪽 수로 막고 저쪽 수로 열고, 첫 번째 막고 세 번째 네 번째 열고, 그렇게 하루에도 몇 번씩 번갈아 열었다가 닫는다.

제대로 시간 맞춰 물을 흘려보내지 않으면 어느 곳 저수조는 물이 넘쳐흐르고 어느 곳에서는 물이 떨어져 난리를 겪는다. 수로가 갈라지는 곳 바로 아래 로마군 경비대가 지키고 있다가 시간에 맞추어 사다리를 타고 수로에 올라 물 흐름을 조절하는데, 그곳 경비대 초소가 불에 타고 있다는 말이다.

"어허! 이를 어쩐다? 수로에 못 올라가면 어쩌나?"

"만일 어떤 놈들이 수로에 독이라도 탔으면 큰일입니다."

"저수조에 받아 놓은 물 말고는 새 물을 받지 말라고 해라!"

"예!"

명령을 받은 장교는 부하들을 이끌고 급히 달려갔다. 아무리 잘 훈련된 로마군이라고 하지만 이런 세세한 내용까지 나팔이나 다른 신호로 명령을 전달할 수는 없다. 그저 우왕좌왕 이리 뛰고 저리 달리면서 명령을 전달하고 보고를 올리고, 그 밤 내내 카이사레아는 혼란에 빠져 어수선했다.

부두에서 한참 떨어진 곳 모퉁이, 그 광경을 지켜보는 10여 명의 사내들 얼굴에 불빛이 비친다. 그들은 불타며 가라앉는 배를 바라보면서 만족한 듯 고개를 끄덕였다.

"자 다시 한번 교란시키자고. 불화살 쏴!"

우두머리인 듯한 사내의 명령에 따라 활을 메고 있던 사내 4명이 불화살을 준비했다.

"쏴!"

하늘에 불화살 신호 4개가 올라간다. 처음에는 각각 다른 방향으로, 그다음에는 모두 한 방향으로, 그리고 둘씩 둘씩 다른 방향으로, 제멋대로 불화살 신호를 밤하늘에 여러 차례 쏘아 올린 다음 그들은 곧장 자리를 떴다.

"이제 돌아갑시다. 이만하면 우리가 부탁 받은 몫은 해 낸 셈이오. 유대인들 일이야 그들끼리 해결하도록 맡겨 두고…. 이리해 놓았으니 히스기야 형제도 곧 소식을 듣겠지요."

우두머리 사내의 말을 따라 그들은 모두 소리 없이 골목을 빠져나간다. 그들 복장은 유대인이었으나 말투로 보아서는 이투레아 사람들이 분명했다.

새벽녘, 예루살렘 윗구역 총독궁 날개건물 끝에 세워진 3개의 탑 위에서 갑자기 소란이 일어났다. 병사들 외치는 소리가 떠들썩하다.

"저기, 저기!"

"카이사레아에 일이 생겼다."

"빨리 내려가서 보고해! 어서!"

탑 꼭대기마다 세워진 경계 초소에서 병사들이 뛰어 내려갔다. 그들 모두 서쪽에서 올라온 봉화烽火 신호를 보았기 때문이다. 각각 세 탑에 올라 경비를 서던 병사들은 이럴 경우 지체 없이 보고해야 한다. 곧 총독궁 여기저기 불이 밝혀지고 부장이 허둥지둥 총독 침실 앞에 이르러 총독을 깨웠다.

빌라도 총독이 놀란 얼굴로 집무실에 도착했고, 모여든 부하 장교들이 총독을 맞았다. 총독보다 늦게 도착한 부하들은 큰 죄를 지은 사람처럼 고개를 들지 못하고 한편에 서 있다.

"무슨 일이야? 사고가 생겼다고?"

"카이사레아에서 봉화 신호가 올라왔습니다. 화재가 났답니다."

"뭐야?"

"신호 불에 가끔 노란 불빛이 섞여 여러 번 커졌다 작아졌다 한다는 보고로 봐서는 큰 화재가 일어났다는 신호였습니다."

"비둘기 신호는 없었나?"

"아마 해 뜨기 전에는 소식이 오리라고 봅니다."

빌라도는 다리에서 힘이 쭉 빠져나가는 것을 느꼈다. 그러나 로마 황제의 위엄을 유대에서 대리하는 사람으로 힘 빠진 모습을 보일 수는 없다. 그는 애써 태연한 척 천천히 자리에 앉았다. 평소 같으면 총독 앞에 마련된 자리에 줄줄이 따라 앉았을 부하들도 오늘은 일이 너무 엄중해서 그런지 몹시 긴장한 듯 모두 부동자세로 서서 총독의 명령을 기다린다.

"어디 다시 자세히 보고해 봐!"

그는 엄숙한 목소리로 명령했다. 위엄을 잃지 않으려면 가급적 말을 줄이고 듣기만 해야 한다. 보고를 받으면서 생각할 것은 생각하고, 조치할 것은 조치하기로 마음먹었다. 부장이 다시 보고를 시작했다.

"카이사레아에 큰 화재가 났다는 봉화 신호를…."

"됐어!"

갑자기 보고를 중단시킨 후, 빌라도는 부장을 똑바로 바라보며 물었다.

"그래서! 이럴 때 어찌해야 하는 것으로 자네는 알고 있나? 어디 부장으로서 말해 봐!”

“각하! 지금 당장 내용을 긴급 보고하라고 명령을 전달하겠습니다. 그리고 비둘기도 날리겠습니다.”

“그리고?”

“봉화로 카이사레아에 신호를 보내고 비둘기도 띄우고….”

갑작스러운 총독의 채근에 부장은 같은 말을 되풀이하며 말을 더듬었다. 원래 빌라도는 그런 사람이다. 책임을 져야 하는 자리나 곤란한 처지에서 묘하게 몸을 빼는 재주는 그가 어려서부터 몸으로 익힌 일이었다. 그렇지 않았다면 미천한 신분으로 로마의 유대총독 자리에 오를 수 없었음이 분명하다.

게다가 지난 7년간 유대와 사마리아 이두매 지방을 다스리면서 총독은 어떻게 처신해야 하는지 이미 터득한 사람이 됐다. 총독이 약한 모습을 보이면 그 순간부터 짐을 싸서 로마로 돌아가는 날까지 허수아비 노릇이나 할 수밖에 없다. 늘 충성스러워 보이던 부하들도 총독에게 힘이 남아 있는지 모두 사라졌는지 냄새는 기가 막히도록 잘 맡기 때문이다.

냉정한 총독의 모습을 보면서 정신을 차린 듯 곧 부장도 평소의 그로 돌아왔다.

“그리고, 총독궁 경계를 강화하고 예루살렘 모든 성문 경비병력을 두 배로 증강시키겠습니다.”

빌라도는 부장의 조치를 승인한다는 듯 고개를 끄덕였다. 그에 힘을 얻은 듯 부장은 다시 몇 마디를 덧붙였다.

“아침에 카이사레아에서 보고가 올라올 때까지 눈을 좀 붙이십시오. 다른 일은 제가 다 처리하겠습니다. 이런 일로 주무시는 각하를 깨운 것은 무어라 말씀드릴 수 없을 만큼 송구합니다."

"그렇지?"

"죄송합니다. 제가 정신을 차리고 제대로 조치하겠습니다. 그리고 각하, 천부장 마르쿠스가 이끌고 온 부대가 지금 야영지에 주둔하고 있는데, 카이사레아로 돌려보내면 어떻겠습니까?"

지난밤에 도착해서 야영지에 머물고 있는 마르쿠스 부대로부터 빌라도는 아직 도착 보고를 직접 받지 못했다. 부대를 놔두고 지휘관이 야간에 자리를 뜨는 일은 로마군 군율에 어긋나기 때문이다.

"아니야! 아침까지 그 자리에 놔 둬! 카이사레아 일을 먼저 파악한 후에 조치하도록! 예루살렘 일 때문에 급하게 불러 올렸는데 그깟 일로 다시 군대를 움직이면 되겠나? 사람이 왜 그리 생각이 짧아!"

"죄송합니다."

"다른 일은 부장이 알아서 하도록. 뭐 여기서 지금 할 일은 별것 없겠구만."

빌라도는 부하들을 남겨 놓고 자리에서 일어났다. 일거수일투족을 부하들이 지켜보고 있다는 것을 깊이 의식하면서 아무렇지도 않은 듯 의연한 표정으로 집무실을 나섰다. 그리고 조금도 흔들림 없는 꼿꼿한 자세로 천천히 걸어 침실로 돌아갔다.

그의 침실은 집무실로부터 장정 걸음으로 100걸음도 채 안 되는 거리에 있지만, 막상 걸음을 옮기려니 1천 걸음쯤 되는 것처럼 멀게 느껴졌다. 부하들 앞에서 표를 내지 않으려고 애썼지만 걸음걸음 떼어 놓을 때마다 마치 무엇이 바닥에서 그의 발을 쩍쩍 끌어당기듯, 무겁고 힘들었다. 그에게 치명적 타격이 될 일들이 예루살렘과 카이사레아에서 동시에 일어나고 있다는 생각에 발걸음이 더욱 무거웠다.

'이게 도대체 무슨 일이람!'

마치 산언덕에 자리 잡고 있던 커다란 바위가 흔들흔들하다가 조금씩 소리 없이 미끄러지기 시작하는 것 같다. 곧 뿌리가 확 뽑힌 듯 바위는 굴러떨어지리라. 그는 자기 운명이 굴러떨어지며 지르는 외마디 비명소리를 듣는다. 무엇이 잘못됐는가? 어디서부터 잘못됐는가? 지금이라도 바로잡을 수 있는 길이 있겠는가?

'화재라니! 카이사레아에 … .'

지중해 동쪽에서 가장 아름다운 항구도시 카이사레아는 로마의 첫 황제 아우구스투스 카이사르를 기념하기 위해 헤롯왕이 세워 바친 황제의 도시였다. 황제라는 이름을 가진 그 도시가 만일 화재로 불타 무너졌다면 두 번째 황제 티베리우스 카이사르는 빌라도에게 죄를 물어 처형할 것이 분명하다.

침실 가까이 이르렀을 때 며칠 전 아내 클라우디아에게서 들었던 말이 떠올랐다.

"사람의 힘으로 할 수 없는 일이 있어요. 3년이면 족해요. 3년이 안 되더라도 저는 상관없어요."

그녀는 유대총독 자리에 대해 말했다. 그런데 이제는 그보다 더 큰 문제, 생사가 걸린 일이 벌어졌다. 세상일이란 아무리 단속하고 또 단속해도 어느 한구석에서 늘 생각지도 못했던 일이 벌어지게 마련이다. 마치 네가 이기나 내가 이기나 어디 한번 해보자는 것처럼 … .

카이사레아에서 일어난 화재는 해가 뜰 때가 되면 전모가 밝혀지겠지만 빌라도의 가슴속으로 파고드는 불길한 생각은 시간이 지날수록 점점 더 커졌다. 불운의 예감은 한번 훅 스며들면 그다음부터는 다스릴 수 없게 된다.

'도대체 왜 지금 이 모든 일들이 한꺼번에 일어나는가? 아레니우스는 황제나 원로원의 밀명密命을 받고 건너와서 내 뒤를 캐는 중이고, 예루살렘은 하필 내가 총독으로 있는 이때에 다시 한번 커다란 소용돌이에 빠져들 조짐이고, 로마에서 내 뒤를 받쳐줄 사람이라곤 이제 장인 한 분밖에 남지 않았고….'

생각은 불길한 방향으로만 자꾸 뻗어 나갔다.

'황제가 유대총독 자리에 벌써 다른 사람을 임명해서 내려보냈을지도 모르지. 새로 임명받은 총독이 배를 타고 지금 바다를 건너오고 있는지도 모르지…. 내가 만일 총독 자리에서 쫓겨나면, 내 밑에서 충성하는 저 부하들이 나를 따를까? 그럴 리 없지. 모두 눈 내리깔고 슬금슬금 새 총독 뒤에 가서 줄을 서겠지.'

틀림없이 그럴 것이다. 아랫사람이란 누구에게 매달려야 자기가 안전할지 언제나 정확하게 꿰뚫어 본다. 충성심이 없다거나 의리가 없다고 그들을 비난할 일이 아니고 세상이 그러한 것을 어찌하랴! 로마가 그렇고 로마의 지배 아래 있는 속주들이 모두 그런 세상을 산다.

"후!"

빌라도는 길게 한숨을 내쉬었다. 후원자가 무너졌을 때 함께 무너진다면 그것은 후원자를 여럿 두지 못한 사람의 비극이다. 누구도 그런 사람을 동정하지 않는다. 황제 한 사람을 제외한 모든 사람들이 누군가의 후원을 받아야 하는 세상이다. 로마에서 황제 다음으로 권력을 휘두르던 후원자 세자누스가 사라진 후, 아직 다른 후원자를 찾지 못한 것은 빌라도의 잘못이다.

침실에 들어서면서 빌라도는 아무렇지도 않은 척 태연한 모습을 보이려고 애썼다. 아내에게 걱정스러운 모습을 보이기 정말 싫었다. 안 그래도 클라우디아는 눈을 동그랗게 뜨고 기다리고 있었다. 잠을 자다가 급한 일 때문에 집무실에 나간다는 일은 늘 있는 일이 아니었으니 그녀가 큰 걱정을 하는 것도 이상한 일이 아니다.

"휴우! 휴!"

몸을 던지듯 침대에 벌렁 몸을 뉜 빌라도는 자기도 모르게 거듭 커다랗게 한숨을 내쉬었다. 아내는 무슨 일인지 묻지 않고 조용히 그를 지켜본다. 이럴 때 수선스럽게 묻고 나서는 것을 제일 싫어하는 남편을 그녀는 알아도 너무 잘 알았다.

지난 7년간 총독으로 유대와 사마리아를 통치하다 보니 그 지방 사람들을 어찌 다룰지, 예루살렘 성전과 대제사장을 어떻게 상대해야 할지 모두 알았다고 빌라도는 스스로 생각했다. 유대인들의 관습과 토라에 대해 율법 선생으로부터 은밀하게 배운 뒤부터 그는 유대에서 일어난 모든 일과 일어날 일을 꿰뚫어 볼 수 있다고 믿었다.

그런데 유대에서 상황은 미처 깨닫지 못한 사이에 놀랄 만큼 나빠져 있었다. 갑자기 나빠졌는지 하루하루 조금씩 나쁜 방향으로 흘러왔는지 알 수는 없지만 나빠졌다고 느꼈을 때는 이미 쉽게 돌이킬 수 없을 만큼 악화된 이후였다.

"유대 땅이 그대에게 일어서는 땅이 될지 무덤이 될지, 모두 총독 자네에게 달렸네!"

유대총독으로 임명받고 들뜬 기분에 우쭐대던 빌라도에게 세자누스가 심각한 표정으로 경고했던 말이 떠올랐다. 유대를 말썽 없이 잘 다스리기가 얼마나 어려운 일인지 조심하라는 말이었다.

기회의 땅이라고 믿었던 유대가 불운의 땅이었던가? 이제까지 몸을 숨기고 있던 불운이 서서히 몸을 일으키더니 그를 향해 한 발 한 발 걸어온다. 그것은 예정돼 있었던 몰락이다. 천연덕스러운 얼굴로 마주 앉아 포도주 잔을 기울였던 아레니우스는 무서운 임무를 띠고 유대에 파견된 사람이 분명했다. 그는 빌라도의 등에 비수를 들이댈 기회를 노리는 사람이다. 한결같이 충성을 맹세하던 예루살렘 성전 가야바 대제사장은 세상이 어찌 돌아가든 늘 하던 대로 양이나 잡아 불사르며 유월절 명절 제사에 바쁠 것이고, 갈릴리 사람들과 유대인들은 이스라엘 해방명절이라고 성전 뜰을 가득 메운 채 알 수 없는 주문을 끝없이 외울 것이다. 사방을 둘러보아도 막막하다. 더 이상 어디로 물러설 수 없는 자리에 서 있음을 빌라도는 절실히 느꼈다.

'이번에 예루살렘에서 벌어지는 소란을 잘 막는다면 다시 예전처럼 평온해질 것인가?'

그럴 것 같지 않다. 잠에서 깬 사람을 억지로 눈 감겨 놓고 다시 잠에 들라고 하는 것과 같으리라.

'어찌어찌 이번에 예루살렘에서 벌어질 소란은 진정시킨다고 치자. 그런데 앞으로 끝없이 그런 일이 여기저기에서 벌어진다면? 게다가 유월절 기간에 벌어지는 일이 또 다른 소요의 빌미가 된다면?'

유대의 혼란을 방치하면서 총독 자리를 유지할 길은 없다. 총독은 혼란을 미연에 방지해야 하고, 혼란이 일어나면 신속하게 진정시켜야 한다.

'기어이 피를 흘리는 방법밖에 없는가?'

무력으로 진압해야 한다면 늘 로마가 앞세우는 충격과 공포의 정책대로 철저하게 유대를 파괴하고 성전을 무너뜨려야 한다. 그것은 자기 손으로 자기 영지를 황폐화시키는 일이다. 폐허 위에 나부끼는 총독의 깃발을 상상하면서 그럴 수는 없다고 그는 고개를 가로저었다. 유대총독으로 부임한 지 7년 만에 처음으로 통치자다운 생각을 하기 시작했다. 그가 처한 현실은 무력을 휘두르는 통치가 아니라, 정치를 생각하도록 일깨웠다.

빌라도는 멀거니 천장을 바라본다. 천장 나무격자에는 헤롯왕이 궁정을 건축했을 때 새겨 넣은 포도 넝쿨이며, 열매가 주렁주렁 무겁게 매달린 야자나무, 그리고 그 야자나무 아래 샘, 눈에 익었던 부조浮彫들이 보인다. 그동안 무심히 올려다보았던 조각인데, 이제 보니 조각들이 그를 내려다보고 있었다. 조각들은 더 이상 무덤덤하게 그냥 있는 것이 아니고 제각각 의미를 띠고 있는 듯했다. 포도나무, 탐스럽게 열매 맺은 포도송이, 야자나무 아래 철철 흘러넘치는 샘물, 그것들이 하나하나 살아났다.

물 흐르는 소리가 들린다. 포도 익어가는 소리가 들린다. 잎사귀를 사각사각 흔들고 지나가는 바람소리도 들린다. 이제까지 거기 그대로 있었던 부조인데, 보려고 하니 보이고 들으려고 하니 들렸다.

'총독! 뽑은 자리에 다시 포도나무가 자라나고, 샘물은 늘 솟아 넘

쳐흐르거늘, 그대는 눈감고 귀 막은 채 살 수 있다고 믿었는가? 이 물결을 막을 수 있다고 생각했는가?'

헤롯왕의 목소리가 들렸다. 죽은 지 37년이나 됐다는 헤롯왕은 포도송이가 돼서 그에게 말을 걸었다.

'왜 진작 당신을 듣지 못했는지. 내가 한스럽소, 대왕!'

'모든 사람이 마찬가지. 지나고 나면 모두 다 한恨으로 남는 법! 나도 마찬가지였소. 당신에게 그나마 내 나라 내 백성을 맡겼는데, 이제 보니 다 헛일이었군.'

'나에게 맡겼다고? 언제? 그럼 모두 대왕이 미리 계획한 일이었단 말이오?'

그 순간 헤롯왕도 천장에 새겨진 그림들도 입을 다물었다. 포도송이도 동글동글한 모습으로 돌아섰고, 야자나무는 무심한 듯 바람 부는 방향만 쳐다보고, 샘물은 그저 솟아오를 뿐이다. 그러자 세상 사람들도 빌라도에게 등을 보이며 돌아선다. 어떤 사람은 완고하게 등을 돌리고, 어떤 사람은 힐끔힐끔 그의 눈치를 보며 돌아서고, 어떤 사람은 아직 그에게 미련이 있는 눈치를 보인다. 그러나 그들 모두 결국 등을 돌린다. 카이사레아에서 일어난 화재가 그 신호다. 불이 저절로 났겠는가? 사람들 마음에 먼저 불이 붙어야 다른 무언가에도 옮겨 붙기 마련 아니겠는가?

그의 마음에 일어나고 스러지는 파도를 조용히 지켜보던 클라우디아가 한참 만에 입을 열었다.

"할 수 없는 것은 할 수 없는 거예요. 그러니 사람도 늙고 병들고, 그리고 어느 날 모든 것 놓아둔 채 눈감고 떠나지요."

"갑자기 그 무슨 말을?"

"때로는 놓을 줄도 알아야 한다고 아버님이 늘 말씀하셨어요. 돌려 세울 수 없다면 그냥 순리대로 떠나보낼 수 있어야 한다고… ."

"지금이라도 안 될까?"

"무엇을 되돌릴 수 있겠어요? 해 보려다 못한 일이 남아 있어요?"

"글쎄!"

"우선 좀 쉬세요."

무슨 일인지 묻지도 않고 클라우디아는 부드러운 말로 빌라도 마음을 다독이면서 그의 손을 잡는다. 그녀의 손이 참 다정하게 따뜻했다. 아내에게 한 손을 맡긴 채 그렇게 한참 누워 있으니 조금씩 마음이 가라앉는다. 손에 쥔 것을 놓을 각오라면 무엇을 더 걱정하겠는가?

쥔 것을 놓는다는 말은 쓸데없이 새로 무엇을 움켜쥐겠다고 헐떡거리며 뒤쫓지 않겠다는 말이다. 원래 내 것이 아니었으니 스르르 내 손에서 사라져도 아깝지 않아야 한다는 말이다. 아내는 빌라도에게 그런 마음을 권한 셈이다.

'이대로 물러서?'

천장 격자 속에 졸졸 흐르는 물은 그래야 한다고 말한다. 살랑바람에 흔들리는 야자나무도, 동글동글한 포도송이도 그래야 한다고 말한다. 조용히 앉아 그를 지켜보는 아내의 마음도 그러했다.

그런데 천장에 그 모든 형상과 그림들을 짜 넣은 헤롯왕이 다시 말을 건다. 마침 빌라도가 카이사레아 화재를 걱정하기 시작할 때다.

'총독! 그 자리에 누워 나를 올려다보았던 그 많은 사람들 중에 당신

은 어느 정도 되는 사람이라고 생각하는가?'

'생각해 본 적은 없지만, 대왕만큼은 아닐지 몰라도 다른 사람들 중에서는 내가 으뜸 아니겠소?'

"그런 사람이 그리 물렁물렁해? 정치가 무엇인지 생각도 못 해 본 사람처럼? 지금 이 엄중한 시기에 내가 맡긴 유대 백성을 당신이 지켜낼 수 있겠어? 해 보다 안 되면 떠나는 사람? 물 위에 떠 있는 낙엽처럼 바람 부는 대로 떠도는 사람?'

헤롯왕의 목소리는 엄했다. 하기야 로마황제를 만나 직접 담판도 했던 사람이니 그의 배짱과 담력이야 알고도 남을 일이다. 그렇게 심하게 몰아붙이던 헤롯왕은 타이르듯 말을 건다. 이번에는 말이 부드럽다.

'총독! 백성이란 누가 다스리든 다스림을 받아야 한다오! 좋은 지배자든 나쁜 지배자든 다스리는 사람이 있어야 한다는 말이오. 그냥 놔두는 것이야말로 죄악이라고 말할 수밖에 없소. 그건 지배자가 자기 의무를 포기했다는 말이오. 일어서시오! 내 백성을 다스리시오! 그것이 그대의 운명이오!'

'내가 언제 포기한다고 했나요?'

'빌라도 그대에게 이 땅 유대는 한 번 왔다가 떠나면 그만인 땅이겠지만, 이 헤롯에게는 내 백성이 영원히 살아야 할 땅이란 말이오. 포도나무를 캐내도 남아 있는 뿌리가 다시 나무를 내고, 물구멍을 막아도 물이 다시 솟아오르는 것이 세상 이치 아니겠소? 내 백성이 땅을 잃고 유민流民이 되어 다시 세상을 떠도는 일이 없도록 내가 했던 모든 일을 그대는 들어 본 적이 있소? 그런 일을 막으려니 누구에게 절인들 못했겠

소, 충성 맹세를 망설였겠소? 백 번 천 번 나는 무릎을 꿇을 수 있었소.'

'대왕! 그런데 왜 내가 지금 대왕의 백성을 위해 그 일을 맡아야 합니까?'

'그럼! 누구를 불러들일까? 나바테왕이나 파르티아왕을 불러들일까? 내 눈앞에 당신이 있는데? 그렇게 눈 멍하게 뜨고 누워 있는 사람 내보내고 다른 사람 불러들여 그 자리에 눕혀 놓고 내 말을 들어 보라고 할까?'

헤롯왕의 말이 맞는 것 같다. 유대총독을 제쳐 놓고 누가 그 일을 할 수 있단 말인가? 멀거니 천장을 올려다보는 빌라도에게 헤롯이 다시 슬쩍 말을 건다.

'총독! 정치를 하려면 때로 물러설 줄도 알아야 하는 법이오. 정치는 전투가 아니오, 전쟁이오. 아니, 전쟁은 바로 정치요.'

전투에서는 어쨌든 이겨야 한다. 하나하나의 전투에는 명백하게 승자와 패자가 결정되기 마련이다. 산 자와 죽은 자가 모두 한 땅 위에 있기 마련이다. 산 자는 서 있고, 죽은 자는 누워 있고. 그러나 전쟁은 다르다. 전쟁의 목표는 어느 산봉우리 하나 차지하는 전투와 다르다. 모든 전투에서 이기고서도 패배한 전쟁으로 기록되는 일이 역사에는 수없이 많았다.

치열하게 맞부딪쳐 장엄한 승리를 거둔 전쟁과 마찬가지로 끊임없이 후퇴하며 적군을 깊숙한 곳으로 끌어들여 고갈시켜 승리로 이끈 전쟁도 역사에는 승리한 전쟁으로 나란히 기록돼 있다. 헬라의 알렉산드로스 대왕이 세상 끝까지 정복할 수 있었던가? 아니다. 그도 결국 인도에서 군대를 되돌릴 수밖에 없었다. 무한정 뻗어 나갈 수 있는 힘이란 없다. 멀어질수록 약해지고 결국 어느 지점에 가면 이쪽 힘은 소멸되고, 그 지점에 뻗쳐 있는 다른 힘이 관리한다. 그것이 몫이고 영역이고 한계다.

'왜 갑자기 헤롯왕의 말이 들렸는가? 왜 포도나무와 야자수 그리고 샘물이 나에게 말을 걸었는가? 그것이 나에게 이 어려운 현실을 타개하고 나와 유대가 함께 살아갈 수 있는 계시인가?'

사람이란 언뜻 어떤 생각에 사로잡히면 한동안 벗어나지 못하는 법이다. 때로는 그 생각이 신의 계시일 수도 있고, 때로는 지혜일 수도 있다. 신의 계시든 지혜든 평범한 사람에게 드러나는 법은 없다고 빌라도는 생각했다. 해결의 방법을 찾을 수 있는 사람에게 부여되는 소명이 지혜라고 그는 믿었다.

꼼짝 않고 누워 있는데, 시간은 가끔씩 그를 찾아와 여기저기 꾹꾹 눌러본다. 아직 살아 있는지 확인하려는 듯. 이번에는 헤롯왕의 포도나무가 그에게 말을 건다.

'포도를 얻기 위해서는 나무를 심고 거름을 주어 가꿔야 하지요.'

야자수 아래 흘러넘치던 샘도 나서서 그에게 말했다.

'샘구멍을 막을 수 있나요? 거기 물이 솟아나오는데? 그건 부질없는 일이에요.'

예루살렘 성전 뜰에 시체로 산을 쌓는다고 해도 유대와 치르게 될 전쟁에서 로마가 승리할 수 없다는 속삭임처럼 들렸다. 그 순간 빌라도는 결심했다. 헤롯왕이 부탁했던 대로, 유대인들이 땅을 잃고 쫓겨나지 않도록 유대를 그들에게 남겨 주겠다고.

'왜 그래야 하느냐고 누가 물으면? 대답할 말은 없지! 헤롯에게 부탁 받았다고 말할 수는 없는 일. 헤롯이 그러했듯 나도 이 난관을 뚫고 나갈 수밖에…. 한번 끝까지 해 보는 수밖에….'

로마에서도 내기를 하면 돈을 다 털리기 전까지는 결코 포기하고 일어나 본 적이 없던 그였다. 끝을 보아야 하는 사람이었다. 잠시 절망감에 빠졌던 빌라도는 작은 암시 하나를 붙잡고 하늘이 그에게 맡겨 준 소명으로 생각하면서 자기를 일으켜 세우는 지팡이로 삼았다.

'자, 그러면….'

빌라도는 이제부터 해야 할 일을 구상하기 시작했다. 그는 다시 코뿔소 빌라도로 서서히 돌아왔다.

'다행히 카이사레아가 화재로 무너지지만 않았다면 길이 생길 수 있지! 피해가 없을 수는 없겠지만 웬만한 것은 감당할 수밖에…. 그런데 총독 자리도 그대로 유지하고, 로마에서 온 아레니우스를 잘 끌어안아 내 사람으로 만들고, 갈릴리에서 내려왔다는 무리들이 이번 유월절에 소요든 민란이든 절대로 일으킬 수 없도록 단속하려면?'

방금 전까지 그를 잡고 흔들었던 불안, 피하고 싶은 일이 눈앞으로 성큼성큼 다가오다가 사라졌다. 빌라도가 애써 눈을 감았기 때문이리라. 슬쩍슬쩍 흘러들어 오는 불길한 예감에 아내가 몸을 떨고 있다는 것도 그는 애써 외면했다. 그건 운명이리라. 운명의 앞모습을 보는 사람도 있고, 지나간 다음 뒤 꼭지만 바라보는 사람도 있다. 빌라도에게는 다른 길이 보이지 않았으니 보이는 대로 볼 뿐이다.

"총독 각하! 카이사레아에서 보고가 올라왔습니다."

해가 뜨려면 아직 한참 시간이 남아 있는데 면담을 청한 부장이 들어와 보고했다. 그의 손에는 카이사레아 잔류부대를 지휘하는 보병대장이 비둘기 발에 매달아 보낸 보고서가 들려 있다.

"각하! 총독궁과 도시는 안전하답니다. 다만, 지난밤 큰 화재가 발생해서 부두에 매어 둔 세금선이 완전히 불에 타서 가라앉았답니다. 불길이 워낙 심해서 배 안에 실어 두었던 공물은 하나도 꺼낼 수 없었답니다."

"이런 죽일 놈들! 그래, 다른 것은?"

"다행히 천부장 마르쿠스의 명령에 따라 귀중한 물건들과 세금으로 거둔 은전은 이미 모두 총독궁 재물창고에 보관하고 있어서 안전했답니다."

부장은 보고서를 두 손으로 받쳐 빌라도에게 올렸지만 그는 손을 내저어 물리쳤다.

"됐다! 머저리 같은 놈들! 어찌 경계를 섰으면 세금선을 태워 먹었단 말이냐?"

"보고서에는 아무래도 사람이 지른 불 같았다는 얘기가 들어 있습니다. 부두에서 배로 올라가는 다리가 사라져서 아무도 불을 끄러 배에 오르지 못했답니다. 게다가 유대인 복장을 한 10여 명 무리가 도시를 빠져나가는 것을 보고 병사들이 추격했는데 워낙 재빠르게 달아나서 모두 놓쳤다고 합니다. 또 한 가지 그 무리가 도주하면서 서로 부르고 외치는 말소리가 유대 사람들은 아닌 것 같았다는 보고입니다. 날이 밝는 대로 주변 마을들을 수색하겠다고 합니다."

"뭐야? 그건 또 무슨 소리야?"

"어떤 무리가 유대인처럼 가장하고 몰래 침입한 것이 아닌지 의심해

볼 만합니다."

빌라도는 아무 말도 하지 않고 그저 보고를 들었다. 로마에 세금과 공물을 실어 보낼 배가 소실됐다니 기가 막힌 일이지만, 지난 반년 동안 걷은 세금은 모두 잘 보관돼 있다니 그나마 다행이다. 그러나 갑자기 배를 새로 준비해서 세금을 실어 보낼 일도 큰일이고, 사라진 분량의 공물을 추가로 마련하는 일도 쉬운 일이 아니다. 그러나 생각했던 것보다는 상황이 덜 절망적이라서 그는 속으로 은근히 안도의 한숨을 내쉬었다. 만일 카이사레아 도시 전체가 불에 타 무너졌더라면? 그건 생각만 해도 아찔한 일이다.

"각하! 오늘 아침 사열은 어찌하실지요?"

"왜? 그런 일로 매일 하던 사열을 취소할 수는 없지! 유대인들이 보고 있는데. 아무 일도 없는 듯 그냥 진행해! 카이사레아 소식이 여기 예루살렘까지 전해지려면 며칠 걸릴 테니 … ."

그는 다시 서서히 정신을 차렸다. 유대총독 빌라도 본래의 모습으로 돌아왔다. 그리고 모든 병사들이 아침 식사를 마쳤을 시간에 총독궁 앞 광장 프레토리움에서 총독궁에 배치된 병력과 안토니오 요새에 주둔하는 병력을 사열했다. 그런 일을 가지고 흔들릴 총독이 아니라는 듯, 의연한 모습을 보여 주려고 애썼다.

사열을 마치고 집무실에 돌아왔을 무렵, 천부장 마르쿠스가 총독궁에 들어와 빌라도에게 복명했다.

"각하! 늦게 도착해서 죄송합니다. 각하의 명을 받자마자 즉시 카이사레아를 출발했으나, 도중에 세금선에 관해 불길한 정보를 받아 다시 돌아가 살펴보고 오는 바람에 지체됐습니다. 아무리 행군을 독촉했어도 각하께서 명령하신 날짜 안에 도착할 수 없었습니다."

"어젯밤에 야영지에 도착했다고 나도 보고는 받았고. 그래 세금선은 이상 없었고?"

빌라도는 시치미 뚝 떼고 물었다.

"예! 어느 놈들이 헛소문을 퍼트린 것이 분명했습니다. 이번에 2개 보병대를 이끌고 왔습니다. 나머지 1개 보병대와 잔류 보조군을 총동원해 카이사레아 총독궁과 기지 그리고 항구를 철저하게 경비하도록 조치했습니다. 제가 이끌고 온 부대는 야영지에 대기 중입니다."

"그런데 이 사람아! 어젯밤에 일어난 화재로 세금선이 불타 가라앉았다고, 배가! 공물과 함께 … ."

"예? 각하!"

"자네는 어젯밤 서쪽 봉홧불도 못 보았나?"

"아, 세금선이! 저희가 주둔한 곳에선 봉화대가 보이지 않아서 … . 그런데 화재가 났다니, 어느 정도 피해를 입었습니까? 세금선이 소실된 것은 소관의 잘못입니다. 어떤 처벌이라도 받겠습니다."

"자네 잘못도 있지만, 세금 걷은 것은 자네의 명령으로 모두 창고로 옮겨 보관시킨 덕분에 그건 무사하다니, 그 일은 내가 칭찬해야겠구만. 잘잘못은 나중에 다시 자세히 따져 보기로 하고 … ."

마르쿠스는 고개를 푹 숙였다. 그러면서도 지난 며칠 사이에 총독이 몰라볼 만큼 침착한 사람으로 변했음을 느꼈다.

"자네가 이끌고 온 2개 보병대를 당장 4개 부대로 개편해서 분산 배치하도록! 제 1대는 북서쪽 성문 밖에 진을 치고, 제 2대는 성을 북쪽으로 돌아 안토니오 요새가 있는 쪽 베데스다 골짜기를 건너 산기슭에, 제 3대는 성전 동쪽 기드론 골짜기 건너 올리브산 자락에, 제 4대는 남쪽 기혼샘 부근에 진을 치되 성밖에서 성안 실로암 연못 쪽으로 접근하는 곳도 감시하도록. 큰 소리 내지 말고 신속하게 이동해서 정오까지 배치를 완료해! 배치가 끝나면 자네가 일일이 점검한 후 나에게 직접 보고하고!"

빌라도는 이미 잔류부대가 도착하기 이전에 그 부대를 배치할 위치를 결정해 놓고 있었다. 3개 백인대씩 4개 부대로 편성해서 배치한 곳이야말로 외부에서 예루살렘에 접근하거나 예루살렘에서 외부로 탈출하는 길목이다. 이제 예루살렘에 집결시킨 병력은 며칠 전 그가 직접 이끌고 들어온 부대와 안토니오 요새에 그전부터 주둔하던 위수대 병력, 마르쿠스가 이끌고 온 부대를 다 합치면 대략 2천 5백 명이 넘는 대부대였다. 사태가 발생하면 즉시 그 모든 병력을 총동원하여 도성을 장악하고 외곽 주요 길목을 봉쇄하여 예루살렘의 숨통을 안팎으로 조일 계획이다.

2천 5백 명 병력이라면 로마군 정규군단의 절반에 해당하는 병력이다. 1개 군단은 10개 보병대로 구성된다. 1개 보병대에는 6개 백인대가 소속된다. 백인대는 원래 100명의 병사로 구성되지만 현지 사정에 따라 80명으로 축소하여 운영하기도 한다. 그러니 1개 보병대는 최소 480명 이상, 최대 600명 병사로 구성된 단위 전투부대다. 따라서 군단은 정상 편제로는 6천 명, 축소편제로 치면 4,800명 이상의 병력과 그 외에 별도의 보조군으로 편성된다.

로마군 병력은 이탈리아 반도나 로마 시민 중에서 선발한 상비군으로 20년의 정규복무와 추가로 5년 동안 예비복무를 한다. 개중에는 30년이나 40년 동안 장기복무하는 군인들도 있다. 보조군은 대개 25년 동안 복무했는데 로마 시민권을 갖지 못한 제국 각지의 현지인 출신들을 선발했다. 기병대, 수송대, 성을 공격하는 중무기 운영부대, 궁수 그리고 투석기를 사용하는 병사들, 야전병원 병력과 취사병력 등이 보조군으로서 전투부대를 지원한다.

로마의 첫 황제 아우구스투스 시대에는 28개 군단으로 제국의 주요 거점과 변방을 지켰고, 티베리우스 황제 때까지 같은 규모의 병력을 유지했다. 시리아에는 로마군 사령관 겸 총독이 3개 또는 4개 군단을 이끌고 주둔하면서 지중해 동안과 그 내륙지방 전체를 관할했다. 시리아 총독의 지휘를 받는 빌라도 총독은 유대와 사마리아 그리고 이두매 지방을 관할하면서 군단 병력의 절반, 그러니까 5개 보병대와 보조군을 배속받아 운영했다.

부대배치를 지시한 다음 빌라도는 갑자기 옆에 서 있던 위수대장을 힐끗 쳐다보며 툭 말을 던지듯 물었다.

"위수대장! 자네가 할 일은 무엇인가?"

"예! 각하! 요새에 보관하던 군량과 마초를 새로 도착한 각 부대에 신속히 보급하겠습니다."

"좋아! 그다음에는?"

"예루살렘으로 접근하는 모든 주요 외곽 도로에 초소를 설치하고 오늘부터는 검문을 실시할 예정입니다. 성전 경비대 병력을 차출하여 검문소에 배속시키겠다고 이미 성전에 통보했습니다."

"잘했어!"

"그리고, 마르쿠스 천부장이 이끌고 온 병력 중 제 4대가 기혼샘과 실로암 연못 성밖을 경계합니다만, 위수대 병력과 이미 입성한 병력으로 백인대를 구성하여 성안에 있는 실로암 연못 부근에 주둔시킬 예정입니다."

"그래! 바로 그거야! 그 연못을 장악하고 있으면 예루살렘의 목줄을 쥐는 셈이라고. 아무리 여기저기 빗물 저수조에 물을 받아 놓았다고 해도 그 물만 가지고는 앞으로 오래 못 버텨! 게다가 정결의식을 치른다고 성전에서는 이미 상당히 많은 물을 퍼 썼을 테니…."

"예! 각하! 저도 그 점을 생각하고 있었습니다. 역시 각하께서는 예루살렘에 관해서라면 모르는 일이 없으십니다! 그리고 각하! 마르쿠스 천부장의 부대가 예루살렘성 안팎의 지리에 익숙하지 않을 테니, 각 부대에 위수대 병력 10명과 성전 경비대 병력 10명씩 배속시켜 지원하도록 하겠습니다."

위수대장의 말에는 빌라도의 비위를 맞추려는 아첨의 말이 섞여 있었다. 최근 들어 총독에게서 무언지 모를 이상한 느낌을 받아서 그로서는 조심할 수밖에 없다. 며칠 전 은밀하게 아레니우스를 만난 일을 총독이 눈치 챘는지, 웬일인지 그에게 명령하는 총독의 말투가 전에 없이 까칠하기 그지없었다.

보고를 끝낸 부장과 마르쿠스 그리고 예루살렘 위수대장 등이 조용히 물러났다. 그들은 등에 꽂히는 빌라도의 눈길을 느낄 수 있었다. 이전에는 코뿔소처럼 풀풀대며 무모하게 밀어붙이던 총독이 지난 며칠 사이에 놀랍도록 변했다. 하루 종일 물속에 몸을 담그고 눈만 내놓은 채 조용히 주위를 살피며 틈을 노리는 하마처럼 변했다. 그렇게 변한 총독이 위수대장에게는 코뿔소보다 더 무서웠다.

부하들을 내보낸 빌라도는 혼자 방 안을 이리저리 걸었다. 그건 마음이 아주 복잡하고 무슨 일을 어찌해야 할지 갈피를 잡지 못할 때 자기도 모르게 보이는 그의 버릇이다. 의자에 깊숙이 등을 기대고 앉아 집중해서 생각을 정리할 수 없을 때, 그는 그렇게 벌떡 일어나서 집무실을 맴돈다. 더구나 오늘은 갈릴리의 분봉왕 안티파스가 총독궁으로 그를 만나러 오기로 정해진 날이다.

'안티파스! 얼마나 뻐길지 ….'

보지 않아도 그가 자기 아버지 헤롯왕이 지은 왕궁이라고 얼마나 뻐겨 댈지 훤히 보였다. 안티파스만 생각하면 꿀꺽 그대로 삼켜 넘길 수 없는 무엇이 늘 목에 걸린 기분이다. 사실 빌라도가 보기에 안티파스는 그저 갈릴리와 베뢰아의 분봉왕 정도에 알맞은 사람이다. 그런데 분수도 모르고 유대까지 힐끔힐끔 곁눈질하는 눈이 늘 못마땅했다. 안티파스가 로마 유력자들에게 손을 쓴다는 소문을 들을 때마다 그에게는 질 수 없다는 경쟁심이 빌라도 마음속에 불쑥불쑥 일어났다.

'안티파스에게 뭘 좀 받아내야 할 형편인데 …. 밉고 불편하기는 하지만 지금 당장은 형편이 바뀌었으니 달리 접근해야 하지 않겠나?'

가슴이 시원할 만큼 뾰족한 방안이 떠오르지 않아 마음이 답답했다. 화재로 세금선이 불타 가라앉고, 모아 놓은 공물의 대부분을 잃었으니 상황이 곤란했다. 명절 끝에 성전에서 받아갈 공물만으로는 로마에서 지정해 준 양의 절반밖에 맞출 수 없게 되었으니 전날 계획과는 달리 분봉왕과 원만히 타협하면서 실리를 챙기는 일이 더 급하게 됐다.

'이번에 내 몫을 새로 늘리지는 못해도, 공물 잃은 만큼은 새로 보충할 방법은 찾아야 할 텐데. 무슨 방법으로 부족한 공물을 채울까?'

뾰족한 수단이 없다. 그저 그의 눈치를 슬슬 보면서 구슬리는 방법밖에 없다.

'면담 날짜를 며칠 연기할까, 무슨 좋은 방도가 생각날 때까지?'

하도 답답하니 그런 생각도 들지만 그것은 방법이 아니다. 안티파스를 만나자고 총독이 먼저 청해 놓고 이제 와서 미루는 것은 분봉왕에게 큰 수치를 안겨 주는 일이다. 게다가 공물이든 뭐든 끌어모으는 일이 급한데 분봉왕이 유월절 제사 끝나자마자 훌쩍 갈릴리로 돌아가 버리면 억지로 되돌려 세워 붙잡을 명분도 없다.

'그 문제를 들어 밀어붙일까? 마지막까지 시침 뚝 떼고 있다가 느닷없이 들이밀면 별수 없겠지. 하여튼 내가 이번에 무엇을 좀 받아내야 할 텐데 … .'

예루살렘 입성 전날 밤에 군영으로 찾아와 알렉산더가 제안했던 대로 예수와 그 무리를 조용히 처리하는 일에 손을 잡으면서 자연스럽게 이권利權 얘기를 꺼내기로 방향을 잡았다. 이번 일은 부하들을 불러 모아 상의할 수 있는 일이 아니다. 부하들 중 일부가 아레니우스의 신분을 눈치채고, 은연중 그에게 편의를 봐주고 있다는 정보를 받은 다음부터는 아무도 믿지 않기로 작정했다.

욕심과 현실 사이에서 적당한 선을 찾아내 타협해야 한다. 욕심대로라면 갈릴리에서 나는 곡식과 과일, 그리고 생선 중에서 얼마를 뚝 잘라 차지하고 싶은데 그럴 방법이 없으니 마음만 답답하다. 모든 것이 풍성하다는 갈릴리 들과 산이 떠올랐다. 어떤 사람들은 갈릴리야말로 로마 북쪽 산과 들에 비교할 만한 땅이라고 말했다.

들과 산비탈에 누렇게 잘 익어 바람에 물결치는 밀밭과 보리밭. 과일나무마다 갖가지 과일이 탐스럽게 매달려 익어가고, 큰 호수에서는 1년 내내 싱싱한 물고기를 건어 올릴 수 있는 땅 갈릴리. 그 땅을 유대인 분봉왕이 다스리고, 로마총독은 겨우 척박한 유대와 거친 사람들이 득실거리는 사마리아를 다스린다. 그 생각을 하니 꾹꾹 눌러 가라앉혔던 마음이 다시 불편해지기 시작했다.

'아니야! 지금 위험이 도처에 도사리고 있는데 일부러 분봉왕을 건드려서 긴장관계에 들어갈 이유가 없지. 더구나 하필 세금선까지 가라앉은 판에…. 슬슬 구슬리다 안 되면 몰아붙여 보고. 알렉산더가 갈릴리 무리들을 큰 무리 없이 처리할 수 있는 좋은 방법을 찾아내면 더 좋고….'

카이사레아에 화재가 발생했다는 보고를 들은 다음 한 가지 정치적인 방법을 떠올렸지만 처음부터 꺼내들고 나설 형편은 아니다. 피 흘리지 않고 갈릴리 무리를 진압하는 것이 최선책이다. 그러나 유혈사태로 번질 형편이 된다면 무슨 방법을 피할 수 있을까?

'헤롯이 나에게 부탁했으니 … 헤롯처럼 해 볼까? 정치적으로? 갈릴리 무리들에게 정치적 역할을 부여하면서…. 정 안되면 그 방안이라도….'

말하자면 로마에서 실시하고 있는 제도, 평민을 위한 호민관護民官이나 그 비슷한 제도를 갈릴리에 들이민다는 생각이었다. 호민관은 총독이 통치하는 유대 지방에서는 절대로 채택할 수 없는 불편한 제도다. 예루살렘에는 유대인들의 뜻을 대표한다는 대산헤드린이 있고,

유대인들과 직접 접촉하는 예루살렘 성전이 있는데 그들도 호민관이 라는 새로운 권력자를 받아들이지 않을 것이다. 더구나 유대인 호민관이 로마총독의 정책에 대해 거부권을 행사한다는 것은 빌라도로서는 어떤 경우에도 받아들일 수 없다.

갈릴리에 호민관 비슷한 제도를 실시하면서 예수를 다시 갈릴리로 내려보내는 방안이었다. 상황이 다급하니 별 생각이 다 들었지만 아직은 불쑥 분봉왕에게 권할 수는 없는 정책이었다.

'그렇게 좋은 제도면 유대에서 먼저 실시해 보시지요?'

분명 분봉왕 안티파스는 그렇게 말하고 빠져나갈 것이다. 무슨 방법으로 그들을 설득한단 말인가? 정말 명분이 서지 않는 일이었다.

"어느 것이 좋은지 결정할 수 없을 땐 결정을 미루는 게 상책이야."

로마를 떠나오기 전에 은근히 그에게 충고해 준 사람이 있었다. 남자답고 용기 있는 사람이라는 소리를 듣고 싶어 깊이 생각하지 않고 서둘러 밀어붙이지 말라고 경계한 말이었다. 그 말을 떠올리며 혼자 고개를 끄덕였다. 이번에는 분봉왕의 의중을 유연하게 짚어 보며 대응하자고 마음먹었다. 빌라도의 다급한 상황을 분봉왕이 알 턱이 없으니 상황에 따라 처리하기로 했다.

부장이 다시 들어왔다.

"각하! 천부장 마르쿠스가 조용히 뵙기를 청합니다."

"금방 나간 사람이 웬일로 다시? 들여보내!"

곧 마르쿠스가 조심스러운 모습으로 들어왔다. 그는 잔뜩 긴장한 모습이다. 빌라도나 마르쿠스나 부장이 방에서 나가며 조심스럽게 문을 닫을 때까지 아무 말도 하지 않고 기다렸다. 그의 기색이 심상치 않아 빌라도는 왠지 마음이 불편했다. 마르쿠스는 빌라도에게는 몇 손가락 안에 드는 충직한 부하였다. 그래서 그를 카이사레아에 책임자로 남겨놓고 예루살렘에 올라왔다. 부하가 총독을 독대해서 보고하는 것이야 늘 있는 일이지만, 공식 복명을 마치고 나간 사람이 은밀하게 별도로 보고할 일이 있다는 말이 수상쩍다. 좋지 않은 예감이 슬그머니 가슴속으로 파고든다.

마르쿠스는 방 안을 한번 휘 둘러보더니 조심스럽게 빌라도 앞에 와서 부동자세不動姿勢로 섰다. 무엇을 결심한 사람 표정이다.

"우선 자리에 앉게!"

"괜찮습니다, 각하! 서서 보고드리겠습니다."

"사람하고는…. 앉아!"

그는 매우 조심스럽게 앉았다. 무척 긴장한 듯, 무릎 위에 올려놓은 두 주먹을 오므렸다 펴기를 거듭했다. 그러더니 입을 열었다.

"각하! 로마에서 온 아레니우스 공이라는 사람에 대해 보고드릴 말씀이 있습니다."

'어!'

빌라도는 의아했다. 게다가 그의 말투도 이상했다.

'드디어! 드디어 그 일이 밝혀진다는 말인가? 그가 나를 감찰하는 임무를 받고 건너온 사람?'

그러나 놀라는 빛을 보이면 안 된다. 침착해야 한다. 총독은 총독다워야 한다. 빌라도가 아무 말 없이 듣고 있자 그가 다시 입을 열었다.

"아레니우스, 그자는 아무래도 좀 수상합니다."

이상한 말투였다. 천부장 자리에 있는 마르쿠스가 함부로 아레니우스 이름을 불러대며 수상하다는 말을 입에 올리다니.

"소관이 판단하기에, 좀 더 은밀하게 알아보아야 할 사람입니다."

"왜?"

"어쩌면 … 사기꾼일지 모르겠습니다. 거의 틀림없습니다!"

빌라도는 더 묻지 않았다. 마르쿠스는 근거 없이 사람을 모함하거나 허투루 입을 놀리는 사람이 아니다. 그가 그렇게 자신을 가지고 얘기한다면 확실한 이유가 있을 것이다.

순간, 빌라도는 지난 며칠간 아레니우스 일로 혼자 속으로 고민했던 일을 떠올리며 분노가 치밀어 올랐다. 뒷목을 누르던 불쾌한 압박이 떠올랐다. 그러나 곧 가슴 저 아래에서 '정말 다행이야!' 속삭이는 소리가 들렸다. 마치 막다른 골목인 줄 알고 낙담하여 돌아서는데 다시 보니 옆으로 빠져나갈 길이 있는 것을 발견한 것 같다. 꽉 막힌 듯 보였던 현실을 타개할 수 있겠다는 생각이 든다.

그동안, 아레니우스 한 사람의 존재가 얼마나 크게 마음에 걸렸던가? 만일 그가 정말 사기꾼이라면 일은 의외로 흥미진진하게 펼쳐질 것으로 보였다. 그는 아레니우스가 예루살렘에 들어온 이후 어떻게 움직이고 있는지 거의 모든 일을 소상하게 파악하고 있었다. 아레니우스가 만났던 그 모든 사람들이 사기꾼에게 놀아났다는 것을 알게 되는 순간, 어떤 표정을 지을지, 얼마나 큰 실망감에 휩싸일지 눈으로 보는 듯했다.

"각하께서 예루살렘으로 출발하신 바로 그날, 로마에 사는 유대인으로 사반이라는 사람이 저를 찾아왔습니다. 그가 자기 눈으로 보고 귀로 들었던 내용을 자세하게 얘기했습니다. 지금쯤 그도 예루살렘에 도착해 있을 겁니다. 각하께서 직접 그들에 대해 확인하실 필요가 있으면 제가 사반을 곧 불러들이겠습니다."

"그들이라고?"

"예! 아레니우스와 또 한 사람, 그 사람은 분봉왕 빌립을 찾아간다고 들었답니다. 제가 그 유대인에게 들은 대로 말씀드리겠습니다."

마르쿠스는 자기가 들은 얘기를 차근차근 총독에게 보고했다.

로마에서 배를 타고 카이사레아에 오려면 중간에 몇 군데 들르는 날을 빼더라도 꼬박 세 이레는 배 안에서 견뎌야 했다. 비록 겨울이 지나 봄이 됐지만 아직 파도는 거칠었고 바닷바람은 차가웠다. 파도에 흔들리는 배 안에서 도저히 더 버틸 수가 없어서 사반이라는 유대인은 비틀비틀 갑판에 올라왔다. 그리고 고물 쪽, 흔들리지 않게 고박固縛한 나무상자 옆에 웅크리고 앉아 바람을 쐬며 속을 가라앉혔다. 상자는 어른 허리에 닿을 높이로 가로 5큐빗 세로 8큐빗쯤 되는 장방형 목재상자로 갑판에서 쓰는 도구들을 넣어두는 용도였다. 흔들리기로 말한다면 배 안보다 갑판이 더했지만, 하늘을 볼 수 있고 바람을 쐴 수 있어서 배 안에 누워 있는 것보다는 훨씬 나았다.

그렇게 한참 숨을 고르며 상자에 기대 진정하고 있는데 어떤 사람 두 명이 갑판으로 올라오더니 상자에 걸터앉아 얘기를 나누기 시작했다. 그들은 아마 상자 반대편 쪽에 바짝 쭈그리고 붙어 앉아 있는 사반을 보지 못한 모양이었다.

"이번에 잘하면 자네나 나나 한몫 크게 잡고, 친구들에게 낯을 좀 세우겠지?"

한 사람이 얘기를 꺼내자 다른 사람이 대답했다. 파도소리 때문에 바로 옆에 앉은 그들끼리도 큰 소리로 대화를 해서 사반은 한 마디도 놓치지 않고 모두 들을 수 있었다.

"아레니우스! 빌라도 총독을 속여 넘기기는 쉬워도 내가 맡은 분봉왕 빌립은 좀 어려운 상대라고 하더군. 사람이 워낙 신중해서 무모한 짓을 안 한다고 소문이 자자하니 ⋯ ."

"그러게 말이야! 나는 이미 모든 계획을 세워 놓았어. 로마에 끈 떨어진 빌라도나, 총독 밑에서 꼼짝 못 하고 총독의 수족 노릇을 하는 예루살렘 대제사장, 게다가 유대 왕의 자리를 노리는 갈릴리와 베뢰아의 분봉왕 안티파스, 그 관계를 헤집고 들어가면 내가 쥐고 흔들 수 있는 수단이 아주 많지!"

"게다가 은근슬쩍 카프리섬 얘기를 입에 올리면, 아마 분봉왕이나 대제사장이나 입이 쩍 벌어지고 눈을 번뜩거리며 덤벼들 테니, 자네는 나보다 훨씬 더 쉽겠군."

"어때? 분봉왕 빌립에게 가지 말고 자네도 내 일을 거들든지 ⋯ . 거기는 가는 길도 멀고 험하다고 들었는데 ⋯ ."

"아니야! 나도 맡은 일은 해야지. 그런데 우리가 이렇게 돌아다니며 돈을 모으면 진짜 그분에게 도움은 되는 거야? 이번에 아홉 사람이 각 지방으로 흩어져 나가는데 ⋯ ."

"그럼! 내 생각에 5년 안에 그분에게 기회가 올 텐데, 하기야 그날이 5년 후가 될지 내일일지 아무도 모르지만, 마냥 손 놓고 기다릴 수는 없잖아! 원로원 의원 숫자가 몇 명이고, 끌어들여야 할 장군들이 모두 얼마야! 중요한 사람들부터 차곡차곡 손을 써 놓아야 한다니까! 로마에서는 귀족이나 원로원 의원들이 모두 몸을 사리고 눈치만 보고 있으니 다른 방법을 쓸 수밖에. 아홉 명이 흩어져 각 지방으로 나갔다고는 해도, 그중에 실패하는 사람도 있을 테고 성공하는 사람도 있겠지. 그건 다른 사람들 문제고 우리는 우리 몫을 제대로 하자고. 그날을 위해!"

"로마에서는 우리가 움직이면 금방 눈에 띌 테니 이 방법밖에 없지. 그런데 자네 편지는 받아 왔다고 했지?"

"내가 유대 구경 간다고 하니 두말없이 편지를 써 주시더군."

"그래도 될 수 있는 한, 누가 보냈느니 어쩌니 그런 얘기는 하지 말자고. 아리송하고 애매하게 뒤에 무언가 감춰둔 듯…."

"그럼! 이게 드러나면 저렇게 하고, 저게 드러나면 이렇게 하고."

마르쿠스의 보고를 듣는 동안 빌라도의 얼굴은 점점 굳어졌다. 아레니우스가 하려는 일이 무엇인지 짐작하고도 남을 만했다.

"각하! 그 유대인의 말로는 그들은 배 안에서 여러 번 얼굴을 마주쳤던 로마 사람들이었답니다. 잘 차려입은 로마 사람 두 명에게 웬일인지 자꾸 눈길이 가서 그전부터 유심히 살폈답니다. 그중에 각하를 찾아간다고 말한 사람의 이름을 또렷이 기억한다면서 바로 아레니우스의 이름을 댔습니다."

"음!"

"숨을 죽이고 몰래 엿들은 유대인 사반은 그들이 나눈 얘기가 무슨 뜻인지 나름대로 금방 깨달았다고 합니다. 그래서 카이사레아에 도착한 뒤 조심스럽게 총독궁 동정을 살피다가 아레니우스가 각하를 따라 도성으로 떠난 다음 저를 찾아와 모든 내용을 털어놓았습니다."

"잘 알았네! 수고했네. 나가 보게!"

"각하! 그 유대인을 제가 데리고 들어올까요?"

"됐네. 필요하면 내가 연락할 테니 기다리게! 나가서 오늘 지시한 대로 부대배치 완료하고, 수시로 순찰을 돌도록. 특히 먼저 나서서 유대인들을 격동하는 일은 하지 않도록 조심하게!"

마르쿠스를 내보내고, 혼자 남은 빌라도는 정원을 내다보았다. 어제도 그제도 정원에는 물이 흘렀고, 새가 날아다녔고, 바람이 불었지만 이제는 무언지 다른 듯 느껴졌다. 구름이 서쪽 하늘에서 흘러들어오면, 비바람을 불러오지만 때로는 슬그머니 사라지기도 한다. 요 며칠 빌라도의 가슴속에는 구름이 들락날락했다.

✠

베다니 여인숙에 묵고 있는 예수의 제자들은 한없이 무거운 마음으로 니산월 12일 아침을 맞았다. 지난밤, 생각지도 않았던 두 가지 사건이 벌어졌으니 그럴 만도 했다. 한밤중에는 마리아를 찾아온 사람 때문에 한바탕 소동이 일어났다면, 새벽녘에는 하얀리본 두목이 찾아와 예수를 문밖으로 불러냈던 일이 마음에 걸렸다.

늘 쾌활하던 요한도 시무룩한 표정이다. 그는 이 사람 저 사람 눈치를 살피다가 결국 자기라도 나서야 한다는 듯 예수에게 말했다.

"선생님! 오늘도 성전에 들어가실 생각인지요? 웬만하면 하루쯤 쉬면서 상황도 살펴보고…. 제가 혼자 넘어가 성전을 살펴보고 오겠습니다."

그의 말을 듣고 있던 도마가 나섰다.

"선생님! 요한의 말이 맞습니다. 오늘은 좀 쉬시지요. 저도 요한과 함께 성전에 들어갔다가 나오겠습니다."

"선생님, 그러시지요."

시몬 게바까지 나섰다. 말은 하지 않지만 제자들 모두 마리아가 지난밤에 선생의 머리에 기름 부었던 일이 마음에 걸렸다. 아무리 태연하려고 해도 그 일은 커다란 바위덩어리처럼 가슴 바닥에 깊숙이 자리잡고 있었다. 그러나 므나헴이나 막달라 마리아는 아무 말이 없다. 므나헴은 예수가 결코 두려워 몸을 움츠릴 사람이 아니라는 것을 알기 때문이고, 마리아는 알렉산더의 하인이 자기를 찾아와서 일어난 소란으로 영 마음이 불편하고 다른 제자들 볼 면목이 없다.

그때, 여인숙의 나사로가 나섰다.

"이 동네에도 아픈 사람들이 많이 있습니다. 어젯밤에 병을 고쳐 달라고 선생님 찾아오려는 것을 제가 다음 날로 미루어 놨습니다. 만일 오늘 그냥 쉬실 생각이시면 제가 동네 병자들더러 낮에 여인숙으로 오라고 알리겠습니다."

다른 제자들이 하는 얘기를 듣고 있던 유다와 작은 시몬이 번갈아 나섰다.

"제 생각으로는…."

먼저 유다가 예수와 제자들을 한 바퀴 둘러보더니 말을 이었다.

"지난밤에 그런 일이 있었다고 선생님께서 오늘 하루 쉬기로 한다면 그건 바로 저자들에게 우리의 약함을 보여 주는 일이라고 생각합니다. 저들은 우리가 겁이 나서 꽁무니를 내렸다고 으쓱거릴 겁니다. 그자가 '14일 시작되기 전'이라고 했던 말로 미루어 보아, 오늘은 아무 일이 없고 내일 13일이 위험할 것 같습니다. 어차피 우리가 예루살렘을 떠나 당장 갈릴리로 피신할 생각이 아니라면, 오늘 성전에 들어가서 다른 날과 마찬가지로 사람들을 만나고 계속 가르치시면서 상황을 살펴보는 것이 좋겠습니다."

그 말이 끝나자마자 작은 시몬이 나섰다.

"저도 그 생각입니다. 더구나 오늘도 선생님 가르침 받으려고 사람들이 많이 모여 성전에서 기다릴 테고…."

그 말이 채 끝나기 전에 다시 요한이 나섰다. 그는 잔뜩 짜증난 표정으로 유다와 작은 시몬을 쳐다보며 답답하다는 듯 거칠게 내뱉었다.

"보고도 그런 소리를 해요? 갈릴리 분봉왕 부하 그 사람이 마리아에게만 경고하려고 생각했으면 슬그머니 불러내 말하고 물러갈 일이지, 왜 소란을 떨고 우리 모두 앞에 자기를 드러냈겠어요? 나는 일부러 그랬다고 봅니다. 우리 모두에게 공개적으로 경고를 주기 위해서. 경고! 그냥 가볍게 들어 넘길 일이 아니에요, 내 생각에는!"

예수는 말없이 그들이 주고받는 얘기를 듣고 있다. 그도 제자들이 느끼는 두려움을 알고 있고, 제자들에게 닥칠 위험도 알고 있다. 마음 같아서는 제자들을 모두 흩어 갈릴리든 유대 광야든 가고 싶은 곳으로 가도록 보내주고 싶다. 그 혼자 올리브산을 넘어 예루살렘성에 들어가고 싶다. 그러나 그들에게 그들의 때, 자기 눈으로 보고 겪어야 될 일이 다가왔는데, 그 일 내던지고 모두 흩어지라고 보낼 수는 없다.

해야 할 일과 하고 싶은 일 사이에 안타까움이 스며든다. 제자들을 바라보다가 그가 천천히 입을 열었다.

"내가 걷는 길은 이리 갈 수도 있고 저리 갈 수도 있는 길이 아닙니다. 오직 한길뿐입니다. 그대들 모두 눈으로 똑똑히 그 일을 볼 것입니다. 그러나 오늘은 아닙니다. 자, 갑시다."

그러자 도마가 씩씩한 목소리로 나섰다.

"선생님이 가신다 하면 우리도 갑시다. 불구덩이든 물구덩이든, 목숨 내놓고 죽어야 할 자리라고 해도 우리 다 함께 선생님 뒤를 따라갑시다. 선생님, 가시지요! 제가 앞장서겠습니다."

요한은 못마땅하다는 표정으로 고개를 흔들며 따라나서고, 다른 제자들 모두 마지못해 일어선다. 유다와 작은 시몬은 당연한 일 아니냐는 표정으로 다른 제자들을 둘러본다.

"그럼 저는 동네 병자들에게 저녁에 모이라고 얘기하겠습니다."

"그래요! 그런데 움직일 수 없는 사람은 내가 찾아가도 돼요."

다른 때 같으면 병자가 있다는 소리를 들으면 갈 길을 멈추고 그들 먼저 살펴보는 예수다. 그러나 그들을 돌보는 일을 저녁으로 미루고 예수는 마르다 자매와 나사로의 배웅을 받으며 제자들을 이끌고 올리브산을 걸어 올라갔다.

✠

새벽녘, 올리브산 동쪽 기슭 베다니에서 벳바게로 올라가는 비스듬한 산길을 무거운 마음으로 걸어 올라가다가 바라바는 잠시 걸음을 멈쳤다. 그리고 돌아서서 저 산 아래, 그 아래 골짜기를 내려다보았다. 갑자기 고함을 지르고 싶다.

'야, 이놈들아! 나는 바라바다. 바리새파 의인義人의 아들 바라바란 말이다!'

베다니에서 걸어 올라오는 동안 그의 마음은 마치 곧 터지려는 화산 같았다. 그는 좋은 일이든 나쁜 일이든 한번 가슴에 담아 두면 결코 잊지 못하는 사람이다. 예수에게 거절당한 일이 생각할수록 분했다.

'제까짓 것이 감히 내 제안을 거절하다니, 제대로 얘기도 다 안 들어 보고….'

분할 뿐만 아니라 너무 잠잠하고 조용했던 예수의 태도가 참을 수 없을 만큼 마음 불편했다. 여인숙 밖 조그만 돌 위에 서로 마주보고 앉자마자 이미 예수를 설득할 수 없음을 그는 확실하게 느꼈다. 웬일인지 자꾸 위축되는 느낌이 들었다.

달은 이미 올리브산을 넘어갔고, 하늘에는 이름도 알 수 없는 크고 작은 별들이 가득 깔린 채 사방은 너무 고요했다. 어둠 속에서도 예수를 느낄 수 있었다. 그의 부드러운 목소리, 흐트러짐 없는 고른 숨소리가 여러 얘기를 가슴에 품고 찾아온 바라바의 들끓는 마음을 어루만졌다.

그건 당혹스러운 경험이었다. 힘이나 토라의 가르침으로 밀고 나갈 수 없는 부드러움 앞에 난생처음 머뭇거릴 수밖에 없었다. 태도와 달리, 목소리와 달리 예수의 말은 다시 또 어찌해 볼 엄두를 내지 못할 만큼 엄정하고 단호했다.

"제 뜻은 이미 말씀드렸습니다. 제 동무 히스기야에게도 여러 번 얘기했던 일입니다. 나는 세상을 그렇게 바꿀 수 없다고 생각합니다."

그 말을 듣고 왜 그냥 일어섰을까? 거사에 합류하기를 거절하면 예수의 가슴에 비수 한 자루 콱 박겠다고 마음먹었는데, 차마 그럴 수 없었다. 그의 머리카락 하나라도 손을 대면 안 될 사람처럼 느껴졌다. 자기를 보호할 어떤 수단도 갖지 않은 채, 경계심을 모두 풀고 한없이 맑은 사람으로 앉아 있던 예수를 바라바는 어찌할 수 없었다. 그냥 주춤주춤 일어나서 돌아섰다. 그러나 마음 한편으로는 왠지 다행스러웠다. 자기 손으로 예수를 해친 사람이 되지 않았기 때문이다.

마음을 가라앉히려고 멀리 동쪽 하늘을 올려다보고 눈 닿는 데까지 멀리멀리 세상을 바라보았다. 세상을 뒤집어엎으려고 오랜 세월 애를 썼건만 손에 잡힐 듯 잡힐 듯, 눈에 보일 듯 보일 듯 아직 희미했다. 마침 하늘에는 바닥에서부터 허연 기운이 조금씩 퍼져 오르고, 새벽별이 유난히 반짝였다.

사람들은 새벽 별을 '희망의 별'이라고 부르지만, 어떤 사람들은 '악마의 별', 로마에서는 '루시퍼'라고 불렀다. 다른 별들과 달리 일정한 길을 따라 하늘을 돌지 않고 제멋대로 흘러 다니는 것처럼 보였기 때문이다. 밤하늘을 떠돌아다니는 무수히 많은 별 중에, 달을 제외하고는 가장 밝은 별이다. 어떤 때는 해가 진 저녁 하늘에 보여 저녁별로 불리기도 하지만 동트기 전 하늘에서 가장 반짝이는 별이라서 새벽별로 불린다. 곧 해가 떠오른다는 것을 알려 주는 별이다.

"세상 모든 일에는 때가 있는 법이다. 그때를 만나지 못하면 밤하늘 유성처럼 사라지고, 네 때를 만나면 붙박이별이 된다."

오래전, 아직 나이 어린 그를 앞에 앉혀 놓고 큰아버지가 차근차근

이르던 말이 생각났다.

"토라를 지킨 의로운 아버지의 아들, 바라바!"

아무리 주위 사람들이 그를 바리새파 의인의 아들이라 부르고 큰아버지가 그를 친아들 못지않게 보살폈지만, 어릴 적부터 보고 들었던 어머니의 한숨과 눈물은 바라바의 가슴속에 차곡차곡 쌓이더니 어느덧 단단한 돌이 되었다. 하얗고 반질반질하고 무엇으로도 깰 수 없는 차돌이 되었다. 큰아버지 집을 떠나 세상을 떠돌아다니기 시작할 무렵부터 그는 하늘을 떠돌아다니는 새벽별을 자기 별로 삼았다.

나중에 갈릴리 호수 동북쪽 가말라에서 히스기야를 처음 만나고 그와 더불어 하얀리본 결사를 조직하여 갈릴리와 유대를 누빌 무렵부터 바라바는 어느덧 차가운 밤하늘에 올라 새벽별이 되었다. 어쩌면 별이 땅으로 내려와 그의 마음속에 들어왔는지도 모를 일이었다.

"어찌된 일이냐! 너 아침의 아들, 새벽별아. 네가 하늘에서 떨어지다니! 민족들을 짓밟아 맥도 못 추게 하던 네가 통나무처럼 찍혀서 땅바닥에 나뒹굴다니!"

새벽별을 그렇게 저주한 예언자도 있었다. 하늘에서 땅으로 떨어진 사탄이라고 생각했다. 그러나 바라바는 예언자의 비웃음을 뒤로하고, 새벽별처럼 빛을 불러오는 사람이 되겠다고 마음먹었다.

'새벽별이 빛을 불러오듯 이 바라바가 빛을 부르리라.'

조금씩 밝아지는 동쪽 하늘을 한참 바라보고, 그리고 새벽별을 올려다보면서 숨을 깊이 들이쉬고 다시 길게 내쉬기를 여러 번, 마음이 가라앉았다.

"바라바 동지! 이제 올라가지요! 다른 동지들이 지금 눈이 빠지게 기다리고 있을 겁니다."

그와 함께 베다니에 내려갔던 동지가 채근하지 않았더라도 이미 그는 마음을 굳혔다. 동쪽 하늘에 반짝이는 새벽별이 더 이상 우물쭈물 흐르지 말라고 그에게 말을 걸었기 때문이다. 그는 주먹을 불끈 쥐고 새벽별을 향해 한 번 힘차게 내뻗고는 벳바게로 올라갔다.

'이제 남은 길은 오직 한 가지뿐!'

예수를 거사에 끌어들인다는 계획은 따지고 보면 위험한 생각이었다. 그 계획이 불가능해지자 오히려 마음은 가뿐했다. 마음을 정리하니 하얀리본 단독으로 해야 할 일, 거사를 위해 무엇이 부족하고 어떻게 그 부분을 메우고 채워야 할 지 눈에 훤히 보이기 시작했다. 벳바게 길에 오르는 내내 오로지 하얀리본의 힘만으로 이룰 거사만 생각했다.

바라바는 사람들이 깜짝 놀랄 만큼 성공적인 거사를 치르겠다고 거듭 다짐했다. 하얀리본이 지난 몇 년 동안 거뜬하게 치렀던 크고 작은 잔치 모두 바라바가 계획을 세웠다. 그 덕에 하얀리본은 한 번의 실수도 없이 언제나 성공적으로 장원莊園을 털고 가난한 사람들에게 곡식과 재물을 나눠 주고 바람처럼 사라질 수 있었고 의적義賊이라고 칭송을 받았다. 하얀리본의 성공이 바로 자기가 치밀하게 세웠던 계획 때문이었다고 늘 바라바는 마음속으로 뿌듯하게 생각했다.

'히스기야는 우두머리로서 큰일만 결정했을 뿐이지!'

이제 히스기야가 체포되어 사라졌으니 바라바가 하얀리본을 이끌어야 한다. 의기소침한 동지들이 신명나게 일하도록 다시 일으켜 세워야 한다. 이번 유월절 거사의 의미와 명분을 흔쾌하게 받아들이고 죽음까지 각오하도록 다짐을 받아야 한다. 그동안 히스기야가 맡았던 역할을 이제는 바라바가 맡아 흔들림 없이 이끌어야 한다. 그로서는 지도력을 세우는 일 못지않게 동지들이 거사에 성공할 수 있다는 자신감을 갖도록 하는 일이 중요하다. 실패가 뻔히 보이는 일이라면 아무리 하얀리본 동지들이라고 해도 목숨 걸고 뛰어들자는 얘기를 결코 받아들이지 않을 것이다.

'이런 거사를 하려면 명령과 복종의 지휘체계가 세워져 있어야 하는데 ….'

바라바는 지난 며칠 동안 그 일을 걱정했다. 장원을 터는 일과 달리 예루살렘 성전을 점령하고 성전 지도부를 처단하고 거사를 성사시키려면 군대보다 더 엄격한 조직이어야 하지만 하얀리본은 그런 결사가 아니었다. 서로 동지, 형제라고 불렀지만 원래부터 명분이나 대의大義를 이루기 위한 조직이 아니었다. 새로운 우두머리로 바라바의 입지는 굳건하지 못했고, 여전히 많은 동지들은 히스기야가 없는 거사와 바라바가 내세우는 거사의 명분에 충분히 뜻을 모으지 못했다.

'내 계획에 따르면 거사에 성공할 수 있다는 확신을 심어 주고, 우리가 하려는 일이 하느님 뜻에 따르는 일이라는 점을 믿게 해야 동지들이 하나로 뭉칠 텐데. 이제 시간은 단 하루밖에 없고 ….'

바라바는 벳바게에 돌아가면 우선 동지들에게 밝힐 세 가지 큰 흐름의 일을 마음속으로 정리하며 걸었다. 따지고 보면 해야 할 일이 한도 끝도 없이 많았다.

'제일 먼저 할 일은 대제사장 가야바를 성전 뜰로 유인하여 처단하는 일, 두 번째는 대산헤드린을 설득하여 하얀리본의 거사를 인정받은 다음 그 대산헤드린을 앞세워 빌라도 총독과 담판 짓는 일, 그리고 셋째는 성전 뜰에 가득 들어찬 군중을 장악해 로마군의 성전 진입을 가로막고 대치하는 일이다. 그런데 거사에 성공한 다음이 문제야!'

하얀리본 자체의 힘만으로 새로운 유대의 지도체제를 세울 수 없다. 그렇다고 하얀리본 동지들과 그 문제를 미리 상의할 수도 없는 일이었다. 글도 모르고 토라를 배우지도 못한 하얀리본에게 어찌 토라의 나라를 새로 세우는 중요한 일을 맡긴다는 말인가? 예루살렘 바리새파 선생들과 대산헤드린 협의체를 만들어 처리할 수밖에 없다고 생각했다. 그 일에는 바라바를 키워준 큰아버지의 도움을 받기로 이미 약속이 돼 있었지만 아직 하얀리본 안에서 어느 누구와도 얘기하지 않은 일이었다.

성전 뜰의 군중을 장악하는 일도 하얀리본이 맡을 형편이 아니다. 한편으로는 로마군과 성전 경비대를 상대로 전투를 벌이며 동시에 군중을 장악하는 것은 벅찬 일이기도 하겠지만 자칫하면 로마군의 칼날 아래 군중을 밀어 넣는 결과가 될 수 있다. 평소 장원의 담을 넘어 잔치 벌이듯 현장에서 즉시 치러낼 수 있는 일도 아니다. 치밀하게 시간과 순서와 군중을 선동할 말을 준비해야 한다.

'그런데, 유다와 시몬이 어디 갔지? 그 두 사람에게 성전 뜰의 일을 맡겨야 하는데 ….'

대산헤드린을 설득하는 일은 단순히 무력으로 그들을 압박한다고 해서 될 일이 아니다. 정원 71명 중 바리새파 의원이 다수를 차지한 대산헤드린에서 하얀리본 거사에 대해 지지를 받으려면 바리새파가 받아들일 수 있는 결정적 명분을 제시해야 한다.

'명분이 없으면 바리새파 의원들은 목숨을 내놓을지언정 아무리 거칠게 위협해도 절대로 굴복하지 않을 것이 분명해.'

바리새파 가문에서 나고 자란 바라바는 명분이 얼마나 중요한지 누구보다도 잘 알았다. 대산헤드린의 동조를 받아낼 수 있는 명분은 오직 한 가지뿐이라고 생각했다.

"토라의 나라!"

그는 불쑥 그 말을 입 밖에 냈다. 그를 따라 베다니에 다녀오던 동지가 무슨 말인지 묻는 듯 그를 쳐다본다. 바라바는 마음을 다지듯 계속 혼자 머리를 끄덕였다.

그런데 그 순간, 갑자기 감옥에 갇힌 히스기야 얼굴이 떠올랐다. 무심코 입 밖에 낸 말을 듣고 놀란 듯 눈을 크게 뜨고 그를 바라보는 히스기야, 하얀리본의 우두머리였던 히스기야의 모습이 보인다. 그건 이미 성전을 점령하여 지도부를 처단하자는 계획을 세울 때부터 바라바가 몇 번 입에 올렸던 말이었다. 그때마다 히스기야는 바라바가 내세우는 명분에 동의하지 못하겠다는 표정을 지었던 기억 때문이리라.

'아! 히스기야 동지!'

요즘 거사계획에 골몰하다 보니 그는 히스기야 생각을 하지 않고 지냈다. 자기도 모르는 사이에 바라바는 앞으로만 내달리는 사람이 된 셈이었다.

'히스기야 동지! 그건 동지의 잘못이야! 눈앞의 일만 보았지, 산 너머의 일, 모퉁이를 돌면 바로 눈앞에 나타날 일을 동지는 생각하지 못했어! 그것만으로는 세상을 바꿀 수 없어! 세상을 바꾸려면 토라로 돌아가야 해! 그래야 지극히 높으신 분께서 이 백성을 다시 돌아보실 거야!'

언젠가 히스기야에게 말해 주려고 마음먹었던 말이다. 히스기야는 안타까운 눈으로 바라바를 한참 바라보다가 일렁일렁 사라졌다. 마치 물 위에 잠시 비친 얼굴이 사라지듯.

바라바에게 하얀리본의 유월절 거사는 수평으로 눕혀 있던 기둥을 수직으로 일으켜 세우는 일이다. 사람들이 토라의 가르침에 따라 살아가는 일은 바로 하느님과 사람의 관계를 올바로 세우는 수직관계의 회복일 수밖에 없다.

히스기야가 우두머리가 되어 이끌었던 하얀리본은 수평적 관계에만 관심을 쏟았던 결사였다. 세상 사람들이 의적義賊이라고 부르며 칭송하기는 했지만 그것은 고작 압제하는 사람들과 압제받고 수탈당하는 사람들의 관계에 개입했을 뿐이었다. 배고픈 사람들에게 부잣집 곳간을 털어 식량을 나눠주는 일로는 바라바 성에 차지 않았다.

두 사람이 맺은 우정은 죽음도 갈라놓을 수 없으리라고, 죽는 순간까지 함께하겠다고 단을 쌓고 제사드리며 맹세했다. 그러나 따지고 보면 히스기야와 바라바는 애당초 죽는 순간을 함께할 수 없는 사람이었다. 히스기야는 갈릴리 나사렛 사람, 땅도 없는 가난한 집의 유복자遺腹子 출신으로 이투레아 산속을 헤맸던 산적이었다. 바라바도 유복자이기는 마찬가지였지만 성으로 둘러싸인 예루살렘에서 토라를 공부하며 살던 바리새파 사람이었다. 하얀리본을 이끌고 장원을 터는 일까지는 그 두 사람이 함께할 수 있었다. 새 세상을 이루자는 얘기를 서로 나눴지만 이루려는 그 세상은 서로 달랐다. 다만 드러내 놓고 얘기를 나누지 않았을 뿐이었다.

히스기야가 생각했던 하느님 나라는 처음 예수가 생각했던 하느님 나라와 비슷했다. 결코 바라바가 꿈꾸는 토라의 나라가 아니었다. 히스기야는 하느님 나라를 힘으로 이루자는 생각이었고, 바라바는 힘으로 토라의 나라를 이룬다는 생각이었다.

니산월 12일 새벽, 바라바는 토라의 나라를 세우겠다는 계획을 품고 벳바게에 있는 동지들 은신처를 찾아 올라가고, 히스기야는 아무것도 모르는 채 감옥에 갇혀 있다. 바라바는 마치 눈앞에 히스기야가 있는 듯, 마음으로 말을 건넸다.

'동지가 그때까지 살아 있다면, 그래서 내가 이룬 일을 볼 수 있다면, 지극히 높으신 분이 나와 함께 역사役事하셨다는 것을 알게 될 것이오. 그분의 뜻이 그러하오!'

하얀리본 동지들이 은신하고 있는 벳바게 외딴집 부근에 이르자 바라바와 동행한 동지가 신호를 보냈다. 그는 두 손바닥을 오므려 맞붙이고 입에 대더니 묘하게 숨을 불어넣어 새소리를 냈다. 그러자 집에서 조금 떨어진 나무 위에 올라 망을 보던 동지가 비슷한 소리로 신호를 받았다. 이제 집안에 은신하던 동지들은 바라바가 돌아왔다는 것을 알게 됐다.

바라바가 외딴집에 들어서자 동지들은 그제야 탁탁 부싯돌을 켜서 등잔에 불을 붙였다. 모두 초조하게 바라바를 기다리고 있었다. 처음에는 그들 모두 예수를 거사에 합류시키자는 히스기야의 계획에 반대했다. 그러나 히스기야가 체포되어 감옥에 갇히자 마음을 바꿔 예수를 끌어들이자고 그들이 먼저 바라바를 설득하고 나섰다.

동지들의 생사가 걸린 거사, 성전 지도부를 싹 갈아치우고 새로운 세상을 이루겠다는 큰 거사를 바라바 혼자 무난하게 치러낼 수 있으리라고 믿는 동지는 거의 없었다. 히스기야 대신 바라바가 우두머리 역할을 맡을 수밖에 없는 상황이라는 것은 모두 인정했다. 그러나, 장원 담장을 넘고 잔치를 벌이는 일 정도라면 몰라도 유월절 거사는 달랐다. 바라바의 지도력에 의지해서 이룰 수 있는 규모의 거사가 아니기 때문이었다.

방 안에 들어온 바라바는 동지들을 한번 둘러보더니 아무 말도 없이 벽에 기대앉았다. 동지들은 그가 입을 열기를 기다렸다. 시간이 꽤 흘렀지만 바라바는 여전히 입을 굳게 다물고 무언가 깊은 생각에 빠져든 사람처럼 보였다.

"바라바 동지! 예수를 만나기는 만났습니까?"

늘 히스기야를 따라다니던 동지가 물었다. 그래도 바라바는 아무 말이 없다. 답답하다는 듯 바라바와 함께 다녀온 동지의 얼굴을 바라보자 그는 바라바의 눈치를 보면서 그저 고개만 흔들었다. 동지 한 사람이 불만스럽다는 듯 볼멘소리를 툭 내뱉었다.

"도대체, 언제부터 우리 하얀리본 동지들이 아무것도 모른 채 끌려다니게 됐습니까? 적어도 우리가 목숨을 걸고 무슨 일을 하려면 최소한 내가 무슨 일을 해야 할지, 누구와 함께할지, 알 것은 알아야 하지 않습니까?"

참았던 말을 입 밖에 낸 것은 그 동지였지만 다른 이들도 같은 마음이었다. 서로를 동지요, 형제로 받아들였던 하얀리본이 어느덧 한 가지 목적을 정해 놓고 지휘자의 통제에 따르는 조직으로 변하고 있음을 그들은 느꼈다. 수평적 결사結社가 수직의 위계질서를 가진 조직으로 바뀌었다. 그것은 누구에게나 대단히 불편한 일이었다.

바라바는 위압적인 눈초리로 말을 꺼낸 동지를 바라본다. 그 눈길을 한참동안 맞받아내던 동지가 그제야 눈길을 떨어뜨리며 말을 낮추었다.

"너무 답답해서요. 이거야 어디 정말…."

"동지들!"

바라바가 드디어 결심했다는 듯 입을 열었다. 그의 목소리는 결연했지만 일부러 꾸민 듯, 어딘가 모르게 부자연스럽게 들렸다.

"이제, 오직 우리 하얀리본 결사의 힘만으로 거사를 치러야 합니다. 예수인지 누군지 그 사람 얘기는 더 이상 입에 올리기 싫소."

"그러면? 예수가 거사에 합류하지 않겠다고 했습니까? 분명 자기 입으로, 동지에게? 설득은 해봤습니까?"

그 동지는 몇 가지 질문을 연거푸 쏟아냈다. 그 말 속에는 듣기에 따라서는 바라바가 제대로 일을 못했다는 듯한 느낌이 배어 있다.

"그자는 죽음을 두려워하는 겁쟁이입니다. 히스기야 동지가 처음부터 잘못 보았고, 나도 잠깐 그를 잘못 생각했습니다. 돌이켜 생각하니, 그자를 거사에 끌어들였으면 큰일 날 뻔했습니다."

바라바는 그 일로 얘기를 더 이상 길게 끌고 가서는 안 된다는 것을 깨달았다. 이럴 때는 그야말로 다른 생각 못 하도록 거센 바람이 파도를 몰고 오듯 밀고 나가야 한다. 모든 동지들의 의견을 물어 결정할 일이 있지만, 때로는 입을 다물고 따라올 수밖에 없도록 몰아쳐야 한다. 히스기야는 결코 쓰지 않았던 방법이지만 하얀리본의 새로운 지도자 바라바로서는 필요할 경우 주저하지 않기로 마음먹었다.

“자 그 일은 그만 생각하고, 우리 거사만 생각합시다. 이 거사는 반드시 성공할 것입니다. 내가 계획을 다 세워두었어요.”

그는 동지들 한 사람 한 사람 모두 차례차례 둘러본다. 그의 눈에는 마치 불덩어리가 이글거리는 것 같다. 그 불은 예루살렘을 태우고, 유대를 태우고, 온 이스라엘을 태우고도 남을 만큼 강렬했다.

“동지들! 똑똑히 기억할 겁니다. 지난번 움막마을에서, 히스기야 동지도 참석했던 그 회의에서 내가 했던 말을. 누구라도 그날 그 순간까지는 거사에서 빠질 수 있으나 그 이후에는 누구도 살아서는 빠질 수 없다고 내가 분명 말했습니다. 동지들 모두 찬동했고 오늘까지 함께 거사를 준비했습니다. 불행하게도 히스기야 동지가 체포됐지만 그렇다고 우리가 계획했던 일을 포기하고 달아날 수는 없습니다. 이미 우리는 삶과 죽음의 문턱을 넘어섰기 때문입니다.”

아무도 그의 눈길을 맞받아내지 못했다. 살아서는 거사에서 빠질 수 없다는 그날의 약속이 그들 모두 꼼짝할 수 없게 짓눌렀다. 약속은 지켜야 한다고 믿으며 살던 그들이었다. 동지들을 장악하기 시작했다고 판단한 바라바는 이왕 내친걸음, 끝까지 밀고 가기로 했다.

“자! 모두 내 말을 잘 들으세요. 최종결정입니다. 니산월 13일에 거사합니다. 이제 동지들이 각자 해야 할 일을 내가 정해 줄 테니 그대로 따라 주기 바랍니다.”

최종결정, 다시는 딴소리하지 말라는 말이다. 예수를 어쩌자느니, 히스기야를 먼저 구출하자느니 다른 일에 눈길 두지 말고 거사에만 매달리자는 말이다. 그리고 이제부터 거사를 총지휘하는 우두머리로서 명령을 내리겠다는 바라바의 선언이다. 하얀리본은 결사를 이룬 이후 처음으로 함께 걸어가는 조직이 아니라 우두머리의 명령에 따르는 조직이 되었다.

바라바는 차근차근 그가 세운 계획을 털어놨다. 예루살렘과 주변 마을들에 숨어들어온 하얀리본 동지 500여 명 중 200여 명을 5개 조로 나눠 각 조에 각각 임무를 맡겼다. 그리고 방 안에 있는 동지들 중에서 10명에게 각 조를 이끄는 책임자와 부책임자 임무를 맡겼다. 나머지 300명 동지를 직할부대로 편성해서 바라바가 다른 동지 5명과 함께 제사장의 뜰을 습격하기로 했다.

"동지들! 대제사장 가야바와 그 아들 마티아스 제사장 등을 처단하는 계획은 내가 지금 두 가지로 추진하고 있습니다. 일이 잘되면 올리브산으로 그자들을 끌어내서 목을 딸 수도 있습니다. 그런데 그자가 보통 여우가 아니라서 밖으로 끌어내는 일은 어려울 것 같습니다. 그러니 제사장의 뜰에서 일을 벌인다고 생각하고 먼저 그 일부터 의논합시다."

말을 마치고 바라바는 큰 결심을 한 듯 긴 숨을 들이쉬고 내쉬었다. 그때 그의 얼굴이 무척 험하게 변했다. 바라바의 얼굴에 그처럼 험한 표정이 숨어 있었다는 걸 그동안 아무도 몰랐다.

"동지들! 올리브산이든 제사장의 뜰이든 마주치는 사람은 누구든 가리지 말고 모두 그 자리에서 죽여야 합니다. 달아나면 끝까지 쫓아가 등에 칼을 꽂고 목을 따야 합니다."

끔찍한 얘기다. 하기야 제사장의 뜰에 끌려 들어간 짐승 중에 한 마리라도 살아나온 적이 있었던가? 언제나 그곳은 죽어야 하는 생명과 죽이는 생명, 오직 두 종류밖에 없는 곳이다.

“동지들 누구라도 특히 대제사장 가야바를 먼저 발견하면 그 자리에서 즉시 처단하세요. 밖으로 달아나기 위해 그자가 옷을 갈아입을 수도 있습니다. 그러니 아무도 살려서 내보내면 안 됩니다. 대제사장을 발견하여 처단한 동지는 이번 거사에서 가장 큰 공을 세운 사람으로 큰 상을 받고 두고두고 온 이스라엘의 찬양을 받게 될 겁니다.”

서릿발처럼 차가운 목소리로 그는 명령을 내렸다. 방 안에는 갑자기 초겨울 날씨처럼 싸늘한 기운이 돌았다. 이제까지 하얀리본 동지들이 알고 있던 바라바가 아니다. 그의 가슴속에 단단히 뭉쳐 있었던 차가운 살기殺氣가 뻗어 나오는 듯 느껴졌다.

“위수대로 통하는 성전 지하통로를 봉쇄하고, 위수대에서 성전 북쪽 뜰로 내려오는 계단에 불을 지릅니다. 성전 뜰을 둘러싼 주랑건물에서 내려오는 계단을 모두 파괴하고, 군중을 동원하여 성전 뜰을 장악합니다.”

그러더니 그는 동지 한 사람을 지목했다. 그 동지는 다른 사람보다 머리 하나만큼 키가 더 큰 사람으로 보기만 해도 위압감을 느낄 만큼 기골이 장대한 사람이다.

“동지는 인원 20명을 이끌고 대산헤드린 회의실을 제일 먼저 봉쇄하세요. 성전 안쪽 이스라엘의 뜰로 난 문과, 건물 밖 뜰로 나가는 문 모두 완전히 장악하여 의원들 중 한 사람도 빠져나가지 못하도록 막으세요. 빠져나가려는 사람이 있으면 서슴지 말고 본보기로 목을 베시오. 대제사장과 제사장들을 처단한 다음, 내가 대산헤드린 회의실에 들어가서 나시 가말리엘과 담판을 지을 때까지 동지가 대산헤드린 책임자입니다.”

바라바는 이미 혁명군革命軍을 이끄는 장군의 위엄을 띠었다. 더 이상, 의적이라 부르든 도적이라고 불렀든 담을 넘고 재물을 터는 하얀 리본의 부두목이 아니다.

"성전 뜰의 군중을 장악하는 일은 유다 동지와 시몬 동지에게 맡길 생각입니다. 그동안 몇 년이나 예수를 따라다녔으니 배울 만한 거는 다 배웠을 겁니다. 예수라면 어떻게 할지 잘 알 겁니다. 두 사람이 선동하고 나서면 예수 제자들 중 적어도 몇 사람은 합류할 겁니다. 내가 보니 그 무리에 그만한 사람이 있습디다. 아예 예수의 뜻을 받들어 거사에 나선 것처럼 떠들어 군중을 선동해야 합니다."

바라바의 기세에 눌렸던 동지들이 그제야 하나 둘 자기 의견을 내기 시작했다.

"유다와 시몬 두 동지만으로 될까요? 예수가 분명 가로막고 나설 텐데요?"

"왜 가로막아요? 자기가 직접 나서지는 않아도 가로막지는 않을 거요. 그자라고 뭐 대제사장과 성전 그리고 로마군에게 반감이 없겠어요? 다만 앞장설 용기가 없어 비폭력을 입에 달고 사는 거지. 비폭력? 비폭력으로 무력을 가진 상대를 어찌 무찌를 수 있고 새 세상을 어찌 이룬단 말이오? 로마군이나 성전 경비대를 몰라서 하는 말이지, 상대는 이미 폭력으로 세상을 움켜쥐고 있다고요! 그자가 내세우는 비폭력 같은 나른한 소리는 세상물정 모르는 갈릴리 어부들에게는 씨가 먹힐지 모르지만 여기 예루살렘에서는 어림도 없어요!"

그는 거친 어조로 예수를 깎아내렸다. 성전 뜰에서 장사꾼들을 과감하게 내쫓던 모습을 보고 난 후 예수에게 큰 기대를 걸며 계속 그의 이름만 입에 올리던 며칠 전과는 완전 딴판이다. 몸을 굽히고 베다니까지 찾아가 거사에 합류하라고 제안했는데, 예수로부터 단호하게 거절당한 일이 무척 분했던 모양이다.

동지 중 한 사람이 물었다.

"그런데, 바라바 동지! 손에 들고 싸울 만한 무기가 없어 그것이 걱정입니다."

로마군과 성전 경비대의 눈을 피해 숨겨서 들어갈 수 있는 무기라야 겨우 옷소매 속에 들어가는 시카 단도 정도였다. 초승달처럼 등이 굽은 칼을 상대방 목에 대고 힘을 주어 한 번 쓱 긁으면 누구라도 목줄기에서 피를 뿜으며 그 자리에 쓰러져 숨을 거두게 된다. 문제는 하얀리본이 성전 제사장의 뜰을 기습하여 장악하는 것까지는 성공할 수 있겠지만, 곧 벌 떼처럼 밀려들어올 성전 경비대와 맞닥뜨려 전투를 벌일 무기가 없다는 점이다. 성전 지하에 있는 경비대 무기고를 털어 아무리 재빠르게 칼과 창과 방패 그리고 활을 손에 넣는다고 해도, 경비대는 이미 칼을 휘두르며 몰려들어올 것이다.

"성전 경비대와 맞서기 위해서는 시카 칼이 아니라 제대로 된 전투용 칼이 있어야 합니다. 아니면 우리 동지들 모두 성전 경비대에 몰살당할 겁니다."

다른 동지가 말을 이었다. 이제 동지들은 거사를 예정대로 결행해야 할지 말지, 바라바에게 거사를 지휘할 만큼 지도력이 있느냐 어쩌냐 그런 문제는 더 이상 따지지 않았다. 거사를 실행하는 구체적 계획에 모두 관심을 쏟았다.

"뜰 안에 가득 들어찬 군중들도 무장시켜야 하고…."

"시카 칼로는 어림도 없지!"

동지들의 말을 듣자 바라바의 눈썹이 꿈틀거렸다. 마음이 아주 불편한 것을 억지로 참을 때 그가 보이는 반응이다.

"동지! 그런 걱정은 안 해도 됩니다. 내가 지난 1년 동안 차곡차곡 준비해 두었습니다. 우리 동지들이 성전 뜰에 들어가면 바로 칼을 손에 쥘 수 있습니다. 이 바라바가 그런 준비도 없이 하얀리본을 이끈답시고 앞에 나서겠습니까? 나를 믿으세요!"

그러면서 그는 동지 한 사람을 바라보며 확인했다.

"준비 다 됐지요?"

"예!"

"거사일 날이 밝기 전에 성전 동쪽 수사문 밖 덤불 속에…."

"예! 최소한 200자루는 거기에 숨길 수 있습니다. 나머지는 소금수레 바닥에 깔아 놓을 겁니다."

"그 문을 표 나지 않게 열어두고…."

"예! 동지 몇 명이 성전에 숨어 밤을 지내며 그 문을 확보할 겁니다. 절대 들키지 않도록 단단히 준비했습니다."

"좋아요. 그 수사문은 우리가 기습적으로 성전에 들어가고 나올 수 있는 유일한 통로입니다. 어떤 경우에도 그 문은 우리가 장악하여 통제할 수 있어야 합니다."

"아니, 동지! 어떻게 그렇게 많은 칼을 마련했습니까, 들키지도 않고?"

바라바는 대답하지 않고 그저 슬쩍 웃기만 했다. 원래 칼이든 창이든 무기는 보통 사람들이 손에 넣을 수 있는 물건이 아니다. 통치자는 무기를 만드는 기술을 언제나 특별 관리하고 통제했다. 그래서 이방 제국이 이스라엘을 점령하면 언제나 제일 먼저 대장장이를 포로로 잡아갔다.

칼 만드는 대장장이는 끌어들이기도 어렵고, 설사 그랬다고 하더라도 좋은 칼을 만들 원료를 구해야 해서 무기를 확보하는 일은 시간이 오래 걸리는 일이다. 좋은 쇠를 불에 달구어 망치로 두드리고 식혔다가 다시 달구기를 여러 번, 그래야 겨우 전투에 쓸 수 있는 칼을 만들 수 있다.

바라바는 히스기야로부터 거사의 세부계획 수립을 맡게 되자 전투용 칼을 마련하는 일에 착수했다. 1년 전부터 유대에 몇 군데 안 되는 대장장이들을 은밀하게 찾아다니며 손을 썼다. 그들은 모두 로마군 위수대, 성전 경비대에 칼을 대주는 사람들이었다. 위수대는 1년에 200개 정도, 성전 경비대도 그만한 숫자의 칼을 새로 사들이는데 그는 그 기회를 이용했다. 원래 제대로 만들어도 대개 2개 중 1개는 불량이 나는 법이다. 바라바는 대장장이들에게 3개에 2개를 불량으로 만들도록 손을 썼다. 한군데서만 그런 것이 아니고 모든 대장간에서 한목소리로 쇠가 나빠서 불량이 난다고 말하는 데야 로마군이나 경비대나 어쩔 수 없었다.

당연히 로마군이나 성전 경비대에서는 제대로 된 칼만 인수했고, 바라바는 남은 불량품을 모두 비싼 값에 사들였다. 그리고 웃돈을 주고 다시 손을 보도록 시켜서 로마군에게 납품한 것에 뒤지지 않는 칼을 확보할 수 있었다. 말하자면 로마군과 성전 경비대가 하얀리본이 쓸 칼 만드는 원료를 대준 셈이었다.

무기를 준비하면서 바라바는 한 번도 그 일을 하얀리본 동지들에게 털어놓지 않았다. 심지어 히스기야도 그 일을 바라바에게 전적으로 맡겨 놓은 뒤에는 묻지도 않았다. 비밀이란 아무리 서로 믿는 사람끼리 얘기해도 대개 두 번 중에 한 번은 새어 나가기 마련이었다.

"무기는 내가 오래전부터 차근차근 준비했고요."

바라바의 말을 듣고 여러 사람이 말없이 고개를 끄덕였다. 예전부터 하얀리본 안에서 치밀하기는 역시 그를 따라갈 사람이 없었다. 바라바의 지목을 받은 동지가 계속 설명했다.

"동지도 아시다시피 수사문은 속죄일 제사 때만 사용하는 문이라서 이번 유월절에는 아무도 마음에 두지 않을 겁니다. 소금 자루에 싣고 들어가는 유황과 칼, 수사문 밖에 숨겨둔 칼 정도면 우선 우리 동지들은 어느 정도 무장할 수 있습니다. 그렇기는 하지만 성전 뜰에 들어온 사람 중 우리에게 합세하는 무리를 무장시키려면 성전 경비대 무기고를 장악하는 일이 무엇보다 중요합니다."

그 말이 끝나자마자 바라바는 방 한구석에 앉아 있는 다른 한 사람에게 차근차근 확인하기 시작했다. 그는 하얀리본에서 거사에 필요한 물자를 준비하는 역할을 맡은 사람이다.

"소금 자루가 몇 개라고요?"

"나귀 두 마리를 묶어 수레 한 대를 끌고, 그 수레 다섯 대에 소금과 유황이 반반 실릴 테니 50자루씩 됩니다. 소금 자루로 유황 자루를 덮어 숨기고 수레 바닥에 칼을 실어 들어가면 됩니다."

"시간 안에 다 준비되지요?"

"예, 충분합니다. 이미 다 모아 놓고 기다리고 있습니다. 나귀도 수레도 모두 준비됐습니다."

"좋아요. 수레마다 좀 그럴 듯한 선물을 실어 두세요. 성문 통과할 때 아끼지 말고 듬뿍듬뿍 경비병들에게 뿌리세요. 성전 북쪽 '양의 문' 경비병에게도."

"예! 아주 좋은 것으로 준비하겠습니다."

"자, 날이 밝으면 내가 확인할 일이 하나 더 있으니 더 자세한 일은 저녁에 다시 상의합시다. 이제 벌써 12일 새벽입니다. 우리가 준비해야 할 것은 모두 오늘 낮 안에 끝내야 합니다. 그리고 동지들!"

바라바는 목소리에 힘을 실어가며 얘기하더니 갑자기 방 안 그득한 동지들을 둘러본다. 마치 히스기야가 하얀리본을 이끌 때 보였던 모습과 목소리를 바라바가 그대로 이어받은 것처럼 보였다. 희미한 등잔불로도 결연한 그의 모습을 볼 수 있다. 방 안 분위기도 더불어 점점 뜨거워졌다.

"마지막 한 가지, 동지들 모두 각자 자기가 맡은 지역의 동지들을 잘 장악하여 통제하시오. 500명이 마치 한 사람처럼 정확하게 움직여야 거사를 성공할 수 있습니다. 500명 동지들을 움직이는 것은 모두 이 자리에 있는 동지들의 몫입니다."

하얀리본이 활동하기 시작한 지 4년, 500명이나 되는 동지를 동원하여 일을 치러본 적은 한 번도 없었다. 그저 3, 40명, 많아야 50명이 넘지 않는 인원으로 장원을 털어 그 재물이나 곡식을 근방 마을에 나눠 주는 잔치를 벌였을 뿐이었다. 그런데 500명을 동원하여 성전을 점거하고 대제사장과 제사장들을 모두 처형하고 성전 경비대와 전투를 벌이고, 결국 로마군대와 맞서는 일, 해 보지 않은 일, 가 보지 않은 길을 이제 걸어야 할 시간이 됐다.

바라바는 얼마나 그가 용의주도하게 미리 준비했는지 알려주겠다는 듯, 그렇게 해서 그의 지도력에 의문을 품은 동지를 안심시키겠다는 듯 거침없이 계획을 밝히고 할 일을 지시했다. 그의 단호한 말투와 지도자다운 태도를 보면서, 그동안 긴가민가하던 동지들도 눈을 반짝이며 활기를 되찾았다. 그들이 믿고 따르던 지도자 히스기야의 부재로 생겼던 커다란 구멍을 바라바가 메울 수 있는 사람으로 보이기 시작했다. 조금 전까지 불편한 마음으로 그를 지켜보던 동지들도 곧 벌어질 일에 깊이 빠져들었다. 어떤 사람의 눈에는 이미 거사는 거의 성공한 것이나 마찬가지로 보였다.

그런 중에도 늘 히스기야를 따라다니던 동지는 바라바를 유심히 지켜보며 얼굴에 점점 그늘이 짙어졌다. 그러더니 마침내 무언가 결심한 듯 조심스럽게 입을 열었다.

"동지! 대충 큰 틀은 이해했는데, 걱정되는 일이 있습니다. 동지에게 그만한 능력도 있고, 게다가 동지가 오랫동안 이번 거사를 준비하고 충분히 생각했으니 당연히 자신감에 넘칠 것도 이해는 합니다. 그러나…."

그가 '그러나' 하고 말을 이으려고 하자 바라바가 까칠하게 받았다.

"나는 동지가 그리 말할 줄 생각했습니다."

"그럼 잘 됐습니다. 아까 얘기로는 제사장의 뜰을 장악하고 대제사장을 처단한 다음 대산헤드린 나시 가말리엘과 동지가 직접 담판할 계획이라고 했는데, 나는 그 일이 걱정됩니다. 생각해 보십시오. 성전 뜰 안에는 그 시간이면 아마 만 명 안팎의 인원이 들어와 있을 겁니다. 13일이니 다른 날보다는 더 많겠지요."

바라바는 못마땅한 표정으로 그의 말을 들었다. 히스기야가 사라진 후부터 그동안 눈에 보이지 않던 이런저런 갈등을 겨우 가라앉혀 틀을 잡아가고 있는데, 아직 한 고비가 남았다고 생각하면서. 그리고 마치 오금을 박는다는 듯 천천히 말을 내뱉었다.

"동지! 무슨 말을 하고 싶은지 하나도 빠뜨리지 말고 이 자리에서 모두 말해 보시오. 그리고 이후로는 동지도 내 명령에 따르시오!"

바로 그런 점이 바라바가 히스기야와 다른 점이다. 히스기야는 한 번도 어떤 동지에게도 위압적으로 찍어 누르듯 말한 적이 없었다. 더구나 그가 '명령'이라는 말을 입 밖에 낸 것을 들어본 적이 없었다. 히스기야가 언제나 부드럽게 말했지만 동지들은 한 번도 그의 말을 허투루 듣지 않았다. 그는 큰 산 같은 사람이었다. 멀리서 보면 형상이 보이고, 가까이 다가가면 골짜기도 보이고 등성도 보이고, 그 골짜기에 흘러내리는 개울도 보이는 산이었다.

늘 히스기야의 경호와 연락 책임을 맡았던 동지와 히스기야를 대신해서 새로 우두머리로 올라선 바라바 사이에 떠도는 불편한 기운을 다른 동지들도 모두 느끼고 있었다. 거사하기 전에 그 불편한 관계가 풀어져야 한다는 것도 모두 알고 있었다. 이제 드디어 그 시간이 됐다.

"제사장의 뜰에서 성전 지도부를 처단하는 그 순간에 동지가 지시한 대로 로마군의 진입 통로를 차단하고, 유황더미에 불을 지르고, 성전 경비대 무기고를 습격해서 무기를 손에 넣고, 대산헤드린 문을 봉쇄해야 합니다. 그리고 성전 뜰에 가득한 군중을 선동하여 장악하고요."

"그게 내 생각입니다."

"계획대로라면 바라바 동지가 대산헤드린을 설득해서 그들이 우리 거사를 지지하고, 그리고 나서 가말리엘이 나서서 로마군이 성전 뜰로 진입하지 못하도록 담판하여 막아야 합니다."

"그래요!"

그 동지의 설명을 들으면서 다른 동지들은 깨달았다. 그 모든 일들이 차곡차곡 순서에 맞추어 일어나는 것이 아니고 한순간에 거의 동시에 일어나야 한다는 점을.

문제는 제사장의 뜰에서 거사를 시작하고 로마군 통로에 불을 놓고 뜰 안에 들어와 있는 군중을 선동하는 순간 로마군이 두 손 놓고 두고 보지 않을 것이라는 점이다. 주랑건물 위에 늘어선 로마군 장교들과 병사들, 안토니오 요새에서 성전을 굽어보며 감시하고 있는 로마군이 성전 안에서 벌어지는 일을 바라보기만 할 것인가? 그렇지 않다. 가장 두려운 일, 로마군이 즉각 성전 뜰로 밀고 들어오리라는 것은 누구라도 쉽게 예상할 수 있다. 성전 경비대는 이상한 움직임이 있으면 대제사장을 구하기 위해 즉시 제사장의 뜰로 밀려들 것이다.

그가 바라바를 쳐다보며 무겁게 입을 열었다.

"바라바 동지! 나는 중요한 두 가지를 사전에 조치해야 한다고 봅니다. 거사 중에 우리를 지원하도록 대산헤드린을 설득한다는 계획은 너무 위험합니다. 그러면 시간적으로 로마군의 진입을 막을 수가 없습니다."

바라바는 갑자기 뒤통수를 한 대 세게 얻어맞은 듯 멍해졌다. 자기 혼자 생각하고 계획했던 일에 커다란 허점이 있음을 깨달았다. 그리고 그 순간 자기가 그 동지를 잘못 생각했다는 것도 알았다. 감옥에 갇힌 히스기야를 구출하러 나서지 않는 일이 불만스러워 바라바의 의견에 이의를 제기한 것이 아니었다. 하얀리본의 새로운 지도자 자리를 두고 다투자고 나선 일도 아니다. 그는 바라바 혼자 궁리하며 세웠던 계획의 허점을 냉정하게 짚은 셈이다.

그는 말을 이었다.

"바라바 동지! 대산헤드린을 먼저 설득해야 합니다. 그 방법을 찾아야 합니다."

"음!"

바라바는 자기도 모르게 깊은 신음을 내뱉었다. 갑자기 눈앞이 하얗게 변하더니 아무것도 볼 수 없다. 방 안 그득 앉아 있는 동지들도 보이지 않고, 그저 무엇이 찢어지는 날카로운 소리가 들리고, 눈앞에서 하얀 천이 너풀거렸다. 너풀거리던 천 가운데 불이 붙어 타들어간다. 불탄 자리에 커다란 구멍이 생긴다. 구멍 너머는 아무것도 보이지 않는 어둠이다. 그 어둠은 한번 빨아들인 것은 무엇이든 다시는 내놓지 않을 만큼 깊었다.

"아!"

속으로 한숨을 쉰다. 동지들이 무어라 말을 하는데, 말이 아니라 그저 소리가 되어, 알아들을 수 없는 소리가 되어 웅웅거린다. 그들이 하는 말이 그저 둥둥 떠다닌다. 밀려오고 밀려가고. 그중 하나라도 손으로 움켜잡으면 좋을 텐데, 그저 멍하니 바라볼 수밖에 없다.

갑자기 날카로운 꼬챙이, 쇠꼬챙이가 사정없이 머리를 찌른다. 한 번 두 번 거듭 찌른다. 머리에 꼬챙이가 닿는 순간, 벌써 발가락 끝까지, 손가락 끝까지, 세상 끝까지 감당할 수 없는 날카로운 아픔이 뻗쳐 흐른다.

하얀리본이 거사를 일으키자마자 폭풍 몰아치듯 번개 내리치듯 대제사장과 성전 지도부를 다 처단한 다음이라면, 무력을 갖지 못하고 오직 입으로만 법을 떠드는 대산헤드린이 굳이 거사를 뒤엎으려 하지 않을 것으로 바라바는 믿었다. 대산헤드린이 무슨 힘으로 칼을 들고 덤벼드는 하얀리본을 가로막고 나설 것인가? 벌어진 일을 현실로 받아들일 수밖에 없으리라고 그는 판단했다.

무력을 행사하여 대산헤드린을 겁박劫迫하면 그들의 입을 막고 한자리에 가둬 둘 수는 있다. 그러나 그들을 내세워 로마총독과 담판을 지으려면 그들을 설득해야 하고 설득하려면 명분이 필요하다. 하얀리본 도적떼의 분탕질이 아니라, 이스라엘과 유대를 바로 세우려는 혁명군으로서의 명분이 필요하다.

"완전한 토라의 나라, 새 유대의 건설!"

바라바는 토라의 나라를 세우겠다는 말을 혁명군 하얀리본의 구호로 내세울 작정이었다. 대산헤드린을 설득할 명분으로 그보다 더 훌륭한 구호는 없다고 자신했다. 사실 토라의 나라는 거사를 위한 명분만 아니라 큰아버지 집을 떠나 온 이스라엘을 헤맬 때부터 바라바가 마음속에 늘 지녔던 목표였다. 바리새파 의인의 아들이 도적질이나 하자고 히스기야를 만나 하얀리본 결사를 조직한 것은 아니었다.

명분뿐만 아니다. 바라바는 하얀리본이 일으키는 유월절 유혈 거사가 하스몬 왕조 시절부터 이어져 내려온 바리새파 저항운동의 역사를 이어받은 혁명이라고 내세우기로 했다.

"37년 전 헤롯왕에게 화형당한 바리새파 순교자들, 27년 전 제 4철학 운동을 이끈 가말라의 유다와 바리새파 사독, 그리고 오늘날 거사를 일으킨 의적 하얀리본의 목표는 오직 하나! 토라에 따라 살아가는 토라의 나라를 세우는 일입니다."

그렇게 보면, 바리새파의 역사적 저항운동과 하얀리본의 혁명군을 하나로 연결하는 고리는 온 세상을 둘러보아도 오직 바라바 한 사람뿐이라는 것을 대산헤드린이 받아들이고 혁명을 승인하리라고 확신했다. 무력을 앞세운 설득에 대산헤드린이 무슨 힘으로 버틸 것인가?

히스기야의 동무라는 갈릴리의 떠돌이 선생 예수가 아니라 대산헤드린을 앞에 내세워 군중을 통합하고 완전한 토라의 나라를 세우겠다고 선언한 다음 대산헤드린과 함께 선포할 포고령을 그는 이미 생각해두었다.

'성전에 보관한 모든 빚 문서를 불에 태우겠다!'

거사를 처음 계획할 때부터 이미 히스기야와 상의해 두었던 포고령 내용이다. 그는 가장 확실하게 토라를 실현한다는 상징으로 빚 문서의 소각을 생각했지만 히스기야는 빚에 허덕이는 사람들이 메고 사는 굴레를 풀어준다는 뜻에서 크게 찬성했었다.

바라바가 대산헤드린을 설득하는 중에 로마군은 우선 성전을 외곽에서 봉쇄할 것이고, 성전 뜰에 들어와 있는 군중은 한 사람도 밖으로 달아날 방법이 없어 그대로 갇힌 상태가 되리라. 1만 명이 넘는 군중이 성전 뜰에 몰려 있는 한, 로마군이 삽시간에 그들을 다 쳐 죽이고 성전 안으로 들어올 수는 없으리라고 계산했다. 로마군이 성전 뜰에 들이닥치는 시간과 하얀리본이 성전 지도부를 처단하고 대산헤드린을 장악하는 시간, 어느 쪽이 더 빠를지 결국 시간의 문제라고 그는 판단했다.

그런데 모든 것이 뜻대로 잘 이뤄질 것 같던 거사 계획에 커다란 구멍이 있다는 것을 그 동지가 지적한 셈이다. 아직도 멍한 표정으로 앉아 있는 바라바에게 그 동지가 결연한 어조로 그가 생각하는 방향을 말했다.

"동지! 방법이 무엇이든 대산헤드린을 거사 이전에 우리 편으로 끌어들이지 않고는 절대로 성공할 수 없습니다. 예수를 거사에 끌어들이지 않고도 성공할 수 있는 길은 오직 그것뿐입니다."

듣고 보니 다른 방법이 없어 보였다. 아니면 1만 명도 넘는 유대인들이 유월절을 이틀 앞두고 예루살렘 성전 뜰에서 모두 참살慘殺 당할 것이다. 양을 잡아 드리는 유월절 제사가 아니고, 유대인들의 피를 바치는 제사가 될 것이다. 그 한 마디 한 마디는 바라바가 해야 할 일을 밝은 빛으로 보여 주는 말 같다. 이제까지 가장 거추장스러웠던 그 동지가 알고 보니 바로 바라바의 길잡이였다. 그는 말을 이었다.

"이왕 우리 하얀리본 동지들 모두가 거사에 찬동하여 여기까지 이르렀고, 거사를 성사시키는 것이 감옥에 갇힌 히스기야 동지의 간절한 소망이라고 믿습니다. 그리고 히스기야 동지가 없는 마당에 바라바 동지의 지휘를 따르겠다는 마음, 한 사람도 다르게 생각하는 사람 없이 똑같습니다. 우리는 죽는 순간까지 동지와 함께할 것입니다. 다만 한 가지만 약속해 주세요. 사전에 대산헤드린과 손을 잡지 못하면 13일

거사는 뒤로 미뤄야 합니다. 도성 예루살렘에 들어와 있는 로마군의 숫자가 가장 적을 때로 계획을 미뤄야 합니다."

방 안에 앉아 있는 동지들 모두 고개를 끄덕이며 그의 말에 찬동했다. 그는 말을 이었다.

"우리가 무력으로 겁박해야 대산헤드린을 설득할 수 있다면 그건 이미 하얀리본의 거사가 실패했다는 말과 같습니다. 무력으로 얼마나 오래 끌고 갈 수 있겠습니까? 나는 바라바 동지라면 명분과 방법을 이미 생각했을 것으로 믿습니다. 대산헤드린을 설득하는 일은 히스기야 동지도 할 수 없고, 예수라는 사람도 할 수 없고, 오직 바라바 동지만 할 수 있는 일입니다. 동지는 바리새파 의인의 아들이기 때문입니다."

바라바는 눈을 들어 그 동지를 쳐다봤다. 말을 이어가는 그의 얼굴에 히스기야 얼굴이 겹쳐 보였다.

"제사장의 뜰에서 대제사장을 처단할 때 대산헤드린에서 공식적으로 하얀리본을 지지하는 선언을 해야 합니다. 날이 밝으면 동지는 그 일을 시작하세요. 칼을 준비하고, 유황 덩어리를 실어 나르는 일은 여기 우리 동지들이 다 맡아서 해낼 수 있습니다. 성전 뜰 안의 그 많은 동족을 로마군의 칼과 창 아래 밀어 넣으면 우리는 하늘 아래 가장 무거운 죄인이 될 것입니다. 바라바 동지! 이건 동지의 책임이고 우리 모두의 책임입니다. 우리는 동지를 믿소!"

분명 히스기야를 늘 따라다니던 동지의 입에서 나온 말인데, 마치 항아리 속을 울리고 다시 올라온 바라바 자신의 목소리처럼 들린다. 이제 소리가 말이 되고, 말이 비틀비틀 가슴속 제자리를 찾아 내려간다. 무엇이 잘못되었는지 그제야 깨달았다.

"음! 그래요! 동지 말이 맞아요!"

바라바는 겨우 그 몇 마디 말을 힘겹게 입 밖에 냈다. 그럴 수밖에 없다. 다른 길은 없다. 구멍 너머에는 다시 빠져나올 수 없는 어둠만 있지 않았던가?

"그러겠습니다. 동지!"

다시 그 말을 입 밖에 내면서 바라바는 그 동지의 손을 덥석 움켜잡았다. 그도 바라바의 손을 잡고 힘차게 위아래로 흔들었다. 그러자 방 안에 모여 있던 열댓 명 동지들이 모두 그들의 손을 두 사람 손 위에 얹었다.

그때, 하얀리본이 몸을 숨긴 벳바게 마을 외딴집에 니산월 12일 아침 첫 햇살이 찾아들었다.

너 혼자 세상을 바꾸려느냐

올리브산 중턱에 오르니 예루살렘성이 눈 아래 내려다보였다. 도성과 성전은 아침 햇빛을 받아 눈이 부시도록 번쩍였다. 늘 그랬듯, 예수는 제자들과 함께 바위에 걸터앉았다.

'모든 번쩍이는 것들 뒤에는 어둠이 있으니 ….'

사람들은 보이는 것만 본다. 보여 주는 것만 본다. 그러나 예수 눈에는 골짜기도 보이고, 모두 한 덩어리가 되어 다닥다닥 엉겨붙은 아랫구역에 사는 사람들의 한숨 소리도 들렸다. 하늘을 휙휙 날아다니다 커다란 날개를 펴고 도성을 온통 뒤덮는 세상 권세도 보았다.

"권세가 무너뜨릴 수 없는 것 … 그건 가장 연약해 보이는 생명이리니!"

그것은 역설이다. 단단한 껍데기를 갖추지 못한 연한 속살의 생명이 세상 권세와 맞서는 유일한 길이라니, 얼마나 고통스러울지 예수는 이미 잘 알았다. 고통을 향해 걸음을 떼고 있지 않은가? 아픔이 저릿저릿 가슴을 파고들었다.

그런데 예수가 입 밖에 낸 혼잣말을 알아들었는지 나다나엘과 빌립이 번갈아 물었다. 아마도 예수가 그 자리에서 성전이 무너지리라고 말했던 전날 일을 떠올렸기 때문이리라.

"선생님! 언제 성전이 무너지는 일이 생깁니까? 선생님께서 영광을 받으시는 그날입니까?"

"그날이 세상 심판의 날입니까?"

그들의 귀에는 권세가 무너진다는 말로 들린 모양이었다. 지난밤 예수의 장례 의식을 치렀던 일은 잊고 다시 옛날로 돌아가 있었다. 도성 예루살렘이 그리고 성전이 그들 발아래 내려다보였기 때문이리라. 선생이 치를 최후의 결전을 생각하고 있었던 모양이다.

'영광을 받는 날', 제자들은 예수가 받을 고난을 그렇게 불렀다. 고난 끝에 하느님의 신원과 회복이 있으리라고 믿었다.

'영광 속에서 다시 만날 날을 기다리며 오늘 잠시 헤어지는 일.'

고통 아닌 헤어짐이 없듯, 고통이 크면 클수록 기다리는 영광도 크리라 믿으며 사람들은 살았다. 살아가면서 어느 곳에도 기댈 수 없는 사람들이 눈 둘 수 있는 곳은 언젠가 오리라는 그날이 아니겠는가? 골이 깊으면 깊을수록 다음에 보상으로 주어지는 것이 크리라고 믿었다. 해산의 고통 끝에 얻은 자식을 품에 안고 기쁜 눈물을 흘리는 여자를 보지 않았던가? 눈으로 보고 귀로 들은 일이 그러한데, 어찌 다른 눈으로 보고 다른 귀로 듣기를 기대할 수 있겠는가?

'기쁨은 주어지는 것 … 고통은 그때까지 참고 견디는 연단鍊鍛이 아니겠는가?'

깊은 골짜기에서 기어오르는 것을 생각하는 대신 이스라엘의 하느님 야훼가 끌어올려주는 것으로 믿고 사는 사람들. 그래서 예수는 차마 나다나엘이나 빌립을 나무랄 수 없었다. 세상은 담 안에 갇혀 있는데 그들이라고 어찌 하룻밤에 담 밖의 일을 다 깨우칠 수 있으랴! 그들 스스로 담 밖으로 걸어 나와야 한다는 것을 언제쯤이면 깨달을 것인가?

'때가 이를 때까지 저들이 붙잡고 살아야 할 세상이니!'

제자들을 그냥 놔두고 예수 혼자 휘적휘적 산을 넘어가고 모퉁이를 돌아 사라질 수는 없다. 결국 이 세상은 그들이 살아가는 세상이 아닌가?

'따라오겠거니, 따라올 수 있겠거니 그대로 남겨둘 수 없는 일….'

새벽녘 꿈이 바로 그 일 같았다. 뒤돌아보니 모래 위에 남겨졌던 발자국이 물결에 휩쓸려 모두 사라졌던 꿈.

'징검다리, 그래! 징검다리를 놓아야지!'

예수는 남아 있는 시간에 해야 할 일을 마음속으로 정했다. 급한 마음에 겅중겅중 혼자 뛰어가면 제자들은 길을 잃고 헤매리라. 가는 방향이라도 알려 주어야 늦게라도 제 길을 걷지 않겠는가? 담 밖에 다른 세상이 있다는 것을 깨달으면 언제가 되었든 밖을 내다보고 또 내다보다가 용기를 내어 걸어 나가겠지….

'제자들뿐만 아니라 사람들 모두를 위한 일… 아버지가 말씀하셨듯 떠오르는 빛을 처음 본 사람이 해야 할 일!'

징검다리를 생각하니 전날 만났던 요하난 선생의 얼굴이 떠올랐다. 한없이 쓸쓸한 표정으로 성전 건물을 한참 바라보던 그가 힘들게 입 밖에 냈던 말도 생각났다.

'성전 제사를 드리지 않고도, 성전이 무너져도 우리 유대인이 살아갈 수 있는 길!'

그 말이 얼마나 무서운 말인지 바리새파 선생으로서 잘 알고 있을 요하난. 그런데도 그 말을 예수에게 남겼으니 아마 꼭 들려주고 싶었던 모양이다.

"사람들 마음속에 토라를 성전으로 세우면 유대인으로 살아갈 수 있을 것!"

요하난은 이미 토라와 성전의 관계에 눈뜬 사람이었다. 토라의 한 모습이 성전으로 나타났다면 성전이 사라져도 토라를 붙들고 살아갈 수 있다고 요하난은 보았음에 틀림없다.

'성전을 떠나서도 살아갈 수 있는 유대인 … 마찬가지로 내가 나서서 직접 이끌지 않아도 하느님 나라를 이뤄가는 사람들 … . 하느님 나라는 내가 저들을 위해 이뤄 주는 나라가 아니고 세상을 살아가는 사람들이 모두 함께 이루는 나라가 아닌가?'

그러고 보니 예수나 요하난이나 비슷한 생각을 하고 있었다. 요하난이 성전에서 시작하듯, 예수도 무너진 성전, 하느님이 떠난 성전에서 떠나는 일로 시작할 수밖에 없다는 것을 다시 깨달았다. 담 안에 머물러 있으면 어찌 담 밖에 다른 세상이 있다는 것을 알 수 있으랴? 에덴동산 하느님 옆에서만 살았다면 사람이 어찌 두발로 땅을 걸으며 세상을 살아올 수 있었겠는가?

'먼 옛날 하느님이 내려 준 약속을 현실 삶 속에서 사람이 이루며 살아가야 하지 않겠는가? 약속은 하느님이 이뤄 줄 기적의 목록이 아니라 사람들이 걸어가는 길의 표지판이 아니었겠는가?'

이미 이틀 전 니산월 10일에 예수는 채찍을 휘두르며 성전 제사의식을 상징적으로 중단시켰다. 성전은 사람이 머무르는 곳이 아니다. 에덴동산을 벗어나 떠났듯 성전도 뒤로하고 벗어나야 할 곳이다. 아침 햇빛에 찬란한 성전, 이스라엘과 하느님의 접점으로 서 있는 장소를 예수는 손으로 가리켰다. 그리고 입을 열었다.

"보세요! 하늘 아래, 땅 위에 가장 화려하고 장엄한 예루살렘 성전입니다. 바로 이스라엘의 하느님 야훼를 모셨다는 성전입니다. 생각해 보세요! 하느님이 땅 위에 묵을 거처가 필요하신 분입니까? 헤롯왕이 지어 바친 성전에 편안하게 머무실 분입니까? 땅 위에 서 있는 성전에 하느님이 머물지 않으신다면 저 공허한 성전은 무엇 때문에 저 자리에 그대로 서 있어야 합니까? 무엇 때문에 사람들이 제사드릴 제물과 십일조와 성전세를 들고 1년에 몇 번씩 찾아와 엎드린다는 말입니까?"

예수는 보았다, 므나헴 눈이 순간 반짝이는 것을. 예수는 마치 시인이 시를 읊듯 말했다.

"때가 되면,

휘장은 찢어지고,

성소는 텅 비고,

벽은 무너지고,

제단도 쓰러지고.

빈 뜰에 풀만 가득할 겁니다.

내 눈에는 보입니다. 바람이 불면 이리 쓸리고 저리 눕는 갈대풀이 보입니다. 사람의 마음이 떠나면 이미 무너지기 시작한 겁니다. 여왕

개미가 떠난 개미굴이 텅 비듯… 하느님은 그곳에 계시지 않기 때문입니다."

그 말을 듣고 제자들 모두 벌린 입을 다물지 못했다. 성전이 무너진다는 말, 성전 안에 하느님이 머물지 않는다는 말은 이스라엘이 뿌리내리고 살았던 세상이 무너진다는 말과 같다. 바글바글 모여 살던 개미굴이 무너져 내려 허망하게 텅 빈 고목이 떠올랐다.

므나헴이 젖은 목소리로 물었다. 그는 그런 때가 왔을 때를 이미 눈으로 보고 있는 모양이다.

"선생님! 그때가 되면 어디로 그분을 찾아가야 합니까? 그리될지라도 저희가 가슴에 품고 살아야 할 것이 무엇입니까?"

예수는 므나헴이 보고 듣는 모든 가르침을 가슴에 꼭꼭 새기고 있음을 알았다.

"사람 마음속에 하느님이 계신데, 산을 넘고 들을 건너고 강을 헤엄쳐 건너 어디로 그분을 찾으러 간다는 말입니까? 그분을 가슴에 모시고 살면 되지요!"

그건 예수가 늘 했던 말이다. 그런데 올리브산 중턱에 서서 건너편 예루살렘 성전을 내려다보며 그 얘기를 들으니 결코 잊어버릴 수 없는 말이 됐다. 므나헴은 깨달았다는 듯 고개를 끄덕이고 이번에는 나다나엘이 나섰다.

"그러면, 선생님! 하느님을 섬기는 것이 아니고 그냥 함께 살아가는 거네요? 죄를 회개하는 제물을 가지고 올라가 바치며 제사드리고, 첫배 짐승이니 첫 수확한 곡식 단을 들고 성전을 찾아 올라가지 않아도 되네요?"

"그렇지요. 찾아 올라가는 것이 아니고 자기 마음속 깊숙한 곳으로 내려가야지요."

그 말을 들으며 한참 고개를 갸웃거리고 무엇을 생각하던 요한이 제 형 야고보에게 소곤소곤 말을 건넸다. 야고보는 자기도 모르겠다는 듯 고개를 가로저었다. 그러자 요한이 예수를 빤히 쳐다보았다. 묻고 싶은데 차마 입에서 떨어지지 않는 표정이었다.

"요한! 얘기해 봐요! 괜찮아요."

"선생님! 좀 이상한 생각이 들어서요. 방금 하신 말씀대로 하자면, 하느님 섬기는 일이 더 이상 믿음이 아니고 제사도 아니고, 그저 매일 매일 세상 살아가는 도덕이라고 말씀하시는 것처럼 들려서요. 종교가 도덕이 된다는 말씀처럼 … ."

"요한! 그대는 아주 중요한 끈을 잡았구려! 그 끈을 놓지 않으면 그대는 언제나 하느님과 동행하는 사람이 될 겁니다. 요한뿐만 아니고, 모든 사람의 가슴속에 그 씨를 심어 두세요. 때가 되면 그 씨에서 싹이 트고 자라고 여러분이 그 그늘 밑에서 쉬기도 하고 잠들기도 하고 가족들과 모여 빵을 떼기도 할 겁니다. 그걸 깨달은 사람에게는 축복입니다."

그러더니 예수는 손짓으로 제자들을 좀 더 가까이 불러 모았다. 서로 어깨가 맞닿을 만큼 둥글게 원을 그리며 모였고, 그 뒤로 두 번째 원이 만들어졌다. 서로 서로의 숨소리도 들을 수 있을 만큼 가까워졌다. 요안나와 마리아도 스스럼없이 그중에 끼었다.

"들으세요! 이스라엘이 살아가는 기준은 거룩입니다. 가장 거룩하신 하느님 한 분을 향해 둥글게 둥글게 끝없이 이뤄진 원처럼 … . 하느님께 가까이 갈수록 더 거룩하고 멀어질수록 덜 거룩하고. 거룩의 이쪽과 저쪽을 나누는 일이 토라입니다. 그런데 세상 모든 사람이 생명을 내신 하느님을 가슴속에 모시고 산다면 누가 더 거룩하고 덜 거룩하고, 어디가 더 거룩하고 덜 거룩하고, 어떤 날이 더 거룩하고 덜 거룩하고 어찌 구별할 수 있겠습니까? 그래서 성전에 모여 하느님 찬양하고 섬기고 제물로 제사드리는 종교는 사라지고, 가슴속에 모신 하느님의 작용에 따라 살아가는 도덕의 삶이 새로 시작되는 겁니다."

그 말을 듣고 마리아가 조심스럽게 입을 열었다. 그럴 경우 남자 제자들이 말하도록 그녀는 뒤로 빠져 있는 것이 보통이었으나 그녀는 자기가 그 말을 해야 할 것 같았다. 예수의 가르침이 얼마나 위험한 말인지 즉시 깨달았기 때문이다.

"선생님! 그래서 저는 더 걱정이 됩니다. 세상이 용납하지 않을 것 같아서 ⋯."

그 말을 듣고 제자들은 순간 현실로 돌아왔다. 그들은 유월절을 며칠 앞둔 성전에 들어가는 사람들이다. 예수의 말대로라면 사라져야 할 것들이 뭉쳐 웅크린 곳으로 들어가야 할 사람들이다. 그 사실을 깨달으니 가슴이 철렁하면서 어깨가 움츠러들었다. 지난밤 경험했던 장례 의식, 선생의 죽음이 그들 가슴속에 다시 떠올랐다.

제자들 가슴속에 파고들어온 두려움을 느끼면서 예수는 일부러 쾌활한 목소리로 말을 이었다. 어차피 그들 모두 그때를 겪어야 두고두고 다시 생각하며 깨달을 일, 흐르는 냇물을 건너기 위해 지금은 그들이 발 디디고 설 돌 하나를 놓아야 할 때다.

"새벽 동쪽 하늘을 바라보면, 빛이 오고 있는 것을 알 수 있습니다.

지금이 바로 그때입니다. 그대들이 곧 빛을 비추기 시작할 겁니다. 자! 갑시다. 가장 어두운 곳으로 갑시다. 가서 곧 빛이 온다고 말합시다."

마리아는 깨달았다. 예수는 제자들에게 그들이 '빛을 비춘다'고 말했다. 빛을 받아 반사하는 거울이 아니라 그들이 빛이라고 했다. 하느님을 가슴에 모시고 사는 사람이라면 빛 아닌 사람이 세상에 한 사람이라도 있으랴!

기드론 골짜기 쪽으로 내려가다가 모두 깜짝 놀랐다. 요한이 맨 먼저 그 자리로 달려 내려갔다. 유다와 나다나엘도 달려갔다.

"여기 있던 사람들이 … ."

벌린 입을 다물지 못하고 서로 얼굴만 바라본다. 산자락에 머물고 있던 움막마을 사람들이 모두 사라졌다. 사람들이 머물던 자리에는 언제든 흔적이 남기 마련인데 웬일인지 아무것도 남아 있지 않았다. 하기야 불 속에서 간신히 몸만 빠져나온 사람들이니 뭐 남겨 놓고 말 것도 없었겠지만 밤새 소리 없이 사라졌다는 것이 걱정스러웠다.

"선생님! 웬일일까요? 이 사람들이 다 어디로 갔을까요? 여기서도 못 지내고 다른 곳으로 쫓겨난 것 아닐까요?"

"어제저녁 무렵 여기 지나갈 때까지만 해도 아무 얘기 없었는데 … ."

전날 아침나절에는 산을 내려가는 예수 일행에게 등을 돌리고 앉아 있으면서도 '쉘라마!' 예수의 인사에 '쉘라마!' 하고 대답하던 사람들이었다.

전날 성전 뜰에서 거둔 돈을 전달하며 움막마을 사람들과 깊은 얘기도 나누었던 유다가 무척 심란한 표정으로 그들을 걱정했다. 그건 다른 제자들도 마찬가지다. 마음 여린 요한은 눈물이 그렁그렁 고인 눈으로 한숨을 푹푹 쉬다가 고개를 떨군다. 세상 어디에도 기댈 곳 없는 사람들, 어디로 사라졌단 말인가?

천막 기둥을 받쳐 놓았던 돌무더기들만 덩그러니 남아 있는 텅 빈 자리를 한참 바라본 후에 예수가 기드론 골짜기로 천천히 내려가기 시작했다. 지난 며칠 동안, 아침마다 제일 먼저 만났던 사람들이 그들이었고, 성을 나와 산을 걸어 올라갈 때 마지막 만났던 사람들이 움막마을 사람들이었다.

"어찌 되었을까요? 저들이?"

무뚝뚝한 시몬 게바까지 예수 곁에 다가와 걱정스러운 말투로 말했다. 예수가 알고 있으리라 믿어서 묻는 것이 아니라, 걱정스러워 무슨 말이라도 붙이고 싶은 마음이다. 제자들은 이제 그들이 겪게 될 일보다 움막마을 사람들을 더 걱정하는 사람들로 변해 있다.

"자! 두고 봅시다. 나쁜 일이었다면 저들 중 누구라도 산을 넘어 베다니로 찾아와서 소식을 전했을 거고, 그도 아니면 최소한 한두 사람이라도 남아 우리를 기다렸을 텐데, 아무 말 없이 옮겨간 것으로 보아 그리 나쁜 일은 아닐 듯합니다. 오늘 중으로 알 수 있겠지요. 기다려 보지요."

그 자신 하루 앞을 내다볼 수 없을 정도로 위험한 처지였지만 예수는 오히려 기다려 보자며 느긋했다.

"그럴까요? 저놈들이 갑자기 그 사람들을 어디 먼 곳으로 쫓아 버렸을까 봐 걱정입니다."

"그런 일은 없을 거요."

"선생님! 그렇다면 다행이고요."

기드론 골짜기 바닥에 이르자 예수는 발걸음을 멈추고 골짜기 북쪽을 한참 바라본다. 그곳에 전날 예수가 웅크리고 앉아 하늘을 우러러보며 기도하던 장소가 있다. 그 자리 위에 이름 모를 새들이 호르르 떼지어 날아다녔다.

골짜기를 걸어 내려가 힌놈 골짜기와 만나는 곳에서 성문 쪽으로 올라갔다. 갑자기 요한이 외쳤다. 그의 목소리는 밝고 높았다.

"어! 선생님, 저기 보세요! 저 사람들, 저기 있어요!"

모두 요한이 손으로 가리키는 곳을 올려다보았다. 움막마을 사람들이 원래 그들 움막이 있었던 자리에 모여 있다. 어른이고 애들이고 모두 나서서 무너지고 불타버린 움막 자리를 정리하고 있었다. 그중 한 사람이 예수 일행을 보더니 손을 번쩍 쳐들며 인사했다.

"쉘라마! 예수 선생님!"

그의 목소리도 밝고 높았다.

"쉘라마!"

일하던 사람들이 모두 허리를 펴고 예수에게 손을 흔들며 인사했다. 옷이고 얼굴이고 재를 뒤집어써서 새까맣다. 그들이 환하게 웃자 하얀 이빨만 드러났다. 아이 몇 명이 쫓아 내려오고, 어른들도 내려오려고 하자 손을 흔들던 예수가 말렸다.

"거기 계세요! 내가 올라갈게요!"

성문 앞 공터에 이르자 움막마을 사람들이 이미 꽤 많이 몰려와서 예수를 맞았다. 그중에서 늘 마을 사람들을 대표해서 예수를 맞이하던 나이 많은 사람에게 요한이 물었다.

"아이고! 어쩐 일입니까? 저쪽 산자락에서 우리가 얼마나 놀라고 걱정했다고요! 어디 먼 곳으로 쫓겨난 줄 알았습니다."

"걱정까지 하셨군요. 무슨 영문인지 저희도 모르겠습니다. 오늘 새벽 갑자기 로마군 몇 명하고 성전 사람이 들이닥치더니 다짜고짜 자리를 비우라는 겁니다. 어디로 가라는 말이냐고 좀 떠들었더니 여기로 돌아와도 좋다고 허락하더군요. 게다가 타서 무너진 집터를 치우고, 새로 움막을 지어도 좋답니다. 지극히 높으신 분께서 밤마다 엎드려 울며 드린 우리 기도를 들어주신 모양입니다."

"다행입니다. 정말 다행입니다. 이유야 어찌 되었든 잘된 일입니다. 이제 한 가지 걱정은 덜었군요. 그런데, 그 자리를 비우라고 했다고요?"

"예, 그렇습니다! 오늘 아침까지 비우라고 해서, 이왕 말이 나온 김에 저 사람들 맘 변하기 전 빨리 이 자리로 돌아오자고, 밤잠 안 자고 거기를 모두 비우고 여기로 돌아왔습니다."

무슨 얘기인지 알겠다는 듯, 예수는 고개를 끄덕였다. 그걸 본 므나헴이 슬그머니 예수 옆에 다가오더니 작은 목소리로 말했다.

"선생님! 그렇다면 그 자리를…."

"그러겠지요. 아마 로마군이…."

그러더니 예수는 굳게 입을 닫았다. 아침 햇살을 받았지만 그의 표정은 어두웠고, 마리아와 요한은 놓치지 않고 예수의 그런 얼굴을 보았다.

그때 아주 작은 여자아이가 다가와 가만히 예수의 한쪽 손을 잡았다. 그 또래의 남자아이가 쫓아오더니 다른 아이에게 뺏길세라 얼른 다른 쪽 손을 잡았다. 예수는 허리를 굽혀 그 두 아이를 가슴에 안더니 공터 끝에 있는 바위에 가서 앉았다. 그리고 무어라고 다정하게 아이들에게 말을 걸었다. 갑자기 큰 소리로 까르르 웃던 아이들이 장난스럽게 예수의 얼굴을 감싸 쥔다.

그 모습을 보면서도 무덤덤한 사람은 아무도 없다. 어떤 사람은 두고 온 가족을 생각하고, 어떤 사람은 그들도 이루고 살았던 가정을 생각했고, 어떤 사람은 잊고 살던 옛날 일을 떠올린다. 예수 옆으로 움막마을 아이들은 모두 모여들더니 서로 번갈아 예수 무릎에 올라갔다 내려왔다 즐거워했다. 그 광경을 보는 사람들은 너나 할 것 없이 모두 입가에 편안한 미소를 띠었다.

그런데 편안하게 어린애들을 안아 주고 품어 주고 맞상대하며 얘기를 주고받는 광경은 늘 어디에서나 볼 수 있는 일이 아니었다. 특별한 경우를 제외하고는 어린애들은 마을이나 가정에서 거의 무시됐고 성년이 되어서야 그때부터 자유인으로 간주됐다. 가족에게 전해 내려오는 토지나 유산은 성년이 되어야 물려받을 수 있었다.

어린애들은 언제나 가장 미약하고 위험에 제일 먼저 노출되어 산다. 기근과 전쟁 질병 그리고 집을 잃고 온 식구가 뿔뿔이 흩어져 떠돌이로 살아갈 수밖에 없을 때 누구보다 먼저 희생되는 사람은 언제나 어린애들이다. 어느 사회든, 가장 취약하고 위험에 노출된 사람의 전형이 고아다. 부모가 모두 살아 있는 상태로 성인이 되는 경우란 아주 드물었다. 예수가 자란 나사렛 마을은 그 아래 이즈르엘 들판 다른 마을에 비해 사람들이 비교적 오래 사는 마을이었을 뿐만 아니라 어린애들이 일찍 죽는 경우가 다른 마을보다는 적었다.

어린아이를 끌어안고 어르거나 말을 걸고 아껴 주는 일은 예수에게 조금도 이상하거나 낯선 일이 아니다. 그가 그렇게 컸고, 동생들 모두 아버지와 어머니로부터 그렇게 돌봄을 받으며 자랐기 때문이다. 적어도 예수가 어린아이들을 대하듯 그런 대우를 받으며 자란 아이들은 몇몇 특별한 경우를 제외하고는 거의 볼 수 없었다. 말하자면 예수는 특별한 사람들이 겪은 경험을 모든 사람이 골고루 겪을 수 있는 흔한 일로 만드는 사람이다.

움막마을 사람들과 대화하지 않고 어린애들을 안고 그들과 웃으며 이야기를 나누는 예수의 모습을 평화롭고 마음이 따뜻한 광경으로 보기보다 쓸데없는 일에 시간을 쓴다고 여기는 사람들도 많았다. 그 애들의 어머니들만 빼놓고.

"선생님, 이제 가시지요!"

제자들 중 누군가가 큰 소리로 예수를 불렀다. 예수는 무릎에 앉아 있는 애들을 내려놓고, 자기도 안아 달라고 팔 벌리는 애들을 모두 한 번씩 안아 주고서 그래도 아쉬운 듯 천천히 걸음을 떼었다.

'저 어린아이들의 경험이 세상을 바꾸리라!'

예수에게 매달리는 아이들을 보며 요안나는 문득 그런 생각을 했다. 사실 어린아이라는 말은 한 번도 생각하지 못하고 살아본 그녀였다. 그건 요안나뿐만 아니고 이스라엘 사람, 지중해 연안 모든 사람들의 공통된 경험이다. 세상에는 여자아이와 남자아이는 있어도, 그들을 통틀어 '어린아이'라고 부르는 말 자체가 없다. 태어나면서부터 남자아이가 여자아이보다 우월했고, 자라면서 여자는 남자를 섬기며 살아야 하는 세상이다. 남자아이, 여자아이 구분하지 않고 모두 안아 주고 쓰다듬어 주는 예수의 손길을 받았던 아이들, 요안나는 그 아이들이 다른 사람들은 한 번도 살아보지 못한 세상을 살게 되리라고 느꼈다.

"선생님! 선생님!"

아이들이 한목소리로 예수를 부르며 뒤따른다.

"우리도 같이 가요! 성전 구경시켜 주세요!"

조금 큰 여자아이가 쑥스러운 듯 그러나 간절한 눈으로 예수 앞을 막아섰다. 예수는 그 아이 얼굴을 한참 들여다보다가 어깨를 감싸 안았다. 마음 같아서는 애들을 모두 성전에 데리고 들어가고 싶지만 그것은 또 다른 문제다. 성전 뜰은 언제 무슨 일이 터질지 아무도 예측할 수 없을 만큼 이미 위험한 장소로 변하고 있다. 예수는 안타까운 미소를 띤 채 그 아이의 어깨를 다독였다.

움막마을 사람들과 헤어진 다음, 일행은 전날처럼 한 사람씩 성문을 통과하여 성안으로 들어갔다. 성문을 경비하는 병사 여럿이 번들거리는 눈길로 마리아의 몸을 훑어보았고, 므나헴은 헛기침을 하며 눈을 똑바로 뜨고 마리아를 지켰다. 이미 므나헴에게서 귀띔을 받았던 마리아는 모르는 척 무시하면서 경비병들의 눈길을 피했다. 그리고 오래전 받았던 비릿한 눈길, 몸을 칭칭 휘감던 알렉산더 아버지의 끈끈한 눈길을 떠올리며 자기도 모르게 몸을 떨었다.

"어! 선생님! 그쪽 아닌데요?"

줄렁줄렁 예수의 뒤를 따라 성전 이방인의 뜰 계단을 올라온 제자들은 이상하다는 듯 모두 한마디씩 했다. 그중에서도 요한은 예수가 걸어가려는 방향을 보자 퍼뜩 걱정부터 앞섰다.

"선생님! 거기는 바리새파 토라 선생들이 진을 치고 있는 왕의 주랑 건물 쪽인데요?"

생각 같아서는 쫓아가 막아서고 싶지만 그럴 수 없었다. 예수나 제자들이 성전에서 한 번도 들어가지 않은 곳이 두 군데 있었다. 바로 이스라엘의 뜰과 그 안쪽, 그리고 왕의 주랑건물이다.

이방인의 뜰에서 이스라엘의 뜰로 들어가는 소레그를 넘어가면 그 때부터 성전이 정한 규칙을 지키지 않았다는 이유로 누구든 처벌받을 수 있다. 두 사람의 증인만 세우면 무슨 처벌이든 가능했다. 왕의 주랑건물은 예루살렘에서 행세하고 사는 바리새파 선생들이 몰려 있는 곳이다. 그곳에 예수가 나타나면 어떤 충돌이 일어날지 보지 않아도 뻔했다.

요한의 걱정과 달리 시몬 게바, 안드레, 형 야고보, 마리아와 요안나 그리고 다른 제자들이 별 생각 없이 예수 뒤를 따라갔다. 그때 요한이 걱정하는 말을 알아들었는지 예수가 뒤를 돌아보더니 걸음을 멈추고 제자들을 기다렸다. 자연스럽게 예수를 빙 둘러싸고 모여 섰다. 뜰 안에 있던 사람들은 수군거리며 힐끔힐끔 일행을 바라보았다.

예수가 제자들을 둘러보며 나지막한 목소리로 말했다. 그가 제자들을 타이를 때 쓰던 말투였지만, 요한이 걱정했던 일과는 전혀 상관없는 얘기였다.

"오늘은 나만 따라다니지 말고, 하고 싶은 일이 있으면 그 일부터 하세요. 예루살렘을 구경하든 성전을 자세히 둘러보든. 그런데 … ."

선생은 늘 그러했듯 '그런데' 하면서 말을 끊었다. 그건 보통 앞에

했던 얘기들을 뒤집는 말을 할 때마다 선생이 쓰는 어법이다.

"예루살렘 성전 뜰에서 여러분이 각자 따로따로 흩어져서 다만 한 사람이라도 만나 하느님 나라를 전하는 일도 중요하지요. 때가 언제든 자리가 어디든, 여러분에게는 해야 할 일이 있습니다. 사람을 낚는 어부가 되겠다는 첫 다짐을 되살리면서 오늘은 그물을 던져 보세요."

"아!"

제자들 입에서 짧은 탄성이 나왔다. 그리고 할 말을 잃고 서로 얼굴을 쳐다보았다. 며칠을 그저 두고 보기만 하던 선생이 이제 드디어 제자들에게 스스로 걸음을 떼어 보라고 일으켜 세운 셈이었다.

'여기까지는 나와 함께 왔지만, 이제부터는 혼자 걸으시오!'

바로 그런 깨우침이다. 순간 그들 마음속에서 슬그머니 부끄럽다는 생각이 들었다. 마치 때가 되니 밭에 뿌린 씨가 싹을 틔우고 가만히 흙을 떠들고 일어나 목을 빼고 세상을 내다보는 일 같았다. 응당 언젠가는 그러해야 할 일이었지만, 슬쩍 불어오는 바람과 빠끔히 내다본 세상은 녹록해 보이지 않았다. 선생이 그렇게 말할 때까지 그의 뒤만 따라왔다는 생각에 새삼 얼굴이 화끈거렸다.

요한이 물었다.

"저희끼리 돌아다녀 보라는 말씀입니까?"

"같이 몰려다니든 각자 따로 다니든 … ."

그 말을 듣고 시몬 게바와 안드레 형제, 야고보와 요한 형제, 레위와 작은 야고보 형제는 서로 눈짓도 하고 고개를 끄덕이며 신호를 주고받더니 형제끼리 각각 짝을 지어 사람들 속으로 사라졌다.

예수는 그들의 뒷모습을 바라보면서 여러 번 고개를 끄덕였다. 제자들 두 명씩 짝을 지워 갈릴리 여러 마을로 내보냈던 일이 떠올랐기 때문이다.

"선생님! 저희가 선생님이 하셨던 대로 하느님 나라를 전했더니 사람들이 얼마나 감격하며 받아들이던지 … 지금까지도 가슴이 다 먹먹합니다."

"아픈 사람들 집을 찾아가 위로하고 약을 발라주고 싸매 주었습니다. 그랬더니 제 옷자락을 붙잡고 어찌나 눈물을 흘리는지 …. 저도 눈물이 나서 혼났습니다. 선생님이 하셨던 대로 했을 뿐인데 …."

"하루 종일 땀 흘려 밭에서 함께 일했습니다. 그리고 저녁에 그 집에서 빵을 나눠 먹으며 선생님 가르침을 전했습니다. 빵을 떼면서 선생님에게서 배운 기도도 드렸고요. 마당에 펴 놓은 멍석에 드러누워 하늘을 같이 올려다보며 별자리를 찾다가 스르르 잠이 들고, 깨어나면 벌써 아침이더라고요. 며칠 그렇게 지내다 보니 아예 그 사람들과 형제가 된 것 같았습니다. 나중에 그 마을을 떠나올 때 사람들이 다 몰려나와 전송하더라고요."

가버나움에 돌아오자 그들은 서로서로 앞다퉈 자기들이 했던 일을 신이 나서 자랑했었다. 그때 그들의 눈은 고깃배 가득 물고기를 채웠을 때보다 더 반짝였다.

왜 안 그렇겠는가? 누구 앞에 나서서 자기 의견을 말해 본 적이 없는 사람들이었다. 자기가 속했던 작은 공동체, 집안이든 마을이든 아니면 같이 배를 타는 어부들이든 그 공동체 밖 세상에 나가면 항상 남이 되고 이상한 사람이 되고 타지 타향 나그네였다. 날마다 얼굴 맞대고 살던 사람들 밖에 나가면 같이 말을 나눌 친구 한 사람도 없는 사람들이었다. 그런 사람들이 다른 마을 다른 공동체에 끼어들어 다만 한 달이라도 지내고 돌아온 경험을 두고두고 잊지 못할 일이었다. 예수가 영광을 받는 날, 자기들이야말로 이스라엘 열두 지파를 맡아 다스릴 사람이라고 스스로 높이며 우쭐대는 제자까지 있었다.

그러나 예루살렘에서는 달랐다. 그들이 어디에 가서 누구를 붙잡고 하느님 나라를 전할 것인가? 사람들을 불러 모으지도, 어디 좀 높은 데 올라서서 큰 소리로 선생의 가르침을 전하지도 못할 것을 예수는 이미 알았다. 그저 쭈뼛쭈뼛 여기저기 기웃거리고, 사람들 모여 있는 곳을 바깥에서 빙빙 돌다 돌아올 것이 분명했다.

혹시 용기를 내서 선생이 했던 말을 옮기려고 해도 사람들 눈과 마주치면 눈앞이 하얘지고 아무 생각도 나지 않을 것이다. 어쩌다 한두 마디, 투박하고 억센 갈릴리 말로 입을 열면 예루살렘 사람들은 첫마디만 듣고도 와그르르 웃을 것이다. 그러면 제자들은 쑥스러워서 주춤주춤 물러나고.

그러나 그런 일을 겪더라도 그들도 일어나 길을 걸어야 하지 않겠는가? 징검다리 돌 하나는 예수가 놓고, 다음 돌은 그들이 놓고 ….

떠나가는 제자들 뒷모습을 지켜보는데 성문에서 기다리다가 합류한 엠마오 사람 글로바가 나섰다.

"선생님! 저와 제 아내는 선생님과 함께 가겠습니다. 선생님이 가시려고 하는 저쪽 왕의 주랑건물에는 좀 괴팍한 사람들이 많이 있어서요, 바리새파 선생들 … ."

"응? 그럼 저도 선생님과 함께 가겠습니다. 혹 무슨 일이라도 생기면 안 되지!"

도마와 므나헴 작은 시몬 등 남아 있던 제자들이 예수를 따라 주랑 건물 쪽으로 걸음을 옮겼다. 그들끼리 솔로몬 주랑건물에 들어가 앉아 있는 것이 멋쩍다고 생각했는지 여자 제자들도 모두 뒤따라왔다. 유다는 성전 뜰 안으로 들어오자마자 어디론가 또 사라졌다.

예수는 성전에 들어오기 전부터 오늘은 바리새파 사람들을 꼭 만나 보겠다고 마음먹었다. 그들이야말로 스스로 자부하듯 이스라엘의 선생들이 아닌가? 랍비 요하난을 통해 예루살렘 바리새파가 어떤 사람들인지 미뤄 짐작할 수는 있었다. 예수가 가르치는 하느님 나라와는 아주 먼 가르침에 아직도 매달려 있는 사람들이었다.

'그러나, 바리새파를 빼놓고 이루는 하느님 나라가 과연 진정한 새 세상이 될 것인가?'

그럴 수 없다. 하느님 나라는 그런 나라가 아니다. 모든 사람을 품에 안은 하느님을 아버지로 부르는 나라가 아닌가? 예수의 가르침이 처음부터 그러했다.

"한 사람이라도 집에 들어오지 못하고 문밖에 내쳐져 있다면 그건 하느님 나라가 아닙니다. 그 사람이 바로 나였다고 생각해 보세요. 그 사람이 여러분의 자식이라고 생각해 보세요."

그래서 하느님의 천지창조 후 일어났다는 홍수 얘기를 들으면서 예수는 몸서리칠 수밖에 없었다. 땅 위에 사는 짐승과 하늘을 나는 새를 종류별로 암수 한 쌍씩 방주方舟에 실어 생명의 피난처로 삼았다는 노아 얘기는 이스라엘이 살아가는 세상이 얼마나 편협한지 분명하게 보여 주었다. 짐승은 불러 모으면서도 그를 비웃던 사람들은 남겨 두고 방주 문을 닫았다는 노아, 이스라엘이 굳게 믿는 하느님의 구원 계획이 왜 실패할 수밖에 없는지 예수는 깨달았다.

'방주에 오른 새와 짐승과 노아의 가족은 세상에 살고 있던 생명의 대표였는가? 방주에 들어가 살아남은 생명은 홍수에 휩쓸려 사라진 생명보다 더 고귀한가?'

다른 생명을 대표해서 죽임을 당하든, 다른 생명을 대표해서 살아남든 그것은 하느님이 세상에 생명을 낸 뜻을 정면으로 거스르는 일이라고 예수는 믿었다.

"저들 바리새파 선생들도 언제가 내〔川〕를 건널 수 있도록 징검다리 돌을 놓는 일! 자, 갑시다!"

예수는 성전 뜰 남쪽 왕의 주랑건물로 성큼성큼 걸음을 옮겼다. 글로바가 바짝 따라붙으며 말했다.

"선생님! 바리새파 선생들 중에는 극렬한 사람도 있고 좀 부드러운 사람도 있습니다. 그중 한 분, 야이르 선생부터 만나보시지요. 제가 좀 아는 분입니다."

"그럽시다. 아무래도 좋지만 우선 그 선생부터 만나봅시다."

바리새파 선생들이라면 누군들 어떻겠는가? 굳은 마음에 씨를 뿌리는 일을 시작하기로 했다.

왕의 주랑건물은 솔로몬의 주랑건물보다 훨씬 크고 넓고 높다. 성전 뜰에서 바라보았을 때도 그러했지만 막상 건물 안에 들어와 보니 그 규모가 어마어마했다. 제자들은 벌린 입을 다물지 못하고 고개를 한껏 뒤로 젖혀가며 천장을 올려다보았다.

"야! 저 높은 천장에 어찌 저렇게 정교하게 형상들을 새겼을까?"

까마득하게 높아 보이는 천장에 소란小欄으로 짜 맞춘 틀이 규칙적으로 배치되어 있고, 틀 안에 각양각색의 식물 형상을 새겨 넣었다. 기둥들도 어마어마했다. 40개씩 4줄로 길게 늘어선 160개의 기둥이 있고, 가운데 2번과 3번 열 기둥들은 그 바깥 1번과 4번 열 기둥들 높이의 두 배였다. 그래서 왕의 주랑건물은 옆쪽에서 본다면 로마에 가면 쉽게 볼 수 있는 사다리꼴 건물로 보인다. 1번과 2번 열 사이, 그리고 3번과 4번 열 사이는 복도로도 쓰일 수 있도록 막히지 않은 긴 공간이 있고, 2번과 3번 열 사이 바로 건물 중앙에는 복도보다 한 배 반 너비로 폭이 40큐빗 정도나 되는 큰 공간이 있다. 1큐빗은 손끝에서 팔꿈치까지의 길이였으니 상당히 넓은 공간이다. 이 공간을 기둥 몇 개씩을 기준으로 몇 칸씩 구획을 나누어 각각 용도에 맞추어 사용했다.

그중 제일 큰 구획은 대산헤드린 의원들이 그들을 만나기 위해 찾아오는 사람들과 면담하는 회의실로 썼지만, 문은 늘 굳게 닫혀 있었다. 예루살렘에 사는 바리새파 선생들은 주랑건물 중앙이나 복도에 마련된 수없이 많은 구획 중 각각 한 곳씩 차지한 채 지방에서 올라온 사람들에게 토라를 가르치고 성전 참배를 지도했다. 그 밖에 일부 구획에는 값비싼 물건을 파는 가게가 들어서 있었다.

글로바와 그의 아내가 예수와 제자들을 안내해서 찾아간 곳은 왕의 주랑건물 중간에 있는 구획이다.

"선생님! 여기가 야이르 선생님이 엠마오에서 온 사람들에게 토라를 가르치는 곳입니다. 저분이 야이르 선생님이십니다."

야이르는 예수보다 네댓 살쯤 위로 보였다. 언뜻 보아도 몸가짐이 바르고, 표정이 맑고 밝은 사람이다. 열댓 명쯤 되는 사람들 앞에서 열심히 토라를 설명하고 있었다.

글로바가 인사하자 그도 알은체 인사를 받더니 예수와 그를 따라온 제자들을 보고 놀란 표정을 지었다. 그렇다고 토라를 가르치던 선생이 하던 일 멈추고 다른 사람을 맞이할 수는 없다. 예수는 조용히 서서 야이르가 하던 일을 끝마칠 때까지 기다리기로 했다. 쓱 한 번 둘러보고 다른 곳으로 발걸음을 옮긴다면 어떤 사람이라도 모욕으로 받아들인다는 것을 예수도 알았다.

"예수가 왔대!"

"갈릴리 그자가 여기가 어디라고 감히 … ."

사람들이 모여들었다. 예수의 귀에도 그들끼리 주고받는 얘기가 들렸다. 어쩌면 그가 듣도록 일부러 큰 소리로 떠들었을 것이다.

처음 제자들을 이끌고 갈릴리를 돌아다닐 때 여러 번 겪었던 일이다. 어떤 마을 앞을 지나갈 때면 마을 사람들 몇 명이 우르르 몰려나와서 일행의 길을 가로막고 싸개통을 주었다. 예수 이름이 알려지기 전에는 어떤 마을은 아예 들어가지도 못하고 산길을 빙 돌아야 할 경우도 있었다. 낯선 사람은 언제나 위험한 사람, 마을의 평온을 깨뜨릴 사람이라고 생각했기 때문이다. 마을 사람 누구로부터 초대받은 손님이 아니라면 언제나 적대자 취급을 받았다. 낯선 사람에게 친절을 베푸는 일은 마을 규범에 어긋나는 일이었다.

예수가 이방인의 뜰과 솔로몬 주랑건물은 아무리 맘대로 드나들었지만 왕의 주랑건물까지 찾아오리라고 생각한 사람은 그들 중에 아무도 없었다. 예루살렘 성전은 경계와 구획에 따라 철저하게 드나드는 사람을 구분했는데 예수가 구분의 경계를 넘은 사람이 됐다.

"여기가 어디라고 … 이제는 여기까지 … ."

드나들 수 없는 장소라고 생각한다면 당연히 그곳에서는 해서는 안 되는 일도 있기 마련이다. 사람들은 예수가 '하느님 나라'를 가르치려고 왕의 주랑건물까지 들어왔다고 지레 짐작했다. 사람들은 예수의 가르침을 '하느님 나라 가르침'으로 받아들였다. 예수가 예루살렘 성전에 드나들기 시작한 이후, 토라의 가르침과 하느님 나라 가르침이 충돌한 셈이었다.

뜻하지 않게 사람들이 점점 불어나자 토라 선생 야이르는 당황했다. 다소곳 앉아 가르침을 받던 사람들이 고개를 뒤로 쭉 빼고 둘러보거나 두리번두리번하자 분위기가 점점 어수선해졌다. 야이르가 토라를 가르치는 일을 예수가 방해한 셈이 됐다.

더구나 눈이 마주치자 예수가 두 손을 앞가슴까지 모아 올리고 정중하게 인사까지 하지 않는가? 당황해서 눈을 얼른 옆으로 돌리려던 야이르가 멈칫멈칫 두 손을 모아 올려 예수에게 마주 인사했다. 더 이상 아무 일 없다는 듯 엠마오 사람들만 앉혀 놓고 가르치고 있을 수 없게 됐다. 얘기를 서둘러 마무리하고 예수 앞으로 다가왔다.

뜻하지 않게 야이르의 가르침을 방해했으니 예수가 먼저 입을 열어 인사하는 것이 예의다.

"야이르 선생님! 저는 갈릴리에서 온 예수입니다. 여기 글로바와 아내 되시는 분이 선생님을 한번 찾아뵙자고 하더군요. 그런데, 제가 선생님이 가르치시는 일에 방해가 된 듯합니다."

"아닙니다. 어차피 끝낼 시간이 됐습니다. 좀 앉으시지요."

예수는 사양하지 않고 앉았다. 넓은 돌을 평평하게 잘 다듬어 대여섯 사람이 나란히 걸터앉을 수 있는 자리가 두세 개, 갈색으로 곱게 색이 변한 나무로 만든 긴 의자가 몇 개 놓여 있었다. 예수는 야이르가 가리키는 대로 나무 의자에 앉았고, 그도 예수를 마주보고 다른 나무 의자에 앉았다. 두 사람은 네댓 큐빗 정도 사이를 떼고 앉아서 서로 상대의 얼굴을 바라보았다.

"예수 선생님! 저에게 하실 말씀이 있어서 오셨는지요?"

그는 예수를 '선생'이라고 불렀다. 이스라엘에서는 아무에게나 마음대로 그런 호칭을 붙일 수 없었다. 토라를 연구하는 선생 밑에서 오랜 세월에 걸쳐 가르침을 받고, 스스로 토라를 읽고 해석할 수 있는 능력을 지녔을 때 얻는 호칭이 선생이었다. 게다가 비록 그만큼 공부했다 하더라도 바리새파 선생 중 누군가가 나서서 처음 그렇게 불러 주어야 그다음부터 선생 대접을 받을 수 있었다.

그런데 야이르는 예수를 '선생'으로 불렀다. 그들의 관습으로 보면 전혀 근거 없는 호칭이지만, 그 말 외에는 달리 예수를 부를 수도 없었다. 갈릴리의 떠돌이 선생으로 소문이 났고, 죄인들과 어울리기 때문에 죄인이나 마찬가지라고 비난받는다는 사실을 야이르도 알았다.

그렇지만 막상 눈앞에 나타난 예수는 너무 조용하고 단정한 사람이었다. 게다가 그는 야이르가 다른 사람들에게 토라를 가르치는 내내 귀를 기울여 듣고 있을 만큼 예의 바른 사람이었다. 야이르는 예루살렘에 사는 대부분 토라 선생들처럼 요하난 벤 자카이 선생이 예수를 찾아가 오랫동안 얘기를 나눴다는 것도 이미 알고 있었다. 요하난에게 상대가 될 만한 사람이라면 '선생'이라고 불러도 된다고 생각했다.

예수가 천천히 대답했다.

"저는 야이르 선생님과 논쟁하려고 찾아온 것이 아니고, 억눌려 고통받는 사람들 문제를 함께 상의하고 싶어 찾아뵈었습니다."

사실 이스라엘의 과거와 현재와 그리고 미래를 함께 아우르는 광범위한 얘기를 끌어낼 수 있는 말이었다. 야이르는 바리새파 토라 선생답게 대답했다.

"그러시군요! 사실 우리 민족이 오랜 세월 이방민족의 압제에 짓눌려 숨 가쁜 고통의 신음을 내뱉을 수밖에 없었지요. 그래서 이제 지극히 높으신 분께서 마침내 그 신음소리를 들으시고 큰 팔을 들어 이스라엘을 해방하실 때가 가까웠다고 믿고 기다리지요. 저도 그런 사람 중에 한 사람입니다."

"예! 저도 마찬가지입니다. 그런데 저는 이스라엘이 이방민족의 압제에서 해방되는 일뿐만 아니라 모든 사람을 압제에서 해방하는 길을 찾아 예루살렘에 왔습니다."

"이스라엘이 아니고 모든 사람이라고 하셨습니까, 예수 선생님?"

그렇게 묻는 야이르의 목소리에 약간 뻣뻣한 한 줄기 불편함이 섞여 있었다.

"예, 그렇습니다. 압제의 폭력 아래 신음하는 사람들이라면 그들이 이스라엘이든 이집트 사람이든 헬라 사람이든, 심지어 로마 사람들이라고 해도 다 하느님이 선언하시는 해방의 복음을 듣고, 압제에서 놓여나야 한다고 생각합니다."

예수는 주저하지 않고 대답했다. 하느님 나라에서는 바리새파 사람들이 배제되어서도 안 되지만, 새 세상이 이스라엘 사람만 위한 세상일 수 없다는 생각을 펼치려고 왕의 주랑건물에 들어왔기 때문이다.

생각했던 대로 야이르는 즉각 반박했다.

"선생! 그건 우리 민족이 기다리던 해방, 지극히 높으신 분이 역사에 개입하시어 이스라엘을 우뚝 세우시고, 이 시온을 만방의 중심으로 삼으시려는 계획과 많이 다릅니다. 나는 그런 생각을 받아들일 수 없습니다."

그의 말투가 즉각 변했다. 최대한 예수를 존중해 주더니 어느덧 비난하는 투로 바뀌었다. 선생님이라는 호칭에서 존칭을 떼고 그저 '선생'이 되었고, 스스로 '저'라고 자신을 낮추어 부르더니 '나'라는 말로 바뀌었다. 주위에 몰려 있던 사람들도 불편한 모양이었다. 표정이 점점 굳어지더니 점점 불쾌한 기색을 띠었다.

그중에 한 사람이 못마땅하다는 듯, 입맛을 다시며 이기죽거렸다.

"이스라엘의 하느님이 이끄시는 해방이 이방 사람들에게도 임한다? 이스라엘에게 먼저 허락되는 일이 아니고? 어찌 그런 말을 감히 이 거룩한 성전에서 입에 올릴 수 있단 말인가? 예로부터 갈릴리가 이방이라는 말이 전해져 왔는데 이제 보니 그 말이 맞는 말이네!"

그가 하는 말을 끝까지 듣던 예수가 앉은 자리에서 조용히 일어났다. 갑자기 긴장이 감돌았다. '갈릴리가 이방'이라는 말은 갈릴리 사람이라면 누구라도 그대로 참아 넘길 수 없는 모욕이다. 더구나 예수는 처음부터 자기가 갈릴리 사람이라고 소개하지 않았던가? 이방이라는 말은 예수를 모욕했을 뿐만 아니라 분명 갈릴리 전체에 수치를 안겨준 말이었다. 사람들이 목숨을 걸고 지켜야 할 가치가 있다면 그것은 명예였다. 한 개인이 명예를 잃으면 그가 속한 공동체가 수치를 당하는 일이었고, 반드시 보복해서 잃었던 명예를 회복하고 상대에게 수치를 안겨 주어야 한다.

예수가 자리에서 일어나는 것을 본 유대 지방 사람들은 야이르가 앉은 자리 쪽으로 슬금슬금 모였다. 예수 옆에는 그를 뒤따라 들어온 제자 몇 사람만 덩그러니 남았다. 갈릴리와 유대를 깊게 갈라놓았던 오랜 역사가 유월절 명절을 며칠 앞둔 성전 뜰에서 부글거리다가 드디어 터지고 말 상황이 됐다.

글로바와 그 아내는 아주 난처하게 된 상황을 재빨리 깨닫고 어떻게 하든 양쪽의 충돌을 막으려고 나섰다. 그는 야이르의 말을 거들고 나선 엠마오 사람을 잘 아는 듯, 다독거리고 나섰다.

"아니! 말을 그리하면 안 되지! 예수 선생님 말씀은 그런 뜻이 아니고, 말하자면 … ."

"글로바! 괜찮아요! 아무도 들어본 적 없는 얘기를 내가 했으니 누구라도 그렇게 생각할 수 있어요. 내가 얘기 하나 하리다."

양쪽으로 나뉜 사람들끼리 곧 서로 삿대질을 하고 눈을 부라릴 형편이 됐는데, 둘러선 사람들을 진정시키려는 듯 예수가 얘기 하나 하겠다고 말했다. 그에게는 꼭 사람들에게 들려주어야 할 얘기가 있었다. 그 얘기를 하기 위해 주랑건물 안에 들어오지 않았던가?

분위기가 더 험악해지기 전에 예수는 얘기를 시작했다.

"양 100마리를 치는 어떤 목동이 그중 한 마리가 사라진 것을 알았습니다. 그러면 99마리를 들에 남겨둔 채 목동은 잃은 양을 찾으러 돌아다니지 않겠습니까?"

사람들은 고개를 갸웃거렸다. 잃어버린 양을 찾는다니 … 갑자기 무슨 애기인가? 양은 누구이고 목동은 또 누구인지 곰곰 생각하는 사람도 있다. 그러나 바리새파 선생들과 그들에게서 토라를 배우던 대부분의 사람들은 같잖다는 표정을 지으며 예수를 바라보았다.

그때 예수가 말을 이었다

"잃었던 양을 찾은 목동은 어깨에 양을 둘러메고 돌아와 다른 목동들과 크게 기뻐했습니다."

'그래서 어쨌다는 말이냐?'

예수는 시큰둥한 얼굴로 그를 무시하듯 바라보는 사람들을 한 명씩 주목해서 바라보았다. 예수의 눈길을 받은 사람은 충격을 받은 듯 움찔 자세를 가다듬거나 표정을 바꿨다. 가슴속으로 쑥 들어오는 그를 경험했기 때문이다. 예수의 표정은 그들이 이제까지 만나본 어떤 사람보다 부드럽고 잔잔했다.

'이 갈릴리 사람은 누구인가?'

갑자기 그런 의문이 들었다. 그들도 예수가 갈릴리 사람이라는 것은 안다. 지난 며칠간 성전 뜰에서 일어났던 모든 술렁거림이 그 때문이었던 것도 안다. 그런데 막상 얼굴을 대하고, 그와 눈길을 마주치고 보니 자연스럽게 예수라는 사람에 대해 궁금한 마음이 일어났다. 그가 농부인지 어부인지 선생인지 장사꾼인지 신분에 대한 궁금함이 아니고, 눈앞에 모습을 드러낸 신비에 대한 물음이다.

그들이 한 번도 경험해 보지 못한 사람으로 예수는 다가왔다. 눈을 마주치니 마음에 단단히 가로질러 채웠던 빗장이 스르르 열리는 것을 그들은 경험했다. 그의 눈빛 때문이기도 하고, 그가 버쩍 한 걸음 다가와 마음 문을 두드리기 때문이기도 하고, 까마득하게 잊고 살았던 먼 옛날 어린 시절의 꿈을 눈으로 보는 듯 느껴져 그렇기도 했다. 그의 눈빛은 누구도 밀어내지 않았고, 누구에게도 날카로운 비난의 화살을 쏘지 않았다. 그는 논쟁하는 사람이 아니라 사람들의 마음을 열고 그의 마음과 잇대면서 말 걸려는 사람처럼 느껴졌다.

알 수 없는 힘이 예수 안에서 고요하게 운동하는 것을 느꼈다. 깊은 연못을 바라볼 때 사람들은 종종 먼 옛날의 신비를 맞닥뜨린 듯, 옷깃을 여밀 수밖에 없게 된다. 그 깊은 물속에 무엇이 잠겨 있는지 알 수 없지만 제멋대로 휘저을 수 없는 고요함에 압도된다. 물소리 한번 들어보자고 깊은 연못에 함부로 돌을 덤벙 던져 넣을 수 없는 것처럼 주랑건물에 모인 사람들은 예수를 흔들어보고 키를 재 보고 무게를 달아보려고 덤벼들 수 없는 마음이 됐다. 결코 짐작할 수 없는 깊음이 예수 안에 담겨 있고, 사람이 발 디뎌본 적 없는 태고의 언덕을 불어 넘어온 바람이 그를 감싸고 있는 것처럼 느꼈다.

그들 눈에 예수는 더 이상 갈릴리 사람이 아니었다. 갈릴리와 유대라는 지방을 넘어, 이스라엘 민족을 넘어 무언가 다른 곳을 바라보는 사람일지 모른다는 생각이 들었다. 마음속으로 묻고 또 물었다.

'이 사람은 누구인가?'

갈릴리 사람이라며 애써 무시하려고 했지만, 예수가 누구인지 이제 한 마디로 말할 수 없게 됐다. 그가 무슨 말을 하려는지 짐작하려고 애썼지만 그가 들려준 아주 평범한 얘기로는 아무것도 알 수 없었다.

한편 제자들은 그 자리를 선생과 바리새파 사람들이 벌이는 경쟁의 자리로 생각했다. 솔로몬의 주랑건물과 이방인의 뜰에서만 가르치던 선생이 드디어 왕의 주랑건물까지 진출했다고, 그리고 드디어 바리새파 사람들과 승부를 겨루는 것으로 생각했다. 마치 갈릴리 호수마을 가버나움 세관 앞에서 그러했듯.

바리새파 선생들이 예수의 뜻을 알아채지 못한 것처럼 오랫동안 그를 선생이라고 부르며 따라다녔던 제자들도 실패한 사람들이기는 마찬가지였다.

'저 얘기 속에 무슨 뜻이 감춰져 있을 텐데 ….'

바리새파 선생들은 예수가 감춘 신비를 찾으려고 애썼고, 제자들은 예수가 오래전부터 했던 말을 그 순간 잊고 있었다.

예수는 천천히 부드러운 목소리로 말했다. 어려운 말은 하나도 없고, 듣는 사람 모두 그대로 알아들을 수 있는 쉬운 말이었다.

"하느님은 구름 위에 그분의 가르침을 높이 얹어 놓고 사람들에게 거기까지 올라와 보고 내려가라 말씀하시지 않습니다. 여러분들이 날마다 눈으로 보고 귀로 듣고 손으로 만지고 코로 냄새 맡고 입으로 맛보는 모든 것 속에 그분의 뜻이 깃들어 있습니다. 평범 속에서, 일상 속에서 하느님을 만나는 사람은 그래서 축복받은 사람입니다. 그분과 연결되어 있으니까요."

토라의 조문을 하나하나 해석하고 연구하면서 하느님의 뜻을 새기던 바리새파 사람들에게는 전혀 새로운 가르침이었다.

얘기 속에 슬쩍 감춘 신비가 무엇인지 열심히 생각하는 바리새파 선생들에게 예수는 다른 얘기 하나를 더 들려주었다. 왜 일부러 왕의 주랑건물을 찾아들어와 그들에게 도전하는지 궁금하게 생각하는 제자들에게도 도전이 되는 얘기였다. 얘기를 듣는 사람들이 스스로 두고두고 가슴에 묻고 살아가며 때때로 끄집어내 묻고 또 물어야 한다고 말하는 듯… .

예수는 깊은 명상이나 심오한 공부를 거쳐야 깨달을 수 있는 지혜를 깨우쳐주는 사상가가 아니다. 살면서 겪고 눈으로 본 일들 속에서 사람 사는 세상이 어떠해야 한다고 말하는 사람이다. 그러기 위해서는 이제까지 살아왔던 세상을 다른 눈으로 보라고 초대하는 사람이었다.

"어떤 사람에게 두 아들이 있었습니다."

두 아들, 그 말을 듣자마자 사람들은 대충 무슨 얘기일지 짐작했다. 이스라엘의 역사에 관한 얘기가 분명했다. 아브라함의 두 아들 이스마엘과 이삭, 이삭의 쌍둥이 아들 에서와 야곱, 종으로 팔려갔던 요셉이 이집트에서 낳은 두 아들 므낫세와 에브라임을 떠올렸다. 두 아들이라는 말 한 마디로 큰아들보다는 작은아들을 더 사랑했던 하느님 얘기라는 것을 즉시 알아챘다.

"작은아들이 아버지에게 말했습니다.

'아버지 재산 가운데 나중에 돌아올 제 몫을 지금 저에게 주십시오.'

아버지는 살림을 두 아들에게 똑같이 절반씩 나누어 주었습니다. 며칠 후에 작은아들은 자기 몫으로 받은 아버지의 살림을 다 챙겨서 먼 지방으로 떠났습니다. 거기서 방탕하게 살면서 이리저리 재산을 낭비했습니다. 재산을 모두 탕진했을 무렵 그 지방에 큰 기근이 들었고 그는 아주 궁핍하게 되었습니다."

사람들 생각과 정반대의 방향으로 당황할 만큼 빠르게 얘기는 전개됐다. 아버지가 작은아들을 엄하게 꾸짖지도 않았고, 형이 나서서 동생을 타이르거나 비난하지도 않았고, 그럴 경우 으레 나서서 아들을 타이르거나 아버지를 설득하기 마련인 어머니도 등장하지 않은 채, 얘기는 벌써 한 고개를 훌쩍 넘어가 버렸다.

"작은아들은 끼니조차 이을 길이 없게 됐고, 할 수 없이 그 지방 주민 밑에 들어가 들에서 돼지 치는 일을 맡았습니다. 얼마나 배가 고픈지 돼지 먹이로 나오는 쥐엄나무 열매를 조금씩 빼내 먹고 지냈습니다. 굶주림을 못 견딘 작은아들이 생각했습니다.

'아버지 집에서는 일꾼들도 풍족하게 먹고사는데 나는 여기서 돼지 먹이도 제대로 못 먹을 만큼 배를 곯다가 꼼짝없이 굶어 죽겠구나! 이제 아버지에게 돌아가자. 이렇게 말씀드리면 아버지가 나를 받아주시겠지. 아버지, 저는 하느님과 아버지 앞에 죄를 지었습니다. 그러니 이제는 아버지의 아들이라고 불릴 자격이 없습니다. 저를 삯품 일꾼의 한 사람으로 삼아 주십시오.'

작은아들은 즉시 일어나 아버지 집으로 돌아갔습니다."

사람들은 고개를 끄덕였다. 당연히 그럴 일이다. 더 늦기 전에 아버지에게 돌아가겠다고 마음을 고쳐먹고 즉시 돌아선 일이 다행이라고 생각했다.

"멀리서 걸어오는 아들을 보자 아버지는 측은한 마음에 달려가 끌어안고 입을 맞추었습니다.

'아버지, 저는 하느님과 아버지께 죄를 지었습니다. 그러니 아버지의 아들이라고 불릴 자격도 없습니다.'

길을 걸어오는 내내 입으로 연습한 대로 작은아들은 말했습니다. 그러나 아버지는 채 그 말을 듣지도 않고 하인에게 명령했습니다.

'어서 집안에서 제일 좋은 옷을 꺼내다가 내 아들에게 입혀라. 보석 반지를 손에 끼워 주고 발에 신발도 신겨라. 그리고 제일 살찐 송아지를 잡아라. 잔치를 열고 기쁨을 나누자! 죽었던 내 아들이 다시 살아왔다. 내가 잃었던 아들을 되찾았다.'

그래서 잔치가 시작되었습니다."

얘기를 듣던 사람들이 끼어들었다.

"아버지 사랑은 원래 그런 거여! 밤이나 낮이나 얼마나 기다렸겠어? 그러니 작은아들 모습을 보자마자 체면 불구하고 달려갔겠지."

예수는 이야기를 이어갔다.

"밭에서 하루 종일 고된 일을 마치고 집에 돌아오던 큰아들은 집에서 멀리 떨어진 곳부터 집안에 무슨 일이 생긴 것을 알았습니다. 집에서 노랫가락이 흘러나오고 사람들이 흥겨워 떠드는 소리도 들렸습니다. 들에서 같이 일했던 하인 한 사람을 먼저 들여보내 도대체 무슨 일인지 알아보라 했습니다."

사람들은 일이 잘못 돌아가기 시작했음을 눈치 챘다. 예상했던 대로, 이제 드디어 큰아들과 작은아들 사이에 수습할 수 없을 만큼 갈등이 일어나리라 믿었다. 이스라엘의 역사에 늘 일어났던 일이었다.

둘러서서 얘기를 듣고 있는 바리새파 사람들과 그들을 따르는 사람들 속에서 작은 술렁거림이 일어났다. 처음에는 자기들끼리 작은 목소리로 주고받더니 점점 목소리가 커지면서 모든 사람 귀에 들렸다.

"아니! 거 뭐 큰일도 아닌 것을 가지고 대단한 얘기라도 하는 것처럼 그러시오? 이러고저러고 해서 작은아들을 아버지가 받아들였고, 더 사랑했고, 나중에는 큰 축복을 내렸다! 바로 그런 얘기 아니오?"

야이르가 조용히 오른손을 들었다. 그리고 하던 말을 계속하라는 듯 예수에게 신호를 보냈다. 손바닥을 위로 한 채 가슴 앞에서 예수를 향해 손을 뻗었다. 정중하지는 않지만 그렇다고 무례하지도 않았다.

마리아는 예수가 들려주는 얘기가 즉흥적으로 만든 얘기가 아니라는 것을 금방 깨달았다. 처음부터 끝까지 예수가 얘기를 미리 마련해 둔 것처럼 보였다. 왜 그랬을까? 무슨 얘기일까? 바짝 귀를 기울였다, 한 마디도 놓치지 않으려고…. 그녀는 므나헴도 바짝 긴장해서 듣고 있는 것을 알았다.

예수는 다시 담담한 목소리로 입을 열었다. 담담한 목소리가 오히려 긴장을 높였다.

"하인이 큰아들에게 사실대로 이야기했습니다.

'주인님 동생이 돌아왔습니다. 그래서 주인님 아버지께서 작은아들이 무사히 돌아온 것을 축하하는 큰 잔치를 벌이셨습니다. 아껴 두셨던 살찐 송아지도 잡았습니다.'

그 말을 듣자 큰아들은 하루 종일 하인들과 함께 허리 굽혀 일했던 밭도 쳐다보고, 떠들썩하게 흥겨운 잔치가 벌어진 집도 다시 바라보고, 하늘도 올려다보고, 발 디디고 선 땅도 말없이 내려다보았습니다. 혼자 그렇게 서 있다가 맥없이 발끝으로 땅을 끄적거리기도 했습니다."

마치 자기 눈으로 보고 있는 듯, 사람들은 다시 이야기의 현장으로 끌려들어갔다. 큰아들 마음을 알 것 같았다. 드디어 갈등이 폭발할 때가 됐다고 생각했다.

"큰아들이 집 밖에 서서 서운해 한다는 말을 전해들은 아버지가 나와서 그를 달랬습니다. 그러자 큰아들이 용기를 내어 아버지에게 말했습니다.

'저는 여러 해를 두고 아버지를 섬겼습니다. 들에 나가 하인들과 똑같이 열심히 일했습니다. 아버지 말씀이라면 거역한 일이 한 번도 없습니다. 그렇지만 아버지는 저에게 친구들과 잔치 한 번 벌이라고 염소 새끼 한 마리 내어 주신 적이 없습니다. 그런데 먼 나라를 떠돌며 아버지 재산을 창녀들에게 다 써버린 아버지의 그 아들이 돌아오니까 살찐 송아지를 잡아 잔치를 벌이셨군요, 아버지!'

큰 원망과 깊은 슬픔이 큰아들의 목소리에 배어 있었습니다. 더구나 동생을 '아버지의 아들'이라고 불렀습니다. 큰아들을 바라보던 아버지가 아들의 어깨를 끌어안고 등을 쓸어주며 말했습니다.

'사랑하는 아들아, 너는 늘 나와 함께 있었고 내가 가진 것이 모두 네 것이 아니더냐? 그러나 네 동생은 죽었다가 다시 살아왔고, 잃었다가 다시 찾았으니 잔치를 벌이는 것이 당연하지 않겠느냐? 자! 나와 함께 들어가서 너도 네 동생을 안아 주어라!'"

그리고 예수는 입을 다물었다. 그것으로 얘기는 끝났다. 큰아들이 아버지를 따라 집에 들어갔는지, 아버지의 말대로 동생을 끌어안고 환영해 주었는지 더 이상 아무 말도 하지 않았다.

"지은 죄를 뉘우치고 집으로 돌아온 탕자蕩子 얘기군…."

"아무리 큰 죄를 지었다고 하더라도 돌이키면 지극히 높으신 분께서 언제나 두 팔 벌려 안아 주신다는 뜻이네."

어떤 사람은 집을 나갔다가 돌아온 작은아들 얘기로 들었고, 다른 사람은 죄인이 회개하고 돌아서면 한없이 자비로우신 하느님이 두 손

벌려 맞아 주신다는 교훈으로 알아들었다.

그런데 다른 사람들과 달리 바리새파 토라 선생들은 아무도 나서서 예수의 얘기 속에 숨어 있는 교훈을 해석하지 않았다. 토라에 기록된 얘기라면 어떤 얘기든 자신 있게 토론할 수 있겠지만, 예수가 던진 얘기는 자기들이 나서서 해석할 만한 얘기가 못 된다고 생각했다.

해석할 필요 없이 그저 들리는 대로 듣는 사람에게도 생각은 있었다. 큰아들이 나쁜가? 그렇다고 말할 수 없다. 작은아들의 잘못이었다. 그들은 큰아들의 마음을 충분히 이해할 수 있었다. 예수의 제자들도 그렇게 생각했다.

"잃어버린 양 한 마리, 잃어버렸던 작은아들, 결국 이스라엘이 죄를 짓고 길을 잃었다가 돌이킨다는 교훈이네."

정작 예수는 아무 말도 하지 않고 그저 이 사람 저 사람이 하는 얘기를 듣고 있었다. 각자 자기들 형편에 비추어 어떻게 얘기를 받아들이는지 지켜보았다.

'어디까지 물이 흘러갈 것인가?'

그건 물의 뜻이 아니다. 물은 그저 아래로 흘러내릴 뿐이다. 예수는 다시 사람들을 둘러보며 아주 담담하게 얘기를 덧붙였다.

"들으십시오! 물이 흘러내립니다. 웅덩이가 있으면 채우고, 가로막는 큰 바위가 있으면 돌아 흐르지만 어쨌든 물은 아래로 흘러내립니다. 물이 어찌 옹달샘에만 머무르겠습니까? 아래로 더 아래로 흘러내려야지요."

그가 들려준 비유와 전혀 상관이 없는 말 같았다. 또 어찌 들으면 하나로 이어진 말처럼 들리기도 했다. 예수는 무엇을 얘기에 띄워 흘려보냈는가? 결코 깨달을 수 없도록 꽁꽁 감춘 신비인가? 눈을 뜨면 보이는 현실인가? 예수의 얘기들은 곰곰이 생각하면 평소 조금도 이상하게 생각하지 않았던 일의 다른 면을 볼 수 있게 된다. 그래서 때로는 듣는 사람에게 가장 강력한 도전이 된다.

예수가 물었다. 다시 생각해 보라는 듯 한발 앞으로 내딛으면서 … .

"여러분들이라면 어떻게 하겠습니까?"

사람들은 그가 왜 그렇게 묻는지 알지 못했다. 이미 스스로 결말을 얘기하지 않았던가?

"양을 찾은 목동은 어깨에 양을 메고 돌아와 다른 목동들과 기뻐했고, 잃어버렸던 작은아들을 찾은 아버지는 잔치를 베풀었습니다."

무엇을 더 묻는 것인가? 그것으로 부족하다는 말인가, 얘기 한 마디 한 마디에 숨겨 놓은 뜻을 찾아 길 떠나라는 말인가? 갑자기 예수가 그렇게 묻자 마음이 다시 불편해지기 시작했다.

"뭐야! 왜 우리를 시험해? 별것도 아닌 얘기를 늘어놓고! 이방인도 해방한다는 말과 무슨 상관이야? 왜 거기에 갑자기 흘러가는 물이 나와? 배움 없는 떠돌이 선생 주제에 … 감히 … ."

한 사람이 불편한 마음을 숨기지 않고 투덜거렸다. 알 수 없기는 제자들도 마찬가지였다. 평범한 얘기를 통해 예수가 무슨 뜻을 전하려고 했는지 짐작할 수 없어 막막했다. 요즈음 부쩍 예수 가까이에 붙어서 많은 얘기를 나눈 므나헴은 예수가 들려준 얘기를 거듭거듭 생각하다 보니 훅 무엇이 스쳐 지나가는 것을 느꼈다. 그러나 막상 붙잡으려고 하자 아무것도 잡히지 않고 애매하고 희미했다.

사실 예수가 왕의 주랑건물에 들어와 들려준 얘기는 그가 보는 세상 얘기였다. 사람들이 어떻게 살아야 한다는 얘기, 더불어 사는 세상을 이루는 얘기였다. 그래서 그는 '어떻게 할 것인가?' 물었다. 신비하고 심오한 가르침을 숨긴 얘기가 아니고, 눈에 보이는 대로 귀로 들은 대로 세상을 바라보며 하느님의 뜻을 깨달으라고 말하고 있었다. 하느님의 뜻은 숨겨진 것이 아니라 눈에 보이는 곳에 펼쳐져 있다고 말한 셈이었다. 눈을 뜬 사람이 볼 수 있는 곳에.

'징검다리 돌 하나를 놓은 일….'

예수는 그렇게 돌 하나를 놓았다. 이제 남은 시간은 길어야 이틀, 눈에 보이는 저만치 떨어진 앞에서 그를 기다리는 그때를 마주 바라보며 한 발짝씩 걸음을 떼고 있었다.

'피할 수 없는 일….'

세상을 한 번에 뒤집어엎을 수도 없고, 산을 번쩍 들어 바다에 던져 넣을 수도 없고, 산을 낮추고 골짜기를 메워 평지를 만들 수 없는 예수다. 그건 하느님도 하지 않는 일, 어찌 사람이 할 수 있으랴!

때가 되면 사람들이 깨달으리라. 예수가 비유로 얘기한 두 아들의 아버지가 야훼 하느님이 아니고 정말 아버지일 수도 있다는 사실을. 잃어버린 한 마리 양을 찾아 어깨에 둘러메고 기뻐하며 돌아온 목동은 죄인을 찾아 회복시키는 신의 모습이 아니라 100마리 중에서 1마리가 사라진 것을 알아챈 진짜 목동일 수 있다는 것을. 그 얘기를 깨닫는 사람은 세상을 향해 가슴을 열 수 있으리라. 그곳에서 몇 걸음 더 걸어가면 사람이 지고 살아야 할 무서운 운명을 깨닫고.

제자 중 몇 사람은 예수가 하려는 얘기를 화해和解라고 알아들었다.

'선생님이 이전에 말씀하셨지! 서로 어긋나기 시작한 때를 기억하고, 그 원인을 찾아 끝없이 처음으로 거슬러 올라가서 바로잡는 일. 그러기에는 사람이 살아가는 일생이 너무 짧고 아깝다고 ….'

'사람들은 정의를 찾아 길을 거슬러 올라가는데 나는 사랑이라 부르며 앞으로 걸어갑니다. 갈가리 찢어져서 따로따로 헤어져 외롭게 살아가던 사람들을 화해시켜 어깨동무하고 살아가는 세상, 그것이 하느님 나라 아니겠습니까?'

예수의 얘기를 들은 사람들도 마찬가지로 화해를 생각해 낼까? 언젠가 그럴 날이 오리라고 제자들은 생각했다. 그리고 할 수만 있다면 거기에서부터 목을 쑥 빼고 더 멀리 걸어가라는 말을 알아들었을 것으로 믿었다. 적어도 제자들 생각이 그날 거기까지 미쳤듯.

왕의 주랑건물 야이르 구획에서 징검다리 돌 하나 놓았으니 욕심 같아서는 내친김에 몇 개 더 놓고 싶었다. 그러나 예수는 아직 때가 아니라는 것을 알았다. 하느님도 사람에게 달린 일이라 '그때'를 모른다고 말하지 않았던가? 때가 되지 않았는데 가물어 바싹 마른 밭에 씨를 뿌린들 고통을 심을 뿐이다.

"어떻게 하겠느냐?"

예수의 그 질문에 아무도 대답하지 않았다. 무엇을 묻는지 깨닫지 못했기도 하지만, 그들에게는 '무엇을 어떻게 하라'고 전해 내려온 가르침 토라가 있기 때문이다. 아직은 토라에서 한 걸음도 벗어날 수 없는 사람들을 바라보면서 예수는 크게 숨을 들이쉬고 내쉬었다.

가슴이 아리아리하게 아프더니 쇠갈퀴로 박박 긁는 것처럼 쓰리기 시작했다. 비유를 듣고 즉시 죄와 그에 따른 벌, 회개의 과정에 개입하는 하느님의 은혜를 떠올리는 사람들. 그들은 아직 그런 시대를 살고 있을 뿐이었다. 젖먹이 아기처럼 은혜를 빨아먹고 살았다.

예수의 가슴은 물이 말라 허옇게 드러난 냇바닥처럼 버석거렸다. 물이 흐르지 않는데 징검다리가 무슨 소용이 있겠는가? 차가운 눈으로 그를 지켜보던 죽음이 히죽히죽 웃으며 예수에게 말을 건넸다.

'아무 소용없어!'

예수는 죽음에게 말했다.

'나는 그날이 오리라고 믿어! 나는 사람을 믿어!'

예수는 두 손을 모아 가슴에 대고 깊게 허리 숙여 야이르와 바리새파 선생들, 그리고 모여든 모든 사람들에게 인사했다. 이제 자리를 뜨겠다는 표시였다.

"쉘라마!"

바리새파 선생들은 그저 목례로 예수의 인사를 받았고, 어떤 사람들은 예수가 그들에게 했듯 손을 모아 가슴에 대고 같이 인사했고, 다른 사람들은 입을 비쭉하며 웃었다.

"쉘라마!"

예수는 왕의 주랑건물을 나섰다. 질문에 대한 대답을 더 기다리지 않았다. 살아가면서 스스로 답을 찾아야 할 얘기라는 듯 남겨 놓고, 그 자리를 떴다. 엄청난 세상 비밀도, 하늘의 신비한 뜻도 아니고, 그저 양 떼와 두 아들과 아버지 얘기를 주랑건물에 남겨 놓았다.

"선생님! 다른 구획은 안 가시고요?"

글로바의 물음에 그는 조용히 대답했다.

"이대로 됐습니다."

뜰에 나간 예수는 왕의 주랑건물을 뒤돌아보더니 다시 한번 목례를 했다. 야이르와 다른 바리새파 선생들, 그리고 몰려들었던 사람들이 여전히 예수의 뒷모습을 지켜보고 있었다. 예수는 구태여 귀를 기울이지 않고도 그들이 무어라 얘기할지 다 알고 있다. 분명 그들은 고개를 흔들 것이다. 어떤 사람은 티끌을 털어내듯 옷을 털어내는 시늉을 하며 비웃고, 어떤 사람은 별것 아닌 얘기였다면서 턱을 쳐들고 가슴을 불쑥 내밀 것이다.

예수의 뜻과는 상관없이 그는 바리새파 선생들에게 정면으로 도전한 사람이 됐다. 도전이란 말이나 행동으로 적대감을 표현하지 않아도 상대방의 허락이나 초청 없이 상대의 영역에 들어가거나 그가 누리는 명예를 흔드는 모든 일을 말한다.

그는 분명 바리새파가 오랜 관행으로 사람들에게 토라를 가르치는 장소에 들어갔다. 그 일로 주랑건물 안에 있던 사람들이 우우 몰려들었고, 야이르도 가르치던 일을 서둘러 끝낼 수밖에 없었다. 구분된 장소의 경계를 넘었고, 토라를 공부하는 시간이라는 경계도 넘었다. 토라가 아니라 그 스스로 지어낸 얘기를 입에 올렸고, 마치 선생이나 되는 듯 질문도 하고 가르치려 들었다. 그것은 갈릴리 떠돌이 선생으로서는 주제넘은 일이었고, 그냥 넘길 수 없는 큰 도전이 되었다.

게다가 그는 바리새파 선생들을 존중하지 않았다. 태도는 정중했으나 그가 한 일은 왕의 주랑건물에서 명절마다 바리새파 선생들이 토라를 가르쳐왔던 일을 흔들어댄 것과 마찬가지였다. 예수가 바리새파 선생들 전체에게 도전하고 나선 것으로 받아들일 수밖에 없는 일이었다.

사람들은 누가 어떤 일을 하고 무슨 말을 했는지 따지지 않고, 그에게 그런 자격이 있는지, 그럴 만한 권위가 있는지 신분과 존재와 권위의 근거를 더 중요하게 생각하며 살았다. 예수가 아무리 권위 있는 말을 하고 온 세상을 울릴 만큼 위대한 일을 한다고 해도, 그런 일을 하도록 허락받았거나 인정받은 사람이 아니라면 그건 이스라엘, 유대가 지키려는 가치를 흔든 사람으로 비난받을 수밖에 없다.

예수의 얘기를 도전으로 받아들였기 때문에 바리새파 사람들은 도전에 대응해야 한다고 마음을 굳혔다. 결국 예수를 제거하자고 며칠 전에 뜻을 모았던 바리새파 지도자들의 계획에 예루살렘에 사는 다른 바리새파 사람들 대부분 그날로 가세했다.

성전 이방인 뜰에는 이미 사람들이 꽉 들어차서 걸어가는 예수의 뒷모습을 더 이상 볼 수 없게 됐다. 야이르는 어깨를 크게 들썩이며 한숨을 쉬었다.

'예수! 오늘은 그대가 큰 실수를 한 게요. 이건 나도 어쩔 수 없는 일이오!'

예수의 뒤를 따라 솔로몬의 주랑건물로 걸어가는 제자들 대부분 알 수 없는 일이라는 듯 고개를 갸웃거렸다. 도마나 작은 시몬은 선생이 무사하게 그 자리를 빠져나온 일이 다행스러웠다. 무언가 잡을 듯한데 끝내 잡히지 않아 므나헴은 안타까웠다.

'성전에 들어오자마자 선생님은 왜 왕의 주랑건물부터 들렀을까?'

마리아는 혼자 묻고 또 물었다. 그러면서 지난 며칠 동안 성전 뜰에서 예수가 가르친 내용을 하나하나 떠올렸다. 처음 하루 이틀은 사람들에게 살아가는 세상에 눈뜨라고 가르쳤고, 이제는 앞으로 살아갈 세상을 가르치고 있는가? 아무리 생각해도 선생이 즉흥적으로 발길을 왕의 주랑건물로 돌렸다고는 생각할 수 없었다. 언제나 지나고 보면 무슨 일을 하든 예수에게는 충분한 이유가 있었다.

'지난밤 치렀던 의식 때문인가? 길을 떠나기 전에 남은 일을 정리하시는 건가?'

다시 한번 위로가 필요한 때라고 생각해서 그녀는 선생의 머리에 기름을 부었다. 그것은 예수를 따라다니며 배운 치유 의식이었다. 상처에 기름을 붓고 싸매고 문지르며 병자들을 위로했듯, 깊은 골짜기에서 홀로 고통을 겪으며 앉아 있던 선생을 일으켜 세우는 일이었다.

죽을 만큼 고민하던 선생에게 부은 위로의 기름이었지만 생각할수록 그의 죽음을 예비한 일로 보였다. 생각해 보니 지난밤 이후 예수는 아주 마음을 정한 듯 달리 보였다. 마리아는 다리가 휘청거렸다. 가슴이 후두두 떨렸다.

그 넓은 이방인의 뜰에 가득 들어찼던 사람들이 모두 사라지고 예수 혼자 서 있는 모습이 보였다. 그는 세상을 향해 가슴을 벌렸지만 그 앞에 아무도 없다는 것이 그렇게 마리아 가슴을 아프게 후벼 팠다.

'아! 선생님! 위로하기 위해 한 일이었는데 …. 살아 있는 사람의 장례의식을 치르는 일이 세상천지 어디에 있겠습니까?'

경솔했는가? 그렇다. 눈감고 있어도 될 일을 덮었던 보자기를 일부러 확 벗긴 것 같았다. 무엇을 덮고 있는지 다 알고 있었으면서도 ….

'그래야 했는가? 굳이 내가 나서서 그럴 일이었는가?'

자꾸 그 일이 떠오르고 또 떠올랐다. 담담하게 받아들이던 선생의 모습이 자꾸 눈에 밟혀 마리아는 정말 가슴이 쓰렸다. 그런데 제자들은 달랐다. 지난밤 의식을 치를 때는 모두 커다란 충격을 받은 모습이더니 아침에는 다시 예전으로 돌아갔다. 알렉산더의 하인이 찾아와 14일이 시작되기 전에 예루살렘을 떠나라고 경고했던 일이나, 예수를 끌어들이려고 하얀리본 두목이 찾아왔던 일이 더 큰일이라는 듯 행동했다.

선생이 겪어야 할 고난이 두려운 일이기는 해도 어찌 될지 결말을 이미 안다는 듯 그들은 담담하고 태연했다.

'온 세상을 뒤집을 듯 쏟아붓던 폭우도 때가 되면 그치고 다시 맑고 푸르고 높은 하늘이 나타나는 것처럼 저들도 그렇게 믿고 있겠지!'

그렇다고 마리아가 나서서 이건 이렇고 저건 저렇다고 말할 형편도 아니다. 겪어야 할 일은 겪고, 엎어졌던 자리에서 몸을 일으켜야 할 사람들은 바로 그들이다. 예수가 그렇게 믿듯 마리아도 제자들이 스스로 일어나 자기 걸음으로 세상을 걸어갈 날이 오리라고 믿기 때문이었다.

"예수 선생님! 잠깐, 잠깐만요!"

솔로몬 건물로 걸어가기 위해 이방인의 뜰 중간쯤 지났을 무렵 누가 뒤를 숨차게 쫓아오며 불렀다.

뒤돌아보니 야이르가 부지런히 예수에게 다가왔다. 예수는 제자들에게 먼저 가라는 신호를 보내고 그를 기다렸다. 그러나 도마나 므나헴, 그리고 다른 제자들 모두 선생 혼자 놔두고 갈 수 없다는 듯 예수 주위에 모여 섰다.

"선생님! 저는 바리새파 토라 선생으로 예수 선생과 좀 더 얘기를 나누고 싶어 체면 불구하고 따라왔습니다. 괜찮으시면 저와 몇 말씀

더 나누시지요. 저는 사실 요하난 벤 자카이 선생님의 제자입니다."

"아!"

예수는 짧은 탄성을 내뱉었다. 성전 뜰 안에 들어와 있는 사람들이 모두 손을 잡고 빙글빙글 돌면서 춤을 추는 것처럼 느껴졌다.

'알아들은 사람이 있단 말인가?'

"그러시지요!"

예수가 발걸음을 돌리려고 하자 제자들이 만류하려는 듯 나섰다.

"괜찮아요! 모두 솔로몬 주랑건물로 돌아가서 기다리세요. 징검다리 돌 하나 더 놓고 나도 곧 가리다."

"징검다리요?"

"허허! 그래요, 먼저들 가세요!"

그러더니 예수는 야이르를 따라 돌아갔다. 그의 목소리는 밝았고 걸음 또한 보기 드물게 경쾌했다.

잠시 후, 예수는 야이르와 단둘이 앉아 얘기를 나누기 시작했다. 야이르는 다른 사람들을 모두 물리쳤다. 그가 가슴을 열고 얘기를 나누고 싶어 한다는 것을 예수는 알았다. 요하난 선생의 제자라서 그런지, 바리새파 선생 중 마음이 열린 사람이라 그런지 알 수 없는 일이지만 그는 야이르의 가슴에 자기 마음을 잇댔다.

"아까 예수 선생님이 말씀하신 두 가지 얘기를 저 나름대로 생각해 보았습니다. 결국 잃어버린 것을 찾는다는, 회복한다는 말씀으로 저는 알아들었습니다. 그런데, 그렇게만 알기에는 좀 이상한 부분이 있어서요."

"무엇이 이상한지요?"

"우선 집에 돌아온 아들 비유를 말씀하실 때 '하느님과 아버지에게 죄를 지었다'고 작은아들이 말하는 대목이 좀… ."

"허허! 그랬습니다."

"그 말씀은?"

"그냥 듣기로는 작은아들이 잘못을 돌이키고 후회하면서 자기 죄를 인정하는 말처럼 들리지요. 그런데, 예전에 이집트의 파라오도 그와 똑같은 말을 입에 올렸어요."

그러자 야이르가 경전구절을 암송하기 시작했다. 이스라엘의 조상 히브리가 예언자 모세를 따라 이집트를 탈출한 일을 기록한 경전에 포함된 구절이었다.

"파라오가 모세와 아론을 급히 불러 이르되 '내가 너희의 하느님 야훼와 너희에게 죄를 지었다' 말하면서 '나의 죄를 용서하고 너희의 하느님 야훼께 구하여 이 죽음만은 내게서 떠나게 하라' 부탁했습니다."

누구든 바리새파 토라 선생이라면 경전 어느 부분에 어떤 내용이 있는지 모두 훤하게 알고 있었다. 그러면서 그는 예수에게 말을 이었다.

"이렇게 하느님께 죄를 짓고 모세와 히브리에게 죄를 지었다고 고백한 파라오가 거듭거듭 완악해졌다는 일이 경전에 기록되어 있습니다. 결국, 입으로는 죄를 고백했어도 마음으로는 인정하지 않았다는 말입니다. 그러니, 선생님이 들려주신 얘기 중에 작은아들은 마음을 돌이키고 자기 죄를 뉘우치지 않았다고 말씀하시려는 것 같았습니다."

"예! 나는 작은아들이 자기가 한 일이 죄라고 생각하지 않았다는 뜻으로 그 말을 했습니다."

"그런데, 이방지역으로 떠돌다가 다시 이스라엘로 돌아왔다는 일이 저는 귀한 일이라고 생각합니다. 그래서 아버지가 돌이킨 작은아들에게 새 옷을 주고, 반지를 끼워 주고, 살찐 송아지를 잡아 잔치를 베풀었겠다고 생각합니다. 지극히 높으신 분을 아버지라고 말씀하셨다고 생각했습니다."

야이르는 이스라엘의 전통과 토라의 가르침에 예수의 비유를 잇대려고 했다. 그러면서 무언가 좀 심각한 표정으로 골똘하게 더 생각하더니 말을 이었다. 하기 어려운 말이었다.

"아버지에게 칭찬받기 위해 그렇게 열심히 일했는데 아버지가 그 공을 생각하지 않고 집에 돌아온 작은아들을 위해 잔치를 베푸는 것을 불평한 큰아들, 제 생각으로는 예수 선생님이 바리새파를 가리켜 말씀하신 것 같습니다. 옳은 일을 하는 것으로 정의를 삼는 바리새파 사람들…. 큰아들은 아들이 아니라 마치 종들처럼 아버지에게 순종했지요. 서로 사랑하고 형제간에 우애를 지키며 살아가는 것이 아니고 보상받기 위해 아버지의 명령에 따르는 사람들…."

자기 파당 바리새파를 그처럼 신랄한 눈으로 바라볼 수 있는 사람이 토라 선생 중에 있다니, 예수는 놀랐다. 먼저 이스라엘부터 챙기는 야훼 하느님을 생각하고 토라를 가르치던 선생. 그러나 야이르는 유대 사회의 어두운 그늘도 주목하는 사람이었다.

예수가 그에게 물었다.

"우리라면 어떻게 할 것인가요? 큰아들처럼 할 것인가요? 아버지가 베푸는 잔치에 참석하지 않고 그냥 길에서 버티고 집에 안 들어갈 것인가요? 아니면 아버지와 함께 집에 들어가 동생을 끌어안고 입 맞추고 같이 잔치를 즐길 것인가요?"

야이르는 대답하지 않았다. 예수는 다시 질문을 던졌다.

"아버지가 세상을 뜨고 나면 그 집안에 무슨 일이 일어날 것 같습니까? 작은아들은 아버지가 허용했던 아들의 위치를 계속 누릴 수 있을지요? 아니면 마구간에 보내져 삯품 일꾼이나 종들처럼 대우받을 것인가요?"

그 말에 야이르는 한숨을 푹 내쉬며 대답했다.

"그리 돼도 할 수 없지 않겠습니까? 한 짓이 있으니 … ."

"그렇겠지요. 법적으로는 큰아들이 작은아들을 어떻게 대우하든 아무 문제도 없는 것처럼 보입니다. 그러나, 그렇게 한다면 아버지의 바람을 저버린 일이고 아버지의 자비와 명예를 버린 일이 될 것입니다. 분노와 미워하는 마음이 한 가족, 한 민족, 그 경계를 넘어 모든 사람들이 공통으로 가진 가치보다 더 크다면 우리는 가족, 민족, 같이 살아갈 사람들을 모두 잃게 될 겁니다."

그 말을 들으며 무언가 골똘히 생각하던 야이르가 다시 입을 열었다.

"선생님! 이건 순전히 제 생각입니다. 안 그렇기를 바라지만, 그렇게 될 것 같은 생각이 듭니다. 작은아들은 아버지 생전에 아니면 아버지가 세상을 뜨면 다시 집을 나갈 것 같습니다."

"왜 그런 생각을 하셨습니까, 야이르 선생님?"

"이 집안에서는 다른 사람 마음 상하게 한 일에 대하여 누구도 슬퍼하지 않았고, 누구도 용서한다는 말을 입에 올리지 않았습니다. 어차피 그렇게 될 집안 같습니다."

그는 예수의 비유가 회개하고 돌아서는 죄인을 자비로운 하느님이 용서한다는 이스라엘의 틀에 박힌 얘기가 아니라는 것을 이미 깨달은 사람이었다. 예수는 그가 걷는 길에 바리새파 토라 선생 야이르도 들어섰음을 알고 속으로 기뻐했다.

그러나 아직 그에게는 목에 걸리는 얘기일 수밖에 없다는 것도 예수는 알았다. 그러나 이제는 때가 되었든 안 됐든 그의 입에도 오래 씹어 삼킬 것을 넣어 주어야 한다. 삭이지 못하더라도 먹여야 한다. 이제 시간이 얼마 남지 않았기 때문이다.

작은아들이 걸어가는 길이 어떠하든 예수는 화해와 용서를 가르치는 사람이다. 야이르가 말한 대로 집을 다시 나가는 작은아들과 아버지 사이의 관계가 어떠하리라는 것은 다음에 얘기하더라도 큰아들과 작은아들 사이에 냉랭하게 흐르는 불화를 그대로 둘 수는 없었다. 예수는 야이르에게 물었다.

"형제간에 흐르는 갈등은 해결할 방법이 없는 겁니까?"

그러더니 경전 한 구절을 암송했다. 요단강 언덕 세례자 요한의 공동체에 있을 때 경전을 암송하는 제자가 들려주었던 내용이었다. 그때부터 예수는 그 부분을 마음 깊이 새겨 두었다.

"아브라함은 자기가 받은 목숨대로 다 살고, 아주 늙은 나이에 기운이 다하여서, 숨을 거두고 세상을 떠나 조상들이 간 길로 갔다. 그의 아들 이삭과 이스마엘이 그를 막벨라 굴에 안장하였다. 그곳에서 아브라함은 그의 아내 사라와 합장되었다."

예수의 암송을 듣던 야이르가 깜짝 놀라 눈을 크게 뜨며 말했다.

"예! 선생님! 분명 그런 내용이 있습니다."

성경은 한 아버지 아브라함의 배다른 두 아들 이스마엘과 이삭이 각각 다른 민족의 아버지가 되었다고 전했다. 두 형제 민족 사이의 갈등과 증오는 이스마엘의 어머니 하갈과 이삭의 어머니 사라 때부터 시작됐다고 가르쳤다. 말하자면 아브라함의 두 자손이 적통을 다툰 일이 두 민족 사이에 깊이 자리 잡은 갈등의 깊은 뿌리라고 설명했다.

그런데 그 두 아들이 손을 맞잡고 아버지 아브라함을 무덤에 묻었다니…. 그건 사람들이 알기는 하지만 크게 주목하지 않은 놀라운 얘기였다. 그들은 각각 자기 어머니 무덤에 아버지를 묻어야 한다고 싸우지 않았고, 누가 적통인지 그 자리에서 다투지 않았다. 그저 아버지가 사랑했던 아내 사라의 무덤에 합장했다. 끝날 것 같지 않던 가장 오래된 갈등이 봉합되는 아름다운 장면을 그 한 구절이 보여 주었다.

"반목하고 갈등하던 형제가 아버지 아브라함을 묻는 일에 함께했다고 창세기에 기록돼 있습니다. 원수였던 형제, 두 민족의 아버지들이 화해했는데 그 후손들이 화해하지 못할 이유가 무엇이겠습니까?"

원수였던 민족이 화해하고 원수였던 형제가 화해할 수 있다면 하느님의 보복적, 폭력적, 인과응보적 정의 회복이 왜 필요하랴? 공평한 분배적 정의를 실현하고 한 핏줄 한 생명을 사랑하는 마음이면 하느님 나라는 이미 이 땅에 이르게 되리라고 예수는 생각했다. 그런 생각의 끝, 예수는 그의 가르침을 불가능한 것을 가능하게 하는 자리까지 확장했다.

"원수를 사랑하십시오!"

예수는 단호하게 야이르에게 말했다. 사랑은 화해에서 시작한다. 화해는 서로 원래 있던 자기 자리로 각자 돌아가거나, 상대가 차지하고 있는 자리를 그저 소극적으로 인정하는 일이 아니다.

그건 내 것이었던 것, 네 것이었던 것을 한자리에 다 내놓고 그의 것을 내가 쓰고 나의 것을 그가 쓰도록 나를 뒤로 물리는 일이다. 어쩌면 물러난다기보다 두 사람이 따로 가지고 있었던 것을 합하여 우리의 것으로 확장하는 일이다. '나와 너'가 '우리'로 합쳐지는 일이다.

야이르는 예수의 얘기에 깊은 충격을 받은 듯 보였다.

"원수를 사랑하라는 말씀은 … ."

그는 고개를 절레절레 저었다. 바리새파 사람이라면 어떤 누구도 그 말을 받아들일 수 없다. 바리새파뿐만 아니고, 이스라엘 사람이라면 절대로 받아들일 수 없는 가르침이다. 때로는 복수하려는 마음이야말로 삶을 지탱하는 힘으로 작용하기 마련 아니던가? 눈앞에서 원수가 고꾸라지고 무너지고 피를 흘리며 눈 감는 모습을 보기 위해 험한 고통을 겪으며 견디지 않았던가?

"원수를 갚아 주시는 분이 바로 지극히 높으신 분인데 … 그것은 바로 그분이 하실 일이라서 … ."

야이르는 더 이상 얘기를 잇지 못하고 앉아 있었다. 태곳적부터 깊게 파인 골짜기를 흐르는 강을 예수는 보았다. 그 강을 건널 수 없다고 생각하는 사람을 어찌 강제로 흐르는 강물 속에 밀어 넣으랴! 그것은 또 하나의 폭력일 수밖에 없다. 건널 수 있다는 것을 누가 보여 주기 전에는 불가능하다는 것을 예수는 인정할 수밖에 없었다.

'설득으로 이룰 수 없는 일! 그 길밖에는 다른 길이 없다는 것을 깨닫는 날, 원수끼리 어깨를 끌어안고 뜨거운 눈물을 흘리리니. 눈물 어린 눈으로 원수를 바라보면 내가 그가 되고 그가 내가 되는 것을 … .'

예수는 그날이 올 것으로 믿었다. 나사렛 독수리바위 앞가슴에 앉아 봄이 찾아오는 이즈르엘 들판을 바라보면서 느꼈던 예감처럼 … .

'내가 아팠던 것만큼 너도 아팠구나! 그러니 서로 끌어안고 위로하고 쓰다듬어주며 울 수밖에. 이스마엘과 이삭이 함께 울며 아버지를 묻었듯, 야곱이 형 에서를 끌어안고 울며 용서를 구했듯 ….'

봄은 언제나 겨울 다음에 찾아왔으니, 눈물과 아픔과 가슴 무너지는 고통을 함께 겪고 나면 느끼리라.

"얘기하셨던 잃어버린 한 마리 양 말씀입니다. 내가 100마리의 양을 치는 목동이라면 어찌할 것이냐 물으신 것으로 알아들었습니다. 그러니 저 같은 바리새파 사람에게 던지는 아주 강력한 도전挑戰이라는 생각이 들었습니다."

원수를 사랑하라는 말을 듣고 입을 다물었던 야이르가 얘기를 돌렸다. 예수는 그의 말을 듣고 반갑고 기뻤다. 위로 어디까지 아래로는 최소한 얼마 한계를 정해 놓고 그 안에 들어야 함께 세상을 살 수 있다고 생각하지 않기 때문이다. 원수를 사랑하지 않는다고 지금 당장 함께 살아갈 수 없는 것은 아니라고 믿었다.

더구나 야이르가 입에 올린 얘기는 바리새파 선생으로서 세상을 살아가는 한계를 그 스스로 없앤 깨달음으로 보였다.

야이르는 예수가 얘기한 잃어버린 양을 무리로부터 떨어져 나간 죄인으로 해석했다. 예수가 잃어버린 양을 찾아 나선 목동이라고 스스로 밝히고 나섰다고, 길을 벗어난 이스라엘을 부르러 온 사람이라고 말하는 것으로 처음에는 생각했다.

그러나 이는 예수의 뜻에서 벗어난 해석이었다. 예수가 던진 도전을 잘못 알아들었다. 이 비유는 결코 양을 찾은 목자를 치켜세우려는 얘기가 아니다. 오히려 이야기를 듣는 사람들에게 그들이라면 어찌할 것인지 묻는 질문이었다.

100마리나 되는 양떼를 치는 사람이라면 그는 큰 책임을 맡은 사람이다. 예수의 눈은 무리에서 혼자 떨어져 주저앉은 채 끊임없이 주위를 두리번거리며 '매에 매에' 울고 있는 양이 아니라, 그 한 마리 양을 잃은 목동에게 쏠려 있었다.

이제 야이르에게 예수는 다시 물었다.

"길을 잃고 혼자 떨어진 양은 죄를 지은 것인가요?"

"누가 양을 꾀어 죄를 짓게 한단 말입니까? 그런데 선생님, 선생님이 비유로 말씀하신 그 내용은 무엇을 상징하려고, 하신 말씀 아닌가요?"

"아닙니다. 나는 그저 길 잃은 양과 목동을 얘기했을 뿐입니다."

"그러시면, 누가 잘못한 것인가요?"

"양치기이지요. 양을 잃었으니까 …. 그러나 그는 자기가 잘못했다고는 깨닫지 못했습니다. 다만 한 마리를 잃어버렸다는 사실을 알았지요. 들어 보세요, 양 100마리 중에 한 마리가 사라진 것을 야이르 선생님이라면 쉽게 알아챌 수 있습니까?"

"글쎄요, 10마리에서 한 마리라면 몰라도 100마리 중에 한 마리가 없어진 거는 세 보기 전에는 모를 것 같습니다."

"그렇습니다. 목동 뒤를 따라오는 99마리 양에만 눈을 두면 한 마리 양이 길을 잃고 떨어졌다고 알아 챌 수 없겠지요. 나와 함께 있는 사람을 세지 말고, 내 곁에 오지 못한 사람을 챙기는 일, 그것이 바로 양을 치는 사람의 의무 아니겠습니까? 아끼고 챙기고 사랑해야 하지 않겠습니까?"

예수의 얘기를 듣고 보니 그 비유는 더 이상 잃어버린 양의 얘기가 아니었다. 한 마리 양을 잃었다가 알아채고 다시 돌아가 찾아내 어깨에 메고 온 목동의 얘기였다.

"그러니 더 이상 죄인이니 이방인이니 회개라는 틀로 세상을 보지 말자는 얘기였습니다."

100마리나 되는 양떼에서 한 마리를 잃었다고 죄를 지었다고 말할 수는 없다. 중요한 것은 100마리 중에 한 마리가 빠져서 전체 양의 숫자가 완전해지지 못했다는 점과, 잃어버린 것을 재빨리 알아챘다는 점이다. 관심을 가지고, 사랑하고 돌보고 챙기라는 말로 들렸다.

야이르가 다시 처음 질문으로 돌아갔다. 이제 그는 더 이상 사람들을 불러 모아 가르치는 바리새파 토라 선생이 아니었다. 예수를 따라다니던 제자 중 한 사람처럼 궁금한 것을 묻고 또 물었다. 그래서 그는 자기 구획으로 돌아오자마자 다른 사람들을 모두 물리쳤던 모양이다.

"선생님! 집을 나갔다가 돌아온 작은아들, 그 얘기도 처음 언뜻 들었던 얘기와는 달리 들립니다."

"야이르 선생님! 바로 그렇습니다."

그러더니 예수는 성전 뜰을 내다보았다. 수많은 사람들이 바쁘게 오고 가고 있었다. 예수는 그가 가슴을 여니 그 가슴으로 들어오는 사람이 있다는 것을 알게 돼서 여간 기쁘지 않았다. 그러나 토라 선생으로 예수의 가르침을 받아들이려면 그가 채워 들고 있던 잔을 쏟아야 가능한 일일까? 안타깝게도 예수는 그 일에 대해서만은 어찌하는 것이 좋을지, 옳을지 아직 말할 수 없다. 지난밤 마리아가 머리에 기름을 부은 이후,

그는 자기 걸음을 걷기도 힘들고 벅차다는 것을 절실하게 깨달았다.

"어떻게 알아들어야 옳은 얘기일까요? 아버지 집을 떠나갔다가 돌아온 작은아들 얘기입니까? 아까 어떤 사람은 돌아온 탕자 얘기라고 말하더군요. 아버지의 사랑을 깨닫지 못한 큰아들 얘기입니까? 오직 명령에 따라 종처럼 노예처럼 들에 나가서 하루 종일 일만 했던?"

예수의 말을 들으면서 야이르는 부르르 몸을 떨었다.

"이 이야기는 아버지의 얘기일 수도 있습니다. 작은아들을 잃었다고 생각했는데, 따지고 보면 아버지가 잃었던 아들은 명령에 순종하여 밭에 나가 일만 하던 큰아들이었습니다. 아버지는 작은아들을 타이르지도 않았고, 찾으러 다니지도 않았고, 눈앞에 보이는 큰아들이 실제로는 바로 잃어버린 아들이라는 것도 마지막 순간까지 깨닫지 못했습니다."

"어어? 그러면?"

벌린 입을 다물지 못하는 야이르를 바라보며 예수는 말을 이었다.

"100마리 양을 치는 목동도 그 많은 양 중에서 한 마리가 없는 것을 알았고, 그래서 그 잃어버린 양을 찾아다녔습니다. 그 양을 찾아 어깨에 메고 돌아오면서 기뻐했습니다. 그런데, 아버지는, 부자 아버지는 아들 둘 중에 실제로 어떤 아들을 잃어버렸는지 깨닫지 못했습니다. 사람들을 내보내 아버지가 잃었다고 생각했던 작은아들을 찾지도 않았습니다."

야이르는 깊은 혼란에 빠진 것 같았다. 그러리라고 짐작은 했지만 예수가 하는 말을 들으니 그 얘기는 그냥 듣고 넘어갈 얘기가 아니었다. 이스라엘이 믿고 지켰던 토라, 토라에서 가르친 하느님에 대한 생각을 완전히 뒤집는 얘기였다. 아버지가 하느님이라면 예수는 그분

하느님의 잘못이라고 말한 셈이었다.

예수는 정작 하고 싶은 말을 끝까지 다하지 못했다. 그것은 야이르에게 건너라고 놓아주는 징검다리가 아니고, 깊은 물에 풍덩 빠지라는 얘기일 수밖에 없다는 것을 알기 때문이다. 돌을 디디고 내를 건너야 하는 사람에게 열 길 스무 길도 넘는 물을 헤엄쳐 건너라고 말할 수는 없었다. 아무나 건널 수 없는 깊은 강물이 있는 법, 죽든 살든, 죽기 싫으면 헤엄쳐서 건너라고 몰아넣는다면 그것은 가르침이 아니다. 가르침은 언제나 따르는 사람을 살펴야 하지 않겠는가?

예수는 마음으로 야이르에게 말을 건넸다.

'아버지를 하느님으로 받아들이고 싶습니까? 작은아들이 집에 돌아왔다고 기뻐 잔치를 열며 옷을 입히고 반지를 끼워 주던 아버지가 언제든 돌이켜 회개하면 받아 주시는 하느님이라 믿고 싶습니까? 그러나 나는 말합니다. 작은아들은 다시 집을 나갈 겁니다. 또다시 이방을 떠돌든, 아예 돌아올 수 없는 먼 곳으로 떠나든, 아버지가 살아 있을 때 떠나든, 아버지 돌아가신 후에 큰아들과 함께 아버지를 장사 지내고 떠나든, 작은아들은 집을 떠날 것입니다. 먹을 것이 풍족하고 입을 것도 있지만 집을 떠날 것입니다.'

누가 그 말을 받아들일 수 있단 말인가? 겨우 집으로 돌아온 작은아들이 아버지의 집을 떠난다는 예수의 얘기를 들으면 모두 그가 미쳤다고 말할 것이다. 고개를 흔들 것이다.

'어쨌든 작은아들은 떠날 것입니다. 이미 자기 생각대로 세상을 살아봤으니까요. 아버지가 살아있을 때 떠난다면 아버지는 아마 이번에도 분명 붙잡지 않을 겁니다. 그건 작은아들의 삶이지요!'

예수는 작은아들이 아버지 집으로 다시 돌아오지 않을 것이라고 말하고 싶었다. 그 일로 아버지는 슬픔에 빠질 것인가? 처음 집을 나갔을 때는 그랬으리라. 아직 아들이 준비가 안 돼 있음을 알았기 때문에. 작은아들이 다시 집을 나가면 아버지는 기뻐할 것이다. 예수의 생각은 그러했다.

'굶어 죽게 생기면 다시 집에 돌아오고, 그러면 아버지가 받아 줄까요? 아버지가 살아 있으면 그럴지 모르지만, 그때에도 여전히 누군가의 보호를 받으려고 돌아온다면 이번에는 정말 영원히 종이 되어 살겠지요.'

요하난 벤 자카이에게서 가르침을 받았다던 바리새파 토라 선생 야이르는 더 이상 아무 말도 없이 그저 예수를 바라보고 앉아 있다. 마치 눈앞에 도저히 건널 수 없는 깊은 강을 마주한 사람처럼. 그의 눈에 강은 출렁이며 도도히 흘러가고 있을 것이다. 그가 한 번도 가 보지 못한 곳을 향해.

예수가 자리에서 일어났을 때 그도 일어나 인사했지만, 그는 강둑에 서서 그저 예수를 바라보는 사람이 되었다.

징검다리 돌 하나 놓는 일에는 실패했지만, 예수가 한 가지는 성공한 셈이었다. 한 마디 말을 야이르에게 남길 수 있었기 때문이다.

"토라의 샘 밖에 다른 세상이 있습니다. 그렇다고 토라는 세상과 상관이 없습니까? 아니지요! 세상의 일부인 셈이지요. 하느님에게서 눈을 돌려 사람을 바라볼 수만 있다면 아직은 희망이 남아 있을 겁니다, 유대에 … ."

야이르를 남겨 놓고 왕의 주랑건물을 나온 예수는 다시 이방인의 뜰을 가로질러 솔로몬 주랑건물로 걸어갔다. 그의 손에는 뿌리지 못한 씨가 아직 한 움큼이나 남아 있는 셈이다. 아침에 올리브산을 넘어올 때만 해도 때와 장소가 어떠하든 손에 들고 있는 씨를 모두 뿌리겠다는 생각이었다.

'그대로 움켜쥔 채 떠난다면 얼마나 인색한 사람일까?'

그러나 성전에 들어와 야이르와 바리새파 선생들을 만난 다음 생각이 바뀌었다. 급하다고 아무 데나 뿌려대면 생명을 허비하는 일이 아니겠는가?

'봄에 뿌려야 할 씨, 늦가을에 뿌릴 씨, 아무 데나 뿌려도 싹이 나는 씨, 좋은 땅을 골라 정성스럽게 심어 줘야 할 씨. 씨가 땅에 떨어져 싹을 틔우는 일이 어찌 씨와 흙에만 달렸겠는가? 뿌리는 사람도, 뿌리는 때도 생명을 주관하는 분의 숨결에 잇닿아 있어야 하는 일 ….'

그렇게 생각하니 때와 장소와 그에 맞는 씨를 골라야 한다는 생각이 들었다. 그리고 직접 해야 할 일과 제자들에게 맡겨도 될 일, 먼저 해야 할 일과 나중에 해도 될 일이 눈에 보였다.

'그러나, 손에 쥔 씨를 뒤적이며 고르고 나눌 시간이 없으니 ….'

전에는 한 번도 생각해 본 적이 없던 고민이었다. 고개를 숙이고 깊은 생각에 빠져 이방인의 뜰을 가로질러 걷다가 예수는 중간에 갑자기 걸음을 멈추었다. 그리고 허리를 굽혀 내려다보다가 아예 쭈그리고 앉아 찬찬히 들여다보았다. 성전 뜰에 깔린 돌 틈에 작은 풀이 돋아 있었다.

'검정색 돌 틈에서 돋았지만 검정색이 아니라 제 색깔을 띠고 있는 것을 ….'

누가 심었을 것인가? 아니다. 어째서 돌 틈에서 싹이 났는지 아무도 모르지만, 거기 아주 여린 생명이 자라고 있었다. 검정색도 아니고, 바로 옆에 깔린 작은 돌처럼 하얀색도 아니고, 원래부터 풀이 가지고 있었을 색, 여린 풀색이었다.

"아!"

탄성인지 신음인지 자기도 모르게 입 밖으로 터져 나왔다.

'이건 내가 할 수 있는 일이 아니지 … 내가 결정할 일도 아니고 … 사람들 마음은 뿌려진 씨가 싹을 틔우는 밭인 것을. 싹이 트는 것을 직접 눈으로 볼 수는 없더라도 예루살렘 성전 뜰에서 할 수 있는 한 많은 사람에게 나눠 주자.'

예수는 마음을 바꿔 먹었다. 뿌려진 씨는 어느 땅에 떨어졌든 때가 되면 싹을 틔우리라. 씨가 싹을 틔우는 일은 그가 결정할 일이 아니다. 그분의 손에 달린 일을, 어쩌면 사람들에게 달린 일을 어찌 예수 혼자 나서서 결정한단 말인가?

이른 비가 오기 시작할 때 시작해서 아무리 늦어도 늦은 비가 끝나면 자루에 든 씨를 모두 뿌려야 하는 농부처럼, 성전 경비대에게 성전 뜰에서 질질 끌려 나가기 전에 가지고 있는 씨를 뿌리기로 했다. 그건 '때의 영역'이다. 그건 하느님이 예수에게만 특별히 맡긴 일이 아니고 사람마다 골고루 맡긴 일이다.

예수는 씨 뿌려야 할 때를 알려주는 사람이고, 다른 사람보다 한나절 먼저 나가 일하기 시작한 사람일 뿐이다, 하느님 나라를 이루기 위해 … .

'눈으로 볼 수 있는 하느님 나라, 손으로 만질 수 있는 하느님 나라!

내 몸으로 살아가는 하느님 나라!'

유대 광야를 나온 이후, 어쩌면 그 훨씬 이전 나사렛 언덕마을을 오르내릴 때부터, 예수는 하루도 쉬지 않고 일한 셈이다. 사람들이 하느님 나라를 눈으로 볼 수 있도록 일했다. 언제 곡식이 익어 타작마당으로 끌어들일 수 있을지, 뿌린 씨가 언제 싹을 틔워 나무가 되고 그 나무에서 과일을 딸 수 있을지 모르지만, 그는 쉬지 않고 일했다. 밭고랑마다 곱게 심기도 했고, 손을 휘휘 내두르며 멀리 뿌린 적도 있었다. 뿌린 씨에서 싹이 돋아나리라고 믿었다.

마음을 두껍게 덮으며 밀려들던 구름이 이방인의 뜰을 걷는 동안 모두 사라졌다. 사람들도 보였고, 하얀 대리석 건물에 눈부시게 쏟아지는 햇빛도 보았고, 후르르 날아오르는 비둘기 떼도 보였다. 그리고 그 순간 다시 들었다. 유대 광야에서 들었던 하느님의 목소리였다.

"너 혼자 세상을 바꾸려느냐?"

솔로몬의 주랑건물 안에는 많은 사람들이 예수를 기다리고 있었다. 예수가 왕의 주랑건물에 다시 갔다는 말을 듣고서도 서성이며 기다렸다. 어떤 사람에게는 아침에 성전에 들어와 먼저 예수를 만나는 일이 무엇보다 중요했다.

"솔로몬의 주랑건물에 가면 예수를 만날 수 있다."

사람은 어떤 장소, 시간, 사람, 냄새, 소리 그리고 일을 서로 연결하여 기억하는 버릇이 있다. 예루살렘 성전 이방인의 뜰 동쪽 솔로몬의 주랑건물은 예수와 연결된 장소가 됐다. 예수는 유월절을 앞둔 예루살렘 성전 한쪽을 차지한 상징이 됐다.

성전 뜰 저쪽에서 예수가 걸어오자 사람들은 모두 자리에서 일어나 그를 바라보았다. 사람들은 그에게 길을 터주듯 양쪽으로 쫙 갈라졌다가 그가 지나면 다시 합쳐졌다. 어떤 사람은 그와 인사를 나눴고, 어떤 사람은 뒤를 따라 함께 걸어왔다. 이제 예수는 예루살렘 성전 뜰에서 사람들이 길을 터주고 인사하는 선생이 되었다.

"쉘라마!"

주랑건물 안에 들어서면서 언제나 그랬듯 예수가 두 손을 모아 먼저 인사했다.

"선생님, 쉘라마!"

사람들도 반가운 얼굴로 인사를 했다. 예수가 자리에 앉자 기다리던 사람들이 호기심 가득한 표정으로 예수의 얼굴을 쳐다보았다. 왕의 주랑건물에서 있었던 일을 얘기하리라 믿었을 것이다.

"여러분! 왜 겨자풀, 레바논 백향나무, 삼나무가 모두 조그만 씨에서 싹이 트고 점점 자라 풀이 되고 나무가 될까요?"

갑작스러운 질문에 아무도 대답하지 않고 그저 예수를 바라보았다. 그의 첫 질문이니 무언가 특별한 뜻이 있으리라고 생각했다. 잘못 입을 열었다가 사람들에게서 웃음을 살 수 있기 때문이다. 사람들이 와그르르 웃기라도 하면 바로 여러 사람 앞에서 수치를 당하는 셈이다. 그들은 그렇게 살았다. 배운 대로 전해 들은 대로 살아야 안전하다는 것을 잘 알았다.

그러자 글로바가 좀 쑥스러운 듯이 말했다. 그는 야이르 선생을 소개했다가 불편한 일을 겪어 의기소침한 모습으로 앞줄에 앉아 있었다.

"씨에서 싹이 터야 나무가 되니까요."

그러자 므나헴이 짓궂게 글로바를 쳐다보며 놀렸다.

"에이! 왜 그러냐고 선생님이 물으셨는데, 그렇게 대답하면 …. 그건 대답이 아니고 뱅글뱅글 제자리를 도는 거요!"

모처럼 나름대로 우스갯소리를 해서라도 사람들 마음을 열고 싶었던 모양이다. 정말 사람들은 와그르르 웃었고, 글로바는 얼굴이 발개졌다.

"아니에요. 대답 잘했어요."

예수가 글로바를 칭찬해 주자 글로바도 므나헴도 다행이라는 듯 서로 얼굴을 쳐다보며 밝게 웃었다.

"다른 사람은?"

글로바 옆에 앉아 있는 젊은이를 예수가 지목했다.

"구레네에서 올라온 알렉산더, 한번 말해 보세요."

그는 예루살렘 아랫구역에 머물고 있는 구레네 사람이라고 전전날 자기를 소개했던 젊은이다. 그는 예수가 성전에 오르던 첫날부터 하루도 빠지지 않고 따라 들어와 늘 예수 곁을 맴돌았다. 예수가 그의 이름을 기억하고 불러 주자 그는 아주 기쁜 표정을 지었다. 그러더니 벌떡 자리에서 일어났다. 그리고 주위에 있는 사람들에게 공손하게 허리를 굽혀 인사했다.

"예! 다시 인사드리겠습니다. 저는 시몬의 아들 알렉산더라고 합니다. 원래 구레네 사람인데, 지금은 예루살렘에 올라와 큰아버지 댁에서 1년째 묵고 있습니다. 이번 명절에 아버지가 예루살렘에 오시기로 돼 있는데 명절을 지내고 나면 아버지를 따라 구레네로 내려갈 예정이었습니다."

이스라엘 사람이라면 누구든 사람들 앞에 나서면 자기 이름과 출신지를 밝히기 마련이다. 그도 그러했다. 사람들은 예루살렘에는 올라온다고 말하고, 떠날 때면 내려간다고 말한다. 그도 그랬다. 성전이 서 있는 예루살렘이 세상의 중심이고, 제일 높은 곳이라고 생각하기 때문이다.

"그런데 지난 며칠 동안 선생님의 가르침을 받으면서 마음을 바꾸었습니다. 구레네로 내려가지 않고 선생님을 따르는 제자가 되고 싶습니다. 만일 저를 받아 주신다면 … ."

그는 정말 간절한 표정으로 예수를 바라봤다. 미소 띤 얼굴로 그를 바라보는 예수의 가슴속에는 쏴쏴 바람이 불어 들었다. 낮에는 뜨거운 햇빛을 받아 달궈진 유대 광야를 휩쓸다가 밤이면 등성이를 타고 동굴 속까지 불어 들어오던 그 바람이었다.

예수의 제자가 되면 앞으로 무슨 일을 겪게 될지 그는 아직 깨닫지 못했다. 그렇게 공개적으로 제자가 되고 싶다고 나서는 젊은 알렉산더가 한없이 안쓰러웠다.

"구레네? 그렇게 먼 곳에서?"

듣고 있던 사람 중에 한 명이 나서더니 말을 받았다. 그러자 알렉산더는 반가운 표정으로 얼른 대답했다.

"구레네를 아십니까? 예, 정말로 먼 곳입니다. 육지로 가려면 이집트까지 내려가서 서쪽 해지는 방향으로 몇 달은 걸어가야 합니다. 큰 바다 남쪽에 있는 도시들 중에서는 이집트의 알렉산드리아 다음으로 큰 도시입니다."

"휴! 그럼 땅끝이네 … ."

"예! 구레네에서 배를 타고 유대로 오려면 큰 바다를 건너는 데만 두세 이레도 더 걸립니다. 항구에 도착해서도 예루살렘까지 걸어 올라오는 데 이틀이나 걸렸습니다. 아주 먼 곳입니다. 그런데 선생님! 저를 받아 주시겠습니까, 제자로?"

"내가 제자로 받아들이고 아니고 그런 것이 중요한 것이 아닙니다, 알렉산더! 내가 한 말을 가슴속에 잘 간직하고, 살아가면서 그 말을 다시 생각하고 또 생각하고, 그 말이 씨가 되어 싹을 틔우면 이미 우리는 모두 한길을 같이 걸어가는 사람들입니다."

"감사합니다. 선생님! 선생님이 말씀하신 씨에 대해서 저는 두 가지 뜻이 있다고 생각합니다."

"두 가지 뜻? 그래 무엇인가요?"

"이건 좀 엉뚱한 생각 같은데요. 음, 첫째는 삼나무 씨에서 삼나무 싹이 나고, 백향나무 씨에서 백향나무 싹이 나고, 겨자씨에서 겨자풀이 나는 것이고요. 둘째는 모든 나무나 풀이나 다 씨에서 싹이 난다는 것인데요. 음… 결국 씨에서 싹이 나는 일이나, 나무마다 다른 씨에서 다른 나무가 난다는 일, 그렇게 보면 처음부터 나무 씨에 어떤 신비가 담겨 있고요, 싹 트는 일에도 신비가 담겨 있고요. 이상한 말 같지만, 제 생각에는 하느님의 뜻이 그러신 것 같습니다. 예, 저는 그렇게 생각합니다."

예수는 고개를 끄덕였다. 여러 번 고개를 끄덕이며 알렉산더를 바라본다. 멋쩍은 듯 쑥스러운 듯 예수의 얼굴을 바라보던 알렉산더는 자기도 모르게 예수를 따라 고개를 끄덕였다. 정확하고 분명하게 생각을 정리하지는 못했지만, 씨마다 나무의 본체가 들어 있다는 생각,

그리고 모든 나무나 풀이 아주 작은 씨에서 싹이 튼다는 것을 깨달은 사람이었다. 그는 이미 시작과 결과를 한눈에 보고 있었다.

"아주 대단합니다."

예수의 칭찬에 그는 활짝 웃었다. 그 광경을 보며 다른 사람들도 자기도 모르게 얼굴에 슬그머니 미소가 퍼졌다. 다른 사람이 칭찬을 받는 일이 나에게 수치가 되지 않는다는 것을 이미 모두 깨달은 사람들이었다.

"대답을 아주 잘했습니다. 그렇습니다. 백향나무 씨에 백향나무가 들어 있고, 삼나무 씨에 삼나무가 들어 있고, 겨자씨에 겨자풀이 들어 있다는 말이지요. 젊은이는 그걸 신비라고, 하느님의 뜻이라고 생각하고요. 그리고 씨가 싹이 튼다는 일도 신비이고 하느님의 뜻이 담겨 있다고요. 아주 훌륭한 대답입니다. 이제 거의 다 대답이 된 셈입니다. 여기에 조금 더 자기 생각을 보태고 싶은 사람 있습니까?"

그때 도마가 조심스럽게 손을 들었다. 평소 같으면 생각나는 대로 대답했겠지만 제자들만 있는 자리가 아니고 예수가 성전 뜰에서 많은 사람들에게 가르침을 펴는 자리라서 그도 조심했다.

"그래요! 도마!"

"하느님의 신비, 하느님의 뜻이 씨 속에 담겨 있다가 싹이 나고 자라는 일이기도 하지만, 씨가 하느님의 뜻에 따라 제각각 싹눈을 틔우는 역할도 있다고 생각합니다. 아니라면 하느님께서 그냥 삼나무, 백향나무, 겨자풀을 있는 그대로 만드시지, 왜 씨가 싹을 틔우고 조금씩 자라도록 복잡하게 만드셨겠습니까? 하느님의 뜻뿐만 아니고, 씨마다 가지고 있는 본분과 본성이 있으니 그에 맞는 싹을 내야 한다고 저는 생각합니다."

도마의 말에 구레네의 알렉산더가 기쁜 듯 활짝 웃었다.

"선생님! 그런 것 같아요. 저도 이분과 같은 생각입니다."

예수는 기쁜 마음으로 그들을 둘러보았다. 그가 뿌린 씨에 싹이 트는 것처럼 느꼈다.

그가 지금 할 수 있는 일이 무엇인가? 제사장의 뜰을 기웃거리며 성전 제사가 다 쓸데없는 의식이라고 외칠 수도 없고, 사람들을 선동해서 로마군 물러가라고 들고 일어설 수도 없다. 피를 흘리는 일만은 어떻게 하든 피해야 한다. 피를 흘려야 한다면 그 한 사람의 피로 족하다고 생각하지 않았던가?

'무엇을 할 것인가? 나에게 남은 시간 동안에 내가 할 수 있는 일이 무엇인가?'

혼자 묻고 또 물어도 다른 방법은 없었다. 오로지 성전 뜰 안에서 만나는 사람들에게 하느님 나라를 가르치는 것밖에 …. 마음이 급하다고 기적을 부를 수는 없다. 기적은 사람이 사람으로 해야 할 일을 포기하면서 신에게 자리를 내주는 일이 아니겠는가?

'가르침으로 세상을 바꿀 수 있는가?'

'그렇다! 당장은 아니지만 결국 그렇게 될 것이다. 생명은 씨에 담겨 있고, 지금 내가 할 수 있는 일은 오로지 씨를 뿌리는 일밖에 ….'

예수는 언젠가는 그렇게 될 수 있다고 믿는 사람이다. 그는 눈으로 보았다. 뒷자리에 앉아 제대로 알아듣지 못했던 사람에게는 앞에 앉은 사람이 열심히 설명하고 있었다. 그들 스스로, 예루살렘 성전 솔로몬의 주랑건물 안에 앉아 자기도 깨닫고 깨달음을 전달하기도 했다.

조금 손을 잡아주니 그들 스스로 걸음마를 떼는 셈이다. 언제 그런 일이 이뤄질지 아득하기만 했는데 눈으로 씨가 싹을 틔우는 것을 보고 있는 셈이다.

예수는 한 걸음 더 나가기로 마음먹었다. 생명이 싹을 틔우는 것 못지않게, 서로 연결돼 있음을 깨달을 때 하느님 나라가 이뤄진다고 믿었기 때문이다.

"그런데 여러분! 이 점을 꼭 기억하십시오. 백향나무 숲에도 풀이 자라고 삼나무 숲에도 풀이 자랍니다. 겨자풀이 좍 깔린 들에 나무도 있고 겨자풀보다 더 작은 풀도 삽니다. 풀 속에 큰 벌레 작은 벌레가 살고, 하늘에는 새가 날고 나비와 벌도 날아다닙니다. 세상은 그렇게 모두 크든 작든, 반듯하든 비뚤어졌든, 하늘을 날든 땅을 기든, 제각각 제 몫을 누리며 생명이 가득 모여 삽니다."

예수는 사람들이 얘기를 따라오도록 잠시 말을 멈추고 기다렸다. 언제나 그가 사람들을 가르치는 방법이다. 숲속에 한 가지 나무만 자라지 않는다는 것이야 모든 사람이 다 아는 이야기다. 그런데 예수가 그런 사실을 입에 올리니 그 말 속에 숨어 있는 무언가 특별한 뜻을 풀어 설명할 것이라고 생각하며 예수의 다음 말을 기다렸다.

예수에게 언제나 중요한 것은 사람마다 누리고 살아가는 몫이다. 몫이란 생명을 지탱하는 기본이다. 예수는 다시 더불어 살아가는 세상으로 사람들의 눈과 귀를 이끌었다.

"숲속에 그렇게 나무가 많아도, 제각각 뿌리내리고 삽니다. 한 종류 나무라고 모두 한 뿌리로 살아가는 것 아니고, 따로따로 제 뿌리를 내리고 살아갑니다."

그렇다. 세상 일이 다 그렇다. 밀밭의 밀도, 보리밭의 보리도, 숲 속 삼나무도 한 뿌리가 아니고 제각각 뿌리 위에 서 있다. 땅에 뿌리를 내리고 산다. 예수는 그들이 늘 보았던 일을 새롭게 보도록 눈을 열어 주고 있다.

"마찬가지로 사람도, 각자 자기 몫을 누리고 살아야 합니다. 몫을 인정하면 바로 다른 사람의 몫을 인정하게 됩니다. 손을 벌려 관계를 맺기 시작한다는 말입니다. 세상을 혼자 독차지하고 누리려고 한다면 그 사람은 혼돈에서 걸어 나온 세상의 역사에 눈감은 사람입니다."

혼돈, 사람들은 혼돈이 무엇인지 잘 알았다. 세상은 처음에는 혼돈으로 시작했고, 차츰차츰 빛 속에 드러나며 밝아졌다고 배웠다.

"빛을 받으니 나뿐만 아니라 다른 생명이 있다는 것을 깨닫게 됐지요. 다른 생명과 어울려 살게 하고, 모두 각자 가지고 있는 씨를 싹트게 하는 하느님을 깨닫고요. 들으십시오. 그래서 내가 며칠 전 이 자리에서 희년禧年을 시행해야 한다고 선언했습니다."

천천히 흘러가던 시냇물이 콸콸 출렁출렁 소리를 내며 좁은 모퉁이를 휘돌듯 갑자기 예수는 얘기를 껑충 끌어올렸다. 이제 무엇을 주저하랴! 성전 뜰 돌 틈에서도 풀이 나고 자라는데, 때를 찾고 장소를 가릴 수 없다는 생각이었다.

예수는 자리에서 일어서더니 두 팔을 크게 벌렸다. 그 팔로 세상을 품어 안으려는 듯.

"들으세요! 빼앗기고 눈물 흘리는 사람들만 위해서 희년을 실시하자는 말이 아닙니다. 다른 사람의 것을 빼앗아 손에 움켜쥔 채 혼자 즐기는 사람들에게도 필요한 제도가 바로 희년입니다. 풀과 나무와 벌레와 새가 어울려 숲속에서 함께 살아가듯, 생명이 어울려 살아갈 수 있도록 각 생명이 차지해야 할 몫을 그에게 돌려주는 일이 희년입니다. 다른 사람 몫을 움켜쥔 사람이 그 움켜쥔 것을 언제까지 혼자 누리고 살 수 있겠습니까? 결국 모든 것을 내려놓고 조상들 누운 옆자리에 눕는 날이 옵니다. 그가 살아 있는 동안에 강한 것이 깨지고 부서지는 날, 누구도 피할 수 없는 날이 오기도 합니다. 그건 그 사람에게는 파국破局입니다. 세상에게도 파국입니다. 그런 세상을 뻔히 내다보면서 계속 이렇게 살 수는 없습니다."

파국이라는 말이 나오자 사람들은 예수도 세상 종말을 얘기하는 줄로 생각했다. 그건 제자들도 마찬가지였다. 종말이라면 언제나 하느님이 세상을 심판하는 끝날이라고 사람들은 생각했다.

"그런 파국이 닥치기 전에 내가 움켜쥔 것을 손에서 놓고 다시 시작하자는 말입니다. 내 손에 쥐고 있는 것만 내 것으로 삼고 살아간다면 얼마나 불쌍한 사람입니까? 지난밤에 켜 놓은 호롱불을 들고 아침 햇빛 아래 나서는 것과 마찬가지입니다. 희년은 호롱불 내려놓고 햇빛 속으로, 세상 속으로 나오는 일이고, 더불어 살아가는 이웃 속으로 걸어 들어가는 일입니다. 파국에서 돌이킬 수 있고, 모든 사람이 함께 손잡고 햇빛 가득한 들판으로 나가는 겁니다. 그러려면 움켜쥔 내 손을 펴야 합니다."

사람들은 이내 알아들었다. 하느님이 아니라 사람이 하기 나름이라는 것을!

"종말의 소용돌이에 배가 이르기 전에 눈을 뜨고 빠져나오는 일, 흘러가는 배에 몸을 실었던 사람들이 배에서 내리는 일입니다."

예수의 말을 듣자 사람들은 좁은 협곡으로 흘러내려가는 배를 떠올렸다.

"옛날부터 이스라엘은 저 아래에 있는 협곡을 지나면 좋은 세상이 기다린다는 예언을 믿고 살았습니다. 희년은 협곡에 이르기 전에 배에서 내리는 일입니다. 떠나온 샘으로 물이 거꾸로 흘러 올라갈 수 없듯, 역사를 되돌릴 길은 없습니다. 오직 눈을 뜨고 앞을 내다볼 수밖에 … . 내 옆에 내 이웃이 나와 한배를 타고 있다는 사실에 눈뜨십시오!"

사람들은 예수가 가난한 사람, 억눌린 사람, 빼앗긴 사람, 슬픔에 잠겨 울고 있는 사람들의 아픔을 대변한다고 생각했다. 세상을 통째로 뒤집으려는 혁명가라고 생각했다. 누리고 사는 사람들은 예수 때문에 자기들이 움켜쥔 것 모두 빼앗기고 땅에 엎어지는 세상이 오리라고 걱정했다.

그러나 예수가 가르치는 희년은 어느 한 쪽이 가진 것을 강제로 빼앗아 다른 쪽에 나눠 주려는 일이 아니었다. 협곡에 빨려 들어가 파선破船을 당하기 전에 배에서 내리자는 얘기였다.

예수에게 가장 중요한 것은 언제나 생명을 살리는 일이었다.

"여러분, 희년은 이 땅에 하느님 나라의 문을 여는 첫걸음입니다."

그러자 한 사람이 나서서 자기 의견을 얘기했다.

"선생님! 그래도 제 생각으로는 사람들이 희년을 실행하라는 하느님의 명령을 선뜻 따르지 않을 것 같습니다. 로마황제도, 성전도, 갈릴리 분봉왕도 절대로 희년을 받아들이지 않을 텐데요. 자기 손에 쥔 것을 내려놓았다는 얘기를 이제까지 들어본 적이 없습니다."

희년이 실행될 때까지 그런 질문은 끝없이 이어질 것이다. 그 사람은 자기가 경험했던 세상을 얘기한 셈이었다. 고개를 쭉 뽑고 앞날을 내다보지 않고, 얼굴을 뒤로 돌려 지난날을 보면서 앞날을 얘기했다. 나무랄 수 없는 일이다. 이스라엘의 살아온 방식이 그러했다.

정통성으로부터 권위를 찾는 현재의 지배자들은 언제나 과거의 역사를 내세웠고, 그렇게 역사와 전통에서 얻은 경험으로 미래를 바라보라고 가르쳤다. 지나온 역사의 눈으로 본 미래는 모두 두려움일 수밖에 없다. 이전에 없었던 일은 앞으로도 없을 것으로 믿었다. 이스라엘이 걸어온 역사가 고난의 길이었으니 하느님의 개입이 없다면 미래는 정말 한 발자국도 내디딜 수 없을 만큼 위험하게 보일 뿐이다. 오직 하느님의 축복과 저주만 알았던 이스라엘이 무엇을 손에서 놓아야 하고 무엇에 눈을 돌려야 하나?

예수는 사람들이 느끼는 절망감을 잘 알았다. 마음속에 심어진 가르침 때문이라는 것을 알았다.

"우선 하느님이 내려 주시는 축복이란 무엇인지, 이제까지 생각했던 것에서 물러나 다시 생각해 보면 희년의 길로 들어갈 수 있지요."

예수가 언뜻 바라보니 제자들 중에서 므나헴이 유독 눈을 반짝이며 듣고 있었다. 한 마디도 놓치지 않겠다는 듯, 마음속에 모두 담아 두려고 온 정신을 모은 것처럼 보였다.

"넘치고 넉넉하고 풍요로운 것을 하느님의 축복이라고 배웠지요? 그러니 많은 것을 누리며 사는 사람이 바로 하느님의 축복을 받았다고 믿었지요? 예전에 우리 조상 아브라함과 이삭과 야곱에게 내리신 하느님의 축복, 가족도 늘어나고, 종도 많이 늘어나고, 풀이 잘 자라는 땅을 차지하고, 양의 숫자가 늘어나고, 1년 내내 마르지 않는 샘도 차지하고…."

그랬다. 듣는 사람들은 하느님을 모시고 여기저기 옮겨가며 나날이 번창하고 불어나고 늘어났다는 조상들 얘기를 떠올렸다.

"그런데 누리고 산다는 말은 결국 소비한다는 말입니다. 사람이든 양이든 숫자가 늘어난다는 말은 소비가 커진다는 말입니다. 끊임없이 소비하면서도 늘 넘치고 넉넉하게 살려면 다른 사람이 누리던 몫을 끌어와 내가 가진 것에 합쳐야 가능하지 않겠습니까?"

"그건…."

사람들은 순간 무언가 크게 잘못되고 있음을 느꼈다. 이제까지 사람들이 들었던 가르침, 토라의 가르침과 다르고 하느님의 약속과도 다른 얘기였다. 젖과 꿀이 넘치는 땅이란 말은 이스라엘 사람들이 마음속에 담고 있는 꿈이었다. 그 땅을 내 땅으로 삼아 자손 대대로 풍요를 누리며 살 수 있다는 말은 이스라엘에게 하느님이 부어 주는 축복이고, 약속이었다. 아무리 퍼내도, 아무리 써도 마르지 않고 끊어지지 않는 풍족보다 더 큰 축복이 어디 있으랴?

"하느님은 그렇게 축복하시는 분이 아닙니다. 풍족하게 누리고 써도 남을 만큼 땅은 무한정 소출을 낼 수 없습니다. 계속 풍족하게 쓰기 위해 생산을 늘리고 키우는 것은 올바른 길이 아닙니다. 세상 모든 사물에게는, 사람이든 땅이든 물이든, 감당할 만큼의 몫이 있다는 사실에 눈감은 사람만 계속 풍족하게 살 길을 찾습니다."

예수가 입에 올린 몫이라는 말을 듣고 어떤 사람이 고개를 갸웃갸웃하더니 쉽게 받아들일 수 없는 말이라는 듯 물었다.

"감당할 만큼의 몫이라고 말씀하셨습니까?"

"그렇습니다. 사람들이 손에 넣으려고 애쓰는 모든 물자는 아무 데나 무한정 널려 있는 것이 아닙니다. 그렇게 누구든 아무 때든 쉽게 손에 넣을 수 있으면 구태여 지금 내가 먼저 움켜쥐려고 나설 필요가 없겠지요. 서로 먼저 차지하려고 싸우는 이유는 모든 사람에게 무한정하게 허락되지 않다는 것을 알기 때문이지요. 세상에 있는 모든 물자는 양이나 크기나 정도에 한계가 있고 때가 되면 줄어들고 사라질 수밖에 없습니다."

사람들은 숨을 죽이고 예수의 말을 들었다. 모든 것이 무한하지 않고 한계가 있다는 것을 모르는 사람은 하나도 없다. 식구들이 먹는 식량도 부족하고, 물도 부족하고, 양젖도 부족하고 양털도 부족하고 집도 좁고 그런 세상에서 그들은 살고 있었다.

예수는 사람들을 둘러보며 말을 이었다.

"축복을 받았다는 사람들, 모든 것이 풍족하다는 사람들, 그들은 세상을 혼자 살 수 있습니까? 아무리 땅이 넓고 밭이 비옥해도, 더불어 농사지을 사람이 없으면 자기 혼자 무슨 힘으로 그 넓은 땅에 씨 뿌리고 가꾸고 거둬들이겠습니까? 혼자 농사지을 수 있는 만큼의 땅이 그의 몫입니다. 100명이 달라붙어 농사지어야 할 만큼 넓은 땅을 가졌다면, 100명을 초대해서 그 땅에서 같이 살아야 한다는 얘기입니다.

들으십시오! 다른 사람도 같이 쓸 수 있도록 내 것을 내놓고, 다른 사람이 가진 것을 나도 쓸 수 있어야 사람이 살아갈 수 있지 않겠습니까?"

예수는 사람들이 마음속으로 무엇을 궁금하게 생각하는지 잘 알았다. 그의 마음을 사람들 마음에 늘 잇대고 있어서 그렇다.

"여러분! 궁금하지요? 이제까지 하느님의 축복이라고 믿었던 일들, 그런 축복을 받으려고 애썼는데, 그것이 축복이 아니라면 어떻게 살라는 말인가?"

예수가 그 말을 입 밖에 내자마자 모두 한목소리로 대답했다.

"예! 가르쳐 주십시오, 선생님!"

그러더니 좀 쑥스러운지 서로 얼굴을 보며 웃는다. 그것을 보면서 예수는 가슴이 먹먹했다. 목동이 끌고 가는 대로 들을 건너고 좁은 바위틈 길을 따라 비탈을 오르는 양 떼처럼 사람들은 살았다. 그러나 그들은 양 떼가 아니다. 양 떼처럼 끌려다녔지만 생각이 있고, 돌보아야 할 식구가 있고, 위로받아야 할 아픔을 지니고 살아가는 사람들이다. 풀밭에만 풀어놓으면 하루 종일 만족하는 양이 아니다. 사람이다.

"하느님은 왜 사람들에게 희년을 지키라고 명령하셨을까요? 사람의 생명을 내시고 수명을 정하신 분이, 하늘을 만들고 땅을 지으신 분이 왜 사람에게 그런 명령을 내리시고 그 명령을 지키라고 말씀하셨을까요, 하느님이 직접 하시지 않고?"

그건 생각해 본 적이 없는 질문이었다. 전능하신 분이 스스로 말씀하나로 시행하지 않고 사람에게 맡겨 두었는지 한 번도 생각해 본 적이 없었다.

"사람 사는 세상을 하느님께서는 사람에게 맡기셨다고 생각해 보세요. 아! 이렇게 생각해 봅시다. 툭하면 품을 파고들어 젖 달라고 보채는 열 살 먹은 자식에게 어머니가 젖을 물릴까요?"

사람들은 그 말을 듣고 실실 웃었다.

"우습지요? 그만한 나이라면 벌써 어머니의 품을 벗어났어야 하지 않겠습니까?"

그러더니 예수는 목소리를 가다듬고 정색을 하며 말했다. 한 마디 한 마디 아주 천천히 말했다. 마음속에 깊이 담아두라는 듯, 그러나 때가 될 때까지 소중히 간직하라는 말로 들리기도 했다.

"요단강 물이 헤르몬산 골짜기 샘에서 시작됐습니다. 샘을 떠난 물은 자연스럽게 낮은 곳으로 흐르지 않습니까? 물이 흐르던 줄기를 거슬러 올라 다시 샘 속으로 들어갑니까? 하느님과 사람도 그렇습니다. 하느님에게서 흘러나왔으니 더 아래로 내려가야겠지요. 사람이 사람과 더불어 살아가는 세상으로. 그래서 희년은 사람이 살아가는 세상에 이르는 물줄기입니다."

예수는 다시 한번 세상을 잡고 흔들었다. 그 순간 마리아는 성전이 예수에게 덮어씌울 죄목 하나를 예상했다. 바로 예수가 세상의 틀을 흔들었으니 그대로 눈감고 넘어갈 리 없었다.

'세상의 위아래를 뒤집는 사람!'

희년이 어떤 사람에게는 권리지만 어떤 사람에게는 의무다. 의무를 깨우쳐 주는 하늘의 소리였고, 가진 것 없는 사람에게는 새 세상의 소망이 되었다.

"사람이 사람으로 살아가려면 어울려 살아야 하지 않겠습니까?"

한 번도 생각해 보지 못한 가르침이다. 땅 위에 세워진 궁전들과 성전과 저택과 장원을 흔들어 무너뜨리는 말이었다. 예수는 믿었다. 비록 그의 가르침을 들어야 할 사람들은 성전 깊숙이 몸을 숨기고 있거나 높은 담을 둘러친 집에 비스듬히 누워 포도주를 마시고 있지만, 언젠가 그들도 몸을 일으켜야 하고 담을 허물어야 하고 성전 문을 열고 나와야 한다는 것을.

예수의 가르침을 들으면서 마리아는 빈집을 떠올렸다. 지붕에 큰 구멍이 뚫려 있었다. 벽도 무너졌다. 방 안에 들어서자 거미줄이 끈적끈적 얼굴에 감기고 쥐들이 찍찍거리며 드나들고 있었다. 종살이를 마치고 알렉산더에게서 떠나 찾아간 막달라 옛집이 그러했다. 사람이 살지 않는 집, 사람이 살 수 없는 세상도 그러할 것이 아니겠는가?

✣

로마군 예루살렘 위수대 감옥, 빛 한 줄기도 들어오지 않는 깊은 어둠 속에 히스기야는 홀로 앉아 있었다. 위수대 감옥이나 성전 경비대 지하감옥이나 밤이든 낮이든 빛이 안 들어오기는 마찬가지다. 일단 감방에 처넣으면 등잔에 기름이 남아 있든 없든, 불이 켜졌든 꺼졌든 저들은 아무런 관심을 두지 않았다.

'하기야 어둠도 고문이거늘 … .'

어둠 속에 떠밀려 들어가 혼자 남으면 사람들은 세상과 연결된 끈이 모두 끊어졌다고 느끼게 된다. 철저한 단절과 어둠은 그래서 견디기 어려운 고문이다.

그러나 히스기야에게는 어둠이든 적막이든 전혀 고통스럽지 않다. 그리고 혼자 지내는 단절이 조금도 두렵지 않다.

'이 참에 넘어보지 못한 그 봉우리를 넘어 보자!'

이투레아 동굴 속에서 수련할 때 한 번도 넘지 못한 봉우리가 있었다. 다 넘었다 싶으면 다시 미끄러져 내리기를 여러 번 경험했었다. 위수대 감옥을 이투레아 동굴이라 생각하고 마음에 단단히 걸어 놓았던 빗장을 내렸다.

어둠은 공간을 뛰어넘는다. 어둠은 가두어 두었던 시간의 문도 연다. 지워진 한계를 벗어나니 감옥은 더 이상 감옥이 아니다.

현인의 가르침대로 숨을 모으고 생각은 풀었다.

"마음속으로 찾아오는 생각에 너를 맡겨라! 때가 되면 붙잡을 수도 있고, 놓을 수도 있게 되리라!"

잊으려 할수록 더 또렷하게 떠오르는 생각들을 풀어놓았다. 이리저리 서성거리고 들쑤시며 그토록 괴롭히던 기억이 어느새 슬그머니 사라졌다. 정신도 어둠 속에 녹아들었다. 시간은 출렁거리다가 점점 잦아들었다.

느릿느릿 왼쪽으로 돌다가 다시 오른쪽으로 돌고 슬쩍슬쩍 몸을 타고 넘기도 하고 등을 쓰다듬기도 하던 생각들이 그를 놓아 주었다.

'여기인가?'

한 번도 넘어보지 못한 봉우리를 히스기야는 넘어가고 다시 넘어올 수 있게 됐다. 경계를 넘어간 저쪽과 넘기 이전의 이쪽이 다르지 않음을 깨달았다. 그건 그가 경험하는 영원이다.

시간의 분절分節이 아무런 의미가 없다. 마음이 시간을 타고 어둠을 미끄러져 다녔다. 어디든 갈 수 있고 누구든 만날 수 있게 됐다. 제멋대로 튀어 오르던 생각의 가닥들을 하나씩 잡았고, 묶인 매듭을 풀었고, 잇기도 하고 끊기도 했다. 어둠 속에서 어둠 밖으로 걸어 나와 어둠을 들여다보았다.

언덕마을 나사렛, 하얗게 눈 덮인 이투레아 산속, 낮에는 해가 지글지글 돌을 달구고 밤이면 푸른 달빛이 가랑비처럼 내리는 유대 광야를 헤맸다. 뽕나무에 몸을 걸어 놓고 어둔 밤길 비틀비틀 걸어갔던 어머니도 불러 세워 만나고, 얼굴 한 번 본 적 없었던 아버지, 십자가에 매달린 채 아무 말도 못 하고 그저 아들을 내려다보는 아버지도 만났다. 멀리서 마음속으로만 그리던 연인 막달라 마리아의 모습을 지켜보거나 그녀의 따스한 손을 잡아 보았다. 어릴 적 그러했듯 예수 어깨에 팔을 얹고 말도 걸었다.

하늘 높은 곳에 새가 있었다. 날개를 퍼덕이지도 않고 그냥 떠 있었다. 오히려 바람이 이리저리 하늘을 휩쓸며 돌아다니고 움직이는 것과 정지한 것이 뒤바뀐 세상처럼 보였다. 언뜻 정신을 차리고 보니 어둠 저편에 하얗게 눈에 덮인 이투레아 산들이 보였다. 현인의 옷자락이 바람에 펄럭이는 소리도 들었다.

눈앞에 끝없이 펼쳐진 산을 바라보다가 현인이 그에게 물었다.

"토라는 너희를 돌보는 신 야훼가 모세에게 내려 준 가르침이라면서?"

"예, 우리 조상이 이집트에서 400년간 종살이하다가 예언자 모세를 따라 광야에 나왔을 때 그곳에 있는 시나이산에서 야훼가 돌판에 직접 새겨 내려 주셨습니다."

아무리 갈릴리 나사렛 촌마을에 살았지만 누구나 들어 알고 있는 대로 히스기야는 대답했다.

"그래서 토라에 기록된 법은 모두 신의 뜻이라 믿고 따르고?"

"율법律法이라고도 부르는 토라를 지키지 않으면 그에 합당한 벌을 받습니다."

히스기야는 자기도 모르게 벌이란 말을 입에 올렸다.

"너는 유프라테스와 티그리스, 두 큰 강이 흐르는 땅, 바빌론 얘기를 들어 본 적이 있느냐?"

"예, 스승님! 유대 지방에 살던 사람들이 그곳에 끌려가서 종살이했다는 말을 들었습니다."

"그래, 그곳에 아주 먼 옛날에 함무라비라는 왕이 살았다. 그들이 섬기는 태양신이며 정의의 신神 샤마시가 백성을 다스리기 위한 법을 왕에게 내려 주었다. 왕은 커다란 돌 비석에 빽빽하게 법을 새기고 모든 사람들이 따라야 한다고 명령했다. 어떤 명령을 어기면 무슨 벌을 받는다고 가지가지 참 자세히도 새겨 놓았다더라."

"벌을 돌 비석에 새겼다고요? 그런데, 유대 사람들이 그 왕에게 끌려갔습니까?"

"아니다! 너희 조상들이 끌려가기 천이삼백 년 전의 일이었다. 그때도 그 땅을 바빌론이라고 불렀다."

"그런데 스승님! 왜 저에게 그 말씀을 하시는지요?"

현인은 히스기야 얼굴을 찬찬히 쳐다보며 한 마디 한 마디 또박또박 말했다.

"함무라비왕이 말했다.

'샤마시신이 나에게 법을 내려 주신 것은 이 땅에 정의를 이루기 위함이다. 가난하고 힘없는 사람들을 힘있는 사람들이 억압하지 못하게 하고 세상에서 악을 멸하도록 하려고 함이다. 모든 사람은 샤마시신

이 내려 준 이 법을 지켜야 한다.'

자! 어떠냐?"

"제가 잘은 모르겠습니다만, 야훼 하느님이 우리 조상에게 내려 준 토라에도 비슷한 말씀이 있다는 것 같습니다."

"원래 하늘 아래 사는 모든 사람들은 예전부터 자기들이 섬기는 신에게 충성하면 신이 자기들을 돌봐 주리라고 믿었다. 어떻게 신을 잘 섬기고 그 뜻을 받들 것인지 신의 이름으로 법이 나타났다."

"그럼 모든 법은 신이 내려 준 것입니까?"

"신이? 그렇다고 믿고 살았지. 신의 이름으로 만들었든, 신이 내려 줬든…. 그 법 안에 사람들이 지키고 살아가야 할 근본정신이 담겨 있기 마련이다. 바빌론의 샤마시신은 땅 위에 정의를 세우기 위해 법을 내려 준다고 하지 않았느냐? 그런데, 정의를 이루는 일보다 제사드리고 복종하는 일만 앞세운다면 사람들이 어찌 그 신을 계속 섬길 수 있겠느냐?"

현인의 말을 들으면서 히스기야는 이스라엘과 바빌론이 다르다는 것을 어떻게든 내세우고 싶었다. 마치 샤마시신과 이스라엘의 하느님 야훼가 비슷하다고 현인이 말하는 것 같아서 마음이 불편했다.

"그 신은 왕에게 법을 내려 주었고, 야훼 하느님은 이스라엘의 위대한 지도자이며 예언자인 모세에게 법을 내려 주었습니다."

"너희에게는 그때 왕이 없으니 모세에게 내려 주었겠지. 내가 하려는 말은 신이란 높은 곳에 앉아 경배만 받는 분이 아니라 그를 경배하는 사람들이 정의로운 사회에서 살도록 돌봐야 할 분이라는 말이다."

"그래서 선생님은 이스라엘 민족이 … 그런데 …. 그건 바빌론의 법도 마찬가지 아닙니까?"

어찌 말하다 보니 이스라엘과 바빌론의 법이 다르다고 주장하고 싶었는데 결국은 마찬가지라고 히스기야 스스로 시인하고 있었다.

"나는 바빌론의 법이나 샤마시신이 중요해서 이 말을 하는 것이 아니고, 너희 민족이 섬기는 신과 너희 민족이 법이라고 지키는 토라를 얘기하려는 거다."

히스기야는 더 말을 하지 못하고 입을 닫았다. 토라를 배운 적도 없고, 그 숱한 토라의 규정들을 알지도 못하지만, 토라를 앞세우는 사람들이 토라를 내려 준 분의 본래 뜻에서 얼마나 멀리 떨어져 있는지는 알고 있었다.

"너희 민족은 하느님과 약속을 맺었다고 말하더라. 서로 이리저리 하자고 합의하면 그것을 약속이라고 부르지. 그런데, 약속을 '명령'이라고 부른다면 명령에는 복종만 허락될 뿐, 마주 서서 약속했던 두 당사자의 뜻은 사라지지 않겠느냐? 처음부터 아예 계약이니 언약이니 그런 말을 쓰지 말든지, 아니면 일방적 명령이 아니라 서로 맺은 계약이라고 말할 수 있을 만큼 사람들이 당당하게 살든지 둘 중에 하나여야 한단 말이다. 그러지 않았기 때문에 너희 민족은 아직도 누군가에게 매여 끌려다니는 민족으로 남아 있게 됐고…, 한 번도 해방과 자유를 경험해 보지 못한 백성이 되었다."

히스기야가 잠잠히 듣고 있자 현인은 그의 눈을 들여다보며 말을 이었다.

"생각해 봐라! 700년 전, 600년 전에 너희 땅 북쪽 왕국 남쪽 왕국 모두 망했지? 그때 다른 나라에 포로로 끌려간 이후 아직도 고향으로 돌아가지 못하고 이방 하늘 아래 떠돌며 살고 있으니 … ."

"아닙니다. 그렇게 오래 포로생활은 하지 않았고, 남쪽 유대 사람들은 몇십 년 포로생활 하고 되돌아오기 시작한 지 500년도 넘었답니다. 북쪽 사람들 중 끌려간 사람들은 돌아오지 못하고 그대로 사라졌지만. 어디 땅속으로 사라졌겠습니까? 그 땅에서 그들과 섞여 살다가 뿌리를 잃었겠지요."

"그렇게 생각하느냐, 유대 사람들은 다시 돌아왔다고? 아니다, 얘야! 너희 민족은 아직 귀환하지 못한 포로로 살고 있는 셈이다. 번갈아 그 땅을 점령한 이방제국들을 주인으로 섬기며 겨우 빌붙어 살고 있는데 그것이 포로생활이 아니고 무엇이란 말이냐! 다른 나라에 끌려가면 포로라고 부르고 유대 땅에 그대로 몸 붙여 살면서 이방제국을 섬기면 자유인이 되는 거냐? 내가 보기에 너희는 해방을 경험하지 못했고, 자유를 누려 보지도 못한 불쌍한 민족이니라!"

현인은 먼 하늘과 하늘 아래 끝없이 이어지는 산과 산을 한참 바라보다가 말을 꺼냈다.

"얘야! 나는 너의 동족이 섬긴다는 그 신을 도저히 이해할 수 없구나! 도대체 어떤 신이 그렇게 끈질기게 자기 백성을 저주하고 벌을 주고 내쫓는다는 말이냐?"

히스기야는 아무 말도 할 수 없었다. 그의 생각도 그러했기 때문이었다.

"비를 내려 주는 신神 바알은 신 엘의 아들이었다. 그런데 비가 내려야 농사를 지을 수 있으니 사람들이 엘보다 바알을 더 섬기지 않던? 어느 나라 어느 민족에게나 백성이 잘되도록 보호해 주는 신이 있다. 바빌론에는 마둑이 있고, 헬라에는 제우스와 여러 신들이 있고, 로마에는 로마대로 이집트에는 이집트대로 섬기는 신이 있어 그 백성을 보호한다. 그런데, 왜 너희 신 야훼는 유독 그렇게 잔인하고 몰인정하고 자기 백성을 돌보기는커녕 괴롭히기를 즐기는지 따져 봐라! 언제 한 번 백성을 따뜻하게 보듬고 품어 줬느냐고 … ."

"말씀을 듣고 보니 그런 생각도 듭니다."

"또 한 가지, 포로로 끌려가지 않고 그 땅에 남아 목숨을 부지하던 사람들은 다 어찌 되었느냐?"

"다시 또 뿔뿔이 흩어지거나, 그 지방으로 이주해 온 이방인들과 섞이거나, 그냥저냥 살았겠지요. 선생님! 저는 역사는 잘 모릅니다."

"얘야! 이제 수련이 끝나면 너는 너희 동족의 나라, 네 나라로 다시 돌아가거라. 그 땅으로 돌아가거라! 그리고 너희 신 앞에 당당한 모습으로 일어서거라! 이 땅에서 내 백성이 해방된 사람으로 살게 해 달라고, 그렇게 보호해 달라고 요구해라! 그 요구를 들어주지 않으면 옛날 이집트에서 도망 나올 때 건넜다는 그 바다로 데려다 달라고, 그러면 거기에 풍덩 빠져 죽겠다고, 이대로는 도저히 살 수 없다고 하소연을 하든 담판을 하든 … ."

"하느님과 어찌 담판할 수 있겠습니까? 명령에 따를 뿐이지요."

"아니다! 왜 700년, 600년을 그렇게 처박아 두고 바빌론 페르시아 헬라 로마에게 짓밟히도록 내버려 두고 있는지 따져 봐! 그러면 너희의 신은 무슨 말이든 분명 대답해 줄 거다. 내 말을 잘 들어라! 신을 섬기는 사람이 살아 있어야 신도 있는 법이다. 사람들이 다 죽어 넘어가고 사라졌는데 어찌 신만 혼자 덩그러니 신전에서 버티고 살 수 있겠느냐? 그런 일은 없다. 사람이 죽으면 신도 죽는다. 그건 확실한 말이다."

"사람이 죽으면 신도 죽는다고요? 신이 어떻게 죽습니까?"

"생각해 봐라! 신들 중에도 높은 신이 있고 낮은 신이 있고, 아들 신이 어머니 신을 쳐 죽여서 온 세상에 그 몸 조각을 나눠 주었다는 말도 못 들어봤느냐? 아들 신이 힘을 얻으면 아버지 신이 물러나고…. 힘을 얻는다는 말이 무엇인지 아느냐? 백성들을 돌봐 주어 잘살게 해 준다는 말이다. 신전에 모셔져 때마다 제사를 받으려면 백성들이 이방에 끌려가지 않도록 돌봐 주어야 하고, 좋은 음식으로 대접받으려면 백성들이 굶지 않고 먹어야 하고, 추운지 더운지 배고픈지 아픈지 돌봐 주어야 하지! 그러지 않는 신이 도대체 무슨 소용이 있단 말이냐?"

그러더니 현인은 히스기야 옆으로 한발 더 가까이 다가오더니 눈앞에 끝없이 펼쳐진 산을 가리키며 말했다.

"저기 저 먼 산 위에 서서 여기를 바라보는 신이 있다고 하자. 우리가 그 신을 만나러 저 산들을 넘고 또 넘고, 엎어지고 잦혀지고 그곳으로 가는 대신에 신이 여기로 좀 찾아오면 안 되겠니? 사람이 한평생 걸어 찾아가는 것보다 신이 한 발짝 찾아오면 얼마나 쉽겠니?"

히스기야는 으스스 소름이 돋았다. 눈 덮인 골짜기에서 산등성으로 치달아 오르는 바람 때문이 아니었다. 애써 잊고 살았던 이스라엘과 야훼 하느님, 세포리스 성문 앞에서 십자가에 못 박혀 꿈틀거리다가 숨을 거둔 아버지 유다, 나사렛 뒷산에 묻은 어머니, 그리고 그가 뒤돌아보지 않고 떠나온 고향마을과 관계가 있는 말이었다. 현인의 말은 나사렛 어둡고 추웠던 날들의 기억을 불러왔다.

하느님이 돌보지 않는 땅, 그 땅에는 하느님 이름을 팔며 백성들을 착취하는 지배자들이 있었다. 분봉왕 안티파스가 어떻게 사람들을 착취하는지 히스기야는 어려서부터 보고 들었다. 또 명절 때만 되면 예루살렘에서 내려왔다는 성전 사람들이 얼마나 거드름을 피우며 세포리스 성문을 드나드는지 모두 보았다. 십일조라느니 성전세라면서 마치 맡겨 놓았던 물건 찾아가듯 걷어가던 그들은 거룩한 분과 그분의 거룩한 명령을 말끝마다 입에 올렸다. 입으로 토라를 줄줄 읊어 대는 그들 앞에 아랫갈릴리 마을마다 어른들이든 애들이든 모두 주눅들은 사람이 되어 고개를 숙이는 것을 보고 살았다.

나사렛을 떠난 이후, 도저히 받아들일 수 없는 일을 겪을 때마다 히스기야는 하늘에 대고 주먹질하듯 물었다.

"이 땅이 하느님이 주신 약속의 땅이었다고요? 그런 분이 땅에서 사람들이 속절없이 쫓겨나 멀리멀리 떠나도 그저 무덤덤하게 바라보셨습니까? 이제 보니 참으로 인정머리 없는 분이셨습니다, 하느님은…. 그런데도 여전히 홀로 찬양과 경배를 받으실 수 있는 분, 이스라엘의 하느님이십니까?"

눈밭에 엎어져 뜨거운 눈물을 흘리기도 했다.

'땅을 뒤집기도 하고, 바다를 가르기도 하고, 산을 무너뜨리기도 하고, 심지어 당신의 성전을 이방의 말발굽에 내주기도 하시는 하느님! 그 큰 힘을 끝까지 아끼면서 이방제국이 당신의 백성을 땅바닥에 패대기7치는 것을 그저 눈으로 보고만 계셨습니까? 왜요?'

사람들이 피눈물을 흘리며 하느님을 찾을 때 정작 그분은 외면했다. 그건 참으로 견딜 수 없을 만큼 서글픈 일이었다.

“제단에 뿌려지는 붉은 피를 받는 분, 살코기 타는 연기를 좋아하는 분, 여럿 중에 하나를 선택해서 뽑는 분이었지요. 인색하게 사랑을 아끼면서 사랑하기로 마음먹은 사람만 끝까지 사랑하는 분, 두 아들 중 언제나 작은아들을 더 좋아했고, 모든 민족을 사랑하지 않고 이스라엘을 더 사랑했고, 야곱의 열두 아들 중 유독 유다의 후손을 특별히 더 사랑한 분, 직접 다윗을 선택하여 머리에 기름 붓고 왕으로 삼은 분, 다윗이 무슨 죄를 짓든 끝까지 그를 사랑하고 축복한 분, 남왕국 유다는 사랑하고 북왕국 이스라엘은 미워한 분, 그분이 바로 하느님 아니었습니까?”

히스기야는 애당초 그분의 눈에는 자기가 결코 들 수 없다는 것을 알았고, 일부러 그분 눈에 들고 싶어 애쓰지도 않았다. 선택받은 사람은 끝까지 사랑받고, 눈 밖에 난 사람은 저주받은 운명을 무겁게 질질 끌면서 하느님이 사랑하지 않는 사람이라는 커다란 낙인이 찍힌 채 광야로 불모지로 내쫓겨 살았다. 내쫓긴 자의 자손은 그분이 사랑한 자의 자손을 섬겨야 했고, 내쫓겼던 자손이 사는 땅은 사랑받은 자의 자손이 약속의 땅으로 차지하도록 넘겨주는 분이 그분이었다.

그분은 토라에 따라 성전에 올라 제사를 드리는 사람을 사랑하는 분이고, 제물도 마련하지 못한 채 빈손으로 고개 숙이며 성전에 드는 사람을 흘긴 눈으로 쳐다보는 분이었다. 사람들이 가까이하기에는 무서운 분이었고, 멀리하기에는 두려운 분이었다. 믿음 깊은 사람들이 종종 하는 얘기가 있었다. 그럴 때마다 그 속에 숨어 있는 슬픈 뜻을 히스기야는 가슴 시리도록 깨달았다.

“토기장이가 있다고 쳐 봐! 자기가 빚은 토기가 맘에 안 들면 집어 던져 깨뜨릴 수도 있지 … 그러면 토기가 뭐 할 말이 있어? 그건 그저 토기의 운명이지 … .”

그 말은 현재 살아가는 일이 아무리 비참해도 그냥 받아들이고 살라는 말이었다.

‘이집트에서 종살이했다는 거나, 지금 이 땅에서 이방제국의 종살이하는 거나, 종으로 살아야 할 운명이거나, 원래 종이거나, 던지면 속절없이 깨지는 토기라면, 어떻게 감히 그분께 불평을 해?’

하느님이 끌면 끄는 대로, 밀면 미는 대로, 흩는 대로 모으는 대로 그저 끌려다니는 삶이라면, 꺼덕꺼덕 수레를 끌고 언덕을 오르는 나귀보다 나을 것이 하나도 없었다. 히스기야가 보기에 이스라엘은 불쌍한 나귀였다. 짐을 실어 나르는 나귀도 하루 한 끼 먹이를 먹는데, 사람들은 대책도 없이 굶으며 살았다. 돌보지 않는 하느님이 메어준 멍에를 지고 허덕거리며 살았다.

‘이스라엘 사람 몸에 받은 종의 표시가 할례割禮인가? 영원히 벗어나지 않고 종으로 살겠다는 서약의 표시?’

토라에 따르면 빚으로 주인집에 종으로 팔려온 사람도 기한이 차거나 빚을 갚으면 종에서 풀려난다. 그런데 그 종이 앞으로도 주인집에 종으로 머물겠다고 얘기하면 주인은 종의 귀를 문설주에 대고 쾅 못을 박아 구멍을 뚫는다. 그러면 그는 다시는 벗어나지 않겠다는 서약을 한 종이 된다. 아내도 종이 되고, 자식도 종이 되어 살아야 했다.

할례는 이스라엘 남자의 의무다. 태어난 지 8일에 할례를 받지만, 히스기야에게 할례의식을 베풀어 줄 사람이 아무도 없어서, 그는 할

례받지 않은 사람으로 살았다. 비록 그 사실을 털어놓지 못하고 가슴 속에 간직했지만.

'할례의 표시가 없으니 나는 그분의 백성, 그분의 종이 아니지. 억지로 끌어다 종으로 삼으면 몰라도 내 스스로 종이 된 적은 없어!'

종이 아니니 주인의 뜻을 따르기 위해 목숨을 바쳐야 할 의무가 없다고 생각했다. 종이 아니니 주인의 계획이 아니라 스스로 그날그날을 꾸리며 살았다. 그분의 백성이 아니니 그분에게 보호를 요청할 수도 없었다. 어차피 누구도 보호하지 않는 분이지만… .

이투레아의 현인이 그의 마음속에 쏟아부어 준 말, 이스라엘의 신과 담판하고 따져 보라는 말을 듣고 세상을 보는 눈을 더 크게 뜰 수 있었다. 토라의 울타리에 갇혀 사는 이스라엘이 아니라 울타리 밖을 넘나들 수 있는 사람이 됐다. 토라에 매여 살아갈 이유가 없는 바깥사람처럼 살았다.

아무도 보살피지 않는 사람들을 누군가 나서서 돌보는 일이야말로 히스기야에게는 무엇보다 중요하게 생각됐다. 그래서 그는 이투레아에서 다시 갈릴리로 내려왔다. 그래서 그는 예수와 머물던 유대 광야에서 혼자 나왔다. 하얀리본을 조직한 이후 배곯는 사람 집에 다만 며칠이라도 먹을 수 있는 식량자루를 떨궈 주고 떠날 때면 잊고 살았던 어머니의 모습이 떠올랐다.

어머니는 뽕나무에 걸린 채 슬픈 듯 기쁜 듯 알 수 없는 미소로 아들을 지켜보았다. 어머니의 눈빛이 무엇을 말하는지 그는 알았다. 누구도 다른 사람을 돌볼 수 없는 나사렛 마을에서 어머니는 가냘픈 몸을 먹이로 내놓을 수밖에 없었으리라. 빈 자루를 추썩추썩 들어보고 또 들어보던 어머니가 무슨 생각을 했을지 알게 됐다.

'누가 밀 한 자루, 보리 한 자루라도 마당 끝 살구나무 밑에 놓고 갔다면 어머니와 나는 아직 그 집에 살고 있겠지….'

'밀 한 자루는 사람의 가슴속에 희망을 심어 주는 일, 내 안타까운 사정을 지켜보는 눈이 있다고 알려 주는 일. 지금 이 개울은 바짝 말랐지만 멀리 떨어진 상류에 비가 많이 내려 물이 콸콸 흘러내려 오고 있다는 소식을 듣는 일처럼….'

그것은 입과 말로 하는 일이 아니고, 사람이 손발과 몸을 움직여야 가능한 일이었다. 그래서 하얀리본은 윗갈릴리 아랫갈릴리 유대를 돌아다니며 어두운 밤에 담장을 넘고 장원을 털었다.

갈릴리 호수 북동쪽 가말라에서 처음 만난 바리새파 사람 바라바는 히스기야에게는 언제나 믿음직한 동지였다. 나사렛에서 나고 자란 히스기야가 한 번도 들어본 적 없는 유대의 역사와 토라에 그는 정통했다. 특히, 토라의 가르침을 히스기야에게 설명해 줄 때면 마치 제자를 가르치는 선생 같았다. 하얀리본이 이번 유월절에 예루살렘 성전에서 거사하기로 결정했던 날, 다른 때와 달리 바라바는 무척 흥분하고 들떠 있었다.

"히스기야 동지! 예루살렘 성전을 깨끗하게 청소하려는 우리 거사는 먼 훗날 우리를 기억하는 사람들이 늘 입에 올리고 기억하면서 자기 자식들을 가르치는 얘기로 전해질 수도 있어요."

"아이고, 우리 일이 뭐 그렇게까지 대단하다고…."

"아닙니다. 우리가 하려는 일은 결국 지극히 높으신 분의 뜻에 따르는 일입니다."

"그리고 피도 흘려야 할 일이고요."

"히스기야 동지는 보기와 달리 피 흘리는 일에 마음을 무척 많이 쓰는 것 같습니다."

"내 피 흘리는 거야 내가 참고 넘어가면 되지만, 다른 사람 피야 어디 그리됩니까? 어찌 내 마음대로 결정할 수 있겠습니까?"

"허허! 동지도 참! 동지가 그런 얘기를 할 때면, 어떻게 그처럼 참혹한 일을 겪고도 이렇게 부드러운지 놀랍습니다. 이투레아에서 혹독한 수련도 이겨낸 사람이라는 생각이 전혀 안 듭니다."

"그래도 내 동무 예수는 나보고 마음을 풀라고 늘 말했습니다. 너무 단단하게 뭉쳤고, 너무 뾰족하게 갈아 세웠다고. '마음이 그리 뾰족하면 다른 사람을 상하게 하고, 마음이 그리 단단하면 다른 사람을 품지 못한다'고…."

"그건 그 사람 말이고요. 하느님의 뜻을 따르는 일에는 피를 흘릴 수도 있고, 내 아버지처럼 불 속에서도 의연할 수 있고, 히스기야 동지의 아버지처럼 십자가에 매달릴 수도 있고."

그렇게 말할 때 세상을 태울 만큼 강력한 불이 바라바의 눈 안에 들어 있었다. 그리고 놀랄 만큼 결연한 의지를 담은 말을 쏟아냈다.

"우리도 하느님의 뜻에 따라, 토라를 지키기 위해, 기쁜 마음으로 죽음을 받아들일 수 있어야 합니다. 우리 동족이 지금까지 겪은 고통은 하느님의 뜻에서 벗어나 살았던 죄에 대한 벌입니다. 하느님이 우리에게 혹독한 회초리를 치면서 올바른 길로 돌아오라고 가르치시는 겁니다."

"하느님은 그냥 있는 그대로 이 백성을 사랑하실 수는 정녕 없으신가요?"

"돌이키지 않는 백성에게 어찌 자비를 베풀 수 있겠습니까? 우리 민족이 하느님의 명령을 완전하게 지키는 민족으로 다시 태어나면, 이 땅에 생명을 내신 하느님의 명령을 지키면, 우리가 지금 어떤 고난을 겪고 설상 죽임을 당한다고 해도 결국 하느님이 우리를 높이 들어 올려 영원한 생명의 나라에 받아들이실 겁니다. 그건 토라를 받들고 지키는 사람이 받을 영광입니다. 나는 그리 믿습니다, 히스기야 동지!"

그럴 때 바라바는 토라에 죽고 토라에 사는 바리새파 사람이었다. 순교殉教도 두려워하지 않는 그의 눈빛이 너무 강렬하고, 그의 표정이 너무 결연하고, 그리고 그의 열기가 너무 뜨거워서 히스기야는 그저 그의 말을 듣기만 했다. 죽음을 함께 맞이하자고 다짐한 동지였지만 그 순간 그는 아주 먼 곳에 있는 사람처럼 느껴졌다.

바라바가 하는 얘기를 듣는 내내 히스기야는 마음이 대단히 불편했다. 율법이라고 부르든, 하느님의 가르침이라고 부르든 토라를 지키기 위해 죽음을 달게 받는다는 생각에는 선뜻 동의할 수 없었다. 바라바의 얼굴을 바라보면서 그는 혼자 생각했었다.

'생명보다 법이, 토라가 더 귀한가? 그건 아니지! 내가 죽는다면 그건 다른 사람의 생명을 살리려고 죽음까지 감당하는 거지, 토라를 지키려고 순교하는 것은 아니야! 나는 그럴 수 없어! 토라를 지키기 위해 그 많은 사람이 죽어 넘어가는데 그냥 내려다보는 하느님, 나는 하느님이 그렇다고는 생각할 수 없어!'

히스기야는 그런 생각을 드러내지 않고 끝까지 바라바의 얘기를 들어 줬다. 그러나 이투레아에서 그랬던 것처럼 하느님 명령에 순종하기보다 저항하고 싶은 마음이 점점 더 커지고 있었다.

'하느님! 이제나저제나 기다리면서 숨넘어가는 생명들이 보이지 않습니까? 이건 당신이 사람에게 내리는 고문입니다. 왜 그러십니까?'

그런데 바라바는 얘기를 멈추지 않고 신이 나서 계속 이어갔다.

"히스기야 동지! 바로 우리 하얀리본이 하려는 거사야말로 이스라엘이 하느님 앞에 바로 서도록 일으켜 세우는 일입니다. 지극히 거룩하신 그분이 만족하실 만큼 성전을 청소하고, 옛 사독 가문 중 더러워지지 않은 사람을 찾아 새로 대제사장으로 세우면 야훼 하느님이 다시 우리를 돌보실 겁니다. 아버지의 마음을 돌리는 길은 자식이 부모 앞에 돌아가 무릎 꿇고 용서를 비는 일 말고 다른 방법이 있겠습니까? 이제 동지와 내가 다시 토라의 나라를 세웁시다!"

히스기야는 바라바의 말이 목에 턱 걸렸다. 하기야 열 사람이 똑같은 일을 해도 목적은 각각 다를 수 있다고 그는 믿었다. 그것은 어릴 적 나사렛 때부터 늘 예수가 하던 말이었다. 바라바의 말을 들으면서 그는 혼자 결심했다.

'토라의 나라를 다시 세우자는 바라바 동지의 뜻에 따른다고 하기보다 나는 성전 창고를 활짝 열어젖히고 싶어서 거사를 해야겠소! 창고 곡식을 모두 풀어 나눠 주고, 차곡차곡 쌓여 있다는 빚 문서도 모두 찾아내 하나도 남기지 않고 활활 불사르겠소.'

그렇게 생각하니 목적은 다르지만 예루살렘 성전을 뒤집어엎는 일은 어차피 히스기야가 걸어갈 수밖에 없는 길이었다. 그러나 바라바는 여전히 토라에 머물러 있었다.

"지극히 높으신 그분이 명령하신 토라의 길을 걷고, 오직 그분만 주님으로 섬기고 살면, 우리 이스라엘이 시온산 위에 다시 우뚝 설 날이 옵니다. 그때가 되면, 이방의 왕들이 수레에 금은보화를 싣고 거룩한 성전을 찾아와 그분을 경배할 것입니다. 지극히 거룩하신 분이 머무는 곳이라고 시온을 바라보며 땅에 엎드리고, 우리 이스라엘 민족을 주인으로 섬길 것입니다. 우리가 하려는 거사는 그날을 앞당기는 일입니다."

"바라바 동지! 하여튼, 유월절 거사는 거사대로 동지가 계획을 세우고, 우리 하얀리본이 하던 일은 그때까지 계속합시다."

히스기야는 하느님의 보호 밖으로 밀려난 사람들을 위해 부잣집 담을 넘는 일을 멈출 수 없었다. 굶어 죽는 사람들에게 좋은 세상이 올 테니 1년만 참고 기다리라고 말할 수 없기 때문이었다.

"그럼요! 계속해야지요. 하느님도 가난한 사람들을 돌보라고 명령하셨습니다."

바라바가 즉각 찬동했지만 히스기야는 다른 뜻에서 그 일을 계속해야 했다.

'그건 하느님이 버려 둔 사람들을 돌보는 일입니다.'

히스기야는 혼잣말로 다짐했다. 그런 점에서 토라에 따라 살아가는 새 세상을 세우겠다는 바라바와는 처음부터 출발한 점이 달랐고, 걸어가야 할 목표도 달랐다.

깊은 어둠 속에 생각에 잠겨 있는데, 갑자기 밖에서 인기척이 들렸다. 조금 있다가 열쇠로 문을 여는 소리가 들리고, 곧 횃불을 든 로마군 병사들이 감방 안으로 들어섰다.

어둔 방에 홀로 갇혀 있다가 횃불을 들고 들어온 사람들 때문에 히스기야 눈에는 아무것도 보이지 않는다.

"누구요?"

"히스기야 동지! 유다입니다."

"아니 어떻게 또 들어왔어요? 저번에 내가 그렇게 말했는데…."

"동지, 일이 슬슬 재미있게 풀려 갑니다."

그러더니 그는 로마군 병사들에게 무어라고 손짓했다. 등잔불에 불을 붙였던 병사가 문밖으로 물러나고 횃불을 든 병사와 유다만 남았다. 조금씩 불빛에 익숙해진 눈으로 살펴보니, 횃불을 든 병사는 유대말을 좀 할 줄 알아서 위수대장과 함께 몇 번 히스기야를 찾아왔던 위수대 병사였다.

유다가 그의 옆으로 다가오는 동안 병사는 제지하지 않고 그대로 놔두고 지켜보며 서 있다.

"히스기야 동지! 내가 동지를 꼭 이 감옥에서 걸어 나가도록 하겠습니다."

유다는 비장한 표정을 짓더니 단단히 약속하듯 말했다. 히스기야를 위수대 감옥으로 끌어다 놓고 하얀리본의 소굴을 캐묻는 위수대장에게 히스기야는 장난삼아 슬쩍 미끼를 던진 적이 있었다. 그 바람에 지난번에 유다 동지가 감옥까지 그를 찾아올 수 있었지만, 히스기야는 그 모든 일이 위수대장이 성전과 함께 꾸미는 또 하나의 음모라는 것을 눈치 챘다. 유다와 하얀리본이 거꾸로 그들의 음모에 빠져들어 가고 있었다. 하얀리본 동지들 전체가 큰 위험에 빠져든 것 같아 그는 무척 걱정스러웠다.

히스기야가 아무 말도 하지 않자 유다는 다시 입을 열었다. 로마군 병사가 듣지 못하도록 아주 작은 목소리로 빨리 말했다.

"히스기야 동지! 거사는 13일에 한다고 들었습니다."

"예정대로 거사를 한다고? 이 형편에? 그러면 안 돼요! 로마군과 성전이 우리 계획을 샅샅이 들여다보고 있는데…. 그건 우리 동지들 모두 함정에 빠져 몰살당할 무모하고 위험한 계획이오. 지금은 하얀리본이 그냥 물러날 때요."

"그건 내가 다 알아서 공작하고 있습니다. 이 사람들 지금 몸이 후끈 달았습니다. 허풍을 좀 떨었더니 정신이 아득한 모양입니다."

유다는 유대 말을 할 줄 아는 로마군 병사가 못 알아듣도록, 계속 목소리를 낮추어 빠른 속도로 말했다. 병사는 무슨 얘기인지 알아들으려고 귀를 곤두세웠지만 갈릴리 사투리에 은어까지 섞어 가며 하는 말을 알아들을 수 없어 답답한 기색이다.

"유다 동지! 다시 말하지만, 내가 주랑건물 위에 올라가서 생각해보니 우리가 거사를 한다면 그건 바로 로마 놈들의 흉계에 걸려들고, 이놈들이 파 놓고 기다리는 함정에 빠지는 일이 될 겁니다. 저놈들은 그걸 기회로 성전을 약탈하려고 노리고 있습니다. 몇백 명 우리 동지들의 목숨뿐만 아니라 뜰 안에 가득 들어선 죄 없는 사람들 수만 명의 목숨이 달린 일입니다. 내가 생각이 짧아서 무모한 계획을 세웠어요. 명분으로는 유월절이 거사하기로 제일 좋은 때지만, 로마군이 도성에 들어와 있는 시기에는 거사하면 안 됩니다. 바라바 동지를 막으세요."

"이미 물러설 수 없는 상황이 됐습니다."

"이번 유월절에는 안 돼요. 내가 그건 뼈저리게 느꼈어요. 총독 놈이 바라던 일을 맘 놓고 하도록 우리가 문을 활짝 열어 주는 셈이오."

"바라바 동지는 이번 거사에 충분히 승산이 있다고 보는 모양입니다. 나 역시 그리 생각합니다. 다만 히스기야 동지가 예수 선생님과 손을 잡고 선생님이 군중을 장악하고 나서면 됩니다. 성전 뜰에 동지가 나오도록 하는 일에는 내가 이미 다 생각해 둔 일이 있습니다."

그 말을 들으니 이상한 생각이 든다.

'로마 위수대장이 나를 성전 뜰에 풀어놓게 할 만한 수단을 유다 동지가 가지고 있단 말인가? 내가 던져 둔 미끼만으로 가능한 일이 아닌데? 도대체 무슨 수로?'

그런데 유다가 하는 말에 예수를 거사에 끌어들이자는 말이 걸렸다. 히스기야는 단호하게 유다를 만류했다.

"예수를 절대로 끌어들이지 마요! 그러면 안 돼요!"

나사렛의 동무 예수를 보호하고 싶은 마음에서 그렇게 말하는 것이 아니었다. 감옥에 갇혀 지낸 지난 며칠 동안에 히스기야는 마음을 바꿨다. 하얀리본의 거사가 아무리 숭고한 뜻을 지녔다고 해도, 사람이 죽고 피가 흘러야 이뤄질 수 있는 일이라면 예수는 결코 동의하지 않을 것을 그는 깨달았다.

예수가 이루려는 하느님 나라는 폭력으로 이룰 수 있는 나라가 아니다. 그것을 깨달으니 예수를 거사에 끌어들이려고 그 먼 길 여리고까지 쫓아 내려가 설득했던 자신이 한없이 부끄럽고 초라했다. 그를 바라보던 예수의 안타까움 가득한 눈이 생각났다. 폭력으로는 아무것도 이룰 수 없다던 말도 생각났다.

'안 돼! 하얀리본과 손잡았다는 것이 밝혀지면 하느님 나라를 포기

해야 할 만큼 치명적 타격을 예수가 입게 돼! 그건 안 돼!'

히스기야는 다시 유다를 말렸다.

"동지! 절대로 예수를 끌어들이지 마오. 그가 이루려는 하느님 나라는 하얀리본이 하려는 일보다 훨씬 더 크고 중요한 일이오."

유다는 그의 말을 들은 척도 하지 않고 오직 거사만 생각하고 있다.

"눈앞에 일이 벌어지면 아무리 예수 선생님이라도 어쩔 수 없을 겁니다. 우리 제자들도 모두 마찬가지고요. 로마군이 성전 뜰 안으로 짓쳐들어와 군중을 마구 살해하는 것을 선생님이 어찌 그냥 두고 보시겠습니까? 그런 상황이 벌어졌는데도 우리 제자들만 이끌고 성전 밖으로 몸을 빼 달아나실 분입니까? 더구나 일이 벌어지면 어차피 로마군은 한 사람도 성 밖으로 나가지 못하도록 철저하게 봉쇄할 텐데? 그러니 할 수 없이 선생님도 나설 수밖에 없습니다."

유다는 아주 확신에 찬 어조로 말을 이었다. 마치 그가 모든 상황을 예견하고 조정할 수 있는 위치에 있는 사람처럼. 어찌 들으면 그 스스로 무언가 큰일을 하는 사람이라는 듯, 자부심 가득한 목소리다.

"내가 그때 여리고에서 동지에게 말했잖아요? 일단 일을 벌이면 선생님도 어쩔 수 없다고요…. 선생님이 마음먹고 나서면 거사는 성공할 수 있습니다. 선생님에게는 특별한 능력이 있어요, 이제까지 아무도 생각하지 못했던 능력이…. 이제 그 능력을 펼쳐 보일 때가 되었습니다. 나도 그 정도는 다 생각해 두었습니다. 내가 선생님이 할 수 없이 몸을 일으키고 능력을 발휘하도록 하겠습니다."

히스기야는 가슴이 탔다. 그가 시작한 일이 뜻밖의 방향으로 굴러가고 있음을 보았다.

“동지! 그렇지 않아요. 타락한 성전을 바로 세우는 일은 하얀리본이 할 수 있겠지만, 하느님 앞에 이스라엘을 이끌고 나갈 사람은 오직 예수 한 사람뿐이오. 나는 지난 며칠 동안에 그것을 깨달았소.”

“어차피 예수 선생님도 폭력의 고리를 벗어날 수 없다고 히스기야 동지가 직접 얘기하지 않았습니까, 여리고에서 만났을 때? 이왕 일이 그렇다면, 할 수 있는 한 모든 세력과 힘을 합쳐 뚫고 나가야지요.”

히스기야는 거듭 유다를 말렸다. 무슨 말을 해도 알아듣지 못하고 자기 생각만 고집하는 그가 안타까웠다.

“그건 그때 얘기지요. 내가 로마군과 성전의 음모를 깨달았어요. 하얀리본과 예수를 그렇게 허무하게 모두 잃을 수는 없어요.”

하얀리본의 눈이 아니라 로마의 눈으로 성전 뜰을 내려다보면서 히스기야는 깨달았다. 일단 성전 뜰에 들어온 사람들은 하얀리본이든 예수든 그저 유월절 명절을 맞아 성전을 찾아온 사람들이든 모두 로마군에게 포위된 처지가 된다는 것을 알게 됐다. 그 많은 사람들의 목숨을 로마제국의 한바탕 칼바람에 내맡길 수는 없었다.

히스기야는 점점 마음이 급해졌다. 유다 한 사람을 설득할 수 없는데 어찌 하얀리본을 모두 설득해 거사를 중지시킬 수 있단 말인가?

‘유다 동지 한 사람을 붙잡고 설득할 일이 아니다. 그가 나를 성전 뜰에 풀어놓을 방안이 있다니, 그러면 내가 뜰에 나가자. 동지들의 몰살을 막고, 수만 명 유대인이 피 흘리는 일을 막을 기회가 될 수 있겠지 … . 무슨 수를 쓰든지 이번 하얀리본의 거사를 막아야 해! 어차피 나는 죽을 목숨, 나 한 사람의 희생으로 많은 사람이 피 흘리는 일을 막자!’

성전 경비대에 체포되기 전에는 거사를 위해 목숨을 걸기로 작정했는데, 이제 거사를 중지시키는 일에 목숨을 걸다니, 세상일이란 참 묘하다. 이스라엘의 하느님이 그동안 눈 감고 귀 막더니, 이제는 히스기야를 막다른 길로 몰고 있는 셈이다.

"바라바 동지와 다른 동지들은 지금 유다 동지가 이렇게 로마군 위수대 놈들하고 접촉하는 일을 압니까?"

"그거야 뭐, 일일이 미리 말해 둘 일은 아닌 것 같습니다. 바라바 동지가 할 일, 내가 할 일이 다르지만 결국 한 방향으로 가는 길이니까요. 히스기야 동지! 내 말 잘 들으세요. 이건 하얀리본뿐만 아니라 예수 선생님에게도 중요한 일입니다. 오직 동지만 할 수 있는 일입니다. 그러니, 동지가 성전 뜰에 나와 이번 거사의 전체 상황을 반드시 장악해야 합니다. 안 그러면 일이 이상한 방향으로 굴러갈 것입니다. 동지들 얘기를 들어 보니 바라바 동지는 토라의 나라를 세운다는 생각인 모양입니다. 하얀리본이 토라를 위해 뭉친 것은 아니지 않습니까? 그건 동지와 예수 선생님이 나서야 바로잡을 수 있습니다."

히스기야는 유다가 하려는 말을 확연히 깨달았다. 그는 토라의 나라를 세우기 위해 목숨을 걸어야 하는 거사에 찬동하지 않는다고 말하는 셈이다.

"동지! 전체 상황을 내가 장악해야 한다고요? 그건 그렇다고 치고, 이자들이 나를 정말 성전 뜰에 풀어놓아 줄 거라고 동지는 믿소? 그렇게 할 수 있단 말이오?"

"그건 이자들이 받아들일 것입니다. 자기들 손해 보는 일이 없으니까요."

"손해라니, 무슨 말인지?"

"예! 걱정 마세요. 내가 위수대장 놈에게 얘기해 둔 것이 있습니다. 그리고 단단히 준비하세요, 거사 날짜는 내일 13일입니다. 내일 아침에 다시 오겠습니다."

그는 로마군 안토니오 요새 감옥이 마치 자기 집이라도 되는 듯, 천연덕스럽게 다시 찾아오겠다고 말했다. 그때 로마군 병사가 나섰다.

"히스기야 벤 유다! 너무 말이 많다. 그만해라! 그리고, 너 유다도 이제 그만 말해라!"

그러더니 유다를 떠밀어 문밖으로 몰아냈다. 한쪽 눈을 끔뻑한 유다는 실실 웃으며 그대로 떠밀려 나갔다.

유다가 나간 후, 히스기야는 커다란 수레바퀴 앞에 혼자 서 있음을 느꼈다. 무슨 생각으로 그리 큰소리쳤는지 알 수 없지만 히스기야는 그가 허투루 말할 사람이 아니라는 것을 알고 있다. 생각하면 생각할수록 히스기야는 자기가 그저 거대한 운명에 등 떠밀려 걸어가는 듯 느껴진다. 이제 정말 감옥에 갇혀 있다는 것을 실감했다.

그러는 중에 유다가 남긴 말이 다시 떠올랐다.

"동지가 나와서 성전 뜰의 상황을 장악해야 합니다."

그 말은 곧 토라의 나라를 세우겠다는 바라바의 말을 불러냈다.

'바라바 동지는 정말 토라의 나라를 세우려는 목적으로 지금 거사를 하려는 것인가? 500명 동지들을 죽음으로 몰아넣으면서? 500명을 희생제사의 제물로 삼으면서?'

이리도 생각되고 저리도 생각할 수 있고 도저히 갈피를 잡을 수 없었다. 게다가 유다는 로마군 위수대와 은밀하게 접촉하는 것을 하얀리본과 바라바 누구에게도 말하지 않은 것으로 보였다.

'그렇다면? 바라바는 하얀리본을 이끌고 승산 없이 토라의 나라를 세우겠다는 명분으로 거사를 하고, 유다는 나를 성전 뜰에 끌어내어 예수와 협력해서 그 거사의 방향을 바꾸자는 생각이구나!'

그제야 모든 것이 분명해졌다.

'유다는 예수의 하느님 나라 운동을 혁명으로 이루자는 생각이구나!'

그랬구나! 그랬구나! 예수의 제자가 된 유다는 히스기야 없이 바라바가 하얀리본을 이끌고 일으키는 거사의 목적을 꿰뚫어 본 셈이었다. 유다가 보았던 일을 막상 하얀리본을 이끌었던 히스기야는 못 보고 있었다. 그런 면에서 이미 유다는 예수의 가르침이 어떤 세상을 이루자는 것인지 모두 분명하게 깨달은 사람이었다.

그런데 좀 더 생각하다가 히스기야는 길게 한숨을 쉰다.

'내가, 결국 로마에 대해 함께 반역하자고 예수를 이끌어냈구나. 이것이 만일 저들의 흉계라면? 아!'

그는 예수와 함께 급류에 휩쓸려 떠내려가고 있음을 깨달았다. 그것이 운명인 모양이다. 나사렛 마을의 동무, 떨어진 듯 붙어 살았고, 붙어 산 듯해도 떨어져 살았던 두 사람, 히스기야와 예수 앞에 그 운명이 커다란 입을 벌리고 기다리고 있다.

이제 그가 해야 할 일은 성전 뜰에 나가는 일이다. 하얀리본의 거사를 막고, 예수가 거사에 휩쓸리지 않도록 가로막는 일. 아직 그에게 그런 힘이 있다면 마지막 해야 할 일이다. 유다가 그를 성전 뜰에 끌어낼 수 있다면, 이스라엘의 역사에서 또 한 번 벌어질 처절한 유혈 참극을 막을 기회가 되리라.

사람아! 사람아!

니산월 12일 시간이 빠르게 흐른다. 예수 주위에 점점 더 많은 사람들이 모여들었다. 늦게 들어온 사람은 무슨 일이 있었느냐고 다른 사람들에게 묻고, 그러면 예수에게 들었던 가르침을 서로 전했다.

므나헴이 보기에 마치 민들레 씨가 바람에 날려 퍼지고 때가 되면 산등성이에 가득 꽃이 피어나듯, 유월절이 끝나면 예수의 가르침도 그렇게 퍼져 나갈 조짐이었다.

'저들은 전해 들은 얘기를 또 전할 터인데 … 억지로 막으려 한다고 막아질 일인가?'

안 될 것 같다. 하늘 얘기가 아니라 사람이 함께 어울려 살아가는 이 세상 얘기니 못 알아들은 채 끙끙거리지 않고도 누구나 전할 수 있지 않겠는가?

성전 뜰에 들어온 이후, 므나헴은 계속 예수의 동정을 살폈다. 그를 떠받치는 힘이 어디에서 오는지, 사람들이 궁금하게 생각하듯 정말 예수가 이스라엘이 기다리던 메시아인지 조심해서 살펴보았다. 알 수 없었다. 메시아라면 이상한 메시아였고, 예언자라고 하기에는 하느님을 땅으로 끌고 내려온 사람 같았다.

그러나 이제는 예수가 메시아든 아니든 므나헴이 해야 할 일의 때가 됐다. 예수가 늘 그의 때를 얘기했듯 므나헴에게도 때가 있었다.

그는 남몰래 한숨을 쉬었다.

'아! 선생님! 이제 정녕 때가 되었습니다.'

시간이 사람 목을 조이고 덤벼들었다. 므나헴은 선생이 늘 입버릇처럼 얘기했던 '때'라는 말을 이제는 이해할 수 있게 됐다.

'설사 제가 손을 빼도 이제는 막을 수 없습니다. 누가 나서도 중단시킬 수 없게 됐습니다. 왜 선생님은 무슨 일이 벌어질지 뻔히 알면서도 발걸음을 돌리거나 멈추지 않고 걸어오셨습니까? 뚜벅뚜벅 걷는 그 걸음 소리를 들을 때 저는 놀란 사슴처럼 산으로 달아나고 싶습니다. 제 혼은 산산이 부서져서 조각조각 어디로 날아가 버렸습니다. 가슴 속에는 바람만 불어 나오는 커다란 굴이 생겼습니다.'

아무리 생각해도 선생이 왜 그러는지 알 수 없다. 오늘은 마치 도발이라도 하려는 듯 예루살렘 성전 뜰에 들어오자마자 바리새파 사람들을 찾아가 불씨를 던져 놓지 않았던가? 스스로 소진消盡하려고 작정한 사람 같았다.

예수는 스스로 '사람의 아들'이라고 불렀다. 예언자 다니엘의 말을 끌어댔다고 말하는 사람도 있지만, 므나헴이 보기에는 그렇지 않았다. 하느님의 아들은 하느님께 돌아가지만, 사람의 아들은 사람과 함께 살아야 하지 않겠는가? 사람에게서 태어났으니 사람 편에 속해야 하지 않겠는가? 예수는 사람을 떠나 하늘을 택할 사람이 아님이 분명했다. 선생 스스로 거듭거듭 다짐했으리라고 므나헴은 믿었다.

'사람의 아들로 살고, 사람으로 떠나가겠다는 사람…….'

사람이기 때문에 어떤 고통도 피할 수 없으리라. 사람이기 때문에 다른 방법 없이 허무하게 쓰러질 것이다.

바짝 마른 나무줄기가 타닥타닥 불타는 소리를 므나헴은 들었다. 시간을 재촉하는 소리였다. 가물어 바짝 마른 비탈에 연기도 없는 불이 붙어 타는 광경이 보였다. 그리고 므나헴 가슴도 버적버적 타들어 갔다.

'내가 정녕 이스라엘에 처음으로 나타난 한 사람, 스스로 사람의 아들이라고 부르던 그 사람을 무너뜨려야 하는가?'

예수를 무너뜨리기 위해 그는 갈릴리 가버나움을 찾은 사람이었다. 무엇이 옳은 세상인지, 누가 사람들의 아픔을 어루만져 주는지, 어떻게 해야 사람이 사람대접을 받으며 사는 세상을 이룰 수 있는지, 그와 전혀 상관할 수 없는 일이었다.

므나헴이 글을 읽고 쓸 줄 안다는 것, 무슨 일이든 꾸준히 물고 늘어지는 끈기를 지녔다는 것, 어느 곳에 가서 누구와 어울려도 특별히 눈에 띄지 않으면서도 잘 어울린다는 점을 알렉산더는 높이 샀다. 므나헴은 먹이를 찾아 산비탈과 들을 헤매는 들짐승이 아니었다. 물웅덩이에 몸을 숨기고 먹이가 다가오기를 끈질기게 기다리는 포식자捕食者였다.

처음부터 므나헴은 자기가 이길 것이라고 굳게 믿었다. 언젠가 때가 되면, 예수를 덥석 물어 흔들며 물속으로 끌고 들어갈 수 있으리라 믿었다. 그리고 그날을 위해 예수의 가르침 한 마디, 몸짓 하나도 놓치지 않고 살펴보고 마음에 담아 두었다. 그가 맡은 일이 그러했다.

그런데 예수는 거센 파도처럼 밀려드는 사람이 아니고, 폭포처럼 쏟아지는 사람도 아니었다. 갈릴리 호수 모래톱과 자디잔 돌 틈으로 스며드는 물결처럼 잘름잘름 적시며 스며드는 사람이었다.

'이러면 안 되지 … .'

안 되지 안 되지 하면서 므나헴은 어느 새 예수에게 젖은 사람이 됐다. 예수의 숨소리만 듣고도 그의 마음을 미뤄 짐작할 수 있고, 예수가 눈길 주는 곳에 어느덧 그도 눈길을 주는 사람이 됐다. 문득 깨닫고 몸을 사리면서 고개를 흔들었다. 그러나 언제나 그때뿐, 그는 다시 예수를 바라보는 사람으로 돌아가 있었다.

예수는 알렉산더처럼 잘생긴 사람도 아니고, 학식이 높은 선생도 아니었다. 틈을 크게 벌려 놓은 채 건너편에 고고하게 앉아 자기를 만나려면 그 틈을 메우고 건너오라고 말하는 사람도 아니었다. 특별한 절차나 의식 없이도 만날 수 있고, 어떤 수준의 깨달음에 이른 사람이 아니어도 함께 어울릴 수 있었다.

오직 입으로 다른 사람을 새사람으로 바꿀 수 있는 선생은 세상에 아무도 없다. 말에 마음이 실려야 하고, 마음은 몸과 함께 다가와야 하고, 그 몸과 마음은 사람이 살아가는 세상과 잇닿아 있어야 한다. 높은 산 위에 서서 세상을 향해 외치는 가르침은 번뜩 눈을 뜨도록 깨우칠 수는 있어도 붙잡고 세상을 살아가는 힘이 될 수는 없다. 지팡이가 될 수 없다. 세상 이치를 모두 깨우치는 한 마디 번뜩이는 지혜와 고고함이 있어도 어머니 냄새 아버지 냄새가 나지 않는다면 그 품에 안길 수는 없다.

그런데 예수는 '선생'이라고 불리기를 좋아하는 다른 사람들과 달랐다. 그에게서는 사람 냄새가 났다. 오랜 세월 잊고 살았던.

'담도 없고 문도 없고 벽도 없는 집이라더니 ….'

예수가 이끄는 제자들이 그랬다. 어떤 규칙도 없었다. 그냥 아무 때나 들어가 앉아 쉬다가 떠나도 되고, 머물고 싶으면 머물렀다. 새벽에 일찍 일어나 동쪽 하늘을 바라보며 수련하거나 토라를 암송하거나 모여 앉아 기도하지도 않았다. 정해진 때에 금식해야 된다는 규칙도 없고, 배고픈 사람이 먼저 먹어도 되는 가족이었다. 때로는 20명 30명 100명이 주위에 모여 북적이다가 그저 몇 명이 둘러 앉아 팔을 무릎 위에 세우고 손으로 턱을 고인 채 선생의 얘기를 들어도 되는 공동체였다.

'이런 사람을 알렉산더 공은 왜 위험하다고 생각했을까? 잘못 짚었음이 분명해! 오히려 선생님의 가르침을 갈릴리 통치에 받아들이면 좋겠군! 그러면 선생님도 지배자들을 통해 가르침을 실현할 수 있어 좋을 테고 ….'

예수를 왜 위험한 인물이라 부르고, 왜 감시하는 일을 맡겼는지 처음 한동안 알렉산더를 이해하지 못했다. 예수의 가르침이 무엇을 이루려고 하는지 그 지향점을 그때까지는 깨닫지 못했기 때문이었다.

시간이 지나면서 므나헴은 예수를 예언자라고 생각하기 시작했다. 그동안 이스라엘의 역사에 수없이 나타났던 예언자들과 다른 형태의 예언자라고 믿었다. 이전의 예언자들은 늘 이방인과 유대인을 철저하게 구별하는 일로부터 예언을 시작했다. 이스라엘이 이방제국의 압제에 시달리는 일은 야훼 하느님 앞에 지은 죄 때문이라고 꾸짖었다. 이방의 신을 섬기고 이방의 풍습을 따르는 것이 가장 큰 죄라고 외쳤다.

"이스라엘아! 죄에서 돌이켜 야훼 하느님에게 돌아오라!"

야훼 하느님에게 돌아오면 이스라엘에게 하느님의 구원과 해방이 이른다고 선언했다. 이스라엘 사람이라면 그가 갈릴리 사람이든 유대 사람이든 모두 이집트에서 종으로 살다가 풀려난 해방을 떠올렸다. 유대인들은 훗날 바빌론에 포로로 끌려갔다가 돌아온 해방도 떠올렸다.

그런데 예수는 다른 해방을 가르쳤다. 이집트에서 종살이하다 풀려난 해방이나 유대인이 포로로 잡혀갔던 바빌론에서 놓여 돌아온 일만 의미하지 않았다. 제자 무리에 끼어든 지 한 달여 만에 므나헴은 예수가 가르치는 해방이 얼마나 위험한 얘기인지 깨달았다.

'억압받는 모든 사람을 해방하겠다는 뜻이구나!'

예수는 정치권력과 경제적 수탈로부터 해방을 목표로 삼았다. 그렇게 해방을 생각하니 바로 로마 제국, 갈릴리 분봉왕 그리고 로마를 등에 업은 예루살렘 성전이 수탈자 압제자로 보일 수밖에 없었다. 오로지 한 가지만 믿고 따르라는 이스라엘의 가르침도 그는 억압이라고 생각했다. 수많은 억압과 압제 중 어느 것은 참고 받아들이고 어떤 압제는 목숨 걸고 저항해야 한다고 가르치지 않았다. 모든 억압과 압제를 거부하라고 말했다. 그의 해방의 내용은 한없이 깊고 넓었다. 예수가 이루려는 하느님 나라는 '해방'이 없으면 불가능한 세상이었다.

므나헴은 예수의 입에서 나온 모든 가르침을 뚜렷이 기억했고, 기회가 될 때마다 알렉산더에게 보고했다. 티베리아스 왕성으로 찾아가 보고했고, 때로는 왕성에서 찾아온 사람을 통해 기록으로 보고했다. 예수가 했던 말, 그 가르침을 세상에서 맨 처음 기록으로 남긴 사람이 므나헴이었다. 그가 기억해 둔 말과 남긴 기록들이 차곡차곡 쌓여 이제 예루살렘에서 예수의 목에 걸릴 올가미가 되었다.

므나헴이 보기에 지난 몇 년 동안 예수는 많이 달라졌다. 예루살렘 성전에 들어온 예수는 처음 갈릴리 호숫가에서 제자들을 불러 모아 가르치던 그 사람이 아니다. 무엇이 그처럼 예수를 변화시켰는가? 사람은 태어난 대로 산다고 믿는 세상인데 어찌 예수는 날마다 변할 수 있단 말인가?

예수만 변한 것이 아니고 알지 못하는 사이에 므나헴도 변했다. 어쩌면 변했다기보다 무너졌다는 말이 맞을 것이다.

올리브산 중턱에 서서 아침 햇빛을 받고 깨어 일어나는 예루살렘을 굽어볼 때, 하나라도 더 깨우쳐 주려고 하루 종일 성전 뜰에서 사람들을 가르치는 선생을 지켜볼 때, 해 떨어지는 서쪽 산을 물끄러미 바라보다 어두워지는 베다니 길을 걸어 내려갈 때, 므나헴은 왠지 이제는 걸어온 길을 되짚어 갈 수 없으리라는 생각이 들었다. 걸어온 길보다 더 먼 거리, 한 번도 생각해 본 적 없던 길, 혼자 걸어야 할 길이 눈앞에 떠오를 때마다 그는 몸을 떨었다.

'이거 … 내가 왜? 아직 맡은 일이 있는데 … 허! 참!'

돌이킬 수 없음을 아는 것은 당혹이었다. 어쩔 수 없다는 것을 깨닫자 너무 멀리 걸어왔다는 것을 알았다. 자기도 모르는 사이에 그는 예수의 가르침을 따르는 사람이 되었고, 가르침을 위해 몸을 바쳐야 할 사람으로 바뀌었다. 왜 안 그렇겠는가?

이제는 제자들 중에서 예수의 가르침을 누구보다 더 많이 기억하는 사람이 그였다. 한 마디도 빼놓지 않고 모두 기억하고 있으니 마음속에 심어져 있던 예수의 말이 때를 만나 싹이 튼 모양이다.

그뿐만 아니다. 예수를 바라보고 앉아 있으면 물막이 둑이 터진 듯 넘실거리는 감동이 가슴속으로 밀려들고 자꾸 눈물이 났다. 그동안 선생에게서 들었던 따뜻한 말들이 하나하나 떠오르더니 가슴을 촉촉하게 적시고 목까지 차올랐다.

'아! 선생님! 저는 차마 … .'

빨래는 햇빛에 말리면 점점 제 색깔을 찾는다. 그러나 므나헴은 내리쬐는 햇빛에 세상 모든 것이 점점 창백해지고 바래는 느낌이 들었다. 바람에 펄럭거리며 빨랫줄에 걸려 있는 것처럼 그는 조금씩 말라갔다.

'선생님은 처음부터 모두 알고 계셨음이 분명해!'

그것은 므나헴의 혼자 생각이 아니고 사실이 그러했다. 처음부터 므나헴의 정체를 알면서도 예수는 그를 제자로 받아들였고, 내치거나 경계하지 않고 곁에 두었다. 그의 마음을 무겁게 덮고 있는 어둠도, 비를 머금은 먹구름도, 캄캄한 밤에 불빛을 찾아 혼자 가시덤불 길을 헤매는 아픈 모습도 예수는 모두 지켜보았다. 예수의 그런 마음을 므나헴이 깨달을 만한 일도 있었다.

갈릴리 들판을 걷던 어느 봄날, 밀밭 옆을 지날 때였다. 익어가는 밀을 바라보면서 농사일이라면 자기가 좀 안다는 듯 나다나엘이 제자들을 한 번 쓱 훑어보더니 예수에게 말했다.

"선생님! 보아하니 이 밭 주인은 좀 게으른 사람 같습니다. 가라지, 깜부기, 병든 이삭을 진작에 뽑아 주지 않아 밭이 저렇게 온통 … ."

"나다나엘! 가라지는 모두 뽑아야 하나요?"

"농사를 망치지 않습니까? 보십시오, 선생님!"

"추수할 때 가려내면 되지요. 그런데, 세상에는 병을 옮기는 깜부기 같은 사람도 있고, 애초부터 같은 밭에 뿌리면 안 되는 가라지도 있지요. 그러나 나는 내 밭에 있는 가라지든 병든 이삭이든 뽑지 않고 세상 끝날까지 놔둘 겁니다."

"선생님, 그건 무슨 말씀인지 잘 알아듣지 못하겠습니다."

그때, 예수는 므나헴을 바라보았다. 그의 눈길을 받으면서 므나헴은 가슴이 덜컹 내려앉았다. 갑자기 견디기 어려운 어지럼증이 일어나는 것을 느꼈다. 밀밭 위에 쏟아지던 햇빛이 처음으로 그렇게 부끄러웠다. 분명 가라지 같은 사람이 므나헴이지만, 선생은 추수 때까지 뽑지 않겠다고 말한 셈이었다.

"사람이 가라지를 먹을 수 없고 깜부기 병든 이삭으로 식량을 삼을 수 없지요. 그러나 사람에게 이로운 것들만 가려가면서 세상을 살아갈 수는 없습니다. 해로운 것을 찾아내 뽑기 시작하면, 많이 해로운 것, 조금 덜 해로운 것, 끊임없이 가르고 뽑게 됩니다. 그러다 보면, 오직 한 가지 빼놓고는 모두 뽑아야 합니다. 그 한 가지는 결국 '나'입니다. 나를 제외한 모든 것을 차곡차곡 뽑아내면 세상에는 오직 '각자의 나'밖에 살 수 없게 됩니다. 가르는 기준을 나로 삼고, 나에게 유익하냐 해롭냐는 기준에 따라 살면 어찌 더불어 살아가는 세상을 이룰 수 있겠습니까? 하느님 나라는 나의 생각과 가장 크게 다른 사람도 더불어 함께 살아가는 세상입니다."

그리고 한마디를 덧붙였다.

"생명을 내신 하늘 아버지는 각 생명에게 세상을 위해 서로 기대며 살아가도록 몫을 허락하셨습니다. 가라지는 가라지대로 몫이 있다고 생각하세요!"

선생의 눈을 피하느라고 그동안 늘 고개를 수그리고 지내왔지만 예수는 그의 발가벗은 모습을 바라보고 있었음을 알았다. 처음으로 부끄러움이 온몸을 휘감았다. 그러나 자기에게 맡겨진 일을 그만두어야 한다고는 전혀 생각하지 않았다. 맡은 일 또한 중요한 일이었다.

예수가 얼마나 위험한 인물인지 갈릴리 분봉왕의 신하 알렉산더가 제일 먼저 꿰뚫어 보았다면, 예수가 정말 위험한 사람이라는 것을 실제로 끊임없이 확인한 사람은 므나헴이었다. 그는 갈릴리 분봉왕을 섬기는 일에 조금도 부끄러움을 느끼지 않았고, 오히려 알렉산더의 부하가 되어 분봉왕이 펼쳐 놓은 후원의 그물에 잇대어 사는 것을 자랑스럽게 생각했던 사람이었다. 충성스럽고 유능했기 때문에 늘 어려운 임무는 그에게 떨어졌고, 성공적으로 임무를 마치면 큼직한 보상도 뒤따랐다. 분봉왕 영지 안에서 남다른 혜택을 누리며 살았다.

제자 무리에 처음 끼어들었을 때부터 예수가 어떻게 사람을 변화시키는지 그는 똑똑히 지켜보았다.

어떤 사람은 예수의 첫 부름을 받는 순간, 때로는 그의 눈길에 마주친 순간 주저 없이 무릎을 꿇고 제자가 됐지만 므나헴은 그럴 수 없었다. 예수의 모든 가르침을 기억하고 모든 행적을 눈여겨보면서도 무너지면 안 되는 사람이었다. 보고 듣고 기억한 모든 말과 행동으로 예수를 옭아맬 올무를 만들어야 할 사람이었다. 마음이 흔들릴 때마다 어린 자식과 아내의 모습을 떠올리며 마음을 다잡았다.

그런데 어느 때부터 언뜻 예수의 눈 안에 들어가 있는 자기를 깨달았다. 연민 가득한 눈으로 지켜보고 있음을. 예수는 그가 조금씩 눈뜨는 것을 지켜보았고, 옆에 다른 제자가 없이 두 사람만 있을 때면 알 듯 모를 듯 두고두고 생각할 말을 그의 가슴속에 심었다.

"므나헴! 글을 읽고 쓸 줄 아는 그대가 내 제자가 되었으니, 그대가 할 수 있는 일이 있다오."

그 말은 이제까지 므나헴이 속해 살았던 세상에서 다른 세상으로 삶을 옮기라는 말로 들렸다. 그 말끝에 예수는 아직까지도 므나헴이 깨닫지 못하는 말을 덧붙였다.

"므나헴! 그대가 누구이든 무슨 일을 하려고 하든, 결국 그대는 이 길을 걸을 것이오."

이 길이라니, 므나헴의 마음 문을 열고 들어온 예수는 그의 가슴속에 '길'이라는 말을 남겼다. 그는 예수의 얼굴을 더 이상 천연덕스럽게 바라보고 있을 수 없었다. 목이 콱 메고 말이 나오지 않았다.

므나헴은 예수 앞에 무릎 꿇고 엎드리고 싶었지만 그럴 수 없었다. 예수도 묻지 않았고 아무 말 없이 그의 마음을 어루만져 주었다. 그가 지고 있는 무거운 짐을 내려놓으라고 말하지도 않고, 그의 마음 갈피갈피를 부드럽게 어루만지고, 철철 피 흘리는 속 상처를 싸매 주었을 뿐이다.

예수가 해줬던 말을 떠올리며 므나헴은 망연히 성전 뜰을 내다보았다. 사람들은 여전히 오가고, 예수의 가르침을 들어보려는 사람들은 솔로몬 주랑건물을 기웃거렸다. 아침나절에 예수가 바리새파 선생들에게 도전했다는 말을 듣고 고개를 가로젓는 사람도 있을 것이고, 므나헴이 그런 것처럼 그 말뜻을 붙잡고 씨름하는 사람도 있을 것이다.

'이제 시간이 없으니 ….'

남은 시간은 길어야 하루 하고 한나절뿐. 이제는 예수와 단둘이 앉아 얘기를 나누어야 할 때가 됐다. 선생이 그의 가슴에 오래전부터 심었던 씨 중에서 몇 개는 싹이 텄다. 머리를 들고 일어난 싹이 예루살렘 푸른 하늘을 바라보아야 하지 않겠는가? 아직 심어진 채 남아있는 씨에서는 무슨 싹이 틀 것인지 알아봐야 하지 않겠는가?

때마침 예수 곁에 모여드는 사람들이 뜸했다. 므나헴이 예수 곁에 다가가 조용히 물었다.

"선생님! '평화를 이루는 사람에게 복이 있다'고 말씀하신 적이 있는데요 …."

"그래요! 그건 아주 귀한 일이에요. 모든 사람들이 마땅히 해야 할 일이지요."

"그런데, 제 생각에 '평화를 지키는 사람'이라는 말 대신 '평화를 이루는 사람'이라고 말씀하신 것이 더 중요하다는 생각이 들었습니다. 그래서 기회가 되면 여쭤 보고 싶었습니다."

"므나헴! 이제 그대는 진정 내 말을 알아듣기 시작한 사람이 됐네요. 다행입니다. 들어보세요. 그대가 잘 깨달은 것처럼, 평화를 이루는 사람과 평화를 지키는 사람은 전혀 다른 사람이에요. 평화를 지키려는 사람은 지금 이루어졌다고 믿는 평화를 지키는 일, 현재 사람들이 살아가는 세상을 그대로 유지하려는 것입니다. 정의와 평등에 대하여는 생각하지 않는 사람입니다."

"평화를 이루는 사람은 …."

"그래요! '지금 우리가 살아가는 세상에 문제가 많다. 이대로는 안 되겠다. 더 이상 이렇게 살아갈 수는 없다. 그러니, 억압하는 세상, 힘있는 사람이 힘없는 사람에게서 탈취해 빼앗아 가는 세상, 이런 세상은 반드시 바꾸어야 한다.' 그렇게 생각하는 사람입니다. 지금 이 현실을 당연하게 받아들이면 안 된다고 하면서 현상 유지를 깨뜨리려고 나서는 사람입니다."

예수의 말을 듣고 보니 므나헴 그 자신은 현상을 지키려는 편에 서 있었다. 선생의 가르침을 받아 마음은 그를 따르는 사람이 되었지만, 몸은 여전히 갈릴리의 알렉산더에게 매인 몸이었다. 마음과 몸이 지금처럼 멀리 떨어져 있음을 느낀 것은 처음이었다. 더구나 그는 지난밤 마리아가 치렀던 의식처럼 예수가 겪을 고난과 죽음 그 고빗길에 지켜보고 서 있을 사람이 아닌가?

할 수만 있다면 그가 맡은 역할을 모두 선생에게 고백하고, 다른 방법을 찾아보고 싶었다. 평화를 이루는 일이든 평화를 지키는 일이든 선생과 토론하자는 생각이 아니라 무어라 말을 붙일 계기를 만들고 싶었기 때문이었는데, 예수는 속도 모르고 평화 얘기를 이어갔다.

'선생님! 마리아가 기름을 부어드린 일을 저는 말씀드리고 싶습니다. 이제 정말 무서운 일이 일어날 때가 됐습니다.'

예수 앞에 털썩 무릎을 꿇고 그렇게 털어 놓고 싶다. 말 한 마디 떼기가 그렇게 어려운 줄은 처음 알았다.

'지금이라도 늦지 않습니다. 다른 사람들이 눈치채지 못하도록 조용히 일어나서 양의 문 쪽으로 나가십시오! 혼자 베다니로 돌아가십시오. 제가 제자들 한 사람도 빼놓지 않고 슬그머니 따로 빠져나가도

록 하겠습니다.'

무슨 일을 하면서 선생은 오늘 하루를 보낼 생각일까? 어제도 그랬고 그제도 그랬고 첫날에도 그랬듯 여전히 사람들을 가르치는 일로 시간을 흘려보낼 것인가? 세상은 한쪽으로 기울어 가는데 ….

그런데 예수는 말을 이었다. 마치 므나헴이 꼭 알아 두어야 할 무척 중요한 말이라는 듯.

"평화를 이루는 사람은 현상을 바꾸려고 나서면서도, 그런 일을 평화롭게 이루자는 사람입니다. 그런데 세상은 그를 평화를 깨뜨리는 사람이라 부르며 핍박할 것입니다. 그런 사람을 그대로 놔두고는 그들이 얘기하는 평화를 지킬 수 없기 때문입니다."

므나헴은 예수의 말을 다 알아들었다.

'그렇습니다, 선생님! 그래서 저들은 선생님을 제거하려고 합니다. 저는 그 일을 맡은 사람입니다. 저들은 선생님의 평화를 받아들일 수 없기 때문입니다.'

예수는 '평화를 이루는 일을 위해 보냄 받은 사람'이라고 스스로 부른 적이 있었다. 예수에게 평화를 이루는 일이란 억압의 세상을 해방의 새 세상으로 바꾸어 나가는 일이다.

사람들에 따라서는 예수가 경제적 사회적 종교적 문화적 변화를 일으키려는 사람이라고 말하겠지만, 므나헴이 보기에는 정치를 바꾸기 전에는 모두 불가능한 일이다. 모든 것이 정치에 통합된 세상, 정치 아닌 것이 없는 세상이기 때문이다. 그러나 무엇으로 예수가 정치를 바꿀 수 있단 말인가?

더구나 예루살렘 성전은 예수가 서 있을 자리가 아니다. 유대는 예수를 받아들일 수 없는 토라의 땅이다. 그가 발 디디고 서 있을 수 있는 땅은 지금 세상 어디에도 없다는 것을 므나헴은 안다. 예수는 미래의 어느 때를 살기 위해 지금 세상에 들어온 사람인가?

할 수 없이 므나헴은 예수의 말을 받아 한마디 했다. 그는 어떻게 해서든 정말 하고 싶은 얘기로 방향을 틀고 싶었다.

"선생님! 고향마을 나사렛을 찾아가셨을 때 안식일 아침에 하셨던 말씀을 기억합니다. 그날 선생님은 마을 회당에서 예언자 이사야의 말을 들어 새 세상이 왔다고 선언하셨습니다."

그날 므나헴은 예수의 가르침을 해방을 선포하는 정치선언으로 받아들였다. 두려움이 머리끝에서 발끝으로 찌릿찌릿 흘러내릴 만큼 무서운 선언이었다.

"주님께서 나에게 기름을 부으시니, 주 하나님의 영이 나에게 임하셨다. 주님께서 나를 보내셔서 가난한 사람들에게 기쁜 소식을 전하고, 상한 마음을 싸매어 주고, 포로에게 자유를 선포하고, 갇힌 사람에게 석방을 선언하고, 눈 먼 사람에게 눈 뜸을 선포하고, 주님의 은혜가 내릴 해임을 선언하고, 모든 슬퍼하는 사람들을 위로하게 하셨다."

므나헴은 그 모든 말을 제대로 알아들었다. 예수가 이루려는 해방이 무엇인지 그 선언 속에 모두 들어 있었다. 세상이 지키려는 평화를 깨뜨리려는 일이라고 므나헴은 그 자리에서 깨달았다.

'이스라엘과 유대의 평화를 위협하는 사람일 뿐만 아니라, 로마황제 아우구스투스가 세상에 가져온 평화를 뒤흔드는 사람으로 처벌받을 것이다. 매질을 당하거나 감옥에 갇히는 일로 끝나지 않고, 그대로 놔두고는 세상의 평화를 지킬 수 없으니 반드시 제거해야 할 사람이

될 것이다. 내가 맡은 일이 바로 그를 제거하는 일이다.'

그때만 해도 므나헴은 그가 맡은 일을 조금도 고통스럽게 생각하지 않았다. 오히려 예수에게서 꼬투리를 잡고 증거를 찾기에 열심인 때였다.

"선생님! 그때 일을 생각하니 꼭 드려야 할 말씀이 있습니다. 지금 예루살렘은 한 치 앞도 내다볼 수 없을 만큼 깊은 어둠이 덮고 있는 셈입니다. 그래서, 제 생각으로는 … ."

므나헴은 어렵게 말을 시작했다. 그런데 예수가 그를 지긋이 바라보고 있음을 알았다. 그의 눈은 므나헴의 마음을 들여다보고 있었고, 따스한 손을 펴서 고민에 빠진 그의 마음 갈피갈피 어루만져 주고 있었다. 마음속에서 일어나고 스러지는 회한悔恨과 부끄러움을 예수가 미소로 어루만지며 위로하고 있었다.

고개를 끄덕이며 그를 바라보던 예수가 입을 열었다.

"므나헴! 그대는 평화를 지키는 사람이 아니라 평화를 이루는 사람이 될 것이오. 내가 그대에게 이 일을 맡기겠소!"

"선생님! 제가 어찌 감히 그런 일을 … . 다른 제자들도 많은데 … . 게다가 지금은 … ."

예수는 더 말하지 않고 부드러운 미소로 므나헴을 바라본다. 세상에 부끄러움 없는 사람이 어디 있으랴? 지난날을 뒤돌아보았을 때 한 점의 후회도 없는 사람이 어디 있으랴? 세상을 살아가면서 발을 헛디뎌 삐끗해 보지 않은 사람이 어디 있으랴? 어떤 사람은 그것을 깨닫고, 어떤 사람은 아무 일도 없었다는 듯 툭툭 털고 일어나서 매일 똑같은 일을 저지른다.

"제가 어찌 감히 … ."

므나헴이 다시 고개를 숙이면서 말했다. 그가 예수에게 하려던 말은 소리가 되어 입 밖으로 나오지 못한 채 벌렁거리는 가슴속으로 풍덩 떨어져 내렸다.

"므나헴!"

그를 불러 놓고 예수는 한참 아무 말도 하지 않았다.

'선생님!'

'므나헴! 그대 마음을 내가 알지요. 그러니 됐소!'

말없는 대화를 통해 예수의 마음을 알아챈 므나헴은 하고 싶었던 말을 꺼낼 수 없게 됐다. 예수가 마음으로 건넨 말을 계속 못 알아들은 척할 수 없었기 때문이다.

'그럴 분도 아니지만 성전을 벗어나 베다니로 돌아간다고, 갈릴리로 허둥지둥 달아난다고 … 선생님이 가실 수 있는 곳이 세상 어디에 있겠는가?'

"선생님! 어떤 말씀을 하시든 목숨이 다하는 날까지 받들겠습니다."

결국 무릎을 꿇는 마음으로, 진정을 담아 그가 예수에게 말했다.

"그대는 그럴 것이오. 이미 돌아설 수 없을 만큼 먼 곳까지 나를 따라왔지요."

"말씀해 주십시오. 제가 받들겠습니다."

예수는 그에게 조용한 목소리로 몇 가지를 당부하기 시작했다. 그건 므나헴에게는 산모퉁이를 도는 일이다. 펄쩍 뛰어 개울을 건너는 일이다. 자다가 한밤중에 번쩍 눈을 뜨고 일어나 앉는 일이고, 걸어가던 길을 바꾸는 일이다. 니산월 12일 성전 뜰에서 예수와 므나헴이 한 사람으로 합쳐지는 일이다.

므나헴은 그가 맡은 일 때문에 예수가 길을 걷는 마지막 순간까지 두 가지 면에서 증인證人이 될 수밖에 없다는 것을 깨달았다. 모든 증거를 들이밀면서 예수를 거꾸러뜨리는 일에 증인이 되어야 하고, 예수가 그에게 맡겨 준 일을 세상에 남기는 증인이 되어야 한다.

고민에 빠진 므나헴의 얼굴을 바라보면서, 벌렁벌렁 떨고 있는 그의 가슴 뛰는 소리를 들으면서 예수는 그에게 맡긴 일이 얼마나 힘든 일인지 안쓰러운 마음이 들었다. 생각했던 것보다 훨씬 더 큰 아픔을 그는 겪을 것이다.

'어찌 므나헴이 이처럼 가슴 아픈 역할을 맡게 되었는가?'

앞으로 살아가면서 그가 얼마나 가슴을 치며 통곡하고, 사람들 눈을 피해 세상을 헤맬지 예수는 알 수 있다. 나무 아래에 설 때마다 부끄러운 일을 떠올리며 스스로 목을 매려고 굵은 가지를 올려다볼 것이고, 낭떠러지에 서면 '여기 떨어지면 죽을 수 있을까?' 높이를 가늠하며 살 것이다.

예수가 한참 만에 므나헴에게 말을 건넸다.

"므나헴! 부끄러움에 무너지면, 그대에게 맡겨진 일을 포기하고 멀리 달아나고 싶을 거요. 그런데, 그대는 모든 아픔을 이겨내야 하오. 나는 그대를 믿소!"

"선생님! 말씀대로 저는 정말 어디 먼 곳으로 달아나고 싶습니다."

예수에게 달아나라고 말하고 싶었는데 이제는 그가 멀리멀리 달아나 숨고 싶었다.

"그대가 사라진다고 일어날 일이 안 일어나거나 달라지지 않소. 내가 했던 말을 세상에서 그대가 제일 정확하게 증언할 것이오."

"그런데 저는 하루하루 죽을 만큼 고민합니다."

"허허! 누군가가 해야 될 일이라면 그대가 해 주면 고맙겠소!"

몸을 부르르 떠는 므나헴의 목덜미와 팔뚝에 돋는 소름을 예수는 보았다. 마치 차가운 물에 들어갔다 나온 사람처럼….

한 사람을 손잡아 일으켜 세워 주면 세상 모두를 돌보는 것과 마찬가지다. 예수는 므나헴에게 살아갈 이유를 마련해 준 셈이다. 그가 맞닥뜨릴 허무, 그 끝없이 깊고 캄캄한 허무를 이겨낼 힘을 그에게 부어 준 셈이다. 므나헴이 한 일을 어느 날 세상이 기억할 것이다. 다만 그 이름을 알지 못한 채…. 그의 이름은 그 깊은 허무 속으로 떨어져 영원히 가라앉을 것이다.

예수와 얘기를 나누는 중에 므나헴은 알렉산더의 하인 한 사람이 저만치 떨어진 곳에서 신호를 보내는 것을 보았다. 선생이 눈치채지 못하도록 신호로 응답했다.

한참 후에 슬그머니 솔로몬 주랑건물을 나서다 뒤돌아보니 마침 예수가 그를 지켜보고 있었다. 선생은 므나헴에게 고개를 끄덕여주었다. 가슴이 덜컹 무너져 내렸다. 천근만근 무거운 발걸음으로 걸으면서 그는 울고 싶었다.

'아, 선생님! 어쩔 수 없습니다.'

'므나헴! 그대 일을 하시오!'

걷다 보니 하스몬 왕궁 건물이 눈에 들어왔다. 이미 일은 그가 어찌할 수 있는 선을 넘었다. 마치 산등성이에서 바위가 굴러 내리기 시작한 듯….

"므나헴! 도대체 마리아는 왜? 뭐 좀 알아냈나?"

"절대로 그냥 갈릴리로 돌아가지 않을 겁니다."

"그러니까 왜?"

알렉산더의 얼굴은 곧 터질 것처럼 부풀어 올랐다. 화가 날 때마다 늘 그렇지만 콧구멍이 벌름거리고 콧등까지 발개지면서 입꼬리가 씰룩거렸다.

"저도 사실 깜짝 놀랐습니다. 더구나 공이 은혜를 베푸느라고 주신 은전까지 그대로 가지고 있다 돌려주고, 게다가 받은 금액의 두 배를 더 붙여 내놓는 것을 보면서 참 어쩔 수 없는 여자라고 생각했습니다."

"어? 그건 무슨 소리야?"

"아니? 아닙니다."

므나헴은 알렉산더의 하인이 은전을 받았다는 사실을 입에 올리지 않았음을 즉각 알아챘다. 자기라도 그럴 것 같았다. 어떻게 그 돈을 전하면서 마리아가 했던 말을 그대로 옮길 수 있단 말인가? 그것은 돈이 아니라 갈릴리의 알렉산더가 다시는 세상 앞에 고개를 들고 나서지 못할 만큼 깊고 큰 수치를 안겨 주는 일인 것을.

"무슨 소리냐니까? 똑바로 얘기 못 해?"

이제 사정없이 정강이를 걷어차든, 왼손으로 오른뺨을 때리든, 벽에 걸린 채찍을 끌어내려 휘두르고 나서든 알렉산더가 한바탕 소동을 벌일 차례다. 므나헴은 자기가 참으로 난감한 처지에 빠졌음을 알았다. 조금이라도 자기 명예에 흠이 가는 일이 생기면 아무리 충성을 바쳤던 하인이나 부하라도 가차 없이 처벌하는 알렉산더를 알아도 너무 잘 알았기 때문이다. 이제 므나헴이든, 새벽녘에 베다니 여인숙으로 찾아왔던 하인이든 둘 중에 한 사람이 그 화를 당할 형편이다.

그때 예수의 눈이 떠올랐다.

'므나헴!'

선생은 므나헴의 눈을 똑바로 쳐다보며 그를 부르고 있었다.

'므나헴! 어찌할 것인가요?'

므나헴은 자기가 맡기로 했다.

"공께서 아무리 명령을 내리셔도 마리아는 절대로 갈릴리에 혼자 내려갈 생각이 없습니다. 그리고 말하길 '공을 모시면서 빚은 이미 다 갚았고, 공이 주신 돈은 돌려드린다'고 내놨습니다. 이제 아무것도 공에게 빚진 것이 없다면서 … ."

"돈 얘기가 뭐냐고!"

"공께 전해드리라고 저에게 내놨습니다. 그런데, 차마 제가 받아올 수 없어서 마리아에게 다시 주었습니다. 공의 돌보심을 그렇게 저버리면 안 된다고 타이르면서 … ."

므나헴의 말이 그대로 다 믿기지 않지만 알렉산더는 더 묻지 않겠다고 마음먹은 눈치다. 입을 실룩거리더니 혼잣말처럼 내뱉는 말을 므나헴은 분명히 들었다.

"제까짓 것이 … 감히 … ."

경멸의 뜻이 가득 담겼지만, 체념도 깊이 배어 있다는 것을 므나헴은 알아챘다. 그는 알렉산더를 오래 모셨던 하인들이나 부하들에게서 이미 들어 알고 있었다. 마리아를 자기 여자로 삼기 위해 알렉산더가 얼마나 아버지와 부딪쳤는지. 종으로 데려온 여자라면 주인이 아내나 첩으로 삼을 수 있고, 아니면 아들에게 주어 며느리로 삼는 일이 보통

이었다. 그런데 알렉산더는 아버지가 눈독을 들인 여종을 자기가 차지한 셈이었다. 아내가 아니라 그저 여자로.

사람들이 수군거리는 소리에 아랑곳하지 않고 마리아를 차지했고, 갈릴리 어디를 가든 꼭 그녀를 데리고 다녔다. 그러니 6년이 지난 다음 7년째 들어섰을 때 마리아가 막달라로 돌아간 일이야말로 사람들에게 이상하기 그지없는 일로 보였다. 더구나 알렉산더는 얼음처럼 싸늘한 표정으로 마리아를 내보냈다니….

'마리아를 내보낸 일이 진심인지, 지금 저렇게 집착하는 것이 진심인지….'

마리아 때문에 명예가 손상될까 봐 그러는 모양이라고 생각할 수만은 없는 이상한 일이었다. 아마 한 번 자기 손에 있었던 것이라면 무엇이든 놓을 수 없는 집착이라고 므나헴은 생각했다.

'손에서 놓았더라도 한 번 내 것이었으면 영원히 내 것이다.'

므나헴은 예수의 제자들 중에서 마리아를 볼 때마다 경이롭다는 생각을 했다. 어떻게 그녀가 알렉산더를 섬기고 살았는지 도저히 믿을 수 없었다. 한 번도 남자를 알지 못한 여자 같았다. 그 서늘한 눈을 마주하면 그 눈 속에 풍덩 빠지고는 싶지만 여자로 안아보려고 나서면 안 될 사람 같았다. 예수가 가르쳤던 말대로 하느님이 처음 남자와 여자를 창조했을 때 여자에게 부어준 품성이 그녀에게 그대로 남아 있는 것처럼 느껴졌다.

"그래서, 지금 어때?"

알렉산더의 메마른 음성을 듣고 므나헴은 현실로 돌아왔다. 그가 더 이상 마리아의 일을 묻는 것이 아니라는 것을 므나헴은 알았다. 하기야 처음부터 마리아를 처리하는 일은 므나헴의 임무가 아니었다.

"지금 많이 위축됐습니다. 무리는 겁이 나서 벌벌 떠는데 예수는 꿈쩍하지도 않습니다. 이미 모든 것을 각오한 사람 같습니다."

"각오했다면?"

"돌아가기에는 이미 너무 멀리 왔다는 생각입니다."

"지금까지 조사한 것 중에 확인할 것은 다시 확인하고 … 예루살렘에서 끝을 내야 해! 그러니 정신 똑바로 차리고 잘 지켜보라고!"

므나헴은 알렉산더를 쳐다보며 조심스럽게 물었다. 할 수 없다면 해야 하지만, 피할 수 있다면 피하고 싶었다.

"저는 아직도 예수가 그리 큰 인물이 아니라고 생각합니다만 … ."

"자네가 뭘 알아! 시키는 대로 해!"

"예수가 꿈꾸는 세상은 오늘 내일 내달 내년에 이뤄질 수 있는 세상이 아니고, 어느 날, 아마도 세상이 끝날 때까지도 이뤄질 수 없는 일이라는 생각이 들어서요."

"왜?"

므나헴은 일부러 예수에게 선생이라는 말을 붙이지 않았다. 그리고 가급적 그를 깎아내리는 말을 시작했다.

"어느 세상에 모든 사람이 똑같아지겠습니까? 어느 때에 보통 사람이 왕보다 높아지고, 지배자가 백성을 섬기는 머슴 노릇을 하겠습니까? 머슴이 주인이 되는 세상, 성전이 아니라 사람 가슴속에 하느님을 모시고 사는 세상, 하느님이 내려 주신 법이 아니라 사람 속에 들어와 있는 하느님의 목소리에 따라 살아가는 일이 가능하겠습니까? 저는 그런 세상은 영원히 오지 않는다고 봅니다. 그렇게 생각하니 예수는 애당초 불가능한 것을 꿈꾸는 사람입니다. 세상 사람들이 잠시 그 말에 혹해서 귀를 기울였다가 곧 헛소리라는 것을 깨닫고 돌아설 수밖에 없을 겁니다. 말씀드리기 죄송합니다만, 공께서 예수를 너무 크게 보시는 것 아닌가 싶어서 … ."

"이자가! 므나헴, 입 닥쳐!"

알렉산더는 무서운 표정을 하고 벌떡 일어나서 므나헴을 노려보았다. 그럴 일이 아닌 데도 씩씩거리면서 소리를 질러댔다.

"강물이 어디서 시작해서 어디로 흐르는지 알아? 물이란 다른 곳보다 손가락 반 마디 낮은 곳이 있으면 그쪽으로 흐르는 법이야. 산줄기가 가로막아 물줄기를 바꾸는 것이 아니고 손가락 반 마디가 강줄기를 바꾼다고! 그리고 왜 어떤 샘에서는 물이 흘러나오는지 알아? 물구멍이 열려서 그래!"

"예! 예!"

므나헴은 그저 고개를 주억거릴 수밖에 없었다. 무어라 더 말을 붙일 수 없었다. 알렉산더는 예수가 어떤 사람인지, 그의 가르침이 얼마나 위험한지 그리고 물이 어디로 흘러가게 될지 이미 꿰뚫어본 사람이었다. 예수의 동정은 므나헴이 주기적으로 보고했지만, 그 보고를 통해서 예수를 철저하게 분석하여 파악하는 일에는 조금도 소홀하지 않았음을 알 수 있었다.

"아!"

므나헴은 깊은 숨을 들이쉬고 내쉬었다. 예수를 낮추어서 상황을 피하겠다는 생각은 전혀 가망이 없다는 것을 깊이 깨달았다. 그러나 알렉산더가 홧김에 쏟아 놓은 말을 통하여 그의 깊은 통찰력을 엿볼 수 있었다. 그의 말대로라면 예수가 지배체제 앞을 가로막는 거대한 산맥이어서 지금 제거하려는 것이 아니고, 역사의 물줄기를 바꿀 수 있는 계기라서 제거해야 한다는 뜻이었다. 손가락 반 마디의 사람이지만 ….

'아! 무서운 사람! 선생님에 대해 이 정도로 파악하고 있는 사람이라니. 그런데 내가 보고한 것 안에 이런 내용들이 들어 있었다니 ….'

오스스 소름이 끼쳤다. 자기가 한 일이 얼마나 무서운 일이었는지 므나헴은 다시 한번 절실하게 깨달았다.

"예수 그자의 부하 중에 아직 다른 움직임은 없나?"

"부하가 아니라 제자입니다. 조직이 돼 있지 않아서 예수에게 무슨 일이 생기면 바로 무너져 버릴 겁니다. 예수도 제자들이 그러리라고 이미 각오하고 있습니다."

"뭐 도적떼하고 좀 관련 있는 자들도 섞여 있다면서 …."

"그렇지 않아도 보고드릴 생각이었습니다. 오늘 새벽에 …. "

므나헴은 하얀리본의 바라바가 예수를 찾아왔던 일을 자세하게 보고했다. 끝까지 보고를 듣고 나더니 알렉산더가 차가운 어조로 한마디 했다.

"잘 들어 둬! 예수가 도적떼와 어울려 날뛴다면 오히려 큰 문제가 아니야! 모두 한꺼번에 잡아들여 처형하면 되니까. 그런데, 그자는 도적떼와 달라! 그것이 더 위험하단 말이야, 내 생각에는 …. 하얀리본인가 그 도적떼가 하려는 것보다 훨씬 더 큰 일, 아까 얘기한 것처럼 물줄기를 틀겠다는 생각이야. 므나헴, 자네는 무슨 일이 있든 예수에게서 한순간도 눈을 떼지 말라고."

"제가 제 손으로 예수를 잡아들이는 일만 아니라면 …."

"왜? 그건 못하겠다!"

"못 할 거야 없습니다만, 어차피 제가 예수 재판에서 증언하려면 제 손으로 잡아끌고 들어가는 것보다는 …."

"그래! 그건 자네 말이 맞아! 그 일은 자네에게 시키지 않겠네. 나가 봐!"

므나헴이 물러나려는데 알렉산더가 그의 등 뒤에 대고 물었다.

"언제까지 그 무리와 섞여 있을 수 있겠나? 좀 험한 자들도 있다면서?"

"저를 해치진 않을 겁니다. 제가 봐서 몸을 빼야 할 때 빼겠습니다."

"그래, 자네는 꼭 필요한 증인이야! 차질이 있으면 안 되니 위험하다 싶으면 즉시 빠져나오도록!"

므나헴이 알렉산더의 방을 나서 회랑을 걸어가는데 기둥 뒤에 하인이 숨어 있다가 그를 구석으로 끌고 갔다.

"잘 덮어 줘서 고맙습니다."

마리아에게서 받은 은전 얘기가 분명했다. 마리아에게서 받아온 은전을 어떻게 알렉산더에게 내놓을 수 있겠는가? 그것은 누가 누구에게 얼마를 주었는지 그 액수에 관한 문제가 아니다.

"겨우 마리아에게 은전 두 닢 쥐여 준 사람!"

갈릴리에서 알렉산더는 그렇게 불릴 것이다.

"그 돈 가지고 있다가 그대로 돌려주고 오히려 두 배를 더 덧붙여 준 여자!"

마리아도 그렇게 불릴 것이다. 그런데 그 얘기를 입에 올리는 사람은 누구라도 똑같은 반응을 보이리라. 알렉산더 이름을 입에 올리면서 고개를 젓고 마리아 이름을 말할 때는 고개를 끄덕이고.

아들은 언제나 딸보다 귀하고, 여자는 언제나 남자를 섬겨야 하는 세상을 산다. 돈을 준다는 말은 상대를 산다는 말이다. 가치는 물건값이 아니고, 사는 사람이 지불하는 돈에 따라 매겨진다. 명예를 지키려는 사람은 으레 장사꾼이 부르는 값보다 더 쳐주고 사는 법이다.

"대인! 대인을 존경하는 뜻으로 제가 물건 값을 반만 받겠습니다. 은전 네 닢 대신 두 닢만 주십시오."

그렇게 말한다면 장사꾼이 상대를 아주 모욕한 셈이다. 그는 얼굴이 붉으락푸르락 콧등까지 시뻘게지도록 화를 내면서 다른 사람의 두 배를 지불하고 물건을 살 것이다. 그것이 바로 명예를 생각하는 사람들의 태도다.

그러니 알렉산더는 두 닢짜리 남자, 마리아는 두 닢에 네 닢을 더 얹어 넉넉하게 쳐준 여자가 된다. 알렉산더는 명예를 잃고 수치를 겪은 사람이 되고, 마리아는 잃을 수치를 지킨 사람이 된다. 남자에게는 명예가 가치고, 여자에게는 수치가 지켜야 할 가치이기 때문이다.

"므나헴이 덮어 주지 않았으면 제가 공에게 큰 벌을 받을 뻔했는데, 어휴!"

"왜 어물어물하다 붙잡혀 들어왔소?"

두 사람 모두 알렉산더를 위해 일하지만, 한 사람은 하인이고 한 사람은 부하라서 신분이 다르다. 므나헴은 알렉산더를 떠날 수 있고, 하인은 그가 풀어주지 않는다면 죽을 때까지 주인을 섬겨야 한다.

"일부러 … ."

"응? 일부러 붙잡혔다고?"

"휴!"

그는 아무 말도 하지 않고 그저 므나헴의 얼굴을 바라보았다. 이제 나이도 먹고 머리도 수염도 세었다. 그런데 그의 눈에 많은 얘기가 담겨 있었다. 사람들은 말로 하지 못할 때 눈으로 말한다. 눈이 하는 말을 들으려면 상대의 눈을 들여다보아야 한다. 눈으로 하는 말을 주고받는 사람들, 따지고 보면 그들은 세상 끝까지 밀려난 사람들이다. 그들은 그래도 지배자들과 달리, 그들의 주인들과 달리 서로 마음을 잇대고 살아간다.

"므나헴이 거기 같이 있는 동안 마리아를 지켜 주세요. 제가 마리아 아버지 있는 곳을 찾아냈는데 … 마리아가 공의 얘기를 정 안 들으면 아마 아버지에게 해코지할 것 같아요. 내가 찾아내긴 했지만, 어쩐지 그 일까지 내가 처리할 수는 없을 것 같아서 … . 그러니 때가 되면 므나헴이 마리아에게 귀띔해 주고 어디로 피신을 시키세요."

"알았소! 그런데 나도 내가 할 일 때문에 다리가 허공을 디디는 것 같고 땅이 무너지는 것 같고."

"몸조심하세요! 공이 므나헴을 지켜보고 있어요!"

그 말끝에 그들은 헤어졌다. 주인에게 충성하고 윗사람에게 몸과 마음을 바쳐 섬겨야 하지만, 그것은 밖에서 보았을 때의 얘기다. 주인이든 상급자든 그가 어떤 사람인지 값을 매기는 사람은 집 안에 있는 사람들이다. 알렉산더의 값은 마리아가 매겼고, 하인과 므나헴이 그 값을 확인한 셈이었다.

하스몬 왕궁을 나온 므나헴은 윗구역과 성전 사이 튀로포에온 골짜기 위에 걸쳐 있는 다리를 건너지 않고 일부러 길을 돌았다. 성전 북쪽 안토니오 요새 쪽으로 방향을 잡고 걸었다. 그는 천천히 튀로포에온 골짜기를 걸어 내려갔다. 골짜기에서 북쪽 길로 올라가면 오른쪽 언덕 위에 로마군 예루살렘 위수대가 사용하는 안토니오 요새가 서 있다. 그곳에는 헤롯왕이 세운 성벽이 있는데 윗구역에서 출발하여 안토니오 요새를 안으로 끼고 빙 둘러쳐져 있어 예루살렘 북쪽과 성전 방어벽이었다.

'흠! 하얀리본이 어떻게 어디로 움직일까? 여기는 안 되겠는데 …. '

새벽녘 하얀리본의 바라바가 찾아와 예수를 설득하려고 큰소리치던 말을 떠올렸다.

"준비는 우리가 다했소! 그대는 성전 뜰에서 군중만 장악하면 되오!"

군중을 끌고 성전을 공격할 것이 아니라면 성전 북쪽에서 쳐들어가야 할 텐데, 성전 북서쪽 모퉁이에는 로마군이 주둔하는 안토니오 요새가 있으니 어디를 통해 공격할 생각인지 도저히 짐작할 수 없었다.

성전 건축공사를 하면서 메워져 이제는 거의 형체를 알아볼 수 없는 베데스다 골짜기를 걸었다. 그런데 골짜기 북쪽, 돌을 캐내면서 생긴 넓은 공터에 로마군 보병대가 진을 치는 것을 보았다. 규모로 보아 300명 이상의 병력이었다.

'예루살렘이 완전히 로마군에게 포위됐구나!'

예루살렘이 포위된다는 말은 하얀리본의 거사는 불가능하게 됐다는 말이나 같다. 성전 뜰에 들어온 예수도 로마군과 성전 경비대에게 2중 3중으로 된 포위망 안에 갇혔다는 말이다.

'예수 선생님이 로마와 성전에 그렇게 즉각적인 위협이 되었나? 이제 겨우 물구멍을 벗어나 흘러가기 시작한 작은 물줄기일 뿐인데 ….'

알 수 없었다. 그것은 므나헴이 짐작할 수 없는 정치의 영역이다. 예수는 제자들을 이끌고 정치 현장으로 걸어 들어온 셈이다. 근본적으로는 로마황제가 지배하는 세상이지만 총독과 분봉왕 그리고 예루살렘 성전 대제사장이 서로 조금씩 맞붙어 있는 곳 ….

갈릴리 호수에서 그는 보았다. 벳새다 부근, 윗요단강에서 여러 갈래의 물줄기가 흘러드는 지점은 아무리 추운 겨울이라도 물이 얼지 않았던 것을. 예루살렘은 세 방향에서 뻗쳐 온 힘이 한 끝씩 기묘하게 맞대고 있는 지점이었다.

므나헴은 베데스다 골짜기에서 남쪽으로 올라 성전 북쪽 양의 문 광장으로 올라가다가 안토니오 요새 앞에도 로마군이 모여 있는 것을 보았다. 원래 요새에 주둔하던 위수대 병력과 새로 진주한 로마군 혼성부대로 보였다.

그곳을 살펴보다가 므나헴은 깜짝 놀랐다. 자기 눈을 의심했다.

'어? 유다!'

예수의 제자 유다, 그가 위수대에서 나왔다. 로마군 병사와 웃으며 인사까지 나눴다.

몸을 숨기려다가 므나헴은 그 자리에 그대로 서서 유다를 지켜보았다. 그가 무슨 짓을 하는지 알아보겠다는 생각이었다. 그런데 유다는 아무 일도 없다는 듯 휘적휘적 걸어왔다. 두 팔을 가볍게 흔들면서 성큼성큼 걸어왔다. 이방인 소굴에 들어갔다 나온 이스라엘 사람의 표정이 아니었다. 지켜보고 있자니 그의 얼굴에는 자신만만한 미소까지 가득했다.

므나헴이 지켜보는 것을 아는지 모르는지 그는 똑바로 걸어왔다. 멈칫거리지도 않고 주저하지도 않고. 그러더니, 마치 이미 알고 있었다는 듯 므나헴에게 다가와 한마디 툭 던졌다.

"뭘 그리 멍하니 쳐다보고 있소? 설마 나를 지켜보느라고?"

"지켜봤소!"

"연결을 안 시켜주니까 내가 직접 찾았지!"

므나헴은 유다가 하는 말을 즉각 알아들었다. 그가 성전 제사장이나 갈릴리 분봉왕, 누구든 소개해 달라고 전날 부탁한 일을 떠올렸다.

"그래, 줄은 제대로 잡았소?"

"그럼! 확실한 줄이지. 자 성전 뜰로 돌아갑시다."

그러면서 몇 발짝 앞서 걸어가던 유다가 갑자기 몸을 홱 돌리더니 손가락으로 므나헴 가슴을 똑바로 가리키며 말했다. 아주 딱딱한 목소리에 표정까지 싸늘했다.

"므나헴! 그대나 나나, 각자 걸어가는 길이 다르고, 하는 일이 다르니 서로 상관하지 맙시다. 알겠지?"

"나야 뭐 … ."

"그렇겠지!"

그는 고개를 여러 번 끄덕이더니 휭 앞장서서 걸어갔다. 그의 걸음걸이나 뒷모습은 예수의 제자 유다가 아니었다. 히스기야와 어울려 세상을 어째보겠다고 담장을 넘고 밤길을 달리는 하얀리본 결사 조직원이었다.

✠

예루살렘을 북동쪽에서부터 남쪽까지 감싸고 기드론 골짜기가 뻗어 있다. 그 골짜기에서 언덕을 올라와 성문을 통과하면 곧 예루살렘을 남북으로 비스듬하게 관통하는 튀로포에온 골짜기를 만나게 된다. 골짜기 동쪽으로는 요새처럼 견고한 거대한 성전 서쪽 벽이 북쪽 방향으로 길게 뻗어 있다.

언제부터 '튀로포에온 골짜기'라고 부르기 시작했는지는 모르지만 페니키아의 두로에서 온 사람들이 많이 살아서 그렇게 부른다는 말도 있고, 치즈를 만드는 가게들이 많아서 튀로포에온 골짜기, 바로 치즈를 만드는 골짜기라 부른다고 말하는 사람들도 있다. 골짜기를 따라 양쪽에 가게들이 다닥다닥 붙어 있다. 언제나 많은 사람들이 가게에 들러 물건을 구경하고 흥정하는 소리가 시끌벅적했다.

가게에는 구경할 만한 신기한 물건들이 많았다. 페니키아에서 온 물건들, 시리아나 멀리 메소포타미아 지방에서 온 물건들, 특히 아라비아에서 온 유리제품이나 향신료 그리고 불에 태우면 향내 나는 유향乳香과 몰약沒藥이 제일 인기가 많았다.

유향은 유향나무에서 흘러나오는 수액이 엉겨 붙어 마치 자잘한 돌처럼 보이는데, 짙은 갈색부터 곱고 연한 분홍색까지 가지가지 색깔이 있었다. 약재로도 쓰이고, 불에 태우면 은은한 향기가 곧 사방으로 퍼진다. 성전에서 제사드릴 때 피우는 향은 제일 비싸고 냄새가 좋은 유향을 태운다고 했다. 분홍색 크고 작은 덩어리와 조각들을 조그만 바구니에 담아 파는 가게 앞에는 언제나 사람들이 끊이지 않고 모여들었다. 또 그곳에서는 향내 나는 불그스레한 돌도 판다. 돌가루를 조금씩 타오르는 불에 뿌리면 아주 기분 좋은 향기가 은은하게 퍼진다.

튀로포에온 골짜기와 성전 남서쪽 모서리가 만나는 지점에 성전으로 오르는 넓고 커다란 계단이 있고, 그 계단을 오르다가 동쪽으로 꺾으면 바로 아름다운 아치형 다리가 나온다. 다리 위 계단을 걸어 오르면 성전 이방인의 뜰 남서쪽 귀퉁이로 오르는 통로에 이른다.

성전 뜰 안 남쪽 왕의 주랑건물 안에는 성전 밖 성벽 밑에 자리 잡은 가게들과 달리 아주 비싸고 귀한 물건들만 파는 가게들이 있다. 그곳은 예루살렘에 사는 귀족이나 제사장이나 헤롯 왕가의 왕족들이 드나드는 곳이라고 알려졌다. 워낙 고급 물건들만 파는 곳이라서 보통 사람들은 괜히 그곳에 들어가 기웃거릴 엄두도 못 냈다.

사람들이 명절에 맞춰 성전을 올라오는 제일 큰 목적은 바로 성전 제사를 드리는 일이고, 그다음에는 성전을 구경하고, 성전 밖에 늘어선 가게를 구경하며 이것저것 들여다보고 만져보는 일이었다. 보통 사람들, 특히 며칠씩 먼 길을 걸어 시골에서 올라온 사람들에게 예루살렘은 새로운 소식을 듣거나 새로운 물건을 구경하거나 시간을 내어 여기저기 둘러보며 구경하는 벼르고 벼르던 기회였다.

그러니 예수가 성전 뜰에서 그런 사람들을 하루 종일 마냥 붙잡아 놓고 하느님 나라 얘기만 할 수는 없었다. 특별한 사람을 제외하고는 강제로 붙잡아 놓지 않는다면 어떤 문제에 오랜 시간 집중하는 사람은 많지 않았다. 사람들이 그렇게 살아보지 않았기 때문이다. 아무리 중요한 얘기를 하더라도 얘기가 길어지면 곧 고개를 이리저리 꼬고 몸을 비틀다가 슬그머니 자리를 뜬다.

게다가 사람들의 관심은 끊임없이 변한다. 가슴 쥐어뜯으며 울다가도 배가 고프면 먹어야 하고, 때가 되면 몸을 뉘어 잠을 자야 한다. 누가 귀에 솔깃한 소리를 하면 그쪽으로 몰려가고, 아무리 재미있고 신기한 얘기라도 한나절 계속 듣다 보면 슬슬 싫증이 나서 하품하기 시작한다.

제자들을 빼놓고 하루 종일 예수 주위에만 머무는 사람은 사실 몇 명 없었다. 성전 뜰에서 예수의 가르침을 듣던 사람들도 어느 때가 되면 모두 썰물처럼 떠나기도 하고 한 사람 두 사람 슬금슬금 사라졌다. 사람이란 참 이상해서 우르르 사람들이 모여 있으며 자기도 괜히 그곳을 기웃거리며 끼어들고, 사람들이 흩어지면 자기도 떠난다. 각자 성전을 찾아 올라온 목적이 다르기 때문에 그렇게 떠나는 사람을 큰 소리 쳐서 붙잡을 수도 없었다.

어떤 사람은 더 안쪽 이스라엘의 뜰로 들어가고, 어떤 사람은 어슬렁어슬렁 왕의 주랑건물로 발걸음을 떼고, 어떤 사람은 부지런히 성전 뜰을 벗어나 가게를 찾아갔다. 그럴 때면 예수도 좀 쉴 겸 솔로몬의 주랑건물로 들어갔다. 그러면 요안나가 예수에게 물주머니를 내밀었고, 한 사람이 물을 마시면 모두 덩달아 물주머니 앞에 모여들어 한 모금씩 나눠 마셨다.

햇빛을 정면으로 받은 성전은 비현실적으로 아름답고 웅장했다. 세상이야 어찌 돌아가든 상관없다는 듯, 어쩌면 세상 모든 일이 가장 높으신 분의 뜻 안에서 일어나는 일이라 다 알고 있다는 듯, 고고하게 그 자리에 버티고 서 있다.

예수의 눈에 예루살렘 성전은 성전 뜰에 들어온 사람과는 도저히 어울리지 않는 우스꽝스러운 연극무대일 뿐이다. 무대에 압도된 사람들을 볼 때마다 그의 가슴은 안타까움과 슬픔에 젖었다.

유월절이 가까워지자 제사를 드리는 사람 숫자가 점점 늘어났다. 양을 잡아 제단에서 불사르는 검은 연기가 구름기둥이 되어 뭉클뭉클 하늘로 올라가고 고기 타는 냄새가 성전 뜰에 퍼졌다.

'제물, 세상은 지극히 높으신 분에게 드리는 제물인가?'

그런 생각을 하다가 예수는 고개를 저었다.

'그래서는 안 되는 일! 세상은 그분을 위해 있는 것이 아니고, 사람들이 모두 함께 사는 터전인 것을… . 그런데, 이제 잘해야 이틀, 아니면 오늘 하루뿐이니 어찌 그동안에 세상 사람들 생각을 바꿀 수 있을까?'

시간이 없다. 늦어도 14일 해가 지면 시작되는 유월절 명절 이전에 일이 벌어지리라고 예수는 예상했다. 그건 비단 마리아를 찾아왔던 알렉산더의 하인에게서 들었던 얘기 때문에 그렇게 생각한 것이 아니고, 예수를 살려 둔 채로는 유월절 해방명절을 기념할 수 없는 지배자들의 마음을 꿰뚫어 보기 때문이다.

예수는 출렁이며 몰려오는 변화를 느꼈다. 지난밤 마리아가 머리에 기름을 붓는 의식을 치른 다음부터 더욱 그랬다. 또 하나의 커다란 매듭이 지어진 것 같고, 산마루에 올라 아랫마을과 먼 들판을 바라보는 것도 같았다. 해야 할 일이 자꾸 눈앞에 떠오른다. 이 일도 해야 하고 저 일도 늦출 수 없고… .

✠

대제사장 방에 혼자 앉아 있던 가야바는 왠지 몸이 으슬으슬 추워지는 것을 느꼈다. 때가 유월절 무렵이라고 하나 돌로 된 벽과 바닥과 천장에서 뿜어내는 차가운 기운이 뼛속을 파고들었다. 게다가 속도 더부룩하고 자꾸 어찔어찔 어지럼증도 일어나고 속까지 메슥거렸다.

명절 때마다 제사장들을 쭉 이끌고 성전 주랑건물을 한 바퀴 돌아보고, 이방인의 뜰과 이스라엘의 뜰에 나가서 사람들을 만나는 일이야말로 대제사장이 직접 사람들을 만나는 중요한 행사였다. 나이가 들어서 그런지, 몸이 오싹거리고 추울 때면 성전 뜰에 나가 한참 햇볕이라도 쬐면 좀 나을 텐데, 예수가 들락거리기 시작한 이후부터는 그럴 수도 없었다.

대제사장 방 높은 천장을 멍하니 올려다보다가 그는 혼잣말로 중얼거렸다.

"벌써 15년이나 이 자리를 지켰어!'

긴 세월이었다. 장인 안나스 대제사장 때부터 성전에서 제일 중요한 일의 책임을 맡았으니 그로부터 친다면 거의 평생을 성전에서 큰일 작은 일을 모두 관리한 셈이다. 때로는 좀 쉬고 싶은 생각이 들지만, 아들 마티아스에게 다음 대제사장 자리를 물려줄 수 있는 확고한 조치를 취하기 전에는 그럴 수도 없다.

'처남 요나단에게 다음 자리를 넘기라니, 장인어른의 욕심은 어찌 그리 끝이 없을꼬! 요나단보다 마티아스가 백배는 더 뛰어나다는 것쯤은 누구라도 알 일인데 … 어찌한다? 적어도 마티아스까지 대제사

장 자리에 올라야 명실공히 가야바 가문이라고 불릴 수 있을 텐데!'

밖에서는 바이투스 가문의 시몬 칸데라스가 자리를 노리고, 안에서는 장인이 내세우는 요나단과 겨루어야 하니, 조금이라도 소홀했다가는 아들 마티아스에게 자리를 넘겨주지 못할 수도 있어 걱정됐다.

그러니 이번 유월절이야말로 무언가 획기적인 일을 이뤄야 할 때다. 대제사장의 지도력과 마티아스의 뛰어남을 사람들에게 널리 알려야 한다고 마음먹었는데, 일은 생각과 다른 방향으로 흘러가고 있었다.

"아버지, 부르셨습니까?"

"거기 좀 앉거라! 나랑 조용히 상의 좀 해 보자!"

아버지의 심상찮은 표정을 보고 마티아스는 조심스럽게 자리에 앉았다. 무슨 생각이 들었는지 얼른 일어나 문이 제대로 꼭 닫혔는지 확인하고 돌아와 앉았다. 가야바는 아들의 그런 조심성이 마음에 들었다.

"좀 안 좋아 보이십니다."

"어째 좀 으스스 춥고 속도 메슥거리고 그렇다."

"왜 안 그러시겠습니까? 이 일 저 일 너무 많이 마음 쓰셨으니 … ."

"그래서 말이다. 아무리 생각해 봐도 이번에 내가 방향을 잘못 잡았던 것 같다. 무언가 잘못 빠져든 듯 … 갈릴리 예수 얘기다."

마티아스는 대답하지 않고 가야바의 얼굴만 쳐다보았다. 마음이 불편하기는 그도 마찬가지였기 때문이다.

"우리가 꼭 이렇게 해야 했나? 이스라엘의 가르침으로 보면 다른 방법이 없다고 생각할 수도 있지만, 이건 정치야! 게다가 저자는 유대 사람이 아니라 헤롯 안티파스가 다스리는 갈릴리 사람 아니더냐? 왜 우리 유대에서 저런 골칫거리를 맡아 처리해야 한다는 말이냐? 나는 그 일이 잘못됐다고 생각한다."

"예 … 그럼 아버지 생각으로는?"

"꼭 안티파스 분봉왕이 펴 놓은 술수에 걸려든 것 같단 말이야, 이 가야바가 … . 허 참! 아무리 매끄럽게 잘 처리한다고 해도 우리 유대에 상처가 남을 수밖에 없어! 여기 예루살렘에서 유월절에 피를 흘리다니 … 총독 각하의 잘못도 아니고 내 잘못도 아닌 일로 말이야!"

그동안 대제사장 가야바가 보였던 태도와는 딴판이다. 이번 일을 기회로 삼아 권력을 강화하고, 총독과 좀 더 밀착하기로 마음먹지 않았던가? 예루살렘 성전에 닥친 위기를 막아낸 대제사장으로 사람들의 추앙을 받을 수 있다고 생각하지 않았던가?

마티아스는 아버지를 다시 찬찬히 바라보았다. 아무리 잘 먹고 지냈어도 세월은 그에게 이미 깊은 흔적을 남겼다. 정면으로 맞붙어 돌파하고 상대와 싸워 물리치는 대신 피하고 싶은 기색을 눈치 챘다.

"말씀을 들어보니 그런 면도 있습니다. 따지고 보면, 군영으로 찾아가 빌라도 총독 각하를 설득했던 갈릴리 알렉산더로부터, 그리고 그날 밤 야손 제사장이 모임에서 떠들어 댄 일이 시작이었습니다. 예수 그자가 토라의 가르침을 따르지 않는 사람이라고 떠들어 댔으니 성전 제사장들과 대산헤드린 의원들이 모인 그 자리에서 달리 무슨 결정을 할 수 있었겠습니까? 제거하자고 할 수밖에요."

"내 생각이 바로 그렇다. 도적떼야 잡아 없애면 되지만, 예수 그자는 그렇게 잡아 처형하고 없앤다고 해서 우리에게 무슨 이득이 남는단 말이냐, 성전에게? 오히려 성전과 그자가 겨룬 것밖에 더 되겠나? 얘기를 듣자니 성전 뜰 안에 들어온 사람 중 반도 넘는 이들이 예수 그자 앞에 모여든다고 하던데 … 이자를 잡아 없앤다고 없던 일이 될 수 있느냐, 내 걱정은 그것이다.”

다른 사람 앞에서라면 결코 그렇게 말할 가야바가 아니다. 일처리에는 언제나 단호하고 명쾌했으며 성전과 대제사장의 위엄을 앞세웠다. 어떤 일이든 확고하게 장악하고 지휘했다. 그래서 지난 15년 동안 감히 누구도 그 앞에 나서서 도전하지 못했다.

“한 사람이 입을 벌리면 곧 두 사람이 같은 말을 하고, 그러다 보면 열 사람 백 사람으로 퍼져 가는 법 … . 예수를 꼭 집어 처형한다고 일이 수그러들지 않을 것 같아서 하는 말이다.”

‘어째 아버님이 하루 이틀 사이에 이처럼 유약해지셨나? 나이 들어 그러하신가, 다른 뜻이 있으신 건가?’

마티아스는 나름대로 원인을 생각해 보았다. 아직 아버지의 마음을 확실하게 짚을 수 없었다. 이럴 때는 추썩 나서지 않고 아버지가 하는 말을 좀 더 들어봐야 실수하지 않는다. 가야바가 아버지이기는 하지만 유대 최고 지도자이기 때문이다.

가야바는 예루살렘 성전 대제사장으로서, 유대 최고 정치가로서 그의 깊은 심정을 밝힌 것이다. 토라가 생명이라고 생각하는 바리새파 선생들이나, 성전에서 하느님 섬기는 제사나 의식밖에는 다른 생각을 하지 못하는 사두개파 다른 제사장들과 달리 가야바는 유대의 정치를 생각하고 있었다. 총독의 위임을 받아 유대의 안정을 유지하는 일과 토라를 수호해야 할 역할까지 한 몸에 맡은 성전 대제사장으로서 그는 상반되는 고민을 하고 있었다.

"그럼 어떻게 하는 것이 … 그자를 설득해서 갈릴리로 돌려보내는 것도 방법이긴 한데 … ."

가야바는 그렇게 슬쩍 말을 떼는 마티아스를 뚫어지게 바라보았다. 성전에서 대제사장 다음으로 가장 중요한 자리를 맡고 있는 아들, 그가 아버지 가야바의 생각을 알아챈 것이다. 대제사장의 눈, 대제사장이 될 사람의 눈으로 세상을 볼 수 있는 사람이라는 것을 보여준 셈이다. 가야바는 아들을 그렇게 훈련했다.

"그러니, 네가 나서 봐라! 표 나지 않게 … . 특히 야손 모르게!"

"예!"

"조용히 돌아가라고 일러라! 아무리 늦어도 내일 해가 지기 전에 … 그것도 로마군이 움직이기 시작하면 어려운 일 … ."

그러더니 가야바는 부르르 몸을 떨었다. 추위 때문이기도 하지만, 그의 마음속에 스쳐 지나가는 예감 때문이었다. 나이 먹고 어느 정도 세상을 살고 나면, 그리고 지위가 높아져 좀 더 넓게 세상을 볼 수 있게 되면, 보이는 일이 있게 마련이다. 그는 보고 싶지 않은 커다란 골짜기를 보고 있었다.

'다른 사람은 결코 보아서는 안 될 현실과 이상의 골짜기 … .'

이스라엘의 하느님 야훼를 섬기는 대제사장으로서는 세상에 있는 모든 불순한 것을 없애고 순전한 충성을 야훼께 바쳐야 한다. 토라의 가르침에 따라 대제사장은 하느님 앞에 이스라엘을 대표하여 순종을 바치는 유일한 접촉자고, 하느님의 뜻을 사람들에게 전하는 유일한 매개자다. 유일한 신 하느님 섬김, 유일한 가르침 토라, 유일한 예배와 제사의 제단 예루살렘 성전, 바로 3대 유일성의 통로다.

그러나 예루살렘 성전은 더러운 것, 불순한 것이 없으면 존재 가치를 잃는다. 야훼 앞에 나와 죄를 고백하고 제물을 바치는 사람이 없다면 어떻게 성전을 유지할 것인가? 부정한 짓을 저지른 사람들, 더러운 것을 손으로 주무르며 농사짓고 양을 친 사람들이 깨끗해지는 의식을 치르기 위해 성전을 찾고 제물을 바치지 않는다면 제사장들은 모두 굶어 죽을 것이다.

거룩한 것과 더러운 것의 구분은 그래서 성전에게는 한없이 중요했다. 죄와 용서는 성전이 존립할 수 있는 기반이었다.

'토라에 왜 그렇게 구구절절, 613개조나 될 만큼 많고 많은 죄를 정해 놓았겠는가? 한 사람도 빠져나갈 수 없는 촘촘한 그물망으로 ….'

'모든 사람이 다 지극히 높으신 분 앞에 나와 죄를 회개하고 속죄 제사를 드리고 눈같이 깨끗해질 수 있는가? 그렇게 한 번 깨끗해진 다음 영원히 다시는 죄 짓지 않고, 더러움에 몸 닿지 않고 살 수 있는가?'

그렇지 않다. 그랬다면 토라에서 해마다 속죄일 제사를 드려야 한다고 정하지 않았을 것이다. 한 번의 속죄로 영원히 용서받는 것도 아니고, 다시는 죄를 짓지 않을 만큼 완전한 갑옷을 입는 것도 아니었다. 사람은 죄를 지으며 살 수밖에 없다는 것을, 더러움에 몸을 굴리지 않고는 살 수 없다는 것을 결국 토라는 인정했음이 분명했다. 가야바는 젊을 때부터 속으로 그런 생각을 했다.

'아무에게도 말할 수 없는 일 … 아들 마티아스에게도 ….'

눈앞에 앉아 있는 아들에게도 말할 수 없으니 공식적인 성전 회의나 의식에서는 더구나 내색도 할 수 없는 말이었다.

따지고 보면 예루살렘 성전 대제사장 가야바나, 예루살렘을 소란케 하는 갈릴리 떠돌이 선생 예수나 한 가지 공통점이 있었다. 바로 땅 위에서 살아가는 사람의 삶이란 위에서 정해 준 대로 이뤄질 수 없다는 것을 인정한다는 점이었다. 그러나 겉보기로는 두 사람이 정반대의 길을 걸었다. 가야바는 하느님의 뜻에 따라 사람을 순전純全하게 할 수 있다고 믿으며 하늘로 끌고 올라가야 했고, 예수는 땅의 삶을 더 중요하다고 생각하고 이 땅에 새 세상을 이루려는 사람이었다.

불가능한 일을 가능한 것처럼 태연스럽게 살아야 하니 가야바로서는 여간 힘든 일이 아니다. 땅에 사는 사람이 어떻게 하늘을 닮을 것인가? 차라리 하늘로 뻗어 올라가는 대신 땅을 기며 사는 것이 훨씬 더 옳은 일 같지 않았던가?

"따지고 보면, 예수가 훨씬 더 정직할 뿐인데 … ."

"예? 아버지 무어라 말씀하셨습니까?"

"아니다. 갑자기 엉뚱한 생각이 들어서 … 어서 나가 봐라!"

가끔가끔 로마 군인들이 내지르는 함성이 들렸다. 방울소리 쟁그랑거리는 대제사장 옷을 입고 햇볕 내리쬐는 성전 뜰에 나가 걷지도 못하는 일이 답답할 뿐이다. 시간이 지날수록 어지럽고 메슥거리고 꼭 뱃속에 가득 들어 있는 것을 토해 내야 시원할 것 같다. 아직 유월절 대제사장 예복을 총독에게서 내려 받지도 못했는데, 지금 걸친 옷마저도 거추장스럽고 무겁고 답답했다.

그는 수십 년 만에 처음으로 자기를 내려다보고 들여다보고 흔들어 저울에 달아보았다. 앞만 보고 달려왔던 일의 결과가 무엇인가? 갑자기 성전 대제사장 자리가 아주 우스꽝스럽다는 생각이 들었다.

'연극일 뿐인가? 연극을 현실로 믿었던 어리석은 배우인가? 대제사장인가, 정치가인가?'

로마에서는 그리고 세상에서는 정치가 종교를 지배한다. 그러나 유대에서는 그리고 예루살렘에서는 성전 대제사장이 종교의 옷을 입고 정치를 해야 한다. 참과 거짓, 죄와 용서, 거룩과 더러운 것의 경계를 지키는 모든 의식과 행사는 토라의 가르침에 따라 성전이 맡은 일이다. 그런데 로마의 통치를 받들어 시행하면서 모든 유대 백성들이 먹고살아가는 일을 관할하는 것은 정치가 가야바의 몫이었다.

대제사장이었기에 정치가가 됐지만 바로 그 자리가 정치의 목을 죄고 있었다. 대제사장은 정치가가 되어서는 안 되고 정치가는 대제사장을 할 수 없었다. 가야바 한 몸 안에서 두 역할이 아직까지 한 번도 들어보지 못한 소리를 내며 충돌하고 있다.

정치는 현실 세상을 다룬다. 우물 안에서 나와 세상을 둘러보아야 한다. 깊은 우물 속에서 하늘만 바라볼 수 없다는 생각이 점점 커졌다. 어쩌면 예수야말로 현실을 가장 정확한 눈으로 바라본 사람이라는 생각도 들었다. 그는 토라와 성전체제로부터 유일하게 자유로운 사람이다. 그래서 거침없이 성전 뜰에 들어와 외치는 사람이다.

그를 무너뜨려야 성전이 유지될 수 있다면, 그를 제거해야만 로마의 피비린내 나는 폭력을 피할 수 있다면 성전은 얼마나 허약한 껍데기일 뿐인가? 예수 한 사람만도 못한 성전이라고 부를 수밖에 없었다.

가야바는 벌거벗은 채 제단에 서고 싶다. 생명을 잃고 피를 흘린 제물이 아니라, 살아 있는 대제사장으로 야훼 앞에 서고 싶다. 그분이 무어라고 말씀하실지 듣고 싶다. 토라라고 부르는 옷을 벗은 채 벌거벗고 서서 그분에게 묻고 싶다. 이스라엘 역사에 그런 대제사장이 있었던가? 야훼 하느님이 정해 준 대로 예복을 만들어 입고 정해진 날 정해진 방법대로 그분 앞에 나서는 일 말고, 두 팔 벌리고 그분 앞에 서고 싶다.

"사람이 정해진 대로만 살 수 있습니까?"

그렇게 외치고 싶다. 그런데 고개를 들어 천장을 올려다보니 하늘이 보이지 않고 막혀 있었다. 대제사장도 방에 갇혀 있는 셈이다. 그리고 옥죄어 드는 현실의 두꺼운 벽을 다시 실감했다.

'로마황제의 통치를 받고 사는 우리 유대, 과연 내가 무엇을 할 수 있단 말인가? 숨 쉬는 것도 허락받아야 하고, 성전에 들고 나는 일도 감시를 받고. 내가 대제사장이라고 하지만 아직까지 예복도 내려 받지 못하고 처분을 기다리고 있으니 ….'

한 발 한 발 다가오는 파국을 막을 수 있는 방법은 대제사장이 아니라 정치가 가야바로 결단하는 일뿐이라는 생각이 들었다. 마음 같아서는 예수를 직접 만나 할 수 없는 일은 할 수 없고, 할 수 있는 일은 하겠다고 얘기를 나눠 보고 싶다. 그리고 말해야 한다.

'이제 돌아가시오! 당신이 왔던 곳으로 ….'

✠

벌써 시간은 12일 정오가 지났다.

"여러분! 유월절 무교절이 되면 우선 무슨 일부터 합니까?"

예수가 그의 앞에 모여 앉은 사람들에게 물었다. 이제 남은 시간 안에 토라가 이스라엘에게 덮어씌운 전통 하나를 무너뜨릴 차례다. 아무도 의문을 제기하지 않고 그저 따르기만 했던 일이 이스라엘 사람들의 생각을 어떻게 옥죄었는지 드러낼 생각이었다.

마치 유대의 전통에 대해서는 아무것도 모르는 사람이라는 듯, 예수가 천연덕스럽게 물었으니 사람들은 순간 당황했다. 이스라엘의 자손이라면 모든 사람이 알고 있는 일을 왜 묻는 것일까? 눈치 빠른 사람이라면 유월절 무교절 의식과 그가 가르치는 하느님 나라를 연관해서 설명하기 위해 그러리라고 미리 짐작했다.

아침나절, 생명의 씨에 대하여 잘 대답해서 칭찬을 받았던 구레네 사람 알렉산더가 대답했다.

"명절을 맞아 제일 먼저 해야 할 일은… 제가 살던 구레네에서도 그랬고 여기 유대에서도 마찬가지고, 이스라엘 사람이라면 어디에 살든 다 마찬가지입니다. 우선 누룩을 찾아 없애는 일입니다. 우리 조상이 이집트에서 종살이하다가 놓여날 때 급하게 떠나오느라 누룩을 넣지 못하고 빵을 구워 가지고 나왔다는 일로부터 시작됐다고 배웠습니다. 그로부터 지극히 높으신 분이 정해 주신 일로 따르고 지킵니다.

'너는 무교절을 지키되 네게 명령한 대로 니산월, 그 절기에 이레 동안 누룩 넣지 않고 구운 빵을 먹으라.'

그리고 이어서 다시 말씀하시기를,

'유월절이 시작되면 그 첫날에 누룩을 너희 집에서 없애라. 이레 동안은 누룩이 너희 집에서 발견되지 않도록 해라.'

그래서 누룩이 들어가지 않은 빵 마짜를 먹습니다. 집안을 온통 뒤져 누룩 가루는 모두 모아 불태워야 합니다."

그는 이방 땅 구레네에 살았지만 이스라엘의 전통을 잘 지켜온 듯 보였다. 더구나 그는 토라의 내용까지 정확하게 인용했다. 어느 시대, 어느 장소에서나 마찬가지지만, 경전의 기록을 인용하거나 이름 있는 선생의 말을 끌어대며 자기 의견을 말하는 것은 가장 고급스러운 대화로 쳐준다. 심지어 유대 사람들은 끌어대기 잘하는 사람들, 인용하기 잘하는 사람들이라고 불렸다.

바리새파 선생 중에는 자기 의견은 한 마디도 말하지 않고, 오로지 토라와 예언과 유명한 선생들 말만 인용하여 이야기할 수 있는 사람도 있다. 그러면 그 사람은 공부를 많이 한 유식한 사람이라고 인정받았다. 만일 그 의견에 누가 반론이라도 제기하면 그는 토라와 예언과 경전에 기록된 가르침과 옛 선생들의 권위에 도전하는 사람이라고 손가락질 받았다.

누룩이 유월절, 무교절 명절 행사 상징 중 하나였고, 누룩을 찾아 없애는 일은 야훼 하느님의 명령을 지키는 일이었다. 그리고 어느 때부터 누룩은 부패와 죄를 상징하는 말로 변했다. 그런데 듣는 사람 모두 깜짝 놀랄 수밖에 없는 말을 예수가 서슴없이 입 밖에 냈다.

"반죽에 누룩을 넣으세요!"

예수는 빵이 아니라 빵 만드는 과정을 얘기하고 싶었다. 그는 언제나 결과보다 과정이 더 중요하다고 생각했기 때문이다.

'씨를 뿌려 싹이 나고, 가꾸고 돌봐야 자라서 익고, 베어 들여 추수하고 날곡을 귀하게 자루에 담아 저장한다. 빵을 얻기 위한 전前 단계다. 통밀 통보리까지는 씨가 엮어낸 변화이고, 그다음부터는 사람을 살리는 빵이 되는 과정이다.'

예수는 그 모든 과정을 하나로 연결하여 보고 있었다. 그중 어느 것을 일부러 잘라내 없애 버린다면 그것은 과정을 중단하는 일, 부자연스러운 일이다. 그 모든 과정이 모두 자연스럽게 이뤄져야 사람 사는 세상이라고 생각한 셈이다.

눈으로 직접 보고 자랐기에 사람들은 빵이 어떻게 만들어지는지 잘 알았다. '갓 구워 낸 빵'이라는 말을 들으면 코끝에서 구수한 냄새가 되살아나고, 쫄깃쫄깃하고 따뜻한 빵 한 조각의 맛이 떠올라 자기도 모르게 침을 꿀꺽 삼키게 된다.

식사로 빵을 구워 먹을 때는 통밀이나 통보리를 맷돌로 갈아서 체에 쳐 고운가루를 얻고, 그 가루를 누룩을 넣은 물에 이겨 반죽을 만든다. 반죽을 그릇에 담아 헝겊으로 덮어 놓으면 대개 하루가 채 지나기 전에 알맞게 부풀어 오른다. 그렇게 부풀어 오른 반죽을 동글납작하게 밀어 속이 빈 벌통처럼 생긴 진흙 화덕 안쪽 벽에 붙여 빵을 굽는다. 반죽을 화덕에 붙이기 전에 화덕 아래에 불을 때서 적당하게 달구어 놓아야 한다. 잘사는 사람들 집안에 화덕이 있기도 하지만 대부분 사람들은 마을 공동화덕을 사용해서 빵을 구웠다. 언제나 보릿가루보다 밀가루로 만든 빵을 한결 좋은 빵으로 쳐줬다.

농사짓고 추수해서 밀이든 보리든 알곡을 모아들이는 일이야 남자가 하는 일이다. 곡식을 갈아서 체로 쳐서 가루를 얻고 반죽해서 부풀리고 빵을 굽는 일은 여자의 일이다. 대여섯 식구가 하루 먹을 빵을 구우려면 집안 여자들이 가루 만드는 일에만 서너 시간이나 매달려야 했다. 어릴 때 어머니나 누이를 따라 마을 한가운데 있는 화덕까지 따라가 갓 구워 낸 노릇노릇한 빵 한 조각 얻어먹을 때 얼마나 행복했고 흐

못했던지 거의 모든 남자들이 그 기억을 지니고 산다.

예수가 누룩을 넣어 빵 반죽을 만드는 얘기를 했을 때, 주위에 모인 사람들이 거의 대부분 남자들이지만 그 얘기가 조금도 이상하게 들리지 않았다. 그건 여자들의 일이었지만 그들도 눈으로 보며 자랐기 때문이다. 그 빵이 익기를 기다리며 넘실대는 아이들의 눈이 보인다.

형편이 어려운 사람들은 밀가루든 보릿가루든 누룩을 넣어 반죽이 부풀 때까지 기다릴 여유가 없다. 그냥 통밀이나 통보리를 갈아 물과 소금만 넣은 반죽을 달궈진 돌에 구워 전병을 만들든지 화덕에 구워 먹는다. 구레네 사람 알렉산더가 입에 올린 '마짜'가 바로 그렇게 누룩을 넣지 않고 구운 빵이다. 유월절 무교절에 먹도록 법으로 정해진 마짜는 가난한 사람들에게는 매일의 식량이었다.

예수는 이제 가루로 만든 반죽을 부풀리는 변화의 과정을 설명하기 시작했다.

"여러분! 하느님 나라는 곱게 빻아 체로 친 밀가루에 누룩을 넣어 부풀려 빵을 굽는 것과 같습니다."

사람들은 정신이 번쩍 들 만큼 놀랐다. 누룩을 찾아내 없애라는 토라의 명령을 정면으로 어기는 얘기를 시작했기 때문이다.

"누룩! 누룩이라고 말씀하셨습니까, 하느님 나라가?"

"아닙니다. 하느님 나라는 누룩이라고 말하는 것이 아니고 누룩을 넣은 밀가루가 부풀어 오르는 것 같다고 말하는 겁니다."

제자들은 다른 사람들보다 더 당황했다.

"선생님! 그건…."

어쩌자고 오늘은 아침부터 선생이 계속 도발을 하는지 제자들은 그 뜻을 알 수 없었다. 아슬아슬하기 그지없는 곳, 한 발만 삐끗 잘못 디디면 저 아래 험한 골짜기로 굴러떨어질 위험한 낭떠러지 끝을 선생은 걷고 있었다. 마치 남은 시간 안에 사람의 발길이 이를 수 있는 한계를 시험이라도 하려는 듯…. 겉으로는 어제와 다름없이 태연한 듯 보여도 속으로는 무엇에 쫓기고 있음이 분명했다.

특히 마리아는 예수의 마음 떨림을 고스란히 느꼈다. 잠잠하다가 갑자기 펄쩍펄쩍 뛰고, 그러다가 다시 푹 가라앉고. 그렇게 불규칙한 떨림은 간격도 종잡을 수 없었다. 빨랐다 느려지고, 느려져서 이제 사라졌나보다 생각하면 다시 갑자기 나타나고.

그러나 선생의 얼굴에서는 아무런 변화도 발견할 수 없었다. 여전히 부드럽고 온화하고 잠잠했다.

'아, 선생님!'

그녀는 차마 예수의 그런 모습을 더 두고 볼 수 없었다. 그의 마음속에 서로 다른 생각이 각각 다른 방향에서 흘러들고 섞이고 휘돌고, 그러다가 어느 쪽이 낮은 곳인지 흘러 나갈 곳을 찾아 몰려다니는 것 같았다.

'선생님이 하시려는 말씀은 마지막 숨을 내쉬듯, 꼭 남기고 싶은 말이겠지.'

예수가 이제까지 가르쳤던 말들과 무엇이 다를까? 언뜻 들으면 사람들을 깨워 일으키기는 마찬가지로 들렸지만, 곰곰이 생각하니 달랐다. 원래도 그렇기는 했지만 예수는 더 이상 그가 하는 말을 이리저리 설명하지 않았다. 어떻게 받아들일지 오로지 듣는 사람에 달린 일이라고 말하는 것 같았다. 어떤 사람이나, 물건에 대해 얘기하기보다 사람과 사람 사이의 관계나 물건의 작용에 대해 얘기했다. 다만 사람들이 아직 그것을 제대로 알아채지 못했을 뿐이다.

마리아는 예수가 그 앞에 모인 사람들을 성큼성큼 이끌고 나가는 것을 알아챘다. 시간에 쫓기듯 그의 마음속에서 일어나고 스러지는 안타까움도 느꼈다. 아직 한 번도 가 보지 못한 곳으로 이끄는 가르침, 그곳에 이르는 것이 목적이 아니라 그곳으로 걷는 일이 중요한 것처럼 예수는 말했다.

"하느님 나라는 이미 이루어져서 여러분이 그저 문 열고 들어가면 되는 나라가 아니고 여러분 눈앞에서 여러분이 일하는 만큼 이뤄지는 나라입니다. 겨자씨가 싹을 내고 자라듯, 누룩을 넣은 반죽이 부풀어 오르듯 커지는 나라입니다. 본래 가지고 있었던 성질, 나와 남을 변화시키는 생명을 그대로 가지고 있으면서 자라나고 부풀어 오르는 나라 … 바로 하느님 나라입니다. 하느님 나라가 누룩 넣은 반죽처럼 부풀어 오르면 누구든 잘 구운 빵을 먹을 수 있습니다."

알아들을 수 없을 만큼 어려운 말은 하나도 없다. 바리새파 선생들이나 율법학자들은 늘 힘주어 어려운 말, 손에 잡히지 않는 말만 끌어대며 가르쳤는데 예수가 하는 말은 그렇게 쉬웠다. 그의 말을 들으니 부풀어 오르는 반죽 덩어리가 사람들 눈에 먼저 보였다. 문제는 누룩이었다. 빵을 부풀리는 것이 누룩인 것은 맞지만 유월절에 굳이 누룩을 끌어 대며 하느님 나라를 설명할 필요가 있었는가?

'아! 선생님은 유월절을 보지 못할 사람 … 유월절과 누룩이라는 금기禁忌를 깨려는 일! 오로지 생명만 생각하시는구나! 생명이 제 몫을

누리며 사는 하느님 나라밖에는 아무것도 보지 않으시는구나!'

그런데 고운 밀가루에 누룩을 넣어 구운 빵 얘기가 나오니 사람들 표정이 묘하게 부드러워지는 것을 마리아는 놓치지 않고 보았다.

가난한 사람들이 그리워하는 식사는 곱게 갈은 밀가루를 잘 부풀려 구운 빵을 올리브기름에 듬뿍 찍어 먹는 일이다. 거기에 포도주 한잔 곁들이고, 치즈와 잘 말린 무화과 그리고 대추야자가 있으면 세상 부러울 것이 하나도 없을 만큼 훌륭한 식사다.

"이렇게 구수한 빵을 구워 낼 수 있는 누룩에게 죄가 있습니까? 왜 명절을 준비하는 때가 되면 집집마다 묵은 누룩을 찾아내 모두 불태워야 합니까?"

"토라에 그렇게 기록돼 있고, 우리가 오랫동안 지켜온 법입니다."

"그래서 내가 얘기합니다. 누룩은 상징입니다. 천 년도 넘은 먼 옛날 누룩을 넣지 않고 빵을 구웠다는 얘기는 그때의 종살이를 기억하고, 히브리를 해방하신 하느님을 기억하고 하느님 앞에 바로 서는 이스라엘이 되라는 가르침입니다. 그래서 교훈이고 상징입니다. 누룩을 넣어 부풀린 맛있는 빵을 먹을 때면, 그렇게 맛 좋은 빵을 먹는 일이야말로 하느님의 축복이라는 것을 되새기라는 상징입니다. 누룩 넣은 빵 맛을 알기 때문에 누룩 넣지 않은 빵, 밍밍하고 뻣뻣한 마짜의 맛과 비교할 수 있습니다."

예수의 말은 이해할 수 있지만 하느님 나라가 누룩 넣은 빵이 부풀듯 부풀어 오르는 나라라는 말에 모여든 많은 사람들은 정말 당황스러웠다. 이스라엘 사람이라면 유월절 무교절 명절과 연관하여 가장 피하는 일까지 아무렇지도 않게 입에 올리는 예수는 그들 눈에는 정녕 이스라엘의 법과 믿음과 전통을 한꺼번에 흔들려고 마음먹은 사람이 분명했다.

그러나 한편으로는 부풀어 오른다는 말에서 듣는 사람들은 희망을 보았다. 가장 거룩하고 가장 고귀한 사람만 들어가는 나라가 아니고, 명절이 되면 애써 찾아 불태워야 하는 누룩이 하느님 나라와 관계가 있다니, 말 그대로 그 나라는 자기들 같은 사람도 들어갈 수 있는 나라처럼 느껴졌다.

예수는 다시 얘기를 껑충 끌어올렸다.

"들으십시오! 하느님 나라는 이 땅에 이미 이루어진 나라이기도 하지만 이뤄지는 나라입니다."

이미 갈릴리에서부터 여러 번 예수가 가르쳤던 말이었지만 때로는 손에 잡은 것 같았는데, 다시 생각하면 스르르 손가락 사이로 빠져나가는 알쏭달쏭한 말이다. 제자들 중에서 궁금한 것을 제일 참지 못하는 요한이 물었다. 그는 야고보와 성전 뜰을 한 바퀴 돌고 솔로몬의 주랑건물로 돌아와 있었다.

"선생님! 그 말씀을 저는 아직까지 잘 알아듣지 못하겠습니다. 이뤄지는 나라인데 이미 이뤄졌다니, 어떤 쪽으로 생각해야 할지 … ."

"요한! 잘 물었어요. 들으세요. 이룬다는 말은 여러분이 누룩 넣은 빵이 부풀어 오르는 일과 같습니다. 이루는 사람도 여러분이고, 이루어진 하느님 나라에서 살아갈 사람도 여러분입니다. 이룬다는 것은 여러분이 그 일에 힘을 보탠다는 말이고 이루어졌다는 말은 여러분이 그 일에 기쁨을 느낀다는 말입니다. 때, 시간을 빌려 말하자면 이루어졌는데, 아직 이루는 일이 남아 있다는 말입니다. 여러분은 이 말을 그냥 들어 넘기지 말고 이루는 일을 붙잡고 살아가야 합니다."

제자들이 이해하지 못하는 것도 어쩌면 당연하다. 그들이 기다리는 하느님 나라와 예수가 말하는 하느님 나라가 다르니, 그 속에 있어도, 이뤄지는 것을 눈으로 보고 있어도 깨닫지 못할 뿐이다. 그들은 하느님이 개입하는 그날을 기다리고 있고, 예수는 서로 협력해야 이뤄질 수 있는 나라를 말하고 있어서 그렇다. 다른 쪽을 쳐다보고 있으니, 이뤄지는 것과 멀어지는 것을 분간할 수 없다.

예수는 남몰래 한숨을 내쉬었다. 전날, 기드론 골짜기 가장 낮은 곳에서 무릎 꿇었을 때 깨달았던 일이 다시 생각났다. 그건 때에 달린 일이라고.

'어쩌면 저들은 영원히 하느님 나라를 보지 못할 수도 있겠구나…. 무슨 방법으로 저들의 눈을 뜨게 할 수 있을꼬?'

그것은 예수에게도 마찬가지다. 그에게는 그의 때가 있고, 그다음 일은 그가 어찌할 수 없다. 하느님도 어찌할 수 없다. 모두 사람에게 달린 일이고, 그런 일은 하느님이나 사람이나 모두 처음 겪는 일이다.

그 일을 바라보는 마리아에게는 가슴 아픈 절망이고, 예수에게는 남은 사람들에게 맡겨야 할 일이다. 예수는 정해진 길을 가르쳐 주는 사람이 아니라 물으며 걸으라고 깨우쳐 주는 사람이다. 하느님이 모든 사람에게 골고루 나눠 준 생명을 기준으로 삼아 묻고 또 물으라고 가르쳤다. 그래야 자기가 어디에 서 있고, 어디를 바라보고 있다는 것을 알게 된다고 말한 셈이다.

예수는 세상 살아가는 지도를 만들어서 펼쳐 보여 주는 사람이 아니다. 그 스스로도 가 보지 않은 길을 어찌 다른 사람들에게 왼쪽으로 가라고 하거나 어디서 오른쪽 길로 들어서라고 말할 수 있겠는가? 그것은 길을 걷는 사람이 걸어가면서 선택해야 할 일이라고 생각했다. 다만 목적지가 어디인지, 무엇하러 가는지, 언제까지 가야 하는지 걸어가는 사람이 끊임없이 생각하면서 한 걸음 한 걸음 걸어야 한다고 말할 뿐이다. 아무리 먼 길이라도 한 걸음씩 걸어야 이를 수 있다고 그는 믿었다.

예수의 생각과 달리, 누룩 얘기는 사람들이 별로 크게 중요하다고 받아들인 것 같지 않았다. 아직 유월절의 그늘 아래 머물러 있는 사람들에게 하느님 나라의 길을 떠나라고 말한 셈이었기 때문이다.

'과거를 지키는 일이 아니라, 지금 사람이 살아가는 오늘을 부풀리라는 말인 것을… .'

그렇게 생각하면 예수의 가장 큰 관심은 현재일 수밖에 없다는 것을 마리아는 깨달았다. 더구나 그녀가 보기에 예수는 빵이 중요하다고 말하면서 빵 만드는 법을 가르쳐 주는 어머니 같았다.

"할 수 있다고 뚝딱 돌로 빵을 만들어 먹을 수는 없습니다. 배가 고플 때 하늘에서 만나를 내려 달라고, 메추라기가 날아들도록 해 달라고 애원만 할 수는 없습니다. 누군가 농사를 지어야 하고, 누군가 가루를 내어 반죽으로 부풀려 구워야 빵이 됩니다. 여러분이 그런 일을 하는 사람이 되어야 합니다. 하느님은 나라는 그렇게 일한 만큼 이뤄집니다."

배고픈 사람에게 씨 뿌리고 농사짓고 추수하는 일은 너무 멀고 느리게 생각됐을 것이다. 게다가 곱게 빻아 가루를 만들고 누룩을 넣어 반죽해서 굽는다니…. 사람들이 기다리는 하느님 나라는 잘 구운 구수한 빵을 하느님이 빵 접시에 담아 내려주는 나라다. 그런 축복이 없다면 하느님 나라가 무슨 소용이 있단 말인가?

"선생님! 좀 가 봐야 할 데가 있어서…."

"저도요!"

한 사람 두 사람 자리에서 일어났다. 그러다 보니 원래 예수를 따르던 제자들과 지난 며칠 동안 예루살렘에서 새로 합류한 몇 사람만 남았다. 별 신통한 반응을 보이지 않고 사람들이 떠나가자 남아 있는 제자들이 좀 민망했던 모양이다. 그중에서도 구레네의 알렉산더가 더 그런 모양이었다. 한참 무슨 생각을 하더니 갑자기 입을 열었다.

"선생님! 아마 내일이나 모레쯤 구레네에서 아버지와 어머니가 올라오실 겁니다. 아버지는…."

"시몬이라 했지요?"

"어? 아버지 이름까지 기억하시네요. 여기 예루살렘에 살고 계신 큰아버지는 요셉이시고요. 루포라고 제 아래 동생도 지금 큰아버지 댁에 같이 있습니다. 아주 착하고 좋은 동생입니다. 아버지 어머니 큰아버지 동생 모두 성전에 올라 선생님 가르침을 함께 받았으면 좋겠습니다. 아버지가 늘 '좋은 선생님을 만날 수 있으면 천 리 길 만 리 길이라도 찾아가라!'고 말씀하셨습니다. 사실 구레네에 사는 유대인들은 로마만 바라보고 삽니다. 그런데 아버지와 어머니는 저와 동생 루포에게 하느님의 뜻에 따라 살아야 한다고 늘 말씀하셨습니다. 이번에 꼭 선생님을 만나 뵐 수 있으면 좋겠습니다."

그의 말에는 아버지 어머니에 대한 존경과 동생에 대한 사랑이 듬뿍 담겨 있었다. 예수가 그를 아끼는 눈으로 바라보자 알렉산더는 아주 기쁜 듯 입을 다문 채 배시시 웃었다. 앞으로 젊은 알렉산더가 살아갈 날들을 예수는 눈으로 볼 수 있었다.

"알렉산더! 그대를 축복하오!"

"감사합니다, 선생님!"

그는 입을 함박같이 크게 벌리고 웃었다. 그런 모습을 바라보니 예수는 갑자기 나사렛에 있는 동생들이 보고 싶어졌다.

'예수의 동생으로 살아가면서 얼마나 큰 고통을 겪게 될 것인가?'

마음으로는 동생들이 보이는데 따지고 보면 닷새 엿새 거리, 다시는 가 보지 못할 먼 곳이다.

예수는 모처럼 시간을 내서 숨을 돌리고 앉아 성전 뜰을 내다보았다. 뜰에는 하얀 햇빛이 사정없이 쏟아져 내렸다. 햇빛을 받아 달궈져서 그런지, 하얀 바닥에 까만 격자가 끝없이 이어진 뜰에서는 마치 봄 아지랑이 일어나듯 아른아른 열기가 피어올랐다. 뜰을 지나다니는 사람들은 바닥이 반사하는 열기 때문인지, 원래 사람이란 그러한지 제 모습을 지니지 못하고 아른아른 너울너울 흔들리는 모습으로 보였다. 그저 땅을 기는지 걷는지 하늘에 눌린 사람들처럼 느릿느릿 움직였다. 사람들이 무더기무더기 덩어리처럼 보이다가 하나하나 따로 떨어져 외로워 보이기도 했다.

"아!"

예수는 자신도 모르는 사이에 깊은 한숨을 내쉬었다. 지난 며칠 동안 매일 성전 뜰에서 사람들을 모아 가르쳤지만 그 가르침이 얼마나 저들을 바꿀 수 있을 것인가? 하느님 나라가 저들에게 희망이 될 수 있을 것인가? 그들의 반짝이는 눈을 마주하면 새로운 희망을 품은 사람들처럼 보이고, 제각각 흩어지는 뒷모습을 바라보면 옷을 벗어 놓듯 그 자리에 주르륵 깨달음을 내려놓고 떠나는 것이 보였다.

"무엇을 바라고 광야에 나왔습니까? 바람에 흔들리는 갈대를 보러 나왔습니까? 서걱서걱 소리 내며 흔들리는 갈대소리가 그대들을 광야로 이끌었습니까?"

무엇을 찾으러 왔든 끌려서 찾아왔든, 갈릴리에서 제자들을 처음 모아 가르칠 때 예수는 그들에게 외쳤다. 매일매일 윗갈릴리 아랫갈릴리에서 찾아와 따르는 무리들이 늘어났고, 제자들은 신이 나서 여기저기 뛰어다닐 때였다.

"여기에 지금 하느님 나라가 이뤄지고 있습니다!"

그렇게 신나고 가슴 뛰는 가르침을 들었던 사람들이었지만 막상 발길 돌려 집으로 돌아가면 굶어 허기진 배를 물로 채우고 잠을 청해야 하는 사람들이었다. 배고파 칭얼거리는 자식들의 힘없는 목소리를 들으면 차라리 부잣집 담벼락을 뚫든 분봉왕의 왕성으로 쳐들어가든 당장 무슨 일을 저지르고 싶은 생각뿐인 사람들, 그들에게 하느님 나라는 아직 눈에 보이지 않았다.

예수나 그의 제자들이 아무리 힘주어 하느님 나라를 얘기했더라도 돌이켜 생각해 보면 '여기, 지금' 이뤄지는 나라는 아니었다.

"하느님이 세상을 다스리시는 왕이시다. 하느님이 오직 한 분 주권자이시다."

그렇게 선언한 토라를 가르침으로, 법으로, 도덕으로, 매일매일 생활의 지침으로 오랜 세월 이스라엘이 따르고 지키며 살아왔는데, 따지고 보면 사실 그분은 한 번도 왕 노릇을 제대로 한 적이 없었다. 그분이 사랑하여 세웠다는 왕들은 탐욕스러운 압제자였고, 지난 6백 년 7백 년 긴 세월 동안 이방의 압제는 해가 지날수록 심해졌다. 그렇지만 그때도 사람들은 세상을 다스리는 왕이 여전히 이스라엘의 하느님이라고 고백했다.

"왕이라지만, 아직 실질적으로 다스리지 않는 왕!"

사람들은 그런 부재不在의 왕, 이스라엘의 야훼 하느님에게 익숙했다. 그런 사람들에게 이루어지고 있지만 아직 완전히 이뤄지지 않은 하느님 나라를 다시 또 한 번 가르친다는 것이 무슨 큰 의미가 있을 것인가? 여기에 지금 이뤄지는 하느님 나라를 그들은 결코 경험하지 못할 수밖에 없다. 그들은 그저 관념으로 받아들일 것이다. 마치 하느님이 왕이시라는 선언처럼 ….

예수는 무엇이 문제인지 잘 알았다. 하느님 나라니 당연히 하느님이 다스리는 나라로 사람들이 생각했기 때문이었다. 사람들은 다스림의 대상이었을 뿐, 한 번도 스스로 다스림을 선택할 수 있다고 생각해 보지 않았다. 그런 일은 생각해 보지 않았으니 가능하리라고 믿고 기대하지도 않았다.

'나는 사람들이 경험해 보지 못한 하느님을 가르치고, 그분의 다스림을 얘기했구나!'

이스라엘과 유대의 현실로 보자면 히스기야가 이끄는 하얀리본의 길이 사람들에게 더 실질적인 도움을 주는 길일지도 모른다. 위험하지만 최소한 눈에 보이는 변화는 이끌어 낼 수 있는 길이었다. 가진 것

없는 사람들에게 내일모레면 떨어질 양식이나마 서로 나누며 살라고 가르치는 것보다, 부잣집을 털어 곡식자루를 나눠 주는 것이 훨씬 더 현실적이고 적절하게 보였다. 아지랑이처럼 흔들리며 성전 뜰을 걷거나 기는 사람들에게는 오늘 밤에 빵 한 조각 목에 넘기고 잠자리에 드는 것보다 더 절실한 일이 있겠는가?

성전 주랑건물 위에서 뜰을 내려다보며 감시하는 로마군을 올려다보며 예수는 골똘하게 생각했다.

'무엇으로 억압하는 로마와 성전과 권세자들을 해체할 것인가?'

'저들이 내가 전한 가르침을 들었으니 돌아설 것인가?'

예수가 가진 것은 아무것도 없다. 하느님은 히브리가 이집트를 탈출했을 때 그들 앞에서 인도했다던 구름기둥, 불기둥을 예수에게는 허락하지 않았다. 바다를 가르고 산을 무너뜨리며 백성을 지키는 하느님의 동행도 없고, 목마른 백성들을 위해 지팡이로 돌을 치니 물이 나왔다는 권능도 그에게는 주어지지 않았다. 유대인, 갈릴리 사람들을 다시 일으켜 세워 이스라엘로 묶어낼 만큼 강렬한 신화를 만들어낼 힘도 그에게는 없다.

처절하게 지워지고 제거될 날은 추썩추썩 다가와 이제 하루 이틀밖에 남지 않았는데, 그는 맨손으로 운명 앞에 서야 할 형편이다. 하느님도 개입하지 않는데 그 혼자 세상의 거대한 힘 앞에 벌거벗고 두 손 벌리고 서 있는 셈이다. 어느 순간에 개입하겠다는 약속도 주지 않은 채 하느님은 침묵을 지켰다. 지난밤 마리아가 그의 머리에 기름을 부은 일은 그가 겪을 일을 다시 한번 확인하는 의식이었다. 얼마나 외롭게 예수 혼자 남겨질지 확인하는 일이었다. 마리아는 제자들 앞에서 그가 감당하려고 마음먹은 고난을 위로하려고 애썼을 뿐이다.

그때다.

'그건 네 일이야! 사람이 해야 할 일이야, 궁극적으로 … .'

가슴속에 불쑥 그런 생각이 들어왔다. 마치 그분이 말을 거는 것처럼 … .

'왜 제가 해야 할 일입니까? 제가 이 사람들을 낳기라도 했습니까?'

예수도 대들고 싶다, 예언자 모세가 하느님에게 대들었듯 … . 경전에는 모세의 안타까운 하소연이 담겨 있었다.

"어찌하여 주님이 저를 괴롭히십니까? 어찌하여 이 모든 백성을 저에게 맡기셔서 제가 혼자 그 짐을 지게 하십니까? 이 모든 백성을 제가 뱄습니까? 제가 이 백성을 낳았습니까? 어찌하여 주님은 저에게 애를 기르는 아버지가 젖 먹는 아이를 품에 안고 가듯 그 길을 가라 하십니까?"

바로 예수의 마음이 그러했다. 광야에서 걸어 나올 때부터 각오는 했지만 정작 성전에 들어오니 마음이 오그라드는 것을 어쩔 수 없었다. 주랑건물 위에 촘촘히 늘어선 로마군을 보면서, 예루살렘 성문마다 매서운 눈으로 지키는 로마군 병사들을 보면서, 성전 북쪽 안토니오 요새에서 성전을 굽어보며 감시하는 로마군대를 생각하면서, 성전산 서쪽 건너편 윗구역에서 병아리를 채 가려고 하늘을 나는 독수리처럼 때를 노리는 로마총독을 생각할 때, 예수는 정신이 아득하고 어지럼증이 일어난다. 그것은 아무리 마음을 다잡는다고 해도 어쩔 수 없는 일이다.

그럼에도 불구하고 매일 성전에 들어와 사람들을 모아 가르쳤고,

성전이 그를 함정에 빠뜨리려고 끊임없이 교활한 올가미를 던져도 제자들 앞에서는 모든 것을 태연하게 받아넘겼다.

그런데 이제 때가 왔다. 더 이상 물러설 수도 없고, 미룰 수도 없고, 그의 뜻과 상관없이 고난과 죽음이 그의 걸음걸이를 지켜보면서 기다리고 있다.

'저 혼자 걷기도 힘든 길, 어찌 세상 사람들을 이끌고 가라 하십니까?'

야속하게도 그분은 대답이 없다.

'제가 걷는 길의 끝은 제가 알겠는데, 이 사람들은 어찌합니까?'

그분은 여전히 입을 다물고 있다.

'제가 제 길을 걷고 나면, 그다음은 당신께서 책임지시겠습니까?'

그러자 전날 기드론 골짜기 가장 낮은 곳에 엎드려 기도드릴 때 깨달았던 생각이 마음속으로 불쑥 다시 파고든다. 마치 처음 깨닫는 말처럼 새삼스럽게 느껴진다.

'하느님인들 어찌 알리? 모두 인간에게 달린 일인데 … .'

사람들이 먹고 입고 자는 것, 소 잡고 양을 잡아 제사 지내는 것, 애를 낳고 키우고 시집 장가보내고 늙고 병들어 죽었을 때 장사하는 일까지 모두 일일이 간섭하고 이끌던 하느님도 이제는 더 어찌할 수 없는 모양이다. 사람은 언제나 그분이 정해 준 길에서 벗어났고, 비를 내려 달라, 비를 멈춰 달라, 바람을 막아 달라, 메뚜기 떼를 쫓아 달라 울며 매달렸다. 자랄 대로 자라 장성한 아들이 계속 어머니 젖꼭지에 매달리는 셈이었다.

'이제 모두 사람에게 맡기신 모양이구나! 사람이 알아서 살라고… .'

그것은 하느님도 처음 겪으며 지켜보는 일이리라. 하느님이 혼자 하는 일이 아니고, 사람에게 맡겨진 일이다. 사람이 하느님 앞에 사람 몫을 하는 일이다. 사람이 처음으로 하느님의 품을 떠나 사람으로 서는 일이다. 그것은 하느님의 품안으로 걸어 들어가는 일이 아니고 그분의 품에서 걸어 나오는 일이다. 땅에 사람이 살기 시작한 이후, 처음으로 겪는 일이다.

그런 생각이 들자마자 예수는 한없는 막막함을 느꼈다. 자기 두 다리로 광야를 걸어 나왔듯, 무슨 일이 벌어지든 그 스스로 감당해야 한다는 말이라고 알아들었다.

"내 백성을 해방하라!"

하느님의 명령은 결국 내 백성이 네 백성이라고 말하는 것을 그는 다시 깨달았다. 왜 그 일을 하느님을 대신해서 갈릴리의 예수가 맡아야 하는가?

'그건, 갈릴리, 유대, 이스라엘 사람이 바로 하느님의 백성이라는 경계를 넘으라는 의미구나. 이스라엘의 하느님 야훼가 모든 사람의 하느님이 되고, 그 하느님은 모든 사람에게 스며든다는 뜻이구나!'

그가 누구이든, 갈릴리의 예수든 헬라의 예수든 로마의 예수든, 하느님의 말을 알아들은 사람이 모든 사람을 대표한 첫 존재가 된다는 뜻이라고 그는 깨달았다. 세상에 아무도 대답하고 나서지 않는데 누군가 하느님의 부름을 알아들었다면, 그가 남자든 여자든 어른이든 아이든 이스라엘 사람이든 이방인이든 하느님 앞에 선 첫 사람이라는 뜻이다. 아담이 하느님의 존재를 깨달은 첫 사람이라면, 예수는 사람이 세우는 세상의 첫 사람이 될 수밖에 없는 운명이다.

"예수야! 귀를 예민하게 하면 하느님의 음성을 들을 수 있단다."

예수는 어릴 적 아버지가 들려주었던 얘기를 다시 떠올렸다. 그 말이 바로 그를 낳아 준 아버지 요셉의 가르침이었고, 그를 불러낸 하느님의 뜻이었음을 깨달았다. 그런 생각이 떠오르는 것을 보니 하느님이 예수에게 말을 걸고 싶은 모양이다.

'아버지는 어떻게 그걸 깨달으셨을까?'

'아버지도 하느님의 부름을 들으셨던 걸까?'

그랬을 것 같다. 그래서 예수의 눈을 들여다보는 아버지의 눈과 어머니의 눈이 그렇게 알 수 없을 만큼 깊은 안타까움을 품고 있었던 것 같다. 그래서 아버지는 마지막까지 숨결을 놓지 않고, 생명의 끈을 붙잡은 채 아들이 집에 돌아오기를 기다렸던 모양이다. 숨을 거두기 전, 예수에게 알쏭달쏭한 말을 유언처럼 남기던 모습을 떠올렸다.

아버지는 힘들게 숨을 모아 쉬며 아들 예수를 바라보았다. 그리고 물었다. 묻는 것이 아니고 다짐을 받으려고 애썼다.

"얘야! 내 아들아! 네가 어떤 길을 걷든 그 길이 하늘 아버지의 뜻이라는 것을 믿고 걸을 수 있겠느냐?"

예수는 대답할 수 없었다. 집을 나가 갈릴리 호수에서 그물질하며 지내는 그가 감당하기 어려운 너무 무거운 질문이었다. 아버지의 물음은 보통 아비가 마지막으로 아들에게 남기는 유언과 달랐다. 그 말에는 사람이 감당하기 어려운 엄청난 고난의 길이 담겨 있었다. 예수가 선뜻 대답하지 못하자 아버지가 다시 가쁜 숨을 몰아쉬며 한 마디 한 마디 힘들게 말했다.

"내 아들아! 나에게 주어진 길을 나는 걷지 못했다. 그 길을 받아들일 수 없었다. 무섭고 고통스러워 내가 받아들이지 못한 그 길, 내 아들 예수가 걸어야 할 길이 바로 그 길이라는 것을 나나 네 어머니는 알고 있었다. 그 말씀을 외면하고, 고개를 돌리고 살았지만 돌을 쪼고 나무를 켜면서, 그리고 자라나는 너를 보면서 그 운명이 너에게 넘겨졌다는 것을 깨달았다. 그 말을 해 주고 떠나려고 너를 기다렸다."

그때 예수의 몸속에 저릿저릿 저림과 떨림이 솟아올랐다. 그건 늙어 쇠약해진 아버지의 말이 아니었다. 아버지를 통해 전해진 하느님의 뜻이었다. 아버지와 어머니는 하느님의 뜻을 그에게 전하는 통로였다. 하느님은 그분의 말을 받아들이지 않은 요셉 대신 그의 아들을 다시 부른 셈이었다. 어쩌랴! 때가 되었으니 … . 어쩌랴! 누군가 그분의 말을 알아듣는 사람을 하느님은 부르고 있었으니 … .

그 아버지의 아들마저 그분의 부름을 뿌리칠 수 없었다.

"아버지! 따르겠습니다."

예수가 힘들게 대답했다. 그건 온 우주를 걸고 맺은 약속이었다.

그는 아직도 아버지가 그의 손을 잡고 숨을 몰아쉬며 그에게 부탁했던 말, 아버지를 통해 전해졌던 하느님의 부탁을 받아들였던 일을 생생하게 기억한다. 아버지의 손을 통해 전해졌던 그 떨림은 하느님의 마음이었을 것이다. 힘든 부름을 아들에게 전해 주는 아버지의 마음이 어땠을까? 아버지가 질 수 없었던 고통의 멍에를 아들 목에 대신 지워 주면서 아버지는 어땠을까?

그래서 어린 아들이 알아듣든 못 알아듣든 하나씩 둘씩 가슴속에 떠오르는 말을 아버지는 차곡차곡 전해 주었으리라. 돌을 걸터타고 앉아서, 긴 그림자를 앞세우고 먼 길 터덜터덜 걸어 집으로 돌아오면서,

아침 해를 가슴에 받으며 언덕을 내려가면서.

아버지와 달리 어머니는 예수를 주저앉히려고 얼마나 마음 끓였던가? 그 길을 걸어야 한다는 것을 알면서도 어머니는 예수를 그냥 떠나보낼 수 없어 손을 허우적거렸다. 다 부질없는 것을 알면서도… .

그런 생각을 하자마자 예수는 어머니가 가까이 다가오고 있음을 느꼈다. 그 먼 길, 자빠지듯, 넘어지듯, 산길을 돌고 내를 건너서 어머니는 허둥지둥 걸어오고 있으리라. 그 무서운 일을 어떻게든 막아 보려고… 아버지인들 그 운명을 막고 싶지 않았을까? 어머니인들 벗어날 수 없는 운명이라는 것을 몰랐을까?

예수는 성전 뜰을 내다보았다. 하얀 햇빛이 성전 뜰을 가득 채웠다. 뜰에 깔린 하얀 돌 까만 돌들이 때로는 모아서, 때로는 낱낱이 흩어서 햇빛을 반사했다. 그중 가장 날카로운 빛과 가장 몽롱한 빛이 동시에 예수의 눈을 파고들었다. 빛은 세상에 있는 모든 물체 위에 골고루 비추지만, 때로는 물건 하나하나를 따로따로 드러낸다. 한 번 빛 아래 드러나면 피할 방법이 없다.

'이스라엘의 수없이 많은 사람들 중에 왜 하필 나였을까?'

요즈음 혼자 있을 때면 무섭고 두렵고 피하고 싶은 생각이 불쑥불쑥 파고든다. 지난밤 마리아가 머리에 부어주는 기름을 받으면서도 중단시키고 싶은 생각이 들지 않았던가? 비록 오래전에 결정했던 일이지만 이제 생각하니 아버지의 마지막 부탁을 받아들였던 일이 후회스러웠다.

'아버지도 두려워 피했던 일을 왜 … .'

성전 뜰에 사정없이 쏟아진 햇빛이 한 줄기로 모아지더니 갑자기 눈으로 쏟아져 들어온다. 빙그르르 어지럽고 속이 메슥메슥 곧 토할 것 같다. 현기증이 날 때마다 늘 그랬듯 눈을 꼭 감고 진정되기를 기다렸지만 이번에는 쉽게 가라앉지 않는다. 앞뒤로 몸이 흔들린다. 어둠, 끝없이 깊은 어둠 속으로 떨어져 내린다. 손발을 휘저어보지만 소용없다. 깊은 물속으로 저항할 수 없는 무거움에 끌려 내려간다. 차라리 그곳이 편할 것 같은 생각이 든다. 이제 쉬고 싶다. 터덜터덜 걸어왔던 길도 보이고, 작은 회오리바람이 겅중겅중 돌아다니던 유대 광야도 보였다.

톡 톡 톡 톡.

돌을 쪼는 소리가 들린다. 눈을 떠 보니 세포리스 공사장이다. 그곳에서는 늘 목도 마르고 배도 고팠다. 햇빛도 사정없이 쏟아져 내렸다. 아버지가 저만치 떨어진 돌에 걸터앉아 잔망치질을 하는 모습이 보였다. 어머니는 울음처럼 보이는 웃음을 띤 얼굴로 예수에게 눈짓했다. 아버지 옆에 가 앉아 함께 망치질하라는 듯… .

아버지는 돌 쪼는 일이 세상에서 제일 중요한 일이라는 듯, 온 정신을 쏟아 망치질을 했다. 끌을 대고 톡 때리고, 다시 끌을 대고 톡 때리고, 그렇게 천 번 만 번 돌을 떼어 내고 다듬어야 한쪽 면을 마무리할 수 있다. 평생 해온 일인데도 마치 처음 일을 배우는 사람처럼 더할 수 없을 만큼 조심스럽게 돌을 다뤘다. 떼어 낸 돌조각들이 아버지 옆에 수북하게 쌓여 있었다.

'아버지!'

막 소리쳐 부르려는데 아버지도 어머니도 사라졌다. 하얀 햇빛 속에 봄 아지랑이 피어오르듯, 어머니가 깨끗하게 빨아 빨랫줄에 걸어 놓았던 하얀 천이 바람에 흔들리듯 일렁일렁 아른아른하더니 모두 사라졌다. 세포리스 산봉우리 공사장은 햇빛 쏟아지는 성전 뜰로 바뀌었다.

아버지의 목소리가 들렸다. 사라지다가 아들의 부름을 듣고 멈춰 선 듯.

"아침 해의 첫 빛줄기를 본 사람이 나서서 '해가 떴다'고 외칠 수밖에 없단다. 곧 모든 사람이 해를 보겠지만 어둠을 가르며 다가온 첫 빛을 본 사람이 어찌 입을 다물 수 있으랴!"

그 말을 해 주려고 아버지는 걸음을 멈췄던 모양이다. 운명하기 전 마지막 숨을 쉴 때처럼 한동안 헐떡거리더니 한마디를 덧붙였다.

"내가 돌마다 숨결이 있고 사연이 담겨 있다고 했던 말을 기억하느냐? 나는 돌을 쪼고 떼어 냈지만 너는 돌의 숨결을 터주고 사연에 귀를 기울이렴!"

아버지는 끌을 대고 살을 떼어 낼 때마다 돌이 아파하는 소리를 듣던 사람이었다. 오랜만에 예수는 아버지의 숨소리를 들었다. 마음으로 들려주는 말을 들었다. 아버지가 남겨 준 씨를 생각하며, 그동안 갈릴리에서, 유대에서, 성전 뜰에서 사람들에게 들려줬던 씨 뿌리는 얘기를 떠올렸다. 따지고 보면 예수의 마음 밭에 뿌려진 씨가 싹이 터서 자란다는 생명의 얘기였고, 그의 길을 걸으면서 예수도 자라고 있다는 얘기였다.

유대 광야를 걸어 나온 이후, 갈릴리 지방에서 제자들을 모으고 사람들에게 하느님 나라를 가르치기 시작한 이후, 예루살렘 길을 걸어오면서, 그리고 지난 며칠간 예루살렘 성전에 들고 나면서, 예수는 끊임없이 그의 생각이 변하는 것을 느꼈다. 변한다고 말하기보다 어쩌면 점점 더 구체적으로 눈앞에 드러났다. 멀리 있던 것이 가까워지고, 손이 닿기 어려울 만큼 하늘 높은 곳에 걸려 있던 생각이 땅으로 내려오고 있었다.

하느님의 시간이 흐르는데 예수라고 유대 광야에서 겪었던 그때 그 시간에 매어 있을 수 없었다. 갈릴리의 문제, 유대의 문제, 이스라엘의 문제를 넘어 사람의 문제로 넓어졌다. 더 많은 사람이 눈에 들어왔고, 사람들 마음 더 깊은 곳에 자기 마음을 잇댄 사람이 됐다.

세포리스 산봉우리 공사장과 햇빛 쏟아지는 성전 뜰을 오가며 생각에 잠겨 있는데 그를 부르는 아버지 목소리를 들었다.

"예수야!"

아버지는 거듭 그를 불렀다.

"예수야!"

다시 그 목소리를 듣고 나서야 아버지 목소리에 섞인 하느님의 부름을 알아들었다. 하느님이 예수를 부르며 햇빛 가득한 성전 뜰을 걸어오더니 그의 가슴속으로 성큼 들어왔다.

"사람아!"

하느님은 예수를 '사람'이라고 불렀다. 몸에 저릿저릿 전율처럼 감동이 퍼졌다. 그분은 왜 이제 예수를 '사람'이라고 부르는 걸까? 갈릴리 예수 한 사람이 아니라 그를 통해 그분이 사랑했던 모든 사람을 부르는 것이라고 예수는 깨달았다.

성전에서 경배敬拜와 찬양만 받던 하느님은 사람이 그리웠던 모양이다. 사람이 자기 두 발로 땅을 디디고 걸어 다닐 수 있을 때까지 그렇게 오래 참으며 기다렸음이 분명했다. 사람과 더불어 이루려던 세상을 생각하며 시간의 강물 속에 홀로 우두커니 서서 사람이 나타나기를 기다렸던 모양이다.

"한번 같이 해 보자! 사람아!"

이제부터 예수가 걸어갈 길은 아무도 걸어가 본 적 없는 길이 되리라. 하느님도 사람과 함께 그 길은 걸어가기는 처음이리라.

"네가 온전히 두 발로 서서 걸을 수 있는 날을 기다렸다."

첫 사람이 되어 걸어갈 곳이 어디인가? 예수는 눈을 감았다. 눈을 감으면 안 보이던 것들이 보이고, 보이던 것들이 안 보인다. 결국 모든 관계는 나에게서 시작하고 나에게서 끝나는 것을…. 나와 세상을 연결하는 끈이 나에게 달려 있는 것을….

'하느님은 존재가 아니고 관계다. 그래서 하느님은 먼 길 헤매며 찾아야 할 분이 아니고 그분과 연결된 줄 하나 붙잡고 걷다가 때가 되면 그 줄을 놓고 홀로 걸어야 하는 관계다.'

하느님은 사람이 두 발로 서서 걷는 날을 기다렸다고 말했다. 예수는 불현듯 '탯줄'이라는 말을 떠올렸다. 하느님과의 사람의 관계는 탯줄이다. 하느님과 연결되는 끈이 관계라면 그것은 끊을 때가 되면 끊어야 한다. 그래야 사람이 두 발을 땅에 디딜 수 있다.

'하느님 탯줄을 끊은 첫 사람!'

그 끈을 끊고 캄캄한 어둠 속, 허무의 바다, 태초의 혼돈을 떠돌 것인가? 아니다.

'하느님 나라!'

예수가 이루려는 하느님 나라는 그래서 역설이다. 하느님 품으로 돌아가는 세상이 아니고, 하느님에게서 출발한 사람들이 사는 나라다. 흘러내리던 강물이 어찌 오던 길을 거슬러 올라갈 수 있으랴? 그 세상은 결국 여기 현실의 세상일 수밖에 없다. 세상을 벗어난 어느 곳에서 사람이 사람으로 살아갈 것인가?

유월절 해방명절을 이틀 남짓 남겨둔 성전 뜰에 가지가지 사연을 안고 사람들이 모여들고 있다. 400년 동안 노예가 되어 살아가던 땅 이집트에서 하느님이 그들을 앞장서서 인도해 냈다는 옛 역사를 기억하며 모여든다. 역사는 기억해야 할 과거를 오늘의 눈으로 돌아보고 다시 해석하는 일이다. 기록과 전해져 내려온 얘기들과 그것들을 받아들여 내 기억으로 만드는 사람들이 함께 몸을 담그는 강물이다. 오늘과 아무 상관없는 과거라면 왜 죽은 시간을 무덤에서 불러내려고 하겠는가?

이집트에서 하느님을 따라 나온 그때의 일을 예수는 '유월절의 해방'이라고 불렀다. 오늘 로마제국의 통치 아래 살아가는 이스라엘보다 유월절 해방을 경험한 조상들이 더 혹독한 압제에 시달렸는가? 그래서 그때는 하느님이 나섰고, 지금은 두고 보는가? 사람들은 똑같은 해방이 곧 다시 일어날 것이라 믿고 뒤를 돌아보며 기다리고, 예수는 물줄기가 흘러내려 가는 방향을 바라보고 서 있다.

예수는 새로 이뤄야 할 해방의 뜻을 깊이 생각했다. 로마라는 이방제국 너머 생명을 억압하는 모든 제도와 존재와 관념에서 해방된 세상을 바라보았다.

'한 생명이 여기서 지금 살아가는 삶은 하느님이 생명을 불어넣어 준 모든 존재들과 연결되어 있다.'

넓은 세상을 어찌 몇 사람, 어떤 민족, 어떤 생명에게만 허락한다는 말인가? 이 세상은 누구나 똑같이 경험하는 현실이다. 누구나 어떤 생명이나 현실 속에서 살아가기에 그렇다. 그러니 현실을 완전히 뒤집어엎어 새로운 현실을 만들어내는 일은 애당초 가능하지 않다는 것을 예수는 깨닫고 있었다. 하느님 나라가 여기에서 현실이 되려면, 뒤집어엎는 것이 아니고 이미 자리 잡고 살아가는 모든 생명, 모든 존재가 조화를 이루고 균형을 이루어야 한다고 믿었다.

갈릴리에서부터 하느님 나라는 힘으로 이루는 세상이 아니라고 예수는 가르쳤다. 눈앞에서 벌어지는 이방제국과 제도와 권세와 힘의 폭력을 보면서 너무 무력한 것 아닌가 회의를 가진 적도 있었지만, 이제는 비폭력 외에는 길이 없음을 깨달았다. 누군가를 밀쳐내고 쫓아내고 미워하면서 한 번도 땅 위에 이뤄진 적 없던 세상으로 들어갈 수는 없다는 생각이 더욱 굳어졌다.

새로운 깨달음은 예수 마음을 부드럽게 적시며 흘러들어 왔다. 갈릴리 호숫가를 찰랑거리며 넘나드는 물결도 물과 땅을 구분하려고 찰랑거리는 것이 아니다. 깔려 있는 자갈을 따라 물이 더 들어오고 덜 들어오고, 언덕에 따라 철썩 부딪치기도 하고 완만하면 슬그머니 어루만지다 물러간다. 세상에는 물이 닿지 못하는 곳이 분명히 있고, 바위와 흙과 언덕이 물속에 잠겨 있는 곳도 있다. 예수는 물의 현실과 땅의 현실을 이해했다. 세상을 온통 물로 덮을 수도 없고, 땅으로 물을 모두 메울 수도 없고.

예수가 말하는 하느님 나라는 땅 위에 이뤄진다는 장소의 문제뿐만 아니고 시간의 문제이기도 했다. 봄은 언제나 어김없이 때가 되면 눈 앞에 다가온다. 눈보라 속에서도 봄은 한 발 한 발 걸어온다. 세상 형편이 불편하다고 건너뛰거나 아예 되돌아가지 않는다. 눈으로 볼 수는 없지만 어느덧 집 앞에 이르러 안을 들여다보다가 마당에 쓱 들어선다. 그것은 언제나 때와 관련된 일이다. 그래서 예수는 여기 지금 이뤄지는 하느님 나라를 가르쳤다.

그러나 때가 되면 하느님도 우리 손을 슬그머니 놓고 사라지리라는 얘기만은 아직 입 밖에 낼 수 없었다. 그 말을 받아들일 수 있는 사람이 이 땅에 한 사람도 없고, 아직은 하느님도 손을 떼고 사라질 준비가 채 안 돼 있기 때문이다. 하느님에게도 처음 겪는 일이지만 사람들로서는 더더욱 한 번도 생각해 본 적 없는 세상이 다가온다. 예수가 입 밖에 내지 않더라도 때가 되면 세상 빛 아래 드러나리라. 마치 앞산에 꽃이 피면 마당가 한 그루 나무에도 꽃이 피듯이.

'아침 해의 첫 빛줄기를 본 사람처럼 햇빛에 처음 몸이 드러난 생명은 다른 모든 생명들의 대표가 될 수밖에 없다.'

아버지가 숨을 거두면서 예수에게 당부하려던 말이 그것이었을 것이다.

'왜 나였을까?'

그것은 누구도 예수에게 대답해 줄 수 있는 일이 아니다. 다만 사람의 대표로 뽑혔다는 말밖에. 받은 빛도 반사하고, 스스로도 빛을 내는 생명으로 살아야 한다. 걸어간 그 길은 다른 사람들이 따라 걸을 것이다. 마치 눈 내린 언덕길을 처음 걸어 올라간 사람처럼, 예수는 뒤를 따라 걸어올 모든 사람 모든 생명을 생각해야 한다.

'생명을 지으신 분의 품에서 걸어 나와 처음 세상 걸음을 걷는 일이다. 그분 손에 매달리지 않고.'

땅으로 내려오고, 사람의 가슴속으로 흘러들더니 때가 되자 사람에게 맡기고 사라지기 전, 다시 한번 되돌아보며 확인하는 하느님을 예수는 경험했다. 피한다고 피할 수 있는 일이 아니었다.

예수는 성전 뜰에 덩그러니 드러난 존재로 앉아 있다. 갑자기 무척 외롭다는 생각이 들었다. 햇빛은 성전 뜰에 가득한데 혼자 오스스 몸을 떨었다. 하느님이 너무 급하게 몰아치고 있었다. 어머니 품에서 빨리 벗어나고 싶은 아기가 있으랴? 모든 관계는 아직 아무것도 서로 어울리지 못하고, 날카로운 이빨을 드러내고 대립하면서 햇빛 아래 낱낱이 분해되는데 예수는 햇빛을 받아 바래 간다. 성전 뜰에 가득한 하얀 햇빛이 배를 드러낸 연못 바닥 말리듯 세상도 말리고 있었다.

휘날리는 깃발들

'아버지 헤롯대왕은 정말 왜 그랬을까?'

행렬을 멈추고 올려다본 왕궁, 지금은 총독궁으로 쓰이는 옛 헤롯 왕궁은 한낮 햇빛을 받아 화려하게 빛났다. 예루살렘 윗구역 서쪽 끝, 숨이 턱 막힐 만큼 웅장하고 아름다운 왕궁, 어떤 공격도 버텨낼 수 있는 견고한 요새를 올려다보자니 안티파스는 마음이 불편했다. 그는 언제나 스스로 왕궁을 버리고 물러난 것이 아니고 죽은 아버지가 그를 몰아냈다고 생각했다. 왕궁에 가까이 이르자 옷자락을 바람에 펄럭이며 아버지 헤롯왕이 왕궁 꼭대기 가장 높은 곳에 서서 그를 내려다보는 모습이 보였다. 그래서 그는 물었다.

'아들에게 넘겨주기 아까울 만큼 아버지는 이 왕궁에 집착하셨나요?'

'무어라고? 이 미련한 놈!'

헤롯왕은 미련한 놈이라고 안티파스를 꾸짖었다. 얼마나 노했는지 얼굴을 뒤덮은 수염조차 부들부들 떨린다. 그런데 아버지 눈에 가득한 안타까움이 찌르르 가슴속으로 밀려들어 왔다. 목소리에는 한숨이 섞여 있다. 안티파스는 그런 모습의 아버지를 처음 본다.

'이놈아! 로마총독이 예루살렘성에 들어오는데, 네가 이 왕궁에 편안히 누워 잠들 수 있으리라고 믿었느냐?'

안티파스 가슴속에 그 말이 비수처럼 깊이 파고든다. 왕궁을 다시 올려다본다. 황금색 깃발 3개가 높은 탑 위에서 햇빛을 받으며 펄럭인다. 그곳에 서면 예루살렘 성전도, 윗구역 모든 저택의 뜰과 아랫구역에 거미줄처럼 여기저기 퍼져 있는 골목들, 오른쪽 힌놈 골짜기부터 건너편 올리브산까지 모두 보인다. 일부는 성전에 가렸지만 올리브산 아래 깊게 뻗어 있는 기드론 골짜기도 한눈에 들어온다.

만일 안티파스가 아직 그 왕궁을 사용하고 있다면, 명절 때마다 예루살렘에 입성하는 로마총독들은 어디에 머물 것인가? 좁아터진 안토니오 요새에서 힐끔거리며 성전을 내려다보다가 서쪽 윗구역에 우뚝 서 있는 왕궁을 질투의 눈으로 바라볼 것이다.

안티파스는 그제야 깨달았다. 아들이나 헤롯 가문의 명예나 영화가 아니라 유대의 생존이 아버지에게는 언제나 가장 큰 문제였다는 사실을. 유대를 지키기 위해서라면 사랑하는 아내도, 애걸하며 목숨을 비는 자식도 서슴없이 처형한 아버지였다. 아버지가 유대였다. 아버지에게는 힘이 신이었고, 힘이 머무는 곳이 신전이었다. 로마황제에게 무릎을 꿇은 일은 신에게 무릎 꿇은 일이었다.

"아버지라면, 지금 이때에 … ."

안티파스는 혼잣말로 중얼거렸다. 마침 수레 옆에 바짝 붙어 말을 타고 따라오던 알렉산더가 물었다.

“저하! 무어라 말씀하셨습니까?”

“아니오! 아버지가 생각나서 그랬어요.”

무슨 뜻인지 알겠다는 듯 알렉산더는 혼자 고개를 끄덕였다. 이제는 총독궁으로 쓰이는 아버지의 왕궁으로 총독을 만나러 찾아가는 분봉왕의 마음을 읽었다. 총독과 분봉왕이 무엇을 상의하고 어떤 얼굴로 분봉왕이 총독궁을 나서는지, 이제 유대와 갈릴리의 운명을 가를 역사적인 때가 왔다는 것을 알렉산더는 알았다.

마주 앉은 두 사람, 갈릴리와 베뢰아의 분봉왕 헤롯 안티파스와 로마황제의 명을 받아 유대 지방, 사마리아 지방, 그리고 이두매를 통치하는 총독 본디오 빌라도는 의례적인 인사가 끝났지만 누구도 선뜻 먼저 입을 열지 않았다. 그래도 한껏 안티파스를 생각해서 빌라도는 상석에 앉지 않고 같은 자리로 내려앉았다. 아무리 로마총독이라고 하지만 상대는 헤롯왕의 아들이고, 헤롯 가문의 대표이며 아우구스투스 황제로부터 직접 분봉왕으로 임명받은 사람이니 그에 걸맞은 대우를 해야 한다. 이스라엘에서 헤롯 가문의 혈통이 얼마나 대단하고 중요한 의미를 가지는지 빌라도도 잘 알았다.

어색한 침묵이 한동안 방 안을 무겁게 짓눌렀다. 로마제국 유대총독이 가진 현실적 힘과 유대 역사 천 년의 무게가 엇비슷하게 균형을 이룬 자리니 조그마한 실수라도 있으면 두 사람 중 하나는 명예에 심각한 손상을 받을 수밖에 없다. 총독의 갑작스러운 요청에 따른 회담이기에 총독이 더 큰 부담을 느끼는 자리다. 이미 37년 동안 분봉왕으로 자기 영지를 통치한 안티파스가 총독보다는 훨씬 더 여유로운 마음으로 회담에 나섰다.

"저하! 갑작스럽게 뵙자고 청했는데 총독의 얼굴을 보아 어려운 걸음 하셨으니 아주 고맙게 생각하며 치하의 말씀을 드립니다. 더구나, 총독궁을 직접 방문한다는 일이 쉽지 않은 결정이었을 텐데요."

"예! 사실 쉽지 않은 걸음이었습니다. 총독 각하의 청이 아니었다면 결코 이 왕궁 건물에 발을 들이지 않았을 겁니다."

안티파스는 '왕궁'이라고 부르고, 빌라도는 '총독궁'이라고 불렀다.

"이 총독궁을 내주셔서 대대로 유대에 부임한 총독들이 예루살렘에 들어올 때마다 아주 편안하게 지냅니다. 황제 폐하의 영토 안에 있는 총독궁 중에서는 가장 훌륭합니다."

"예! 아버님 헤롯대왕께서 심혈을 기울여 지으신 왕궁이었지요."

"그렇겠습니다. 이 총독궁은 요새 중에도 가장 견고한 요새입니다."

그리고 빌라도는 한마디 말을 덧붙였다.

"그런데 저하! 헤롯대왕께서는 예루살렘에는 황제 폐하를 섬기는 신전을 아예 건축하지 않으셨던 모양이지요? 세바스테나 카이사레아에는 신전을 지으셨던데…."

무슨 뜻에서 빌라도 총독이 신전 얘기를 꺼내는지 알 수는 없지만 그냥 들어 넘길 안티파스가 아니다. 듣기에 따라서는 헤롯 가문이 황제에게 바치는 충성이 부족하다는 말로도 들렸기 때문이다.

"왜 안 지으셨겠습니까? 아예 이 땅 유대 전체를 폐하께 바친 셈입니다. 예루살렘 성전에 그런 표시를 확실하게 해 놓으셨습니다. 황금 독수리를 세우셨으니까요."

"아! 그렇군요! 이 빌라도도 그 얘기를 들어 본 적이 있습니다. 헤롯대왕께서 건축하신 여러 건물들을 볼 때마다 그 웅대한 규모나 건물에 깃들어 있는 정신을 보면서 로마의 혼이 이곳 유대에 살아 있음을 생생하게 느낄 수 있습니다."

아무 뜻 없이 오고 가는 말 같았지만, 로마제국 유대총독과 속주屬州 갈릴리와 베뢰아를 다스리는 유대인 분봉왕 사이에 서로 기선을 잡으려는 첫 번째 겨룸이었다.

'아무리 헤롯 가문이 유대에서 대단한 가문이라지만, 로마 원로원의 임명을 받아 속주를 통치했을 뿐이지 …. 나는 황제 폐하의 명을 받아 유대를 통치하는 총독이고.'

빌라도는 기선을 잡은 다음 꼬투리를 잡아 밀어붙여 갈릴리에서 이권을 확보하려는 심산이었다. 총독이든 분봉왕이든 그만한 위치에 있는 사람들이 할 일이 없어 상대를 만나는 법은 없다. 게다가 모든 회담에는 서로 주고받는 거래가 따르기 마련이다. 많이 받고 적게 주려면 무슨 수를 쓰든지 기선을 잡아야 한다. 빌라도는 자기가 이미 기선을 잡기 시작했다고 생각했다. 그것으로도 뜻대로 되지 않을 경우 사용할 마지막 압박수단도 손에 쥐고 있었다.

빌라도의 마음을 아는지 모르는지 안티파스는 입을 다물고 무심한 듯 정원을 바라보고 앉아 있다. 개울물 흐르는 소리가 유난히 크게 들렸다. 정원 한가운데에 세워 놓은 대리석 분수에서 쉭쉭 물줄기 뿜어내는 소리도 들린다. 50여 년 전, 왕궁을 지으면서 예루살렘 윗구역 높은 곳까지 물을 끌어올린 헤롯왕의 건축술이 새삼 놀라웠다.

아버지 헤롯왕 생각을 하니 총독이랍시고 거드름을 피우며 왕궁에 앉아 있는 빌라도가 한없이 작고 보잘것없는 사람처럼 느껴졌다. 안티파스 가슴속에는 차마 입으로 내뱉지 못한 말이 부글거렸다.

'여보시오 총독! 지금은 어떠하든 유대는 헤롯 가문의 나라요!'

안티파스는 살아오면서 한 번도 로마에 대한 반감이나 황제에 대하여 두 마음을 품어 본 적이 없었다. 자기가 유대인이기 때문에 로마 사람보다 열등하다고 생각해 본 적도 없었다. 그런데 빌라도가 유대 사람과 로마 사람이라는 구분을 들이댄다는 느낌이 들자마자 묘한 반발심이 일어났다. 왕궁으로 들어오는 길에 환상으로 나타나 그를 깨우쳤던 아버지의 뜻에는 벗어나는 일이었지만, 눈앞에 앉아 거들먹거리는 로마총독에게 헤롯 가문의 후계자가 고개를 숙일 수 없었다. 그는 상대가 안중에 없다는 듯 눈을 돌려 정원을 바라보는 것으로 불편한 마음을 표현했다.

깊은 침묵이 흘렀다. 침묵이 길어지면 차라리 서로 목소리를 높이는 것보다 더 위험하다. 말을 주고받으면 상대의 뜻을 알 수 있지만 침묵은 더 큰 오해를 불러온다.

회담에 배석한 알렉산더는 자기가 나서야 할 때가 됐다고 느꼈다.

무례하게 끼어들기보다는 계기를 마련하는 것이 좋을 것 같아 알렉산더는 분봉왕 얼굴을 슬쩍 쳐다보았다. 눈치를 챈 안티파스는 지나가는 말처럼, 마치 별 얘기 아니라는 듯, 툭 말을 던졌다. 기회를 잡는 데에는 알렉산더 못지않게 늘 기민한 안티파스였다.

"이번 유대 지방과 예루살렘에서 혹 소란스러운 일이 있을 때 힘을 보태려고 우리 갈릴리 병력을 요단강 건너 베뢰아 지방에 대기시켜 놓았습니다. 그런데, 예루살렘에 입성하신 그날부터 각하께서 상황을 완벽하게 통제하셨으니 괜히 이 사람이 주제넘게 걱정한 모양입니다.

허허!"

"그러셨습니까?"

빌라도는 처음 듣는 소리라는 듯 말을 받았다. 그러나 이미 그는 분봉왕의 갈릴리 병력이 이동했다는 것을 알고 있었다. 사마리아 동쪽 산간지역에 요단강을 굽어보며 강 유역과 동쪽 고원지대를 감시하는 요충지가 있다. 그곳에 배치된 로마군 100인 부대로부터 갈릴리 병력 이동을 며칠 전에 이미 보고받은 터였다.

갈릴리 분봉왕은 용병 위주로 구성된 병력을 보유할 수 있다. 그러나 일정한 수준 이상의 병력을 이동할 때면 반드시 시리아에 있는 로마군 사령관 겸 총독의 허락을 받아야 한다. 분봉왕이 시리아 총독 몰래 꽤 큰 규모의 병력을 유대 접경지역으로 이동했다는 사실은 빌라도가 마음만 먹으면 얼마든지 문제 삼을 수 있었다.

'왜 병력이동 사실을 먼저 털어놓을까? 이자가 역시 여우는 여우네, 늙은 여우!'

안티파스를 압박해서 이권을 챙길 때 사용하려고 마음먹었던 좋은 수단 하나가 슬그머니 사라졌다. 분봉왕이 자기 입으로 밝혔는데 왜 군대를 이동했느냐고 따지고 나서는 일은 로마총독으로서 점잖지 못한 일이다. 빌라도는 입을 다물기로 했다. 대뜸 나서서 묻기도, 그대로 용인하기도 마땅치 않은 일이라면 입을 다물고 상황에 따라 처리하면 된다. 대신 빌라도는 다른 방향으로 말을 돌렸다. 말은 점잖지만 자칫 잘못 받으면 크게 상처를 입을 수밖에 없는 말이다.

"이 빌라도가 저하께 톡톡히 신세를 지게 생겼습니다."

"무슨 말씀인지요?"

"이번에 예루살렘으로 몰려든 무리들이 원래 모두 갈릴리 사람이라던데 그동안 저하께서 얼마나 심려가 많으셨을지 짐작합니다. 이제 그들이 여기로 몰려왔으니 전적으로 이 빌라도의 소관이 되었습니다만, 저하께서 힘닿는 대로 도움을 주시면 수월하겠지요."

"그거야 당연하지요. 그런데, 여기 유대에서는 사실 갈릴리 분봉왕으로서 할 일이 별로 없고, 필요하면 이왕 준비해 둔 병력으로 지원하는 일 정도야… ."

안티파스는 그러면서 말꼬리를 흐렸다. 듣기에 따라 이제 모두 총독이 하기 나름, 빌라도 몫이라는 말이다. 알렉산더가 보일 듯 말 듯 슬쩍 입가에 미소를 띠는 것을 빌라도는 놓치지 않았다. 분봉왕이 모든 일을 총독에게 성공적으로 잘 떠넘겼다는 안심의 표정이리라.

'흠! 그렇게는 안 되지! 이 빌라도를 그렇게 호락호락하게 생각했다면 그건 당신들 실수야!'

이제부터 공격적으로 나가기로 빌라도는 마음먹었다.

"아닙니다. 분봉왕 저하께서 하실 일이 아직 많습니다. 그 사람들이 모두 갈릴리 사람들이니, 저하와 알렉산더 공보다 그들을 더 잘 아는 사람들이 세상에 누가 있겠습니까? 갈릴리에서 하지 못한 일을 여기 유대 예루살렘에서 끝까지 해 주셔야지요."

아주 귀에 거슬리는 말이었다. '갈릴리 사람들'이라는 말도 불편했고, 갈릴리에서 그들을 처리하지 못하고 예루살렘까지 소란스럽게 만들었다는 비난이었다. 대놓고 분봉왕을 모욕하는 말로 들렸다.

"어허! 갈릴리 사람들이 왜 예루살렘에 와서 소란을 피우려고 하는지 그 원인은 생각해 보지 않으신 모양입니다, 빌라도 총독 각하!"

아니나 다를까, 당장 안티파스가 거센 힘줄기 하나 콱 박힌 어조로 반박했다.

"그거야 유월절 명절이니 … ."

"그래서 말씀이외다. 그자들이 유월절에 예루살렘 성전에 올라와서 하려는 일이 무엇이겠는가, 왜 그들이 성전을 찾아 올라왔겠는가? 그런 점을 … ."

이제 정말 알렉산더가 끼어들어야 할 형편이 됐다. 분봉왕과 총독 두 사람이 서로 주고받는 말투가 아슬아슬해서 더 두고 볼 수 없었다. 더구나 분봉왕의 눈썹이 꿈틀거리는 것을 그는 보았다. 마음이 심히 불편해서 곧 큰소리가 날 지경이 됐을 때 보이는 표정이었다.

"이거, 각하! 제가 말씀 올리는 것이 무례하게 보일까 봐 그렇습니다만, 제 생각을 감히 말씀드리자면 … ."

"아니 괜찮소! 말해 보시오. 알렉산더 공의 말이라면 나는 언제든 귀를 열고 잘 듣는 사람이니까. 허허! 그런데 이번에 소란 피우려 몰려드는 갈릴리 무리는 우선 총독궁과 성전이 처리할 계획입니다만 분봉왕 저하께서 손 놓고 두고 보실 일은 아닌 것 같습니다."

빌라도는 '갈릴리 무리'라는 말을 계속 고집스럽게 사용했다. 무슨 말로 시작이 됐든 두 사람은 지지 않고 기를 세우며 말을 주고받았다. 빌라도의 말이 불편한지 안티파스가 다시 대답했다.

"갈릴리에서 해야 할 일이 남아 있다면 기꺼이 해야겠지만, 문제는 예루살렘 성전에서 어찌 대응하느냐 그 점도 중요하겠지요."

안티파스는 예루살렘 성전을 끌고 들어갔다. 이번 유월절에 소란을 피울 무리들이 갈릴리에서 내려온 사람들이지만, 근본 원인은 바로 예루살렘 성전 때문이라고 못 박아 두려는 생각이었다.

"예루살렘 성전? 대제사장 말씀입니까?"

그러자 알렉산더가 나섰다. 분봉왕과 총독 두 사람 모두 적당히 달아올랐고, 서로 상대방에게 책임을 떠넘기기 시작한 이때가 바로 지난 몇 년간 그가 꾸몄던 일에 큰 가르마를 타야 할 때라고 믿었다.

"각하! 제가 저하의 명을 받고 며칠 전 군영으로 찾아뵙고 말씀드렸던 것처럼 몇 가지 면에서 신중하게 생각하고 준비할 일이 있습니다."

"말해 보시오!"

"우선, 하얀리본이라는 도적떼 무리에 대한 조치는 병력을 동원하여 소란을 방지하고, 우두머리들과 무리를 제압하는 일이었습니다. 위수대장과 성전 측에서 손발을 잘 맞추며 차질 없이 진행하는 것으로 알고 있습니다."

"그렇지요."

"예수라는 떠돌이 선생, 많은 사람들이 이스라엘에 나타난 예언자라고 믿고 따르는 예수에 관한 문제는 좀 더 신중하게 접근해야 할 것 같습니다. 각하께서 말씀하신 것처럼 그자를 제거한 후에 혹 있을지 모를 소요를 저도 마찬가지로 걱정하고 있습니다."

알렉산더 말을 들으면서 빌라도와 안티파스 두 사람 모두 조금씩 마음을 가라앉혔다. 상대방이 명예와 자존심을 크게 건드리지 않는다면 서로 갈기를 세우고 맞부딪칠 필요는 없다고 생각했다. 빌라도가 갑자기 설득하는 어조로 말하기 시작했다. 분봉왕에게서 이권을 받아내야 할 만큼 다급한 형편이 되었으니 별수 없었다.

"이 빌라도가 저하와 직접 그 일을 상의하고 싶어 뵙자고 했습니다.

절대로, 이번 명절에 성전이나 도성 안에서 소란이 길어지지 않도록 총독궁과 성전이 여러 조치를 취하고 있습니다. 다만 다른 지방으로 번져 나가지 않도록 저하의 갈릴리에서 대비해 줄 일이 있으리라는 생각이 듭니다."

예루살렘은 총독이 성전을 앞세워 정리할 테니 나머지 갈릴리에서 따라온 무리나 갈릴리 지방에서 시작된 문제는 분봉왕이 책임지라는 말이다. 알렉산더가 나섰다.

"그래서 말씀드립니다. 예수와 그 무리의 숫자가 부쩍 늘어난 것도 문제입니다만, 제가 더 걱정하는 큰 문제는 예수가 불온하고 불경한 사상을 이미 한껏 이 도성 안에 퍼뜨렸고 불어넣었다는 점입니다. 더구나 지난 며칠간 성전 뜰에 마음대로 들락거리며 떠들어대고 벌인 일이 예상보다 훨씬 더 큰 반향을 일으켰습니다."

"알렉산더 공! 우리가 잘못 대응했다는 말처럼 들립니다, 그려!"

"그런 뜻은 아닙니다. 다만 예루살렘 주민들이나 명절을 맞아 성전 제사드리러 올라온 사람들이 문제입니다. 이제까지 소문으로만 들었던 일을 성전 뜰에서 직접 눈으로 보았고 귀로 들었습니다. 말하자면 그자가 뿌린 불순한 씨가 명절이 끝나면 바람에 날려 멀리까지 퍼질 형편이 됐습니다."

알렉산더의 말을 듣고 보니 그 점은 빌라도도 마음이 쓰였던 일이다. 예수가 성전에서 난동 부린 일, 성전체제나 제사의식을 부정하고 로마황제의 통치가 아니라 하느님이 통치한다는 하느님 나라를 가르친 일, 로마에게 바치는 세금까지 거론한 일을 떠올렸다. 보잘것없던 갈릴리 사람 예수가 지난 며칠 사이에 거침없이 예루살렘 정치의 가장 민감한 영역 안으로 들어와 휘젓고 다녔다. 성전에게 모두 맡겨 두었던 것이 잘못이었다는 생각마저 들었다.

'그자는 성전이 감당할 수 없을 만큼 큰 사람인가?'

알렉산더의 말을 듣고 보니 빌라도가 걱정했던 대로 상황이 분명 좋지 않은 방향으로 흘러가고 있다. 예수를 제거한다고 해도 이미 그가 퍼뜨린 씨가 어디에 떨어져 어떻게 싹이 날지, 그 일이 더 큰 근심거리로 보였다.

"제가 며칠 전 군영으로 각하를 찾아뵙고 말씀드렸던 것처럼, 이제부터라도 차근차근 조심스럽게 조정해야 할 일이 있습니다."

"말해 보시오!"

"첫째는 그자와 그자를 따르는 무리를 일반 참배자들과 분리해야 합니다. 둘째로는 그자가 이스라엘의 가르침과 이스라엘이 섬기는 야훼 하느님을 모독하고 배교背敎했다고 확인하는 절차입니다. 그리고 마지막으로, 그자가 황제 폐하께서 통치하시는 로마의 법을 어겼다고 판결해서 처형하는 일입니다."

잘생기고 선량해 보이는 얼굴과 달리 그의 입에서 나오는 말 한 마디 한 마디는 무섭고 엄중했다. 그는 군영에서 밝혔던 그의 계획을 차근차근 다시 설명했다. 분봉왕과 총독 그리고 배석한 총독의 부장은 알렉산더가 말할 때마다 고개를 끄덕이며 수긍했다. 그의 계획대로라면 예수만 콕 집어 제거하기에는 큰 문제가 없어 보였다.

"오늘 특별히 제가 좀 더 자세하게 말씀드릴 일은 그자를 처벌하는 절차입니다. 매질하거나, 감옥에 가두거나, 유대에서 쫓아내는 일 정도는 대제사장도 할 수 있는 처벌입니다. 그러나 사형을 언도하고 집행하는 일은 성전의 권한 밖입니다. 성전에서 사형을 집행할 수 있는 경우는 오직 한 가지, 이방인이 이스라엘의 뜰로 들어가는 소레그라는 경계를 넘었을 때뿐입니다."

"그렇지요."

그 말을 듣고 모두 새삼 그렇다고 고개를 끄덕였다. 이미 예수에게 사형을 내려야 한다는 전제로 알렉산더는 얘기하고 있었고, 누구도 그에 대해 반대의견을 내지 않았다. 특히 빌라도의 부장은 다른 사람보다 더 크게 고개를 끄덕였다.

"소레그를 넘은 이방인을 제외한 모든 처형은 오로지 총독 각하의 권한입니다."

"그러면 내가 처형하도록 명령해야겠군!"

"그렇습니다. 만일 총독 각하께서 개입하지 않고 성전이 그를 처벌한다면, 아주 가볍게 처벌하는 방법밖에 없습니다. 게다가 그 처벌에 대해서도 그자에게 현혹됐던 유대인들이나 참배자들이 들고 일어나 소란을 피울 것이 분명합니다. 이 민감한 유월절에 성전이 어찌 그 소란을 감당할 수 있겠습니까? 결국 각하께서 병력을 동원하여 진압하시는 일이 벌어지고 말 것입니다. 그런다면 그건 총독 각하의 명예를 심각하게 훼손하는 일이 될 것입니다."

알렉산더의 교묘한 말솜씨에 빠진 빌라도는 매우 불편한 기색으로 한마디 내뱉었다.

"그럴 수는 없지!"

"그래서, 성전 대산헤드린에서 유대의 법에 따라 1차로 재판한 후에 총독 각하께서 다시 한번 로마법에 따라 재판하시는 일이 필요합니다. 지엄하신 황제 폐하의 법과 총독 각하가 내린 포고령을 어긴 죄를 물어 그자를 처형하시는 것이 좋겠습니다."

알렉산더는 치밀했다. 이스라엘의 법과 전통을 들어 예수를 천하에 몹쓸 사람으로 정죄하고, 성전 재판을 통해 야훼 하느님께 죄를 지은 사람으로 선언한 다음, 로마의 법을 어긴 사람으로 총독에 의해 처형하면 사람들이 더 이상 예수를 기억하거나 그의 가르침을 따르지 못할 것으로 보았다. 예수를 따르던 무리가 아무리 많아도 그가 최종적으로 로마총독에 의해 로마법에 따라 처형되면 더 이상 소란을 피울 엄두를 내지 못할 것이 분명했다. 민심과 토라와 로마의 법으로 처형한 사람을 그 누가 감히 다시 입에 올릴 수 있을 것인가?

"그런데 각하!"

할 말이 남았는지 알렉산더가 다시 입을 열었다.

"그자가 이스라엘의 법과 전통과 관습을 어겼다는 대부분의 일은 갈릴리에서 살면서 저지른 일입니다. 그리고 토라의 가르침에 위배되는 일은 갈릴리와 유대, 특히 예루살렘 성전에서 이뤄진 일입니다. 각하는 토라에 위배된 일을 처벌하실 수 없습니다. 그건 성전과 대산헤드린의 일입니다."

"어, 어! 그렇군!"

빌라도뿐만 아니라 듣고 있던 안티파스도 깊게 생각해 보지 못했던 일이다. 알렉산더는 사법권의 영역을 말하기 시작했다.

"각하나 예루살렘 성전에서는 그자가 갈릴리에서 저지른 일을 처벌할 수 없습니다. 분봉왕 저하께서는 그자가 유대 땅 예루살렘에서 저지른 일을 처벌하실 수 없습니다. 성전에서는 그자가 로마법을 어겼다고 처벌할 수 없고, 각하께서는 그자가 이스라엘이 지키는 토라를 어겼다고 처벌하실 수 없습니다. 말씀드리자면 그자에게 꼼짝달싹할 수 없는 죄목을 씌워 처벌하고, 누구도 이에 반대하여 소란을 피우지 못하게 하려면 이런 모든 법을 전체로 조합하고 조정하는 일이 필요합니다."

"음! 무슨 말인지 알겠소."

"그러니, 어느 사법 관할 지역에서 저지른 일이든 모두 종합하여 처벌하려면 각하와 저하, 그리고 예루살렘 성전의 대제사장 사이에 합의가 있어야 하고, 고발권과 처벌권에 대한 이양移讓과 인수引受가 정식으로 있어야 합니다."

"그자가 무슨 왕도 아니고, 반란군의 두목도 아니고 그렇게 복잡한 절차가 필요합니까?"

"각하! 다른 사람이라면 몰라도 예수에 대해서는 그 정도로 완벽하게 조치해 놓아야 한다고 저는 믿습니다. 그래야 앞으로 어떤 소란도 일어나지 않을 겁니다. 바로 훗날을 위한 사전 조치라고 생각하시면 될 듯합니다."

빌라도로서는 알렉산더가 말한 대로 훗날 소란이 일어나지 않도록 완벽하게 예수 한 사람을 제거하는 것으로 이번 일이 끝날 수 있다면 더 바랄 것이 없었다.

"알겠소! 나는 공의 의견에 동감하오. 저하께서도 같은 생각이시면 공과 여기 앉아 있는 내 부장과, 그리고 성전의 책임자 세 사람이 한자리에 앉아 구체적으로 검토하여 필요한 조치를 합시다. 성전에는 내가 그리 지시해 놓겠소."

알렉산더는 잠시 눈을 감았다 떴다. 갈릴리 분봉왕 안티파스와 로마제국 유대총독 본디오 빌라도, 그리고 총독의 부장이 그를 바라보고 있었다. 마치 그의 다음 말을 기다린다는 듯. 드디어 알렉산더의 오랜 계획을 총독이 공식 조치로 결정한 순간이다. 예수는 이제 땅 위에서 영원히 제거되리라. 가장 처참하게 그 이름이 지워지리라. 사람들은 그를 기억하는 일조차 끔찍하게 생각하며 고개를 흔들어 기억을 떨쳐 내리라.

갈릴리에서 예수를 차곡차곡 유대 지방으로 몰아냈던 일, 예수 무리에 사람을 심어 그의 모든 말과 행적을 정탐하고 조사했던 일들이 이제 예루살렘에서 벌어질 한바탕 사건으로 끝을 보는 때가 왔다. 일이 끝난 후 분봉왕과 함께 갈릴리로 내려갈 때가 되면 마음이 후련하기보다는 허전할 것 같다는 생각도 얼핏 들었다.

그동안 예수를 제거하려고 할 수 있는 모든 일을 마다하지 않았던 알렉산더였다. 그를 그대로 놔두고는 세상이 평화를 누릴 수 없다고 처음부터 판단했다. 이름도 없는 갈릴리 조그만 마을 나사렛 사람 예수가 갈릴리를 흔들고 유대를 휘젓고 세상을 격동하는 것을 막아 평화를 지킨 사람, 알렉산더는 자기가 바로 그 사람으로 오래오래 기억되리라고 믿었다.

그는 천천히 말을 이었다. 이제 큰 틀에서 세상을 얘기할 때다.

"각하께서 총독으로 부임하신 지 이제 7년입니다. 저하께서 황제 폐하의 임명을 받아 영지를 다스리신 지 37년이 됐고요."

그 말을 들으면서 총독이나 분봉왕이나 각자 자기가 처음 부임하던 날들을 떠올렸다. 참으로 금방 지나간 날들이었다. 바로 엊그제 같은데 세월이 벌써 그만큼이나 흘렀다니, 7년 세월을 생각하는 사람이나 그보다 30년이나 더 긴 37년을 되돌아보는 사람이나, 뿌듯한 마음보다는 아쉬움이 짙었다. 알렉산더는 바로 그 점을 얘기했다.

"왜 지금 이 시기에 이 도성 안에서 두 분이 마주앉아 유대와 세상의 일을 상의하시게 됐는지, 저는 바로 황제 폐하께서 다스리시는 천하의 동쪽 이 나라에 역사에 길이 남을 중요한 일 때문이라고 믿습니다. 마침내 이 땅에도 아침 햇빛이 비칠 때가 된 것처럼 …. 두 분이 손잡고 협력하시면 레반트에 안정이 이뤄지는 셈입니다. 이스라엘의 미래, 지중해 동안東岸, 레반트 전 지역의 안정을 위해 두 분이 손잡으시는 귀한 기회가 왔다고 말씀드리고 싶습니다."

지중해 동안에 있는 모든 지역과 섬을 통틀어 '레반트'라고 부른다. 알렉산더가 불쑥 레반트의 안정이라는 말을 꺼냄으로써 네 일이니 내 일이니 아옹다옹하던 두 사람에게 좀 더 넓은 세계와 커다란 목표를 제시한 셈이다.

"레반트 전체로 본다면 그건 시리아에 주둔하고 계신 사령관 각하의 관할입니다만, 실질적으로는 보자면 유대와 사마리아, 이두매를 다스리시는 총독 각하와 갈릴리 베뢰아 두 지방을 통치하시는 저하 두 분이 관장하시는 지역이 대부분입니다. 여기 두 분께서 서로 협조하고 돕는 체제를 쌓는다면 시리아의 사령관 각하는 물론, 로마 원로원 나아가 황제 폐하께서도 크게 기뻐하시며 두 분을 높게 평가하실 것입니다."

알렉산더는 며칠 전 은밀하게 아레니우스를 만난 이후, 빌라도 총독이 어떤 처지에 빠졌는지 눈치 챘다. 아레니우스의 신분이 어떠하고 목표가 무엇이든 당분간 총독과 분봉왕이 우호적으로 연합하여 지역을 안정시키면 로마에서 굳이 그 안정을 흔들 이유가 없을 것으로 판단했다. 아레니우스가 원하는 것은 원하는 대로 채워주면서 총독과 분봉왕이 협력하면서 지키고 차지할 부분이 있다고 생각했다.

그동안 유대 지방까지 영지를 확장하자고 여러 해에 걸쳐 분봉왕의 야심을 부추겼지만 티베리우스 황제가 유대와 사마리아 그리고 이두매까지 분봉왕에게 넘겨주는 일은 없을 것이라고 알렉산더는 최근 확실히 믿게 되었다. 황제가 즉위한 지 벌써 19년이나 됐는데 처음부터 지금까지 레반트의 영토를 다시 조정하는 조치가 한 번도 없었다는 점이 그 증거였다.

상황이 그렇다면 현재 분봉왕이 누리는 권한이나마 흔들림 없이 지키는 것이 최선이다. 분봉왕의 안전이 알렉산더 사업이 번창할 수 있는 근본이다. 그날이 언제인지 알 수는 없지만 그가 모아 놓은 재산을 크게 쓸 날을 기다리며 살아오지 않았던가?

빌라도 총독에게 줄 것을 주고, 받을 것을 받아 갈릴리의 이익을 확정해 놓자고 마음먹었다. 빌라도 다음 누가 유대총독으로 부임하든 두 지방 사이에 쌓아 놓은 기존의 협력을 하루아침에 허물어 없던 일로 되돌릴 수는 없을 것이다. 그때의 일은 그때 상황을 보아가며 처리할 일이고, 우선 갈릴리와 유대의 협력이 성사되면 그다음부터 벌어지는 일상적인 일은 얼마든지 자기가 주도할 수 있겠다고 알렉산더는 판단했다.

역시 알렉산더였다. 그의 말을 듣자 분봉왕이나 총독이나 서로 상대방에게 가졌던 불편한 마음이 사라지기 시작했다. 지난 일은 아무리 따져 봐도 바뀌지 않는다. 다만 해석할 따름이다. 좋은 방향으로.

알렉산더의 말이 끝나자 빌라도가 나섰다. 마치 오래전부터 자기도 그런 생각을 하고 있었다는 듯.

"분봉왕 저하를 청한 뜻은, 분봉왕 저하께서 다스리시는 갈릴리와 베뢰아, 그리고 이 빌라도가 맡고 있는 유대와 사마리아의 주민들이 지금처럼 대립하는 자세로 계속 살아갈 수는 없는 일 아닌가, 그래서 우리 두 사람이 손을 마주 잡고 이제부터는 두 지방 주민들이 서로 증오하며 살지 않고, 한 뿌리의 백성으로 살아갈 일을 논의하자고 저하를 이 자리에 모셨습니다. 유대나 갈릴리나 모두 황제 폐하의 영토 아닙니까?"

참으로 뜻밖의 말이었다. 유대와 사마리아의 총독이 이스라엘의 화해를 얘기하다니, 무슨 뜻으로 그가 그런 말을 하는지 안티파스와 알렉산더는 곰곰 생각했다.

'이리저리 갈라놓고 통치하는 것이야 원래부터 로마가 계획했던 일이 아닌가? 레반트의 안정이라는 알렉산더의 말에 감명을 받았나? 그 말 한 마디에? 이상하군!'

안티파스는 이상하다고만 생각했지만 알렉산더는 빌라도의 숨은 뜻을 짚어냈다.

'흠! 아마 총독이 분봉왕 저하께 부탁할 일이 있었던 모양이구나!'

이스라엘의 역사와 각 지방 사이의 반목과 증오를 잘 알고 있는 빌라도가 그런 제안을 한 데는 순간적으로 한 가지 계획이 생각났기 때문이다. 입 밖에 말을 내면서 빌라도 스스로도 놀랐다. 그렇게 상황을 멋지게 이용할 수 있다니 ….

갈릴리에 비하면 빌라도가 다스리는 유대 지방과 사마리아 지방은 척박하기 그지없는 산간지방이다. 곡물이나 과일 생산도 변변치 않고 겨우 포도나 올리브 생산이 주였다. 화해를 내세워 갈릴리에서 생산되는 곡물과 과일, 그리고 갈릴리 호수에서 무진장 건어 올리는 생선에 손을 댈 수 있다면 총독의 수입이 대폭 늘어날 수 있는 길이 있으리라. 지난밤 화재로 소실된 공물을 충당할 수 있는 길도 열리고.

빌라도의 말을 받아 안티파스가 입을 뗐다.

"각하가 그렇게 말씀하시니 이 사람도 적극 찬성입니다. 우리 이스라엘 역사를 보면 원래 모두 한 뿌리에서 나왔지만 기구한 사연으로 갈라지고 뿔뿔이 흩어지고 이방과 섞였습니다. 오랜 세월 쌓인 증오를 각하와 손잡고 녹일 수 있다면 이보다 더 좋은 일은 없지요. 우리 두 사람이 손잡고 노력합시다. 그리고 이번 기회에 예수도 예수지만, 그자를 따라다니며 소란 떨었던 무리들, 갈릴리 사람이든 유대 사람이든, 이참에 완전히 뿌리 뽑는 것이 좋겠습니다."

빌라도는 섬뜩함을 느꼈다. 어떤 사람과 한자리에 앉아 애기를 나누다보면 생각이 서로 잇대어져 쉽게 통할 수 있을 것 같아도 다시 보면 가뭇 멀다는 것을 깨닫게 된다. 조금 전까지 레반트의 안정이니 이스라엘의 화해를 입에 올리더니 이방 사람인 로마총독도 피하고 싶어하는 일을 유대인 분봉왕이 태연하게 입에 올렸다. 빌라도는 분봉왕이 무슨 생각으로 그렇게 말하는지 대뜸 깨달았다. 자기 손에 피 묻히지 않고, 훗날 또 다른 소란을 피울지 모를 무리를 완전히 제거하자는 생각이 분명했다.

빌라도가 무슨 말을 하기 전에 알렉산더가 뜻밖으로 강하게 반대하고 나섰다.

“아닙니다! 저하! 이 유월절 명절에 그렇게 여러 사람 피를 흘리면 좋을 일이 없습니다. 예수라는 그자만 아주 참혹하게 처형하면 그를 따르던 무리들은 모두 혼비백산해서 달아날 것입니다. 그래서 제가 처음부터 예수를 다른 무리와 분리해야 한다고 말씀드린 것입니다. 아까 말씀드린 절차에 따라 처형하면 그를 따르던 사람이든, 성전 뜰에서 그에게 미혹迷惑된 사람이든, 모두 공포에 질려 하루도 지나지 않아 모두 안개처럼 사라질 것입니다.”

안티파스는 알렉산더가 총독 앞에서 대뜸 반대하고 나선 일이 의아했으나 그의 말이 옳다고 느꼈다.

“저하의 뜻은 알겠는데, 이번에 도성에서 괜히 일을 크게 만들 필요는 없을 것 같습니다.”

빌라도까지 알렉산더의 의견을 지지하고 나서자 안티파스는 할 수 없다는 듯 입을 다물었다. 계속 자기 의견을 내세우기 거북한 상황이라는 것을 재빨리 깨달은 그는 알렉산더가 몇 번씩 건의했던 내용을 입에 올렸다.

“그건 그렇고, 이번 일이 잘 정리되면 총독 각하께서 한 번 갈릴리 도성 티베리아스를 찾아 주시지요!”

분봉왕이 총독을 초청하자 분위기는 다시 금방 좋아졌다. 바로 빌라도가 원했던 일이기 때문이다. 주거니 받거니 한동안 대화를 하다가 그해 가을 추수가 끝난 장막절帳幕節 무렵 갈릴리를 방문하겠다고 빌라도가 약속했다. 일이 순조롭게 풀려가자 알렉산더가 오랫동안 궁리했던 대로 갈릴리에서 생산한 생선가공품을 카이사레아를 통해 로마로 실어 보내는 일을 부탁하려고 입을 떼려는 순간, 총독이 지나가는 말처럼 이상한 부탁을 했다.

"혹, 저하께서 운영하시는 배들 중 한 척을 카이사레아로 보내 주실 수 있을지요? 로마를 한 번 왕복할 정도 기간이면 됩니다. 세금선 한 척이 제때 뜰 수 없게 돼서 그럽니다."

카이사레아로 돌아가면 당장 로마로 세금을 실어 보내야 할 텐데 배가 가라앉았으니 빌라도는 참으로 난감했다. 그렇다고 카이사레아에서 일어난 지난밤 화재를 밝히고 싶지도 않았다. 말을 툭 던져 놓고 가만히 분봉왕의 반응을 살폈다.

유대의 도성은 성전이 있는 예루살렘이다. 그러나 법적으로는 유대와 사마리아 이두매 세 지방의 도성은 총독이 머무르는 카이사레아다. 총독의 도성에 도적떼가 숨어들어 세금선을 불태워 가라앉혔다는 말을 어찌 분봉왕 앞에서 총독이 말할 수 있겠는가? 그것은 빌라도에게는 참을 수 없을 만큼 부끄러운 일이다.

알렉산더가 분봉왕을 쳐다보니 그가 고개를 끄덕였다. 마침 잘됐다는 듯 얼른 나서서 대답했다.

"아! 보내드릴 수 있습니다. 로마에 보낼 생선가공품 수송 일정을 조절하면 배 한 척은 당분간 빼낼 수 있습니다. 괜찮으시면 그 배 한 켠에 갈릴리에서 로마로 보낼 물건을 조금 실을 수 있으면 더 좋고요."

"허허! 그렇습니까? 다행입니다."

"이왕 배를 보내 드리는 편에 각하께 갈릴리 생선을 좀 보내드릴까요? 호수에서 잡은 생선이라 바다 생선과는 풍미風味가 다릅니다."

"아이구! 고맙습니다. 내가 로마에 있을 때부터 갈릴리에서 나온 소금에 절인 생선과 양념, 그리고 기름을 정말 좋아했습니다. 로마에서는 갈릴리 생선을 아주 귀한 물품으로 쳐 주지요."

"각하께서 갈릴리 생선을 그리 좋아하시는지 몰랐습니다. 이제부터 때맞추어 카이사레아로 보내 드리겠습니다. 이왕 말이 나왔으니 명단을 주시면 로마에 있는 친구분들이나 친척에게도 얼마든지 각하의 이름으로 선물을 보내겠습니다. 염려 마십시오! 그런 일은 모두 제가 알아서 처리할 수 있도록 분봉왕 저하께서 맡겨 주셨습니다."

빌라도가 원했던 것을 알렉산더가 먼저 제안했다. 그의 말에 안티파스가 맞장구를 쳤다.

"그럼, 그럼! 그건 다 알렉산더 공이 처리하도록 맡긴 일입니다."

안티파스의 말이 끝나기를 기다렸다가 알렉산더가 은근한 목소리로 빌라도에게 말했다.

"총독 각하! 제가 한 가지 꼭 부탁드리고 싶은 일이 있는데요…."

"무슨 일인데 그러시오?"

"제 부탁이기도 하고 분봉왕 저하의 뜻이기도 하고…."

"아이쿠! 그럼 꼼짝 없이 들어줘야겠네요. 허허!"

알렉산더는 갈릴리에서 생산하는 생선가공품이나 곡물, 과일, 광물, 포도주, 올리브유 등을 두 달에 한 번씩 카이사레아에서 배로 로마로 실어 보내도록 허락해 달라고 부탁했다. 카이사레아를 갈릴리 무역항으로 활용하자는 제안이었다. 배를 띄울 때마다 선적한 물품의 수량에 맞춰 일정량을 총독에게 선물로 보내겠다고 제안했다. 말하자면 항구를 이용하는 보답인 셈이다.

빌라도는 일부러 몸을 뒤로 젖히고 한참 생각하는 시늉을 했다. 분봉왕을 압박해서라도 얻어내려고 했던 이권을 갈릴리에서 스스로 제공하겠다고 나섰으니 그로서는 금방 찬성하고 나설 일이었다. 그러나 늘 경쟁자라고 생각했던 안티파스가 뜻밖으로 호의적인 제안을 하고 나서자 혹 다른 꿍꿍이속이 있는지 생각해 볼 일이기는 했다.

"좋소! 그리합시다. 오늘 분봉왕 저하와 내가 마치 친구가 되는 날 같군요. 허허!"

"감사합니다, 각하! 이 알렉산더는 두 친구분의 심부름꾼이 되는 날이고요!"

알렉산더는 속으로 쾌재快哉를 불렀다. 여러 가지 일을 한꺼번에 해결한 셈이다. 더구나 오랫동안 추진했던 대로 이제 예수는 벗어날 길 없는 막다른 골목으로 몰아넣었다. 갈릴리의 가난한 일꾼이 몸을 일으켜 세상을 소란케 했으니, 그가 저지른 일에 합당한 운명을 맞게 됐다. 누구도 그를 구해 낼 수 없는 길, 그가 늘 입에 달고 사는 그의 하느님 아버지가 아들을 구해 내는지 두고 볼 일이다. 갈릴리 호수를 술렁이게 하고, 어부들의 마음을 훔쳐갔던 예수가 예루살렘에서 어떤 운명을 맞았는지 소식이 전해지면, 앞으로 어부들은 오직 주어진 일에만 눈을 두고 살 것이다. 밤이고 낮이고, 하라는 대로 배를 타고 나가 그물을 내리고 고기를 건어 올릴 것이다.

이제 마무리해야 할 때가 왔다.

"각하! 각하께서 밝으신 눈으로 모든 일을 잘 살펴보시니, 유대의 복입니다."

"아이구, 뭐 그렇게까지 … ."

"아닙니다. 이번 유월절에 벌어질 소란이 자칫 잘못 번지면 얼마나 많은 사람이 피를 흘리게 될지, 저는 그 일을 늘 걱정했습니다."

"내가 입성하기 전날 밤 공이 군영으로 찾아와 진심을 담아 유대와 이스라엘을 걱정하는 소리를 듣고 내 마음이 크게 움직였소."

"그런데, 각하께서 처분을 내리실 일입니다만, 예수 그자에게 어떤 처형을 명령하실지요?"

"내가 이미 포고령을 내리면서 밝혀 두었소. 소란을 피우는 자가 있다면 가차 없이 처형한다고, 십자가에 매달겠소."

"그러시군요. 각하께서 직접 재판을 하실지요?"

"공의 생각대로라면, 내가 직접 명령을 내려야 그자를 따르던 무리가 딴 마음 먹지 못할 것 같던데…."

"그렇습니다. 감히 한 말씀 더 올리자면, 성전에서 고발한 일은 그 일대로 참고하시되 각하께서 판단하신 죄명으로 처형하시는 것이 좋겠습니다. 아니면 예수 그자에게 현혹된 무리들이 성전을 원망하고 나설 수도 있습니다. 그리고 한 가지 더 말씀드리고 싶은데…."

알렉산더가 무슨 말을 하려다가 주저주저했다. 그것은 안티파스와 사전에 상의가 없었던 말인 듯했다.

"하얀리본이라고 도적떼 두목 얘기입니다."

"들었어요. 그자를 잡아 성전 감옥에 가둬 놓았다고…."

"지금은 위수대 감옥으로 옮겨 놓았습니다. 그자는 어찌하실 생각이신지요?"

"도적질한 것을 누가 고발하지도 않았고, 대부분 갈릴리 지방에서 저지른 일이라니 아예 분봉왕 저하께 넘겨드릴까요?"

그러자 안티파스가 손을 젓고 나섰다. 하얀리본의 두목을 예루살렘에서 처리하자고 이미 알렉산더와 얘기를 나눴던 일을 떠올렸다.

“아닙니다. 뭐 번거롭게 갈릴리로 다시 끌고 가서 목을 벨 일은 아니라고 봅니다. 여기 예루살렘 위수대 감옥에 갇혀 있다고 하니 각하께서 처형하시지요.”

그 말끝에 알렉산더가 나섰다.

“각하! 그자가 사실은 하얀리본이라는 도적떼를 이끌고 이번 유월절에 성전에서 민란을 일으키려고 모의하다가 발각되어 체포되었습니다. 이제까지 말씀드렸던 예수라는 자와 어릴 적부터 한동네에서 같이 자란 동무입니다. 그러니 예수에게 내리시는 처형과 같은 처분을 하시는 것이 합당할 것 같습니다.”

“그자까지 한꺼번에 끌어다 놓고 재판을 한다?”

“따로 그럴 필요는 없고, 제 생각으로는 각하 명령으로 재판 없이 처형해도 될 것 같습니다. 도적떼 두목이라서 절차가 이러니저러니 누가 따지고 나서지 않을 것으로 판단합니다.”

“그러지요.”

회담을 통해서 뜻밖으로 큰 수확을 거둔 빌라도는 큰 인심 쓰는 셈치고 알렉산더의 세세한 얘기를 그대로 받아들였다. 어차피 로마총독의 명령으로 십자가에 못 박아 처형할 사람들, 이런 절차를 밟든 저렇게 하든 큰 문제는 없으리라. 카이사레아로 돌아가면 바로 세금선을 로마로 띄워야 하는데 그 배도 마련했고, 갈릴리에서 때마다 생선가공품, 과일, 곡물, 올리브기름도 넘겨주겠다고 하니 대만족이다. 더구나 이제부터는 로마에 있는 친구나 친척들 후원자들에게 생선을 자주 보낼 수 있게 되었다. 아침나절만 해도 암담했던 일이 무슨 조화인지 술술 풀렸다.

니산월 12일, 빌라도의 총독궁 집무실에서 내다본 정원에는 맑고 환한 햇빛이 가득했다. 제각각 다른 생각을 하며 한동안 정원을 내다보고 앉아 있다. 안티파스와 알렉산더로서는 갈릴리에서 소란을 떨던 예수와 도적떼 두목을 예루살렘에서 제거할 수 있게 됐고, 카이사레아 항구를 언제든 무역항으로 사용할 수 있게 됐다.

'흠, 드디어 예수 그대가 이제 뱀처럼 높이 나무에 매달리게 됐군! 이건 그대가 자초한 일이야!'

오랫동안 좇았던 예수를 예루살렘에서 총독의 손에 의해 십자가에 매달 수 있게 됐고, 마리아가 사모한다는 히스기야도 예수와 함께 십자가에 처형하도록 결정했다. 당분간 분봉왕을 받들어 갈릴리를 경영하는 데 걸림돌이 될 만한 자들을 콕 집어 뽑아낸 셈이다. 레반트의 안정을 내세워 갈릴리와 드넓은 갈릴리 호수의 안정을 얻게 됐다.

뜰까지 나와 분봉왕을 배웅하면서 빌라도는 아무도 모르게 슬그머니 알렉산더에게 말을 건넸다.

"오늘이든 내일이든 시간 내서 다시 한번 만납시다."

"예! 각하! 기회가 되면 찾아뵙겠습니다."

안티파스와 알렉산더는 환하게 웃는 얼굴로 인사하고 천천히 떠나갔고, 빌라도는 수레에 오른 분봉왕이 궁문을 나설 때까지 그 자리에서서 정중하게 전송했다.

궁을 벗어나자마자 알렉산더의 표정은 금방 싸늘하게 변했다.

'무슨 일로 나를 은밀하게 보자고…. 분명 다른 일을 부탁하려고 하겠지.'

게다가 총독이 그에게 조용히 말을 걸 때, 그는 이미 분봉왕의 눈길을 알아챘다. 장정 걸음으로 2천 걸음도 안 되는 총독궁을 찾아오면서 분봉왕은 100인 부대를 이끌고 왔다. 그건 안티파스가 예루살렘에서 과시할 수 있는 최대한의 위세였다. 빌라도 총독의 허락 없이 그의 영지 안으로 들어올 수 있는 분봉왕의 병력이 최대 100인 부대로 제한돼 있었다.

분봉왕을 떠나보내고, 빌라도는 북쪽 탑 위에서 바람에 휘날리는 3개의 황금색 깃발을 올려다보았다. 그 깃발은 헤롯왕의 기가 아니고, 로마황제와 제국 로마와 총독의 깃발이다. 유대는 황제의 땅, 총독은 황제의 위엄을 대리한 사람이다. 유대인들의 신보다 황제가 더 높은 곳에서 위엄을 떨친다는 상징이다. 비록 때가 유월절이라고 해도….

그날 한낮이 조금 지났을 무렵, 빌라도는 천부장 마르쿠스를 통해 유대인 사반을 총독궁에 불러들였다. 아레니우스의 신분에 대한 정보를 그로부터 직접 다시 확인하고 싶었다. 그는 천부장의 보고를 받자마자 아레니우스의 목적이 무엇인지 이미 짐작하고 있었다.

'아레니우스! 그대가 누구이든, 이제 내 손안에 들어온 사람!'

아레니우스는 어부들이 걷어 올린 그물 속 물고기를 채 가려고 날아다니는 갈매기 떼 중 한 마리가 분명했다. 그런데 그가 입에 올렸다는 카프리섬 얘기가 마음에 걸렸다. 그 말대로라면 로마에서 내려온 감찰관은 아니더라도 분명 티베리우스 황제에게 끌려가 연금상태로 지내는 가이우스와 연관이 있는 사람이라고 믿을 수밖에 없었다.

황제는 이미 많이 늙었고, 로마의 정치에서는 오래전부터 거의 손을 뗀 상태였다. 로마의 귀족들과 정치가들은 누가 다음 황제로 즉위하게 될지 계산하기에 바빴다. 비록 가이우스가 연금상태로 지내기는 해도 다음 황제가 될 가능성은 제일 높았다.

아레니우스가 가이우스를 새로운 황제로 밀어 올리려는 세력과 한패라면 다루기에 따라서는 빌라도에게 다시없는 기회일 수도 있다. 총독을 감찰하기 위해 내려온 것이 아니고 유대와 갈릴리에서 비밀리에 자금을 끌어모으려는 목적으로 온 사람이라면 그를 대하는 전략을 당장 수정해야 한다. 첫째는 그가 감찰관이 아니라는 점이 다행이고, 두 번째로는 그를 통해 카프리섬 가이우스 세력에 줄을 댈 수 있는 기회를 잡겠다고 빌라도는 마음먹었다.

처음부터 차근차근 모든 얘기를 다시 듣고 난 후, 빌라도는 유대인 사반을 유심히 살펴보며 물었다.

"그래, 나에게 그런 은밀한 일을 알려 주는 이유가 무엇이오?"

그리고 의자에 깊숙이 몸을 기댔다. 그건 그의 청을 들어줄지 말지 우선 얘기를 들어보고 결정하겠다는 태도다.

"예! 각하! 저는 유대 사람입니다. 유대 백성들의 안위安危가 총독 각하의 손에 달렸는데, 아레니우스와 일당의 음모를 제가 눈치챈 이상 하루속히 보고드리는 것이 유대를 위해 좋은 일이라고 생각했습니다."

"어허! 그대는 유대민족을 사랑하는 마음이 아주 깊은 사람이군!"

"각하! 로마에서 아무리 오래 살았고, 아무리 돈을 많이 벌었어도,

유대를 사랑하는 마음은 변함없습니다. 황제 폐하께 드리는 충성이 커지는 것과 마찬가지로 우리 민족 유대를 생각하는 마음도 나날이 깊어졌습니다. 돈이 아무리 많으면 무엇 합니까? 그저 유대를 위해 좋은 일 한 번 해 보겠다는 생각을 자나 깨나 버리지 않고 살았습니다."

교묘한 말솜씨다. 그는 은연중 돈을 많이 벌었다는 것과 그 돈을 유대를 위해 쓰고 싶다는 뜻을 밝힌 셈이다. 그 말끝에 그는 품속에서 짤막한 두루마리 서신 하나를 꺼내더니 빌라도에게 두 손으로 공손히 건넸다.

"총독 각하를 만나게 되면 전해드리라는 편지입니다."

"누구?"

"읽어 보시지요!"

두루마리를 펴 읽으면서 빌라도는 깜짝 놀랐다. 그리고 사반을 한 번 쳐다보고 글을 읽고 또 쳐다보고 글을 읽기를 반복했다.

"이분을 어찌 아시오?"

빌라도의 말투가 바뀌었다.

"예! 로마에 살고 있는 저희 유대인들이 가깝게 모시는 분입니다."

빌라도가 유대총독으로 부임할 무렵 장인을 따라 찾아가서 만난 일이 있던 원로원 의원이 써준 소개장이었다. 그 의원은 원래 지중해 동쪽, 특히 유대의 일에 정통한 사람으로 로마에서는 널리 알려져 있었고, 티베리우스 황제와도 가까운 정치가였다.

로마 본토뿐만 아니고 로마가 지배하는 지중해 연안의 모든 속주와 지방에는 후원하는 사람과 후원을 받는 사람의 관계가 그물망처럼 촘촘하게 얽혀 있다. 어디에서나 마찬가지로 후원자 없이는 아무것도 할 수 없는 사회다. 후원자 뒤에는 그를 돌봐 주는 상위 후원자가 있기 마련이고 그 후원의 그물망 가장 꼭대기에는 로마황제가 있다. 로마를 법이 지배하는 사회라고 부르지만, 따지고 보면 황제를 정점頂點으로 한 후원사회, 강력한 후원자와 얼마나 가까운지 그 영향력이 지배하는 사회다.

빌라도가 유대총독으로 부임한 이후 지난 7년 동안, 소개장을 들고 찾아오는 사람들이 많았다. 그들은 한결같이 이런 부탁 저런 부탁을 가지고 로마에서 건너왔고, 그런 사람들에게 총독은 한 번도 서운하게 대한 적이 없었다. 그런데 사반은 귀중한 정보를 제공했을 뿐만 아니라 그가 받아온 소개장도 아주 훌륭했다.

소개장을 읽기 전까지는 사반이 그의 말대로 유대로 오는 배에서 우연히 아레니우스에 대한 정보를 얻었겠거니 생각했다. 그러나 빌라도는 이제 그 배경을 어렴풋이 짐작할 수 있게 됐다. 아마도 사반은 로마를 출발하기 전부터 아레니우스 일행의 계획을 알고 있었을지도 모를 일이다. 무언가 생각지 못했던 사연이 이번 일의 뒤에 숨어 있으리라 생각됐고 차차 시간을 두고 알아보리라 마음먹었다.

잘하면 사반을 소개한 의원과 직접 연결할 수 있는 길이 있으리라는 생각도 들어 빌라도는 힘닿는 데까지 그를 도와주겠다고 작정했다.

"원로원 의원님의 편지에서 그대가 아주 큰 뜻을 가진 사람이라고 말씀하셨는데, 그래 내가 어찌 도와주면 좋겠소?"

더 이상 질질 끌며 말을 돌릴 필요가 없게 됐다. 유대 땅에서 만나는 보통 유대인들과 달리 사반은 로마의 생활이 몸에 밴 듯, 무척 세련된 사람으로 보였다. 이미 첫 몇 마디를 통해 그는 자기 뜻을 내비쳤고 빌라도도 그 뜻을 알아들었다.

"각하! 제가 예루살렘에 은행銀行을 차리고 싶습니다."

"은행? 그건 예루살렘 성전이 맡은 일이에요."

"로마에 사는 유대인들 중 큰돈을 움직이는 사람 여럿을 제가 잘 압니다. 그 돈을 모두 유대로 끌고 들어와 은행을 차리고, 그 이익금을 로마에 있는 유대인을 위해 쓰고, 그리고 각하처럼 유대를 위해 늘 마음 쓰시는 분들이 아무 걱정 없이 쓰실 수 있도록 바치려는 생각입니다. 각하 같으신 분이라면 유대에서 드려도 좋고 로마에서 목돈으로 드려도 좋습니다."

시원시원하면서도 귀가 번쩍 뜨이는 제안이었다. 성전에서 돈을 받아내 차리겠다는 은행이 아니고, 로마에 사는 유대인들의 돈을 들여오고 그 이익을 총독에게 바치겠다는데 마다할 이유가 없다. 가야바 대제사장과 성전 측이야 반발하겠지만 로마황실의 명령이라고 둘러대면 꼼짝 못 하고 받아들일 수밖에 없을 것이다.

"각하! 지금 성전이 은밀하게 돈놀이를 하기 때문에 유대인들로부터 대단히 큰 반감을 사고 있다고 저는 들었습니다. 원래 이자를 받고 돈놀이하는 것을 토라에서 금지하고 있습니다."

"그건 내가 잘 알아요. 그리고 어떤 방법으로 성전이 이자놀이를 하는지도 알고…."

"그러시니, 이건 각하께서 유대인들이 가진 불평불만을 해소하시는 기회도 될뿐더러 성전의 잘못을 표 안 나게 바로잡는 일도 됩니다. 게다가 유대에도 돈은 많지만 성전에 맡기기를 꺼리는 사람들이 많습니다. 그러니까 세리들이나 장사꾼들, 예루살렘에 들어와 살고 있는 이방인들의 돈, 성전에 드러내고 싶어 하지 않는 부자들의 돈을 모두 끌어모으면 그 돈도 생각보다 큽니다. 돈이란 원래 큰돈 모인 곳으로 작은 돈도 모입니다. 마치 물이 흐르는 것처럼. 그리고 각하께 드리는 후원금은 로마에서 들여온 돈뿐만 아니라 예루살렘에서 끌어모으는 돈까지 모두 합하여 계산하겠습니다."

헬라나 시리아 그리고 이집트에는 그렇게 은행을 차려 큰돈을 버는 사람이 있지만 유대에는 아직 그런 사람이 없다. 오로지 성전이 슬금슬금 교묘한 방법으로 이자놀이를 하고 있었을 뿐이다.

"좋소! 내가 그대의 계획을 허락하겠소! 명절이 끝나면 다시 나를 찾아오시오. 구체적인 계획을 세워 가지고. 그런데, 대충 얼마만큼의 돈으로 시작할 생각이오? 그리고 이문은 어느 정도로 예상하오?"

"로마에서 초기에 10달란트는 끌어올 수 있고, 유대 지방에서도 5달란트 정도는 모을 수 있을 것입니다. 이문이야 아무리 적게 잡아도 1년에 투자금의 3분지 1은 되지 않겠습니까? 물론 처음에는 그렇게 작은 규모로 시작하자는 생각입니다. 한 1년 지나면 은행 규모가 1년에 50달란트에서 100달란트는 되지 않겠습니까?"

그건 엄청난 규모다. 유대가 로마에 바치는 1년 세금이 200달란트가 채 안 된다. 그러니 그런 큰 규모의 은행 사업에서 총독이 챙길 수 있는 금액도 엄청날 것이다. 사반은 눈을 반짝이며 빌라도의 얼굴을 올려다보며 말을 이었다.

"그런데, 각하! 은행 사업도 큰 사업이기는 합니다. 그런데 사업을 크게 키우려면, 아무래도 각하께서 특별히 조치해 주실 일이 있습니다. 그건 온전히 각하의 권한에 속한 일입니다."

"무슨?"

"토목이나 건축공사를 크게 일으켜 주시면 됩니다. 유대뿐만 아니라 사마리아와 이두매까지. 다리도 놓고 길도 닦고 물을 끌어오는 수로水路도 건설하고. 그리고 다리 건너는 세금, 도로를 이용하는 세금, 물을 쓰는 요금을 걷는 겁니다. 그렇게 몇 년, 각하께서 총독으로 계시는 동안 이런저런 사업을 벌여 놓으면 그 이후는 저희가 책임지고 끌고 가겠습니다. 물론 각하께 후원하는 일은 꼬박꼬박 제가 책임지겠습니다. 혹급히 쓰실 일이 있으시면 일부 먼저 후원해 드릴 수도 있습니다."

빌라도는 이것이 웬일인가 싶었다. 왜 이런 행운이 찾아왔는지, 갑자기 꿈꾸는 것 같다. 그런데 생각해 보니 토목 공사는 문제가 있다.

"수로건설 사업은 이미 예루살렘에서 한 번 벌였는데 … ."

"그래도 예루살렘에서 물은 늘 모자랍니다. 빗물을 받아 놓은 저수조 물보다 깨끗하고 신선한 물을 수로를 통해 끌어와서 예루살렘 윗구역 아랫구역에 대주는 겁니다. 지금보다 두 배로 물을 공급해 준다면, 그리고 성전에게도 그 물을 더 많이 공급해 준다면, 모든 사람들이 각하의 조치에 감사하며 칭송할 것입니다."

그럴 것 같았다. 로마만 해도, 도시 여기저기로 연결되는 수로가 얼마나 잘 세워져 있는가? 물이야 모자라서 불평이지, 많다고 말할 사람은 없다. 사람이란 한번 물을 흥청망청 써 보면 그다음에는 절대로 줄일 수 없다. 조금씩 물값을 올린다고 쓰던 물을 안 쓰고 견딜 수 없다. 사람 살아가는 이치가 그랬다.

"그리고, 한 가지 더 말씀드리자면, 헤롯대왕이 건축한 경기장을 정비하셔서 로마나 헬라에서 선수나 곡예단曲藝團을 끌어와서 예루살렘 사람들에게 구경시켜 주십시오. 돈을 받고….”

“로마에서는 그런 건 모두 돈 안 받는데?”

“경기하는 선수나 곡예단원을 끌어오는 데 돈이 들고, 경기장을 수리하는 데도 돈이 들어가니 사람들이 크게 불평하지 못할 겁니다. 옛날 헤롯대왕은 왕실의 돈으로 모두 부담했습니다. 그런데 지금 예루살렘 성전에서는 토라의 가르침 때문에 그런 일을 주관할 수 없습니다. 그러니, 유대인들을 위해서 총독 각하께서 대신 나서서 그 일을 실행하신다고 말씀하시면 됩니다. 단 필요한 경비의 일부는 구경하는 사람들이 내고, 나머지는 유대인들을 위해서 각하께서 부담하신다고 발표만 하십시오. 어느 누가 감히 얼마 들어갔는지 보자고 덤벼들겠습니까? 조금 지나면 모든 사람들이 경기장에 나가 웃고 떠들며 즐기고 각하를 찬양할 것입니다.”

“그래! 좋은 생각!”

“각하! 제가 준비해서 다시 찾아뵙고 보고드리겠습니다.”

빌라도는 물러나는 사반의 뒷모습을 살펴보면서 크게 고개를 끄덕였다. 걱정하던 일들이 하나씩 해결되고, 더구나 생각지도 못했던 이익도 얻을 수 있는 기회까지 잡았으니 가슴이 벌렁거렸다. 그래서 세상일은 한나절 앞의 일도 모른다고 했다.

사반이 제안했던 사업들을 추진하고 그 일에서 큰돈을 거두려면 적어도 앞으로 5년 이상 유대총독 자리를 꼭 지켜야 한다는 생각이 들었다. 앞으로 벌여야 할 사업들이 두서없이 떠올랐다. 유대와 사마리아에서 벌이면 좋을 사업, 분봉왕과 손잡고 갈릴리에서 벌이면 좋을 사업도 생각났다.

'로마에도 손 좀 써 놓아야 이 자리를 오래 지킬 수 있을 것 같고… 할 수 있으면 카프리섬에도 줄을 대고… 우선 사반에게 후원을 부탁하면 되겠군!'

그렇게 생각하니, 낮에 분봉왕을 붙잡고 갈릴리 이권이 어떻고 따진 일이 아주 사소한 일처럼 보였다.

순조롭게 일이 되려면 이번 유월절은 소요나 혼란 없이 조용히 넘어가야 한다. 만일 유대, 그중에서도 예루살렘에서 시끄러워지면, 그런 모든 계획이 한꺼번에 와그르르 무너질 것이 분명했다.

빌라도는 다시 서서히 본래의 모습, 사람들이 '코뿔소'라고 부르는 그 저돌적인 모습으로 돌아가고 있었다. 그래서 사람은 하루에 수십 번도 더 변한다고 하는 모양이다.

✠

예수는 성전 뜰을 내다보고 앉아 있었다. 한 사람이라도 붙잡고 하느님 나라를 전하라는 예수의 말에 따라 제자들이 부지런히 사람들 틈을 누비고 다녔다. 아침나절에는 빙빙 돌다 머쓱한 표정을 지으며 솔로몬 주랑건물로 돌아왔지만, 때가 지나면서 조금씩 자신이 붙었는지 성전 남쪽과 북쪽 그리고 동쪽에 있는 이방인의 뜰 여기저기로 흩어져 돌아다녔다. 예수 곁에는 마리아와 요안나, 그리고 갈릴리에서 내려온 살로메와 다른 마리아 그리고 작은 시몬만 남아 있을 때였다.

"무슨 할 얘기가 있나요?"

주위를 맴도는 사람 하나를 주목하던 예수가 물었다. 입은 옷으로 보아 신분이 낮아 보이지는 않았는데 바리새파 사람처럼 보이지도 않고 성전에서 일하는 제사장 급의 사람도 아니었다.

"예! 저는 성전에서 일하는 레위인 시몬입니다."

"어? 나도 시몬인데?"

작은 시몬이 얼른 나섰다. 하기야 성전 뜰에 들어온 사람 열 명 중에 한 두 사람은 시몬이라는 이름으로 불리는 사람일 것이다. 유대인들 이름 중에 요셉, 시몬, 유다, 요한, 그리고 여자라면 마리아, 요안나는 흔하디흔한 이름이었다.

레위인 시몬은 주위를 한 번 둘러보더니 예수 곁에 가까이 다가왔다. 그러나 옆에 앉아 있는 작은 시몬과 여제자들이 거북한 듯 주저주저했다.

"괜찮아요! 주저하지 말고 무슨 말이든 하세요!"

예수는 언제나 그렇듯 부드러운 음성으로 그를 안심시켰다. 그리고 그가 앉아 있는 옆자리에 앉으라는 듯 손으로 가리켰다.

"선생님 말씀을 많이 들었습니다. 그런데, 좀 조용하게 드릴 말씀이 있어서 … 괜찮으시다면 따로 조용히 … ."

그러자 작은 시몬이 벌떡 자리에서 일어나며 말했다. 목소리는 낮았지만 거칠었다.

"아니! 이 사람이! 선생님이 누군 줄 알고 수작을 부리려고!"

하기야 작은 시몬은 혹 누가 예수에게 해코지할지 몰라 지키고 있었다. 이미 성전 사람이나 바리새파 사람들, 그리고 아랫구역 사람들이 여러 번 위험한 짓을 했기 때문이었다.

"아닙니다. 아닙니다. 그런 것 아닙니다."

레위인 시몬은 그런 뜻이 아니라며 손을 내둘렀다. 그러자 예수가 그를 타일렀다.

"괜찮아요! 여기서 그냥 무슨 말이든 하세요."

그는 참 거북하고 난감한지 한참 머뭇거렸다. 그 바람에 마리아와 다른 여제자들도 오히려 바짝 긴장해서 귀를 기울이기 시작했다. 가르침을 받겠다고 찾아온 사람처럼 느껴지지 않았던 모양이다.

그는 그대로 돌아갈 수도 없고, 말하기도 어렵다는 듯 한동안 성전 뜰도 내다보고, 주랑건물 천장도 올려다보고, 괜히 옷매무새를 고치면서 머뭇거렸다.

"괜찮아요! 말해도 좋고, 안 해도 괜찮아요! 성전에서 일하는 레위 사람이라니 … 생각이 많겠지요."

성전에서 일하는 레위 사람은 제사드릴 때 찬양 노래를 부르거나, 악기를 연주하고, 제사장들을 도와 제물을 도살하는 일을 맡지만 제사장의 뜰 안으로 들어갈 수는 없는 사람들이다. 야곱의 열두 아들 중 하나인 레위의 후손으로 이집트에서 히브리를 이끌고 나온 지도자 모세와 그 형 아론이 레위 지파 사람이었다. 아론의 후손들이 대대로 장막에서 제사장 역할을 맡았으나 다윗왕과 솔로몬왕 시절에 여부스 사람 사독이 제사장을 맡은 이후부터는 사독의 후손들이 제사장을 맡고 레위 지파 사람들은 성전 제사의 보조자로 일하기 시작했다.

"예! 그렇기는 하지만, 제가 드리려는 말씀은 제 일이 아니고 마티아스 제사장님의 전갈이라서 … ."

할 수 없이 그는 마티아스의 이름을 입에 올렸다. 그러자 예수는 입을 다물었고 대신 작은 시몬이 나섰다.

"마티아스? 그럼 대제사장의 아들?"

"저에게 말씀하시기를…."

그러다가 레위인 시몬은 다시 입을 다물었다. 아무래도 여러 사람이 있는 곳에서 말하기는 적합하지 않은 모양이었다. 마티아스에게서 단단히 주의를 받았음이 틀림없다. 그가 입을 다물었지만, 예수는 아무 말도 없이 그저 바라만 보았고, 작은 시몬은 자기가 나설 계제가 아니라는 듯 예수의 얼굴을 쳐다보았다.

아무리 기다려도 예수가 입을 열지 않자 그는 할 수 없다는 듯 조심스럽게, 그리고 예수만 알고 있으라는 듯 작은 목소리로 말했다.

"마티아스 제사장님께서 예수 선생님을 조용히, 별도로 만나 보시겠다고 말씀하셨습니다. 사람들 눈이 있으니 성전은 안 되겠고, 윗구역 대제사장 각하의 저택에서 뵐 수 있는지 알아보라고 하셨습니다. 앞으로 1시간 후에."

그 말을 들은 작은 시몬이 나섰다.

"무슨 일로?"

레위인 시몬은 고개를 저었다.

"그건 제가 알 수 있는 일이 아닙니다. 마티아스 제사장님을 만나시면 두 분이 조용히 얘기 나누실 수 있겠지요."

그러자 작은 시몬이 벌컥 소리를 질렀다.

"이자들이 무슨 속셈으로! 함정을 파 놓고 끌어들이려는 그 속을 내가 모를 줄 알고? 아니면, 앞으로 벌어질 일이 무섭다 이거야?"

그도 자기가 나설 일이 아니라는 것을 알았다. 지난밤 이후로 눈앞에 닥친 일이 겁도 나고 피하고 싶다는 생각도 했다. 그러나 아직도 그는 하얀리본과 예수가 손을 잡으면 거사에 승산이 있다고 억지로라도 믿고 싶었다. 그런데 성전에서 두 번째로 높다는 마티아스가 은밀하게 만나자고 청한다는 말을 들으니 순간 다른 생각이 들었다. 이제 성전이 슬슬 뒤꽁무니를 빼기 시작했으니 드디어 선생이 반전의 기회를 잡았음에 틀림없어 보였다.

"시몬!"

예수가 불렀다. 두 사람은 서로 자기를 부르는 줄 알고 얼른 예수를 바라보았다.

"나는 어디 가지 않을 것이오. 그제도 어제도 나는 여기 이 자리에 있었고, 오늘도 여기 있을 것이오. 가서 그리 전하시오."

레위인 시몬은 예수에게 깊이 머리 숙이고 물러갔다. 작은 시몬은 예수가 대제사장 저택에 가서 마티아스를 만나지 않겠다는 말로 알아듣고 안심했다.

그러나 마리아는 달랐다. 가슴이 두근거리고 숨이 가빠졌다. 그녀는 마티아스가 만나자고 한 말이 무슨 뜻인지 미루어 짐작했다. 비록 여자의 몸이었지만 로마총독과 갈릴리 분봉왕과 알렉산더, 그리고 예루살렘 성전의 대제사장과 그 아들 마티아스가 펼치는 힘의 각축과 정치를 느꼈기 때문이다.

'아! 이것이 어쩌면 마지막 기회일지도….'

예수의 눈치를 살폈다. 그는 눈을 가늘게 뜨고 성전 뜰을 내다보고 있었다. 그러나 성전 뜰을 보고 있지 않음이 분명했다. 눈으로 보이지 않는 것을 보고, 보이는 것의 너머를 보고, 예루살렘 성전에 들어오기 이전을 보고, 그에게 닥칠 일 이후를 보고 있음이 분명했다. 그의 가슴속에 비바람이 몰아치기 전 갈릴리 호수처럼 물결이 일어나고 있으리라!

따져 보면 예수는 갈릴리 이름도 없는 조그만 마을 나사렛, 고작 200여 명도 안 되는 사람들이 옹기종기 모여 사는 시골 언덕마을 목수요 석수 출신이다. 예루살렘 성전에 들어온 지 사흘이 채 지나기 전에 유대 최고의 권력자 중 한 사람이며 성전에서 대제사장 다음으로 힘을 가진 사람으로부터 은밀하게 만나 상의하자는 제안을 받았으니, 이 기회를 잘 이용하면 예수는 단번에 유대와 갈릴리를 통틀어 가장 유명한 선생이 될 수도 있다.

'성전에서는 더 이상 선생님을 감당할 수 없어서 그럴 것!'

하기야 제자들 중 누군들 선생에게 닥칠 일이 걱정 안 되는 사람 없겠지만 그중에서도 마리아는 좀 특별했다. 지난밤에 나서서 선생의 머리에 기름을 붓는 의식을 치른 것도 그녀 나름대로 생각이 있어서 그랬다. 그런데 성전에서 선생을 만나자는 것으로 보아, 최악의 상황을 피할 길이 될 수도 있다는 생각이 들었다. 언덕을 굴러 떨어지다가 나뭇가지를 잡은 셈이다.

"선생님!"

예수를 바라보다가 마리아는 가슴을 에는 듯 쓰라린 고통을 느꼈다. 그의 얼굴이 점점 창백해지는 것을 보았기 때문이다. 그는 혼자 힘든 싸움을 하고 있었다. 광야에 머물고 있을 때 그가 겪었다던 시험 얘기가 생각났다.

"하느님의 아들이라면 하느님이 보호해 주지 않겠는가? 하느님의 아들이라면 악한 무리들이 성전을 차지하고 있는 것을 눈감을 수 있는가? 하느님의 아들이라면 … ."

선생은 모든 사람이 하느님의 아들이라고 믿는다. 그러나, 사람들은 선생이 하느님의 아들이고 하느님에게 받은 특별한 임무가 있고, 그 일을 이루기 위해 일어서기를 기대하고 있었다. 예수는 날마다 시험을 겪는 셈이다. 하나를 견뎌내면 또 다른 하나가 덤벼들고, 시험자는 위협으로 다가오기도 하고 달콤한 아첨의 말로도 꾀고 거절할 수 없는 유혹의 미끼를 던진다.

마리아는 잠시라도 자기 마음이 흔들렸던 것이 부끄러웠다. 그것은 선생 혼자 광야에 남겨 놓는 것이나 마찬가지였다. 푸른 달빛 아래 혼자 쭈그리고 앉아 있는 선생의 모습이 가슴 시리게 떠올랐다. 이겨낸 줄 알았던 시험은 끈질기게 선생을 따라다녔다. 일부러 발걸음 소리를 내며 따라오기도 하고 소리 없이 그림자처럼 따라붙기도 하고, 모퉁이를 돌면 슬그머니 얼굴을 들고 몸을 일으켰으리라.

다른 남자 제자들이 그 자리에 없는 것이 다행이라는 생각이 들었다. 그 제안을 받아들이자는 사람, 그러면 안 된다는 사람, 위험하니 자기가 따라가겠다는 사람, 분명 제각각 의견을 낼 텐데 결국 그 한 마디 한 마디가 날카로운 비수가 되어 선생 가슴에 박히리라. 제자들이 무엇을 원하는지 무엇을 두려워하는지 선생은 모두 알기 때문이다.

마리아는 아무 말도 할 수 없었다. 선생이 무너지든 다시 일어서든 그 모든 일은 그가 겪어야 할 일이라고 생각했다. 요안나도 살로메와 다른 마리아도, 그리고 작은 시몬도 그저 선생을 지켜본다. 작은 시몬도 이제는 자기가 나설 일이 아니라는 것을 깨달은 모양이다.

예수가 조용히 자리에서 일어났다. 늘 편안해 보이고 부드럽던 그 얼굴이 아니다. 아주 심각한 표정이다. 눈은 현실 너머 어디 먼 곳 어느 때를 보고 있는 것 같았다. 작은 시몬이 따라 일어서자 예수는 그냥 앉아 있으라고 손짓하더니 천천히 주랑건물 밖으로 걸어 나갔다. 그리고 돌아서서 그가 앉아 있던 자리, 지켜보고 있는 제자들을 한참 쳐다보더니 성전 건물 동쪽으로 걸음을 옮겼다. 그리고 곧 제자들의 눈에서 사라졌다.

니산월이지만 벌써 12일, 사정없이 쏟아지는 햇빛은 날카롭고 따갑다. 선생이 떠난 자리를 바라보며 마리아는 걷잡을 수 없는 허무를 느꼈다. 그건 다른 여제자들도 마찬가지인 듯 괴로운 표정이었다. 늘 말없이 조용하기만 한 요안나가 무언가 마리아에게 할 말이 있는 표정이다. 망설이더니 힘겹게 한 마디를 입에 올렸다.

"지금 선생님이 혼자 너무 힘드신 것 같아요. 마리아가 찾아가 보세요."

그래도 마리아가 잠잠히 앉아 있자 요안나는 고개를 푹 숙이고 한참 말이 없더니 다시 말했다.

"지금은 선생님도 위로가 필요해요. 어제 마리아가 그렇게 말했잖아요? 찾아가 보세요. 내 생각으로는 어제 그 자리에 가셨을 것 같아요. 선생님이 여기 예루살렘에서 어디 가실 곳이 있겠어요, 거기밖에?"

마리아는 고개를 흔들었다.

"그거는 내가 할 수 있는 일이 아니에요. 선생님이 이겨 내실 거예요. 기다려보자고요."

작은 시몬은 유다가 옆에 없는 것이 아쉬웠다. 그라도 있었으면 상의해 볼 텐데 무슨 일 때문인지 성전 뜰에 들어오자마자 사라지더니 한나절이 지나도록 나타나지 않았다. 바라바와 마음이 안 맞는 것처럼 보였으니, 자기 혼자 무슨 일을 꾸미고 돌아다니는 것이 분명했다.

그때 조금 전에 다녀갔던 레위인 시몬이 다시 나타났다. 그리고 두리번거리며 예수를 찾았다. 그러더니 작은 시몬에게 물었다.

"어디 가셨어요?"

"몰라요!"

"모르다니!"

"모른다니까 … 어디 가셨는지 … 말씀 없이 그냥 가셨어요."

작은 시몬은 말을 툭툭 내뱉으며 불편한 기색을 보였다. 그러자 레위인 시몬이 마리아와 여제자들을 쳐다보았다. 그러면서도 말로 묻지는 않았다. 그들 중 아무도 대답하지 않았다. 작은 시몬이 사나운 눈초리로 그들을 바라보며 대답하지 말라는 신호를 보냈기 때문이다.

"허 참! 사람들 하고는 … 전해드리세요. 대제사장 각하 댁이 아니고, 성전에서 만나도 된답니다. 성전 북쪽 문에 와서 찾으면 됩니다."

"북쪽 문이라니 … '양의 문' 말입니까?"

작은 시몬이 할 수 없이 나섰다.

"아니 거기 말고, 건물 북쪽 이스라엘의 뜰에서 안쪽 제사장의 뜰로 들어가는 문이 있어요. 거기에서 마티아스 제사장님을 찾으면 됩니다."

"오시면 그렇게 전해드리리다."

"빨리 만나야 한다고 하셨는데 … 하여튼 나는 갑니다."

예수는 2시간이 훨씬 넘도록 돌아오지 않았다. 작은 시몬도 마리아도 예수를 찾으러 나서지 않았다. 마리아를 제외한 제자들은 예수가 마티아스를 일부러 피한 것으로 생각할 수밖에 없었다. 그러나 마리아는 예수가 그런 일을 피할 사람이 아니라는 것을 알고 있었다. 선생은 어떤 일이든 언제나 정면으로 맞부딪쳐 나가는 사람이라는 것을 그녀는 누구보다도 잘 알았다.

작은 시몬은 예수가 성전 마티아스 제사장을 만나지 않았을 것이라고 믿었고, 마리아는 성전 사람들이 어떻게 해서든 예수를 찾아내 만났을 것으로 믿었다. 만났든 안 만났든 결과는 다를 것이 없었다. 만났다면 예수가 받아들일 수 없는 것을 마티아스는 요구했을 것이고, 선생은 분명하게 그 요구를 거절했을 것이다. 건던 길을 되돌아갈 선생이 아니라는 것을 마리아는 알았다.

다시 솔로몬의 주랑건물로 돌아온 예수의 태도를 보아 두 사람은 각각 자기들 생각이 맞다고 믿었다. 예수는 모든 것을 겪어 이겨낸 사람처럼, 다시 편안하고 부드러운 얼굴로 돌아왔다.

마티아스가 레위인 시몬의 보고를 기다리고 있을 때, 야손 제사장이 찾아 들어왔다. 마티아스는 야손이 무슨 말을 하는지 들어보려고 아무 말도 하지 않고 있었다.

"예수 그자 말입니다. 늘 이방인의 뜰에서만 빙빙 돌지 한 번도 이스라엘의 뜰 안에는 들어오지 않습니다. 여우같은 놈!"

만일 예수가 소레그를 넘어 이스라엘의 뜰에 들어오면 무슨 트집을 잡아서라도 그를 잡아들일 수 있는데, 이스라엘의 뜰 안으로는 좀체 들어오지 않는 것을 두고 한 말이다.

그러더니 야손이 덧붙인 말이 뜻밖이었다.

"예수는 이방인의 뜰이나 이스라엘의 뜰이나, 심지어 제사장의 뜰이 아무 의미 없다고 생각하는 것 같습니다."

"뭐요? 아니 야손 제사장, 그런 얘기가 어디 있어요?"

"그자에게는 굳이 이스라엘의 뜰에 들어와야 할 이유가 없겠지요."

"어허! 저런…."

유월절을 맞이하여 성전에 올라온 사람이 이스라엘의 뜰에는 들어오지 않고 그 밖에 있는 이방인의 뜰만 빙빙 돌고 있다면 스스로 이스라엘 사람이 아니라고 말하는 것과 마찬가지다.

"이방인의 뜰과 이스라엘의 뜰 사이에 세워 놓은 경계의 담에 의미를 두지 않는다면 거룩한 곳과 세속의 구분을 지키지 않는다는 말 아닌가요?"

마티아스가 거칠어지려는 마음을 다스리며 물었다. 이방에서 이스라엘로, 이스라엘에서 유대로, 유대에서 예루살렘으로, 예루살렘에서 성전으로, 점차 더 거룩해지는 기본 틀을 예수가 인정하지 않는다면, 결국 성전에서 지키는 위계질서를 존중할 의미가 없다고 그가 공개적으로 말하는 것이나 같았다.

"장소와 자리를 구분하는 사람이어야 장소와 자리에 설 수 있는 사람을 구분하는 법입니다. 구분을 인정하는 사람이어야 구분하는 제도와 더 높은 곳과 더 안쪽을 향해 머리를 숙이고 그 사회체제를 인정하게 될 텐데, 예수 저자는 아예 그 안쪽, 더 높은 쪽에는 관심이 없는 모양입니다. 관심의 문제가 아니라, 그런 구분을 인정하지 않는다는 말이겠지요. 이틀 전 성전세 낼 돈을 바꿔주는 사람들과 제물을 파는 사람들을 성전 뜰에서 몰아낸 일이 시작이었던 모양입니다."

야손은 이미 예수가 어떤 사람인지 철저하게 파악했다. 그리고 예수의 생각을 다 읽어 냈다. 다른 사람의 생각을 읽어 내는 것, 야손이 가진 뛰어난 장점이지만, 그래서 성전 사람들은 모두 야손 제사장과 가까이 지내려고 하지 않는다.

"마티아스 제사장! 신성불가침을 동원하면 어떨까요?"

"어! 신성불가침이라… 생각해 볼 만한 일이네요!"

마티아스 생각에 야손은 참으로 놀랍고 집요한 사람이다. 그는 예수를 제거하겠다는 생각에만 골몰해 있었다. 역시 모든 상황을 폭넓게 파악하면서 정치력으로 풀어보려는 생각을 하기로는 유대를 넘어온 이스라엘을 통틀어 보더라도 아버지 가야바를 따라갈 사람이 없다는 생각을 했다.

이스라엘에서는 야훼 하느님, 예루살렘 성전, 제단에 바칠 제물, 제사장들과 성전 기물이 신성불가침의 대상이었다. 유대인들은 심지어 성전에서 물을 긷는 사람, 제단에 불을 피우는 데 쓰는 나무를 다루는 사람이라도 거룩한 일에 참여하는 사람이라고 달리 보았고, 성전에서 쓸 소금을 싣고 끄덕끄덕 언덕을 올라가는 수레도 일반 짐을 싣는 수레와 달리 취급했다.

야손은 바로 그런 신성불가침을 활용하는 방법을 생각하고 있었다.

"마티아스 제사장! 나에게 또 한 가지 생각이 있습니다."

제사장 야손이 그 차갑고 무서운 눈을 번뜩이며 조용히 마티아스에게 소곤거렸다. 한참 듣고 있던 마티아스가 고개를 여러 번 갸웃거리다가 말했다.

"그거, 좋기는 한데. 생각한 대로 그렇게 잘 될까요? 저번에도 예루살렘 주민들을 시켜서 하려던 일이 실패했는데 …. 일이 이렇게 커지기 전에 다른 방법을 강구해야했어요."

야손은 마티아스가 예수를 제거하는 방법에 대해 얘기하는 줄로 생각한 모양이다.

"그자가 올리브산 너머 베다니에 묵고 있는데, 거기로 가는 길목에는 그동안 움막마을 사람들이 머물고 있었으니, 우리 경비대가 그 사람들 모르게 떼를 지어 베다니로 갈 수가 없었습니다. 괜히 소동을 일으킬 위험이 있어서요. 일단은 성전 뜰에서 처리하는 것이 좋겠다고 생각했지요. 그런데, 이번에는 …."

그러더니 마티아스 앞으로 바짝 다가앉았다.

"지난번 아랫구역 사람들이 일을 좀 서투르게 해서 실패했습니다. 또 경비대를 움직이려고 했을 때는 하필 요하난 선생이 나타나서 …. 그러나 이번에는 꼼짝 못 하게 예수에게 올가미를 씌울 수 있습니다. 성전에서 적당히 재물을 풀기만 하면 됩니다."

결국 야손은 성전에서 재물을 좀 풀어 달라고 그가 찾아온 목적을 밝혔다.

"재물 좀 푸는 거야 문제없습니다만…. 그런데 로마군 쪽에서 13일 이전에는 그자를 잡아들이지 말라고 했다면서요?"

"그건 그쪽대로 준비할 일이 있는 모양입니다."

"그러면 우리도 13일에 그 수를 써봅시다."

"아니오. 13일에 잡아들이려면 오늘 올가미를 던져두어야 합니다."

"그건 야손 제사장이 알아서 하시오. 나는 필요한 만큼 지원을 준비해 둘 테니까."

"앞으로 일은 전적으로 나에게 맡겨 주시고, 마티아스 제사장은 잘 지켜보기나 하세요."

마티아스는 고개를 끄덕였다. 예수를 만나러 간 레위인 시몬에게서 아직 결과 보고가 없으니 두 가지 방안을 동시에 추진하기로 했다. 그가 생각하기로는 예수가 그렇게 호락호락 갈릴리로 내려갈 사람 같지 않았다.

'그렇게 내려갈 사람이라면 왜 올라왔겠는가? 스스로 목숨을 버리면서 순교자가 되겠다는 생각이겠지. 아무 일 없이 조용히 사라지면 제일 좋고, 처형해야 한다면 아무도 다시는 그자를 입에도 올리지 못하도록 가장 처참하고 끔찍하게 없애야지. 결국 그자 스스로 찾아든 길이니까 ….'

야손은 자기 방으로 돌아오자마자 예루살렘 아랫구역 사람 몇 명을 은근히 불러들였다. 그 사람들은 늘 야손과 어울리는 사람들인지, 서로 스스럼없이 얘기를 주고받았다. 그런데 야손이 그들에게 할 일을 지시하자 웬일인지 오늘은 머뭇거렸다. 야손은 아주 불쾌한 표정을 지으며 표 나게 고개를 확 돌렸다.

"제사장님, 저희들이 뭐 안 하겠다는 말은 아닙니다. 더구나 두둑하게 상도 주겠다고 약속까지 해 주셨는데, 다만 …."

"다만, 뭐? 이 사람들이 다른 때와 달리 왜 이리 우물쭈물해? 뭐가 겁나? 이보다 더한 일도 늘 서슴없이 하던 사람들이 …. 내가 사람을 잘못 봤구만!"

"그게 아니고요. 예수를 따르는 사람들이 워낙 많잖습니까? 잘못하면 저희가 그 자리에서 밟혀 죽을 수도 있습니다. 며칠 전 일을 봐도 분명 그런 위험이 있습니다."

"그런 일은 없어! 바로 경비대가 달려들어 해결할 수 있어. 아, 이 사람들아, 생각을 좀 해봐! 누가 자네들에게 해코지를 해? 그냥 다짜고짜 덤비지 말고 이렇게 크게 외쳐 보란 말이야!

'이자 예수는 거룩한 예루살렘 성전을 모독하고, 대제사장과 제사장들을 비난하고 있소. 이자를 그대로 놔두면, 분명 이 유월절에 큰 소란이 벌어질 뿐만 아니라, 지극히 거룩하신 분의 노여움이 여러분 머리 위에 쏟아질 겁니다. 내가 거룩한 분의 뜻을 받아 불의不義한 자를 처단했습니다.'

그러면 아무도 자네들을 건들지 못해! 그게 법이야!"

사실 예수가 성전에 들어와서 장사하는 사람들을 채찍을 휘둘러 내쫓은 순간부터 누구라도 나서서 그를 살해할 수 있게 된 셈이었다. 예수를 잡아 성전 경비대에 넘길 수도 있고, 야훼를 성심으로 섬기는 사람이 나서서 직접 살해할 수도 있었다.

"그리고 … 이리 좀 와봐!"

야손은 그들을 가까이 부르더니 아주 낮은 목소리로 몇 가지를 더 지시했다.

"아! 그게 좋겠습니다. 당장 나가서 올가미를 던져두겠습니다."

그들은 야손의 방을 물러났다. 그리고 성전 뜰에 들어와 있는 아랫구역 사람들을 몇 명 더 끌어모아 한참 둘러서서 수군거렸다. 그리고 이 사람 저 사람 불러대며 몇 명 사람을 더 모으더니 떼를 지어 우르르 예수에게 몰려갔다. 그때는 예수가 솔로몬의 주랑건물로 막 돌아와 앉아 있었다.

"예수, 무슨 자격으로 이 일을 하시오?"

그중 한 사람이 앞으로 턱을 쑥 내밀고 도전하는 자세로 예수에게 물었다. 그러자 옆에 서 있던 사람도 즉시 거들고 나섰다.

"누가 그대에게 성전 뜰에서 사람들을 모아 놓고 이러니저러니 멋대로 떠들고 가르쳐도 좋다고 허락했소? 내가 이제까지 그대가 입에 올린 말을 생각해 보니, 토라의 가르침을 벗어날 뿐만 아니라 아예 부인하는 말도 쏟아냈고, 지극히 높으신 분에게 불경한 말도 그 더러운 입에서 내뱉었소. 이 거룩한 성전을 비난하고 대제사장 각하와 제사장 심지어 성전을 모시는 모든 사람을 모욕합디다. 게다가 도저히 씻을 수 없는 죄를 지었소. 제물을 팔지 못하게 하면서 성전 제사를 방해했소. 그대는 성전이 신성불가침이라는 것을 모르오?"

아랫구역 사람 하나가 또 나서서 예수를 비난했다. 무지막지 쌍욕을 하며 덤비지는 않았지만, 그들 나름대로 예수를 비난하는 이유를 세세하게 밝혔다.

"어떤 예언자가 그대에 대하여 예언했는지 댈 수 있소? 나는 그대처럼 허무맹랑한 말을 한 예언자가 있었다는 말을 들어본 적이 없소. 그러니 그대는 거짓 예언자가 분명하오."

"당신이 예언자라면 증거를 대시오."

'신성불가침'이라는 어려운 말이 그들 입에서 나왔을 때 예수는 그것이 성전이 펼치는 치명적 공격이라는 것을 알아챘다. 신성불가침 규정을 어겼다고 한다면 그 말은 토론을 통해 옳고 그름을 따질 일이 아니다. 재판의 대상도 아니다. 그건 믿음에 관한 문제다. 예수가 한 일이 하느님의 뜻을 받은 예언자의 행위였다고 설명해야 한다. 이스라엘에서 예언자는 대개 그전 예언자에 의해 세워지거나 앞선 예언자의 뒤를 잇기 마련이었다.

성전 뜰에서 사람들을 가르칠 자격이 있다는 것을 댈 수 없고, 그의 예언을 정당화할 수 있는 다른 예언자를 예수가 밝히지 못한다면 무슨 일이 일어날 것인가? 토라의 규정에 따라 그들이 나서서 직접 가장 참혹한 방법으로 예수를 처벌할 수 있게 된다.

'흠! 마티아스의 제안을 거절했기 때문인가?'

예수는 머뭇거리지 않고 그들에게 물었다. 과연 예수였다.

"나도 한 가지를 묻겠소. 그대들이 내 말에 대답하면 나도 그대들의 물음에 대답하겠소."

예수는 그들이 예언자에 대하여 가진 전형적인 생각을 파고들었다. 그들이 얘기하는 예언자의 증거란 이미 오래전 어떤 예언자가 예수가 한 말과 똑같은 예언을 했거나, 예수가 성전에서 그런 가르침을 펼 것이라고 예언한 적이 있느냐 묻는 말이다. 예언이란 예언자가 선언하는 그 당시의 일에 눈뜨라는 경고라고 믿지 않고 오로지 먼 미래의 일을 미리 예측하여 말하는 것이라고 사람들은 생각했다.

"세례자 요한은 무슨 권한으로, 어떤 권위를 힘입어 세례를 주었소? 대답해 보시오."

예수의 말을 들으면서 제자들은 그제야 깨달았다. 아랫구역 사람들이 던진 질문은 올가미였고 선생은 다시 한번 그 올가미에서 벗어났음을.

많은 사람들이, 유대인이든 갈릴리 사람이든 제사장 계급 출신의 세례자 요한을 예언자라고 믿었다. 그래서 사람들은 유대 광야를 내려가 요단강 가에서 그에게 세례를 받았고, 갈릴리 사람들도 갈릴리 쪽 요단강, 심지어 유대 쪽 요단강까지 내려와 세례를 받았다, 예수가 그러했던 것처럼.

예수의 질문을 받은 아랫구역 사람들은 대답할 수 없었다. 그들 중에도 요한이 예언자라고 믿는 사람이 있었다. 만일 요한이 하느님이 내려 준 권위로 세례를 주었다고 대답한다면 요한을 인정하지 않는 예루살렘 성전과 정면으로 부딪치는 꼴이 된다. 그러나 요한은 예언자가 아니라고, 하느님이 그에게 그런 권위를 허락한 적 없다고 얘기한다면 요한을 예언자라고 믿는 많은 사람들이 곧바로 그들을 공박하고 나설 것이다. 더구나 그렇게 예수에게 올가미를 던졌던 사람들 중 한 사람이 요한에게서 세례를 받은 것을 무어라고 변명할 것인가?

예수는 대답을 하지 못하고 우물쭈물하는 그들을 말없이 바라보고 있다. 사람들이 예수에 대하여 깜짝 놀라는 것 중 하나가 상대가 던진 위험한 올가미를 거꾸로 상대에게 즉시 되돌려주어 스스로 거둬들이도록 한다는 점이다. 예수는 언제나 상대의 질문 속에 길이 있다고 믿었다.

사실 다른 어떤 대답도 신성불가침을 입에 올리며 던진 그들의 올가미에서 벗어날 수 없음을 예수는 그 자리에서 즉시 깨달았다. 성전이 나서지 않고, 로마가 손을 쓰지 않고, 예루살렘 아랫구역 사람들에 의해 그렇게 허무하게 성전 이방인의 뜰에서 스러질 위기에 빠졌음을 알았다.

그들의 질문에 대답하는 대신 새로운 질문을 던진 예수는 따지고 보면 스스로 요한의 제자였다고 공식적으로 밝히고 나선 셈이다. 세례자 요한에게 권위를 부어준 분으로부터 권위를 받았다고 말한 것과 다름없다. 게다가 사람들은 예수를 요한의 제자로 알고 있었다. 세례자 요한의 제자가 선생의 뒤를 이어 예언자로 활동하는 것은 조금도 이상할 것 없는 일이다. 더구나 요한은 예수에게 특별히 유대 광야에서 수행을 시작하도록 주선했고, 자기의 뒷일도 부탁하지 않았던가?

예수에게 세례자 요한은 아버지 요셉을 제외하고는 그가 만난 가장 큰 선생이었다. 그러나 아버지와 요한의 가르침 사이에는 크게 다른 점이 있다. 지금까지 예수는 아버지 요셉이 맡긴 길은 꾸준히 걸어왔지만 요한이 그에게 기대했던 길은 이미 유대 광야에서 걸어 나오기 전부터 벗어났다. 요한과 예수는 다른 길을 걸었다. 요한은 하느님의 개입에 따른 세상의 종말과 심판, 그 이후에 하느님이 열어줄 새 세상이 시작된다고 생각했고, 예수는 사람이 사람 손으로 이루는 새 세상을 믿기 때문이었다.

가르침이란, 그리고 깨달음이란 흐르는 강물 같다고 예수는 생각했다. 근원이 없으면 마치 비가 쏟아져 내릴 때만 급하게 물이 흐르는 '와디'처럼 곧 바닥을 드러내기 마련이다.

'요단강 물이 어디서 흘러오는가? 갈릴리 호수에서 흘러내린다고 말할 수도 있고, 헤르몬산에서 발원했다고 할 수도 있고…. 흘러내리면서 수많은 골짜기에서 흘러내린 물줄기를 품고, 이름 없는 작은 샘에서 솟아난 물도 품어 합친 것을….'

그래서 예수는 깨달음을 사람 살아가는 일과 연결했다. 삶이 깨달음 속에서 흘러야 하기 때문이었다. 사람이 살아가는 세상에서 깨달음이 삶으로 바뀌어야 한다고 예수는 믿었다. 예수에게 세례자 요한은 흘러내리면서 들렀던 중간지점이었다. 그곳에 머무를 수 없고, 그의 가르침만 따를 수 없었다. 요한이 이루려는 세상과 예수가 흘러내려 가야 할 세상이 달랐기 때문이었다. 처음 요한의 제자가 되어 따르던 무렵, 예수는 이미 그 다른 점을 깨달았다.

신성불가침까지 들먹거리며 공격받았을 때 예수는 세례자 요한을 거쳐 더 아래로 흘러내려 왔다고 대답하면서 성전에 드나들면서 겪은 가장 큰 위기 하나를 넘겼다. 그러나 그 한 번으로 위기가 사라졌다고 안심하지 않았다. 훨씬 크고 깊고 음험한 공격이 기다리고 있음을 예수는 알고 있다.

✠

"마티아스! 갈릴리 사람 일은 이제 다른 방법 없으니 잊어버려라. 정한 대로 밀고 나가라."

"예! 아까 말씀드린 것처럼 얘기가 전혀 안 통하는 사람이었습니다."

"됐어! 그 일은 됐고… 아레니우스 그 사람 만나는 일 말이다. 헤롯왕이 세상을 뜬 얼마 후 자칭 알렉산더라는 사람이 로마에 나타난 적이 있었다. 헤롯왕이 마리암네 왕비에게서 낳은 두 아들 아리스토불루스와 알렉산더, 그 알렉산더라고."

성전 북쪽에 바짝 붙어 있는 안토니오 요새로 아레니우스를 만나러 가는 마티아스에게 아버지가 말했다.

"예, 저도 얼핏 들어본 적이 있습니다. 헤롯왕이 처형하라고 명령을 내렸지만 처형 직전에 그를 불쌍하게 여긴 사람이 몰래 빼돌려 숨겨 줘서 살아 있었다고."

"얼마나 용모가 비슷한지 많은 사람이 속아 넘어갔다고 하더라. 감히 황제까지 속이려고 로마에 찾아갔다니…. 결국 가짜였지. 그러니 이번 일도 조심해서 잘 살펴보아라!"

"예! 그런 점을 염두에 두고 아레니우스를 만나 보겠습니다."

"나는 이번 일이 네가 생각하는 그런 일과 관계가 있다고는 생각 안 한다. 그리고 아레니우스라는 사람이 미심쩍기 짝이 없고. 생각해 봐라. 아무리 빌라도 총독이 로마에 끈이 떨어졌다고 하더라도, 만일 그런 일이라면 현직 총독에게 누가 귀띔을 했든 소식이 전해졌을 거다. 그런데 총독이 전혀 모르고 있었다면, 그건 좀 생각해 볼 문제 아니겠냐? 더구나 총독의 아내 클라우디아의 아버지도 로마에서는 유력자라고 들었는데, 그 사람이 조용하다면? 딸과 사위의 장래가 달린 문제인데 나라면 절대로 그냥 두 손 놓고 구경만 하지는 않는다. 무슨 낌새가 있으면 맨 먼저 기별이라도 했겠지."

"그랬겠지요, 정상적인 일이라면…."

"아우구스투스 황제 폐하가 천하를 평정한 이후 세상이 완전히 정리됐다고 봐야지. 그전에는 로마가 점령한 지역 여기저기를 돌아다니면서 돈을 뜯고 재물을 갈취하는 사람들이 많이 있었다더라. 속주의 왕들이나 귀족들은 눈을 뻔히 뜨고도 당했지. 홀딱 빠져서 당하고, 긴가민가 의심하며 당하고, 뻔히 아닌 줄 알면서도 혹시 해코지 당할까 봐 모르는 척 당해 주고."

"예, 그런데 아버지! 제가 좀 달리 보는 점이 있다면 지금 황제 폐하께서 카프리섬에서 은둔하며 지내시니 아마 로마가 속으로 어지럽고 혼란스럽기는 아우구스투스 황제 폐하가 세상을 평정했을 때와 비슷한 것 같습니다."

"그런 점도 있다. 그러니 우선 아레니우스라는 그 사람이 황제와 얼마나 가까운지, 원로원의 밀명을 받았으면 누구의 명령을 받았는지, 그 점을 확인해 봐야겠다. 내 생각으로 지금은 원로원에서 누가 나서서 유대의 일에 개입할 형편이 아니다. 헤롯왕이 원로원에 의해 유대의 왕으로 임명받았을 때는 왕의 친구 안토니우스가 옥타비아누스, 나중에 아우구스투스 황제 폐하가 된 그분과 합의해서 안건을 원로원에 올렸기 때문에 가능했다더라. 그때는 공화정 때고, 두 분이 모두 비슷한 실력자였고. 오히려 안토니우스가 옥타비아누스보다 세력이 더 우세한 형편이었으니 그런 일이 있을 수 있었지."

"예! 그렇군요."

"그런데 지금 상황을 생각해 봐라! 카프리섬에 들어가 쉬고 계신 황제 폐하께 유대가 무어 그리 중요한 땅이라고 직접 누구에게 밀명을 내려보내시겠느냐? 더구나 황제 폐하가 아직 엄연히 살아 계신데 원로원에서 감히 누가 나서서 이런 일을 꾸미겠느냐? 그 사람들은 황제의 후계자가 누가 될지, 그때 어떤 줄을 잡아야 할지, 지금은 자기 살 길 찾느라 밤낮을 바쁘게 보낼 거다."

"아버지 말씀을 듣고 보니 그렇겠습니다."

"네 외할아버지 안나스 대제사장도 현직에 계실 때, 얼마나 남몰래 애를 쓰며 유대의 왕 자리를 꿈꾸셨는데! 그건 내가 잘 안다. 내가 그 일을 맡았었다."

"예, 아버지."

"그러니 무슨 소리를 듣든 잘 판단해야 한다. 확인하고 또 확인. 잊지 말아라! 현직 총독은 빌라도 각하고, 지금 군대를 끌고 도성에 들어와 있다는 것을. 우리가 섣불리 잘못 발을 내디디면 대제사장 자리가 순식간에 바이투스 가문으로 넘어간다. 그 집안으로 한번 넘어가면 앞으로 10년간은 다시 찾아올 수 없을 거다. 우리가 마지막 순간까지 어디에 줄을 대고 있어야 할지 그건 뻔한 일이 아니냐? 너무 늦지 않게, 그렇다고 너무 빠르지 않게 때맞추어 움직여야 한다. 세상일이란 그런 거다. 알겠지?"

"예, 아버지. 명심하고 저도 이제부터 차분하게 생각하겠습니다."

"그래라. 마음을 가라앉혀야 침착하게 일을 들여다볼 수 있게 된다. 잘 살펴봐라!"

역시 대제사장 가야바다. 아버지 앞에서 물러나면서 마티아스는 한편으로는 아쉽고, 한편으로는 상황을 정확하게 분석하는 아버지에 대해 크게 놀랐다. 아버지는 15년이라는 오랜 세월 대제사장을 지낸 사람으로 관록과 경륜, 그리고 세상을 보는 눈을 지니고 있었다. 대제사장 자리에 오르기 전에도 이미 오랫동안 안나스 대제사장의 사위 신분으로 첫 유대총독부터 빌라도 이전의 그라투스 총독 때까지 모든 교섭을 전담한 사람이 아니었던가?

가야바와 마티아스 부자도 로마 정치에 대해서는 알 만큼 알고 있었다. 그들의 눈과 귀가 언제나 로마로 향해 있었다. 카프리섬에서 은둔하고 있는 티베리우스 황제는 이미 나이가 많았고, 로마에서는 황제의 명을 받아 세자누스를 제거하는 역할을 맡았던 마크로가 지금 권력을 휘두르고 있지만 언제 무슨 일이 일어날지 아무도 알 수 없는 형편이다. 그러니 한편으로는 가야바가 주의를 준 대로 조심조심 사태를 파악해야 하지만 어쩌면 과감하게 결정할 필요가 있다. 그런 결정은 한 살이라도 젊은 사람의 몫이라고 마티아스는 생각했다.

조금 기다리고 있자니 아레니우스가 접견실로 들어왔다. 그런데 그의 표정과 태도는 어딘가 불안정해 보였다. 이미 가야바에게서 충분히 주의를 받은 마티아스가 그걸 놓칠 리 없다. 서로 인사말을 주고받은 다음 아레니우스는 이것저것 총독의 유대 통치에 대해 캐묻기 시작했다. 때로는 마티아스의 말을 경청하는 듯, 때로는 다른 생각에 빠져 있는 듯, 집중해서 대화를 이끌지 못하고 안절부절못했다. 마티아스는 고개를 갸웃거렸다.

'이 사람이 왜 그러지? 무슨 일이 있는 걸까?'

마티아스는 짐짓 한 발을 빼는 자세로 느긋하게 그를 지켜본다.

"마티아스 제사장!"

한참 만에 아레니우스가 결심한 듯 입을 열었다.

"가야바 대제사장 각하께서 그 자리에 오르신 지 이미 꽤 됐지요?"

"그렇습니다. 이제 15년 되셨습니다."

"대단하십니다. 이미 유대는 오래전부터 대제사장 각하께서 맡아 다스리는 영토가 된 셈이군요."

"뭐 그렇게까지는 … 위에 총독 각하가 계시니까요."

"대제사장 각하께서 뭐 달리 더 원하시는 것이 없습니까?"

평정심을 회복한 듯, 그도 마티아스 눈을 똑바로 들여다보며 말을 걸었다. 이제 아레니우스다워 보였다.

"달리 원하는 것이라고 말씀하셨습니까?"

"예! 혹 생각이 있다면 내가 도울 일이 있을 것 같아서요."

마티아스는 즉각 대답하지 않은 채 조용히 그를 지켜보았다.

'이 사람이 무슨 말을 하려고 이러는가? 무엇을 돕겠다는 얘기이고 대가로 무엇을 원하는가? 아버지가 조심하라고 그렇게 여러 번 신신당부하셨으니 어디 좀 더 지켜보자.'

보통 이럴 경우 원하는 것이 있는 사람, 그중에서도 더 큰 것을 원하는 사람이 먼저 속을 밝히게 마련이다. 마티아스도 아버지가 대제사장 자리에 오른 다음부터는 지난 15년간 아버지를 대신해서 그라투스 총독이나 빌라도 총독을 만나는 일을 도맡았다. 나름 로마 사람들을 어떻게 다루어야 하는지 몸으로 터득했다고 자부하며 살았다.

"도와주신다니 감사합니다. 대제사장 각하께서는 총독 각하의 각별하신 신임을 바탕으로 유대의 안정과 … ."

"잠깐!"

아레니우스가 마티아스의 말을 막았다.

"그거야 내가 잘 알지요. 그런데, 이번 유월절 명절에 소요사태가 벌어지고, 예루살렘 성안에 피가 넘쳐흐르는 일이 발생해도 그렇게 편안한 소리를 하며 지낼 수 있겠어요?"

생각 밖으로 아레니우스는 아픈 곳을 정확하게 찌르고 들어왔다. 도전이었다. 마티아스가 아무 말도 하지 않고 가만히 그의 말을 듣고 있자 그는 한 번 더 찔렀다.

"유혈 사태가 벌어지면, 제일 먼저 예루살렘 성전 대제사장이 책임을 지고 물러나게 되고, 그다음으로는 유대총독이 로마로 소환될 텐데, 그래도 괜찮겠어요?"

"총독 각하와 대제사장 각하께서 이번 유월절 명절을 무난하게 넘기실 겁니다."

"그럴까요? 내가 듣고 아는 일이 있는데? 게다가 왜 갈릴리 분봉왕이 유대 접경지역, 강 건너에 병력을 집결시켜 놓았는지 생각도 안 해 보았어요?"

아레니우스는 갈릴리 병력이 요단강 건너 베뢰아 지방에 집결한 것을 정확하게 알고 있었다. 성전에서 정보를 총괄한다는 야손 제사장보다 먼저 파악해서 가야바에게 은밀히 보고한 사람이 마티아스 자신이었기 때문에 그 말을 듣고 깜짝 놀랄 수밖에 없었다. 그러나 그는 짐짓 무덤덤한 척했다.

"아레니우스 공, 어떻게 그런 정보를 알게 되셨는지 모르겠으나 이미 성전에서도 다 파악한 일입니다. 예루살렘 성전 대제사장 지위는 전적으로 유대총독의 신임에 달려 있습니다. 총독 각하가 아닌 그 누가 나서서 대제사장을 임명하거나 물러나게 할 수 없습니다. 그리고 그런 절차는 모두 대산헤드린의 인준을 받아야 합니다."

아레니우스는 마티아스의 말을 표정 하나 바꾸지 않고 듣고 앉아 있었다. 그러더니 차갑게 입을 열었다.

"그렇겠지요! 총독이 대제사장을 임명하니 예루살렘 성전에서는 오로지 총독의 눈치를 볼 수밖에…."

그러더니 갑자기 낮고 음산한 어조로 물었다.

"그라투스 총독의 임명으로 대제사장 자리에 올랐는데, 7년 전 새로운 총독이 로마에서 내려왔을 때 어땠나요? 신임 빌라도 총독이 대제사장 자리를 유지해 줄 것으로 믿고 마음 편하게 기다렸나요?"

그라투스 총독과 8년, 빌라도 총독과 7년, 15년 동안 대제사장 자리를 지켰던 아버지가 대단하다고 마티아스는 늘 생각하고 있었다. 그런데 아레니우스는 7년 전 빌라도 총독이 부임하던 시기의 혼란을 콕 집어 말했다. 그때는 정말 혼란스러웠다. 외할아버지 안나스는 외삼촌 중 한 사람을 대제사장으로 내세우려고 움직였고, 안나스 가문과 경쟁하는 바이투스 가문에서도 부지런히 빌라도를 찾아다니며 공을 들였다. 족히 몇 달란트는 뇌물로 주었다는 소문도 돌았다.

마티아스는 그때 가야바의 명을 받아 빌라도와 담판을 지었다. 다른 가문에서 빌라도에게 바친 목돈의 3분의 1을 해마다 바치겠다고 약속했다. 총독은 가야바의 제안과 충성 맹세를 받아들였고, 총독이 그 자리를 지키고 있는 한, 그리고 가야바가 대제사장 자리에 있는 한 해마다 어김없이 그 돈을 총독에게 바쳤다. 그것은 총독이나 대제사장이나 오랜 기간 협력하며 지낼 수 있었던 가장 중요한 바탕이 됐다.

"공이 왜 그렇게 물으시는지요? 혹시 … ."

"총독과 대제사장이 한 묶음으로 넘어가느냐, 총독만 넘어가느냐, 대제사장을 희생시키면서 총독은 살아남느냐, 총독이 무너져도 대제사장은 자리를 지킬 방법이 있느냐, 혹 더 좋은 길이 있을 수 있느냐, 적어도 대제사장이라면 이런 일을 생각해 봐야 하지 않겠어요? 이제 보니 내가 대제사장을 직접 만나야겠습니다. 마티아스 제사장은 그런 일을 결정할 수 있는 사람이 아닌 것으로 보입니다."

"허어! 제가 아버님의 위임을 받아 모든 일을 결정합니다."

"그래요? 그런데 그렇게 앞날을 못 봐요? 그렇게 눈치가 없어요? 내가 일일이 입으로 다 말해야겠어요?"

말을 하다 보니 어느덧 마티아스가 밀리는 형국이 됐다. 마티아스는 아레니우스가 손에 쥐고 있는 것을 모르는데 그는 대제사장과 마티아스, 예루살렘 성전에 대하여 속속들이 파악하고 있었다. 마티아스로서는 눈을 가린 채 누군지 모르는 상대와 겨루는 것 같았다.

이쯤해서 상대의 속을 떠보기로 했다. 마티아스도 아레니우스의 눈을 똑바로 쳐다보며 한 마디 한 마디 천천히 또박또박 말했다.

"아레니우스 공이 대제사장 각하를 위해 해 줄 수 있는 일이 무엇입니까?"

그는 잠시 무슨 생각을 하는 듯하다가 천천히 자기 생각을 털어놓았다. 카프리섬에 물러나 요양 중인 티베리우스 황제는 이미 나이가 70이 넘어 많이 노쇠하고 정신이 혼미하다는 말까지 입에 올렸다.

마티아스는 깜짝 놀랐다. 그건 황제에 대한 커다란 불충이고 불경스러운 말이다.

"황제 폐하 곁에는 나이 21살 혈기 왕성하고 총명한 가이우스 님이 있어요. 이번에 황제 폐하의 명령으로 가이우스 님이 명예 검찰관의 직위에 오르셨습니다. 티베리우스 황제 폐하께서 즉위하시기 전에 차지하셨던 바로 그 자리인 거 알지요?"

그건 마티아스도 이미 알고 있는 얘기였다. 가이우스의 아버지 게르마니쿠스는 로마의 유명한 대장군이었고, 티베리우스 황제의 조카이며 양아들이었다. 게다가 가이우스의 어머니는 초대 로마황제 아우구스투스의 손녀였으니 티베리우스 황제가 세상을 뜨면 가이우스가 틀림없이 다음 황제가 될 것이라고 거의 모든 사람들이 믿고 있었다. 어떤 황제이든 자기 후계자로 사람들이 점찍는 사람이 있다는 것을 무던하게 참고 견딜 수 없는 법이다. 변덕이 심하고 잔인하며 질투심이 많은 티베리우스 황제는 2년 전부터 가이우스를 황제가 머무는 카프리섬으로 불러들여 곁에 두고 있었다. 그건 사실 유폐하여 감시하는 것과 마찬가지라는 것을 세상 사람들은 다 알았다.

아레니우스는 마티아스에게 귀가 솔깃할 만한 제안을 내놨다.

"가이우스 님이 황제의 자리에 오르시면 세상이 달라지는 겁니다. 게다가 지금 로마에는 가이우스 님을 후원하는 세력이 광범위하게 구축돼 있습니다. 그리고, 새 세상을 함께 맞이할 사람들을 널리 구하고 있는 중입니다, 은밀하게 … 유대에 그런 사람이 있을지 … 나는 혹 대제사장 각하가 그런 분인지 알아보려는 뜻으로 건너 왔습니다."

아레니우스는 정확하게 대제사장의 욕망을 꿰뚫고 들어왔다. 70여 년 전, 헤롯왕을 유대왕으로 삼으면서 로마는 하스몬 왕조의 히르카누스 2세를 예루살렘 대제사장으로 공식 인정했다. 나중에 헤롯왕에 의해 처형되기는 했지만 히르카누스는 한동안 로마로부터 인정받은 대제사장으로 권위를 행사할 수 있었다. 아레니우스의 말대로 하자면 가야바가 대제사장 자리를 오래오래 지킬 수 있는 길이 열릴 수도 있고, 가이우스를 후원하는 세력과 손만 잡으면 더 좋은 일도 있겠다는 생각이 들었다.

"그럼 대제사장 각하나 저나 더 바랄 나위가 없지요. 그런데, 이번 유월절에 벌어질 일에 대하여는?"

"이거 보세요! 총독이 그 자리를 7년이나 지켰어요. 이미 때가 됐다고 생각 안 하세요? 대제사장 각하가 그 자리를 오른 지 15년 된 것처럼?"

"그러니 무슨 방법이 있느냐 그 점이…."

"버텨야지요! 총독도 대제사장도…. 내가 손쓸 수 있는 시간을 벌어야지요! 대제사장도 그렇고 마티아스 제사장도 그렇고, 언제까지 누가 포도주를 입에 부어 넣어줄 때까지 기다리며 살겠습니까?"

아레니우스는 답답하다는 듯 말했다. 그가 하도 몰아붙여서 마티아스는 얼이 빠진 것처럼 정신이 멍멍했다. 더구나 지난번 총독의 군영에서 만났을 때와 달리 그는 무례하고 거칠었다. 그러나 그가 이 말 저 말 여러 말을 쏟아 놓았지만 지금 당장 눈앞에 닥친 유월절 명절기간의 소란에 대해서는 뾰족한 대책이 없었다. 따지고 보면, 나중에 가이우스가 황제가 됐을 때 어떻게 하겠다는 미래에 대한 말뿐이었다. 언제 그런 날이 올지 알 수도 없는.

"그렇겠지! 그렇겠지!"

연거푸 고개를 끄덕이며 혼잣말을 하면서 아레니우스는 비웃음인지, 얕잡아보는 웃음인지, 한심하다는 웃음인지 왠지 까끌까끌한 웃음을 띤 채 마티아스를 건너다보았다.

"명절 끝나고 다시 뵙겠습니다."

마티아스는 벌떡 자리에서 일어났다. 예루살렘 대제사장의 아들이며 성전 재물을 책임진 제사장으로서 그는 처음으로 상대로부터 참을 수 없을 만큼 조롱을 당한 기분이다.

"그러세요!"

아레니우스는 자리에서 일어나지도 않은 채 그대로 앉아 차가운 눈으로 마티아스를 지켜보았다. 몸을 돌려 막 문으로 걸어가려는데 아레니우스가 그를 불렀다.

"마티아스 제사장!"

그가 돌아보자 뜻밖으로 아레니우스가 싱그레 웃고 있었다. 아주 사람 좋아 보이는 웃음으로.

"그래야 합니다. 대제사장의 아들이면! 기氣가 살아 있어야지요!"

"예?"

"여기 다시 앉으세요. 내가 일부러 좀 거칠게 마티아스 제사장을 대했습니다. 자, 자! 앉으세요!"

그가 자리에서 일어나 마티아스에게 다시 앉기를 권했다. 얼떨떨한 기분으로 마티아스는 마지못해 다시 앉았다.

"그러면…."

"좋습니다. 내가 생각해 둔 계획이 있습니다."

그는 정중한 말투로 진지하게 말했다. 그러더니 그는 한참 혼자 무슨 생각을 하다가 입을 열었다.

"이건 총독 각하에게 비밀로 해야 합니다. 내가 원래 대제사장 각하와 직접 은밀히 얘기해야 하는데 지금 명절기간이라 사람들 눈도 있고, 그래서 대신 마티아스 제사장에게 얘기하는 겁니다. 대제사장 각하의 아들이면서 성전 재정 관리나 운영을 책임 맡고 있다는 소리를 들었기 때문에 대리인으로 마티아스 제사장을 만난 겁니다."

그리고 작은 소리로 그의 계획을 얘기하기 시작했다. 마티아스는 연신 고개를 끄덕였다. 아레니우스의 계획을 다 듣고 난 후, 마티아스가 아주 신중한 태도로 말했다.

"제가 돌아가서 대제사장 각하께 보고드린 후에 다시 공을 만나 말씀드리겠습니다. 지난 몇 년 동안 유대 땅에 작황이 좋지 않아 성전도 예전과 달리 지금은 재정이 넉넉한 편이 아닙니다."

은근히 어렵다는 소리도 잊지 않았다. 이미 무엇을 주고 무엇을 받아야 할지 서로 알 만큼 알게 되었고, 이제부터는 가능한 적게 주고 크게 받는 일을 해야 한다. 성전의 재물을 총괄하는 제사장으로 그런 일에는 누구에게도 뒤지지 않는 마티아스다.

마티아스의 말을 듣고 아레니우스가 묘한 웃음을 지었다. 그럴 줄 알고 있었다는 듯. 그 웃음을 보고 마티아스가 얼른 말을 바꿨다.

"아니, 제가 뭐 못 하겠다는 뜻이 아니고, 형편이 그렇다는 것을 그저 말씀드린 겁니다."

위수대를 떠나기 전에 마티아스는 잠시 위수대장을 만났다. 무엇을 상의했는지, 어찌 됐는지 서로 묻지 않고 말하지 않았다. 위수대장이 한참 눈치를 살피다가 아주 낮은 목소리로 입을 열었다. 혹 누가 들을새라 빠른 속도로 소곤소곤 말했다.

"마티아스 제사장! 모든 일을 총독 각하께 보고드리세요. 나는 아레니우스 공 때문에 직접 총독 각하께 말씀드릴 형편이 아닙니다. 나의 이런 사정도 은근히 말씀드려 주세요. 내가 총독 각하께 바치는 충성은 변함이 없다는 점도…."

"예! 그리하겠습니다. 그런데, 아레니우스 공을 만난 일을 비밀로 해달라고 하시더니?"

"좀 미심쩍은 부분이 있습니다. 아 참! 조금 전에 아레니우스 공이 그 도적떼 두목을 만나보고 싶다고 하길래 거절했습니다. 그래서 대단히 기분이 상해 있었는데, 마티아스 제사장이 그래도 얘기를 잘 마치고 나온 것 같군요. 다행입니다. 도적떼 두목을 이미 성전 측에 다시 인계했다고 말했습니다. 그래도 자꾸 부득부득 만나보자고 하길래 잘못하면 성전 여러 사람이 아레니우스 공의 활동을 눈치챌 수 있으니 마음 거두라고 잘랐습니다. 제사장도 그리 알아 두십시오."

"성전 경비대로 그 도적떼 두목을 넘겼습니까? 내가 보고를 받지 못했는데 … ."

"안 넘겼습니다. 아레니우스 공에게 거절하는 핑계였을 뿐입니다."

"알겠습니다. 그런데 내가 좀 궁금하기도 하고 속도 타고 … ."

"말씀하세요, 마티아스 제사장!"

"위수대장도 잘 알다시피 대제사장 각하나 제사장들이 명절 제사를 드리려면 토라에 정해진 대로 예복을 입어야 합니다. 평일 제사나 다른 제사는 문제없지만 유월절이 시작되면 꼭 예복을 입어야 유월절 제사를 드릴 수 있습니다. 이제 이틀밖에 남지 않아서 … ."

"아! 무슨 말인지 알겠습니다. 예복 때문에 그러시는군요."

"다른 때 같았으면 벌써 예복을 내려 주셨을 텐데, 아직 소식이 없으니 … 위수대장이 총독 각하께 한 번 말씀드려 주시지요. 아무리 늦어도 내일까지는 예복을 내려 주셔야 성전에서도 준비를 합니다."

"오늘 저녁 총독궁으로 각하를 찾아뵙고 일일보고 드릴 때 꼭 말씀드리겠습니다. 성전 사정이 딱한 것이야 저도 알지만 각하가 전혀 말씀이 없으시니 … . 아마 갈릴리에서 내려왔다는 무리들, 그리고 방금 만나고 나오신 아레니우스 공의 일로 마음이 무척 불편하신 것 같습니다. 아니면, 마티아스 제사장이 직접 한번 총독 각하께 말씀드려 보시지요! 오늘 일도 함께 말씀드릴 겸 … ."

"하여튼 위수대장이 좀 힘을 써주세요. 저는 이만 나갑니다."

마티아스는 더 말하지 않고 위수대를 떠났다.

서둘러 성전으로 돌아가서 가야바에게 자초지종을 보고하고 대책을 상의하는 일이 더 중요하게 생각됐다. 예루살렘 성전의 운명과 가야바와 마티아스의 앞날이 걸린 중요한 문제가 눈앞에서 벌어지고 있으니 그의 가슴은 마냥 뛰었다. 다음 로마황제에 의해 가야바가 예루살렘 성전 대제사장으로 공식으로 인정받는다면 그것은 이스라엘의 역사를 바꾸는 일이다. 더 이상 안나스 가문이 아니라 가야바 가문으로 불릴 날이 올 것 같았다.

마치 공중을 겅중겅중 걷는 기분에 빠져 마티아스는 성전으로 돌아왔다. 잘하면 앞으로는 경쟁 없이 그가 직접 아버지로부터 대제사장을 물려받을 수 있다는 생각이 들었다. 외할아버지 안나스 대제사장이나 외삼촌들이 드리웠던 무거운 압박에서 벗어날 수 있게 됐다.

성전으로 돌아와 가야바에게 보고할 기회를 노리고 있는데, 뜻밖에 예루살렘에 사는 바리새파 사람 엘리아잘이 찾아 들어왔다.

"아니! 엘리아잘! 어떻게 이렇게 어려운 걸음을 하셨소? 나를 다 찾아오다니!"

"내 친척 일로 좀 상의하려고 찾아뵈었습니다."

"어서 오세요! 그래, 아버님께서는 기력 강녕하시지요? 이제 연세가 많이 되셨지요?"

"그럼요! 바깥출입은 전혀 못 하십니다. 벌써 일흔이 다 되셨으니. 그래서 제가 아버님을 대신해서 이렇게 성전에 올라왔습니다."

"그러시군요. 나와 대제사장 각하의 안부 인사를 꼭 아버님께 전해 드리세요. 대제사장 각하야 워낙 바쁜 일이 많으시니 그렇다 치더라도, 이 마티아스라도 자주 찾아뵙고 인사드려야 했는데, 정말 죄송하게 됐습니다. 나도 성전에서 이것저것 맡은 일이 있다 보니, 어른들 찾아뵙는 일에 소홀해서 못된 사람이 되고 말았으니 마음으로 여간 죄송한 것이 아닙니다."

"원 별 말씀을… 대제사장 각하와 마티아스 제사장의 따뜻한 인사를 아버님께 꼭 전해 올리겠습니다. 그런데…."

"말씀하시지요!"

사실 엘리아잘은 예루살렘에서 그렇게 명문가 출신은 아니다. 대산헤드린 의원이 되겠다는 욕심도 없고, 학당을 열어 제자들을 가르칠 만큼 학식이 높지도 않다. 그러나 모든 예루살렘 사람들은 그 집안을 의인義人의 가문이라고 떠받든다. 헤롯왕이 성전문에 걸어 놓았던 황금독수리를 찍어 내려 불태웠다가 화형을 당한 바리새파 의인이 엘리아잘의 작은 아버지였다. 그 집안은 유대인의 의기가 살아 있다는 표상이고, 토라를 지키는 바리새파 정신이 어떠해야 한다는 것을 생생하게 보여 주는 이스라엘의 모범 가문이다.

마티아스처럼 장래 대제사장이 되겠다는 큰 꿈을 꾸는 사람이라면 처신에 능수능란해야 한다. 온 유대에 이름을 떨치며 선생 노릇을 하는 사람, 대산헤드린에서 사사건건 토라를 들먹이는 바리새파 의원들과 잘 지내는 것도 중요하지만 엘리아잘 집안처럼 사람들이 마음으로 우러러보는 사람들과 좋은 관계를 맺고 유지해야 한다.

"마티아스 제사장! 이번 유월절 명절을 맞아 아나톨리아에 살고 있는 친척과 식구들이 우리 집에 와서 묵고 있습니다. 그 일로 ⋯ ."

"아! 그럼 뭐 불편한 일이라도? 내가 도울 수 있는?"

"그건 아니고요. 그 친척은 유대를 떠난 지 40여 년 되었는데, 아들이 다섯입니다. 그 아들들이 모두 달라붙어 큰 장사를 해서 돈을 많이 모았습니다. 그런데, 아시는 것처럼, 장사라는 것이 좀 ⋯ ."

"예! 장사라는 일이 좀 그렇지요."

"그래서 이번 명절에 식구들 모두 함께 올라온 기회에 성전에서 큰 제사를 드리고 싶어 합니다. 게다가 헌금도 많이 계획하고 있고, 제가 듣기로는 붉은 암소도 바치고, 그리고 헌금은 2천 데나리온쯤!"

"아이구! 그런 정도라면 아주 큰돈을 모은 분들이군요."

"예! 돈을 많이 모으기는 했지만 그보다 중요한 것이 있습니다. 앞으로는 해마다 성전을 찾아 올라오고, 명절 때마다 큰 제사를 드리며 살겠다고 단단히 작정했습니다. 아버님이 여러 번 그리 말씀하신 결과지요. 그래서 이번 유월절에는 우선 시작하는 뜻으로 그 정도로만 하고, 다음 명절부터는 좀 더 크게 ⋯ ."

토라에 붉은 암소를 잡아 죄를 씻는 의식에 사용하라는 명령이 있었지만 모세 시대로부터 따져 봐도 이스라엘 역사를 통틀어 오직 9마리의 붉은 소를 바쳤을 뿐, 그런 제사를 드린다는 것은 아주 드물고 귀한 일이다.

경전에 따르면 '흠 없는 온전히 붉은 암송아지, 곧 아직 멍에를 매어

본 적 없는 소'여야 한다. 이스라엘이 아직 약속의 땅 가나안에 들어오지 못하고 거친 시나이 광야를 40년 동안 헤매고 사는 동안 하느님이 모세에게 명령한 대로 붉은 암소를 진陣 밖으로 끌고 나가 제사장이 보는 앞에서 도살하고 제사장은 그 피를 손가락에 찍어 하느님의 장막 앞쪽으로 일곱 번 뿌리는 의식을 치렀다. 그리고 반드시 제사장이 보는 앞에서 가죽과 고기와 피와 똥도 불살라야 했다. 제사장은 백향목과 우슬초와 홍색 털실을 가져와서 암송아지를 사르는 불 가운데 던지고, 암송아지가 완전히 불에 타면 정결한 사람을 시켜 재를 모두 거두어서 진 밖에 보관했다. 시체에 손을 댄 사람이나, 토라에서 정한 죄를 지은 사람은 모두 죄에서 벗어나는 의식을 치러야 하는데 그때 붉은 소를 태운 재를 부정을 씻어 내는 물에 타서 몸에 뿌렸다.

40년에 걸친 광야 유랑생활 끝에 약속의 땅이라는 가나안에 들어온 이후, 예루살렘에 성전을 지을 때까지는 장막을 짓고 그 안에 언약궤를 모셨다. 언약궤 안에는 시나이산에서 야훼 하느님이 내려 준 계명을 새긴 두 개의 돌판과 첫 제사장 아론의 지팡이가 들어 있었다. 그곳이 어디든 언약궤를 모신 곳이 장막성전이 되었고, 제사장들은 장막 앞에서 붉은 소를 바치는 제사를 드렸다.

다윗왕의 아들 솔로몬왕이 예루살렘에 성전을 건축하여 야훼에게 바친 이후에는 성전산 동쪽 올리브산이 붉은 암소를 잡고 불사르는 장소로 지정됐다. 토라의 가르침에 따라 대제사장이 직접 암소의 피를 손가락에 찍어 예루살렘 성전 쪽을 향하여 뿌렸다. 불사른 소의 재는 빗물을 받아 놓았던 저수조 물 대신 실로암샘 물을 길어 담은 항아리에 재를 타서 속죄贖罪의식에 사용했다.

엘리아잘 친척이 붉은 암소를 바치겠다는 말에 반색하던 마티아스는 곧 그 일에 문제가 있다는 것을 깨달았다.

'흠! 좋긴 한데, 붉은 암소를 잡고 불사르는 것을 대제사장이 직접 지켜보아야 하고, 또 직접 손가락에 피를 찍어 성전 쪽으로 뿌려야 하고, 옷을 빨고 몸을 씻은 다음 성전 밖에 머물러 있다가 저녁때가 지나야 성전으로 돌아올 수 있으니 어쩐다? 그러면 그날은 하루 종일 아버지가 성전을 떠나 올리브산에 머물러 있어야 한다는 말이네! 그건 안 되지!'

그 생각이 들자 마티아스는 은근히 말머리를 돌리기 시작했다.

"참 훌륭한 분들이시군요! 그런데, 붉은 암소 바치는 일은 유월절 명절이 끝난 다음에 하는 것이 좋겠습니다. 유월절 명절을 맞이하는 지금 이때에 대제사장 각하께서 하루 종일 성전 밖에 나가 계실 수도 없고. 대신 … ."

"예? 다른 좋은 생각이 있으십니까?"

"친척 분의 성의가 그러하시니 이번 명절에는 우선 양으로 성전 제사를 드리고 붉은 암소는 다시 날을 잡아 제사드리시지요!"

"모처럼 마음먹고 좋은 일에 재산을 쓰자고 결정했는데 친척들이 실망하지 않을까 걱정됩니다."

"아니, 아주 멀리 미루자는 말이 아니고 명절 중 바쁜 날짜만 피하자는 말입니다."

"알겠습니다. 붉은 암소 바치는 일은 그럼 며칠 뒤로 미루고 성전에서 양을 드리는 제사는 올리겠습니다. 그런데, 제가 한 가지 특별히 부탁드리고 싶은 일이 있습니다. 친척들이 이방에 살고 있다 보니 지금 그 마음을 언제까지 지니고 살지, 그게 좀 걱정입니다. 그래서, 아버님 생각으로는 이번 기회에 대제사장 각하께서 특별히 시간을 좀 내셔서 제사드리는 일을 주관해 주시고, 그리고 그들을 한번 불러서 좋은 가르침으로 길을 인도해 주시는 것이 어떨지 … . 이방에서 경건한 유대인으로 잘 살아가도록 격려도 해 주시고."

"아! 그런 정도야 각하께서 기꺼이 나설 일입니다. 원래 아버님은 '사람들이 돌이켜 하느님을 지성으로 섬기는 일이 가장 중요하다'고 늘 말씀하셨습니다. 그런데, 그러면 양으로 제사드리는 날짜는 언제로? 유월절 명절 당일에는 이미 일정이 다 잡혀 있어서 어렵겠고, 그 후 무교절 기간 중 어느 한 날로 할까요?"

"어려우시겠지만 혹 명절 전에 가능하겠습니까? 오늘이 12일이니, 내일, 13일에 … 그쪽에 벌여 놓은 일 때문에 명절 지난 다음 날에는 바로 돌아가야 하는 모양입니다. 붉은 암소를 바치는 일은 마티아스 제사장께 위임하도록 제가 잘 얘기하겠습니다."

"그 일을 나에게 위임한다고요?"

마티아스로서는 군침이 돌만큼 솔깃한 얘기였다. 가끔 명절에 유대를 찾아온 이방지역 거주 유대인들 중에 큰 제사를 드리는 사람이 있지만 엘리아잘 친척처럼 스스로 그런 제안을 하는 경우는 드물었다. 보통 평소 눈여겨보아둔 사람이 예루살렘에 들어오면 성전 사람이 나서서 여러 번 설득해야 큰 제사나 헌금을 약속받을 수 있었다. 이방지역에 사는 유대인들 중에 큰 부자는 꽤 많았다. 그러나 재산을 모으면서 온갖 고생과 수모를 겪은 만큼 자기 재산에 집착했다. 대부분 유대인들은 재산보다 명예를 더 귀하다고 말하면서 명예를 얻는 일이라면 아낌없이 재산을 내놓기도 하지만, 그것은 유대 지방에 사는 유대인들의 얘기다.

이방지역에 사는 유대인들이야 예루살렘에서 얻은 명예라는 것이 그들 살아가는 데 크게 도움 될 일이 없다. 어차피 그들은 자기들 사는 곳에서 이방인으로 살아가야 하고, 그들이 유대 지방에서 얼마나 대접받는 사람인지 누구도 관심을 갖지 않는다. 그러니 이방에서는 손에 쥔 재산이야말로 그들에게는 마지막까지 지켜야 할 만큼 귀중했다.

마티아스는 속으로 부지런히 계산했다. 보기 드문 큰손을 만났는데 허투루 다뤄 그냥 떠나가게 할 수는 없다.

'아나톨리아에서 왔다는 엘리아잘의 친척을 놓치면 안 되겠군. 어떤 일이 있어도 이번에 꼭 잡아야 할 사람들이야!'

아나톨리아는 시리아 위에 있는 큰 나라로 사람들이 '소小아시아'라고도 부르는 땅이다. 그곳에는 바다를 건너 헬라와 로마로 갈 수 있는 항구도 있고 바닷가를 따라 동서남북 사방에서 모이는 물자를 교역하는 큰 시장이 여럿 이어져 있다. 아나톨리아에서 크게 재산을 모은 사람이라면, 당장 이번 유월절 명절에 필요한 돈뿐만 아니라, 여러 모로 크게 보탬이 될 사람이 분명했다. 아레니우스를 통해 카프리섬의 가이우스와 연결하는 일에 얼마나 돈이 들어갈지 지금으로서는 가늠할 수 없으나 성전재물에서 모두 충당하기는 곤란했다. 분명 대산헤드린에서 큰 말이 날 수 있는 일이다.

아나톨리아에서 엘리아잘의 친척으로부터 헌금을 받아 직접 로마로 빼돌리면 사람들 눈에도 띄지 않고 안전하게 자금을 마련할 수 있어 좋겠다고 생각했다. 게다가 멀리 이방지역에 사는 사람들이니 날마다 얼굴을 맞부딪치며 지내야 하는 예루살렘의 부자들보다 훨씬 더 다루기 편하고 안전할 것이다. 예루살렘 사람들에게서 그만큼 후원을 받거나 헌금을 받게 되면 대제사장이나 마티아스가 나서서 크고 작은 일을 일일이 챙기며 돌보아야 해서 보통 성가신 일이 아니었다.

마티아스는 결심했다.

"그럽시다. 날짜를 내일로 정합시다. 내가 대제사장 각하의 다른 일정을 조정하겠습니다. 그러나 사람들이 많이 몰려드는 시간을 피해 아침 무렵이 좋겠습니다."

"마티아스 제사장, 고맙습니다. 그러면 제물은 내일 아침에 성전 북쪽 '양의 문' 앞에서 사겠습니다. 제사장께서 잘 말씀해 주십시오. 흠 없고 튼실한 양으로 별도로 한 마리 준비해 두라고. 그리고 친척 식구들은 아침에 성전 동문 이스라엘의 뜰에서 헌금을 준비해 기다리도록 이르겠습니다. 제가 같이 올 수 있으면 같이 오고, 아니면 친척들이 도착해서 마티아스 제사장을 찾도록 일러두겠습니다. 하여튼 아버님 건강이 어떠신지 보고 가능하면 제가 동행하여 올라오겠습니다. 요즈음에는 아침이 되면 아버님이 유난히 힘들어 하셔서 늘 제가 곁에 모시고 있어야 합니다."

"예! 그러시지요. 웬만하면 엘리아잘이 직접 같이 와서 대제사장 각하께 친척분들과 함께 인사드리시지요. 동문에 도착해서 연락하면 내가 대제사장 각하를 모시고 제사장의 뜰로 나가겠습니다."

엘리아잘을 내보낸 다음 마티아스는 가슴을 쭉 펴고 크게 숨을 들이쉬고 내쉬었다. 예루살렘 사람들이 모두 칭찬하는 엘리아잘 집안일이니 이래저래 잘된 일이다. 붉은 암소 바치는 일은 무교절까지 지난 다음 어느 날을 잡아 시행하면 될 일이다. 따지고 보면 최근 몇백 년 동안에 언제 붉은 암소를 바쳤는지 아무도 기억하지 못할 만큼 오래된 일이었다. 일이 잘되느라고 하루 동안에 아레니우스에게서 좋은 제안도 받고, 큰 금액의 헌금과 붉은 암소를 바치겠다는 사람도 만나고 보니 마티아스는 한껏 기분이 고조됐다. 아버지와 함께 걱정했던 일이 모두 사라지고 앞으로도 계속 성전과 가문에 좋은 일만 생길 것 같은 예감이 들었다.

마티아스 방은 제사장의 뜰 북쪽 건물 아래층에 있다. 그 방을 나서면 바로 성전 북쪽의 이스라엘의 뜰에서 제사장의 뜰로 들어가는 통로다. 무엇을 생각했는지 엘리아잘은 통로 안쪽으로 걸어 들어가 제사장의 뜰을 한참 들여다본다. 하얀 옷을 입은 제사장들이 부지런히 뜰을 오가고, 그곳에서는 잘 보이지 않지만 제사장의 뜰 안 동쪽에서 양을 잡는 소리가 들렸다.

"어! 아직 안 가셨소, 엘리아잘?"

대제사장에게 보고하러 방을 나서던 마티아스가 제사장의 뜰을 기웃거리는 엘리아잘을 보더니 웃으며 말을 걸었다.

"예! 이왕 여기까지 온 김에 성전 안을 좀 보고 싶어서요."

"내가 좀 설명해드릴까요?"

"아! 아닙니다. 저도 이제 나갈 생각입니다."

"그럼 내일 아침에 만나지요. 나는 대제사장 각하께 보고드릴 일이 있어 들어갑니다. 친척분 일도 말씀드리겠습니다. 아주 기뻐하실 겁니다."

"마티아스 제사장! 고맙습니다."

마티아스와 헤어진 엘리아잘은 천천히 통로를 걸어 나와 성전 북쪽 '이스라엘의 뜰'로 나섰다. 그 바깥쪽으로 북쪽 '이방인의 뜰'이 있고, '양의 문'이 보인다. 그는 성전 건물을 오른쪽으로 끼고 걸어 동문 앞에 이르더니 그 문을 걸어 들어갔다. 문 안에는 장방형으로 된 '여자들의 뜰'이 있고, 그 안쪽 반원형 계단을 올라가면 이스라엘의 뜰이 있다. 엘리아잘은 이스라엘의 뜰까지 천천히 주위를 살피며 걸어 들어가 그곳에서 다시 제사장의 뜰을 들여다본다.

맞은편에 성전 본 건물인 성소가 계단 위에 높게 서 있고, 성소를 바라보는 방향 왼쪽 제단 위에서 제사장들이 제물을 불사르고 있다. 오른쪽 도살장에서는 하얀 옷을 벌겋게 피로 물들인 제사장들이 방금 잡은 양의 껍질을 벗기고 있었다. 익숙한 솜씨로 칼질을 할 때마다 커다란 고리에 매달린 양은 마치 옷을 벗듯 껍질을 벗어 내리고 있었다.

다시 동문을 나선 엘리아잘은 성전 남쪽 커다란 광장에 있는 이스라엘의 뜰까지 걸어 나왔다. 와글와글 1만여 명의 사람들이 햇빛이 하얗게 쏟아지는 이스라엘의 뜰과 이방인의 뜰에 모여 있다. 이방인의 뜰까지 걸어 나오다 갑자기 어지럼증이 이는 듯 그는 약간 비틀했다. 입술이 몹시 파랬다. 주위에 서 있던 두 사람이 얼른 그를 부축하고 나섰다. 그들의 부축을 받으며 그는 천천히 성전 뜰을 걸어 나갔다.

유대인들이 야훼를 섬기는 일은 명절 때마다 성전에 올라와 제사를 드리는 일과 토라를 지키는 일 두 가지로 대표된다. 토라를 지키는 일이야 살아가면서 늘 그 가르침에 따르는 일이고, 특별하다면 벼르고 별러서 성전에 올라와 드리는 제사다. 제사는 토라에 기록된 야훼 하느님의 명령을 따르는 일이기도 하지만, 한편으로는 그가 살아가는 현실 세상에서 잠시 벗어나 거룩의 자리에 들어가는 일이다.

가족을 이끌고 친척들과 함께 예루살렘 길을 걸으면서 토라의 가르침에 대해 서로 의견을 나누고, 때때로 한목소리로 찬양의 노래를 부른다. 마침 수금竪琴이라도 탈 수 있는 사람이 일행에 끼어 있다면 밤에 모닥불을 피워 놓고 둘러 앉아 빵을 같이 떼며 수금에 맞춰 찬양의 노래를 부른다. 그러면 차가운 밤공기도 춥지 않고, 가까운 곳에서 들려오는 들짐승 울음소리도 무섭지 않았다.

그런데 제사를 드리러 성전을 찾아 올라오는 사람들과 제사의식을 주관하는 성전 사이에는 같은 제사를 놓고 눈에 띄지 않는 커다란 차이가 있다. 제사드리러 온 사람에게는 벼르고 벼른 큰 가족행사지만 성전 사람에게는 늘 있는 일상이다. 제사장들은 토라에 기록된 대로, 대대로 성전에서 시행했던 대로 제사 의식을 치른다. 특별한 감동이 있을 수도 없고, 늘 하던 일을, 때가 되면 되풀이하는 일이라 실수 없이 절차를 마치면 되는 일이다.

사람들 눈에는 똑같은 의식처럼 보여도 실제적으로는 아주 커다란 차이가 있는 두 가지 의식이 나란히 존재한다. 이레마다 달마다 해마다 되풀이 일어나는 일로 사전에 그 날짜가 정해져 치르는 의식이 있다. 날마다 아침저녁으로 제사를 드리고, 이레마다 안식일 제사, 달마다 초하루 보름 제사, 일반 사람들로 치자면 해마다 돌아오는 생일잔치와 명절 등이 바로 그렇다. 그런데 그 일을 맡은 제사장들 그리고 성전에게는 하나도 특별할 것 없는 일상이 된다. 그런 의식들은 거의 대부분 과거의 시간, 이미 일어난 일에 대한 기념의식이다.

또 하나는 신분의 변화와 함께 치르는 의식이다. 결혼식, 장례식,

성년식, 세례식처럼 일생에 한 번 겪는 일로 그 전과 이후가 달라질 수 밖에 없다. 다시는 옛 신분으로 돌아갈 수 없는 의식, 경계를 넘어가는 의식儀式이다. 그래서 이런 의식은 미래로 향하는 행사다. 성전 제사를 드리는 사람이 비록 토라의 규정에 따라 정해진 날짜에 제사드리러 올라오기는 했지만 의식의 내용으로 보자면 과거가 아니라 앞으로 살아갈 일을 위해 치르는 의식이다.

사람들이 명절에 성전에 올라와 드리는 희생제사가 그 대표적인 예다. 가족을 이끌고 친척들과 함께 성전을 찾을 때 얼마나 가슴 벅찬 감동을 안고 먼 길을 걸어왔던가? 제사를 드림으로 해서 앞으로 야훼 하느님의 축복과 인도를 기대하며 걷는다. 길을 걷는 내내, 가장이나 연장자는 자식들과 젊은 사람들 가슴속에 희망을 불어넣는다.

"아버지! 성전에서 제사를 드리면 이제부터 우리 집안도 일어나게 되지요?"

"그럼! 그분은 성심으로 제사를 드리는 사람에게 축복하겠다고 약속하셨지."

"제사드리면 양고기도 먹고요."

자식들의 입에서 고기라는 말이 나오면 아버지는 자식들 어깨를 감싸 안는다. 제사를 드리고 고기를 먹일 수 있다는 일에 감사하면서 입으로 씹어 목구멍을 넘기는 한 점의 고기가 자식들 머리 위에 부어지는 축복처럼 느낀다. 하기야 그런 일이 있을 때나 겨우 고기 맛을 볼 수 있으니 축복은 축복이다. 양을 바치든 염소를 바치든 사람들이 드리는 희생제사는 앞으로 그들의 삶에 변화가 일어나고 큰 축복을 받아 지금보다 나아지기를 기원하는 상징적 행사다. 미래 어느 때의 축복이 현실에서 이뤄지라는 기원이다.

이스라엘에서는 예언도 그러하지만, 장래가 현재로 흘러들어 오도록 이끄는 장치가 바로 희생제사다. 그런데 예루살렘 성전의 제사장들에게는 희생제사가 법에 정해진 대로 드리는 제사의식 절차로만 보인다. 사람들이 기대하는 미래로 향한 제사가 명절을 맞이하여 일상에서 잠시 멈추어 과거를 기념하는 의식으로 전락하게 된다.

엘리아잘의 아버지가 일찍이 아들에게 얘기한 적이 있다.

"이스라엘에는 결코 바뀌지 않는 중요한 희생제사가 하나 있다. 바로 야훼가 이스라엘과 언약을 맺고 이스라엘이 야훼의 백성이 될 때 드렸던 제사다. 그때 모세는 언약의 피를 제단과 이스라엘 사람들에게 뿌렸다. 이처럼 언약 의식의 희생제사 위에 그 이후의 모든 다른 희생제사가 연결된 셈이다. 희생제사는 하느님과 동행한다는 의미의 제사가 있고, 하느님에게서 죄 사함을 받기 위한 제사가 있는데, 성전이 의식으로 드리는 희생제사는 모두 미래가 아닌 과거를 향한 속죄의 제사로 변했다."

그 말을 듣고 엘리아잘이 답했다.

"아버지! 그러니, 성전은 제사드리러 온 사람들이 살아내는 삶의 아픔을 위로하지도 못하고, 하느님이 동행하여 그들의 삶이 나아질 것이라는 희망을 불어넣지도 못하고, 희생제사로 삶이 앞으로 변화하는 계기도 만들지 못합니다. 그래서 따지고 보자면 저 예루살렘 성전은 과거의 시간으로만 문이 열린 이상한 건물이 된 셈입니다."

"네 말이 맞다. 어느 날이든 네가 그 뒤쪽으로만 열리는 문을 앞쪽으로 옮겨 달아라!"

성전 문을 바꿔 다는 일은 제사장의 뜰에 드나드는 사람들을 바꾸지 않으면 가능한 일이 아니다. 탐욕스러운 눈을 번득거리며 날마다 드리는 제사와 안식일 제사와 명절 제사를 하느님과 동행한다는 언약을 확인하는 제사로 여기지 않는 사람들은 아무리 입으로 거룩한 경전 구절을 암송하며 제사를 드려도 토라의 본뜻을 저버린 사람들이라고 엘리아잘은 생각했다.

성전 밖까지 두 사람의 부축을 받으며 나온 엘리아잘은 허리를 꼿꼿하게 펴고 성전을 바라보다가 그들에게 말했다.

"이제 돌아가요! 그리고 내 얘기를 다 전해 줘요, 한 마디도 빼놓지 말고."

두 사람은 고개를 끄덕이고 성전 뜰로 돌아갔다. 그들의 뒷모습을 물끄러미 바라보고 있던 엘리아잘은 굳은 얼굴로 아버지가 기다리는 집을 향해 예루살렘 아랫구역으로 내려갔다. 그러면서 혼잣말을 중얼거렸다.

'사람들이 핏기 없는 얼굴로 느릿느릿 걸을 때 너희 사두개파 제사장들은 얼굴에 기름이 번들번들, 피둥피둥 살찐 모습으로 뒷짐을 지고 성전 뜰을 천천히 걸었지 …. 너희들은 속죄의 희생제물로도 바칠 수 없는 흠 많은 짐승이로다.'

마지막 식사

해가 지려면 아직 시간이 한참 남았다. 예수는 제자들과 함께 솔로몬 주랑건물에 앉아 주위에 몰려든 사람들에게 하느님 나라를 가르쳤다. 그런데 갑자기 주위가 술렁거렸다. 웬일인지 사람들이 성전 뜰에서 썰물 빠져나가듯 서둘러 나갔다. 그들은 무언가 두려움에 사로잡힌 듯 그야말로 우르르 몰려 나갔다.

"선생님! 무슨 일이 벌어진 모양입니다. 사람들이 모두 … ."

바짝 예수 곁에 붙어 앉으며 요한이 걱정스러운 소리를 했다. 세베대의 막내아들 요한은 늘 주위를 두리번거리고, 무슨 일이 있으면 남보다 더 걱정하고 두려워했다. 예수는 요한을 늘 안타까운 눈으로 지켜보았다. 조금씩 깨우쳐 가고는 있지만, 그는 넘어야 할 고개를 아직 오르지 못한 사람이다.

"무슨 일인지 알아볼까요?"

늘 남보다 무디고 느린 시몬 게바도 분명 걱정이 되는 모양이다. 그가 걱정한다면 이미 다른 제자들, 다른 사람들은 한참 전부터 많이 걱정했다는 말이다.

"뭐, 그럴 것까지야…. 어차피 우리도 이제 나가려고 했으니…."

예수는 제자들을 이끌고 천천히 걸어 성전 뜰에서 밖으로 나가는 지하통로를 걸어 나갔다. 그때 이 사람 저 사람 붙잡고 물어보던 유다가 일행 곁으로 부지런히 다가오더니 낮은 목소리로 입을 연다. 어찌 들으면 무언가 큰 낭패스러운 일을 당한 사람처럼 보였다.

"로마군 놈들이 일을 벌인 모양입니다. 도성을 둘러쌌답니다."

사실 유다는 이미 로마군이 추가로 예루살렘에 진주했다는 것, 베데스다 골짜기 건너 공터에 부대가 주둔한다는 것, 위수대 병력과 새로 들어온 로마군이 혼성부대를 편성한다는 것을 알고 있었다. 그가 위수대 감옥에 들어가 히스기야를 만나고 나올 때 통역하던 로마군 병사에게서 대충 들어 알고 있었던 내용이었다. 그러나 그는 일부러 시치미를 떼었다. 그것은 므나헴도 마찬가지였다. 그런 내용을 입에 올리면 낮에 어디를 돌아다녔는지 자기 움직임이 드러나기 때문에 아무 말도 하지 않고 있었을 뿐이다.

그런 내용을 모르던 다른 제자들은 모두 놀라서 말을 입을 다물지 못한다. 그때 언제나 씩씩한 도마가 아무렇지도 않다는 듯 말을 내뱉었다.

"군단 병력도 아니고 고작 천 몇백 명 로마 군사로 도성을 어떻게 둘러싸요? 그 숫자로는 도성 안 길거리 봉쇄도 못 할 텐데!"

그 말을 듣고 유다가 약간 불편한 표정을 짓더니 말했다.

"나야 뭐…. 들은 대로 말했을 뿐이지."

그때 작은 시몬이 나섰다. 그의 표정도 어둡다.

"총독 놈이 카이사레아에 남겨두고 온 부대도 모두 불러 올린 거 아냐? 그렇다면 이자가 무슨 일을 벌일 작정인 게 분명합니다. 선생님! 해지기 전에 서둘러 산을 넘어가시지요. 하여튼 도성을 둘러쌌는지 아닌지 나가 보면 알겠지요."

사실 내용을 잘 모르는 작은 시몬은 다른 제자들보다 걱정이 더 클 수밖에 없었다. 하얀리본이 다음 날 13일에 거사한다는 사실을 알고 있었기 때문이다. 그런데 갑자기 로마군이 증강되었다면 그것은 무엇을 의미하는가? 총독이 하얀리본의 거사일을 알고 있다고 생각할 수밖에 없었다.

작은 시몬은 슬쩍 유다를 쳐다보았지만 그는 앞만 바라본 채 말없이 걷고 있다. 예수와 제자들을 둘러보면서 작은 시몬은 가슴을 짓누르는 불안을 떨칠 수 없다.

'선생님에게 무슨 일이 생기면!'

예수가 하얀리본의 거사에 합류하지 않기로 작정한 이상, 일행의 안전은 하얀리본이 아니라 스스로 돌볼 수밖에 없게 됐다. 일이 벌어졌을 때 성전 뜰에 들어와 있는 많은 사람들도 걱정이지만, 그는 선생과 동료 제자들을 더 걱정할 수밖에 없었다. 무슨 생각인지 유다마저 입을 꾹 다물고 있으니 속이 더 답답하다.

'오늘 밤에는 우리끼리 내일 일을 미리 상의해야겠구나. 먼저 시몬 게바에게 얘기하면 그가 제자들을 모으겠지. 그런데, 미리 손을 써 놓아 총독의 군사 반을 카이사레아에 묶어 놓았다고 히스기야 동지가 말했는데 어찌 그들이 예루살렘에 올라왔는가?'

전날 저녁 하얀리본의 벳바게 모임에 참석하지 않았고, 바라바가 예수를 만나러 베다니에 내려왔을 때도 얼굴을 내밀지 않아 하얀리본에서 어떻게 일을 끌고 가는지 작은 시몬으로서는 궁금한 것이 너무 많았다. 그런데 유다는 혼자 무슨 계획을 세웠는지 성전 뜰에서도 한참씩 자리를 뜨기 일쑤였고, 분명 성전 뜰에 들어와 있을 하얀리본 동지들 중 누구도 먼저 접촉해 오는 사람이 없었다. 다만 전전날 하얀리본 회의에서 13일에 거사하자는 잠정 계획을 바라바가 입에 올렸던 것을 떠올리며 아마 그대로 밀고 나갈 것이 분명하다고 그는 믿었다.

'14일이 시작되기 전 ….'

지난밤 마리아를 찾아왔던 갈릴리 알렉산더의 하인이 경고했던 말로 미루어 보아, 성전이나 로마 총독부 쪽에서도 분명 13일이 다 지나가기 전에 무슨 조치를 할 것이라는 생각이 든다.

'그렇다면 남은 시간은 지금부터 내일 해질 무렵까지, 만 하루 안에 모든 일이 일어난다는 말인데 ….'

아침에 예상했던 대로 오늘은 무사히 넘어가고 있지만 다음 날 13일은 운명의 날이 될 것이다. 그러자 작은 시몬은 그 스스로 얼마나 변했는지 깨달았다. 하얀리본의 거사는 더 이상 그가 매달릴 일이 아니었다. 칼을 빼들고 사람을 쳐 죽이고, 핏발 선 눈으로 고함을 지르며 성전 뜰을 내달리는 일이 더 이상 그의 일이라는 생각이 들지 않았다.

'예수 선생님을 보호하는 일, 그 일이 내 일!'

그는 그것이 당연하다는 듯 혼자 고개를 끄덕이며 굳게 결심했다.

'칼은 이미 유다가 마련해서 도성 안 어디에 감춰 놓았다고 했으니 그러면 됐고. 선생님을 둘러싸고 경호할 사람들로는 시몬 게바, 유

다, 도마, 야고보, 레위 형제, 빌립 그리고….'

일단 일이 벌어졌을 때 예수를 둘러싸고 보호하면서 군중 속을 뚫고 나갈 사람들을 혼자 꼽아보다가 그는 갑자기 걸음을 멈추고 그 자리에 섰다.

'아! 므나헴!'

그렇다. 깨닫고 보니, 므나헴이 제자 일행 중에 섞여 있다. 확실한 증거가 없어서 아무도 먼저 입을 열지 않고 지켜만 보고 있었다. 그러나 대부분 제자들은 므나헴의 정체를 의심하기 시작한 지 이미 꽤 오래됐다. 어떤 사람은 일행이 갈릴리를 떠나 예루살렘 길에 올랐을 때부터, 어떤 사람은 여리고에서부터 그를 의심했다.

우선 므나헴이 제자에 끼어든 일조차 아리송했다. 누구도 정확하게 기억하지 못했지만 그는 어느 틈에 슬그머니 제자 무리 속에 끼어들었다. 특별히 눈에 띄지도 않았고, 말썽을 부리지도 않았다. 같이 먹고, 같이 굶고, 같이 걷고, 같이 좁은 방에 눕고, 나뭇가지를 모아 모닥불을 같이 피웠고, 불 옆에 모여 같이 빵을 뗐다. 그러나 그가 누구인지, 누구 소개로 합류했는지, 아무도 알지 못했다.

'만일 므나헴이 첩자라면?'

그러면 아무리 은밀하게 계획을 세워 예수를 보호하려고 해도 모두 소용없는 일이 될 것이다. 만일 므나헴이 슬그머니 예수의 등에 칼을 꼽는다면 누가 무슨 수로 막을 수 있단 말인가?

'이 문제는 오늘 밤 안으로 해결해야 한다. 그렇지 않으면 선생님과 모든 제자들이 함정에 빠질 것이다. 하얀리본과 선생님 사이에 있었던 접촉도 그자가 모두 알고 있지 않은가? 안 될 일!'

그렇게 보아서 그런지 므나헴이 점점 더 수상했다. 어떤 사람이 그의 옆을 스쳐 지나가면 그 둘이 무언가 수작을 부리는 것 같았고, 므나헴이 어딘가를 바라보면 그곳에 있는 어떤 사람에게 신호를 보내는 것 같았다. 므나헴은 다른 사람보다 좀 길쭉한 자루를 어깨에 메고 다녔다. 시몬은 혹 그 자루 속에 칼이라도 들어 있는지, 그렇다면 그 칼의 길이가 얼마나 될지 눈으로 짐작해 보았다. 다른 제자들과 어울려 나가다가 그가 예수 곁에 좀 더 다가가면 시몬은 바짝 긴장했다. 무슨 낌새라도 있으면 즉시 덮칠 수 있을 만큼 거리를 두고 뒤를 따라 걸었다.

'므나헴뿐인가?'

만일 성전이나 분봉왕이 예수를 해치우기로 마음먹었다면 방법은 참 많아 보였다. 제자들 중에 므나헴처럼 첩자를 심어 놓았을 수도 있고, 누구도 짐작하지 못할 사람을 꾀어 배반하도록 만들 수도 있고, 우연히 사고가 일어난 것처럼 꾸미고 해칠 수도 있고, 드러내 놓고 덤벼들 수도 있다. 그런 생각이 들고 보니 모든 사람이 의심스럽고 수상했다. 누가 웃으면 본심을 숨기고 꾸미는 것처럼 보이고, 어떤 사람의 표정이 굳어 있으면 일을 저지르려고 준비하는 것처럼 보였다.

앞서거니 뒤서거니 예수와 어울려 걸어가고 있는 제자들을 한 사람 한 사람 주의 깊게 살펴봤다. 왜 그런지, 므나헴을 빼놓고는 유다가 제일 마음에 걸렸다. 하얀리본에는 유다가 먼저 가입했고, 예수의 제자로 들어가기는 시몬이 먼저였다. 그런데 히스기야가 성전 경비대에 체포된 이후, 유다는 점점 하얀리본과 멀어지는 것처럼 느껴졌다. 제자들과 어울리는 것도 줄었고, 때로 혼자 심각한 표정으로 여기저기 두리번거리는 모습이 여러 번 눈에 띄었다.

'설마! 유다는 아니야!'

시몬은 고개를 저었다.

그때 시몬 게바가 큰 소리로 그를 불렀다.

"어이! 시몬! 작은 시몬! 뭘 그리 혼자 중얼중얼하고 그래? 무슨 일 있나?"

시몬 게바는 정말 걱정하는 눈빛이다. 그는 절대로 마음을 숨길 수 있는 사람이 못 된다. 때로는 너무 드러내서 탈이다. 하기야 마음을 감추는 사람은 음험하고 위험한 사람이라니 게바야말로 세상을 가장 옳게 살아가는 사람이다.

"아니오! 별거는 아닌데 … . 게바! 이따가 저녁에 나랑 둘이 좀 따로 얘기 좀 합시다. 상의할 일이 있어요."

"뭔데? 다른 사람들은 들으면 안 돼?"

"아니, 그것보다 먼저 게바하고 얘기한 다음에 다른 사람과 말을 해 볼까 하고."

"그럽시다!"

게바는 다시 휘적휘적 앞서서 걸어갔다. 그때 요한이 놀라 외치는 소리가 들렸다.

"어어! 저기 삭개오!"

예수도, 제자들도 모두 요한이 손으로 가리키는 쪽을 바라보았다. 여리고 세리장 삭개오가 로마 경비병들과 몇 마디 말을 주고받고, 가슴에 단 패찰을 보여 주고 성문을 들어서고 있었다. 그의 뒤에는 그가 데리고 온 하인인 듯한 사람들이 짐을 지고 나귀까지 끌고 성문을 들어왔다.

"삭개오! 삭개오! 여기, 여기요!"

요한이 큰 소리를 치면서 일행 앞으로 나가 손을 흔든다. 일행을 발견한 삭개오가 반가운 표정으로 얼굴에 웃음을 가득 띠고 빠른 걸음으로 뛰듯 다가와 예수에게 인사했다.

"선생님! 무사하셨군요! 다행입니다."

"어찌 예루살렘에는?"

예수가 다정하게 삭개오의 어깨에 손을 얹으며 물었다. 예수의 어깨 높이에 닿을락 말락 키가 작은 삭개오는 예수를 만나자 정말 어린 아이처럼 기쁜 표정을 감추지 못했다. 헤어진 지 며칠밖에 되지 않았는데 그는 마치 오래 떨어졌던 형제라도 만난 듯 좋아했다. 이미 여리고에서 며칠 그의 집에 묵으며 대접도 잘 받고 편안하게 지냈기 때문에 제자들도 모두 반가운 표정으로 그를 둘러쌌다.

"오늘 저녁에 도성 안에서 약속이 있어 올라왔습니다. 산을 넘어오기 전에 선생님께서 묵고 계시다는 소문을 듣고 베다니 여인숙에 잠시 들러 제 소식을 남겨 놓고 왔습니다. 해가 떨어지고 성문을 닫아걸면 성안에 들어올 수 없어서 선생님을 여인숙에서 기다리고 있을 수만은 없었습니다."

"그랬군요…."

"사실 저는 선생님 걱정을 많이 했습니다. 들리는 소문이 워낙 흉흉하고 험해서요."

"그랬어요? 아직은 괜찮아요. 걱정해 줘서 고마워요."

그때, 시몬 게바가 말을 걸었다.

"저녁에 약속이 있으면, 베다니로 다시 못 넘어오겠네요, 삭개오."

"예! 그래서 여인숙에도 그렇게 말해두고 왔습니다. 선생님께서 내일 성에 들어오실 때 성문에서 기다리겠다고…. 그런데 마침 이렇게 선생님을 여기서 만나 뵐 수 있어서 다행입니다."

예수 일행과 다정하게 마주서서 얘기를 나누는 삭개오를 지나가던 사람들이 힐끔힐끔 쳐다보았다. 아마 그들 눈에는 지난 며칠 사이에 유명해진 예수가 제자들을 우르르 이끌고 아주 키가 작은 사람과 길에서 만나 반갑게 인사를 주고받는 모습이 이상하게 보였던 모양이다. 더구나 볼품없이 키가 작은 그 사람은 가슴에 세리 패찰을 달랑달랑 매달고 있지 않은가?

사람들의 눈길을 의식한 삭개오는 슬그머니 패찰을 풀어 품에 넣었다. 그들 곁을 지나가면서 어떤 사람은 예수에게 고개를 숙여 인사하며 지나가고, 어떤 사람은 알 수 없는 일이라는 듯 고개를 흔들며 지나갔다.

"제가 여인숙 비용을 지불하려고 했더니, 늙은 부인과 젊은 여자들이 돈을 안 받겠다고 한사코 사양해서 그냥 왔습니다. 오히려 선생님과 일행을 모실 수 있어서 자기들이 영광이라고 말하면서요. 오늘 보니 손님이 또 한패 들더라고요. 그래서 돈을 내네 마네 옥신각신 할 수 없어 그냥 넘어왔습니다."

"다행이네요. 어제 손님들이 갑자기 다 빠져서 좀 걱정을 했었지요. 여인숙 여자 주인들은 모두 갈릴리 사람들이고, 첫날부터 돈을 안 받겠다며 우리를 그 여인숙에 묵도록 했어요. 그런데 이번에 예루살렘에는 오래 묵을 예정인가요? 명절 끝날 때까지?"

요한이 잔뜩 기대하는 눈으로 삭개오에게 물었다. 언제나 생각이 빠른 그는 삭개오가 예루살렘에 묵는다면 선생과 일행에게 혹 무슨 일이 있을 때 도움을 받을 수 있으리라고 생각했다.

"그렇게 오래는 못 있고, 유월절 저녁 지나 안식일 다음 날에 다시 여리고로 돌아가야 합니다. 금년에는 유월절과 안식일이 겹쳐서요."

"아! 그러면 며칠 더 있게 되는 셈이군요. 다행이네요. 여기 예루살렘에 묵을 곳은 있나요?"

"친구들이 여럿 있습니다. 오늘 저녁에 다 함께 모여 무슨 일을 좀 상의하기로 했습니다. 그 내용은 내일 선생님 다시 만나 뵐 때 말씀드리겠습니다."

눈치 빠른 요한은 그들 모임이 선생과 관련 있는 일이라는 것을 대번 알아들었다. 깊게 허리 숙여 인사하고 떠나가려던 삭개오가 무슨 생각인지 몸을 돌려 빠른 소리로 말했다

"아 참! 제가 한 가지 깜빡했습니다. 저기 기드론 골짜기에서 올리브산 자락을 거쳐 베다니로 넘어가는 길은 이제 당분간 지나다닐 수 없습니다."

"어! 그게 무슨 소리요?"

"거기에 로마군 부대가 진을 쳤습니다. 기드론 골짜기로 한참 더 올라가서 벳바게 쪽으로 산을 올라간 후 거기서 베다니로 내려가야 합니다. 저도 여기 올 때 로마군 병사들이 자기들 부대 앞이라고 통행을 가로막더군요. 인사를 좀 했더니 겨우 지나올 수 있었습니다. 저는 지나왔지만 다른 사람은 절대 통과 안 시킬 겁니다."

"어허! 그럼 한참 길을 돌아야 하는데 … ."

그러자 작은 시몬이 나섰다.

"선생님! 제가 그쪽 길을 좀 압니다. 그리로 가시지요."

그때 무슨 생각인지 유다가 슬그머니 예수 옆으로 다가오더니 조그만 소리로 말했다.

"선생님! 저는 여기에서 좀 일을 보고 늦게 넘어가겠습니다."

예수가 그러라고 대답하기 전에 불쑥 요한이 나섰다.

"아이고! 유다! 성문 닫으면 못 나올 텐데…."

"그럼 어디서 하룻밤 묵지, 뭐!"

"로마 군인 놈들이 저렇게 설치고 순찰 도는데 어디서 묵어요? 유다도 여기 친구 있어요?"

"그건 요한이 상관할 일 아니고…."

유다는 퉁명스럽게 요한의 말을 받아넘겼다.

해가 지기 전에 산을 넘어가야 해서 일행은 삭개오와 헤어져 서둘러 성문을 빠져나갔다. 유다는 삭개오의 그 하인들의 뒤를 따라 아랫구역 위쪽으로 걸음을 옮겼다. 삭개오의 하인들은 나귀 등에도 잔뜩 짐을 지웠고, 그들도 각자 무거운 짐을 지고 부지런히 삭개오 뒤를 따라 걸었다. 그 먼 길을 걸어왔건만 그들은 조금도 피곤해 보이지 않았다.

삭개오는 뒤도 안 돌아보고 급하게 걸어갔다. 아마 사람들과 만나기로 약속한 시간이 촉박한 모양이다. 예수 일행이 보이지 않을 만한 장소에 이르자 유다가 삭개오를 불렀다.

"삭개오! 어이 삭개오!"

앞만 보고 걸어가던 삭개오가 깜짝 놀라 뒤를 돌아본다.

"아니, 유다! 선생님과 함께 안 나가셨소?"

"잠시 나랑 얘기 좀 합시다."

"지금 급하게 갈 데가 있어서…."

"나도 급한 일이오. 잠시…."

그리고서 유다는 삭개오를 끌고 길 옆 골목으로 끌고 들어갔다. 삭개오의 하인들은 목을 쭉 빼고 골목 안을 들여다보며 그들이 나오기를 기다렸다. 꽤 오랜 시간 만에 유다와 삭개오가 나란히 걸어 나왔다. 유다의 얼굴은 밝았고, 삭개오의 얼굴은 어두웠다. 유다가 삭개오에게 다짐하듯 말했다.

"이따가, 자정에 이 골목에서 다시 만납시다. 오늘 밤 안으로 처리해야 할 일이니 차질 없이 꼭 좀 마련해 줘요. 나는 삭개오만 믿고 그대로 진행하렵니다."

"알겠소. 그런데 이 시간에 그렇게 급하게 마련이 되려나…. 하여튼 이따가 만나요."

삭개오는 아랫구역 안쪽으로 걸어 올라가고, 유다는 주위를 살피더니 휘적휘적 튀로포에온 골짜기 길로 접어든다.

튀로포에온 골짜기에는 아직 대부분 상인들이 가게에서 물건을 팔고 있었다. 여기저기 3명 또는 5명씩 로마 병사들이 떼를 지어 골짜기와 골목들을 순찰했다. 어떤 로마 병정은 치즈를 파는 상인에게서 커다란 덩어리 치즈를 받아 숭덩숭덩 칼로 잘라 동료들과 나눠 먹었다. 분명 상인을 협박해서 빼앗은 치즈였을 것이다.

유다는 튀로포에온 골짜기를 따라 계속 위로 걸어 올라갔다. 골짜기 끝에서 옛 베데스다 골짜기 쪽으로 빠지면 로마군 위수대가 있는 안토니오 요새가 나온다. 유다는 늘 그 길을 다니던 사람처럼 익숙하게 안토니오 요새 정문으로 가더니 품에서 조그만 패찰을 꺼내 경비병에게 보여 주었다. 그리고 쓱 정문 안쪽 대기실에 들어가 사람이 데리러 나오기를 기다리고 앉아 있다.

원래 유대 사람들은 이방인과는 절대로 말도 섞지 않고 한자리에 함께 앉지도 않는다. 이방인들은 유대인의 눈으로 볼 때 모두 불결하고 불경스러운 죄인이었다. 이방인과 어울리는 사람도 죄인이었다. 다만 특별히 허가를 받은 사람이나, 직업상 이방인들과 접촉해야 하는 사람들은 예외였다. 그런 사람들이라도 늘 정결법을 지켜 몸을 씻거나 최소한 손이라도 씻어야 했다. 그래서 성전에서 로마군과 늘 접촉해야 하는 사람들은 위수대에 들어갔다 나오든지 로마군과 접촉하면 정결 의식을 치렀다.

만일 예수의 제자 유다가 스스럼없이 로마군과 접촉하고, 심지어 위수대 요새 안을 들랑거린다는 소문이 나돌게 되면 사람들은 아마도 예수 일행 전체를 불결하다고 싸잡아 비난할 것이다. 그런데 유다는 그런 것쯤은 전혀 마음에 두지 않은 사람 같아 보였다. 더구나 품에서 패찰을 보여 주고 로마군 요새를 드나드는 것으로 보아 그는 로마군으로부터 특별한 허락을 받은 사람임이 분명했다. 유다는 해가 완전히 지고 어둠이 예루살렘을 덮어 가는데도 위수대에서 나오지 않았다.

✠

예루살렘 남동쪽 성문을 나와 언덕을 걸어 내려온 예수는 기드론 골짜기에 다다르자 잠시 서서 무언가 생각했다. 그러자 요한이 잽싸게 예수 옆에 달라붙으며 입을 뗐다.

"선생님! 삭개오 말대로 그냥 골짜기를 쭉 따라 가다가 벳바게로 올라가시지요. 괜히 시비 붙으면 좋을 것 없잖습니까? 게다가 지금 모두 지쳤고, 또 여자 제자들도 있는데 혹 로마군 병사 놈들이 … ."

하기야 그 말이 옳다.

"그래요. 좀 멀리 돌기는 하지만 그렇게 합시다. 갑시다!"

기드론 골짜기, 움막마을 사람들이 천막을 치고 머물던 자리 아래를 지나갈 때, 예수와 제자들은 누가 먼저라고 할 것도 없이 산자락을 올려다보았다. 그 자리에 로마군이 군막을 세우고 주둔하고 있었다. 가로 세로 대여섯 큐빗, 높이 세 큐빗 좀 넘는 텐트 수십 개가 촘촘히 들어섰고, 꽤 큰 군막도 몇 개 보였다.

"저 텐트 하나에 8명씩 들어가서 잡니다. 큰 거는 아마 지휘관 군막이고요. 대략 살펴보니 병력수가 300명은 되는 것 같습니다. 왜 저들이 저 자리를 차지하고 있을까요?"

작은 시몬이 낮은 소리로 예수에게 설명하다가 무엇을 깨달은 듯, 동료 제자들이 다 알아듣도록 큰 소리로 말을 이었다.

"저 300명 병사로 도성에 들고나는 길목, 그러니까 올리브산을 넘어 드나드는 통로를 봉쇄하려는 겁니다. 저기를 지키면 아까 삭개오가 말했듯 베다니에서 넘어오는 길이 막힙니다. 나쁜 놈들! 무슨 흉계를 꾸미려고 … ."

로마 군인들은 군막에서 나와 죽 늘어서서 느릿느릿 골짜기를 걸어 올라가는 예수 일행을 내려다보고 서 있다. 한두 명이 아니라 300여 명 모든 병력이 다 나와서 지켜보는 것처럼 보였다. 병사들 중간 중간에 성전 경비대 소속으로 보이는 병사들이 끼어 서 있다. 그중 한 병사가 로마군 장교에게 무슨 얘기를 했다. 장교는 손으로 예수를 가리키며 로마 말로 무언가 지시했다. 그러자 다른 군인들이 모두 고개를 쭉 빼고 장교의 손끝을 따라 예수를 바라본다.

레위가 예수에게 다가와 걱정되는 듯 알려준다.

"저자들에게 성전 경비대 병사가 '앞에서 세 번째 걸어가는 사람이 우두머리입니다. 예수입니다' 그렇게 알려주었습니다. 그러자 장교가 병사들에게 선생님을 콕 찍어 알려주었고요. 저자들이 선생님을 알아본 것이 저는 걱정이 됩니다."

"괜찮아요, 레위! 어제도 그제도 그리고 오늘도 하루 종일 성전 뜰에서 사람들을 가르쳤고, 내일도 그러할 텐데, 지금 나 한 사람을 지목한다고 걱정할 일이 무엇이오? 어차피 나는 드러난 사람인데 … . 자 다들 갑시다!"

그런데 병사들 중에 한 사람이 키득거리면서 먹을 것을 손에 들고 흔들었다. 얼마 떨어지지 않은 곳이라 그들의 표정을 볼 수 있고 말소리도 또렷하게 들렸다. 로마군 병사는 어깨를 축 늘어뜨리고 느릿느릿 걸어가는 예수 일행을 놀려 먹고 싶은 모양이었다. 그 모습을 본 작은 시몬이 분하다는 듯 씩씩거리며 말을 내뱉었다.

"저 나쁜 놈들, 생각대로 하자면 … . 이건 제가 들은 얘기인데요,

로마 놈들이 배고픈 유대인에게 말린 돼지고기를 슬쩍 건네줬다고 합니다. 무슨 고기인지 묻지도 않고 허겁지겁 입에 넣으려고 하니 그 로마 놈이 입으로 돼지 우는 소리를 하더랍니다. 깜짝 놀라 고기를 내던지는 유대인을 보며 로마 놈들이 와그르르 웃고 떠들며 놀리더니 그중 한 놈이 창끝으로 그 고기를 찍어 유대인 입에 억지로 밀어 넣으려고 해서 유대인들과 말썽이 일어난 적도 있답니다."

작은 시몬은 분해서 그런 얘기를 했는데도 다른 제자들은 아무도 그 얘기에 분개하지 않았다. 로마 병사들이 골짜기를 지나가는 일행을 놀리고 있었지만 괄괄하기로 누구에게 지지 않는 시몬 게바나 쌍둥이 도마도 말이 없었다. 그저 일부러 못 본 척 고개를 숙이고 걸음을 재촉했다. 예수는 제자들의 그런 모습을 보면서 짠하게 스며 올라오는 안타까움을 느꼈다. 그럴 수밖에 없는 그들이 한없이 안쓰럽다. 그들의 마음을 다 알아서 더욱 그랬다.

골짜기를 따라 걸음을 옮기면서 사실 제자들은 무사히 성을 빠져나온 것만으로도 다행이라고 생각했다. 성전뿐만 아니라 예루살렘 성안으로는 다시 들어가고 싶지 않을 만큼 마음이 불안했다. 조금씩 옥죄어 들어오는 위험도 위험이지만 어쨌든 도시는 싫고 금방 변하는 예루살렘 사람들도 싫었다. 집을 주고 매일 빵을 준다고 해도 살 마음이 없는 곳이 도시다. 예수를 열렬히 환영하면서 '호쉬아나! 호쉬아나!' 외치던 첫날과 달리 하루가 다르게 사람들의 눈초리는 싸늘하게 바뀌었다. 그러니 누가 옆으로 다가올 때마다 경계할 수밖에 없었고, 적의와 경멸의 눈으로 그들을 지켜보는 사람들로부터 거리를 두고 떨어져 있어야 했다.

그날 낮, 제자들만 모여 앉아서 따로 얘기를 나눈 일이 있었다.

"다들 보아서 알겠지만 선생님을 따르는 사람 숫자도 늘어나지만 반대하는 사람들 숫자도 엄청나게 빨리 늘어나요. 반대하는 사람들과 자칫 시비에 휘말리면 선생님이나 우리나 좋을 것이 하나도 없어요. 선생님이 하시는 일에 오히려 방해될 뿐이에요. 그러니 성전 뜰에서 누가 선생님을 흉보거나 욕하는 소리를 들어도 욱하는 생각에 일을 일으키지 말고, 그저 슬그머니 물러나야 돼요."

늘 말없이 조용하고 생각이 깊은 야고보가 먼저 얘기를 꺼냈다. 그러자 그의 동생 요한이 얼른 말을 받았다.

"에구! 나는 선생님을 졸라 그냥 갈릴리로 다 같이 내려가고 싶은 생각뿐이에요, 할 수만 있다면 … . 갈릴리에서는 가끔 분봉왕의 군대에 쫓긴 일은 있지만 여기 예루살렘처럼 언제 무슨 일이 일어날지 몰라 불안에 떨지는 않았지요."

나다나엘이 깊은 한숨을 쉬더니 말했다.

"어쩌다가 이리 됐나!"

예수의 제자가 되어 한 자리 차지할 희망에 부풀었던 것은 옛날 일, 이제는 어떻게 하루하루 무사히 넘기고, 예루살렘을 빠져나가 갈릴리로 돌아갈 수 있을지 걱정하는 처지가 됐다. 야고보와 요한 형제 중 요한이 더욱 그러했고, 시몬과 안드레 형제 중 안드레가 그러했고, 레위와 작은 야고보 형제 중 작은 야고보가 그러했다. 그들 눈에는 한결같이 예수를 따르는 여자 제자들이 이상하게 보였고, 아무 말 없이 선생을 따르는 다른 제자들이 미련해 보였다.

그런데 갈릴리에서부터 예수를 따르던 여자들, 살로메와 다른 마리아는 자기 가족들과 함께 예루살렘 성전에 올라왔으면서도 기회 있을 때마다 무언가 싸들고 찾아와 마리아와 요안나에게 전해 주고 사라졌다. 여자들이라 점점 불리하게 돌아가는 상황을 몰라서 그러려니 넘어가고 싶어도, 어찌 보면 여자들이 남자 제자보다 훨씬 더 끈기 있게 선생을 따른다는 것을 인정할 수밖에 없었다.

'하기야, 여자니까…. 어찌 선생님을 놔두고 제 생각만 할 수 있겠어?'

여자에게는 특별한 능력이 있음을 그들도 인정할 수밖에 없다. 그건 아마 자식을 낳아 길러 보았기 때문이리라. 생명이 서로 어떻게 연결되어 있다는 것을 알기 때문이리라. 선생의 말대로 어둠이 그냥 어둠이 아니라 처음 생명이 씨가 되고, 씨가 눈을 틔우는 시간임을 그들도 알기 때문이리라. 영원한 어둠도 없고, 영원한 빛도 없고, 빛과 어둠이 씨줄과 날줄이 되어 교직交織된 시간 안에서 사람이 살아간다는 점을 여자들은 본능적으로 안다.

예수 일행이 베다니 마르다네 여인숙에 돌아왔을 때는 이미 해가 완전히 진 뒤였다. 마당에 들어서다가 모두 깜짝 놀랐다. 천막 아래에 이미 식사가 준비돼 있었기 때문이다. 게다가 삭개오가 말한 대로 방방마다 손님이 가득 들어찬 듯, 그들 모두 마당에 나와 예수 일행이 들어오는 것을 지켜보고 있었다.

예수가 늘 그러했듯 먼저 인사를 했다.

"쉘라마!"

그러자 나사로가 새로 든 손님들에게 예수를 소개했다.

"이분이 예수 선생님이십니다."

그들 모두 예수가 했듯 가슴까지 손을 모으고 인사했다.

"쉘라마!"

손님이 북적북적하고 마당에 들어선 사람들이 가득하자 분위기가 단번에 좋아졌다. 어깨를 축 늘어뜨리고 벳바게 언덕길을 터덜터덜 걸어 내려왔던 사람들 모두 얼굴이 밝아졌다.

예수 일행이 처음 들던 날 밤에는 방이 모자랄 정도로 손님이 꽉 찼는데 그날 이후로 몇 명씩 빠져나가더니 나중에는 오직 예수 일행만 묵게 했다. 덕분에 잠자리에 여유가 생겨 이 방 저 방 흩어져 잘 수는 있었지만, 여인숙 수입이 줄어든 일은 또 하나 걱정이었다.

그런데 무슨 생각인지 나사로가 멈칫하더니 이상한 말을 꺼냈다.

"사실 이분들은 예루살렘 아랫구역에 사는 분들입니다."

"그런데 왜 여인숙에?"

요한이 이상하다는 듯 묻자 그중에서 나이가 제일 많은 듯한 사람이 나서서 대답했다.

"성전 뜰에서는 보는 사람들 눈도 많고, 또 이것저것 생각해야 할 일이 많아 선생님을 가까이 뵙지 못했습니다."

그들의 말을 들으면서 예수는 아리아리한 아픔을 느꼈다. 무슨 말인지 대번 알아들을 수 있었다. 예수와 좀 더 얘기를 나누고 싶어서 언덕을 미리 넘어와 여인숙 방까지 잡고 기다렸다니 … .

"큰어머니께서 사정 얘기를 들으시고 오늘 방값을 받지 말라고 하셨습니다."

나사로가 다시 나서서 한마디 하더니 큰 소리로 외쳤다.

"오늘은 빵도 넉넉하고 포도주도 넉넉합니다. 마음껏 드시면서 말씀 나누세요. 저희 3남매는 선생님과 일행분들 모신 일, 예루살렘 주민들께서 일부러 산을 넘어와 자리를 함께해 주신 일이 너무 기쁘고 감사합니다. 무엇이든 부족하지 않게 준비하라고 큰어머니가 말씀하셔서 할 수 있는 한 많이 준비했습니다. 떨어지면 또 내올 만큼 준비돼 있으니 걱정 말고 드세요. 하루 종일 얼마나 시장하셨겠습니까?"

정말 먹음직한 빵이 광주리마다 수북수북 쌓여 있었다.

빵은 밀이나 보리로 만든다. 빵을 만들 수 없을 때는 밀이나 보리를 볶아서 그냥 먹기도 한다. 볶은 밀, 볶은 보리라는 말을 들으면 예수는 언제나 처음 나사렛을 떠나던 날을 떠올렸다. 그때 어머니는 식구들 먹기도 부족한 곡식에서 밀과 보리를 볶아 자루에 담아 그의 손에 들려주었다. 갈릴리 호수를 내려다보며 아벨산 절벽에 있는 굴속에 들어앉아 볶은 밀을 한 주먹 입에 털어 넣고 우물거리던 일을 잊지 못한다. 답답하고 슬펐던 날들의 기억이다.

때 아니게 큰 식사 자리가 됐다. 그때 막달라 마리아가 여인숙 마리아와 마르다에게 무언가 소곤거리며 상의했다. 마르다 자매는 활짝 웃으면서 고개를 끄덕였다, 그러자 막달라 마리아가 예수 곁에 오더니 작은 목소리로 말을 건넸다.

"선생님! 이 베다니 마을에도 형편이 어려워 굶은 채 잠자리에 드는 사람들이 많이 있답니다. 그런 분들하고, 몸이 아파서 거동이 불편하신 분들하고 모두 이 자리에 모셔와 나눠 먹을 만큼 음식이 충분하다니 함께 음식을 나누면 어떨지요?"

"아! 좋지요! 모두 모셔오시지요. 같이 빵을 뗍시다."

그 말을 듣고 늘 앞장서기 좋아하는 요한이 나섰다.

"선생님! 나사로와 함께 제가 가서 모셔오겠습니다."

"나도!"

"나도 같이 가지!"

제자들도 나서고, 아랫구역에서 넘어온 사람들도 모두 우르르 나사로를 따라 밖으로 나갔다.

"필요하면 나중에 천막을 다시 치기로 하고 지금은 걷지요! 하늘은 높고 별도 많고 달이 밝습니다. 우리가 이 좋은 날 천막 아래 모여 앉을 필요가 있습니까?"

"그럽시다! 새벽이슬 내릴 때 다시 치지 뭐."

여러 사람이 달려들어 금방 천막을 걷느라 부산했고, 마르다 자매와 여제자들은 먼지가 내려앉지 않도록 빵이 담긴 광주리 위에 보자기를 덮었다. 다시 멍석을 평평하게 펴서 자리를 정리하고 무더기무더기 빵 광주리를 나누어 놓았을 때 사람들이 모여들었다.

어린아이 둘을 앞세운 늙은 여인이 들어서고, 다리를 절룩거리며 지팡이를 짚은 노인도 들어오고, 아기 하나는 안고 하나는 손을 잡은 채 아기 어머니도 들어오고, 차례차례 20여 명이 모여들었다. 곧 떠들썩하게 인사하고 자리를 잡고 앉았다.

그런데 예수는 한 가지를 눈여겨보고 있었다. 예루살렘 아랫구역 주민들이 허리를 굽혀 인사하면서 새로 들어오는 사람들을 맞이했지만 누구 손도 잡아주지 않았다. 아마도 막달라 마리아도 그것을 눈치챘는지 안타깝다는 표정으로 예수를 바라보았다.

제자들과 아랫구역 사람들 베다니 마을 사람들 모두 합쳐서 50명 가까운 사람들이 여인숙에 들어서니 마당이 그득했고, 멍석 위에 자리를 잡지 못한 사람들이나, 아기가 있는 사람들은 방에 들어가 자리를 잡았다.

어린아이들은 빵이 수북이 쌓인 광주리에서 눈을 떼지 못했다. 으레 이런 자리에서는 주인이나 집례하는 사람이 먼저 빵을 들고 예식의 말을 한 다음 나이 먹은 사람부터, 신분이 좀 높은 사람부터 음식을 나누기 마련이었다. 그런데 예수는 덩어리 빵 몇 개와 넙적하게 구운 빵 몇 장을 손에 들고 아이들에게 먼저 쥐여 주었다. 그리고 아기를 안고 있는 여자들에게도 두 손으로 받쳐 넘겨주었다.

그런 모습은 처음 보는 일이었다. 아이들과 여자들에게 먼저 빵을 나눠 주다니 … 더구나 아직 시작도 하기 전에 … 조금 큰 아이는 머뭇거리다가 받았고, 어린아이는 넙죽 받아 어머니에게 넘겨주고 찢어 달라고 칭얼댔다. 그걸 보고 있던 예수가 말했다.

"빵을 떼어 먼저 먹이세요. 괜찮습니다."

아이들은 허겁지겁 빵을 받아먹었다. 예수는 아이들에게 물을 조금씩 따라 먹이기도 하고, 어머니가 돌볼 수 없는 애를 위해서는 직접 조그맣게 빵을 찢어 주었다. 어린 동생들과 함께 빵을 먹을 때 그가 늘 해 주었던 일이다.

처음에는 좀 이상하게 바라보던 사람들도 예수가 워낙 정성스럽게 아이들을 돌보는 것을 구경하면서 조금씩 얼굴이 풀리고, 곧 입꼬리가 슬그머니 올라가기 시작했다.

처음 여인숙 식사 자리에 초대받았을 때는 모든 사람들이 예수 선생이 어떤 의미 있는 의식을 치를 줄로 생각했다. 그러나 배고픈 아기들과 아기에게 젖을 빨려야 하는 아기 어머니들을 먼저 먹이는 것을 보면서 그가 무엇을 더 중요하게 생각하는지 알게 됐다.

몸이 불편한 사람들, 나이 먹은 사람들, 하루 종일 아무것도 먹지 못한 사람들의 배고픈 눈을 예수는 보았다. 그들은 예수가 먼저 빵을 집기를 기다리고 있었다.

"자 우리도 시작합시다."

그러더니 예수는 허리를 굽혀 제일 넓적한 빵 한 장을 손에 들고 일어섰다. 세상에서 제일 소중한 것을 받쳐 들듯 두 손으로 빵을 들었다. 그리고 하늘을 우러러보며 기도를 드렸다.

"하느님! 이 빵을 주시니 감사합니다. 하느님의 신비와 농부들의 땀방울과 빵을 만든 손길이 하나로 합쳐져서 이 귀한 빵이 되었습니다. 앞으로 빵을 먹을 때마다 내 입에 빵이 들어올 때까지 수고하고 애쓴 모든 사람들을 기억하게 하시옵소서. 내가 먹는 빵이 내가 만든 것이 아니라는 것도 늘 기억하게 하시옵소서. 고픈 배를 움켜쥐고 그냥 잠자리에 들어야 하는 사람들이 이 땅 위에 수도 없이 많습니다. 그들도 빵을 먹을 수 있는 날을 위해 이 자리에 있는 모든 사람들이 한마음으로 일하게 힘 돋워 주십시오. 감사한 마음으로 기도드립니다."

그러더니 손으로 빵을 두 개의 큰 조각으로 찢었다. 왼쪽 손에 든 빵은 왼쪽 사람에게, 오른쪽 손에 든 빵은 오른쪽 사람에게 나눠 주면서 말했다.

"이 한 조각에서 모든 사람이 조금씩 찢어 손에 들고 있다가 모두 받은 다음에 입에 넣으십시오."

사람들은 예수가 하려는 말의 뜻을 알아들었다. 각자 쭉쭉 찢어 먹지 말고, 조금씩 자기 몫을 찢어 들고 있으라는 말이다. 넓은 빵 한 장이라고 하지만 워낙 사람 숫자가 많다 보니 덥석 많이 찢지 못하고 다음 사람을 위해 손가락 한 마디 크기로 찢을 수밖에 없었다. 내 먹을 만큼 찢고 옆에 사람에게 돌리고, 그 사람도 자기 입에 조금 넣을 만큼 찢고 또 옆 사람에게 돌리고.

그런데 처음에는 실실 장난처럼 빵을 찢던 사람들이 점점 얼굴이 진지해졌다. 내가 많이 찢어 내면 다른 사람이 먹을 것이 없어진다는 것을 깨달았기 때문이다. 모든 사람이 손가락 한 마디 또는 반 마디만큼 빵 조각을 손에 들게 되자 예수가 말했다.

"입에 넣고 오래오래 씹으세요. 더 씹을 것이 없을 때까지."

모두 작은 조각을 입에 넣고 오물오물 씹었다. 눈으로는 한 광주리 수북하게 쌓여 있는 빵을 바라보면서 작은 조각을 오래오래 씹으니 참 기분이 이상한 모양이었다. 더구나 예수가 빵을 찢기 전에 기도드리지 않았던가? 농사를 지은 농부와 빵을 만든 손길, 그리고 하느님의 신비까지 빵조각에 담겨 있으니 그 수고에 감사한다고. 눈에 보이는 빵이 자기가 만든 음식이 아니라는 것을 실감했다. 다른 사람의 수고를 먹고 있음을 알았다.

모든 사람들이 빵조각을 넘기자 마르다네 3남매가 마당에 내놓은 항아리 2개에 철철 넘치는 포도주가 사람들 눈에 들어왔다. 그리고 이제 예수가 포도주를 가지고 다시 같은 의식을 치르리라고 예상했다.

나사로의 도움을 받아 예수는 커다란 대접 2개에 반 조금 넘도록 붉은 포도주를 담았다. 그리고 양손에 하나씩 대접을 들고 똑같이 하늘을 우러러 기도드렸다.

"하느님! 이 포도주를 주시니 감사합니다. 하느님의 신비와 농부들의 땀과 포도주 틀을 밟은 사람들의 수고로 포도주를 마실 수 있게 되었습니다. 취하자고 마시지 않고 막혔던 벽을 허물만큼 마시려고 합니다. 이 자리를 축복하소서. 한마음으로 기뻐하며 형제자매가 되게 하소서. 감사하며 기도드립니다."

그리고 대접을 옆 사람에게 기울여 조금 마시게 했다. 빵을 나눈 것처럼 오른쪽 왼쪽으로 대접을 전달했지만, 먼저 조금 마신 사람이 다음 사람이 조금 마시도록 대접을 기울여 들고 있도록 했다.

사실 예루살렘 사람들은 베다니 사람들을 부정한 사람들, 가난한 사람들이라고 생각하며 살았다. 예루살렘에 살 수 없는 병자들을 내몰아 집단으로 거주하게 했던 마을이었기 때문이다. 그중에서 특히 여러 종류의 피부병을 '문둥병'이라 부르며 베다니로 내쫓았던 역사가 있었다.

그런데 유대 사람 갈릴리 사람, 베다니 사람 예루살렘 사람, 건강한 사람 아픈 사람, 구분하지 않고 빵을 넘겨주고 넘겨받고, 포도주를 마시도록 대접을 들고 기울여 주니 토라에서 그렇게 애써 구분하고 지키려고 했던 거룩의 경계가 순식간에 무너져 내릴 수밖에 없었다.

포도주까지 그렇게 조금씩 한 대접으로 돌려 마신 후에 모두 자리에 앉아 편안하게 빵을 떼고 포도주를 나눠 마셨다. 그런데 예수가 일부러 그렇게 말해서 그런지, 늘 배가 고파 허겁지겁 빵조각을 여러 겹으로 접어 한 입에 몰아넣던 시몬 게바도 조금씩 찢어 꼭꼭 삼켜 넘겼다.

예수는 음식을 먹는 중에 대화를 주도하지 않았다. 그들이 하고 싶은 얘기, 궁금했던 일을 서로 묻고 나누도록 그대로 놔두었다. 점점 목소리도 커지고, 껄껄 웃는 소리도 나오고, 안타깝다는 듯 걱정하며 다른 사람의 등을 쓰다듬어 주는 사람도 생겼다. 그중에서도 시몬 게바가 제일 큰 목소리로 호탕하게 웃고 떠들고, 작은 시몬은 가끔가끔 자리를 둘러보며 혹 누가 자리를 비웠는지 확인하는 눈치였다.

지난밤에 있었던 일은 모두 싹 잊어버린 것 같아 예수는 마음을 놓았다. 그러나 구름이 흘러들어 달을 가리듯 그의 가슴에는 무거운 예감이 슬쩍슬쩍 흘러들었다.

'제자들과 음식을 나누는 마지막 자리려니 ….'

마르다 3남매의 큰어머니도 무엇인가 짚이는 예감이 있어 음식을 준비해 주었을 것 같았다. 지난밤 마리아가 머리에 기름을 부은 의식이나, 새벽녘에 찾아들었던 알렉산더 하인 소동을 알고 있으니 그 나이의 여자라면 무슨 일이 생길지 알고도 남았을 것이다.

예수는 무슨 특별한 가르침을 남길 것이 없다고 생각했다. 내가 배고프면 남도 배고프고, 다른 사람을 위해 내 몫을 줄이는 일이 필요하다는 것, 내가 먹고 입고 쓰는 것은 나 아닌 다른 사람의 수고와 땀의 결실이라는 것을 깊이 새겨 주고 싶었다. 제자들에게 무슨 특별한 조직을 만들라고 당부한 적 없으니 제자들끼리 모여 선생과 나눴던 마지막 식사를 기념할 일도 없으리라고 믿었다. 선생을 기념하는 식사가 아니라 먹고 마시는 음식이 어떻게 내 입까지 들어오게 됐는지 그 과정을 생각하고 수고한 사람들에게 감사하라는 가르침이다. 비를 내려

주고 햇빛으로 영글게 하고 바람으로 말려 준 하느님의 신비가 나의 삶 속에 빛을 드리웠다는 것도 잊지 않기를 바랄 뿐이었다.

다른 식사 자리에서는 보통 여자들이 나서서 시중을 들지만 예수가 낀 자리에서는 언제든 여자들도 함께 앉아 음식을 나눴다. 웬만큼 음식을 나누고 술대접도 여러 번 오고간 다음 막달라 마리아는 여인숙 마리아와 함께 몸이 불편한 사람들을 찾아다니며 어디가 불편하고 아픈지 일일이 물어보기 시작했다.

먹고 마시고 얘기하는 중에 꽤 시간이 흘렀다. 예수는 가끔가끔 하늘을 올려다보았다. 베다니 마을 동쪽 하늘로 니산월 13일이 달이 점점 높이 올라왔다. 벌써 만월에 가깝도록 둥글었다. 사람들은 보통 차오르는 달을 보면서 소망을 품고 조금씩 줄어드는 달을 보면서 상실을 느끼고 외로워하기 마련이다. 그러나 예수는 꽉 찬 둥근 달을 볼 수 없을 것을 알았다. 무서운 일이 점점 가까워진다는 의미였다.

'이제 때가 됐으니 … 하느님도 어쩔 수 없는 때!'

돌이킬 수 없는 일은 무슨 짓을 해도, 아무리 울고불고 매달려도 돌이킬 수 없는 법이다. 낮에 성전의 마티아스를 만나기 전에 기드론 골짜기에 다시 내려가 하얀 바위에 등을 기대고 올려다보았던 하늘은 아주 조그맣게 보였다.

마당에 모인 사람들 모두 빵을 배불리 먹고 포도주도 몇 모금씩 먹어서 그런지 각자 자기 얘기에 바빴다. 제자들도 마찬가지였다. 그런데 예수는 도저히 목구멍으로 빵을 넘길 수가 없었다. 빵을 씹기도 넘기기도 힘들다. 입안은 소금을 한 줌 머금은 듯 쓰디쓰고, 혓바닥과 혀 가장자리가 쓰리고 아프다. 목젖이 목구멍을 꽉 가로막은 듯 침을 삼킬 때마다 거북하고 불편했다. 차가운 땅에 드러누워 선잠 들었다가 깨어난 듯 몸이 으스스 춥고 떨렸다.

눈치를 챈 마리아가 따뜻한 물에 물약을 타서 내왔다. 천천히 한 잔을 마시고 나니 좀 나아졌다. 그녀는 작은 목소리로 물었다.

"선생님! 아픈 사람들을 돌보실 수 있겠습니까? 힘드신 데 제가 대신하겠습니다."

"아니오! 그 사람들이 오늘 하루 종일 얼마나 기다렸겠소? 내가 아픈 사람들을 직접 살펴보겠소!"

눈치 빠른 요한과 나사로가 주섬주섬 자리를 정리하자 사람들이 가운데 자리를 비워 놓고 가장자리로 물러났다. 나사로와 요한은 그들이 부축해 온 병자들을 한 사람씩 예수 앞에 앉히거나 뉘었다. 막달라 마리아, 여인숙의 마리아, 그리고 여제자 요안나도 나서서 도왔다.

어디서나 그러했듯 병자들은 예수가 상처에 직접 손을 대면 깜짝 놀란다. 그는 상처를 싸맨 헝겊을 풀어 곪아 터진 상처를 들여다보거나 맥박도 짚어 보고 일일이 상태를 확인했다. 어떤 병자에게는 오랫동안 손을 감아쥐고 그가 힘겹게 말하는 하소연을 다 들어 주었고, 어떤 병자에게는 옷깃을 꼭꼭 여며 주며 위로했다. 병자를 치료한다는 것이 전장戰場에서 부상 입은 병사들 치료하듯 팔다리를 자르는 일이 아니라, 약 먹여 주고, 아프다는 하소연을 들어 주고, 곪은 곳에서 고름을 짜내고, 부은 곳에 약과 올리브기름 박하유薄荷油를 발라 주고 싸매 주는 일이다.

막달라 마리아는 예수 옆에 바짝 붙어 앉아 그가 병자를 돌보는 일을 거들고, 여인숙 마리아는 부지런히 따뜻한 물을 끓여 내오거나, 안

방을 들랑거리면서 깨끗한 천을 찾아오는 일을 맡았다. 늘 말없이 침착하고 조용한 요안나는 마리아가 가지고 다니는 조그만 보따리에서 이것저것 필요한 약을 꺼내 주거나, 상처를 다시 깨끗한 천으로 조심스럽게 감싸는 일을 맡았다. 여인숙의 마리아는 병자가 어디에 누구와 사는지, 언제부터 어떻게 아픈지, 소상히 알고 있어서 그런 내용을 예수에게 자세히 설명했다. 생전 처음 해 보는 일일 텐데 그녀는 무슨 일이든 서슴지 않고 나서서 거들었고, 예수는 그녀에게 고개를 끄덕이며 미소로 칭찬했다.

음식을 나누는 자리에 참석하지 않았던 병자들도 여인숙 안으로 들어왔다. 어떤 사람은 혼자 왔고, 거동이 불편한 사람은 가족이 부축해서 모여들었다. 어떤 집에는 나사로와 요한이 직접 찾아가 병자의 양쪽 어깨를 부축해서 여인숙으로 데려왔다. 여인숙 마르다는 호롱불을 몇 개 더 마당에 내걸었고, 나사로와 요한은 마당 양쪽에 모닥불을 활활 피웠다. 모닥불 빛이 너울거릴 때마다 여인숙 벽에 그림자도 너울거렸고, 마당 가장자리에 둘러앉아서 그 광경을 바라보는 사람들의 마음속에도 다시 따스한 기운이 스며들었다. 그렇게 한참 병자들을 돌보다 보니 밤이 이슥했다.

"선생님! 이제 좀 쉬시지요. 아픈 사람들은 다 다녀갔고, 일부러 찾아가서 돌볼 만한 분도 이제 없습니다. 정말 이 동네에 이렇게 많은 사람들이 병이 들었다는 것을 제가 처음 알았습니다."

마르다 마리아 자매도 이제 좀 숨을 돌린다는 듯 몇 번 심호흡을 하면서 손등으로 이마에 흐르는 땀을 씻고, 안 보이는 눈으로 방 밖의 동정을 살피던 마르다의 큰어머니는 흡족한 표정으로 연신 고개를 끄덕이고 두 손을 마주 비볐다. 그때 막달라 마리아가 말했다. 예수의 가르침을 오래 받은 그녀답게 병의 원인을 짚은 것이다.

"제가 보니까 이 베다니 마을에는 유난히 살갗에 병이 난 사람이 많습니다. 아마 산중턱 마을이라 물이 귀해서 더 그런 것 같습니다."

"예? 중턱이라 살갗병이 많아요?"

여인숙 마르다와 마리아가 한목소리로 물었다. 사실 그들은 그런 말을 들어본 적이 없다. 환경에 따라 병이 발생한다고는 누구도 생각하지 않기 때문이다.

마르다가 놀란 목소리로 말했다.

"저는 옛날부터 문둥병이나 고름병 환자들이 예루살렘에서 밀려나와 살던 마을이라 그러려니 했고, 아니면 산 너머라고 성전 섬기는 일을 등한시해서 받는 벌이라고 생각하며 살았습니다."

그 말을 듣더니 막달라 마리아는 보따리 속에 있는 약병들과 주머니들을 두 무더기로 나누기 시작했다. 두 개 있는 것은 한 개씩, 한 병밖에 없는 것은 조그만 병에 나누더니 그중 한 무더기를 마르다와 마리아에게 내밀었다.

"살갗이 마르거나 짓거나 터지거나 붓거나 곪거나, 증상에 따라 이 약들을 조금씩 따라 바르고 잘 문질러 주어요. 그전에 반드시 올리브 기름, 이거 좋은 기름이에요, 이 기름을 부어 잘 닦아 준 다음 증상에 맞추어 저 약들을 조금씩 부어 문질러야 해요. 우선 이것을 쓰고 이 약 만드는 방법은 내가 오늘 밤 다시 알려 줄게요. 아마 이곳 유대 지방에도 이 약을 만들었던 약초가 있을 거예요."

그러자 요한이 나섰다. 하도 여러 번 보고 들어서 이미 입으로는 마리아만큼 병자를 돌볼 수 있는 사람이 돼 있었다.

"곪은 곳은 잘 짜 주고요."

그러자 큰 야고보가 동생의 어깨를 한 번 끌어안았다 놓았다. 별거 다 아는 동생이 대견하다는 몸짓이다.

사람들은 집안에 아픈 사람이 생기면 어찌해야 할지 도무지 갈피를 못 잡기 마련이다. 더구나 귀한 집 아기가 아프면 그야말로 식구들이 모두 일어나 밤잠을 설친다. 동네마다 이런저런 의술을 가진 사람들이 살고 있는데 그 사람을 부르거나 찾아가서 손을 쓰지만 대개는 그저 두고 보면서 저절로 나을 때까지 기다릴 수밖에 없다. 그런데, 막달라 마리아는 사람이 할 수 있는 일을 하라고 말하는 셈이었다. 차근차근 약을 하나씩 들어 보이며 설명하더니 마르다 자매의 손에 보따리를 쥐어 주었다.

"이 약들을 가지고 있으면서 여기 베다니 사람이나 지나가다가 여인숙에 묵는 사람 중에 병이 난 사람이 있으면 치료해 줘요."

마르다와 동생 마리아가 고맙다면서 연신 그녀의 손을 꼭 잡고 흔들었다. 세 여자는 한참 마주잡은 손을 그렇게 흔들고 있었다. 그들은 이제 더 이상 베다니 여인숙 마르다 자매가 아니고, 몸이 아픈 동네 사람들이 낮이든 밤이든 마음 놓고 찾아와 도움을 받을 사람들이 된 셈이다. 더군다나 그 약을 만드는 방법을 알려 준다고 하지 않던가? 사람들은 자기만 아는 특별한 기술이 있거나 지식이 있으면 그걸 꽁꽁 감춰두고 오래오래 혼자 조금씩 풀어 사용한다. 그것은 그에게 부어진 축복이라고 생각한다. 축복을 나누면 자기 몫이 줄어든다고 생각하는 것이 보통이다.

보통 사람들이 생각하는 것과 달리 막달라 마리아는 가지고 다니던 약보따리를 나눠서 베다니 여인숙 마르다 마리아 자매에게 넘겨주었고, 약을 만드는 방법도 전해 주겠다고 약속했다. 그것은 흔히 볼 수 있는 일이 아니었다. 그 약은 갈릴리 호숫가 막달라에서 살면서 그녀가 어렵게 약초를 끓여 달이거나 기름을 짜거나 몇 가지를 섞어 만든 약들이다. 그중에는 박하유처럼 사람 코끝에만 쐬어 주어도 금방 정신이 시원해지고 머리가 맑아지는 약도 있고, 허리를 펼 수 없을 정도로 배가 아플 때 혓바닥에 한 방울 떨어뜨려 주면 곧 씻은 듯 통증이 사라지는 약도 있다.

언젠가 마리아가 일행과 함께 길을 걷다가 바위틈에 난 어떤 풀을 발견하고는 자지러지듯 기쁜 소리를 지르며 뜯는 것을 제자들 모두 지켜보았다. 요한이 어슬렁어슬렁 다가가서 조금 높은 곳에 있는 풀도 뜯어 주었다. 그런데 그녀가 풀을 뜯는 방법이 좀 이상했다. 다섯 포기가 있으면 세 포기는 남겨두고 두 포기만 뜯었다. 요한이 한자리에 있는 풀을 다 뽑으려고 하자 마리아가 말렸다. 그것은 남겨 두라고. 그래야 나중에 다른 사람도 뜯을 수 있고, 그래야 그 풀이 다시 뻗어 나간다고.

예수는 마리아가 귀하게 여기며 간직하던 약보따리를 풀어 나눠 주는 모습을 보면서 그녀의 마음을 읽었다. 다 넘겨주지 않고 절반을 남긴 뜻도 알았다. 다른 제자들은 모르지만 그녀는 예수에게 닥칠 일을 준비하고, 놓아야 할 일은 놓고 아직 붙잡고 있어야 할 일은 붙잡는 셈이다.

몸이 아픈 사람들 중에 치료를 받고 돌아갈 사람들은 집으로 돌아가고 다른 사람들은 모두 마당과 방에 자리 잡고 앉았다. 나사로와 요한은 한 아름 가득 나무를 안아 마당가에 피워 놓은 모닥불 옆에 놓았다. 아랫구역 사람 중 한 사람이 모닥불 위에 나무를 얹자 곧 불은 다시 활활 타올랐다.

곧 밤이슬이 내릴 시간이 됐다. 여러 사람이 달라붙어 금방 천막을 다시 쳤다. 천막 아래 앉을 사람은 안으로 들어가고, 나머지 사람들은 바위 위에 앉은 예수 앞으로 모여들었다. 누가 먼저 나서서 이러자 저러자 지휘하지는 않았지만 마치 늘 그랬던 사람들처럼 척척 손발을 맞추는 것을 바라보면서 예수는 만족스러운 표정을 지으며 고개를 끄덕였다.

먹고 마시고 아픈 사람 돌보아 주었으니 이제 모인 사람들에게 하느님 나라를 얘기할 시간이 됐다.

예수는 하늘을 올려다보았다. 하늘에는 참 별이 많았다. 달이 하늘을 흘러가고 있지만 달이 지나간다고 별이 모두 한쪽으로 비켜서지도 않고, 그렇다고 달이 뎅그렁 별을 걷어차 밀어내지도 않았다. 그저 지나가고 지켜보고 …. 그러고 보면 달과 별은 서로 걸리지 않을 만큼 다른 높이에 떠 있는 모양이었다.

'결국 서로 다른 층위에 살고 있으면 아웅다웅 내가 먼저 네가 나중이라고 붙어 싸울 일이 없지만, 그러니 달도 외롭고 별도 외롭고 … .'

예수는 제자들과 많은 사람에 둘러싸여 있으면서도 외롭다는 생각이 들었다. 정신이 혼자 어디 먼 곳을 떠도는 것 같았다. 사람들 속에서 같이 웃고 같이 울며 살지 못하고 무엇을 찾으러 헤맸던가? 사람 사는 세상에서 함께 살아야 하는 것을…. 입으로는 더불어 사는 것을 가르쳤지만 그 삶을 놓고 떠돌지 않았던가?

어머니도 보고 싶고 아버지도 보고 싶고 동생들도 보고 싶고 오래전에 세상을 떠난 어린 동생 요한나의 까만 눈동자도 가만히 들여다보고 싶고. 문득 볼을 타고 눈물이 흘러내렸다. 사람들이 모두 바라보고 있으니 손등으로 눈물을 닦을 수도 없고, 슬그머니 돌아서서 큼큼 헛기침을 몇 번하면서 표 안 나게 눈을 비볐다.

예수가 그런다고 사람들이 모르지 않았다.

"아!"

말은 하지 않았어도 그들도 예수의 마음을 알 수 있었다. 선생이 깊은 고민에 빠져 있고, 무언가 쉽게 말을 꺼내지 못할 생각에 잠겨 있음을 알았다. 그가 붙잡고 걸어왔던 줄 하나가 이제 곧 끊어지려고 한다는 것을 그들도 모두 알았다. 하루 종일 굶은 사람이 오죽하면 빵조각을 목에 넘기지 못하겠는가?

그들은 기다렸다. 예수가 추스르고 일어서기를 기다려 줬다. 무엇을 보러, 무슨 기적을 보려고 몰려온 사람들이 아니었다. 그들도 기적은 없다는 것을 안다. 예수에게 뾰족한 수가 있을 수 없으리라는 것도 이제는 안다. 그러나 그가 남길 말이 있으리라고 짐작했다. 성전 뜰이 아니라 올리브산 동쪽 기슭 베다니 마을 초라한 여인숙에 모여 앉은 사람들, 밤이슬이 내리면 밤이슬을 맞고, 달빛이 내리면 달빛에 젖고 그렇게 둘러앉은 사람들에게 예수가 가슴을 열 것을 기다렸다. 선생이라고, 아무리 예수라고 다른 세상에 사는 사람은 아니지 않은가?

여인숙 마리아가 뜨거운 물 한 잔을 가져와 예수에게 내밀었다.

"고마워요!"

그는 후후 불어 가며 마셨다. 아버지 생각이 났다.

'무엇이든 뜨거운 국물을 좋아했던 아버지, 새벽 일찍 일하러 나가는 아버지에게 어머니는 늘 무엇인가 뜨겁게 끓여 드려 후후 불며 마신 다음 나가도록 했지. 아버지가 들고 나가는 연장통에서는 달그락 달그락 소리가 나고, 나귀를 앞세운 아버지 발걸음이 멀어지는 소리를 들으며 나는 다시 잠이 들고….'

후후 뜨거운 국물을 입으로 불며 마시던 소리, 예수가 기억한 아버지 소리였다.

"이렇게 뜨거운 물을 마시니 옛 생각이 납니다. 아버지 요셉, 새벽녘에 일을 하러 나가실 때면 무언가 꼭 뜨거운 국물을 마시고 나가셨어요."

예수가 하는 얘기를 들으면서 사람들은 모두 자기가 겪은 옛일을 떠올렸다. 고개를 끄덕이며 아련한 옛 생각으로 빠져드는 사람도 있고, 고개를 푹 수그리는 사람도 있고. 아버지가 무서웠던 사람도 있고 그리운 사람도 있고.

"그렇게 살았는데, 고향도 떠나고 형제와 친척들과 떨어져 살고…. 지금 여러분은 나와 함께, 갈릴리 예수와 함께 올리브산 베다니 마을 여인숙 마당에 앉아 있습니다. 어떤 사람은 누구도 돌보지 않아 외롭고 서럽게, 어떤 사람은 그저 하루 한 끼 빵 한 쪽 먹기도 힘들게."

그러더니 방문 앞에 앉아서 귀를 기울이고 있는 마르다 3남매의 큰어머니를 바라보았다.

"이렇게 좋은 자리를 마련해 주셔서 잘 먹고 잘 마시고, 모두 한 가족처럼 모여 얘기 나누며 지낼 수 있도록 해 주신 분…. 눈은 비록 안 보이지만 세상사람 살아가는 일을 보고 계신 겁니다."

마르다의 큰어머니는 흡족한 듯 수줍은 듯 두 손을 가슴 앞까지 모으며 연신 고개를 숙였다.

"여러분은 감사한 마음으로 빵을 떼고 포도주를 나눠 마셨습니다. 누구도 배고프다고 덥석 크게 쭉 찢어 입에 넣지 않았고, 꿀꺽꿀꺽 대접째 포도주를 들이켜지 않았습니다. 눈앞에 있는 광주리에 빵이 수북하게 쌓여 있고, 항아리에 포도주가 가득 담겨 있으니 지금 욕심 부리지 않아도 결국은 배불리 먹을 줄 알아서 그랬습니까?"

"아이구 선생님, 그런 건 아닙니다."

"웬걸요? 그냥 조금씩 떼라고 하셨는데, 그 말씀을 듣는 순간 제가 어찌해야 하는지 생각이 들더라고요. 제 옆에서 손을 모으고 기다리는 사람 얼굴도 보이고, 조금 떼어 손에 들고 있는 앞사람도 보이고요. 광주리에 빵이 없었더라도 그 한 덩어리로도 모두 한 입씩 먹을 수 있었을 겁니다."

그 말을 듣고 예수는 오랜만에 활짝 웃었다. 이를 다 드러내고 웃었다. 그가 그렇게 웃는 것을 보니 모두 마음이 갑자기 가벼워졌다.

"그렇습니다. 그런 마음이 들었다면 이미 이 자리에서 하느님 나라가 이뤄지기 시작했습니다. 바로 여러분이 그 일을 이루는 사람입니다. 그리고 한 가지 더, 아까 빵을 떼고 포도주를 나눠 마실 때 옆에 있는 사람이 마음에 안 들어 꺼림칙했습니까?"

예수의 말을 듣고 사람들은 서로 얼굴을 쳐다봤다. 서로 묻는 얼굴이었다.

'나는 괜찮았는데, 당신은?'

'처음에는 좀 꺼려졌지만 … .'

말은 하지 않았지만 서로 마음속에서 오가는 대화를 다른 사람들도 알 수 있었다. 그중에 아랫구역 사람이 머뭇거리다가 어렵게 입을 떼었다.

"예, 처음에는 솔직히 그랬습니다. 성안에서는 베다니 사람들이 어떻다는 얘기가 늘 돌았으니까요. 그런데, 실제 자리를 같이하고 보니 그럴 일이 아니었다는 생각이 들었습니다."

"세상 살아가는 일이 다 오늘 저녁만 같으면 좋겠습니다. 그저 저 하나 마음먹기에 따라서 달라질 수 있다면 … . 그런데 실제로는 그렇지 않잖습니까? 저는 안 그러고 싶은데 다른 사람을 따라가거나, 가르침을 지키려고 하다 보면 제 마음대로만 할 수도 없고 … ."

예수는 성전 뜰에서 가르치던 방식과 달리 사람들이 자연스럽게 자기 마음을 드러내도록 이끌었다. 무엇을 더 가르칠 것인가? 그들은 이미 옆 사람을 생각했고, 토라에서 애써 구분했던 더러움과 깨끗함의 벽을 아무렇지도 않게 넘어가고 넘어온 사람들인 것을.

그것은 그들 마음 밭에 씨가 뿌려졌다는 의미였다. 그 씨가 자라서 큰 나무가 되든, 산비탈을 덮는 꽃이 되든 그것은 두고 볼 일이다. 예수는 다만 제대로 흙 밭에 씨가 떨어졌음을 확인할 수 있었을 뿐이다.

'그러나 저들도 결국 고개를 돌리리니 … .'

차라리 그 일이 다행이라고 생각했다. 예루살렘 아랫구역 사람들, 베다니 사람들이 예수를 중심으로 똘똘 뭉쳐 무엇을 할 것인가? 총독궁을 쳐들어갈 것인가, 성전을 뒤엎을 것인가, 유대 광야로 몰려 나가

산적이 될 것인가?

성전 사람들 눈이 두려워 성전 뜰에서는 예수 옆에 다가오지 못했다는 사람들, 어느 때가 되든 그저 씨를 붙잡고 생명을 이어가기를 바랄 뿐이다.

"여러분! 나는 할 수 없는 것을 하라고 말하지 않습니다. 그건 바로 여러분을 모닥불에 던져 넣으라고 말하는 꼴이기 때문입니다. 그러나 여러분이 사람이라는 것, 내 옆에 앉은 사람도 사람이라는 것, 예루살렘 성전 대제사장도 사람이라는 것, 로마황제 티베리우스도 사람이라는 것만 잊지 말고 사십시오. 사람이 사람보다 더 큰 무엇이 되려고 한다거나, 사람을 사람으로 대하지 않는 세상은 언젠가 끝날 수밖에 없습니다. 그날이 언제 올지 나는 모릅니다. 그러나 … ."

예수는 다시 하늘을 올려다보았다. 그를 따라 다른 사람들도 어두운 밤하늘을 올려다보았다. 목을 쭉 빼고 보는 사람, 두 팔을 바닥에 짚고 몸을 받친 채 뒤로 젖히며 올려 보는 사람, 그렇게 하늘을 올려다보았다.

"저 하늘을 통해서 봄도 오고 바람도 불고 비도 오고 사막바람도 불어옵니다. 앞마을까지 왔던 봄이 뒤돌아 가버리는 일은 없습니다. 봄이 오고 있다는 소식을 들으면 우리 집 마당에도 곧 꽃이 핀다고 믿고 기다리십시오. 그리고 때가 되면 여러분도 꽃으로 피고 나무의 새싹이 되고 생명의 기운을 내뿜으십시오. 그때까지 살아 있기를 빕니다."

희망을 주는 말이기도 하고, 어딘가 마지막 인사처럼 쓸쓸하기도 하고. 사람들을 불쑥 일으켜 세우는 말이 아니라, 이겨내면서 겨울을 견디라는 말 같았다.

모닥불이 잦아들면 다시 나무토막을 더 던져 넣고 가끔 부지깽이로 쑤석쑤석하면 탁탁 소리를 내며 불똥이 튀었다.

✣

13일이 시작된 그날, 해가 완전히 지고 날이 어두워지면서 랍비 가말리엘의 집에 예루살렘에 사는 바리새파 지도자들이 모였다. 대산헤드린 의원 니고데모도 그날은 대제사장 가야바의 집에 가는 대신에 가말리엘의 집 모임에 참석했다. 가말리엘이 바리새파 선생들을 집으로 초청했다는 말을 듣고 보니 분명 특별한 얘기가 오고 갈 것으로 생각했다. 지난 며칠 동안 성전 측 계획은 대개 파악했으니 이제 바리새파 지도자들의 얘기를 들어 보고 싶었다.

예루살렘에서는 지난 며칠 동안 어디를 가나 예수 얘기뿐이었다. 게다가 그날 낮에 대산헤드린 의원 중 한 사람의 입에서 나온 말이 하루 종일 마음에 걸렸다.

"글쎄, 내가 무슨 일로 마티아스 제사장을 만났는데 그 사람이 이상한 얘기를 합디다. 예루살렘 성안에 분명 예수를 불러들인 사람들이 있다고 … . 아예 '예수당'이라고 부르던데요? 누군지는 모르지만 아마 그런 사람들 이번에 무사하지 못할 거요."

"예수당이라고요?"

"갈릴리 그 시골 사람이 도성 안에 들어와서 저렇게 설치는 것으로 보아 무언가 믿는 구석이 있고, 부추기는 사람이 있지 않겠어요? 그러지 않고서야 어디 … . 내가 이상하게 생각하는 것은 저번 날 왜 뜬금

없이 요하난 선생이 성전에 들어와 예수를 만났느냐, 그거요."

"그냥 만날 수도 있지요, 그가 워낙 유명해졌다니까 궁금해서 … ."

"그게 말이 돼요? 오늘 밤에 나시 가말리엘 댁에서 모이기로 했다니 분명 무슨 얘기가 있을 겁니다. 우리끼리 미리 방향을 잡아 두어야지, 이렇게 손 놓고 있다가는 나중에 무슨 일 나겠어요. 원래 힘을 쥔 사람들은 핑계만 생기면 평소 눈 밖에 났던 사람들을 싸잡아 쓸어버릴 기회로 삼는 법이잖아요? 사두개파 성전에서 이번 일을 바리새파 때려잡는 일로 키울지도 몰라요."

무서운 얘기였다. 지금 대제사장 가야바나 그 무리들이라면 무슨 일인들 못 할까? 그렇게 생각하니 '예수당'이라는 말이 참 충격적이었다. 알고 보면 니고데모 자기야말로 사람들이 예수당이라고 불러도 할 말이 없는 사람이었다. 사실 예수가 예루살렘에 나타난 이후 마음과는 달리 니고데모는 사람들의 눈초리가 무서워 스스로 움츠러들었다. 예수에게 하고 싶은 말은 많은데 성전 뜰에 나가 만날 수도 없고, 그렇다고 밤중에 베다니에 있다는 여인숙으로 찾아갈 수도 없는 일이었다.

가말리엘의 집에 들어서면서부터 니고데모는 어떤 사람들이 참석했는지 눈여겨보았다. 선생이라고 부를 만한 사람들 중, 거동할 수 있는 사람들은 거의 다 모여든 것 같았다. 늘 그렇듯 수선스럽게 예의를 따져 각자 앉을 자리를 정하고, 사람들이 웬만큼 모이자 가말리엘이 모임을 주재하는 사람으로서 입을 떼었다.

"아버님께서 오늘은 몸이 좀 불편하셔서 여러 선생님들을 맞이하지 못하셨습니다. 아버님께서 그 점 대단히 죄송하게 생각하고 계십니다. 널리 양해하여 주십시오."

"별 말씀을…. 그런데 이를 어쩌나, 불편하시다는데 저희들이 굳이 안으로 들어가 인사드리는 것도 적절치 않아 보이고."

"아버님께 여러 선생님들의 뜻을 나중에 전해 올리겠습니다. 우선 오실 만한 분들은 모두 모이신 듯하니 곧 시작하겠습니다. 오늘은 긴급한 사안이 있어서 선생님들과 미리 상의해야 할 것 같습니다."

니고데모는 긴급한 사안이라는 말에 잔뜩 긴장했다. 가말리엘은 말을 무척 부드럽게 하는 사람으로 소문났다. 그가 긴급하다는 말을 쓰는 것을 본 적도 들어 본 적도 거의 없었다. 억지로 끌고 와 함께 참석한 같은 대산헤드린 의원 요셉에게 니고데모가 잘 들어 보라는 듯 눈길을 주었다. 요셉은 아리마대 출신으로 대산헤드린에서 손꼽히는 부자다. 그도 약간 긴장되는지 고개를 끄덕였다.

가말리엘은 무서운 말을 쏟아 내기 시작했다.

"오늘 그러니까 이 밤이 지나면 도적떼가 성전에서 난동을 부릴 것이라고 합니다."

도적떼, 성전, 난동. 가말리엘의 입에서 쏟아져 나온 한 마디 한 마디가 쿵쿵 떨어져 방 안에 모여든 사람들의 머리를 짓눌렀다.

"오늘이요? 지금 무슨 일이 벌어지고 있습니까, 성전에서?"

"아니, 잠깐! 예수라는 갈릴리의 떠돌이 선생이 아니라 도적떼가 난동을 부린다고요? 도적떼의 우두머리를 잡아 가두어서 별 걱정 안 해도 된다는 말을 들은 것 같은데…."

제각각 한 마디씩 생각나는 대로 입을 벌렸다. 그렇게 한꺼번에 제각각 입을 열어 한마디씩 하는 것은 지중해 연안 사람들의 특색이다. 누가 무슨 말을 하고 내가 무슨 말을 한다는 내용이 중요한 것이 아니라, 그 자리에 있는 다른 사람들이 느끼는 감정을 자기도 느낀다는 동감의 표시기 때문이다. 그리고, 말도 안 하고 입을 다물고 있으면 원래 더 무서운 법이다. 다른 사람들처럼 입으로 떠들기라도 해야 덜 무섭고, 그 소음 속에 자기를 숨길 수 있다.

"예! 아마 500명쯤 되는 무리가 무기를 들고 들어와 성전을 피로 물들일 계획이라는 정보입니다."

그 말을 듣고 모두 입을 다물지 못하고 망연한 표정이다. 그러다가 한 사람이 겨우 정신을 차리고 물었다.

"누가, 아니 그런 엄청난 얘기를 누구에게서 들으셨습니까? 아까 저녁때 성전에서 나올 때까지 잠잠하던데?"

"저에게 그런 정보를 전해 준 사람을 밝힐 수는 없습니다. 양해하시기 바랍니다."

"성전 경비대 병력, 안토니오 요새에 대기 중인 위수대 병력, 총독이 끌고 들어온 병력이 쫙 깔렸는데, 게다가 성전 뜰 주랑건물 위에도 무장한 로마군 병사들이 촘촘히 둘러싸고 내려다보는데, 도적떼 500명이 어찌 성전을…. 어허!"

"오늘 2개 보병대 1,200여 명 로마군 병사들이 새로 도착해서 예루살렘을 둘러쌌습니다."

사람마다 나서서 한 마디씩 떠들었다. 아무리 체통을 중요하게 여기는 바리새파 선생들이라고 해도 이런 급박한 상황에서는 그들이 늘 낮추어 보는 여느 사람과 마찬가지였다. '여느 사람, 보통 사람'은 바리새파 사람들이 기준으로 삼는 거룩의 다른 쪽에 있는 사람들을 일컫는 말이다. 한참 이 사람 저 사람이 번갈아 나서서 묻고 스스로 답하는 것을 바라보던 가말리엘이 다시 입을 열었다.

그의 말 한 마디 한 마디가 점점 사람들을 무서운 공포 속으로 끌고 들어갔다.

"성전에서도 이런 상황을 알고 있는지 그건 제가 아직 모르겠습니다. 다만, 저에게 소식을 전한 사람은 날이 밝으면 벌어질 상황과, 대산헤드린 의원 여러분의 안전에 대한 염려 때문에 은근하게 이 소식을 전해 주었습니다."

"그건 또 무슨 말씀입니까? 나시님!"

사람들은 대산헤드린 의장을 '나시'라는 존칭으로 부른다. 나시라는 말은 왕국에서 왕 다음 자리에 있는 사람을 부르는 존칭이었다. 대산헤드린의 의장을 맡는 사람은 형식상 예루살렘 대제사장 다음으로 유대에서 서열이 높은 사람이다.

"성전에서 유혈참극이 벌어질 때, 대산헤드린 회의실에도 분명 도적떼가 쳐들어올 테고, 그때 잘못 대응하면 대산헤드린 의원 모두 위험에 빠지게 되겠지요. 사전에 그런 일에 대해 방비하도록 그 소식을 저에게 은밀히 전한 겁니다."

"그럼 경비대가 대산헤드린을 둘러싸고 지키면?"

"경비대 병력이 많다고 해도 우선 대제사장과 제사장들 그리고 성전 재물창고를 지키기에도 부족할 겁니다. 우리 대산헤드린 의원들까지 보호할 수야 없겠지요. 그리고 때를 틈타 군중이 들고 일어나면 걷잡을 수 없는 일이 터지겠지요."

"군중이 들고 일어나요? 로마군 병사들은?"

"눈 깜짝할 사이에 벌어질 일인데, 로마군이 손쓰기에는 늦겠지요.

더구나 제가 생각하기에 아무리 로마군이 성전으로 몰려들어 온다고 해도 성전 뜰에 가득한 사람들 때문에 성전 본관 건물에 당도하기까지 많은 시간이 걸릴 겁니다."

"그러면 오늘 대산헤드린 회의를 닫아야 하지 않겠습니까?"

한 사람이 나서서 의견을 냈다. 그 말을 듣자마자 다른 사람들이 모두 한목소리로 반대했다. 대산헤드린 회의는 안식일과 명절 당일을 제외하고는 매일 열어야 한다. 그것이 법이다.

"우리 예루살렘 대산헤드린이 그런 소문에 겁을 먹고 회의를 닫았다? 그건 두고두고 후세 사람들에게 비난받을 일입니다. 유대의 운명이 걸린 일에 어찌 우리 의원들 목숨만 생각한단 말입니까? 그럴 수는 없습니다. 그건 적군이 쳐들어왔을 때 왕이 백성을 두고 도망치는 일과 마찬가지입니다."

"그럼요!"

어느 나라 어느 때든 적이 쳐들어와 성을 둘러싸면 몰래 뒷구멍으로 적과 내통해서 도주할 구멍을 찾는 사람들이 있기 마련이다. 때로는 왕이 먼저 밤에 달아나고, 때로는 성을 지켜야 할 최고 책임자가 달아난다. 그렇게 뒷구멍을 열어주는 대가로 왕이나 장수들은 공격하는 적국으로부터 두둑한 뇌물을 챙긴다. 뒷문을 열어주고 도망갈 길을 터주면 몇 달씩 성을 둘러싸고 공격하면서 피를 흘리는 것보다 훨씬 쉽게 성을 점령할 수 있다. 도성이 무너지고 온 땅이 적국에게 점령당해도 왕이 살아 있으면 왕국은 무너진 것이 아니다. 백성이 모두 적국의 말발굽에 짓밟혀도 나중에 왕이 살아 돌아오면 그 나라는 다시 살아난다고 믿었다.

적국으로서는 그 나라를 완전히 점령하여 자기 땅으로 만들어 통치하는 대신 어차피 항복만 받고 물러날 생각이라면 그렇게 슬쩍 뒷문을 열어 주는 것이 훨씬 더 유리했다. 그래서 적이 성을 에워싸면 사람들은 왕의 동정에 바짝 눈길을 준다. 왕이 달아날 것으로 믿는 사람들이 대부분이었다. 어느 왕이 끝까지 싸우다가 장렬히 전사했던가? 그런 왕이 있었다면 아마도 도주할 기회를 놓쳤기 때문이라고 사람들은 믿었다.

예루살렘 성전에 설치된 대산헤드린이 문을 닫고 회의를 취소하거나, 의원들이 회의에 참석하지 않으면 그건 대산헤드린이 성전보다 먼저 항복했다는 말과 같다.

"우리 이스라엘 역사에서 대산헤드린이 겁을 먹고 먼저 문을 닫은 적은 없습니다. 있을 수 없는 일입니다."

가말리엘이 단호하게 선언했다.

"옛날부터 달아났던 왕이 다시 돌아오면 왕국이 망하지 않고 살아났다고 믿었습니다. 그런데, 지금 유대에는 왕이 없습니다. 성전에 대제사장과 제사장들이 있습니다만 왕은 아닙니다. 특히 대제사장은 언제든 총독이 불신임하면 물러나야 하는 처지입니다. 이런 상황에서 대산헤드린 의장으로서 나는 유대의 앞날을 깊이 고민할 수밖에 없었습니다."

사람들은 여러 가지 묘한 뜻이 숨어 있는 가말리엘의 말을 쉽게 알아들을 수 없었다. 무슨 뜻으로 성전 대제사장의 지위를 격하시키는 얘기를 하는지 의아하게 생각했다. 그의 입에서 무슨 말이 나올지 귀를 기울였다.

"대산헤드린 의원들이 온전히 살아 성전에 다시 모이면 유대는 살아 있는 것입니다. 유대의 정통성, 유대의 명맥은 대산헤드린에 의해 유지되기 때문입니다. 토라를 지키는 최후의 보루는 언제나 대산헤드린이었습니다. 토라 해석의 최종 권한을 공식적으로 대산헤드린이 가진다는 말이 무슨 뜻입니까? 성전이 토라의 외면外面이라면 대산헤드린은 토라의 내용입니다."

아마 성전 측 의원이 참석하고 있었으면 즉각 반발하고 나섰을 것이다. 그러나 그 자리는 모두 대산헤드린 의원 중 바리새파 사람들이 모인 장소였고, 토라를 수호하는 일이야말로 자기들 바리새파의 임무라고 생각하는 사람들이었다.

"따라서, 대산헤드린을 지키는 일은 우리에게 주어진 가장 중요한 의무입니다. 이 부족한 사람이 대산헤드린의 의장 자리를 맡은 이때, 어떤 경우에도 회의를 닫을 수는 없습니다. 아울러 대산헤드린을 보위하는 일이야말로 이 사람이 목숨을 걸고 지켜야 할 일이고, 그리고 의원들이 한마음이 되어 서로 손을 굳게 잡아야 할 일입니다."

"그러면 어찌해야 한다는 말씀입니까?"

"내일 회의 중에 도적떼가 들이닥치더라도 모두 당황하지 말고 의연하게 처신하십시오. 그리고 여러분 중 어느 분이 나서서 이 사람 대산헤드린 의장 가말리엘에게 사태를 수습할 수 있는 비상권한을 정식으로 부여해 주십시오. 대산헤드린의 의결로…."

"그거야 어렵지 않습니다만, 만일 도적떼가 의원들이나 나시님을 해치려고 덤벼든다면?"

"세상은 그들을 도적떼라고 부릅니다. 그런데, 왜 도적떼가 성전에 들어와 유혈극을 벌이려고 하겠습니까? 성전 재물 때문일까요?"

"그렇게 말씀하시니 좀 이상한 생각이 듭니다. 왜 감히 도적떼가 성전에 들어와 난동을 부립니까, 정말?"

그렇게 묻는 사람이나 대답하는 사람이나 듣고 있는 사람들 모두 입에는 올리지 않았지만 조금씩 그 이유를 깨달았다. 바로 대제사장을 비롯한 성전 지도부를 무너뜨리려는 목적을 가진 사람들, 도적이 아니라 혁명군이 틀림없었다. 대제사장을 무너뜨리고 새로운 지도부를 세우려면 대산헤드린이 정식으로 인정해 주는 절차가 필요할 것이다. 이제 그들도 무슨 일이 어떻게 벌어질지 똑똑히 알 수 있게 되었다.

"우리 대산헤드린은 성전을 보위할 무력을 갖지 않았습니다. 그러나 한 가지 분명한 것은 대제사장의 선출과 성전 지도부 구성에 정통성을 부여하는 권한을 가지고 있습니다. 왕이 임명하든 총독이 임명하든 대제사장을 임명할 때는 반드시 대산헤드린의 추인이 필요합니다. 이제까지 왕이나 총독이 임명한 대제사장을 한 번도 거부한 적 없었지만, 그렇다고 해서 그 누구라도 우리 대산헤드린을 건너뛰어 대제사장을 임명하거나 물러나게 할 수는 없습니다. 모든 사람들이 우리가 그런 권한을 가지고 있다는 것은 잘 알고 있습니다."

"나시님 말씀이 맞습니다. 대산헤드린이 유대 최고의 의결기관이고, 최고 재판소고, 토라 해석의 최종 결정권을 가지고 있지요."

"예! 그래서, 저들 도적떼가 무슨 짓을 하든 최종적으로는 대산헤드린 앞에 나와 우리를 설득해야 합니다. 또한 성전에서 벌어진 일들을 수습하기 위해서는 도적떼가 아니라 우리 대산헤드린이 로마총독 빌라도와 마주 서야 합니다."

"어! 총독과 담판을?"

"그래야 할 일이 생길 겁니다. 도적떼가 성전에서 소동을 피우는 그 때, 성전 뜰에 가득 들어선 백성들을 생각해야 합니다. 그대로 놔두면 성전 뜰은 로마군에 의해 살육의 뜰이 되고 말 것입니다. 그런 일을 피하고 백성이 피 흘리지 않도록 우리가 나서야 할 의무가 있습니다. 저에게, 여러분이 '나시'라고 부르는 이 가말리엘에게 그런 권한을 정식으로 부여해 주십시오. 제가 수습할 수 있는 권한을…. 중요한 결정을 내려야 할 때 때로는 일일이 회의에 붙여 결정할 수 없습니다. 그래서 비상권한을 허용해 주십사 하는 겁니다."

"그게 좋겠습니다. 그러자면 일단 회의는 열어야 결의를 하든 뭐를 하든 하지요."

"제가, 이 가말리엘이 목숨을 걸고 의원 여러분의 안전을 지키겠습니다. 대산헤드린의 위엄을 지키겠습니다. 동족 유대인들이 피 흘리지 않도록 안전을 지키고 수습하겠습니다."

그 말을 하면서 가말리엘은 여러 번 목이 메었다. 어쩌다가 이런 엄중한 사명이 그에게 맡겨졌다는 말인가? 그는 사람들의 의견을 모아서로 고개를 끄덕이며 받아들이도록 조정하고 수습하는 일에는 대단히 유능한 사람이지만 결코 과단성 있게 난국을 돌파하는 지도자는 아니었다. 그러나 이제는 성전에서 벌어지는 유혈극의 한복판에 서서 도적떼와 성전과 로마와 유대인들을 조정해야 하는 사람이 됐다. 다른 사람들은 배후에 어떤 사연이 있었는지 생각하지 않고 가말리엘의 말에 고개를 끄덕였다.

니고데모는 상황을 분석하기에 바빴다. 어느 한 사람이 세상 돌아가는 모든 일을 한눈으로 파악할 수는 없다. 더구나 유대에는 그럴 만한 사람이 아무도 없었다. 모든 것을 볼 수 있을 만큼 정신이 높은 사람이 없었기 때문이다. 자기들의 눈으로 보고, 자기들 생각으로 판단하고, 할 수 있는 만큼만 반응하기에 더욱 그렇다.

'예루살렘 하늘로 사방에서 구름이 몰려드는 셈…. 가랑비는 아니고 분명 하늘과 땅을 뒤집을 만큼 폭우가 될 터!'

한 갈래 구름은 갈릴리의 예수가 이번 유월절 명절기간을 하느님 나라 운동의 중요한 계기로 삼으려 한다는 점이다. 비록 그의 가르침이 옳고, 이 땅에 이뤄질 새 세상에 대한 꿈은 토라의 정신과 같은 점이 있다고 해도 예수가 외치는 이스라엘의 진정한 해방은 지배자들과 세상 권세가 지키려는 질서를 그대로 놔두고는 불가능한 일이었다.

무섭기로는 유대를 다스리는 로마총독 빌라도가 그의 병력을 예루살렘에 끌어모았다는 점이다. 산으로 둘러싸인 예루살렘은 마치 바구니 안에 사발 두 개를 엎어 놓은 것처럼 보이는 작은 분지盆地다. 총독은 도성 예루살렘으로 들고나는 모든 길목과 성문을 장악했고, 성전도 외곽에서 완전히 포위했다. 총독의 목적이 무엇이겠는가? 아마도 유월절에 벌어질 소란을 빌미로 다시 한번 예루살렘을 피로 물들이고 성전을 약탈하겠다는 계획이 아니겠는가?

그런데 니고데모는 가슴속에 의문 하나가 자리 잡더니 점점 커지는 것을 느꼈다. 마치 서쪽 하늘에 떠 있던 구름 한 조각이 서서히 흘러들어 예루살렘 하늘을 뒤덮는 것 같았다. 비를 머금은 구름인가?

'왜 가말리엘은 이런 급박한 사정을 대제사장에게 통보하지 않았는가?'

가말리엘이 그의 표정 뒤에 숨기고 있는 내용이 무엇인지 읽으려고 그는 주의를 기울였다. 대산헤드린과 성전은 종종 의견이 달라 삐걱거리기는 했다. 그러나 전임 의장 랍비 샤마이와 달리 가말리엘은 성전과 협력하며 원만하게 지내왔다. 그런데 지금 가말리엘의 얘기로 들어봐서는 성전과 약간 거리를 두고 있는 듯 느껴졌다. 듣기에 따라서는 성전 지도부가 무너지는 일이 생겨도 대산헤드린만은 온전히 보존하겠다는 말로 들렸다.

'왜 그럴까?'

그는 고개를 갸웃거리며 그 원인을 찾아보려고 애썼다. 놀라운 것은 가말리엘의 관심이 갈릴리의 예수로부터 도적떼 쪽으로 옮겨갔다는 점이다. 그건 며칠 전 대산헤드린 회의에서 아주 심각하게 논의했던 방향과 달랐다.

도적떼와 연결된 어떤 세력이 비밀리에 가말리엘과 접촉해서 그들이 일으키려는 혁명에 대하여 대산헤드린의 지지를 얻으려고 사전 공작을 시작했음이 분명했다. 가말리엘은 은근히 그 세력에 동조하고.

니고데모는 요셉을 바라보았다. 그는 사태가 심각하다는 것은 알았지만 대산헤드린 회의에 자주 빠졌기 때문인지 가말리엘의 관심이 바뀐 것을 알아채지 못했다.

그때 한 사람이 나서서 물었다. 정치를 생각하지 않고 오로지 토라만 생각하는 바리새파 사람이라면 당연히 가질 의문이었다.

"갈릴리 사람 예수가 아니고, 갑자기 도적떼 얘기가 나와서 저는 좀 당황스럽습니다. 이제까지는 허풍쟁이 거짓 선생이라는 그 사람이 더 문제였지 않습니까? 더구나 그자는 지난 며칠 동안 성전 뜰에서 거침없이 소란을 떨었습니다. 게다가 놀라운 일은 요하난 선생이 그를 찾아가 오랜 시간 의견을 나눴다는 점입니다. 희년을 실시해야 한다, 황제에게 바칠 세금은 원래 야훼 하느님께 드릴 세금이다, 참 민감한 얘기도 거침없이 쏟아 놓았습니다. 그리고 제가 듣기로는 움막마을 더러운 사람들을 모아 놓고 옛 예언자 엘리야까지 들먹이며 성전을 비난했다는데 …. 그 일은 어찌 되고 있는지요?"

"그 사람도 문제입니다. 길게 보아서는 그가 도적떼보다 더 문제이긴 합니다. 우리 이스라엘이 지키고 따랐던 토라를 대신하는 새로운 언약이라면서 이것저것 가르치고 떠들었습니다. 그런데, 그 사람에 대해서는 성전에서 차곡차곡 준비하고 있습니다. 아까 낮에 성전에서 몇 사람이 저를 찾아왔습니다. 예수에 대한 고발과 재판을 미리 상의하려고요. 성전이 그를 체포하여 대산헤드린에 고발하고, 대산헤드린 재판 후에 총독에게 다시 고발하겠다는 계획입니다."

"그래서요?"

"지난번 대산헤드린 회의에서 우리가 성전에 정식으로 요청했던 일을 기억하실 겁니다. 성전이 책임지고 모든 것을 잘 준비하고 어떤 조치를 취하기 전에 반드시 대산헤드린에게 먼저 보고하라고 얘기했지요. 좀 늦기는 했지만 오늘 낮에 찾아온 것은 바로 대산헤드린이 요구한 절차를 따른다는 형식이었습니다."

"그래서 뭐라고 하셨습니까?"

가말리엘은 무언가 잠시 생각하더니 대답했다.

"성전이 죄목을 정해 고발하지 않았는데, 대산헤드린이 미리 방침을 정할 수는 없다고 얘기해 주었습니다."

니고데모는 가말리엘이 평소의 그답지 않게 무언가 속마음을 털어

놓지 않고 있다는 생각이 들었다. 아마 성전 측에서 미리 무언가 그에게 부탁했고, 아직은 그 부탁을 사람들에게 털어놓을 수 없는 모양이라고 생각했다. 그때 아리마대 사람 요셉이 한마디 하고 나섰다.

"모든 일을 나시님이 어련히 잘 알아서 처리하시겠는가, 저는 그리 생각하고 가말리엘 선생을 전적으로 믿습니다."

사람들은 요셉 의원이 나선 것이 뜻밖이라는 듯 그를 쳐다보았다. 대산헤드린 의원 중에 많은 사람들이 표 안 나게 그의 경제적 도움을 받아서인지 무슨 말이든 그가 한마디 하고 나서면 사람들이 무겁게 받아들인다. 그런데 이번에 요셉이 한 말에는 무언가 다른 뜻이 담겨 있음을 사람들은 느꼈다. 노련한 사람일수록 직설적으로 말하기보다 은근하게 뜻을 실어 말하는 것이 바리새파 사람들의 관행이다.

"아! 요셉 의원님!"

가말리엘도 요셉을 정면으로 바라본다. 그로서는 요셉이 그날 밤 모임에 참석한 것 자체가 뜻밖이었다. 요셉이나 니고데모나 대산헤드린 의원이기는 하지만 밤에 모이는 비공식적 회의에는 거의 참석하지 않기로 유명한 사람들이었다.

"제가 드리고 싶은 말씀은, 성전에서 어떤 생각을 하든지 간에, 우리 대산헤드린에서는 법에 따라, 그리고 오랜 전통과 가르침에 따라 판단하고 조치해야 한다는 겁니다."

니고데모는 고개를 끄덕였다. 역시 요셉 의원이다. 그는 비록 가말리엘의 태도가 미묘하게 바뀌었다는 점까지는 알지 못했지만 앞으로 벌어질 일에 대해 큰 틀에서 방향을 정하고 나섰기 때문이다. 말은 완곡했지만, 대산헤드린이 예수를 재판할 때 성전의 뜻에 따라 처리하지 말고 토라의 규정에 따라 엄정하게 재판절차를 진행하여야 한다는 점을 미리 내세운 셈이다.

그제야 그의 말을 알아들은 사람들이 고개를 끄덕였다. 그건 다른 말이 필요 없는 대산헤드린 운영원칙이다. 요셉 의원이 나서서 그리 못을 박지 않았더라도 당연히 지켜야 할 원칙이지만, 혹시 형편이 어떻다는 이유를 대며 자의적으로 대산헤드린 재판을 이끌면 안 된다는 말이다. 만일 누구라도 그런 일을 한다면 요셉이 앞장서서 가로막겠다는 선언이나 마찬가지다.

당혹스러운 듯 콧방울을 슬그머니 손으로 덮어 쥐는 가말리엘의 표정을 니고데모는 놓치지 않고 보았다.

"그거야 새삼스러울 일 없지요. 대산헤드린은 응당 그리해야지요."

"암요!"

몇 사람이 요셉의 말에 동조하고 나섰다. 니고데모는 요셉의 사람됨과 그가 다른 의원들에게 은밀하게 베푼 호의가 얼마나 크게 작용하는지 깨달았다. 그러면서 역시 그를 끌어들이기를 잘했다는 생각에 스스로 좀 위안이 됐다.

"그런데, 도적떼와 예수라는 그 사람이 한꺼번에 성전에서 소동을 일으키는 겁니까?"

"듣자니 도적떼 우두머리와 예수가 어릴 적부터 동무라던데요? 한 마을에 살았고 … ."

"그렇게 이 사람 저 사람 모두 엉키면 너무 복잡해지겠는데요? 로마군 병사들이 쏟아져 들어올 것이 분명하네요."

"그건 아직 아무도 모를 일입니다. 도적떼든 예수든 로마군이든, 우선 우리가 할 일은 대산헤드린을 지키고 성전 안에 들어온 모든 사람들의 안전을 지키는 일입니다."

회의란 언제나 그렇다. 얼마 지나다 보면 얘기는 되풀이되고 머리가 꼬리가 되고 꼬리가 머리 되고. 그렇게 되면 무엇이 명확하게 보이는 대신 결국에는 아무것도 똑바로 보이지 않게 되는 순간이 온다.

가말리엘은 그쯤에서 회의를 끝내고 손님들을 식사하는 방으로 안내했다. 대산헤드린에서 위임받고 싶은 비상권한에 대하여서는 아무도 반대하지 않고 얘기가 끝났으니 이미 그는 그런 권한을 공식적으로 부여받는 절차만 남았을 뿐이다. 이제 모두 비스듬히 누워 주인이 내놓는 음식과 술을 먹고 마실 시간이다. 날이 밝으면 세상이 뒤집어질 일이 터질 테지만, 예루살렘 대산헤드린 지도부의 사람들에게는 더 이상 미리 조치할 일이 아무것도 없다.

"아!"

식사하는 방으로 걸어가던 니고데모가 무엇에 놀란 듯 갑자기 큰 신음소리를 냈다. 그 소리가 너무 컸는지 다른 사람들이 모두 그를 바라보았다. 가말리엘도, 요셉도 놀란 듯 그를 쳐다보았다. 니고데모는 몸속으로 서늘하게 불어 들어오기 시작하는 바람을 느꼈다. 아마도 갈릴리 호수 어촌마을로 예수를 찾아갔던 그때부터 불어 들어온 바람을 이제야 깨닫는 것 같았다.

'그래서 … .'

온몸이 저릿저릿 저렸다.

'그랬구나! 선생은 그렇게 말씀한 것이었는데 … . 내가 그 말을 내 맘대로 받아들이니 그에 맞추어 깨달음을 주었던 것이구나. 그것은

'다시'가 아니라 '위'라는 말이었어! 분명 그랬어!'

사람들이 쓰는 말 '다시'는 '위'라는 말의 뜻도 함께 가지고 있었는데 그는 예수의 말을 '다시'라고 알아들었다. 왜 예수는 니고데모가 잘못 알아들었던 것을 바로잡아 주지 않았을까? 예수를 처음 찾아갔던 날을 니고데모는 떠올렸다. 그가 예수에게 물었다.

"사람이 이미 어머니의 모태에서 한 번 나왔는데 어찌 '다시' 태어날 수 있다는 말씀이신지요?"

그때 예수의 눈빛은 멀지 않다고 말하는 것 같았다. 그러면서도 예수는 물에 들어갔다가 나오는 것으로 설명했다. 니고데모에게는 '거듭'이라는 말이 더 절실하기 때문이었을 것이다.

그런데 이제 생각하니 그 말은 다시 태어난다, 거듭 태어난다는 중생重生만을 의미하지 않았다. 예수가 원래 하려고 했던 말은 위로부터 태어난다는 뜻이었음이 분명했다.

'위로부터 태어난다!'

그 말이 무슨 뜻이었을까? 그 말 속에 이해할 수 없는 예수의 가르침과 행적이 숨어 있었던 모양이다. 태어난다는 것은 이제까지 그 안에 뿌리를 대고 살아 있던 것에서, 탯줄로 이어졌던 어머니에게서 분리돼 세상에 나온다는 의미다. 생명은 어미 몸에 붙어사는 기생寄生에 머물러 있을 수 없고, 분리되어 떠나야 자기 생명을 이어갈 수 있다.

'그럼 예수 선생님은?'

아직 제대로 알 수는 없지만 예수는 예루살렘을 분리分離하는 장소로 택한 듯 생각됐다. 예수의 분리는 위로부터 분리됨이라는 것을 느꼈다. 예루살렘에서 예수에게 일어날 일은 위로부터 분리되어 태어난 후, 사람이 살아가야 할 그곳으로 떠나는 일이라 생각됐다.

'그래서 예수 선생님에게 갈릴리로 몸을 빼서 다시 돌아가라고 말할 수 없겠구나!'

니고데모는 날이 밝아 예수가 성전 뜰에 들어오면 사람들 눈을 무릅쓰고 찾아가 만나겠다고 생각했다. 위에서 태어남이 무엇인지 묻고 또 물어 그도 이제는 위에서 태어나는 길을 걷고 싶다는 생각이 들었다. 그러나 안타깝게도 아직은 그 자리에서 당장 일어나 올리브산을 넘어 베다니로 예수를 찾아갈 용기는 없었다.

✠

'외롭다.'

예수는 정말 외로웠다. 그 길을 걷는 첫 사람이다 보니 외롭기도 하고 두렵기도 했다. 예수는 전날 그를 찾아 성전 뜰에 올라온 요하난 벤 자카이 선생을 다시 만나 보고 싶었다. 그와 마주 앉아 가슴을 터놓고 얘기를 나누고 싶다. 나사렛에서, 세포리스 일터에서 아버지가 그러했듯 차분하게 마주 앉아 조곤조곤 얘기해 주던 그의 말이 생각났다.

"예수 선생! 그대는 실패할 수밖에 없소!"

예수 앞에 나타나자마자 그가 서슴없이 내뱉었던 말이 예수의 귀에 계속 맴돌았다. 아무리 마음을 다잡으려고 해도, 요하난을 만난 이후부터 예수는 깊은 혼란에 빠졌다. 기드론 골짜기 가장 낮은 곳에 내려가 무릎을 꿇었어도, 여제자 마리아가 머리에 기름을 부어주는 의식을 치렀어도, 실패했다는 말에서 벗어날 수 없었다.

요하난 선생은 토라를 연구하고 가르치는 바리새파 선생이지만 한편으로는 사람들이 현실 속에서 살아가는 삶을 앞세우는 사람이었다.

"어디에 메시아가 출현했다고 해도, 나는 땅에 심으려고 내 손에 들고 있던 한 그루 나무를 먼저 심은 다음 자리에서 일어나겠소."

예수는 요하난처럼 현실을 깊이 생각하면서 삶의 길을 찾는 사람을 이스라엘 역사에서 듣지도 보지도 못했다. 요하난 같은 사람이 이스라엘에, 유대에 같은 시대를 살고 있다는 것이 얼마나 큰 위안이 되는지 모를 일이다.

"예수 선생! 제사드릴 성전이 사라지고 난 이후, 우리 동족이 어찌 살아갈지 나는 그걸 생각하고 있습니다."

그것은 예수도 마찬가지다. 요하난을 만나면 예수도 말하고 싶다. 그에게 가슴을 터놓고 얘기하고 싶다. 요하난이 옳게 보았다고.

'요하난 선생님! 날마다 돌보시는 하느님의 품을 벗어나 처음으로 땅에 두 발 디디고 살아가게 될 사람의 길을 저는 찾고 있습니다.'

요하난이 예수의 그 말을 알아들을 것인가? 아마 그렇지 않을 것이다. 그는 토라를 붙잡은 사람이고, 예수는 이 땅에 이뤄지는 하느님 나라를 붙잡은 사람이기 때문이다. 어찌 사람이 하느님의 품을 벗어나서 살아간다는 생각을 할 수 있겠는가? 사람들은 하느님 나라를 하느님의 품 안으로 들어가는 것으로 알고 있다. 이제까지 이스라엘이 믿었던 하느님 나라가 사라지고, 경배와 찬양의 대상이던 하느님이 사라진 채 사람 속에서 사람과 살아가는 하느님을 받아들일 수 없을 것이다. 그래서 예수는 제자들에게 한두 번 얘기하다가 더 이상 그 말을 입에 올리지 않았다.

“사람이 태어나 첫 숨 들이쉴 때 하느님이 들어오고, 마지막 숨 내쉬며 눈감을 때 하느님을 내쉰다!”

그가 깨달은 하느님은 그런 분이다. 갈릴리에서 제자들을 모아 가르칠 때만 해도 물속에 들어가 앉으면 물이 온몸을 받아들이듯 하느님이 사람을 받아들인다고 가르쳤다. 그러나 이제는 하느님이 사람을 받아들일 뿐만 아니라, 사람의 숨이 되어, 생명이 되어, 사랑이 되어 사람 속에서 함께 지낸다고 믿게 됐다. 그런 하느님을 내 안에 받아들이고 살아간다면 하느님이 이끄는 세상이 아니고 사람이 이끄는 세상일 수밖에 없다고 생각하기에 이르렀다.

그런 세상은 하느님에게도 처음이고, 사람에게도 처음이다. 그러니 정해진 길도 없고, 매 순간마다 결정하면서 살아갈 수밖에 없다. 무엇을 기준 삼아 결정해야 하는가? 사람 속에 들어와 함께 숨 쉬고 있는 하느님의 뜻이 기준이 되리라고 예수는 분명하게 믿었다.

요하난과 그런 얘기를 나누고 싶다. 그가 받아들이든 말든, 아직은 세상 누구도 받아들이지 못할 얘기지만, 그에게 마음을 털어놓고 싶다. 그가 예수의 마음 끈 하나를 붙잡을 수 있기를 기대하면서.

예수가 요하난에게 그런 기대를 하게 된 것은 그는 정말 눈이 열린 사람이었기 때문이다. 그는 예수를 만나자마자 무엇이 문제가 될지 한 마디로 정확하게 짚어냈다.

“해방을 거치지 않은 하느님 나라는 실패한다.”

그는 왜 예수의 제자들이 실패할 수밖에 없는지 꿰뚫어 보았다. 제자들은 예수가 가르친 내용이 아니라 예수가 누구였는지 예수라는 사람 자체에게로만 관심을 돌릴 것이다. 이 세상 살아가는 윤리와 도덕에 대한 예수의 시선을, 하늘 어느 곳에 있는 하느님이 다스리는 세상을 바라보는 시선으로 제자들이 바꾸어 놓을 것이라고 요하난은 분명하게 내다봤다. 그래서 예수가 이루려는 하느님 나라는 실패할 수밖에 없다고 요하난은 이미 예견했음이 분명했다.

예수는 사람이 서로 어깨를 맞대고 살아가는 세상의 일에 매달렸는데 제자들은 현실 세상과 상관없는 다른 세상, 미래의 세상으로 하느님 나라를 바꿀 것이다. 예수에게 하느님은 더 이상 외부 어딘가에 머물면서 인간 세상을 내려다보며 법을 내려 주는 분이 아니다. 때때로 인간 세상에 개입하여 잘못된 것을 바로잡아 놓고 다시 사라지는 분이 아니다. 하느님을 가슴에 품고, 하느님의 가슴으로 살아가는 세상이 되면, 사람의 심장이 뛰는 소리는 하느님이 사람에게 용기를 주는 북소리다. 들을 귀를 가진 사람에게만 들리는 소리다.

동네사람들은 다 돌아가고, 예루살렘 아랫구역에서 나온 사람들도 방으로 들어갔다. 뜰에 피워 놓은 모닥불은 타닥타닥 소리 내면서 타다가 점점 불길이 잦아든다. 여자들은 안방으로, 남자 제자들도 잠자리에 들려고 어슬렁거리며 방으로 들어갔다. 먼저 자라고 손짓으로 제자들을 다 들여보내고 예수는 모닥불 옆에 혼자 앉았다. 곧 그들 방에서 벽이 무너질 듯, 천장이 들썩거릴 만큼 코 고는 소리가 들렸다.

예수는 낮에 마티아스를 만났던 일을 떠올렸다.

그들은 기드론 골짜기 하얀 바위에 등을 기대고 앉아 있던 예수를 찾아와 거듭거듭 마티아스가 만나자고 한다는 얘기를 전달했다.

"못할 일도 아니지요!"

레위인 시몬의 뒤를 따라 성전건물 북쪽 입구를 통해 그 안쪽에 있는 마티아스의 방에 들어섰다. 며칠 전 성전 뜰에 몸을 드러낸 이후, 예수가 이스라엘의 뜰과 그 안쪽으로 들어선 것은 처음이었다. 훅 끼치는 역한 냄새에 속이 메슥거리고 울렁거렸다.

제사장의 뜰에서는 양을 도살하는 소리가 들렸다. 제사장의 뜰에 있다는 제단에서 퍼져 나온 연기와 냄새는 성전 건물을 전체에 퍼지고 있었다. 건물 벽이고 바닥이고 천장이고, 온통 냄새가 찐득찐득 달라붙어 곧 줄줄 흘러내릴 것 같았다. 그렇게 보아서 그런지, 벽이란 벽은 온통 검댕이가 내려 앉아 거무스레한 색깔이었다.

올리브산 중턱에서 내려다보았던 그 화려하고 장엄하고 아름다운 성전이 아니었다. 매일 성전 뜰에 드나들면서 올려다본 성전이 아니었다. 끈적끈적한 냄새를 옷처럼 걸친 사람들이 버글거리는 굴이었다. 개미굴처럼 … . 결코 들어가고 싶지 않은 아주 깊은 어둠 속으로 예수는 걸어 들어갔다.

'어둠 속에 사는 사람들 … .'

갑자기 그런 생각이 들었다.

마티아스는 낮에도 촛불을 켜야 할 만큼 침침하고 무겁고 착 가라앉은 방에서 예수를 기다리고 있었다.

"미크바에 들어갔다 나왔는지요?"

"아니오!"

성전 이스라엘의 뜰에 들어오려면 미크바라고 부르는 욕조에 들어갔다 나오는 정결의식을 치러야 한다는 것을 알지만 예수는 그럴 생각이 없었다.

"그럼 거기 문간에 마련된 물로 손이라도 씻으시오"

"아니오!"

예수는 조용히 고개를 흔들며 말했다.

"흠, 흠!"

어두컴컴한 쪽에 서 있던 마티아스는 아주 못마땅한지 계속 이상한 소리를 내며 코를 킁킁거렸다. 그리고 탁자 앞쪽에 마련된 회의용 자리로 걸어와 털썩 앉으며 예수에게도 앉으라고 손짓했다. 그제야 촛불에 비친 그의 얼굴을 바로 볼 수 있었다.

대제사장 요세프 벤 가야바의 아들 마티아스, 성전에서 재물을 총괄하는 제사장, 다음 대제사장이 될 것이라고 사람들이 점찍어 둔 실력자였다. 그는 방안으로 들어오는 예수를 어둠 속에 자기 몸을 숨긴 채 지켜보는 사람이고, 대뜸 첫마디가 정결의식을 치렀는지 묻는 사람이었다.

예수는 그가 어떤 사람인지 알 수 있었다. 그에게서도 성전 건물에서 풍기는 역겹고 메스꺼운 냄새, 기름 절은 냄새가 나는 것 같았다. 미크바에 들어가 정결의식을 치러야 할 사람은 정작 마티아스 그 사람이라는 생각이 들었다.

그의 권유대로 자리에 앉으며 방안을 둘러보았다. 온 가족과 양과 염소가 함께 살던 나사렛 집 공간보다 더 넓은 방을 그는 혼자 쓰고 있었다. 성전 제사장의 뜰 쪽으로 세로로 좁게 나 있는 문을 통해 빛이 들어오기는 하지만 그 큰 방을 밝히기에는 부족해서 낮이고 밤이고 촛불을 켜 두어야 하는 모양이었다.

벽 3면으로는 나무로 짜 넣은 격자형 장이 들어서 있고, 두루마리들이 빼곡하게 칸칸이 꽂혀 있었다. 성전 재물 기록, 그리고 성전이 빌려 준 빚을 기록한 문서일 것이라는 생각이 들었다. 사람들이 맡겨 놓았다는 그 많은 빚 문서는 별도 창고에 보관하는 모양이었다. 제물 태우는 냄새뿐만 아니라 두루마리에서 풍기는 퀴퀴한 냄새도 섞여 있는 듯, 예수는 숨이 턱턱 막혔다. 참으려고 해도 연거푸 기침이 나왔다. 그리고 무언가 속이 간질거리는 것 같았다.

"대제사장 각하의 뜻입니다, 예수 선생!"

예수를 빤히 쳐다보던 마티아스가 입을 열었다. 선생이라고 불러주는 것만으로도 크게 대우한다는 표정이었다. 예수는 대답하지 않고 그를 바라보았다.

'이 사람은 무엇을 위해 사는가?'

몸에 묻은 더러운 것, 고약한 냄새를 씻어내기 위해 치르는 정결 의식이 아니라 거룩한 곳에 나오기 위해서 미크바에 들어가야 한다고 생각하는 사람, 조그만 항아리에 담아 놓은 물로 손이라도 씻어야 하는 규정에 얽매인 사람, 냄새에 찌든 어둠 속에서 눈만 반짝거리며 사는 사람, 밖은 햇빛이 쨍쨍 내리쬐고 바람이 시원한데 촛불을 켜 놓고 낮 시간을 보내는 사람이었다. 그뿐만 아니라 성전이 어둠 속에서 촛불을 켜 놓고 낮을 등지고 산다는 생각이 들었다.

"왔던 곳으로 다시 돌아가라는 말씀입니다."

그 말에는 대꾸하지 않고 예수는 그를 찬찬히 살펴보았다. 나이는 예수보다 몇 살 많은 듯 보였지만, 얼굴은 팽팽했고, 배를 불쑥 내밀고 앉아 있는 자세로 보아 배가 많이 나온 사람이 분명했다. 아무리 치렁치렁 옷을 걸쳐도 몸뚱어리를 감출 수 없는 사람, 그의 사람됨이 옷 밖으로 삐죽 보였다.

"유대인들이 피를 흘리지 않고 평온하게 유월절을 명절로 지키려면 이 길밖에는 없습니다. 대제사장 각하의 뜻입니다."

예루살렘 성전, 그들이야말로 사람들이 내지르는 고통의 소리, 한 숨이 하늘 아버지에게 이르지 못하도록 가로막는 사람들이다. 제사만 열심히 드리면 모든 것이 원만하게 유지될 것이라고 말하는 사람들이다. 불 같은 분노를 금방 쏟아부으려는 하느님을 겨우겨우 말렸다고 어깨를 으쓱거리는 사람들이다.

'저들이야말로 정녕 하느님을 믿고 섬기지 않는 사람들…. 하느님을 섬긴다면, 하느님이 지켜보고 계시다고 믿는다면 어찌 감히 이런 짓을 할까?'

예수는 레위인들이 악기를 연주하며 부르는 시끄러운 찬양 소리, 마지막 숨을 거두며 버르적거리다가 내지르는 양의 비명 소리, 제단에 던져진 살덩어리가 지글거리며 불에 타면서 뿜어내는 검은 연기 때문에 이스라엘의 하느님은 아예 처음부터 장막이든 성전에든 머문 적이 없었을 것이라고 생각했다.

"대제사장 각하께서는 선생이 저지른 잘못을 유대에서는 문제 삼지 않겠다고 말씀하셨습니다. 선생의 제자들도 마찬가지입니다. 오늘 떠나시오! 내일 성전 뜰에 모습을 드러내지 마시오. 그럴 경우 대제사장 각하의 엄명에 따라 성전 경비대 병력이 선생과 제자들을 즉각 체포할 것입니다."

예수는 왜 옛 유다 왕국의 다윗왕과 솔로몬왕이 예루살렘에 성전을 세우기로 했는지 오래전에 이미 깨달았다. 그들은 하느님을 성전이라는 감옥에 가두고 싶었을 것이다. 성전의 제사장들은 감옥에 갇힌 죄수를 감시하는 간수였을 뿐이다. 어디든지 불쑥불쑥 찾아와 간섭하는 하느님에게 좋은 집 지어 모신다는 명분을 내세워 정해진 장소에서 정해진 때에 만나는 것으로 타협을 본 것이 아니겠는가? 세상에 있는 모든 신은 그렇게 신전에 갇힌 죄수가 되지 않았겠는가?

"로마총독은 대군을 불러들여 예루살렘을 완전히 장악했습니다. 소란을 피우는 사람은 그 누구도 용서하지 않고 처형할 것입니다. 포고령이 엄중하게 발효 중입니다."

성전에서 하느님을 섬긴다는 제사장들이나 신전에서 그들의 신을 섬기는 사제들은 그래서 그들의 신이 얼마나 힘이 없는지 누구보다 잘 알았으리라. 신을 섬긴다는 일은 연극이라고 예수는 그전부터 생각했다. 신을 위한 연극이 아니라 사람들에게 보여 주는 연극. 세포리스 극장에서 보았던 헬라 연극.

"어쩌겠어요? 돌아가겠지요?"

마티아스는 이 말 저 말 여러 말로 위협도 하고 설득하려고 애썼다. 그는 예수에게 성전에서 야훼 하느님을 섬기는 일에 대해서는 한 마디도 하지 않았다. 오로지 유대의 정치, 로마제국 유대총독이 드리운 위협, 성전이 가슴에 품고 있는 두려움만 얘기했다. 오히려 그것이 더 솔직한 말이었다. 성전이 예수에게 하느님에 대하여 무슨 말을 할 수 있을 것인가? 하느님 섬김을 어찌 입에 올릴 수 있겠는가? 이미 니산월 10일에 성전 뜰에서 희생제사 제물을 거래하는 사람들을 내쫓은 예수였는데 ….

예수는 마티아스에게 조용히 말했다.

"흘러내려온 물이 어찌 거슬러 올라갈 수 있단 말이오?"

그리고 덧붙였다.

"마티아스! 그대가 빛을 보는 날이 곧 올 거요! 그 빛을 밀어내지 마시오. 그분이 그대에게 비추는 변함없는 사랑이오. 어찌 그분이 성전에 있는 이 많은 사람들, 눈뜨지 못한 사람들을 잊으시겠소?"

마티아스 방을 나와 성전 건물 남쪽 이방인의 뜰로 걸어오면서 그는 언젠가 마리아가 했던 말을 떠올렸다.

"선생님은 옆으로 빠지는 길, 돌아갈 수 있는 길, 다른 길에는 눈길도 주지 않고 오직 한길만 걸어오셨습니다."

그랬다.

"아래로 아래로 … 더 낮은 곳이 있으면 더 낮은 곳으로 … ."

물이 더 낮은 곳으로 흐를 수 없을 만큼 가장 낮은 곳에 이르면, 어찌 될까? 바다에 이르지 못하면 '죽은 바다'라고 부르는 소금호수처럼 될 것이다. 그것은 흐르는 물이 결정할 수 있는 일이 아니다. 사람이 결정하는 일도 아니다. 물은 그저 아래로 흐를 뿐이다. 낮에 만났던 성전의 마티아스는 예수의 목숨을 놓고 교묘한 말로 물줄기를 소금호수로 돌리려는 사람이었다. 그런데 왜 그 끈적한 유혹이 가슴에 매달려 있는 것일까? 왜 갈림길에서 이 길로 접어들었는가? 예수는 물길을 따라 흘러왔다고 믿고 싶었다.

방으로 들어갔던 시몬 게바가 작은 시몬과 함께 방에서 나왔다. 여인숙 밖으로 나가며 그들은 예수에게 고개를 꾸벅 숙이며 인사했다.

그들 나름대로 무슨 상의할 일이 있겠지 생각하며 예수는 모닥불을 바라본다.

너울거리다가 잦아드는 불길을 바라보고 있자니, 불에 타서 허연 재가 되어 스르르 무너지는 나무토막과 나뭇가지들을 보고 있자니, 예수는 한없이 막막함을 느꼈다. 예루살렘 성전 뜰을 드나들면서, 점점 더 많이 모여드는 사람들에게 하느님 나라를 가르치면서도 마음 한 구석을 비집고 들어온 생각 때문이다. 개울물은 버석버석 말라가는데 조금 남은 물웅덩이에 모여 오글거리는 물고기를 바라보는 것처럼 마음 답답함을 어찌할 수 없다.

사람들은 예수가 그들의 소망을 이뤄 줄 사람인지 이리저리 살펴보았다. 그들이 가진 소망은 각 사람이 서로 다른 얼굴을 가진 것만큼이나 모두 달랐다.

하느님 나라가 눈앞에서, 여기 지금 이루어진다고 아무리 얘기해도, 어떤 사람에게는 먹고 자는 일이 현실적으로 더 급하다. 하느님 나라가 여기 이루어지고 있다는 증거를 그들은 보고 싶어 한다. 말로 듣는 하느님 나라만으로 고픈 배가 불러질 수 없는 것이 현실이다. 그의 가르침을 받고 새 세상의 꿈을 꿀 수 있게 된 사람도 해가 지기 전에 성전 뜰에서 걸어 나가야 하고, 잠자리를 찾아들어야 하고, 빵 한 조각이라도 목에 넘겨야 잠을 잘 수 있다. 몸 담그고 살아가는 현실은 아직 끈적끈적 그들의 몸을 휘감고 있다. 그 현실 속에서 사람들은 하루하루 살아간다.

'아! 메시아라면, 정말 내가 메시아라면 좋겠다!'

세상 사람들이 그에게 기대를 걸고 있는 메시아, 하느님의 아들, 하느님이 부여한 권능을 번뜻 실현할 수 있으면 좋겠다는 생각을 했다.

'어찌할꼬!'

물이 샘을 떠나 아래로 흐르고, 웅덩이를 만나면 머물다가 또 떠나가듯, 아버지의 품에서 벗어나는 작은아들에게 인류의 미래가 달려 있다고 말하고 싶은 예수의 마음을 사람들은 알아채지 못한다. 예수도 그 말까지는 차마 입에 올릴 수 없다. 때가 아직 이르지 않았기 때문이다.

마침 별똥별이 하늘을 가르며 서쪽으로 사라졌다. 서쪽하늘 끝까지 이르지 못하고 사라졌다.

"아!"

예수는 자기도 모르게 짧은 탄성을 냈다. 번뜩 어떤 생각이 가슴속에 떠올랐다가 그가 미처 손을 내밀어 잡기 전에 그만 사라졌다. 마치 별똥별처럼 … 깊은 우물에 두레박을 빠뜨린 것처럼 아무리 긴 장대를 내려 건져 올리려고 해도 헛수고였다. 잡힐 듯 잡힐 듯 사라지고, 붙잡으려고 하면 빠져나가 멀어지고.

그럴 때면 예수는 늘 광야에서 수행을 시작했던 때로 돌아간다. 그곳에서는 그분의 음성을 들을 수 있었다.

"너 혼자 세상을 구하려느냐?"

구한다는 말은 구원한다는 말이다. 사람들은 어느 누구도 '나 한사람'의 구원을 생각해 본 적 없이 살았다. 언제나 내가 속한 공동체의 구원을 의미했다. 구원은 '영혼 구원'을 의미하지 않았다. 곤경에 빠진 상황에서 벗어나도록 후원을 베풀며 도와준다는 뜻이었다. 흉년이

들었을 때 식량을 나눠 줘 굶어 죽지 않도록 해 주거나 적군이 쳐들어와 성을 둘러쌌을 때 군대를 이끌고 와서 적을 물리쳐 주거나.

광야에서 들었던 그분의 음성은 구원자 노릇 하지 말라는 말이었다. 한없이 크고 넓은 세상을 혼자 책임진 듯 거들먹거리지 말고, 하늘의 별보다 땅의 모래보다 더 많은 사람들에게 골고루 구원을 나눠 줄 듯 나서지 말라는 말이었다. 그것은 예수가 가진 것이 아니었다. 자기가 갖지 못한 것을 가지고 마치 선심 쓰듯 헤프게 뿌려 대며 약속하지 말라는 경계의 말이었다.

'앞선 사람처럼 행동하지 않았던가?'

'마치 모든 것을 다 깨달아 아는 사람처럼 나서지 않았던가?'

하늘에는 셀 수 없이 많은 별이 빽빽하게 자리 잡고 있었다. 어느 별은 달이 그렇듯 시간이 지나면 조용히 서쪽으로 흘러가고, 어느 별은 어디에서 보나 제자리를 지키고, 별똥별은 순간에 하늘을 가르며 사라진다. 하늘을 올려다보면 사람이 할 수 있는 일이 아무것도 없는 것을 알 수 있다.

마찬가지로 세상을 생각하면 현실적으로 예수가 할 수 있는 일이 거의 없었다. 그가 쏟아낸 가르침이 모두 싹을 틔우고 나무가 되고 풀이 되리라는 보장이 없었다. 그런 생각이 들면 자기가 한없이 오그라들어 작아지고, 무력함을 느꼈다. 고작해야 별똥별로 사라지리라는 생각이 들었다.

"아버지!"

예수는 하늘을 우러러보며 불렀다. 그분을 부른 것인지, 그럴 때마다 부드러운 목소리로 대답해 주던 아버지 요셉을 부른 것인지. 어쩌면 그 두 분 모두였고, 그 두 분 중 하나였다.

이번에는 아버지가 대답했다.

"눈 위에 길을 내리니 … ."

"저 혼자 걸어가면서 어찌?"

"네가 혼자 세상 눈을 모두 다 쓸어낼 수 있느냐? 네가 걸어가면 누가 그 길을 따라 걷겠지. 어디 눈길만 그러하냐? 산길도 그렇고 광야에 난 길도 그러하고."

그 말은 예수가 혼자라는 뜻이다. 한없이 외로운 사람으로 길을 걸으면, 어느 날 때가 되면 그 길을 뒤따라 걷는 사람이 있을 것이라는 말과 같았다. 첫 사람이 걸어가니 길이 된다는 신비였다.

"그런데 모든 사람과 다 함께해야 한다고 … ."

광야에서 들었던 그분의 음성을 떠올리며 한 마디 하려다가 예수는 입을 다물었다. 세상 모든 사람이 다 나서야 새 세상을 이룰 수 있다는 말은 그 많은 사람을 모두 깨워 일으켜 한꺼번에 끌고 걸어가야 한다는 말이 아니라는 것을 다시 깨달았기 때문이다. 그것은 불가능한 일이었다.

'말로는 아니라고 했어도 그러고 보니 어느덧 내 마음속에 메시아가 깃들어 있었구나!'

아무도 걸어가 본 적 없는 길이기에 그는 더욱 조심스러웠다. 혼자라고 우쭐거리며 휘적거리며 걸어도 되는 길이 아니고 언젠가 그 길을 따라 걸어올 사람들을 위해 표시를 남겨야 했다. 내를 건너려면 어찌어찌 혼자 건널 일이 아니고 징검다리를 놓아야 한다. 큰 돌 하나 주워다 놓고 다시 되돌아가 또 돌 하나 주워다 놓고.

언제 그때가 될지 알 수는 없지만 한 사람이 따라오고 두 사람이 따라오고 천 사람 만 사람 수없이 많은 사람, 나중에는 모든 사람이 그 길 걸어올 날이 있으리라고 믿기로 했다.

밤하늘에 올라 별이 되지 않아도 좋다고 생각했다. 긴 꼬리를 끌고 서쪽하늘로 흐르는 별똥별이 아니어도 좋고, 내를 건널 수 있는 징검다리만이라도 다 놓을 수 있기를 바라기로 했다.

그러자 밤이 포근하게 예수를 감쌌다. 더 이상 외롭게 혼자 길 떠나는 사람이 아니라는 생각이 들었다.

밤이 점점 더 깊어 갔다.

6권으로 계속

이스라엘 연표

	이스라엘	주변국
	성서 시대 [전사(前史). 성경 기록에 의거]	
기원전 2000	기원전 21세기 아브라함이 가족을 이끌고 가나안으로 이주. 뒤이어 이삭, 야곱이 활동한 족장시대.	
	기원전 19세기 이집트 종살이(430년)	
	기원전 15세기 이집트 탈출(성전 건축 480년 전), 광야 유랑(40년).	
	기원전 14세기 가나안 정복 시작.	
	왕정 시대	기원전 1279 **이집트** 람세스 2세 즉위 (재위~1213).
	기원전 1020 사울왕 즉위.	
기원전 1000	기원전 1000 다윗왕 즉위.	
	기원전 960 솔로몬왕 즉위. 성전 건축(기원전 957).	
	기원전 930 남왕국 유다와 북왕국 이스라엘로 분열.	
	기원전 722 앗시리아의 침공으로 북왕국 이스라엘이 멸망.	
	기원전 587 바빌론이 남왕국 유다를 정복하고 성전을 파괴. 유대인들이 바빌론 포로로 끌려감(기원전 586).	
	기원전 538 바빌론 포로들이 귀환하여 예루살렘에 정착. 성전 재건 착수(기원전 515 재건 완료).	
기원전 500	**헬라 지배기**	
	기원전 330 헬라의 지배 시작.	기원전 330 **마케도니아** 알렉산드로스 대왕이 페르시아 정복.
	기원전 167 헬라 통치에 대항해 유다 마카비가 독립전쟁 시작.	
	하스몬 왕조	
	기원전 142 유다의 동생 시몬이 유대인을 해방하고 왕으로 추대.	
	기원전 104 하스몬 왕조가 이두매, 사마리아, 갈릴리를 정복	
	로마 지배기 (기원전 1세기~서기 4세기)	**로마 제국** (기원전 1세기~서기 5세기)
	기원전 63 로마에 의해 정복됨.	기원전 63 폼페이우스 장군이 예루살렘 정복. 성전 약탈.
	기원전 40 로마 원로원이 헤롯을 유대왕으로 임명.	기원전 44 율리우스 카이사르가 암살됨.
	기원전 37 헤롯이 로마군의 도움을 받아 예루살렘을 함락시키고 왕위에 오름.	기원전 31 악티움 해전에서 옥타비아누스가 안토니우스, 클레오파트라 연합군 격퇴. 로마의 1인 통치자가 됨.
	기원전 5/4 겨울. 예수 탄생.	
서기 1	기원전 4 헤롯왕 사망. 로마황제가 헤롯왕의 세 아들 (아켈라우스, 안티파스, 빌립)을 분할 통치자로 임명.	기원전 27 옥타비아누스가 초대황제 등극. 아우구스투스 황제로 불림.
	서기 6 아켈라우스 폐위, 로마제국이 임명한 총독이 아켈라우스의 영지(유대, 사마리아, 이두매) 통치.	
	서기 18 가야바가 예루살렘 성전 대제사장이 됨.	서기 14 아우구스투스 황제 사망. 양아들 티베리우스가 2대 황제 즉위.
	서기 26 본디오 빌라도가 로마총독으로 부임.	
	서기 29 예수가 세례자 요한으로부터 세례를 받음.	
	서기 33 예수 처형.	

Historia Ioudaikou Polemou Pros Romaious

유대 전쟁사 전2권

플라비우스 요세푸스(Flavius Josephus) 지음
박정수(성결대 신학부) · 박찬웅(연세대) 옮김

유대의 가장 위대한 역사가 요세푸스의 대표작
유대교와 초기 기독교에 대한 보석 같은 기록

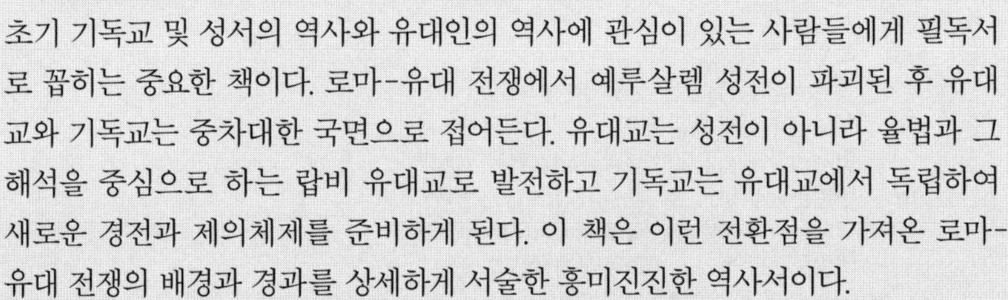
초기 기독교 및 성서의 역사와 유대인의 역사에 관심이 있는 사람들에게 필독서로 꼽히는 중요한 책이다. 로마-유대 전쟁에서 예루살렘 성전이 파괴된 후 유대교와 기독교는 중차대한 국면으로 접어든다. 유대교는 성전이 아니라 율법과 그 해석을 중심으로 하는 랍비 유대교로 발전하고 기독교는 유대교에서 독립하여 새로운 경전과 제의체제를 준비하게 된다. 이 책은 이런 전환점을 가져온 로마-유대 전쟁의 배경과 경과를 상세하게 서술한 흥미진진한 역사서이다.

신국판 · 양장본 / 1권 692면 · 45,000원 / 2권 596면 · 40,000원

Judentum und Hellenismus

유대교와 헬레니즘 전3권

마르틴 헹엘 지음
박정수(성결대) 옮김

종교적 신념을 역사적으로 고증하는 데 도전하다

서구문명과 기독교는 동전의 양면과도 같다. 그것의 기원은 통상적으로 헬레니즘과 헤브라이즘이라고 할 수 있다. 하지만 이러한 용어들 자체가 복잡한 역사적 배경을 가진 종교·문화사적 개념이기에 그 실체를 파악하기가 쉽지 않다. 저명한 신약성서학자이자 고대유대교 연구의 석학 마르틴 헹엘은 거대한 종교·문화사적 기원에 대한 질문들을 '유대교'와 '헬레니즘'이라는 키워드로 풀어낸다.

신국판 · 양장본 / 각 권 28,000원

나남 nanam Tel: 031-955-4601 www.nanam.net